Los enamoramientos

Javier Marías

하비에르 마리아스
장편소설

송병선 옮김

Los enamoramientos

Javier Marías

사랑에 빠지기

문학과지성사

하비에르 마리아스 장편소설
사랑에 빠지기

펴낸날 2019년 10월 31일

지은이 하비에르 마리아스
옮긴이 송병선
펴낸이 이광호
주간 이근혜
편집 김은주
펴낸곳 ㈜문학과지성사
등록번호 제1993-000098호
주소 04034 서울 마포구 잔다리로7길 18 (서교동 377-20)
전화 02)338-7224
팩스 02)323-4180 (편집) 02)338-7221 (영업)
전자우편 moonji@moonji.com
홈페이지 www.moonji.com

ISBN 978-89-320-3583-3 03870

이 도서의 국립중앙도서관 출판예정도서목록(CIP)은 서지정보유통지원시스템 홈페이지
(http://seoji.nl.go.kr)와 국가자료공동목록시스템(http://www.nl.go.kr/kolisnet)에서
이용하실 수 있습니다. (CIP제어번호: CIP2019039609)

나를 찾아와 이야기를 들려준
메르세데스 로페스 바예스테로스에게

내 귓가에서 계속 웃으면서 내 이야기를 들어준
카르멘 로페스 메르카데르에게

차례

일러두기

1. 이 책은 Javier Marías의 *Los enamoramientos*(Madrid: ALFAGUARA, 2012)
    를 우리말로 옮긴 것이다.
2. 본문의 주는 옮긴이의 것이다.

I

내가 미겔 데스베른 혹은 데베르네를 마지막으로 보았을 때, 그의 아내 루이사도 그를 마지막으로 보았다. 그녀는 그의 아내였고, 나는 그녀의 남편과 한 번도 만난 적이 없으며, 한마디도 주고받지 않은 사이라는 점을 고려한다면, 이건 정말로 이상하기 짝이 없고, 아마도 불공평한 일이었을 것이다. 나는 심지어 그의 이름도 몰랐다. 내가 그의 이름을 알았을 때는 이미 때가 너무 늦어 있었다. 그러니까 칼에 찔리고 셔츠가 찢겨 거의 죽기 직전의 사진이 신문에 실린 뒤였다. 여기서 내가 '직전'이라고 말한 것은 그가 이미 의식을 잃고 있었고 다시는 의식을 되찾지 못했지만, 죽은 상태는 아니었기 때문이다. 그가 마지막으로 깨달은 것은 얼떨결에 오인되어, 아무런 이유도 없이, 그야말로 황당하게 칼에 찔리고 있으며, 그것도 한 번이 아니라 여러 번 난자당하고 있는데, 이는 누군가가 자신을 세상에서 지워버리고 지체 없이 이 땅에서, 그러니까 바로 그 순간 그 자리에서 제거하려는 목적을 지니고 있는 게 분명하다는 사실이었을 것이다. 나는 '너무 늦었다'고 말했지만, 왜 너무 늦은 것일까,라고 생각해본다. 사실 그 이유는 모른다. 우리는 누군가 죽을 때에야 비로소 모든 게 이런저런 모든 이유로 너무 늦었다고, 심지어 그를 기다리기에도 너무 늦었다고 생각하고는 그가 죽었다고 간주한다. 우리는 우리와 가장 가까운 사람들에게도 그렇게 하고, 그런 죽음을 받아들이기 힘들어하면서 그들을 위해 눈물을 흘린다. 그리고 그들의 모습은 우리가 거리를 돌아다니거나 집에 있을 때 항상 우리의 머리에서 떠나지 않는다. 하지만 처음부터, 그러니까 그들이 죽은 순간부터 우리는 더 이상 그들에게 기댈 수 없음을, 하다못해 가장 사소한 것마저도 바랄 수 없음을 알고 있다. 아무런 용건도 없이 거는 전화나 진부하기 짝이 없는 질문들(내가 차에 열쇠를 두고 왔어? 혹은 아이들이 언제 학교에 갔지?)마저도 기대할 수 없다. 아무것도 할 수 없다는 것은 아무것도 할 수 없다는 것을 뜻한다. 그런데 사실 그건 이해할 수 없는 말이다. 그것은 확실성을 가정하기 때문이다. 무언가 확실하다는 것은 우리의 본성에 역행한다. 즉 우리는 누군가 더 이상 오지 않을 것이며, 그가 다시는 말하지 못할 것이고, 이제는 다가오거나 멀어지기 위해 결코 한 발도 내딛지 못할 것이며, 심지어 우리를 쳐다보거나 다른 곳으로 시선을 돌릴 수 없음을 당연하다고 여긴다. 나는 우리가 어떻게 그런 생각을 참고 견디는지, 우리가 어떻게 그런 생각에서 회복되는지 모른다. 시간이 이미 지나서 우리가 그들과 떨어져 있게 되었을 때, 나는 그들이 꼼짝도 하지 않고 가만히 있다는 사실을 왜 우리가 때때로 잊게 되는지 알 수가 없다.

그러나 몇 년에 걸쳐 나는 거의 매일 아침 그를 보았고, 그가 말하고 웃는 소리를 들었다. 이른 시간이었지만, 그렇다고 아주 이르지는 않았다. 사실 나는 약간 늦게 출근하면서 그 부부와 잠시 마주칠 기회를 갖고자 했다. 오해하지 않도록 다시 말하자면, 그가 아니라, 두 사람과 함께 만나기 위해서였다. 하루의 일과를 시작하기 전에 그들과 마주치면 내 마음이 차분해지고 기분이 좋아졌던 것이다. 그들은 거의 내게 필수불가결한 존재가 되었다. 아니, 이 단어는 우리에게 기쁨과 안도감을 주기 위해 사용하기에는 적당하지 않다. 아마도 그들 때문에 내게 미신적인 습관이 생긴 것 같지만, '미신적'이라는 단어 역시 적절하지 않다. 그들과 아침 식사를 함께 하지 않으면, 그러니까 멀찍이 떨어져서라도 그렇게 하지 않으면 그날 재수가 없을 것이라고 내가 믿은 것은 아니었기 때문이다. 두 사람을 보지 않으면 기분이 약간 가라앉거나, 조금 더 우울한 상태로 그날의 일과를 시작했을 뿐이다. 그들을 보면 마치 정돈된 세계, 아니 조화로운 세계, 혹은 그런 세상의 아주 조그만 조각을 보는 것 같았다. 공적이거나 훤히 드러나 있는 삶을 살지라도, 그런 조각이나 삶의 일면은 우리가 그다지 관심을 갖고 쳐다보지 않는 것들이다. 나는 많은 시간을 사무실에 틀어박혀 있고 싶지 않았고, 그래서 그들을 쳐다보거나 주시했다. 그들의 눈을 피해서 몰래 그렇게 한 것이 아니라 아주 조심스럽게 지켜보았다. 나는 그들을 불편하거나 거북하게 만들고 싶은 생각은 추호도 없었다. 만일 그들을 두렵게 하거나 놀라게 했다면, 그건 용서받을 수 없는 일이었고 내게도 손해나는 일이었을 것이다. 나는 매일 아침 그들과 똑같은 공기를 마시고 눈에 띄지 않게 그들이 만드는 아침 풍경의 일부가 된다는 사실만으로도 위안이 되었다. 아침 식사가 끝나면 그들은 헤어졌다. 아마도 점심때나 아니면 저녁 식사 때 다시 만났을 것이다. 그의 아내와 내가 그를 마지막으로 본 날, 그들은 함께 저녁을 먹을 수 없었다. 심지어 점심도 함께 할 수 없었다. 그녀는 카페 테이블에 앉아 20분 동안 그를 기다리면서 그가 나타나지 않는 것을 이상하게 여겼지만, 너무 심하게 걱정하지는 않았다. 그런데 전화가 울렸고, 그녀의 세계는 끝났으며, 그녀는 더 이상 그를 기다리지 않았다.

두 사람을 처음 본 날부터 나는 그들이 부부라는 사실을 의심하지 않았다. 그는 쉰 살가량 되었고, 그녀는 다소 젊어 보였는데 아직 마흔 살도 되지 않은 것 같았다. 그 부부에게서 가장 좋았던 점은 그들이 함께 시간을 보내면서 즐거워했다는 것이다. 거의 대부분의 사람이 일을 하는 시간에, 심지어 즐겁게 웃을 시간이 아닐 때에도 그들은 끊임없이 말하면서 웃고 농담을 주고받았다. 방금 전에 만났거나 아니면 처음 만난 사람들 같았다. 아니, 집에서 함께 나와 아이들을 학교에 데려다준 사람들 같지 않았다. 같은 시간에 씻고 옷을 입었으며 ——아마도 같은 욕실에서 ——같은 침대에서 잠을 깼을 텐데, 두 사람 모두 잠에서 깨어 처음 본 얼굴이 어쩔 수 없는 배우자의 얼굴이 아니었던 사람들 같았다. 그들은 상당히 오랫동안 매일같이 그렇게 지냈다. 아이들을 데리고 온 것은 두어 번 정도에 불과했다. 여자아이는 여덟 살 정도였고, 남자아이는 네 살 정도 되었는데, 남자아이는 놀라울 정도로 아버지와 닮았다.

남자는 약간 유행이 지난 스타일이었지만 우아하게 옷을 입었다. 그렇다고 시대착오적이거나 우스꽝스럽게 보이지는 않았다. 항상 말쑥하게 옷을 차려입었다. 맞춤 셔츠를 입었고, 화려하지 않은 고급 넥타이를 맸으며, 상의 주머니에는 손수건이 꽂혀 있었고, 셔츠 소매에는 커프스단추를 착용했으며, 광택 나는 검은색 끈 구두를 신었다. 또는 연한 색깔의 정장을 입는 봄의 끝자락엔 스웨이드 구두를 신기도 했다. 손은 정성스럽게 관리되어 있었다. 하지만 우쭐대는 회사 임원이거나 부잣집 자식이라는 인상을 풍기지는 않았다. 오히려 그는 적어도 근무일에는 다르게 옷을 입고 거리로 나설 생각도 하지 못하도록 교육받은 사람 같았다. 그에게는 그런 종류의 옷이 자연스러워 보였다. 마치 그의 아버지가 특정 나이가 되면 그렇게 옷을 입어야 한다고 가르친 것 같았다. 그는 태어나자마자 구식이 되는 허망한 패션과 누더기나 걸치는 현재의 패션에 개의치 않았고, 그런 것에 전혀 영향을 받지 않았다. 너무나 전통적으로 옷을 입어서 나는 단 하나의 괴상한 장식도 발견할 수 없었다. 그는 내가 항상 보아왔던 카페에서나 아마도 우리의 추레한 도시에서는 약간 눈에 띄긴 했지만, 독창적으로 남과 다르게 보이려고 하지는 않았다. 이런 자연스러운 태도는 의심할 나위 없는 그의 정중하고 명랑한 성격과 적절하게 어울렸다. 하지만 쉽게 사귈 수 있는 성격은 아니었다. 특히 종업원들에게는 깍듯하게 예의를 차리고 말했으며, 다정했지만 결코 과도할 정도로 친밀하게 대하는 법은 없었다. 그가 갑자기 터뜨리는 커다란 웃음소리는 사람들의 관심을 사로잡기에 충분했지만, 아무도 그걸 거슬려 하는 경우는 없었다. 그는 즐겁고 활기차게 웃었는데, 항상 솔직하고 다정한 웃음이었다. 아첨하는 태도의 알랑거리는 미소가 아니었으며, 정말로 그를 즐겁게 해주는 많은 것들에 화답하는 미소였다. 그는 각각의 상황에서 재미있는 면을 보고, 다른 사람들의 농담에, 적어도 말로 이루어지는 농담에 박수를 치는 관대한 사람이었다. 아마도 함께 있으면서 그를 주로 웃게 만드는 사람은 아내인 것 같았다. 이 세상에는 전혀 의도하지 않은 채 우리를 기쁘고 즐겁게 만드는 사람이 있는데, 그들과 함께 있는 것만으로도 우리의 기분은 좋아진다. 그들은 뭔가 특별한 주제에 대해 말하거나 일부러 멍청한 소리를 하지 않지만, 그들을 만나거나 그들과 함께 있으면서 그들의 말을 듣기만 해도 우리는 웃음을 터뜨리면서 즐거워한다. 그들 두 사람은 상대방에게 그런 역할을 하는 것 같았다. 두 사람은 결혼한 사이가 분명했지만, 나는 그들이 억지로 그런 표정을 짓는 것을 한 번도 보지 못했다. 그래서 오랫동안 함께 살면서 자신들이 아직도 서로를 얼마나 사랑하고 있는지 과시하면서 자신들의 가치를 다소 높이 평가하거나 미화하려는 부부들과는 달랐다. 오히려 두 사람은 서로 마음에 들도록 노력하면서, 앞으로 이루어질지도 모르는 연애를 생각하고 서로에게 좋은 인상을 주려는 사람들 같았다. 아니면 결혼하기 전부터 혹은 함께 살기 전부터 이미 상대방을 높이 평가하고 사랑했던 것 같았다. 부부로서의 의무나 편안함, 혹은 습관이나 심지어 충실감 때문이 아니라, 자발적으로 자신의 동반자이자 친구로, 그리고 대화 상대자이자 공모자로 선택한 것 같았다. 그러면서 무슨 일이 일어나거나 생기든지, 혹은 듣거나 말해야 할 것이 있는 경우, 다른 사람보다는 지금의 파트너와 함께 있는 게 훨씬 더 흥미롭고 재미있으리라는 사실을 확신하는 것 같았다. 그의 경우에는 그녀가 없는 것, 그녀의 경우에는 그가 없는 것은 상상할 수 없는 일이었다. 두 사람 사이에는 동료애가, 무엇보다도 확실한 믿음이 있었다.

미겔 데스베른 혹은 데베르네의 얼굴은 매우 상냥해 보였고, 그의 표정에는 남성적 온기와 사랑이 스며 있었다. 멀리서 보면 몹시 매력적이어서, 나는 그가 그 누구도 거부하지 못할 정도로 매력적인 사람이리라고 추측했다. 아마도 나는 루이사보다 그를 먼저 눈여겨보았던 것 같다. 아니 그 사람 때문에 나는 그녀를 눈여겨보게 되었던 것 같다. 사실 나는 그녀가 남편 없이 혼자 앉아 있는 걸 종종 보았다. 남편이 먼저 카페에서 나가고 나면 그녀는 잠시 동안 혼자 남아 있으면서 가끔씩 담배를 피웠다. 한두 명의 직장 동료나 다른 학부모 혹은 친구 들과 함께 있는 경우도 있었는데, 이들은 대부분 남자가 떠날 무렵 그곳에 와서 합류했다. 반면 아내 없이 남편만 혼자 있는 모습을 본 경우는 한 번도 없었다. 내 머리에는 그가 혼자 있는 모습이 남아 있지 않다. 항상 아내와 함께 있는 모습뿐이다. 이런 이유로 신문에서 그의 사진을 본 순간 나는 그의 모습을 알아볼 수 없었다. 그의 옆에 루이사가 없었기 때문이었다. 하지만 즉시 나는 그들 두 사람에게 관심을 보였다. 그래, '관심을 보였다'라는 말이 적절한 표현이다.

　　데스베른의 머리카락은 숱이 많았고 짧았으며 아주 어두

운 색깔이었다. 관자놀이에만 흰 머리카락이 보였는데, 나머지 머리카락보다 더 곱슬곱슬해 보여서 구레나룻을 길렀다면 애교머리가 되었을 것이다. 그의 눈은 차분하게 빛나면서 늘 웃음 짓고 있었으며, 누군가의 말을 듣고 있을 때면 어린애같이 순진한 눈빛을 띠었다. 그것은 일반적으로 즐겁게 사는 사람이나 어려움과 불행 속에서도 삶의 행복한 측면이 지닌 모든 것을 즐기면서 살아가려는 사람의 표정이었다. 사실대로 말하면, 대부분의 사람이 지닌 공통적인 운명과 비교할 때, 그는 고생을 훨씬 적게 했을 것 같았다. 그래서 그는 사람들을 의심하지 않으면서 미소 짓는 눈빛을 가졌을 것이다. 그의 눈은 회색이었고, 모든 게 새롭다는 듯이 세상을 바라보는 것 같았다. 심지어 프린시페 데 베르가라 거리의 위쪽에 있는 그 카페나 그곳의 종업원들, 그리고 말이 없는 내 얼굴을 비롯해 매일 반복해서 보는 가장 하찮고 의미 없는 것까지도 그는 그런 눈으로 쳐다보았다. 그의 턱 끝은 갈라져 있었다. 그래서 나는 영화의 어느 대화를 떠올렸다. 여배우가 묻는 장면인데, 상대방이 로버트 미첨인지 캐리 그랜트인지 커크 더글러스였는지는 잘 기억나지 않는다. 거기서 여배우는 집게손가락으로 남자 배우의 갈라진 턱을 만지면서 그곳을 어떻게 면도하느냐고 물었다. 매일 아침 나는 내가 앉아 있던 테이블에서 일어나 데베르네의 테이블로 가서 똑같은 질문을 던지면서, 엄지손가락이나 집게손가락으로 그의 턱을 가볍게 만지고 싶었다. 그는 항상 턱이 갈라진 부분까지 말

끔하게 면도하고 다녔다.

　그들은 나에게 그다지 관심을 갖지 않았다. 내가 그들에게 관심을 보이는 것에 비하면 거의 관심을 보이지 않았다. 그들은 바에 앉아 아침을 주문했고, 음식이 나오면 거리가 보이는 커다란 창문 쪽의 테이블로 가져갔다. 그러는 동안 나는 구석에 자리를 잡았다. 봄과 여름에 우리 모두는 야외 테라스에 앉았고, 종업원들은 바 옆의 열린 창문을 통해 음식을 건네주었다. 그래서 그는 여러 번 왔다 갔다 해야 했고, 나는 보다 많이 눈으로 그와 접촉할 수 있었다. 그것만이 유일한 접촉 방법이었다. 데스베른뿐만 아니라 루이사도 나와 우연히 시선이 마주쳤는데, 그건 순전히 호기심 때문이었다. 하지만 호기심 말고는 다른 이유는 없었기에 오래 쳐다보지는 않았다. 그는 결코 알랑거리거나 혹은 못마땅해하거나 또는 거들먹거리는 눈으로 나를 쳐다보지 않았다. 그랬다면 아마 나는 실망했을 것이다. 그녀 역시 의심하거나 아니면 거들먹대거나 또는 경멸하는 시선으로 나를 바라보지 않았는데, 만일 그랬다면 나는 몹시 불쾌했을 것이다. 그들 두 사람은 내 마음에 쏙 들었다. 그러니까 두 사람이 함께 있는 모습이 마음에 들었다. 나는 그들을 보며 질투하지 않았다. 결코 그런 일은 없었다. 오히려 내가 완벽하다고 믿는 부부가 실제의 삶에 존재할 수 있다는 사실을 확인하면서 안도감을 느꼈다. 게다가 루이사의 옷 입는 스타일은 데베르네와 전혀 달랐는데, 그 점을 고려한다면 더욱 완벽한 커플로 보였다.

우리는 옷을 멋지게 입는 남자 옆에는 비슷한 성향의 여자가 있을 것이라고 기대하곤 한다. 즉 늘 치마를 입고 하이힐을 신는 고전적이고 우아한 여인, 예를 들어 셀린 브랜드의 옷을 입고 화려하고 세련된 귀걸이와 팔찌를 할 것이라고 상상한다. 하지만 그녀는 스포티한 것과는 좀 다른, 그러니까 캐주얼하다고 해야 할지 무관심한 스타일이라고 해야 할지 잘 모르겠는 그런 스타일의 옷을 번갈아가며 입었다. 어쨌든 전혀 세련된 스타일이 아니었다. 그녀는 남편만큼 키가 컸고, 피부는 까무잡잡했으며, 어깨까지 내려오는 그리 길지 않은 머리카락은 어두운 색깔, 그러니까 거의 검은색이었으며 화장은 거의 하지 않았다. 바지를 입을 때면—종종 청바지를 입었다—평범한 재킷을 입고 부츠나 플랫슈즈를 신었다. 그리고 치마를 입을 때면, 1950년대에 많은 여자들이 신었던 신발과 매우 흡사한 수수하고 굽 낮은 구두를 신었다. 그리고 여름에는 얇은 샌들을 신어서 그녀의 키에 비해 작고 가는 발이 드러나곤 했다. 그녀가 보석으로 치장하는 것은 한 번도 보지 못했다. 그녀는 다만 어깨에 메는 가방만 들고 다녔다. 남편처럼 상냥하고 명랑했지만, 남편만큼 크게 웃지는 않았다. 하지만 자주 웃었고, 웃는 모습이 남편보다 더 따뜻해 보였다. 그리고 화사하게 빛나는 치열 때문에 다소 어린애 같은 표정을 띠기도 했다. 분명히 네 살 때부터 그렇게 편안하게 웃었을 것이다. 아니면 웃을 때면 더 토실토실해지는 뺨 때문에 그렇게 보였을지도 모른다. 그들은 아이들과 집에서 분주하게 아침을 보낸 뒤 각자의 직장으로 가기 전에 함께 숨을 돌리는 습관을 갖게 된 것 같았다. 그렇게 그들만의 시간을 가지면서, 번잡한 시간에 서로 떨어지지 않고 즐겁게 대화를 나누었다. 그런 모습을 보면서 나는 그들이 무슨 말을 하는지, 서로 무엇에 대해 이야기하는지 궁금했다. 함께 잠자리에 들고 깨어날뿐더러, 상대방이 무슨 일을 했는지는 물론 무슨 생각을 하는지까지 잘 알고 있을 텐데, 서로 무슨 할 말이 그렇게 많단 말인가. 나는 그들 대화의 일부나 그저 몇 마디만 띄엄띄엄 들을 수 있었다. 한번은 그가 그녀를 '공주님'이라고 부르는 소리를 들었다.

솔직히 말하면, 나는 그들에게 소설이나 영화의 주인공들처럼 좋은 일만 일어나길 바랐다. 물론 우리는 나쁜 일이 일어날 것이며 어느 순간 끔찍하게 잘못될 것이라는 사실을 알면서도, 처음부터 그런 주인공들의 편이 된다. 그런 일이 벌어지지 않으면 소설이나 영화는 존재하지 않을 것이다. 그러나 실제 삶에서는 그렇게 되어야 한다는 법이 없으며, 나는 계속해서 매일 아침 그들의 그런 모습을 보고자 했고, 두 사람 중 한쪽이 차갑게 굴거나 아니면 둘 다 냉랭해져서 서로 아무 말도 하지 않는 모습은 보고 싶지 않았다. 또한 두 사람이 서로 쳐다보지 않으려고 애쓰는 모습이나 서로 화내거나 무관심한 표정을 보이는 모습은 보고 싶지 않았다. 비록 짧은 시간의 소소한 광경이었지만, 나는 과대망상적인 편집장이나 끔찍한 작가들과 씨름하러 출판사로 가기 전에 그들의 모습을 보고 즐거워했다. 루이사와 데스베른이 며칠간 나타나지 않으면 그들이 보고 싶었고, 하루 일과를 아주 괴롭게 보내야 했다. 그래서 나는 어느 정도 그들에게 빚지고 있다는 느낌을 받았다. 그들은 그런 사실을 알지도 못했고 그런 것을 의도하지도 않았지만, 내가 하루하루를 보내도록 도움을 주었으며, 그들의 삶에 단 하나의 오점도 없다고 꿈꾸도록 해주었다. 나는 정말로 그런지 확인할 수도 없었고 아무것도 확증할 수 없었으며, 그래서 나의 일시적인 마법에서 빠져나올 수 없다는 사실이 내심 기뻤다. (내 삶은 오점으로 가득했다. 사실대로 말하자면 다음 날 아침까지 그들을 떠올리지 않았다. 나는 버스에 앉아 내가 너무 일찍 일어났다는 사실, 내가 그토록 넌더리내는 것에 욕을 퍼부으면서 비로소 그들을 떠올렸다.) 나는 그들에게도 내가 느끼는 기쁨 같은 것을 선사하고 싶었지만, 그럴 수가 없었다. 그들은 나를 필요로 하지 않았다. 아마 그 누구도 필요로 하지 않았을 것이다. 나는 그들의 행복 때문에 지워져버린 투명인간에 가까웠다. 단지 두어 번 그가 루이사의 입술에 평소처럼 키스를 하고서 떠날 때——그녀는 한 번도 앉아서 그의 키스를 받지 않았고 항상 일어나서 그의 키스에 키스로 답했다——내게 약간 고개를 끄덕여 가볍게 인사를 했을 뿐이다. 그것도 먼저 고개를 들어 손을 중간쯤 올리고서 종업원들에게 작별 인사를 한 뒤 그렇게 했다. 그러니까 내가 종업원인 것처럼, 즉 여자 종업원인 것처럼 인사했던 것이다. 그녀의 남편이 겸손하게 예의를 차렸던 그 두어 번의 경우에, 나는 그녀의 남편이 떠나고 그녀가 남아 있을 때 그곳을 떠났다. 그때 관찰력이 예리한 그의 아내는 내게 비슷한 제스처를 취했다. 하지만 내가 고개를 조금 숙여 그들의 인사에 화답하려고 했을 때, 그는 물론 그녀도 이미 다른 곳으로 눈을 돌렸고, 그래서 나를 보지 못했다. 두 사람 모두 너무나 빠르게 고개를 돌렸다. 너무나 세심해서 그런 것 같았다.

그들을 지켜보면서, 그들이 의심할 여지 없이 돈이 많은 사
람들이라는 건 추측할 수 있었지만 누구인지, 무슨 일을 하는
지는 몰랐다. 아주 부자는 아니더라도, 어느 정도 형편이 괜찮
은 사람들이었으리라. 아주 부자였다면 아이들을 직접 학교로
데려가지는 않았을 것이기 때문이다. 나는 그들이 카페에서 잠
시 즐거운 시간을 보내기 전에 아이들을 학교에 데려다주었을
것이라고 확신했다. 아마도 그들의 아이들은 그곳에서 아주 가
까운 에스틸로 학교에 다니는 것 같았다. 물론 그 지역에는 여
러 학교가 있었고, 스위스인 동네인 '엘비소'에는 복원된 우아
한 건물들, 그러니까 옛날에는 '작은 호텔'이라고 불렸던 곳들
이 있었다. 나도 그곳에서 그리 멀지 않은 오켄도 거리에 있는
유치원에 다녔다. 그렇지 않았다면, 그들은 그 동네의 카페에서
거의 매일 아침 식사를 하지 않았을 것이고, 9시경이 되어서 각
자의 직장으로 가지도 않았을 것이다. 내가 그들에 관해 묻자,
카페 종업원들이 확인해준 바에 따르면 남자는 9시 조금 전에,
여자는 9시 조금 넘어서 나가곤 했다는 것이다. 나중에 그 섬뜩
한 사건을 함께 논의했던 직장 동료에게도 물어보았는데, 그녀
는 나보다 더 많이 알지는 못했지만, 몇 가지 사실들을 조사해

서 알아냈다. 뒷공론을 좋아하고 최악의 것을 생각하는 사람들은 항상 자신들이 원하는 것을, 특히 그것이 부정적이거나 혹은 비극적인 내용을 포함하고 있다면 자신들과 아무런 관련이 없어도 나름대로 확인하는 방법을 가지고 있는 것 같다.

6월 말의 어느 날 아침 두 사람은 카페에 모습을 드러내지 않았다. 그건 종종 있는 일이기에 그리 특별한 사건이 아니었다. 나는 두 사람이 여행을 떠났거나 아니면 그들이 그토록 즐기던 짧은 휴식을 함께 할 수 없을 정도로 너무나 바빴을 것이라고 생각했다. 그런 다음 나는 거의 일주일 정도 그곳에 가지 않았다. 편집장이 외국에서 열리는 도서전시회에 나를 보냈던 것이다. 그 멍청한 전시회에서 내가 할 일은 사람들을 만나 악수하고 편집장 대신 바보 역할을 하는 것이 전부였다. 내가 돌아왔을 때에도 그들은 계속해서 모습을 보이지 않았다. 그러자 나는 이내 아침의 행복을 잃어버릴지 몰라 걱정되어 초조해졌다. 물론 그들의 안부보다 나 자신을 먼저 생각했던 것이다. 〈누군가가 흔적도 없이 사라지는 건 너무나 쉬운 일이야〉라고 나는 생각했다. 〈직장이나 집만 바꿔도 더 이상 알 수 없고 결코 만날 수도 없어. 심지어 근무 시간만 바뀌어도 그렇지. 단지 눈으로만 아는 사람들과의 관계는 쉽게 깨지고 망가질 수 있어.〉이런 생각을 하자 나는 그들 때문에 그토록 오랫동안 즐거움의 의미를 알았는데, 그들과 몇 마디 말이라도 주고받았어야 하지 않았을까 생각했다. 물론 그들을 귀찮게 하거나 그들이 함께 있는 순간을 망쳐버리려는 의도는 아니었고 카페 밖에서 어떤 관계를 맺으려는 생각은 추호도 없었다. 그건 내가 원한 게 전혀 아니었다. 그저 두 사람에게 내가 그들을 얼마나 좋아하고 높이 평가하는지 보여주고, 그 뒤로는 아침 인사도 건네고, 그래서 언젠가 내가 출판사를 떠나 더 이상 그 지역에 발을 들여놓지 않게 될 때면 그들에게 작별 인사를 해야 한다고 느끼고 싶었을 뿐이다. 또한 그들이 이사를 하거나 아니면 아침에 카페에 들르는 습관을 바꾼다면, 그들도 나처럼 해야 한다는 의무감을 약간 느끼게 해주고 싶었다. 우리 동네의 가게 주인이 가게를 닫거나 이전하는 경우, 우리에게 그런 사실을 알려주거나, 혹은 우리가 이사를 할 경우 거의 모든 사람에게 알려주는 것처럼 말이다. 우리가 멀리서 보기만 했거나 아니면 무언가를 사기 위해 그들의 얼굴에 관심을 기울이지 않고서 보아왔더라도, 적어도 우리가 매일 보아왔던 사람들을 그만 보게 된다는 것을 알려줄 필요가 있다. 그렇다, 그건 일반적으로 모든 사람들이 하는 행동이다.

그래서 결국 나는 종업원들에게 물었다. 그러자 자기들이 알기로는 그 부부가 이미 휴가를 떠났다고 대답했다. 그 말을 듣자, 사실이라기보다는 추측에 가깝다는 인상을 받았다. 휴가를 가기에는 조금 이른 시기였지만, 더위가 최악에 달하는 7월을 마드리드에서 보내지 않으려는 사람도 있다. 루이사와 데베르네는 두 달간의 휴가를 모두 마드리드 밖에서 보낼 수 있는 사람들인지도 모른다. 그럴 정도로 충분히 돈이 있고 자유로운 사람들처럼 보였다. (그들의 월급은 그들 자신이 얼마를 주느냐에 달린 것 같았다.) 내가 아침마다 작은 기쁨과 행복을 느끼려면 9월까지 기다려야 한다는 사실이 유감이었지만, 그때가 되면 그들은 돌아올 것이고, 영원히 나의 땅에서 모습을 감춘 것이 아니라는 것에 나는 마음을 놓았다.

그즈음 나는 칼에 난자되어 살해된 마드리드의 어느 기업가에 관한 기사가 실린 신문 헤드라인을 본 기억이 난다. 당시 나는 그 기사를 완전히 읽지 않은 채 급히 다른 기사로 넘어갔다. 그 기사와 관련된 사진 때문이었다. 그것은 길 한가운데에, 그러니까 보도 한복판에 재킷이나 넥타이나 셔츠도 입지 않은 채 쓰러진 남자의 사진이었다. 아니 셔츠는 입었지만 단추가 풀어져 있었고 옷자락이 밖으로 나와 있었다. 구급요원들이 그를 구하려고 안간힘을 쓰고 있었으며, 그의 주변에는 피가 흥건하게 고여 있었고, 하얀 셔츠는 피로 얼룩져 있었다. 아니, 내가 그 사진을 급히 쳐다보면서 그렇게 생각한 것일 수도 있었다. 사진이 찍힌 각도 때문에 얼굴은 잘 보이지 않았지만, 어쨌든 나는 그 사진을 꼼꼼하게 쳐다보지 않았다. 사실 나는 마치 말로 표현하는 것으로는 충분치 않은 것처럼 독자나 시청자에게 가장 끔찍한 사진을 서슴지 않고 보여주는 오늘날 언론의 광기를—아마도 그런 사진을 원하는 사람은 대체로 정신 이상자임이 분명한 독자나 시청자일 것 같은데, 그 누구라도 정상적이라면 이미 알고 있고 들은 사건에 대해 결코 더 자세한 정보를 요구하지는 않기 때문이다——혐오한다. 그가 파자마나 가운을 입은 모습은 흉하다고 여기면서, 모르는 사람이든 아는 사람이든 결코 공개적으로 그런 모습을 드러내지 않았을 사람인 데다, 완전히 제정신이었다면 절대로 기꺼이 감수하지 않았을 호기심 어린 시선에서 자기 자신을 지킬 수도 없고 보호할 수도 없는 사람이었다는 점을 참작하면, 그런 사진은 그토록 잔인하게 살해된 사람에 대한 최소한의 예의도 없는 행위이다. 나는 죽은 사람이나 신음하며 죽어가는 사람을 사진 찍는 행위는, 특히 폭력을 당해서 그렇게 된 경우, 그건 일종의 횡포이며 방금 전에 희생되거나 시체가 된 사람에 대한 예의 없는 행동이라고 생각한다. 만일 그가 아직도 볼 수 있다면, 그러니까 아직 죽지 않아서 완전히 과거의 인물이 되지 않았다면, 나는 그가 적절한 죽음을 맞이할 권리가 있으며, 바람직하지 않은 증인이나 시청자의 시선을 받지 않은 채 세상을 떠날 권리가 있다고 생각한다. 나는 우리에게 강요하는 그런 새로운 관습의 일부가 될 마음이 추호도 없으며, 우리에게 보라고 부추기거나 거의 억지로 보라고 요구하는 것을 보고 싶지 않을뿐더러, 경악에 찬 내 눈을 다른 수많은 사람들의 눈에 덧붙이고 싶지 않다. 그런 사람들은 그런 사진을 바라보면서 묘한 쾌감을 억누르거나 의심할 여지 없는 안도감을 느끼면서 이렇게 생각할 것이다. 〈내 앞에 있는 이 사람은 내가 아니야. 내가 그의 얼굴을 볼 수 있고, 그 얼굴이 내 것이 아니기에 내가 아니야. 나는 신문에서 그의 이름을 읽지만, 그건 내 이름이 아니야. 내 이름과 일치하지 않으니 내 이름이 아니야. 이건 다른 사람에게 일어난 일이야. 그가 무엇을 했을까, 무슨 문제에 개입되었을까, 빚을 지고 있었을까, 아니면 도대체 얼마나 끔찍한 피해를 입혔기에 죽도록 난자당한 것일까? 난 그 어떤 것에도 결코 개입하지 않을 것이고 적도 만들지 않을 거야. 나는 혼자 있으면서 남의 일에 참견하지 않을 거야. 아니, 나는 개입하고 피해를 입히지만, 그 누구에게도 들키지 않을 거야. 다행히 여기 신문에 실려 사람들의 입에 오르내리는 사람은 내가 아니야. 그래서 나는 어제보다, 내가 도망쳤던 어제보다 지금 더 안전해. 반면에 이 불쌍한 사람은 그렇게 하지 못했고, 그래서 걸렸던 거야.〉 나는 내가 주의를 기울이지 않고 스쳐 지나갔던 그 기사를 내가 매일 아침 식사하는 장면을 쳐다보았던, 밝고 명랑하며, 자기 아내와 함께 의도하지 않은 채 내 기분을 행복하게 해주는 아량을 베풀었던 사람과 연결시킬 생각을 한 번도 하지 못했다.

———

출장에서 돌아온 후 며칠 동안 나는 그 부부가 오지 않을 것을 알면서도 그들이 보고 싶었다. 이제 나는 카페에서 아침을 먹고 더 이상 그곳에 머무를 이유가 없어서 즉시 나왔으며, 그래서 늦지 않게 출판사에 도착했다. 하지만 일할 의욕도 없었고 그럴 기분도 아니었다. 우리의 일상이 좋은 방향으로 변화되기를 바라면서도, 우리가 얼마나 변화를 반기지 않는지는 놀랄 만한 일이다. 물론 내 경우는 좋은 변화가 아니었다. 내 업무를 처리하고, 편집장이 잘난 체하는 모습을 보며, 귀찮은 전화나 작가들의 방문을 받는 것 모두 귀찮고 짜증나는 일이었다. 특히 어떤 이유에서인지 모르겠지만 작가들을 응대하는 것이 내게 할당된 업무 가운데 하나가 되어 있었다. 아마도 노골적으로 피하는 내 동료들보다는 내가 그들에게 더 관심을 보이는 경향이 있기 때문인 것 같았다. 작가들 가운데에는 우쭐대면서 남들을 힘들게 만드는 부류도 있고, 따분하고 분별력이 없거나, 혼자 살거나, 완전히 쫄딱 망했거나, 부적절하게 아첨 떠는 부류들도 있다. 또한 어떤 핑계를 대서라도 우리 사무실에 전화하는 걸로 하루의 일과를 시작하고, 누군가와 통화하면서 자신들이 아직도 존재하고 있다는 것을 알리는 부류들도 있다. 작가들은 대부

분 이상한 사람들이다. 그들은 잠자리에 들 때와 마찬가지로 온
갖 상상 속에서 잠자리에서 일어난다. 그들은 대부분의 시간을
이런 상상에 쏟는다. 문학으로 먹고살거나 문학과 관련된 활동
으로 먹고사는 사람들, 그래서 적당한 직업이 없는 사람들——
이런 사람들은 이제 많지 않다. 대부분의 사람들이 말하는 것
과 반대로, 출판 쪽에도 돈깨나 주무르는 사람들이 있는데, 특
히 출판인들과 유통업자들이 그렇다——은 집에서 거의 나오지
않는다. 그들이 해야 할 일이라고는 이해하기 어려울 정도로 철
저하게 규칙적으로 컴퓨터나 타자기——아직도 타자기를 사용
하는 미친 사람들이 남아 있는데, 그들이 건네준 원고는 스캔을
해야 한다——앞에 앉는 것이다. 비정상이 아니고는 아무도 일
하라고 강요하지 않는데도 자리에 앉아서 일을 하지는 않는다.
나는 그런 작가들이 어떤 옷을 입을지 결정하는 일을 도와줄 기
분도 아니었고 그럴 인내심도 없었다. 사실 나는 코르테소라는
소설가의 코디 노릇을 하고 있었던 것이다. 그는 내게 전화를
걸어 〈당신이 전화를 받은 김에〉라는 말도 안 되는 핑계를 대면
서 내게 조언을 구했다. 그러면서 내게 자기가 입었거나 입으려
고 생각한 괴상한 옷과 낡은 물건이 자기에게 잘 어울리는지 물
으면서 이렇게 설명했다.

"마름모 무늬가 있는 양말과 세로로 가는 줄무늬가 수없이
많이 난 바지, 그리고 당신도 알다시피 장식으로 술이 달린 밤
색 모카신*이 잘 어울린다고 생각하나요?"

나는 마름모 무늬의 양말, 가는 줄무늬 바지, 술이 달린 밤색 모카신은 생각만 해도 끔찍하다고 말하고 싶었지만 간신히 참았다. 그랬다가는 그가 너무나 걱정할 것이고 우리의 전화 통화는 끝없이 길어질 것이었기 때문이다.

"마름모 무늬의 색깔이 뭐죠?" 나는 그에게 물었다.

"밤색과 오렌지색이에요. 하지만 빨간색과 파란색 양말도 있고, 초록색과 베이지색 무늬가 있는 양말도 있어요. 뭐가 좋을 것 같아요?"

"밤색과 파란색 무늬의 양말이 가장 좋을 것 같네요. 그걸 신고 나가겠다고 하셨죠?"라고 나는 대답했다.

"그 두 가지 색깔의 양말은 가지고 있지 않아요. 나가서 사 올까요?"

나는 약간 미안함을 느꼈지만, 내가 자기 전부인이나 어머니도 아닌데 이렇게 함부로 조언을 구하는 것에 몹시 화가 치밀었다. 그 작자는 지독히 허세를 부리며 글을 썼고, 비평가들은 그의 글을 입이 마르도록 칭찬했지만, 내가 보기에는 아무 내용도 없는 멍청한 글이었다. 하지만 나는 그가 우스꽝스러운 양말을 찾아 온 도시를 헤매게 하고 싶지는 않았다. 그런 양말을 구한다고 하더라도 그의 문제를 해결할 수는 없었기 때문이다.

* moccasin: 신발 창과 신울을 한 장의 가죽으로 해서 뒤축이 없게 만든 구두.

"그럴 필요 없어요, 코르테소 씨. 대신 한 양말에서 파란색 마름모를 오려내고, 다른 양말에서 밤색 마름모를 오려내서 두 개를 함께 붙이면 어떨까요? 요즘 우리가 말하듯이 〈패치워크〉를 하도록 하세요. 그럼 쪽모이 세공 예술 작품이 될 거예요."

그는 내가 농담하고 있다는 사실을 잠시 후에야 깨달았다.

"그런데 난 그걸 할 줄 몰라요, 마리아. 난 단추 하나도 꿰매지 못하는 사람이에요. 게다가 한 시간 반 뒤에 약속이에요. 아, 이제 알겠어요. 지금 날 놀리는 거죠?"

"제가요? 절대 아니에요. 그럼 무늬 없는 양말이 좋을 것 같아요. 네이비블루가 있다면 그게 좋겠네요. 그 양말에 검은색 구두를 신도록 하세요." 결국 나는 약간의 도움, 그러니까 내가 줄 수 있는 한도 내에서 도움을 주었다.

내 기분은 최악이었고, 그래서 이내 짜증을 내면서 심술궂게 조언하며 그를 속였다. 만일 그가 짙은 회색 정장으로 프랑스대사관의 칵테일파티에 간다고 말했다면, 나는 주저하지 않고 연녹색 양말을 추천하면서 최근에 엄청나게 유행하는 것이며, 모든 사람이 그를 우러러볼 것이라고 말했을 것이다. 그건 완전히 거짓말은 아니다.

또한 나는 다른 소설가에게도 다정하게 대할 수 없었다. 가라이 폰티나라는 필명을 사용하는 작가였다. 그는 이름 없이 두 개의 성만을 사용했는데, 분명히 그것이 독창적이고 불가해하다고 믿었을 테지만, 내가 보기에는 축구 심판 이름처럼 들렸다. 그는 출판사가 자신의 책과 아무런 관련이 없는 문제나 어려움도 해결해줘야 할 의무가 있다고 여겼다. 그래서 우리에게 자기 집에서 외투를 가져다 세탁소에 맡기라고 하기도 했고, 컴퓨터 기술자나 화가를 보내달라고 부탁하기도 했으며, 트링코말리와 바티칼로아*에 숙소를 찾아달라고 하기도 했고, 종종 우리에게 전화를 걸거나 직접 사무실에 나타나 부탁이 아니라 명령을 하던 포악한 아내와 휴가를 떠나면서 우리에게 여행에 필요한 것들을 챙겨달라고 말하기도 했다. 내 상관은 가라이 폰티나를 몹시 존경했고, 우리를 통해 최선을 다해 그의 부탁을 들어주었다. 그의 책이 많이 팔려서가 아니라, 그가 내 상관에게 자신이 종종 스톡홀름에 초대를 받는다고 말하며—나는 그가 하는 일 없이 무언가를 도모하면서 항상 자비로 그곳의 공기를 마시러 간다는 사실을 우연히 알게 되었다—자기를 노벨상 수상 후보자라고 믿게 했기 때문이다. 그러나 스페인에서건 어디에서건 그가 노벨상 후보라고 공개적으로 밝힌 적은 없었다. 그래도 작가의 고향에서는 그렇게 말하는 경우가 종종 있는데, 그에게는 그것조차 없었다. 그런데도 그는 내 상관과 직원들 앞에서 마치 기정사실인 양 그렇게 말했고, "북유럽에 있는 내 첩자들에 따르면, 올해나 내년에 반드시 탈 것이라고 하네요"나 "시

* 트링코말리Trincomalee와 바티칼로아Batticaloa 모두 스리랑카의 도시들이다.

상식 때 칼 구스타브 국왕 앞에서 연설할 원고를 스웨덴어로 외웠어요. 그가 들어보지 못한 명연설이 될 겁니다. 게다가 그 누구도 배우지 않는 스웨덴어로 말입니다"와 같은 말을 들으면 우리는 얼굴이 빨개졌다. 그러면 내 상관은 "그래요? 무슨 내용의 연설이죠?"라고 미리 기뻐하면서 물었다. "나중에 세계의 유명 신문을 통해 읽게 될 겁니다"라고 가라이 폰티나는 으스대면서 대답했다. "모든 신문이 그 연설문을 실을 겁니다. 모두가 스웨덴어를 번역해야 할 겁니다. 심지어 스페인 신문도 말입니다. 너무 재미있지 않습니까?" (하나의 목표에 그토록 자신감을 갖는 것은 정말 부럽다. 물론 목표와 자신감 모두 꾸며낸 것이지만.) 나는 일자리를 잃고 싶지 않아서 최대한 그를 외교적으로 대하려고 했다. 하지만 이제는 말할 수 없을 정도로 힘들었다. 가령 그는 아침 일찍 전화를 걸어 이런 황당한 요구를 했다.

"마리아. 새 책의 한 장면에 필요한 건데, 코카인 2그램 정도만 구해주면 좋겠어요. 가능한 한 빨리 우리 집으로 인편을 통해 보내주기 바라요. 아무리 늦어도 해가 지기 전까지는 해줘요. 햇빛 속에서 코카인이 어떤 색깔인지 보고 싶거든요. 그러니 내가 그걸 사용하고 싶어서 이런 부탁을 한다고는 생각하지 말아요."

"하지만 가라이 씨……"

"당신에게 내 이름은 가라이 폰티나라고 말해주었어요. 그냥 가라이라면 바스크 지방이나 멕시코, 혹은 아르헨티나의 그 누구도 될 수 있어요. 심지어 축구선수 이름도 되죠." 그는 이런 사실을 매우 강조했고, 그래서 나는 그의 두번째 성(姓)이 조작된 것이라고 확신했다. (나는 어느 날 마드리드의 전화번호부를 살펴보았는데, 폰티나라는 성을 가진 사람은 한 명도 없었다. 단지 라우렌세 폰티노이라는, 『폭풍의 언덕』 작중 인물들의 성처럼 듣도 보도 못한 괴상망측한 성만 있을 뿐이었다.) 혹은 그가 자기 성을 만들어냈고, 실제 이름은 고메스 고메스나 가르시아 가르시아일지도 모른다고, 그의 예민한 감성을 거스르는 똑같은 두 개의 성을 쓸지도 모른다고 생각했다. 만일 필명이라면, 의심의 여지없이 그는 폰티나가 이탈리아 치즈의 한 종류인지도 모르고 선택했을 것이다. 그게 소젖으로 만든 건지 양젖으로 만든 건지는 모르겠지만, 발레다오스타에서 생산되는 치즈인데, 사람들은 그 어떤 것보다도 두 개의 성을 하나로 녹여 만드는 일에 전념한다고 나는 생각한다. 하기야 보르헤스라는 이름의 땅콩도 있는데, 나는 보르헤스가 그런 일로 심난해했을 것이라고는 생각하지 않는다.

"미안합니다, 가라이 폰티나 씨. 그저 조금 줄여서 부르려고 했을 뿐이에요. 하지만 제 말을 들어보세요." 나는 이렇게 말하지 않을 수 없었다. 하지만 그건 그다지 중요한 내용이 아니었다. "색깔을 확인하는 건 걱정하지 마세요. 자신 있게 말하는데, 햇빛 아래서건 전등 아래서건 그건 흰색이에요. 그건 모든 사람이 알고 있어요. 영화에도 많이 나와요. 타란티노 영화 못

보셨어요? 아니면 알파치노가 등장해서 그걸 수북이 쌓아놓는 영화 못 보셨나요?"

"그건 나도 알고 있어요, 마리아." 그는 내게 짜증을 내며 대답했다. "난 이 더러운 세상에 살고 있어요. 물론 내가 만들어 낼 때는 그렇게 보이지 않을 수도 있죠. 하지만 당신 스스로를 과소평가하지 말아요. 당신은 직장 동료인 베아트리스나 다른 사람들처럼 그냥 책만 만드는 게 아니라 그걸 읽는 사람이에요. 그리고 아주 제대로 평가하죠." 그는 때때로 내게 이렇게 말했다. 하지만 나는 그게 내 마음에 들려고 그냥 하는 말이라고 생각한다. 나는 결코 그의 소설에 대해 평한 적이 없으며, 그런 일을 하라고 돈을 받는 게 아니기 때문이다. "나는 형용사를 제대로 선택했는지 걱정이 되어서 그런 거예요. 자, 그렇다면 그게 우윳빛 흰색인지 아니면 석회의 흰색인지 말해봐요. 그리고 감촉은 어떤가요? 분필 가루 같은가요, 아니면 설탕 같은가요? 아니면 소금 같은가요, 밀가루나 탤컴파우더 같은가요? 자, 말해 줘요."

나는 노벨문학상 수상 예정자의 예민함 때문에 황당하고 위험한 대화로 끌려들어갔다는 사실을 알았다. 그건 전적으로 내 잘못이었다.

"그건 코카인과 같아요, 가라이 폰티나 씨. 요즘은 그걸 설명하거나 묘사할 필요가 없어요. 그걸 맛보지 않은 사람도 그걸 보았을 테니까요. 물론 늙은 사람들은 그렇지 않지만, 어쨌든 그들 역시 텔레비전에서 수없이 보았을 거예요."

"지금 내가 어떻게 써야 하는지 말해주고 있는 건가요, 마리아? 내가 형용사를 써야 할지 말아야 할지 조언하는 건가요? 내가 뭘 설명해야 하고 무엇이 불필요한지 말하는 건가요? 가라이 폰티나를 가르치려고 하는 건가요?"

"아닙니다, 폰티나 씨……" 나는 말할 때마다 두 개의 성을 말할 수 없었다. 그랬다가는 너무 시간이 오래 걸리고, 두 성의 소리는 잘 어울리지 않았다. 그러니까 내 마음에 들지 않았던 것이다. 가라이를 빼도 그는 그다지 못마땅해하지 않는 것 같았다.

"내가 오늘 코카인 2그램을 구해달라고 하는 건 나름대로 이유가 있기 때문이에요. 아마도 오늘 밤에 글을 쓸 때 필요할 것 같아요. 새 원고를 받고, 그 원고에 실수가 없기를 당신도 바라지 않나요? 나와 이러쿵저러쿵 말다툼하지 말고, 당신은 그저 코카인을 구해 내게 보내주면 되는 거예요. 내가 직접 에우히니에게 말할까요?"

하지만 나는 다소 위험을 무릅쓰면서 내 입장을 굽히지 않았고, 카탈루냐 말로 그럴듯하게 둘러댔다. 그건 내 상관에게서 배운 말이었다. 내 상관은 카탈루냐에서 태어났지만 거의 평생을 마드리드에서 살았는데도 카탈루냐어 표현을 자주 사용했다. 가라이의 요구가 그의 귀에 들어가면, 그는 작가가 흐뭇해하도록 우리 모두를 거리로 보내(택시도 가지 않으려는 위험한 지역으로) 마약을 구해오라고 하고도 남을 사람이었다. 그는 잘 난 체하는 작가의 말을 너무 심각하고 진지하게 받아들였다. 나는 어떻게 이런 우쭐대는 인간들이 그들과 같은 부류의 사람들을 설득할 수 있는지 정말로 놀라운 일이라고 생각한다. 그건 세상의 가장 커다란 수수께끼이다.

"우리보고 마약 딜러를 하란 말인가요, 폰티나 씨?" 나는 말했다. "당신이 알고 있는지 모르겠지만, 지금 우리에게 법을 위반하라고 요구하고 있는 겁니다. 코카인은 담배 가게나 식당에서 마구 살 수 있는 게 아니라는 건 당신도 알고 있을 겁니다. 게다가 2그램이에요. 그걸로 뭘 하려는 거죠? 코카인 2그램이 얼마나 되는지 아세요? 몇 번이나 흡입할 수 있는 양인지 아세요? 당신이 과다 흡입하면 우리가 얼마나 큰 손해를 입을지 생각해보세요. 당신 아내와 우리 문학을 위해서도 그건 커다란 손실이에요. 뇌졸중을 일으킬 수도 있어요. 아니면 중독이 되어 아무것도 생각하지 못할 수도, 그래서 더 이상 글도 쓰지 못하고 아무 일도 못 하고, 마약을 가지고는 국경을 건널 수 없어서 여행도 할 수 없는 인간쓰레기가 될 수도 있어요. 자칫 잘못하면 스웨덴의 노벨문학상 시상식에도 참석할 수 없고, 칼 구스타브 국왕에게 건방진 연설도 할 수 없게 돼요."

가라이 폰티나는 잠시 입을 다물었다. 마치 자기가 과도한 요구를 한 것인지 아닌지 곰곰이 생각하는 것 같았다. 그러나 나는 그가 스톡홀름의 레드카펫을 결코 밟을 수 없을지도 모른다는 끔찍한 사실에 더 관심을 기울였다고 생각한다.

"아니에요, 마약 딜러를 하란 소리가 아니에요." 그가 마침내 말했다. "마약을 사달라는 말이지 팔라는 소리가 아니에요."

나는 그가 머뭇거리는 틈을 이용해 그가 제안하는 행동의 중요한 측면을 분명하게 지적했다.

"그걸 당신에게 건네주는데 아니라고요? 우리는 당신에게 코카인 2그램을 건네줄 것이고, 당신은 우리에게 돈을 주겠죠, 그렇지 않나요? 그게 뭐죠? 마약 딜러가 아닌가요? 경찰은 분명히 그렇게 여길 겁니다." 그건 하찮은 문제가 아니라 바로 그의 약점이자 나쁜 점이었다. 가라이 폰티나는 세탁소 비용이나 화가들의 임금, 그리고 바티칼로아의 숙소 예약 비용을 항상 제대로 지불하지 않았기 때문이다. 늦게라도 제대로 지불하면 그나마 다행이었다. 돈을 지불해달라고 요구할 시간이 올 때마다 편집인은 당황해하면서 가슴을 졸였다. 그의 새 소설은 미완성 상태였고, 따라서 계약이 아직 체결되지 않은 상태였다. 그런 상태에서 우리가 그의 악습에 돈을 지원할 필요는 전혀 없었다.

나는 그가 전보다 더 주저하고 있다는 것을 알았다. 아마도 버릇이 잘못 들어서 비용을 생각하지 않은 것 같았다. 수많은 작가들처럼 그는 치사하고 인색하며 자존심도 없었다. 그는 이곳저곳, 그리고 특히 지방 도시에 강연을 하러 갈 때마다 호텔에서 엄청난 비용을 쓰고 나오는 경우가 다반사였다. 그는 자기가 스위트룸을 사용해야 하며 모든 추가 비용도 초청자가 부담해야 한다고 요구했다. 강연 출장을 갈 때면 침대 시트와 더러운 옷도 가져간다는 소문이 돌았다. 그것은 그의 성격이 괴팍하거나 자기 것에 집착해서가 아니라, 그것들을 호텔에서 세탁하기 위해서였다. 심지어 내게 조언을 구하지 않은 양말까지도 세탁했다. 하지만 이것은 사실이 아닐 가능성이 높았다. 가방에 그렇게 많이 넣어 가지고 여행하는 건 끔찍하게 성가신 일이기 때문이다. 그런데 언젠가 그런 행사의 조직위원들이 엄청난 세탁비 청구서를 받고 지불해야 했다는 사실(입에서 입으로 전해진 바에 따르면, 약 1,200유로)을 어떻게 설명해야 할까?

"혹시 요즘 코카인 가격이 어떻게 되는지 알아요, 마리아?"

나는 정확한 가격을 몰랐고 약 60유로 정도 할 것이라고 생각했지만, 그를 놀래주고 단념시키기 위해 훨씬 높은 가격을 선택했다. 나는 내 작전이 성공할 것이라고, 적어도 불법적인 소굴이나 타락한 장소로 코카인을 사러 가야 하는 끔찍한 곤경에서 헤어날 수 있을 것이라고 생각했다.

"1그램에 80유로 정도 하는 것 같아요."

"맙소사!" 그러더니 그는 잠시 생각에 잠겼다. 나는 그가 인색하게 계산하고 있을 것이라고 상상했다. "알겠어요. 당신 말이 맞는 것 같네요. 아마 1그램이나 반 그램 정도면 충분할지도 모르겠네요. 반 그램 살 수 있나요?"

"모르겠어요, 가라이 폰티나 씨. 난 코카인을 하지 않거든요. 하지만 아마 팔지 않을 거예요." 그가 보다 싼 대안이 있다는 생각을 못 하게 하는 편이 나았다. "향수 반병을 살 수 없는 거나 마찬가지일 거예요. 배 반 개를 살 수는 없죠." 이 말을 하자 나는 내가 말도 안 되는 비교를 했다는 사실을 깨달았다. "치약 반통을 팔지는 않아요." 나는 이게 보다 적절한 비교라고 생각했다. 그가 마약 생각을 완전히 떨쳐버리게 만들거나 아니면 스스로 마약을 구입하도록 해서 더 이상 우리를 범죄에 가담시키지 못하도록 또는 우리가 돈을 지불하지 않도록 설득할 필요가 있었다. 그는 우리가 다시 보지 않을 사람도 아니었지만, 그렇다고 출판사가 돈을 흥청망청 쓸 만한 사람도 아니었다. "하지만 한 가지만 물어볼게요. 선생님이 사용하려는 건가요, 아니면 단지 보고 만지려는 건가요?"

"아직 모르겠어요. 오늘 밤 책이 내게 뭘 하라고 요구하는지에 달려 있어요."

내가 보기에 낮이건 밤이건 책이 무언가를 요구한다는 주장, 특히 아직 완성된 책도 아닌데 그걸 쓰고 있는 사람에게 이래라저래라 한다는 것은 말도 안 되는 소리 같았다. 나는 그저 시적 표현이라고 여겨 아무 말도 하지 않았다.

"잘 아시겠지만, 후자일 경우라면, 그러니까 코카인을 묘사하고 설명하려는 것이라면…… 어떻게 설명해야 할지 모르겠어요. 선생님은 세계적인 작가가 되고자 하시고, 이미 그런 작가세요. 그래서 연령층을 가리지 않고 모든 독자들의 호감을 사고 있어요. 선생님이 코카인이 무엇인지, 그 효과는 어떤 것인지 설명하기 시작하면, 젊은 독자들은 선생님이 마약 신참내기이고 이제야 그걸 알았다고 생각하고서 선생님을 비웃을 거예요. 오늘날 코카인을 설명한다는 것은 신호등이 어떤지 설명하는 것과 마찬가지거든요. 거기서 무슨 형용사를 사용할 수 있을까요? 초록, 노란, 붉은인가요? 정적인, 직립의, 태연한, 금속성 같은 형용사일까요? 아마 사람들에게 웃음거리가 될 거예요."

"지금 거리에 있는 신호등을 말하는 건가요?" 그는 소스라치게 놀라면서 물었다.

"예, 그거예요." 적어도 구어체의 말에서 '신호등'이 그것 말고 다른 것을 지칭할 수도 있는지 나는 전혀 몰랐다.

그는 잠시 침묵을 지켰다.

"비웃을 거라고요? 마약 신참내기라고 생각할 거라고요?" 그는 내가 한 말을 그대로 반복했다. 나는 그런 표현을 사용한 것이 훌륭한 조처였다는 것을 깨달았다. 제대로 짚었던 것이다.

"책의 그 부분에 관해서는 확신해요, 폰티나 씨."

분명히 그는 젊은 독자들이 자신이 쓴 내용을 비웃으리라는 생각을 도저히 참을 수 없었을 것이다.

"좋아요, 생각할 시간을 줘요. 하루 정도 늦어진다고 큰일이 나는 건 아니니까요. 내일까지 결정해서 말해줄게요."

나는 그가 아무 말도 하지 않을 것이며, 멍청한 실험이나 연구를 포기하고, 전화 통화에서 그 이야기는 결코 다시 언급하지 않을 것임을 알았다. 그는 자기가 인습을 거부하는 현대적인 사람이라고 여겼지만, 실제로는 에밀 졸라나 그와 비슷한 유형에 지나지 않았다. 즉 자기가 상상한 것을 경험하려고 온갖 노력을 다했지만, 자신의 책에서는 인위적이고 부자연스러운 결과를 낳았던 것이다.

전화를 끊자 나는, 내가 가라이 폰티나의 부탁을 거절했다는 사실에 놀랐다. 더욱이 내 상관에게 묻지도 않고 나 스스로 그렇게 했다는 것에 더욱 놀랐다. 그날 내 기분은 최악이었고 평소보다 더 가라앉아 있었는데, 그 사실이 그런 내 상태를 잠시 잊게 해주었다. 사실 나는 완벽한 부부와의 아침 식사를 더 이상 즐기지 못했고 그래서 그들의 낙천적 성격에 영향을 받지 못했다. 적어도 나는 그것을 내가 지닌 이점이 상실된 것이라고 보았고, 그런 이유로 그의 약점과 허영과 멍청한 생각을 더욱 참지 못했던 것이다.

그것이 유일한 이점이었는데, 물론 아무 소용도 없는 이점이었다. 종업원들은 잘못 알고 있었고, 자기들이 잘못 알고 있다는 것을 깨달았지만, 그런 사실을 내게 알려주지 않았다. 데스베른은 결코 돌아오지 않을 것이며, 마찬가지로 세상에서 지워진 명랑하고 쾌활한 부부도 오지 않을 것이었다. 어느 날 아침 그 사건에 관해 말해준 사람은 내 동료 베아트리스였다. 나는 그 카페에서 그녀와 함께 아침 식사를 하면서 그 멋진 부부에 대해 말해주었다. 사건이 일어난 시점부터 며칠간 내가 출장중이었다는 사실을 잊고서, 그녀는 내가 틀림없이 알고 있을 것이라고, 그러니까 신문이나 그 카페의 종업원들을 통해 알고 있을 것이라고 생각했다. 우리는 카페의 야외 테라스에서 커피를 마셨다. 그때 그녀는 생각에 잠기면서 차 스푼으로 자신의 커피를 공연히 휘저으며, 다른 테이블——빈 테이블이 한 곳도 없었다——을 바라보더니 중얼거리듯이 말했다.

　　"네게 그런 일이 일어나다니 정말 끔찍해. 그러니까 네가 좋아했던 부부들에게 말이야. 그 사람은 누군가가 자기 목숨을, 그것도 가장 잔인하게 앗아가리라는 생각은 전혀 하지 못한 채 평소처럼 하루를 시작했을 거야. 그리고 그 사건 때문에 여자의 삶도 끝났을 거야. 적어도 오랫동안 그 상태가 지속될 거야. 그게 몇 년이 될지 누가 알겠어. 결코 회복 못 할지도 몰라. 정말 어리석게, 정말 재수 없게 죽었어. 이 도시에 수백만 명이 사는데 왜 하필이면 그 사람이었는지, 왜 내가 그런 일을 겪어야 했는지 평생을 생각하게 만드는 그런 종류의 죽음이야. 그 이유는 나도 몰라. 가령 나는 이제 사베리오를 거의 사랑하지 않지만, 그에게 그런 일이 일어났다면, 나도 살아갈 수 있을지 의문이 들어. 그건 상실감 때문이 아니라, 그런 게 마치 내 운명처럼 느껴질 것이기 때문이야. 마치 누군가 내가 가야 할 방향을 정해놓았는데, 나는 더 이상 그 방향을 바꿀 수 없는 것처럼 말이야. 내가 무슨 말 하는지 알아?" 베아트리스는 잘생겼지만 그녀에게 빌붙어 사는 이탈리아 남자와 결혼했는데, 이제는 더 이상 그를 참고 견딜 수가 없었다. 단지 아이들 때문에 할 수 없이 함께 살고 있었다. 거의 매일 전화를 걸어 외설적인 말로 그녀를 즐겁게 해주고 이따금씩 만날 수도 있는 애인이 있어서, 그나마 남편과의 관계가 유지되고 있었다. 물론 애인과 자주 만날 수는 없었다. 두 사람 모두 결혼한 몸이었고 아이가 있었기 때문이다. 우리 출판사 저자 가운데 한 사람이 한밤의 상상 속에서 그녀를 가득 채워주며 즐겁게 해주기도 했다. 그 저자는 뚱보 코르테소도 아니었고, 인품과 육체 모두 불쾌한 가라이 폰타나도 물론 아니었다.

"지금 무슨 말을 하고 있는 거야?"

그때야 그녀는 말했다. 아니, 내가 모르고 있다는 사실에 놀라서 말하기 시작했다. 그러자 나는 어쩔 줄 몰라 하면서 감탄사만 연발했는데, 그것은 우리가 지각을 하게 생긴 데다 회사에서 그녀의 위치가 나보다 더 불안정했기에, 쓸데없는 위험을 감수하고 싶지 않았기 때문이다. 폰티나가 그녀를 못마땅하게 여기면서 에우헤니에게 불평을 늘어놓은 것만으로도 아주 좋지 않은 상태였다.

"신문에서 그 기사 못 봤어? 그 가련한 남자의 사진도 실려 있었어. 온몸이 피범벅이 되어 바닥에 쓰러져 있었지. 정확한 날짜는 기억나지 않지만, 인터넷을 찾아봐. 틀림없이 찾을 수 있을 거야. 이름이 데베르네였는데 영화 배급 회사 가족 중 한 사람이었어. '배급 데베르네'라는 자막을 영화관에서 수도 없이 보았잖아. 거기서 네가 알고자 하는 모든 걸 찾을 수 있을 거야. 정말 끔찍한 일이었어. 머리카락이 하나도 남지 않을 정도로 쥐어뜯을 일이지. 정말 재수가 없었어. 내가 그의 아내라면, 이겨낼 수 없을 거야. 미쳐서 거리를 쏘다녔을지도 몰라." 그제야 나는 그의 이름을 알았다. 그러니까 그의 예명을 알았던 것이다.

그날 밤 나는 컴퓨터에 〈데베르네 살인자〉라고 자판을 두드려 검색을 했는데, 실제로 관련 기사가 있었다. 마드리드의 두세 개 신문의 지역 소식란에 실려 있었다. 그의 진짜 이름은 데스베른이었다. 사업 목적으로 이름을 바꾸었을 것이라고, 그러니까 스페인어 사용자들이 편하게 발음할 수 있도록 그렇게 했으리라는 생각이 머리를 스쳤다. 아니면 카탈루냐어 사용자들이 그의 이름을 듣고 바로 상트 후스트 데스베른 마을, 그러니까 내가 바르셀로나의 몇몇 출판사들이 창고를 가지고 있어서 알게 된 그곳을 떠올리지 못하도록 그렇게 했을 수도 있다는 생각이 머리를 스쳤다. 또는 자신의 영화 배급사가 프랑스 회사처럼 보이도록 그렇게 했을지도 모른다. 분명히 1960년대나 그 이전에 그의 회사가 설립됐을 때는 모든 사람들이 쥘 베른을 잘 알고 있었고, 프랑스의 모든 게 멋지다고 생각했었다. 머리카락이 있던 시기의 루이 드 퓌네스*처럼 보이는 대통령이 있는 지금과는 달랐다. 그 밖에도 나는 데베르네 가족이 마드리드 중심가에 있는 대형 개봉관 몇 개의 소유주였지만, 아마도 이런 영화관이 점차 사라지고 쇼핑몰로 대체되면서 자신들의 사업을 다각화했을 것이고, 그래서 이제는 마드리드뿐만 아니라 전국에서 부동산 개발에 전념하고 있다는 사실도 알았다. 그러니 미겔 데스베른은 내가 생각했던 것보다 훨씬 부자임이 분명했다. 그러자 나는 그들이 수입이 적은 나도 이용할 수 있었던 그 카페에서 거의 매일 아침 식사를 했다는 사실을 더욱 이해할 수 없었다. 사건은 내가 그곳에서 그를 마지막으로 보았던 날에 일어났고, 그래서 나는 그의 아내와 내가 동시에 그와 작별했다는

* Louis de Funès(1914~1983): 프랑스의 유명한 희극 배우.

것을 알았다. 그녀는 입술로, 그리고 나는 단지 눈으로만 작별 인사를 했던 것이다. 게다가 가혹할 정도로 아이러니하게도 그 날은 그의 생일이었다. 그래서 그는 전날보다 한 살 더 먹은 쉰 살에 세상을 떠났던 것이다.

신문에 실린 기사들은 몇 가지 세부 사항에서 차이를 보였다. 취재 기자가 데베르네의 이웃 중 누구와 대화를 나누었으며 어떤 목격자를 대상으로 취재했는지에 따라 달라진 것이 분명했다. 그러나 모든 기사가 주요 사실에는 의견의 일치를 보였다. 데베르네는 평소와 마찬가지로 오후 2시경에 카스테야나 대로 옆길에 주차했다. 아마도 루이사와 카페에서 점심을 먹기로 한 것 같았다. 그곳은 그들의 집에서 아주 가까웠고, 산업공학고등기술학교의 조그만 야외 주차장에서는 더욱 가까웠다. 차에서 내리자 그 지역에서 운전사에게 약간의 팁을 받고 주차를 대행하던 어느 비렁뱅이가──우리는 그런 사람들을 '고리야'라고 부른다──다가와서 횡설수설하더니 종잡을 수 없는 분노를 터뜨리며 데스베른을 호되게 비난했다. 몇몇 증인들에 따르면──물론 아무도 그 남자가 무슨 말을 했는지 알아듣지 못했지만──, 범인은 그가 자기 딸들을 국제 매춘 조직과 관련시켰다고 항의했다. 다른 사람들에 따르면, 그 비렁뱅이가 알아들을 수 없는 일련의 말을 내뱉었는데, 그중에서 단 두 구절만 알아들을 수 있었다는 것이다. 그것은 "내 유산을 빼앗으려는 거지!"와 "넌 내 자식들의 빵을 훔치고 있어!"였다. 데스베른은 잠시 동안 그를 붙잡고 마구 흔들며 그가 이성을 되찾게 하려고 애쓰면서, 자기는 그의 딸들과는 아무런 관련도 없으며, 그들을 알지도 못하고, 분명히 자기를 다른 사람과 혼동한 것이라고 말했다. 그러나 기사에 따르면 서른아홉 살에 길고 짙은 수염을 길렀으며 아주 키가 큰 루이스 펠리페 바스케스 카네야라는 이름의 그 비렁뱅이는 더욱 화를 내면서 계속 데베르네를 원망했고 알아들을 수 없는 욕을 퍼부었다. 어느 집의 관리인은 그가 이성을 잃고 "그래 넌 오늘 죽을 거야. 그러면 내일 네 마누라는 너를 잊어버릴 거야!"라고 마구 소리치는 것을 들었다고 했다. 데베르네는 이제는 어찌할 수 없다는 몸짓을 하면서, 그를 진정시키려는 모든 시도를 포기하고 카스테야나 대로로 가려고 했다. 그러나 그때 고리야는 자신의 저주가 이루어질 때까지 더 이상 기다리지 않고, 그 저주의 실행자가 되기로 결심했던 것 같다. 그는 칼날이 7센티미터 정도 되는 버터플라이 나이프를 꺼내더니 뒤에서 데베르네를 덮친 뒤에 여러 차례 찔렀다. 어느 신문에 따르면 가슴과 옆구리를, 다른 신문에 따르면 등과 복부를, 또 다른 신문에 따르면 등과 가슴과 옆구리를 찔렀다. 또한 신문에 따라 그 사업가가 칼에 찔린 상처도 아홉 군데, 열 군데, 열여섯 군데로 서로 달랐다. 마지막 숫자를 보도한 기자가 '부검 결과'를 인용하고 있기 때문에 그 숫자가 가장 신뢰성이 높았다. 그 기자는 〈찔린 상처가 모두 주요 장기에 손상을 끼쳤다〉라고 밝히면서, 〈부검을 실시한 의사에 따르면, 그중 다섯 군데의 상처가 치명적이었다〉라고 덧붙였다.

처음에 데스베른은 남자에게서 벗어나 도망치려고 했지만, 그가 너무나 빠르고 광포하고 잔인하게 계속해서 칼로 찌르는 바람에 — 분명히 이것이 그토록 정확하게 찌른 이유일 것이다 —, 그 칼부림에서 도망칠 수가 없었다. 이내 그는 실신하면서 바닥으로 고꾸라졌다. 그제야 살인자는 칼부림을 멈추었다. 근처 회사의 경비원이 무슨 일이 일어났는지 깨닫고는, "경찰이 올 때까지 움직이지 마!"라고 소리치면서, 경찰이 도착할 때까지 범인을 꼼짝 못하게 붙잡아두었다. 제정신이 아닌데다 방금 많은 피를 흘리게 만든 무장한 범인을 어떻게 단순히 명령조의 말로만 붙잡아둘 수 있었는지는 설명이 없었다. 아마도 총부리를 들이댔던 것 같지만, 어느 신문에도 경비원이 꺼냈거나 겨냥했을 무기에 대한 언급은 없었다. 어쨌든 여러 출처에 따르면, 범인은 경찰이 도착했을 때까지도 손에 칼을 들고 있었고, 경찰은 즉시 그에게 칼을 버리라고 명령했다. 그러자 비렁뱅이는 칼을 바닥에 던졌고, 수갑이 채워진 채로 관할 경찰서로 이송되었다. "마드리드 경찰청에 따르면" — 이런 문장 또는 이와 비슷한 문장이 모든 신문에 실려 있었다 — "살해 용의자는 영장 판사 앞에서 심문을 받았지만, 진술을 거부했다."

루이스 펠리페 바스케스 카네야는 오래전부터 그 지역에 버려진 자동차 안에서 살았다. 한 사람 이상에게 묻거나 이야기를 나눌 경우에 흔히 일어나는 것처럼, 이웃들의 증언은 여기서도 상이했다. 몇몇 사람은 그가 매우 조용하고 공손하며 올바른 사람이었고, 그 어떤 문제도 일으키지 않았다고 증언했다. 그러면서 그는 운전자들을 비어 있는 주차 공간으로 안내하면서 약간의 팁을 받았으며, 그런 일을 하는 자들이 그렇듯 오만하거나 비굴한 태도를 보였는데, 이런 무허가 노상 주차원들, 즉 고리야들은 모두 그렇게 불필요하고 바람직하지 않은 행동을 일삼으며 일한다고 덧붙였다. 그는 점심 무렵에 도착해서 두 개의 파란색 배낭을 가로수 아래에 내려놓고 간헐적으로 생기는 업무를 시작했다. 그러나 다른 주민들은 그의 "폭력적인 발작과 정신 이상"에 지쳐 있었으며, 버려진 차 안에서 그를 끄집어내 그 동네에서 쫓아내려고 수없이 시도했지만 그때까지 뜻을 이루지 못했다고 지적했다. 바스케스 카네야는 전과가 없는 사람이었지만, 불과 한 달 전에 데베르네의 운전사가 그의 발작의 희생자가 된 바 있었다. 그 비렁뱅이가 매우 버릇없이 운전사에게 다가가, 그가 차창을 내린 틈을 이용해 얼굴에 주먹을 휘둘렀던 것이다. 신고를 받고 출동한 경찰이 폭행범으로 그를 구금했지만, 상처를 입은 운전사가 결국 그에게 자비를 베풀기로 마음먹고 고발하지도 않고 고소장을 제출하지도 않았다. 데스베른이 죽기 전날, 희생자와 가해자는 처음으로 충돌했다. 비렁뱅이 주차원이 증거도 없는 황당한 주장으로 데스베른을 호되게 꾸짖었던 것이다. "자신의 딸들과 돈에 대해 말하면서 자신에게서 딸들과 돈을 빼앗으려고 한다고 주장했습니다"라고 살인 사건이 벌어졌던 카스테야나 대로에 인접한 골목길의 어느 관리인이 이야기했는데, 아주 수다스러운 사람임이 틀림없었다. 한편 또 다른 신문은 이렇게 적었다. "희생자는 주차원에게 사람을 잘못 알아봤으며, 자기는 그의 문제와 아무런 관련이 없다고 설명했다. 그러자 그 비렁뱅이는 어리둥절해하면서 혼잣말로 뭐라고 중얼거리며 그곳을 떠났다." 이어서 기사는 어느 정도 이야기를 윤색하면서 사건 관련자들에 대해 멋대로 서술했다. "미겔은 루이스 펠리페의 정신 이상적 행동이 스물네 시간 후에 자신의 목숨을 앗아갈 것이라고는 결코 상상도 할 수 없었다. 이미 쓰여 있던 그의 시나리오는 한 달 전부터 간접적으로 구체화되고 있었다." '간접적'이라는 표현으로 몇몇 이웃들이 비렁뱅이가 느낀 분노의 진정한 목표물로 보았던 운전사와의 사건을 언급하고 있었다. "그가 자신의 망상을 운전사에게도 똑같이 말했는지는 아무도 알 수 없다"라는 이웃 중 한 명의 말이 기사에 쓰여 있었다. "그리고 운전사를 그의 상관과 혼동했다." 그렇게 '고리야'가 약 한 달 전부터 몹시 분노한 상태였다는 사실을 암시했는데, 그것은 그 지역에 자동 주차기가 설치되어 그 비렁뱅이가 간헐적으로 손에 쥐던 돈을 받을 수 없었기 때문이었다. 어느 신문은 나머지 다른 신문들이 포착하지 못한 당황스러운 자료를 모호하게 언급했다. "살인 용의자가 진술을 거부했기에 동네 사람들이 말한 것처럼 그와 그의 희생자가 동서 관계인지 확인할 수 없었다."

구급차가 전속력으로 사고 현장으로 달려왔다. 구급 요원들은 데스베른에게 응급 처치를 하고 나서 중상을 입은 그를 간이침대에 눕히고 인공호흡기를 착용시킨 다음 '라루스' 병원의 응급실로 후송했다. 그러나 두 신문은 '라 프린세사' 병원이라고 밝혔는데, 이런 것조차 신문들은 차이를 보였다. 어쨌든 심장이 정지된 심각한 상태였던 그는 즉시 수술실로 실려 들어갔다. 그리고 다섯 시간 동안 삶과 죽음 사이를 오가며 몸부림쳤지만, 한순간도 의식을 되찾지 못했고, 마침내 "그날 저녁 늦게 사망했다. 의사들은 더 이상 손을 쓸 수 없었다."

이 모든 정보들은 이틀 동안, 그러니까 살인이 일어난 뒤 이틀 동안의 기사에 실려 있었다. 그리고 거의 모든 기사가 그렇듯이 지금은 신문 지면에서 완전히 사라졌다. 사람들은 무슨 일이 있었는지 전혀 주의를 기울이지 않았고, 단지 일어난 사건에만 관심을 보였다. 무분별한 행위와 위험, 그리고 위협과 불행 들이 우리를 스쳐 지나가지만, 방심한 사람들이나 아마도 선택받지 못한 사람들을 덮친다는 사실만 알고자 했다. 우리는 해결되지 않은 수많은 미스터리와 함께 행복하게 살아간다. 우리는 아침에 10분 동안 그런 문제에 관해 생각하지만 그 어떤 슬픔이나 불안의 흔적을 남기지 않고 까맣게 잊어버린다. 우리는 그 어떤 것도 깊이 생각하려고 하지 않으며, 사건이나 이야깃거리 없이 오랫동안 지내려고 하지 않는다. 바로 그런 이유로 이것에서 저것으로 관심을 돌리며, 그래서 타인의 불행은 영원히 되풀이된다. 그것은 마치 타인의 불행을 보고 이렇게 생각하는 것과 마찬가지다. 〈정말 끔찍해. 그런데 다음은 뭐지? 우리가 또 어떤 끔찍한 사건에서 벗어난 거지? 우리는 매일 우리가 생존자이며 불멸이라고 느낄 필요가 있어. 그러니 새로운 끔찍한 소식이 필요해. 어제 사건은 이미 끝난 것이니까.〉

흥미롭게도 그 이틀 동안 신문들은 죽은 사람에 관해서는 거의 언급하지 않았다. 단지 그가 유명한 영화 배급사 창립자의 아들이며 가족 회사에서 일했는데, 그 회사는 수십 년 동안 꾸준히 성장하면서 사업을 다각화했고, 그로 인해 이제는 거의 제국이 되어 그들의 사업 중에는 저가 항공도 포함되어 있다는 내용만 적혀 있었다. 그 이후에 발행된 신문에는 데베르네의 부고도 실리지 않았고, 친구나 동료가 쓴 고인에 대한 추모나 회고의 글도 없었다. 그의 성격이 어땠는지 그가 이룬 것이 무엇인지에 대해 다룬 기사가 한 편도 없었는데, 매우 이상한 일이었다. 돈 많은 사업가라면, 특히 영화와 관련된 사람이라면, 그다지 유명하지 않더라도 언론과 연줄이 있거나 아니면 그런 연줄을 가진 친구가 있기 마련이며, 이런 친구들 가운데 하나가 선의로 고인에 대해 진심에서 우러나오는 추모 글이나 그를 기리는 기사를 신문에 싣게 하는 건 전혀 어려운 일이 아니기 때문이다. 그것은 고인의 안타까운 죽음을 보상하는 일이 되기도 한다. 그런데 그런 글이 없다는 것은 그를 더욱 모욕적으로 만드는 것 같았다. (너무나 자주 우리는 누군가가 죽었을 때만, 아니 죽었다는 사실 때문에 그의 존재를 알게 된다.)

입수 가능한 유일한 사진은 매우 민첩한 어느 기자가 데베르네가 바닥에 누워 있을 때, 그러니까 그를 병원으로 후송하기 전에 거리에서 응급처치를 받고 있을 때 재빨리 찍은 것이었다. 다행히 인터넷에서는 그 사진이 제대로 보이지 않았다. 아주 작고 해상도도 형편없는 사진이었다. 내가 '다행'이라고 말한 것은 그와 같은 사람, 항상 명랑하고 흠 하나 없이 살아온 사람의 사진으로는 전혀 적당하지 않게 여겨졌기 때문이다. 나는 그 사진을 거의 쳐다보지 않았고, 그럴 마음도 없었다. 이미 그가 죽은 날 어느 신문에 실린 더 커다란 사진을 그가 누구인지 알지도 못한 채 주의 깊게 보려는 마음도 없이 얼핏 보았지만, 그 신문은 이미 버리고 없다. 당시 희생자가 내가 전혀 모르는 사람이 아니라, 일종의 감사하는 마음으로 매일 기쁘게 지켜보던 사람이라는 사실을 알았다면, 아마도 그 사진을 눈여겨보려는 유혹이 너무도 강해 거스를 수 없었을 것이다. 그랬다면 나는 그를 알아보지 못했을 때보다 더욱 분노하고 더욱 소름 끼쳐 하면서 그 사진에서 눈을 뗐을 것이다. 우리는 자신이 살해될 것이라는 사실을 전혀 눈치채지 못한 채 갑자기 가장 잔인한 방식으로 거리 한복판에서 죽을 수 있다. 또한 사람들이 짐짓 점잖게 그러나 멍청하게 말하듯이 '공공장소'인 거리에서 그런 사건이 일어났다는 이유로 우리에게 가해진 폭력에 굴욕적으로 망가진 모습을 세상 사람들 앞에 드러낼 수도 있다. 이제 인터넷이 보여주는 조그만 사진에서 나는 그를 거의 알아볼 수 없었다. 단지 죽은 그 사람 혹은 곧 죽을 그 사람이 데스베른이라는 사실을 기사를 읽고 확신했다. 어쨌든 자기 자신이 그렇게 드러날 거라는 사실을 알았거나 그런 모습을 보았다면, 그러니까 재킷도 없고 심지어 셔츠도 벗겨졌거나 활짝 열린 채—잘 보이지 않았지만, 그의 셔츠가 벗겨졌다면 커프스단추들은 대체 어디로 갔을까?—거리 한복판에서 피 웅덩이 위로 상처를 드러내고서, 보행자들과 운전자들이 지켜보는 가운데, 응급처치 하는 구급 요원들에 둘러싸여 산소호흡기 튜브를 가득 달고 의식을 잃고 기절한 모습이 신문에 실릴 것을 알았다면, 그는 소름 끼치도록 질색했을 것이다. 또한 그의 아내도 그런 모습을 보았다면 엄청난 충격을 받았을 것이고, 아마도 그런 이유로 다음 날 신문을 읽을 시간도 여유도 없었을 것이다. 우리가 울면서 죽은 사람의 장례를 지내고 매장하는 동안, 게다가 아이들에게 그 사실을 설명해야 한다면, 우리는 세상에 무슨 일이 일어나는지 전혀 알 수 없으며, 나머지 일은 존재하지 않는 것과 마찬가지다. 그러나 나중에 그걸 보았다면, 내가 일주일 뒤에 느꼈던 것과 똑같은 호기심을 느꼈을 것이고, 인터넷에서 당시 다른 사람들, 즉 친한 친구들이나 친척들뿐만 아니라 나처럼 모르는 사람들이 무엇을 알게 되었는지에 대해 알고 싶어 할 것이다. 그녀는 어떤 충격을 받았을까? 그리 가깝지 않은 친구들은 신문을 통해, 즉 마드리드 지역의 사망 사건 소식이나 부고 소식을 통해 알게 되었을 것이다. 돈 많은 사람이 죽으면 일종의 법칙처럼 그 소식이 한 신문 혹은 여러 신문에 실리는 법이니까. 어쨌든 그 사진, 무엇보다 바로 그 사진 — 또한 그가 너무도 황당하고 터무니없는, 게다가 불행이 가미된 방식으로 죽었다는 사실 — 때문에 베아트리스는 그를 '가련한 사람'이라고 말했던 것이다. 그 누구도 그가 살아 있을 때, 심지어 그가 산업공학고등기술학교의 조그만 정원 옆에 위치한 조용하고 아름다운 지역에 내리기 1분 전만 하더라도 그렇게 부르지 못했을 것이다. 그곳에는 울창한 나무들과 음료 판매대가 있었고, 몇 개의 테이블과 의자가 놓여 있었다. 나는 여러 번 어린 조카들과 그곳에 앉곤 했다. 심지어는 바스케스 카네야가 자신의 버터플라이 나이프를 펼치기 1분 전만 하더라도 그렇게 부르지 못했을 것이다. 그런데 손잡이가 두 개인 그 칼을 펼치려면 노련해야만 한다. 내가 알기로는 그건 아무 데서나 팔지 않으며, 심지어 소지가 금지된 것이다. 이제는 너무나 분명하다. 그는 영원히 이렇게 남을 것이다. 가련하고 불행한 미겔 데베르네, 즉 가련한 사람으로.

"그래요, 그의 생일이었어요. 믿기지 않죠? 일반적으로 세상은 작중 인물들을 너무나 무질서하게 무대에 들어오게 하고 나가게 하죠. 누군가 50년이란 세월을 두고 같은 날 태어나서 죽는 것도 그렇죠. 정확히 쉰 살이었어요. 하지만 그건 아무 의미도 없어요. 그냥 의미 있게 보일 따름이죠. 그 일은 너무나 쉽게 다룰 수 있었어요. 그건 아무 날이나 될 수도 있고, 그 어떤 날도 되지 않을 수도 있어요. 그런 일이 결코 일어나지 않았다면 좋았겠죠. 정말 좋았겠죠."

몇 달이 지나서 나는 루이사를 다시 만났고, 다시 몇 달이 지나서야 그녀의 이름, 즉 루이사 알다이라는 이름을 알게 되었다. 그녀는 그 말을 비롯해 다른 말도 했다. 그때 나는 그녀가 자기 말을 들어줄 사람과 함께 있다고 여기면 누구에게나 자기에게 일어난 일에 대해 끊임없이 말하는 타입인지, 아니면 나를 마음속 이야기를 털어놓을 수 있는 사람이라고 판단했는지, 그러니까 모르는 사람이라서 자기가 들려준 이야기를 자신의 지인에게 전할 수 없을 거라는 믿음에서 그랬는지 잘 알 수 없었다. 동정심을 보이며 접근해서 끝내 배신하지 않고 끝까지 호기심을 보이는 사람과의 우정은 아무런 설명이나 결과 없이도 언제든지 끝날 수 있었다. 내 얼굴은 그녀에게 새로운 얼굴이었고, 그녀가 자신의 남편과 달리 나의 존재를 거의 눈여겨보지 않았다고 믿었지만, 그녀는 내 얼굴을 어딘지 모르게 낯익고 구름이 끼지 않았던 행복한 시절과 연결시키고 있었다.

루이사는 여름이 끝자락을 향해 가던 어느 날, 그러니까 9월 말에 평소와 같은 시간에 다시 모습을 드러냈다. 두 명의 여자 친구 혹은 직장 동료와 함께 있었다. 카페 테라스에는 여전히 테이블이 설치되어 있었는데, 나는 내 테이블에서 그녀가 자신의 테이블에 가 앉는 것을, 아니 의자에 풀썩 주저앉는 것을 보았다. 친구 중 하나가 기계적으로 배려하듯이 팔로 그녀를 안았다. 그녀가 매우 허약해졌다는 사실을 알고 있기에, 균형을 잃고 넘어질지도 모른다고 생각한 것 같았다. 그녀는 엄청나게 말라 있었고 안색도 매우 좋지 않았으며, 얼굴 생김새가 구분이 되지 않을 정도로 심각하게 창백했다. 피부만 색깔과 윤기를 잃어버린 것이 아니라, 머리카락과 눈썹과 속눈썹, 눈동자와 치열과 입술 모두 생기도 활기도 없고 제 색깔을 잃어버린 것 같았다. 마치 잠깐 빌려다 놓은 보릿자루 같았다. 그러니까 빌려다 놓은 목숨 같았던 것이다. 남편과 함께 있을 때와는 달리 더 이상 명랑하고 활달하게 말하지 않았으며, 자연스러움을 가장한 채 의무감 때문에 억지로 앉아 있는 것이 눈에 보였다. 나는 혹시 약물 때문에 그런 게 아닐까 생각했다. 그녀는 나와 아주 가까운 곳에 앉았다. 나와 그녀 사이에는 빈 테이블 하나만 놓여 있어서 그녀의 말을 토막토막 들을 수 있었다. 아니, 그녀가 아주 작은 소리로 조용히 말을 했기 때문에 오히려 그녀 친구의 말을 더 많이 들었다. 그들은 장례식의 세세한 것들에 관해 의논하는 것 같았다. 의심의 여지 없이 데스베른의 장례식이었다. 나는 그가 죽은 지석 달이 지난 것을 기리기 위해서인지(나는 거의 그 정도 시간이 흘렀다고 추산했다), 아니면 적어도 마드리드에서는 아직도 종종 관습으로 지켜지듯이, 죽었을 때가 아니라 한 주나 두 주가 지나서 치러지는 장례식에 대한 것인지는 알 수 없었다. 아마도 그녀는 그 사건 이후 충분히 기력을 회복하지 못했거나, 아니면 끔찍한 상황으로 인해 장례식을 할 만하지 않았거나, ─사람들은 그런 공개적인 행사나 널리 퍼진 소문에 간섭하려는 욕망을 참지 못한다─ 가족이 전통적인 방식을 고집해서 여전히 장례를 치르지 못했을 수 있다. 아마도 그녀의 보호자 ─ 예를 들어 오빠나 부모나 친구 ─ 가 안장식이 끝난 후 즉시 그녀를 마드리드에서 멀리 떨어진 곳으로 데려가서 남편의 죽음을 애도하는 기간을 갖게 했는지도 몰랐다. 그런 건 남편의 죽음을 강조하거나 부부가 함께 지내던 시간을 더욱 애절하게 만들 뿐이었다. 그리고 사실 그런 건 그녀를 기다리던 공포를 공연히 뒤로 미루는 것 외에는 의미가 없었다. 내가 들을 수 있었던 그녀의 말은 "그래, 그게 좋은 것 같아"거나 "너희들이 나보다 더 정확하게 판단하니까 그렇게 말하는 거겠지" 혹은 "신부가 짧게 하도록 해야 해, 미겔은 신부들을 별로 좋아하지 않아. 그들 때문에 그가 죽어서도 초조해했을지도 몰라" 또는 "아니야, 슈베르트는 아니야. 그는 죽음에 너무 집착해. 내 남편만으로도 죽음은 충분해" 정도였다.

나는 카페 종업원 두 명이 바 뒤에서 잠시 말을 주고받더니 그녀가 앉은 테이블로 엄숙하기보다는 경직되게 발걸음을 옮기는 것을 보았다. 비록 작고 조심스럽게 말했지만, 나는 그들이 짧게 조의를 표하는 소리를 들었다. "남편께서 그런 일을 당하게 되었다니 유감을 표합니다. 정말로 좋은 분이었는데요." 둘 중 한 종업원이 말했다. 그러자 다른 종업원이 상투적인 말을 덧붙였다. "삼가 조의를 표합니다. 정말 커다란 비극이었습니다." 그녀는 씁쓸한 미소로 감사를 표했을 뿐, 아무 말도 하지 않았다. 내가 보기에 그 사건을 자세히 설명하거나 평하면서 그 대화를 더 오래 지속하고 싶어 하지 않았는데, 그건 충분히 이해할 수 있는 일이었다. 자리에서 일어나면서 나는 종업원들과 똑같이 하고 싶다는 충동을 느꼈지만, 그녀가 친구들과 무덤덤하게 나누던 종작없는 대화를 끊고 싶지 않았다. 게다가 이미 시간이 지체되었기에, 나는 너무 늦게 사무실에 들어가고 싶지 않았다. 이제 나는 예전의 내 방식을 수정해서 매일 제시간에 정확히 출근하고 있었다.

또다시 한 달이 지나서야 나는 그녀를 다시 만났다. 이제 나뭇잎들이 떨어지고 공기가 차가워지고 있었지만, 아직도 카페 바깥의 테라스에서 아침을 먹고자 하는 사람들이 있었기에 그곳의 테이블을 치우지 않은 상태였다. 사람들은 빠른 속도로 식사를 했다. 그들은 이후 오랜 시간을 사무실에서 보내야 하는 사람들이거나, 아니면 감기에 걸리지 않을 정도만 그 테라스에 있고 싶어 하는 사람들이었다. 대부분은 나처럼 조용하면서도 졸린 얼굴이었다. 이번에 루이사 알다이는 두 아이와 함께 와서 아이들이 먹을 아이스크림을 주문했다. 나는 오래전 어린 시절을 떠올리면서, 그녀가 아이들을 금식 상태로 병원에 데려가서 혈액 검사를 한 뒤, 연신 꼬르륵거리는 아이들의 허기진 배를 달래기 위해 아이들이 생각하지도 못했던 것으로 보상해주고 있으며, 게다가 아이들이 학교 첫 수업 시간에 빠지게 해준 거라고 상상했다. 여자아이는 남동생을 보살폈다. 두 아이는 대략 네 살 차이가 나는 것 같았다. 나는 여자아이가 나름대로 자기 엄마에게도 신경을 쓰고 있다는 인상을 받았다. 그녀와 그녀의 딸이 종종 역할을 서로 바꾸거나, 그 정도는 아니라도, 엄마 역할을 두고 때때로 경쟁을 벌이는 것 같았다. 물론 경쟁을 할 수 있는 매우 제한된 영역에서 말이다. 다시 말하자면, 여자아이는 컵에 담긴 아이스크림을 조그만 스푼으로 조심스럽게 떠먹으면서, 루이사에게 커피가 식기 전에 마시라고 보챘다. 또한 엄마의 표정과 행동을 주시하면서 한시도 눈을 떼지 않았으며, 엄마가 다른 생각을 하거나 아니면 너무 생각에 깊이 빠지면, 즉시 엄마를 쳐다보면서 말을 하거나 혹은 질문을 던졌다. 아니, 아마도 엄마가 완전히 마음이 팔리거나 과거의 기억에 빠져 슬픔을 느끼지 않도록 무언가에 대해 이야기를 했던 것 같다. 그때 자동차 한 대가 모습을 드러내더니 카페 밖에 이중 주차를 하고서 아주 가볍게 경적을 울리자, 아이들이 자리에서 일어나 배낭을 들고 급히 엄마에게 입을 맞추고는 서로 손을 잡고 그 차가 자기들을 태우러 왔다는 확신을 갖고서 차를 향해 달려갔다. 나는 여자아이가 루이사보다 더 걱정스러운 얼굴로 헤어졌지, 그 반대는 아니라는 느낌을 받았다. 그 아이가 루이사의 뺨을 가볍게 어루만지면서, 똑바로 행동하고 문제를 일으키지 말라거나, 다시 만날 때까지 잘 있으라고 위로하는 것 같았다. 자동차는 의심할 나위 없이 두 아이를 학교로 데려다주기 위해 온 거였다. 나는 누가 운전하는지 보았는데, 순간적으로 맥박이 빨라지는 걸 피할 수 없었다. 비록 자동차를 모르고 모든 자동차가 똑같다고 생각하는 사람이었지만, 나는 첫눈에 그 자동차를 알아보았다. 그건 데베르네가 아내를 혼자 혹은 친구들과 함께 놔두고서 출근할 때 타던 자동차였다. 분명히 그가 직접 운전하고 산업공학고등기술학교 옆에 주차시켰을 것이며, 그의 생일 너무나 재수 없는 시간에 내렸을 바로 그 차였다. 운전석에는 어느 남자가 앉아 있었다. 나는 그가 데베르네와 번갈아가며 운전했던 사람일 것이며 그 운명의 날에 데베르네가 그 사람 대신 운전했고, 그 사람 대신 죽었을 수도 있다고 생각했다. 그리고 아마도 '고리야'가 정말로 죽이려고 했던 사람이 그 운전사였다고, 그래서 '고리야'가 의도한 살인 희생자는 결과적으로 간신히 죽음에서 벗어났다고, 또한 아무도 모르겠지만 우연히도 그날 그 운전사는 검진을 받으러 의사에게 갔을지도 모른다고 생각했다. 그는 운전사였지만 제복을 입지 않았다. 길가에 주차된 다른 차들 때문에 잘 볼 수는 없었지만, 내가 보기에 근사한 사람 같았다. 미겔 데스베른과 비슷하게 생기지는 않았지만, 두 사람 사이에는 공통적인 특징이 있었을 테고, 적어도 완전히 상반되지는 않았을 것이다. 그러면 범인이 그를 운전사와 혼동했으리라는 추측이 설명된다. 특히 범인은 정신적으로 문제가 있는 사람이었기 때문이다. 루이사는 테이블에 앉아서 손을 흔들며 운전사와 작별했다. 아니 그가 도착해서 떠날 때까지 아침 인사를 하고 손을 흔들면서 잘 가라고 했던 것 같다. 그랬다. 그녀는 자동차가 서 있는 동안 다소 터무니없게도 서너 번 손을 들었다가 내렸다. 그리고 아마 귀신밖에는 보지 못할 멍한 눈으로 그런 작별 인사를 반복했다. 아니, 아이들에게 한 것일 수도 있었다. 나는 운전사가 그녀에게 손을 흔들어 답례를 했는지는 볼 수 없었다.

바로 그때 나는 루이사에게 다가가기로 마음먹었다. 이미 아이들은 아버지의 옛날 차를 타고 떠났으며, 그녀는 혼자 있었다. 직장 동료나 다른 학부모와도 함께 있지 않았다. 그녀는 길고 딱딱한 스푼으로 작은 아들이 컵에 남기고 간 아이스크림을 휘젓고 있었다. 자기가 무슨 일을 하는지도 모른 채, 남은 아이스크림을 녹이려는 것 같았다. 그것은 결국 녹게 될 불가피한 운명이었지만, 그런 운명을 가속화하려는 것 같았다. 〈시간을 앞으로 나아가게 해야만 할 영원과도 같은 작은 순간들을 얼마나 많이 경험하게 될까?〉라고 나는 생각했다. 〈정말 그렇게 할 수 있을지는 의문이 들어. 사람들은 남편이나 연인이 일시적으로 혹은 영원히 없는 동안 시간이 지나가기를 기다려. 영원히 없다는 것은 시간이 정해져 있지 않은 거야. 그렇다고 하더라도 그건 유한의 모든 특징을 지니고 있어. 본능은 우리에게 '영원히'라고 끊임없이 속삭이지만, 우리는 본능에게 이렇게 말해. '조용히 해, 조용히 하란 말이야. 입 다물어. 아직 나는 네 목소리를 듣고 싶지 않아. 난 아직 기운이 없어서 들을 준비가 안 되어 있어.' 누군가 우리를 버리고 떠나면, 우리는 그가 돌아올 것을 꿈꾸고, 우리를 버린 사람이 어느 날 우리에게 광명을 선사하고 우리의 베개로 돌아올 것이라고 상상해. 심지어 그가 우리를 다른 사람으로 대체했으며, 다른 여자와 관계하면서 다른 이야기를 만들고 있다는 사실을 알 때에도 그렇게 생각해. 또한 새 여자와 관계가 나빠질 때나 아니면 우리가 고집을 피우거나, 또는 그의 뜻을 거스르며 모습을 드러내 그를 괴롭히거나, 그를 우리 편으로 만들거나, 그에게 해를 입히거나, 혹은 그에게 복수를 하고, 그가 결코 우리에게서 벗어나지 못할 것이며 우리는 갈수록 작아지는 기억이 아니라 그를 영원히 쫓아다니며 괴롭히는 부동의 그림자가 되고자 할 때, 그 사람은 비로소 우리를 기억하게 돼. 그러니까 그가 제대로 된 삶을 살지 못하게 하고, 결국 우리를 증오하게 만들 때 그렇게 돼. 반면에 우리가 미치지 않는다면 죽은 사람을 마음속에 그릴 수는 없어. 잠깐만이라도 미치기를 원하는 사람이 있고, 또한 그런 것에 동의하면서도 아무리 있을 법하지 않은 일이거나 도저히 불가능해 보이는 일일지라도 일어난 일은 이미 일어난 것이라는 사실을 스스로 확신하는 사람도 있어. 우리 삶에서는 심지어 일어날 확률이 전혀 없는 일도 일어나. 그래도 우리는 무겁고 음산한 구름이 우리에게 다시 눈을 감으라고 요구하는 느낌을 받지 않고 매일 잠자리에서 일어나지. 그래서 잠에서 깨어날 때면 우리는 이렇게 생각해. '제기랄, 우리의 운명이 모두 정해져 있다면? 그렇다면 모든 게 쓸모없는 일이야. 우리가 무슨 일을 하든지, 우리는 오로지 기다려야만 해. 누군가는 이런 우리를 두고 휴가 중인 죽은 사람들과 같다고 했지.' 그러나 나는 루이사가 이성을 상실했다고는 생각하지 않아. 그건 그저 느낌일 뿐이야. 난 루이사를 제대로 알지 못해. 만일 미친 게 아니라면, 그녀는 무얼 기다리는 거지? 어떻게 한 시간 한 시간, 하루하루, 한 주 한 주, 한 달 한 달을 보내야 하는 거지? 무슨 목적으로 그녀는 시간을 앞으로 가게 하거나 시간에서 도망쳐 물러나는 거지? 어떻게 지금 이 순간, 지금 당장 시간에서 벗어날 수 있는 거지? 그녀는 내가 다가가서 말할 것이라는 사실을 몰라. 내가 그녀를 이곳에서 마지막으로 보았을 때, 종업원들이 그랬던 것처럼 말이야. 그래, 난 이곳을 제외하고는 그 어디에서도 그녀를 만나지 않았어. 그녀는 내가 손을 내밀어 악수하고 나의 일상적인 애도의 말로 2분 정도가 지워질 것이라는 사실을 몰라. 아니, 그녀가 '고마워요'라는 단어보다 더 길게 대답하면 3분이나 4분 정도가 걸릴지도 몰라. 아직 꿈이 그녀를 도우러 달려와 숫자를 세는 멀쩡한 정신을 몽롱하게 만들려면 수백 분이 남아 있을 거야. 그녀는 의식이 있을 때 항상 숫자를 세. 하나, 둘, 셋, 넷, 다섯, 여섯, 일곱, 여덟, 그렇게 잠이 들 때까지 쉬지 않고 무한히 숫자를 세.〉

"실례합니다." 나는 그녀가 앉은 테이블 옆에 서서 말했다. 그녀는 금방 일어나지 않았다. "내 이름은 마리아 돌스인데, 당신은 나를 몰라요. 하지만 나는 몇 년 동안 당신이 당신 남편과 아침을 먹는 시간에 이곳에서 아침을 먹었어요. 그런 일을 겪게 되어 나도 몹시 가슴이 아프다고, 당신 남편에게 일어난 일과 그때부터 당신에게 일어났을 일이 정말로 유감이라는 말을 하고 싶었어요. 며칠간 아침에 당신들을 보지 못했는데, 뒤늦게 신문을 통해 그 소식을 알았어요. 그저 눈으로만 알았지만, 두 분의 관계가 아주 좋다는 걸 한눈에 알 수 있었고, 난 당신들이 정말 사랑스럽고 다정한 부부였다고 항상 생각했어요. 정말이지 얼마나 유감인지 모르겠어요."

나는 '당신들이 정말 사랑스럽고 다정한 부부였다'라는 말이 그녀를 몹시 괴롭게 만들었음을 깨달았다. 나는 과거형을 사용해 그녀의 죽은 남편뿐만 아니라 두 사람을 지칭했던 것이다. 내 실수를 수습할 방안을 찾았지만, 불필요하게 문제를 복잡하게 만들지 않으면서 조금도 서툴지 않은 방법이 전혀 떠오르지 않았다. 나는 그녀가 내 말의 의미를 깨달았을 것이라고 여겼다. 그러니까 이제 그들 부부는 존재하지 않지만, 두 사람을 부부로서 보았던 것이 몹시 좋았다는 말이었다. 그때 나는 그녀가 시시각각 보류하거나 혹은 망각의 구렁으로 국한시키려고 한 것을 내가 강조했을 수도 있다고 생각했다. 다시 말하면, 그들은 이제 어떤 경우에도 더 이상 두 사람이 될 수 없었는데, 그것은 그녀가 이제 부부의 일부를 이루지 않는다는 사실을 잊거나 부정하기란 불가능했기 때문이다. 나는 "이제 그만 말할게요. 더 이상 시간을 빼앗지 않겠어요. 단지 그 말만 하고 싶었어요"라는 말만 덧붙이려고 했다. 그런데 뒤로 돌아서 가려는 순간, 루이사 알다이가 웃으면서 자리에서 일어섰다. 환한 미소였다. 그녀는 이중적이거나 적개심에 사로잡힌 사람이 아니었기에, 심지어 너무나 순진한 사람일 수도 있었기에, 그런 미소를 짓지 않을 수 없었다. 그녀는 다정하게 한 손을 내 어깨에 올려 놓고서 말했다.

"그래요, 물론 우리도 눈으로만 당신을 알고 있어요." 처음 말을 주고받는 사이였지만, 그녀는 주저하지 않고 다정한 말투로 말했다. 우리는 서로 동갑처럼 보였다. 아니, 그녀가 나보다 두 살 정도 더 먹은 것 같았다. 그녀는 '우리'라고 복수로 말했고 현재형을 사용했다. 아직도 단수 사용에 익숙하지 않았거나, 아니면 이미 자기 자신을 다른 세상으로 건너간 사람, 그러니까 남편처럼 죽은 사람이며 따라서 같은 영역이나 차원에 있다고 여기는 것 같았다. 아직도 그와 결코 헤어지지 않았으며, 거의 10년이나 익숙하게 사용했던 '우리'라는 말을 포기할 그 어떤 이유도 없다고 생각하는 것 같았다. 그래서 고작 3개월이란 짧은 기간에 그런 언어 습관을 버릴 필요는 없다고 여기는 듯 했다. 하지만 곧 그녀는 동사의 과거형을 사용했다. "우리는 당신을 '얌전한 아가씨'라고 불렀어요. 이제 당신도 알겠지만, 우리는 당신에게 그 이름을 붙였죠. 당신의 다정한 말에 감사드려요. 앉지 않을래요?" 그러면서 그녀는 내 어깨에 손을 올려놓고서 아이들이 앉았던 의자 가운데 하나를 가리켰다. 나는 내가 그녀의 버팀목이나 손잡이라는 느낌을 받았다. 그리고 내가 조금만 더 가까이 갔더라면 그녀가 나를 자연스럽게 껴안았을 것이라고 확신했다. 그녀는 아직도 자기가 유령이라는 사실을 확신하지 못하고서 머뭇거리는 초보 유령처럼 금방이라도 부서질 듯 허약하게 보였다.

나는 시계를 보았다. 너무 늦어버렸다. 나는 내 별명에 대해 묻고 싶었지만, 뜻밖의 태도에 너무나 놀랐고 약간 기분이 좋았다. 그들은 나를 눈여겨보았고, 나에 대해 말하면서 내 별명을 붙였던 것이다. 나는 나도 모르게 미소를 지었다. 우리 두 사람은 약간의 행복감에 사로잡혀 살며시 웃었다. 그것은 너무나 슬픈 상황에서 서로를 알아본 두 사람의 미소였다.

"'얌전한 아가씨'라고요?" 내가 물었다.

"그래요. 우리는 당신을 그렇다고 생각하죠." 그녀는 다시 현재형으로 돌아갔다. 마치 데베르네가 아직 살아서 집에 있거나, 그녀가 몇 가지 면을 제외하고는 그와 떨어질 수 없다는 것 같았다. "마음에 들었으면 좋겠네요. 자, 앉아요."

"당연히 마음에 들죠. 나도 당신들에게 마음속으로 이름을 붙였어요." 나도 격식에 얽매이지 않은 다정한 말투로 말하고 싶었지만, 그녀의 남편에게 그런 말투를 쓸 엄두를 내지 못했다. 그 문장에 남편이 포함된 복수를 사용했기 때문이다. 우리는 물론 우리가 알지 못했던 고인을 성(姓)으로 부를 수 있다. 아니, 그러면 안 된다. 오늘날에는 그 누구도 그런 세심한 배려에 관심이 없고, 모두가 과도하게 친한 말투를 사용하기 때문이다. "정말 미안해요, 더 이상 있을 수가 없어요. 회사에 가야 하거든요." 나는 다시 기계적으로 시계를 보았다. 그건 그저 내가 바쁘다는 사실을 확인시키기 위한 것에 불과했다. 나는 몇 시인지 정확하게 알고 있었다.

"물론 그래야죠. 괜찮다면 나중에 다시 만나요. 우리 집으로 오세요. 몇 시에 퇴근하죠? 그런데 무슨 일 하세요? 우리를 뭐라고 불렀죠?" 그녀는 아직 손을 내 어깨에서 내려놓지 않고 있었다. 나는 그녀가 강요가 아니라 애원하고 있음을 눈치챘다. 순간적인 상황에서 나온 피상적인 애원이었다. 만일 내가 싫다고 거절한다면, 아마도 저녁쯤이면 이미 우리의 만남을 잊어버릴 것이 분명했다.

나는 내 직업을 묻는 질문에 대답하지 않았다. 시간이 없었던 것이다. 그리고 마지막 질문에 대답할 시간은 더 없었다. 내가 그들을 '완벽한 커플'이라고 이름 지었다고 말하면, 그녀는 고통과 슬픔을 느꼈을 것이다. 어쨌건 내가 떠나면 그녀는 다시 혼자가 될 것이었다. 그러나 나는 알았다고, 그녀가 괜찮다면 퇴근하면서 들르겠다고, 6시 반이나 7시 정도 될 거라고 말했다. 나는 주소를 물어보았고, 그녀는 내게 주소를 알려주었다. 아주 가까운 곳이었다. 나는 내 어깨에 있는 그녀의 손을 잠깐 잡았고, 그 순간을 이용해 그녀의 손을 부드럽게 쥐고서 내려놓았는데, 그녀는 그런 신체 접촉을 고마워하는 것 같았다. 나는 거리를 건너려는 순간 한 가지를 잊어버렸음을 깨달았고, 그래서 되돌아가야 했다.

"정말 멍청하게도 잊어버렸어요." 나는 말했다. "당신 이름을 묻는다는 걸 깜빡 잊었어요."

그때 비로소 나는 그녀의 이름을 알았다. 그녀의 이름은 그 어떤 신문에도 실리지 않았고, 나는 그 어떤 부고 기사도 보지 못했다.

"루이사 알다이예요." 그녀가 대답했다. "루이사 데스베른이죠." 그녀가 덧붙이면서 자기 이름을 수정했다. 스페인에서 여자는 결혼하더라도 미혼 때의 성을 그대로 간직한다. 나는 남편에 대한 충실감이나 경의의 행동으로 그렇게 부르기로 했느냐고 물었다. "음, 아니 루이사 알다이예요." 그녀는 다시 자기 이름을 수정하면서 말했다. 항상 자신의 이름은 그것이라고 생각했던 것이 분명했다. "기억하게 해줘서 고마워요. 문에는 미겔의 이름이 없거든요. 단지 내 이름만 있어요." 그녀는 잠시 생각에 잠기더니 덧붙였다. "그건 그의 예방 조치였어요. 그의 성이 사업과 너무 많이 연관되어 있거든요. 그 조치는 다행히 그에게 많은 도움이 되었죠."

"정말로 이상한 건 내 생각이 바뀌었다는 거예요." 그날 저녁, 아니 이미 밤이 되었을 때 그녀는 거실에서 내게 말했다. 루이사는 소파에, 나는 가까이에 놓인 안락의자에 앉았으며, 그녀가 마시기로 선택한 포트와인을 수락한 상태였다. 그녀는 자주 홀짝홀짝 마셨고 계속 술잔을 채웠다. 내가 잘못 센 것이 아니라면 벌써 세 잔째였다. 그녀는 다리를 자연스럽게 꼬는 방법을 알고 있었기에 항상 우아한 자세를 유지했다. 다리를 바꾸어가면서 꼬았기 때문에 오른쪽 다리가 위에 있을 때도 있었고, 왼쪽 다리가 위에 있을 때도 있었다. 그날 그녀는 치마를 입었고, 반짝이는 검은색의 굽이 낮은 고급 구두를 신었다. 교양 있는 미국 여자처럼 보였다. 반면에 구두 밑창은 한 번도 신지 않은 구두처럼 거의 흰색이어서 구두의 검은색과 대조를 이루었다. 때때로 두 아이들이 동시에 들어오거나 아니면 한 아이가 들어와 그녀에게 무언가를 말하거나 묻거나 혹은 상의했다. 아이들은 옆방에서 텔레비전을 보았는데, 그곳은 별개의 문이 없는 것으로 보아 거실의 한 부분인 것처럼 보였다. 루이사는 딸아이의 침실에 다른 텔레비전이 있다고 설명하면서, 자기는 아이들이 무엇을 하는지 들을 수 있도록 가까이에 두고자 하며, 그래야 무슨 일이 생기는지, 아니면 두 아이들이 서로 싸우는지 알 수 있으며, 또한 자기가 아이들과 함께 있고 싶기 때문이라고 말했다. 그러니까 눈에 보이지는 않아도 들을 수 있도록 아이들에게 옆에 있으라고 했던 것이다. 어쨌든 아이들은 그녀가 생각하는 것을 방해하지 않았다. 그녀는 이미 어떤 것에도 정신을 집중할 수 없었기 때문이다. 그녀는 이미 영원히 그런 것을 포기하고 있었다. 책을 읽거나 영화 한 편을 온전히 보는 것도 불가능했다. 잠깐씩이거나 아니면 택시를 타고 대학에 가면서 수업을 준비하는 것 이상의 시간을 집중할 수 없었다. 단지 가끔씩 음악을 들을 뿐이었다. 그것도 짧은 곡이나 혹은 짧은 노래, 또는 소나타의 한 악장 정도가 고작이었다. 그녀는 긴 것은 무엇이든 간에 피곤해하면서 짜증냈다. 또한 짧게 방영되는 텔레비전 연속극도 보았는데, 그것들을 DVD로 구입해서 이야기의 흐름을 놓치면 뒤로 돌려 다시 보곤 했다. 좀처럼 무언가에 집중하거나 관심을 보이기가 힘들었다. 그녀의 마음이 다른 곳으로 향했기 때문이다. 그러나 그 다른 곳은 항상 같은 곳과 같은 장면이었다. 즉 미겔이 살아 있는 모습을 마지막으로 보았을 때였는데, 그건 나 또한 그를 마지막으로 보았을 때의 장면과 같았다. 카스테야노 대로에 위치한 산업공학고등기술학교 옆의 조용하고 평온한 정원, 그러니까 분명히 소지가 금지된 버터플라이 나이프로 그가 찔리고 또 찔렸던 곳이었다. "나도 모르겠어요. 내 머리가 완전히 달라진 것 같아요. 전에는 한 번도 생각하지 않왔던 것들이 떠올라요." 그녀는 정말로 어리둥절해하면서 말했다. 눈을 크게 뜨고 있으면서 가려운 듯이 손가락 끝으로 무릎을 계속 긁었다. 분명히 불안한 마음 때문이었다. "그때부터 다른 사람, 혹은 다른 종류의 사람이 된 것 같아요. 내가 알지 못하는 타인의 정신을 지닌 사람, 이상한 연상을 하고 그런 연상에 놀라는 사람 같아요. 구급차나 경찰차 혹은 소방차의 사이렌 소리를 들으면 죽어가고 있거나 불에 타고 있는 사람이 누구인지, 혹은 질식해서 죽어가는 사람이 누구인지 생각해요. 그러면 즉시 '고리야'를 체포하러 오던 경찰차의 사이렌 소리나 거리 한복판에 누워 있는 미젤을 병원으로 데려가려고 왔던 구급차 사이렌 소리를 들은 모든 사람이 얼마나 끔찍한 생각을 했을지 생각하게 돼요. 그들은 건성으로 쳐다보았거나 심지어 성질을 내면서 〈왜 이렇게 크게 울려대는 거야!〉라고 생각했을 거예요. 당신도 알겠지만, 일반적으로 우리 모두는 그렇게 말하잖아요. 〈왜 이렇게 시끄러워! 너무 심하잖아! 분명히 그토록 급한 상황은 아닐 텐데.〉우리는 실제로 무슨 불행한 사건이 벌어졌기에 저토록 요란하게 달려가는지 거의 생각하지 않아요. 그건 그저 친숙한 도시의 소음이며, 게다가 구체적인 내용도 없는 소음, 그러니까 순전히 불쾌하고 성가시며 아무런 의미도 없는 거죠. 예전에는, 그러니까 사이렌 소리도 많이 들리지 않고, 요란하게 울리지도 않았을 때엔 그 누구도 구급차나 경찰차 운전자가 아무런 이유도 없이 사이렌을 울릴 거라고는 의심하지 않앉어요. 사람들은 더 빨리 달리려고 길을 비켜달라고 하기 위해 사이렌을 울린다고 여겼죠. 그리고 무슨 일인지 보기 위해 발코니로 나왔고, 심지어 다음 날 신문에 관련 기사가 실릴 거라고 굳게 믿었죠. 하지만 이제는 아무도 발코니로 달려와 처다보지 않아요. 우리는 환자나 사고당한 사람, 혹은 부상자나 죽어가는 사람을 어서 빨리 데려가서 사이렌 소리가 멀어지기를 기다릴 뿐이죠. 그래야 더 이상 괴로워하지 않고 신경을 곤두세우지 않거든요. 이제 나는 발코니에서 그런 장면을 처다보지 않지만, 미셸이 죽고 나서 몇 주 동안은 발코니로 달려가거나 창문으로 달려가 경찰차나 구급차를 처다보지 않을 수 없었어요. 그렇게 내 눈에서 사라질 때까지 그 차들을 지켜보았죠. 우리는 대부분 집에서 그 차들을 보지 않고 그저 듣기만 하잖아요. 얼마 후 나는 그런 습관을 버렸지만, 아직도 사이렌 소리가 날 때면 하던 일을 멈추고 목을 빼서 그 차들이 사라질 때까지 사이렌 소리를 들어요. 그 소리를 마치 애원이나 탄식처럼 듣고, 각각의 사이렌 소리가 이렇게 말한다고 생각해요. 〈제발 도와줘요, 나는 중상을 입었어요. 삶과 죽음 사이에서 몸부림치고 있어요. 게다가 난 아무 잘못도 없어요. 이렇게 칼에 찔릴 일을 전혀 하지 않았어요. 평소처럼 차에서 내렸는데 갑자기 등에서 격렬한 통증을 느꼈고, 그런 다음 내 몸의 다른 곳에서도 계속 통증을 느꼈어요. 얼마나 많은 곳이 아팠는지 모르겠어요. 그때 사방에서 피가 흘러나온다는 것을 알았고, 내가 죽는다는 생각도 안 했는데, 심지어 죽을 일도 전혀 하지 않았는데도 곧 죽게 되리란 걸 알았죠. 제발 부탁이니 구급차가 지나가도록 해줘요. 당신들 은 내가 급한 것의 반만큼도 급하지 않아요. 내 목숨을 구하려 면 구급차가 빨리 와야 해요. 오늘은 내 생일이에요. 내 아내는 아무것도 몰라요. 생일을 축하하려고 카페에 앉아 날 기다리고 있을 거예요. 아마도 내게 줄 선물을, 그것도 깜짝 선물을 준비 했을 거예요. 제발 내 아내가 내가 죽은 모습을 보지 않게 해줘 요.〉"

루이사는 말을 멈추고서 다시 술을 한 모금 마셨다. 그건 사실 기계적인 행동이었다. 그녀의 술잔에는 단지 한 방울의 술 만 남아 있었기 때문이다. 그녀의 눈은 더 이상 멍하지 않았고, 오히려 반짝이면서 경계심을 늦추지 않았다. 마치 남편이 죽는 장면을 상상하자, 정신이 산만해진 것이 아니라 순간적으로 폭 발적인 기운을 얻어서 자신이 더 실제 세계 속에 있다고 느끼는 것 같았다. 물론 이미 과거가 되어버린 실제 세계였지만 말이 다. 나는 그녀를 거의 몰랐지만, 현재의 삶이 너무나 당혹스러 운 나머지 과거로 돌아갈 때보다, 심지어 방금 보여주었던 가장 고통스러웠던 과거의 마지막 순간에 있을 때보다도 훨씬 더 약 하고 무력하다는 느낌을 받았다. 아몬드 모양의 갈색 눈은 반짝 이면서 예뻤다. 그리고 한쪽 눈이 다른 눈보다 눈에 띌 정도로 더 컸지만, 그녀의 표정을 일그러뜨리지는 않았다. 자기가 죽어 가는 데스베른이라고 생각하자 그녀의 눈은 달아오르면서 생기가 넘쳤다. 고통과 괴로움 가운데에서도 그녀는 의심의 여지 없이 거의 멋지다고 말할 수 있는 여자였다. 내가 오랫동안 아침마다 보았던 것처럼 행복했던 시절에는 더욱 예쁘고 아름다웠다.

"하지만 그는 전혀 그런 것을 생각할 수 없었어요. 내가 신문 기사를 잘못 이해한 게 아니라면 말이에요." 나는 용기를 내서 지적했다. 나는 무슨 말을 해야 할지 몰랐다. 아니 말할 거리가 없었다. 하지만 입 다물고 있는 것은 그리 적절하지 않다고 생각했다.

"그래요, 물론 그럴 수 없었겠죠." 그녀는 빠르고, 약간 도전적으로 말했다. "그는 병원으로 후송되면서 그런 걸 생각할 수 없었어요. 당시 이미 혼수상태였고, 이후 의식이 돌아오지 않았으니까요. 하지만 칼에 찔리는 동안 그와 비슷한 것을 미리 예감했을 거예요. 나는 그 순간을, 그 몇 초를, 공격이 시작되었을 때부터 그가 자기 방어를 포기하고 이미 아무것도 깨닫지 못하게 됐을 때까지를 머릿속으로 그리지 않을 수가 없어요. 그가 의식을 잃고 더 이상 아무 느낌도 받지 않았을 때까지, 절망이나 고통도 느끼지 못했을 때까지……" 그녀는 그가 거의 죽은 채 쓰러지기 직전에 무엇을 경험했을지 알아보려는 것처럼 잠시 말을 더듬었다. "작별 인사도 하지 못했어요. 나는 다른 사람이 무슨 생각을 하는지 생각하지 않았어요. 다른 사람이 무엇을 생각할지, 심지어 그가 무슨 생각을 했을지도 생각하지 않았어요. 그건 내 스타일이 아니에요. 난 상상력이 없는 사람이고, 내 머리는 그런 것에 도움이 되지 않아요. 하지만 이제는 거의 모든 순간 그런 상상을 해요. 그러니까 내 머리가, 내 사고방식이 바뀌었어요. 지금의 나 자신은 내가 아닌 것 같아요. 다시 말하면, 이전의 삶에서 나 자신을 결코 몰랐고, 미겔도 나를 몰랐던 것 같다는 생각이 들어요. 사실 그는 알 수 없었을 것이고, 그의 능력 바깥이었을 거예요. 이상하지 않아요? 지금 계속해서 모든 것을, 몇 달 전까지만 해도 전혀 공통점이 없고 관계가 없다고 여기던 것들을 연결시키고 연상하는 여자가 실제의 나인 것 같아요. 그의 죽음을 겪은 내가 실제의 나라면, 그에게 나는 항상 다른 여자였을 거예요. 그가 죽지 않고 살았다면 나는 계속해서 지금의 내가 아닌 나로서 존재했을 거예요. 내가 무슨 말을 하는지 알겠어요?" 그녀는 자기가 설명하는 것이 난해하다는 것을 깨닫고서 덧붙였다.

내가 보기에는 정신적으로 문제가 있는 말이었지만, 대략 무슨 말인지는 이해했다. 나는 생각했다. 〈이 여자는 지금 몹시 정상이 아니지만, 누가 그걸 뭐라고 하겠어? 너무나 커다란 슬픔을 겪었기 때문일 거야. 그 사건을 밤낮으로 떠올리고 또 떠올리면서, 남편이 마지막으로 의식이 있었던 순간을 상상할 거야. 그러면서 그가 무슨 생각을 했을지 스스로 묻겠지. 그러나 그는 틀림없이 처음의 난도질을 피하고 도망쳐서 범인에게서 벗어나야겠다고 생각할 시간만 있었을 거야. 아마도 그녀를 한

82

순간도, 아니 반 순간도 생각하지 않았을 거야. 그는 전적으로
자기가 죽을지도 모른다고만 예측하면서 그걸 피하려고 온 힘
을 다했을 거야. 그의 머리를 스쳐 지나간 것이 있다면, 무한한
경악과 회의심, 그리고 몰이해였을 거야. 그러면서 도대체 무슨
일인지, 어떻게 이런 일이 일어날 수 있는지, 이 사람이 뭘 하는
건지, 왜 자기를 칼로 찌르는 것인지, 왜 수백만 명 중에서 자기
를 선택한 것인지, 도대체 어떤 빌어먹을 놈과 자기를 혼동한
것인지, 왜 이 염병할 놈이 자기가 그의 불행을 야기한 사람이
아니라는 사실을 모르는 건지 생각했을 거야. 그렇게 남의 실수
나 강박관념 때문에 죽는 게 얼마나 우스꽝스럽고 얼마나 끔찍
하며 얼마나 황당하고 어리석은 것인지, 일면식도 없는 작자의
폭력에 의해, 혹은 그러한 무절제한 폭력을 휘두르는 파괴적 행
동을 할 때까지 자신은 거의 관심도 보이지 않았던 작자에 의
해, 갈수록 동네 사람들에게 폐를 끼치다가 결국엔 파블로를 공
격했던 작자에 의해, 길모퉁이 약국의 약사나 그가 아침을 먹
는 카페의 종업원보다도 하찮은 놈에게, 일고의 가치도 없는 놈
에게 왜 죽어야 하는지 생각했을 거야. 또한 그곳에서 아침마
다 식사하지만 한 번도 말을 나누어본 적이 없는 '얌전한 아가
씨'가, 혹은 거의 희미한 존재이거나 부차적인 존재인 사람들
이, 그림의 한쪽 구석이나 어두운 뒤쪽에 있는 사람들이, 사라
지더라도 우리가 떠올리지 않고 의식도 하지 못하는 사람들이
갑자기 자신을 공격하는 것처럼 이렇게 생각했을 거야. '이런

일이 일어날 수는 없어, 이건 너무 황당하고 생각할 수도 없이 재수 없는 일이야. 게다가 나는 그 누구에게도 이걸 이야기할 수가 없을 거야. 그럴 수만 있다면 그나마 최악의 불행에서 아주 작으나마 보상이 될 텐데. 우리는 누가 언제 단 한 번의 개인적 죽음의 형태나 가면을 쓸지 결코 몰라. 비록 우리가 대재앙으로 인해 다른 많은 사람들이 죽는 순간에 같이 세상을 떠난다고 할지라도 죽는 것은 단 한 번뿐이야. 하지만 죽는 데는 항상 경고의 신호가 있어. 유전병이나 전염병, 자동차 사고, 항공 사고, 신체 기관의 쇠약, 테러 공격, 산사태, 탈선, 심장마비, 화재, 계획적으로 밤에 집으로 쳐들어온 강도들, 심지어 잘 알지 못하는 도시에 도착하자마자 위험한 지역에서 우연히 만나는 사람도 그런 경고의 신호가 될 수 있어. 나는 여행하면서 바로 그런 장소에 내가 있다는 것을 알았어. 특히 젊었을 때는 많은 곳을 다니고 위험을 무릅쓰기도 했지. 카라카스와 부에노스아이레스, 멕시코와 뉴욕, 모스크바와 함부르크에서는 내가 경솔하게 행동하거나 잘 몰랐을 경우, 내게 그런 일이 일어날 수 있었어. 심지어는 이곳 마드리드에서도, 그러니까 바로 여기가 아니라 더 거칠고 가난하고 어두운 곳에서, 즉 내가 손바닥처럼 잘 알고 있는 우리 동네처럼 어느 정도 밝고 평온하고 부유한 지역이 아닌 곳에서는 충분히 그런 일이 일어날 수 있었어. 하지만 다른 수많은 날들처럼 차에서 내리면서 죽을 거라고는 생각하지 않았어. 그런데 왜 어제나 내일이 아니라 오늘, 왜 바로 오늘 나에게 일어나는 것일까? 그건 다른 사람, 심지어 이미 이 사람과 나보다 더 심한 언쟁을 벌였던 파블로에게도 일어날 수 있었어. 그는 이 짐승 같은 놈이 주먹을 휘둘렀을 때 경찰에 고발할 수도 있었어. 하지만 그러지 말라고 충고한 사람은 나였어. 내가 바보였어. 나는 이름도 모르는 그 작자를 측은하게 여겼고, 그 작자의 손아귀에서 벗어날 수 있으리라 생각했어. 내가 지금 생각하는 경고의 표시가 바로 어제 있었어. 그는 내게 소리치면서 따졌지만, 나는 그걸 심각하게 여기지 않고 무시했고, 얼른 잊어버리려고 했어. 난 그걸 두려워해야만 했고 더 조심했어야 했어. 며칠 동안 그의 곁에 나타나지 말아야 했거나, 적어도 내가 그의 목표물이 되지 않을 때까지 오지 말아야 했어. 그런데 내가 그의 영역에 발을 들여놓는 바람에, 이 성나고 미친놈의 목표물이 되었고, 그놈에게 칼로 나를 찌르고 또 찔러야겠다는 생각을 심어준 거야. 게다가 그 칼은 더럽기 짝이 없을 테지만, 이제 그건 전혀 중요하지 않아. 내가 세균 감염 때문에 죽는 일은 없을 테니까. 내 몸으로 파고드는 칼끝과 몸 안을 휘젓고 비트는 칼날이 나를 훨씬 빨리 죽이고 있어. 이놈은 나와 너무 가까이 있고 온통 악취를 풍겨. 아마 씻은 지 수백 년은 된 것 같아. 하기야 항상 버려진 자동차 안에 들러붙어 있었으니 씻을 곳이 없었겠지. 난 이 악취를 맡으며 죽고 싶지 않지만, 그건 우리가 선택하는 게 아니야. 왜 내가 작별 인사도 하기 전에 흙투성이가 되어야 하는 거지? 흙냄새와 피 냄새가 이제 내 몸 안으로 들어오고 있어. 어릴 때처럼 피를 흘리면 흘릴수록 쇠 냄새가 나. 이건 내 피 냄새지, 다른 사람의 냄새는 될 수 없어. 이 미친 놈의 피가 아니야. 난 이 미친놈에게 상처를 입히지 않았어. 이 놈은 아주 힘이 세고 무척 흥분해 있어. 난 이제 그와 맞서 싸울 수가 없어. 내겐 이놈에게 꽂을 칼이 없지만, 이놈은 내 몸을 찌르고 내 피부와 살을 갈라버렸어. 이 상처들 때문에 내 목숨은 꺼져가고 있고, 나는 천천히 죽도록 피를 흘리고 있어. 도대체 얼마나 많이 나를 찔렀을까? 난 아무것도 할 수가 없어. 이놈한테 너무 많은 상처를 입어서 이제 내 목숨은 끝났어.'〉 그리고 계속해서 나는 생각했다. 〈하지만 그는 전혀 이런 생각을 할 수 없었어. 아니 할 수 있었을지도 모르지. 아주 집약적으로.〉

"나는 누구에게 조언할 입장이 아니에요." 나는 루이사에게 말하면서, 기나긴 침묵에 종지부를 찍었다. "하지만 그 순간 그가 무슨 생각을 했을지 너무 많이 생각하지 말아요. 어쨌든 너무 짧은 시간이어서, 그의 삶 속에서 본다면 거의 존재하지 않는 시간이나 다름없어요. 아마 그는 아무것도 생각할 시간이 없었을 거예요. 몇 달 내내 그런 생각을 한다는 건 아무 의미도 없어요. 아니 더 오래 지속될지도 모르지만, 그렇다고 얻는 게 뭐죠? 그도 얻는 게 하나도 없어요. 아무리 머릿속으로 그 생각을 하고 또 한다고 해도, 당신이 그 순간에 그와 함께 있을 수는 없고, 함께 죽을 수도 없으며, 남편 대신 죽을 수도 없고, 그를 구할 수도 없어요. 당신은 그곳에 있지 않았어요. 당신은 그 사건에 대해 모르고 있었어요. 아무리 애써도 그건 바꿀 수 없어요." 그러면서 그녀 남편에 대한 생각으로 가장 많은 시간을 쓴 사람은 나라는 사실을 깨달았다. 그녀에게 전염되었거나 그녀 때문에 자극을 받은 것은 분명하지만, 누군가의 마음에 상상적으로 개입한다는 것은 매우 위험한 일이며, 때때로 거기서 빠져나오기 힘들기도 하다. 아마도 그런 이유로 그렇게 하는 사람은 극소수이며, 거의 모든 사람들이 그런 것을 피하면서 이렇게 말하는 것 같다. 〈나와는 상관없는 일이에요. 이 사람이 겪은 것을 내가 겪어야 할 필요는 없어요. 젠장, 왜 내가 그의 고통을 내 것으로 여겨야 하는 거죠? 그건 내가 짊어져야 할 십자가가 아니에요. 각자에겐 자신이 메고 갈 십자가가 따로 있어요.〉 나는 계속 말했다. "사건의 진실이 무엇이든, 그건 이미 지나간 일이에요. 이제는 더 이상 지속되지 않고, 더 이상 고려할 필요도 없어요. 그는 더 이상 그런 생각을 하지 않을뿐더러, 더 이상 그런 일도 일어나지 않아요."

루이사는 다시 술잔에 술을 채웠다. 아주 조그만 술잔이었다. 그러고는 손으로 뺨을 만졌다. 생각에 잠기거나 놀란 행동이었다. 그녀의 손은 길고 튼튼했으며, 결혼반지 말고는 어떤 장식도 없었다. 허벅지에 팔을 괴자 그녀의 모습은 움츠리거나 작아지는 것처럼 보였다. 그러고는 마치 무언가를 큰 소리로 생각하듯이 약간 중얼거렸다.

"그래요, 대부분의 사람들이 그렇게 생각해요. 끝난 일은 지금 일어나는 일보다 덜 중대하다고, 끝났다는 것에 위로를 삼아야 한다고들 말하죠. 그러면서 이미 일어난 일은 지금 일어나는 일보다 덜 고통스럽다고, 아니면 아무리 끔찍했던 일이라도 이미 끝났다면 충분히 참고 견딜 수 있다고 말해요. 하지만 그건 죽은 사람이 죽어가는 사람보다 덜 심각하고 덜 중대하다고 믿는 것과 마찬가지예요. 이건 말이 되지 않아요, 그렇죠? 가장 고통스럽고 돌이킬 수 없는 건 그 사람이 죽었다는 사실이에요.

죽어서 고통이 끝났다는 말은 그 사람이 그 고통의 순간을 겪지 않았다는 걸 뜻하지는 않아요. 그것이 우리와, 그러니까 계속 목숨을 부지하고 있는 사람들과 마지막으로 공유한 것인데, 어떻게 그걸 생각하지 않을 수가 있어요? 그 순간 이후의 것은 우리가 이해할 수 없지만, 그 사건이 일어났을 때 우리는 여기에, 즉 같은 차원에 있었고, 그와 같은 공기를 마시고 있었어요. 그때까지도 우리는 같은 시간과 같은 세계에 함께 있었어요. 잘 모르겠어요, 어떻게 설명해야 할지 모르겠어요." 그녀는 잠시 말을 멈추고서 담배에 불을 붙였다. 첫 담배였다. 대화가 시작되었을 때부터 그녀는 줄곧 손에 담뱃갑을 들고 있었지만, 그때까지 한 번도 담배에 불을 붙이지 않았다. 담배를 피우는 습관에 물들지 않았거나, 아니면 일정 기간 그 습관을 버렸다가 다시 피우게 된 것 같았다. 그도 아니면 담배를 피우지만 그리 내켜하지 않는, 그러니까 담배를 샀지만 담배를 피우지 않으려고 애쓰는 것 같았다. "게다가 완전하게 끝나는 건 아무것도 없어요. 바로 꿈들이 그렇죠. 꿈에서 죽은 사람들은 산 사람으로 모습을 드러내고, 산 사람들은 종종 죽어요. 나는 거의 매일 밤 그 순간을 꿈꿔요. 그러면 나는 그 꿈속에 존재해요. 그래요, 나는 그곳에 있어요, 난 그걸 알아요. 나는 그와 함께 차를 타고 있고, 우리 두 사람은 함께 차에서 내려요. 나는 그에게 알려줘요. 그에게 무슨 일이 일어날지 알고 있기 때문이죠. 그래도 그는 도망치지 못해요. 그래요, 당신은 그런 것들이 어떻게 진행되는지 알 거예요. 꿈은 혼란스러우면서 동시에 정확해요. 나는 잠에서 깨자마자 그 꿈들을 떨쳐버리고, 그러면 잠시 후에 꿈들은 사라지고, 나는 꿈에서 본 자세한 것들을 잊어버려요. 하지만 즉시 사실은 그대로 있다고, 그건 진실이라고, 그건 정말로 일어났다고, 미겔은 죽었다고, 내가 꿈꾼 것과 비슷하게 그를 죽였다는 것을 깨달아요. 비록 꿈의 장면은 즉시 사라졌지만 말이에요."

그녀는 말을 멈추고 반쯤 탄 담배를 껐다. 자기가 손에 담배를 들고 있는 게 이상하다고 여기는 것 같았다. "최악 중의 하나가 뭔지 알아요? 그건 내가 화를 낼 수도 없고 그 누구 탓도 할 수 없다는 거예요. 미겔이 끔찍한 폭력에 희생되어 죽었지만, 길 한복판에서 살해되었지만, 나는 그 누구도 증오할 수 없어요. 뚜렷한 동기가 있어서 살해되었다면, 누군가 그를 찾고 있었고 그가 누구인지 알았다면, 누군가 그를 하나의 장애물로 여겼거나 혹은 복수를 하고자 했다면, 무슨 동기라도 있었다면, 적어도 그의 물건을 훔치려고 했다면, 난 그를 증오했을 거예요. 만일 바스크 분리주의 테러 단체(ETA)의 희생자였다면, 나는 다른 희생자 가족들과 합류할 수 있고, 그들과 함께 테러리스트들이나 심지어 모든 바스크 사람들을 증오할 수 있었을 거예요. 증오는 함께 공유하고 나눌수록 더 커진다고 해요. 당신도 그 말에 동의하나요? 증오는 커질수록 더 좋아요. 나는 내가 아주 어렸을 때, 내 남자친구가 카나리아 제도 출신의 어느 여자아이 때문에 나를 버렸던 걸 기억해요. 나는 그녀만 혐오했던 것이 아니라 카나리아 제도의 모든 사람들을 미워하기로 마음먹었어요. 정말 황당하고 미친 짓이었죠. 텔레비전에서 테네리페나 라스팔마스* 선수들의 축구 경기가 방송되면, 제발 그들이 지기를 바랐어요. 상대가 누가 되었든 말이죠. 물론 난 축구에 관심도 없었고, 축구 경기를 보지도 않았지만, 우리 오빠나 아빠가 축구 경기를 보았거든요. 멍청이들만 참가하는 미인 대회가 열리면, 나는 카나리아 제도 여자들이 왕관을 쓰지 못하기를 바랐어요. 그들이 왕관을 차지하면 나는 화를 불끈 냈죠. 사실 그곳 여자들은 예쁘기 때문에 그런 경우가 종종 있었어요." 이렇게 말하고 나서 그녀는 깔깔거리고 웃었다. 웃음을 참을 수 없었던 것이다. 슬픔 속에서도 그녀가 재미있어 하는 건 정말로 그렇기 때문이었다. "심지어 갈도스**의 작품을 다시는 읽지 않겠다고 맹세했어요. 그가 아무리 마드리드 사람처럼 행동하더라도 그는 카나리아 제도 태생이거든요. 그래서 오랫동안 단호하게 그의 작품을 읽지 않았어요." 그녀는 다시 웃음을 터뜨렸다. 이제는 너무나 환하게 웃어서 전염성이 강했고, 그래서 나 역시 그런 엄숙한 순간에 웃고 말았다. "유치하고 분별없는 반응이지만, 순간적으로 기분 전환에 도움이 되죠. 이제 나는 젊지 않고, 심지어 하루의 일부를 분노하면서 보낼 방법도 없어요. 그저 하

---

* 테네리페Tenerife는 카나리아 제도에서 가장 큰 섬이고, 라스팔마스 Las Palmas는 카나리아 제도 최대의 항구 도시다.

** Benito Pérez Galdós(1843~1920): 스페인의 사실주의 작가.

루 내내 슬픔만 느낄 뿐이에요."

"그 '고리야'를 미워할 수는 없어요?" 내가 말했다. "모든 비렁뱅이들을 증오할 수는 없나요?"

"그럴 수 없어요." 그녀는 전혀 망설이지 않고 대답했다. 마치 이미 그 문제를 고려했던 것 같았다. "난 그 남자에 대해 더 이상 아무것도 알고 싶지 않아요. 난 그가 진술을 거부했다고 알고 있어요. 처음부터 그는 침묵을 지켰고, 지금도 그렇게 하고 있어요. 하지만 그가 사람을 잘못 알아봤고, 제정신이 아니라는 건 분명해요. 틀림없이 그의 두 젊은 딸은 창녀이고, 그래서 미겔과 운전기사 파블로가 그와 관련이 있다고 생각했던 거예요. 황당한 생각이죠. 그는 미겔을 죽였어요. 하지만 마찬가지로 파블로를 죽일 수도 있었고, 그가 원한을 품고 있던 그 동네의 누구라도 죽일 수 있었어요. 나는 아마도 그 사람 역시 적이 필요했다고, 자신의 불행을 뒤집어씌울 누군가가 필요했다고 생각해요. 그런데 그건 모든 사람들이 하는 행동이에요. 하류층이건 중류층이건 상류층이건 사회 계층의 변동을 겪은 사람이건, 모두 마찬가지예요. 우리는 종종 누구에게든 잘못을 뒤집어씌울 일이 일어난다는 사실을, 그러니까 재수가 없어서 일어난다는 것을 받아들이지 못해요. 또한 사람들이 미쳐서 길을 잃고 불행이나 파멸을 찾는다는 사실도 수용하지 못해요." 나는 〈너도 네 운명을 스스로 만들었어〉라는 세르반테스가 한 말이 떠올랐지만, 실제로 그 말은 더 이상 유념할 필요가 없다고 생각했다. "아니에요, 나는 아무 이유도 없이 그를 죽인 사람에게 분노할 수 없어요. 말하자면, 전적으로 우연히 그를 선택하거나 지정한 사람에게는 화를 낼 수 없어요. 그랬다면 최악의 행동을 하는 거예요. 미친 사람, 즉 개인적으로 그에게 전혀 원한이 없고, 그의 이름조차도 몰랐던 정신 나간 사람에게는 그럴 수가 없어요. 그 사람은 자기 불행의 화신으로, 혹은 고통스러운 자기 상황의 원인으로 그를 보았을 뿐이에요. 글쎄요, 나는 그가 무엇을 보았는지 모르고, 그런 것에 관심도 없어요. 나는 그의 머릿속에 들어가 있지도 않고, 그러고 싶은 마음도 없어요. 때때로 우리 오빠는 그런 것에 관해 말하려고 해요. 변호사도 그렇고 미겔의 가장 친한 친구인 하비에르도 그래요. 하지만 나는 그들의 말을 끊고서, 다소 가설적인 설명이나 설익은 의견은 원치 않는다고 말해요. 너무나 심상치 않은 일이어서 나는 그런 일이 일어난 이유에 대해서는 관심 없어요. 특히 그 이유는 아주 이해할 수 없는 것이고, 그 병들고 미친 정신 속에서만 존재하는 것이기 때문이죠. 난 그런 정신 속으로 들어가고 싶지 않거든요." 루이사는 상당히 명료하게 말했고, 정확하고 교양 있는 단어를 사용했다. 어쨌거나 그녀가 말한 대로, 그녀는 대학의 영문과 강사로 영어를 가르쳤고, 그래서 불가피하게 많이 읽고 번역해야만 했다. "조금 과장해서 말하자면, 내게 그 사람은 당신이 처마 밑을 지나는 순간, 부서져서 당신 머리 위로 떨어지는 처마 장식과 똑같아요. 하필 그 순간 당신이 그곳을 지

나는 바람에 피할 수 없었던 거죠. 1분이라도 먼저 그곳을 지났다면 당신은 그게 떨어졌다는 사실조차도 몰랐을 거예요. 아니면 서툴거나 멍청한 사냥꾼이 사냥을 하다가 잘못 쏜 탄알에 맞는 것과 같아요. 당신이 그날 사냥터로 가지 않았다면 그런 일을 당하지 않았을 테니까요. 혹은 해외여행 중에 지진을 만나는 것이나 마찬가지예요. 당신이 그곳에 가지 않았다면 너무도 당연하게 그런 일을 당하지 않았을 테니까요. 아니에요, 그를 증오하는 건 아무 도움이 되지 않아요. 내게 위안도 되지 않고 기운을 주지도 못해요. 그가 선고받기를 기다리거나 그가 감옥에서 썩기를 바라는 것도 내게는 위로가 되지 않아요. 물론 나는 그를 불쌍하게 여기지도 않아요. 난 그런 동정심을 가질 여력이 없어요. 나는 그에게 아무런 관심이 없어요. 그 어떤 것도, 그 누구도 내게 미겔을 돌려줄 수는 없으니까요. 정신병을 치료하는 감호소 같은 게 아직 존재하는지는 모르겠지만, 만일 있다면 아마도 그는 그곳으로 가겠죠. 폭력 범죄를 저지른 정신 이상자들을 지금은 어떻게 하는지 모르겠어요. 아마도 위험인물이니 유사한 범죄를 다시 저지르지 못하도록, 다른 사람들과 접촉하지 못하도록 하겠죠. 하지만 난 그가 어떤 벌을 받을지에는 관심이 없어요. 그건 아마도 세상이 지금보다 때 묻지 않았을 때 장교를 바닥으로 떨어뜨려 죽게 만든 말을 붙잡아서 처형한 예전의 군대가 범했던 어리석음에 빠지는 것과 같을 거예요. 또한 나는 모든 비렁뱅이들과 홈리스들에게도 그렇게 할 수 없어요. 이제 나는 그들이 무서워요. 그래요, 이건 사실이에요. 그런 사람을 보면, 나는 그 사람에게서 멀리 떨어진 곳으로 가거나 길을 건너려고 해요. 그건 지극히 당연한 반사적 행동이고, 아마도 나는 영원히 그런 행동에서 벗어나지 못할 것 같아요. 하지만 그건 달라요. 난 그들을 적극적으로 증오하는 데 전념할 수 없어요. 하지만 만일 청부 살인 업자를 보낸 경쟁 기업의 사업가라면 그럴 수 있었겠죠. 당신도 아는지 모르겠지만, 갈수록 청부 살인은 흔해지고 있어요. 스페인에서도 말이에요. 그 사람들은 외국에서 살인자들을, 그러니까 콜롬비아 사람이나 세르비아 사람, 혹은 멕시코 사람을 불러들여요. 그래서 자신들과 치열하게 경쟁하면서 사업 확장을 방해하는 사람의 목숨을 빼앗아버려요. 다시 말하자면, 순전히 사업상 그렇게 하죠. 그들은 청부 살인 업자를 데려오고, 그는 자기에게 부여된 임무를 수행하고, 그들에게 돈을 받은 후 떠나버려요. 아무리 길어도 하루나 이틀 안에 모든 게 마무리되죠. 그래서 경찰은 이 살인범들을 결코 체포하지 못해요. 그들은 빈틈없이 철저한 프로들이에요. 아무 흔적도 남기지 않고 완벽하게 일을 처리하죠. 시체가 발견될 때에는 이미 그들은 공항에 있거나 귀국 비행기를 타고 날아가고 있어요. 그래서 아무것도 확인할 방법이 없고, 누가 그를 고용했으며 누가 살인을 교사했거나 지시를 내렸는지 밝힐 방법은 더욱 없어요. 그런 일이 벌어졌다고 하더라도, 나는 추상적인 살인범을 그렇게 증오할 수 없어요. 당시 자유롭게 활보하던 사람이라면 그 누구라도 희생될 수 있었는데, 미겔이 재수 없게 걸려든 것이라고 생각할 수밖에 없으니까요. 그리고 나는 그가 미겔을 알지 못했거나, 혹은 개인적으로 그에게 전혀 반감을 가지고 있지 않았을 것이라고 생각할 거예요. 하지만 교사자들을 증오할 수는 있어요. 경쟁자건 원한을 갖고 있던 사람이건, 혹은 피해를 입은 사람이건, 아마도 나는 몇몇 사람을 의심했을 거예요. 모든 사업가들은 원하든 원하지 않든 희생자를 만드니까요. 내가 언젠가 코바루비아스*의 글에서 읽은 것처럼 가장 친한 친구들 사이에도 희생자가 생긴다고 하더군요."
루이사는 내 얼굴을 쳐다보고서 내가 무슨 말인지 거의 이해하지 못한다는 것을 알았다. "몰라요?『카스티야어 혹은 스페인어의 보고』는 1611년에 출간된 최초의 스페인어 사전이에요. 세바스티안 데 코바루비아스가 썼죠." 그녀는 자리에서 일어나더니 옆에 있던 두꺼운 초록색 책을 집고서 들추었다. "나는 질투(envidia)라는 단어를 찾았고, 영어 사전의 질투(envy)와 비교해봤어요. 코바루비아스가 어떻게 정의내리고 있는지 잘 들어봐요." 그녀는 내게 큰 소리로 읽어주었다. "〈더욱 큰 문제는 이 독이 종종 우리와 가장 가깝고 따라서 우리가 신뢰하는 친구들의 가슴속에서 생긴다는 것이다. 그것은 공표된 우리의 적들보

* Sebastian de Covarrubias(1539~1613): 스페인의 작가이자 어휘 전문가. 그의 대표작『카스티야어 혹은 스페인어의 보고』는 아직도 스페인 황금 세기 문학을 읽는 데 유용하다고 평가된다.

다 더욱 위험하다.〉이건 아주 옛날부터 전해져오던 지식이에요. 계속 들어봐요. 〈이것은 진부한 말이며, 많은 사람들이 다룬 주제이다. 나는 다른 사람들이 파놓은 땅을 다시 파려는 의도는 없다. 따라서 더 이상 덧붙일 말이 없다.〉" 그녀는 책을 덮고서 다시 자리에 앉아 무릎에 책을 올려놓았다. 나는 적지 않은 페이지에 작은 종이가 붙어 있다는 것을 알았다. "내 정신은 슬픔과 그리움뿐만 아니라 다른 것으로 채워진 것 같아요. 당신이 보다시피 나는 그를 끊임없이 그리워해요. 잠자리에서 눈을 뜰 때도, 잠자리에 누울 때도, 꿈을 꿀 때도, 그리고 깨어 있을 때도 항상 그를 그리워해요. 마치 내가 항상 그를 데리고 다니는 것 같아요. 내 몸의 일부인 것 같아요." 그녀는 남편의 머리가 자기 팔을 베고 있는 것처럼 팔을 쳐다보았다. "이렇게 말하는 사람들이 있어요. 〈마지막 기억이 아니라 좋은 기억만 간직하도록 해요. 당신이 얼마나 그를 사랑했는지 생각하고, 다른 사람들은 결코 누려보지도 못했던 멋진 시간만 생각하도록 해요.〉좋은 뜻으로 한 말이에요. 하지만 그 사람들은 내 모든 기억이 지금은 그 슬프고 피투성이가 된 마지막 장면으로 물들어 있다는 사실을 이해하지 못해요. 좋은 기억을 떠올릴 때마다, 즉시 내 앞에 그의 마지막 모습이 나타나요. 잔인하게 죽은 모습, 정말이지 쉽게 피할 수 있었는데 이유도 없이 너무나도 멍청하게 죽은 모습이 보여요. 그래요, 누군가를 비난할 수도 없게 너무도 멍청하게 죽었다는 게 바로 내가 몹시도 견디기 힘든 부분이에요.

그래서 모든 좋은 추억이 점점 어두워지고 나쁘게 변해요. 정말이지 이제는 좋은 기억이 하나도 남아 있지 않아요. 모든 기억이 거짓처럼 보여요. 모든 기억이 오염되어 있어요."

그녀는 입을 다물고서 아이들이 있는 옆방을 쳐다보았다. 그 방에서 텔레비전 소리가 들렸고, 모든 게 정상인 것처럼 보였다. 내가 본 바로는 매우 잘 자란 아이들이었다. 오늘날의 보통 아이들보다 훨씬 더 말을 잘 들었다. 루이사는 내가 친구인 것처럼 솔직하게 속마음을 털어놓으며 이야기했는데, 이상하게도 나는 그게 놀랍지도 않았고 당황스럽지도 않았다. 그녀는 자기가 마음속에 품고 있던 것이 아닌 다른 것에 대해서는 말할 수 없는 사람 같았다. 그리고 데베르네가 죽은 뒤 몇 달 동안 자신이 받은 충격과 고통으로 가장 친한 사람들을 모두 지치게 만들었거나, 아니면 그들에게 같은 내용을 거듭 호소하는 게 창피하고 부끄럽게 느껴졌던 것 같다. 내가 새로운 인물이라는 점을 이용해 마음속에 쌓인 감정을 발산했을 것이다. 아니면 내가 누구이든 중요하지 않고, 다만 처음부터 다시 시작할 수 있는 새로운 대화 상대로서 나와 함께 있는 것만으로도 충분했을 것이다. 그것이 불행을 겪는 사람들의 또 다른 문제이다. 불행의 효력은 희생자의 말을 들어주고 함께 있으려는 사람의 인내심보다 더 오래 지속되기 때문이다. 무조건적으로 지지한다 하더라도 그것이 단조로움으로 물들어 있다면 결코 오래 지속되지 않는다. 그래서 슬픔에 젖은 사람은 초상이 끝나기도 전에 이미 혼자 남게 된다. 혹은 사람들이 그 사람의 유일한 세계에 대해 더 이상 말하는 것을 용납하지 않기도 한다. 그 슬픔의 세상이 도저히 견딜 수 없고 혐오스럽기 때문이다. 그러면 그는 나머지 사람들에게 슬픔은 사회적 만료 기간이 있으며, 아무도 다른 사람의 슬픔을 깊이 생각하려고 하지 않으며, 그런 광경은 짧은 기간에만 참고 견디는 것이라는 사실을 깨닫는다. 하지만 그 사람은 아직 충격과 고통을 떨쳐버리지 못한 상태이며, 사람들은 그를 쳐다보고 함께 있으면서 자신들이 그에게 필요한 구원의 손길을 뻗칠 수 있다고 여긴다. 그러나 아무것도 바뀌지 않으며, 슬픔에 잠긴 사람이 앞으로 나아가지도 못하고 슬픔에서 벗어나지도 못하는 것을 보고는 자신들이 하찮고 불필요한 존재라고 느끼고, 자신들이 무례했다고 여기고는 그 사람과 멀어지면서 이렇게 생각한다. 〈이 정도면 내가 충분히 해준 것 아니야? 왜 내가 옆에 있는데도 그 나락에서 헤어나지 못하는 거지? 이미 어느 정도 시간이 흘렀고, 내가 위로해주고 즐겁게 해주었는데, 왜 아직도 슬퍼하는 걸까? 머리를 들고 나올 수 없으면, 그 나락으로 다시 떨어지거나 이 세상에서 사라지는 수밖에 없어.〉 그러면 슬픔에 젖은 사람은 바로 이렇게, 그러니까 뒷걸음쳐서 그 장소를 떠나 숨어버린다. 아마도 루이사가 그날 오후 나에게 매달린 이유는 숨을 필요 없이 자신의 모습 그대로, 즉 일상적인 문구를 사용하자면, '슬픔에 잠긴 부인', 그러니까 괴로워하고 비탄에 잠긴 따분한 부인일 수 있었기 때문일 것이다.

나는 아이들의 방을 쳐다보고서 머리를 들어 그쪽을 가리켰다.

"이런 상황에서는 아이들이 당신에게 큰 힘이 될 거예요." 나는 말했다. "아이들을 보살펴야 하기 때문에, 당신은 매일 아침 일어나서 기운을 차리고 씩씩한 표정을 지을 거라고 난 생각해요. 그리고 그 어느 때보다도 아이들이 전적으로 당신에게 달려 있다는 것을 아는 것도 큰 도움이 될 거예요. 아이들은 짐이겠지만, 동시에 구명줄이기도 하고, 매일매일을 시작할 수 있는 이유예요. 그렇지 않나요?" 나는 이렇게 덧붙이면서, 그녀의 얼굴이 더욱 어두워지고, 그녀가 커다란 눈을 찌푸려서 작은 눈처럼 만드는 것을 보았다.

"아니에요, 정반대예요." 그녀는 숨을 깊이 들이마시면서 대답했다. 마치 최대한 차분해져야 자기가 하고 싶은 말을 할 수 있는 것 같았다. "아이들과 이곳에 있지 않을 수 있다면, 아이들과 함께 있지 않을 수 있다면, 뭐든지 다 줄 수 있을 것 같아요. 내 말을 오해하지 말아요. 내가 아이들을 낳은 것을 갑자기 후회한다는 소리가 아니에요. 아이들은 내 목숨과도 같고, 나는 그 무엇보다도 아이들을 사랑해요. 아마 미겔보다 더 사랑할 거예요. 적어도 나는 아이들이, 그러니까 둘 중의 하나라도 죽었다면 훨씬 더 충격을 받았을 것이고, 그랬다면 나도 죽었을지 모른다는 사실을 알아요. 그러나 지금은 아이들과 마주치고 싶지 않아요. 내게 너무 큰 짐이거든요. 아이들에게서 벗어날 수 있다면, 아이들에게 겨울잠을 자게 할 수만 있다면 좋겠어요. 나도 모르겠어요. 그냥 아이들을 잠자게 만들어서 새로운 소식이 있을 때까지 깨어나지 못하게 하면 좋겠어요. 아이들이 나를 가만히 놔두었으면, 내게 묻지도 말고 아무것도 요구하지 않았으면 좋겠어요. 나를 잡아당기지도 않고 내게 매달리지도 않았으면 좋겠어요. 난 혼자 있고 싶고, 그 어떤 책임도 떠맡고 싶지 않아요. 초인적인 노력도 하고 싶지 않고, 실제로 그럴 기운도 없어요. 아이들이 밥을 먹었는지, 춥지 않게 옷을 잘 입었는지, 감기에 걸렸는지, 고열에 시달리는지 등등 전혀 생각하고 싶지 않아요. 하루 종일 침대에 있거나, 나 자신을 제외한 그 어떤 것에도 관심을 보이지 않고 내가 좋아하는 것을 할 수 있으면 좋겠어요. 아무 방해도 받지 않고 아무런 의무도 없이 그렇게 조금씩 회복할 수 있으면 좋겠어요. 어떻게 해야 할지는 모르지만, 그러면 언젠가 회복될 것이고, 난 그렇게 되길 간절히 원해요. 그런데 지금은 너무나 허약해서 아이들을 내 옆에 두고 싶지 않아요. 아이들은 나보다 더 약하고 스스로 일을 처리할 수도 없으며, 아직도 무슨 일이 있었는지 나보다 더 모르거든요. 게다가 아이들이 불쌍하다는 생각을 지울 수가 없어요. 그 생각이 끊임없이 이어져요. 현재의 상황 때문에 그런 것만은 아니에요. 물론 현재 상황이 더 그런 느낌을 갖게 하지만, 그건 내가 항상 느끼던 감정이에요."

"무슨 의미로 '끊임없이'라는 말을 하는 거죠? 현재의 상황 때문에 그런 것만은 아니라는 말은 무슨 소리죠? 항상 느끼던 감정이라는 건 또 뭐죠?"

"아이들이 없나요?" 그녀는 물었다. 나는 고개를 가로저었다. "사람들은 아이들이 많은 기쁨을 주고 다른 모든 것들도 준다고들 말해요. 하지만 또한 많은 슬픔도 주고, 그래서 항상 아이들이 불쌍하다는 생각을 하지 않을 수 없어요. 그건 아이들이 큰다고 해도 바뀌지 않을 거라고 생각해요. 그리고 그것에 관해서는 거의 말을 하지 않아요. 아이들이 특정한 상황에 처했을 때 당황하는 모습을 보면 불쌍해요. 아이들이 도와주려고 당신 편을 들려고 하는데 그러지 못하는 것을 보면 슬퍼지죠. 아이들의 심각한 표정을 보면 슬퍼지고, 쓸데없는 농담이나 빤한 거짓말을 하는 걸 보면 불쌍해요. 아이들이 착각하거나 절망하는 모습을 보면 슬퍼지고, 아이들이 희망에 차 있거나 약간 실망하는 모습을 봐도 슬퍼져요. 아이들의 순진한 모습, 이해하지 못하는 모습, 너무나도 논리적인 질문, 심지어 우연히 못된 생각을 하는 것을 봐도 불쌍해요. 아이들이 얼마나 많은 걸 배워야 하는지 생각해도, 얼마나 기나긴 길이 앞에 놓여 있는지, 그런데 아무도 아이들을 도와줄 수 없다는 걸 알면 슬퍼져요. 물론 우리도 수백 년 동안 그렇게 해왔지만, 왜 태어나는 모든 아이들이 처음부터 그 모든 것을 다시 시작해야 하는지 이해하지 못하죠. 각자가 비슷한 슬픔을 경험하고 비슷한 것을 발견하는 행위를 영원히 반복하는 게 무슨 의미가 있죠? 물론 우리 아이들은 전혀 흔하지 않은 일을 겪었어요. 구태여 일어날 필요가 없었던 일, 그러니까 예측 불가능한 커다란 불행을 겪었는지도 몰라요. 우리 사회에서 아버지라는 이유로 살해당하는 것은 정상이 아니며, 아이들이 느끼는 슬픔은 그저 덧붙여진 고통처럼 다가와요. 나만 남편을 잃은 여자는 아니에요. 아니, 그랬다면 얼마나 좋겠어요. 이제 그것들을 설명해야 할 것 같지만, 난 어떻게 설명해야 할지도 몰라요. 이 모든 게 내 능력을 벗어나요. 나는 아이들에게 그 남자가 아버지를 증오했다거나 그가 아버지의 적이었다고 말할 수 없어요. 그 사람이 미쳐서 그를 죽이려 했다고 말한다면, 아마 아이들은 이해하지 못할 거예요. 그래요, 카롤리나는 어느 정도 알아듣겠지만, 니콜라스는 무슨 말인지 하나도 모를 거예요."

"그래서 아이들에게 뭐라고 말했나요? 아이들은 어떻게 받아들이나요?"

"사실 나는 아이들에게 진실을 약간 각색해서 들려주었어요. 니콜라스에게는 아무 말도 하지 않는 게 좋지 않을까 생각했어요. 그 아이는 아주 어리거든요. 하지만 아이가 학교에서 친구들에게 그 이야기를 들으면 더 좋지 않을 것 같았어요. 신문에 나왔기 때문에 우리가 아는 모든 사람들이 그 소식을 알고 있었어요. 네 살짜리 아이들이 어떤 이야기를 할지 상상해봐요. 그건 실제로 일어난 것보다 훨씬 섬뜩하고 터무니없을 거예요.

그래서 나는 그 남자가 딸들을 도둑맞아서 아주 화가 났는데, 사람을 혼동하는 바람에 정말로 자기 딸을 훔쳐간 사람 대신에 아빠를 공격했다고 말했어요. 그러자 두 아이는 누가 딸들을 훔쳐갔느냐고 물었고, 나는 잘 모른다고, 틀림없이 그 남자도 잘 모를 거라고 대답했어요. 그래서 그 남자는 화가 나 있었고, 그 화를 풀 사람을 찾은 거라고 설명했어요. 사람을 잘 구별하지 못하는 바람에 모든 사람을 의심했고, 그래서 어느 날 파블로를 때리면서 그가 자기 딸들을 훔쳐간 범인이라고 생각했다고 말해주었어요. 정말 이상한 일은 아이들이 딸들을 도둑맞아서 그 사람이 화가 났다는 말을 즉시 알아들었다는 사실이에요. 심지어 지금도 계속 그 이야기가 진행되고 있는 것처럼 종종 그 딸들에 대한 소식을 들었느냐고, 그 딸들을 찾았느냐고 물어봐요. 아마도 딸들이 자기들처럼 어린애일 것이라고 상상하는 것 같아요. 나는 모든 게 재수가 없어서 일어난 일이라고 말했어요. 그건 마치 사고를 당한 것과 같다고, 자동차가 보행자를 치거나 혹은 건물에서 일하던 일꾼이 떨어진 것과 같다고 말했어요. 아빠는 아무 잘못도 없고 그 누구에게도 나쁜 일을 하지 않았다고 말했어요. 그러자 니콜라스는 이제 아빠가 돌아오지 않는 거냐고 물었어요. 나는 아니라고, 지금은 아주 멀리 있다고, 아주 멀리 출장을 갔을 때와 같다고, 그래서 돌아올 수는 없지만, 거기서 계속해서 너희들을 보면서 보살핀다고 얘기했어요. 그러면서 아이들에게 그 사건이 너무나 갑작스럽고 결정적인 사건이 되지 않도록 해야 한다는 생각에 나는 때때로 저녁에 아빠와 이야기할 수 있으니, 혹시 아빠에게 전하고 싶은 중요한 말이 있으면 내게 말해달라고, 그러면 내가 전해주겠다고 말했어요. 내가 보기에 카롤리나는 이 부분을 믿지 않았어요. 한 번도 내게 자기가 하고 싶은 말을 전해달라고 하지 않았거든요. 하지만 니콜라스는 그렇게 했어요. 지금도 아버지에게 이런저런 이야기를 전해달라고 해요. 학교에서 일어난 어이없는 사소한 이야기들이에요. 그리고 다음 날 내게 그런 이야기를 전했느냐고, 아빠가 어떻게 대답했느냐고 물어요. 가령 자기가 축구를 한다는 사실에 아빠가 기분 좋아했느냐고 묻죠. 나는 아이에게 아직 아빠와 말하지 못했다고, 기다려야 한다고, 아빠와 연락하는 게 쉽지 않다고 대답하고서 며칠을 보내죠. 하지만 아이가 기억하면서 다시 물으면, 내가 대답을 만들어서 말해줘요. 나는 갈수록 더 많은 시간이 지나게 할 것이고, 그렇게 아이가 질문을 멈추고 잊어버리게 할 거예요. 아이는 결국 그걸 거의 기억하지 못할 테니까요. 무엇보다도 아이는 나와 누나가 말해주는 것을 기억할 거라고 생각해요. 오히려 카롤리나가 더 걱정이 돼요. 그 아이는 아빠에 대해 거의 말하지 않아요. 니콜라스보다 더 진지하고 말이 없는 아이예요. 예를 들어, 아빠가 니콜라스에게 발로 친구들은 차지 말고 공만 차라고 전했다고 말하면, 카롤리나는 슬픔에 젖어 나를 쳐다봐요. 내가 아이들에게 느끼는 바로 그런 슬픔에 젖은 얼굴이죠. 내 거짓말을 들어서 슬프다는 표정이에요. 우리 모두가 각자에게, 그러니까 아이들은 나에게, 나는 아이들에게 슬픔을 느끼는 순간이 있어요. 니콜라스는 어떨지 몰라도 적어도 카롤리나는 나를 보면서 슬픔을 느끼거든요. 나를 슬픈 눈으로 쳐다봐요. 나는 울지 않으려고 애를 쓰고, 아이들과 함께 있을 때는 내가 얼마나 슬픈지 눈치채지 못하게 하려고 노력해요. 그런데 당신이 내 말을 믿을지 모르지만, 아이들은 나를 한 번도 본 적이 없는 사람처럼 쳐다봐요. 틀림없이 눈치채는 거예요. 아이들 앞에서 나는 딱 한 번만 울었어요." 나는 그날 아침 세 사람이 테라스에서 아침을 먹는 것을 보았을 때, 여자아이가 내게 어떤 인상을 주었는지 떠올렸다. 그 아이는 엄마에게서 눈을 떼지 않았었다. 자기 힘이 닿는 한 엄마를 돌보다시피 했다. 그리고 엄마와 작별하면서 엄마의 뺨에 무뚝뚝하게 자기 뺨을 갖다 댔었다. "아이들은 나를 걱정해요." 루이사는 이렇게 말하고는 한숨을 내쉬면서, 다시 자기 술잔에 술을 채웠다. 그녀는 술을 억제하면서 얼마 전부터 술을 마시지 않았다. 아마도 적절한 때에 멈출 줄 알거나, 아니면 과음할 때도 적절하게 조절할 줄 아는 그런 사람인 것 같았다. 그러니까 위험의 경계를 지나면서도 결코 위험에 빠지지 않는 사람, 심지어는 더 이상 잃어버릴 것이 없다고 느끼면서 모든 것에 무관심할 때에도 자기 자신을 제어할 수 있는 사람 같았다. 분명히 그녀는 매우 힘든 상황에 처했지만, 나는 결코 그녀가 완전히 자신을 포기하고 내버린 모습은 상상할 수 없었다. 희망을 잃고 마구 술을 퍼마시거나, 혹은 아이들을 제대로 돌보지 않는다거나, 또는 마약을 한다거나, 결근을 한다거나, 어느 정도 시간이 지난 후 자기가 정말로 좋아했던 남자를 잊기 위해 이 남자 저 남자와 잠자리를 한다거나 하는 모습은 생각조차 할 수 없었다. 그녀는 최후의 상식적 보루, 혹은 마지막 의무감이나 평정심, 또는 정확히 뭐라고 말할 수는 없어도 자위적 본능이나 실용적 사고방식을 지닌 사람 같았다. 그때 나는 아주 분명하게 깨달았다. 〈이 위기를 극복할 거야. 사람들이 생각하는 것보다 훨씬 빨리 회복될 거야. 몇 달 동안 겪은 모든 게 비현실적이라고 여길 것이고, 그래서 심지어는 다시 결혼할지도 몰라. 아마도 그 남자는 데스베른처럼 완벽한 남자일 거야. 아니면 적어도 비슷한 커플을 이룰 수 있는, 그러니까 거의 완벽한 남자일 거야.〉루이사는 다시 말했다. "아이들은 사람이 죽는다는 것을, 심지어 절대 죽을 것 같지 않은 친척들도 죽는다는 것을 알았어요. 이제 그건 악몽이 아니에요. 카롤리나는 그런 악몽을 꾸는 나이가 되었거든요. 언젠가는 내가 죽는 꿈을 꾸었어요. 그리고 아무 일도 일어나지 않았을 때에도 자기 아버지가 죽는 꿈을 꾸었어요. 한밤중에 방에서 우리를 불렀어요. 완전히 겁에 질려 있었어요. 우리는 그건 있을 수 없는 일이라고, 우리는 절대 죽지 않는다고 납득시켜야 했어요. 이제 그 아이는 우리가 잘못 알고 있었거나, 아니면 거짓말을 했다고 생각해요. 그러면서 자기가 겁에 질린 이유가 있었다고, 꿈에 나타난 것이 현실이 되었다는 것을 알아요. 대놓고 나를 비난하지는 않았지만, 미켈의 장례가 끝난 다음 날, 그러니까 미켈 없이 계속 사는 것 이외의 방법이 없을 때, 자기가 절대적으로 옳았다는 표정으로 두 번 내게 이렇게 말했어요. '봤어요? 이제 알았죠?' 나는 무슨 말인지 몰라서 물었어요. '내가 보고 알아야 한다는 게 뭐니?' 나는 너무 얼떨떨한 상태여서 알아들을 수가 없었거든요. 그러자 카롤리나는 주춤했고, 그때부터 계속 그런 표정으로 말했어요. '아니에요, 아무것도 아니에요. 아빠는 이제 집에 없는 거예요, 이제 알았죠?' 라고 딸아이는 대답했어요. 나는 기운이 쭉 빠져서 침대 모서리에 풀썩 주저앉았어요. 우리는 내 방에 있었어요. '물론이지, 이제 알고 있어'라고 나는 대답했고, 그 순간 눈물이 솟구쳐 나왔어요. 아이는 내가 우는 모습을 한 번도 본 적이 없었어요. 나는 딸아이에게 미안했고, 그때부터 계속 미안한 느낌을 갖고 있어요. 아이는 다가와서 자기 옷자락으로 내 눈물을 닦아주었어요. 니콜라스에 관해 말하자면, 그 아이는 죽음이라는 것을 꿈으로도 꾸지 못했고 두려워할 수도 없는 상태에서, 그러니까 죽음에 대해 아무것도 모르는 상태에서, 너무 일찍 죽음이 무엇인지 알게 되었어요. 내가 보기에는 죽음이 무엇인지 아직도 제대로 모르는 것 같아요. 하지만 죽음이란 사람들이 더 이상 존재하지 않고, 더 이상 그들을 볼 수도 없는 것이라는 사실을 조금씩 깨닫고 있어요. 아빠가 죽어서 어느 날 갑자기 이 세상에서 사라졌는데, 아니 그 정도가 아니라 갑자기 살해되어 아무런 통고도 없이 사라졌는데, 자기 아빠가 어느 염병할 놈의 첫번째 공격에 쓰러질 정도로 연약한 존재였다는 게 증명되었는데, 어떻게 아이들이 그것과 동일한 일이 언젠가 내게, 아빠보다 더 힘없는 내게 일어나지 않을 거라고 생각하겠어요? 그래요, 아이들은 나를 걱정해요. 내게 나쁜 일이 벌어지지는 않을까, 자기들만 이 세상에 놔두지는 않을까 걱정해요. 그래서 나를 걱정스러운 눈길로 쳐다봐요. 마치 자기들보다 더 약한 내가 위험에 처해 있다는 듯이 말이에요. 니콜라스의 그런 반응은 본능적이지만, 카롤리나의 반응은 훨씬 의식적이에요. 나는 우리가 밖에 있을 때 딸아이가 주변을 살펴본다는 것을 알고 있어요. 모르는 사람이 오면 그 사람이 누구든 가리지 않고 즉시 경계해요. 내가 친구나 다른 여자들과 함께 있으면 안심을 하죠. 이제, 그러니까 방금 전부터 딸아이는 나를 걱정하지 않아요. 내가 집에 있고, 내가 당신과 함께 있기 때문이죠. 당신도 보다시피, 핑계를 대면서 이곳으로 들어와 나를 살펴보거나 나를 귀찮게 하지도 않아요. 당신을 알게 된 건 얼마 안 되지만, 딸아이는 당신을 믿을 만한 사람이라고 여기고 있어요. 당신은 여자이고, 전혀 위험한 사람처럼 보이지 않으니까요. 오히려 카롤리나는 당신을 일종의 방패, 즉 나를 지켜줄 사람으로 보고 있어요. 나는 이점이 조금 걱정돼요. 남자들을, 특히 모르는 남자들을 두려워해서 항상 경계하면서 마음을 졸이지 않을까 걱정돼요. 딸아이가 그런 두려움을 떨쳐버렸으면 좋겠어요. 인류의 반을 두려워하면서 평생을 살 수는 없으니까요."

"아이들은 아빠가 어떻게 죽었는지 정확하게 알고 있나요?" 나는 망설였다. 다시 그 주제를 언급하는 게 좋을지 확신이 없었던 것이다. "그러니까 칼에 찔려 죽었다는 걸."

"아니에요. 나는 한 번도 자세하게 설명하지 않았어요. 단지 그 작자가 공격했다는 것만 말했지, 어떻게 공격했는지는 말하지 않았어요. 하지만 카롤리나는 알고 있을 거예요. 신문에서 기사를 읽었고, 학교 친구들이 충격을 받아 그 이야기를 했을 거라고 확신해요. 너무나 놀라서 몸서리쳤을 거예요. 그래서 내게 어떻게 죽었느냐고 묻지도 않았고 언급하지도 않았어요. 마치 두 아이가 그것에 대해 말하지 않고 떠올리지도 않으면서, 미겔의 죽음에서 그 요인, 그러니까 죽음을 초래했던 핵심적 요인을 지워버리겠다고 무언의 합의를 한 것 같아요. 그렇게 죽음의 방식을 죽음과 상관없는 사실로 남겨두고자 했던 것 같아요. 그건 모든 사람들이 죽은 사람을 잊고자 할 때 취하는 방식이죠. 어떻게 죽었는지는 잊으려 하고, 살아 있을 때의 모습을 혹은 죽었을 때의 모습을 간직하려고 하죠. 하지만 삶과 죽음의 경계는 어땠는지, 어떻게 삶에서 죽음으로 건너갔는지, 죽음의 과정이 어땠는지, 그 원인이 무엇인지는 생각하지 않으려고 하죠. 누군가 지금은 살아 있지만 나중에 죽어요. 그런데 그사이에 아무것도 없다고, 마치 삶에서 죽음으로 건너가는 데 아무런 과정도 없고 동기도 없는 것처럼 생각하죠. 하지만 나는 아직도 그 생각을 지울 수 없고, 그래서 제대로 된 삶을 살 수 없으며, 이런 건 회복할 방법이 있다고 여기면서도 회복하려고 시작하지 못하는 거예요." 〈회복할 거야, 회복할 거야〉라고 나는 다시 생각했다. 〈당신이 생각하는 것보다 훨씬 이른 시기에. 불쌍한 루이사, 진심으로 난 그렇게 되길 원해.〉 루이사는 계속 말했다. "카롤리나와 함께 있으면 그렇게 할 수 있어요. 그게 딸아이에게 최고의 선물이고, 그것만으로도 내게는 충분해요. 하지만 혼자 있을 때면 그럴 수가 없어요. 낮도 아니고 아직 밤도 되지 않은 이 시간에는 더욱 그래요. 나는 칼이 몸 안으로 어떻게 파고들었을까, 그리고 미겔이 어떻게 느꼈을까 생각해요. 그리고 그가 무언가라도 생각할 시간이 있었을지, 자기가 죽어가고 있다는 것을 알았는지 생각해요. 그러면 나는 절망에 빠지고 확실하게 병들고 말아요. 이 말은 적당하지 않네요. 내 말은 글자 그대로 병든다는 뜻이에요. 온몸이 아파와요."

초인종이 울렸고, 나는 누구인지 전혀 알지 못했지만, 우리의 대화와 내 방문이 이제 끝났다는 것을 알았다. 루이사는 나에 대해 아무것도 묻지 않았다. 심지어 그날 아침 카페 테라스에서 물어보았던 질문, 즉 내가 무슨 일을 하는지, 같은 시간에 아침을 먹으면서 데베르네와 그녀를 지켜보며 어떤 이름을 붙여주었는지에 관해 다시 묻지도 않았다. 그녀는 아직 남의 일을 궁금해할 상태가 아니었다. 그 어떤 사람에게도 관심을 보이거나, 다른 사람의 삶을 알고 싶어 할 처지가 아니었다. 자신의 삶을 사는 것만으로도 지칠 지경이었고, 그것이 모든 힘과 모든 정신을, 그리고 아마도 상상력까지도 앗아가고 있었다. 나는 그녀가 자신의 불행과 끊임없이 이어지는 생각들을 퍼붓는 미지의 귀에 불과했다. 처음 듣는 귀였지만 교체가 가능한 귀였다. 아니 전적으로 교체 가능한 것이 아닐지도 몰랐다. 카롤리나에게와 마찬가지로 나는 그녀에게도 신뢰하고 스스럼없이 대할 수 있는 사람이라는 인상을 주었던 것 같다. 아니면 그녀가 다른 사람들도 똑같이 허물없이 대하는지도 모르는 일이었다. 어쨌거나 나는 수없이 그녀의 남편을 보았고, 그래서 죽은 남편에 대해 언급했다. 나는 그녀가 쓸쓸해하고 외로워하는 이유는 죽기 전까지 매일매일 어쩔 수 없이 보던 사람이 사라진 것, 즉 남편의 부재 때문이라는 것을 알았다. 어떤 의미에서 나는 '예전'에 속했다. 두 사람은 항상 내가 있다는 것을 모르는 체했지만, 나는 내 나름대로 죽음 사람을 그리워할 수 있었다. 이제 데스베른은 영원히 그리워할 수밖에 없는 사람이었다. 나는 그에게 너무 늦게 도착한 사람이었고, 그가 거의 관심을 기울이지 않고 단지 슬쩍 쳐다보기만 했던 '얌전한 아가씨' 이상은 결코 될 수 없었다. 〈그런데 나는 그가 죽었기 때문에 여기에 있을 수 있어.〉 나는 의아해하면서 생각했다. 〈그 사고가 일어나지 않았다면, 나는 그의 집에 있을 수 없었어. 그는 이곳에 살았고, 이곳은 그의 거실이며, 아마도 그는 지금 내가 앉은 곳에 앉았을 거야. 여기서 그는 내가 그를 보았던 마지막 아침에 나갔어. 역시 그의 아내도 그를 마지막으로 보았을 때였지.〉 나는 그녀가 나를 마음에 들어 했고, 자기 말을 들어주면서 슬퍼하고 공감할 사람임을 감지했다고 확신했다. 그녀는 다른 상황이었다면 우리가 친구가 되었을 거라고 막연하게 생각하고 있을 게 분명했다. 그러나 지금 그녀는 마치 풍선 안에 있는 것 같았고, 말은 많이 하지만 외로워하고 있으며, 자기 내면 이외의 것에는 기본적으로 무관심했고, 그 풍선이 터지는 데는 다소 시간이 걸릴 것이었다. 그때야 비로소 그녀는 나를 정말로 바라볼 수 있을 것이며, 그러면 나는 카페의 '얌전한 아가씨'에서 벗어날 수 있을 것이었다. 그 순간 내가 그녀에게 내 이름이 무엇이냐고 물어보았다면, 그녀는 아마도 내 이름을 기억하지 못했을 것이다. 아니 이름은 기억하더라도 성은 기억하지 못했을 것이다. 나는 우리가 다시 만나게 될 것인지, 그럴 기회가 더 있을지 알 수 없었다. 내가 그때 그 집에서 나왔다면, 나는 아마도 불확실한 기억 속에서 길을 잃고 헤맸을 것이다.

루이사는 가사도우미가 대답하기를 기다리지 않았다. 그 집에는 적어도 한 명의 가사도우미가 있었다. 내가 그 집에 도착했을 때 그 가사도우미가 문을 열어주었던 것이다. 루이사는 일어나서 현관문으로 가더니 인터폰을 들었다. 나는 그녀가 "누구세요?"라고 말하는 소리를, 그리고 다음에는 "그래요, 열어줄게요"라고 말하는 소리를 들었다. 그녀가 잘 알고 있는 사람이었다. 아마도 기다리던 사람이거나, 아니면 매일 그 시간에 들르는 사람 같았다. 그녀의 목소리에는 놀라거나 흥분한 기색이 전혀 없었다. 찾아온 사람은 배달 온 가게 점원일 수도 있었다. 그녀는 문을 열어놓고서, 방문객이 거리로 나 있는 대문으로 들어와 조그만 정원을 가로질러 집 안에 도착할 때까지 잠시 기다렸다. 루이사는 단독주택에, 일종의 별장 같은 곳에 살고 있었다. 그런 집은 엘비소 동네뿐만 아니라 마드리드의 중심 지역, 그리고 카스테야나 대로 뒤쪽과 푸엔테 델 베로를 비롯해 여러 지역에서 볼 수 있었는데, 엄청난 교통량과 일상이 된 영원한 혼돈 상태로부터 기적적으로 숨어 있었다. 그때 나는 그녀가 데베르네에 관해 내게 말해준 것은 실질적으로 없다는 사실을 깨달았다. 그를 떠올리지도 않았고, 그의 성격이나 태도에 관해서도 설명하지 않았으며, 그의 이런저런 성격을, 혹은 두 사람의 공통적인 습관을 얼마나 그리워하는지도 말하지 않았고, 그가 더 이상 살아 있지 않아서 얼마나 괴로운지도 밝히지 않았다. 특히 내가 그에 대해 가진 인상에 따르면, 두 사람은 그토록 오랫동안 함께 인생을 즐겼는데, 그녀는 남편이 얼마나 보고 싶은지에 대해서는 한마디도 하지 않았다. 나는 내가 이 집에 들어왔을 때보다 그 남자에 대해 더 아는 게 없음을 깨달았다. 남편의 비정상적인 죽음이 다른 모든 것들을 어느 정도 흐려지게 만들었거나 아니면 지워버린 것 같았다. 사실 종종 일어나는 일이다. 사람의 죽음은 너무나 뜻밖이거나 고통스럽거나, 혹은 너무나 충격적이거나 너무나 일찍 찾아오거나 너무나 비극적이라서 — 때때로 너무나 아름답거나 우스꽝스럽거나 너무나 불행하다 — 그 사람에 대해 말할 수가 없게 된다. 그의 마지막 순간에 빠져들게 되거나 그 순간을 가슴에 품지 않을 수 없기 때문이다. 또한 그가 극적으로 죽었기 때문에 그의 예전 모습 전체가 어두워지며, 심지어 너무나 부당하게도 사라져버리기 때문이다. 요란한 죽음은 죽은 사람의 모습에서 너무나 강력한 위력을 발휘한다. 그래서 그 사람을 떠올릴 때면, 즉시 그 마지막 소멸의 기억을 되살리지 않을 수 없고, 그의 죽음을 다시 생각하지 않을 수가 없다. 그것은 무거운 장막이 그에게 그토록 갑작스럽게 떨어질 것이라고 아무도 의심하지 못했던 시간이 너무나 길었기 때문이다. 모든 것은 그런 결말의 관점에서 평가된다. 다시 말하면, 그 파국의 빛은 너무나 눈이 부실 정도로 밝아서 과거의 그를 되찾지 못하게 만들고, 그를 기억하지도 못하고 꿈도 꾸지 못하게 한다. 그래서 그렇게 죽는 사람은 가장 깊이, 가장 완벽하게 죽는 것이다. 아니면 아마도 실제로, 그리고 다른 사람들의 기억 속에서 두 번 죽는 것일지도 모른다. 그것은 그 황당하고 바보 같으면서 인생을 마무리하는 사건이 영원히 환하게 비추는 기억이지만, 그 기억은 씁쓸하고 왜곡되어 있으며, 아마도 더럽게 오염되어 있기 때문이다.

또한 루이사가 아직도 극단적 이기심의 단계에 머물러 있기 때문일지도 모른다. 다시 말하면, 데스베른의 마지막 순간, 즉 그가 이 세상과 작별할 것임을 알았던 순간에 걱정과 염려를 드러냈지만, 그녀는 자기 자신의 불행만을 볼 수 있을 뿐 그의 불행은 그다지 볼 수 없는 단계에 머물러 있는지도 모른다는 말이다. 세상은 살아 있는 사람들의 것이지, 실제로 죽은 사람들의 것은 아니다. 물론 죽은 사람들이 모두 지상에 머물고 있고, 그 숫자도 산 사람들보다 훨씬 많다. 그래서 산 사람들은 사랑하는 사람의 죽음이 죽은 그 사람이 아니라 자신들에게 일어난 사건이라고 생각하는 경향이 있다. 죽은 사람은 어쨌든 죽었기 때문이다. 그가 바로 항상 자신의 의지와는 달리 작별을 고해야 할 사람이며, 앞으로 올 것들을 모두 잃어버린 사람이며 (예를 들어 데베르네의 경우 이제는 더 이상 아이들이 커가면서 변하는 모습을 보지 못할 것이다), 무언가를 알고 싶은 마음이나 호기심을 버려야만 하는 사람이고, 계획을 이루지도 못하고 중도에 포기한 사람이며, 나중에 말할 시간이 있을 것이라고 항상 믿으면서 미처 이야기도 제대로 하지 못한 사람이고, 이제는 더이상 그곳에 있을 수도 없는 사람이다. 만일 그가 작가나 예술가라면, 책이나 영화 혹은 그림이나 노래를 완성할 수 없었던 사람일 것이다. 그리고 그가 만일 그런 작품의 수용자라면, 책을 끝까지 읽지 못하거나 영화를 완전히 보지 못하고, 혹은 노래를 끝까지 듣지 못할 사람일 것이다. 세상을 떠난 사람의 방을 둘러보기만 해도 얼마나 많은 것들이 중단된 채 빈자리로 남아 있는지, 얼마나 많은 것들이 순간적으로 전혀 사용할 수 없고 전혀 쓸모없는 것으로 전락하는지 알 수 있다. 그렇다. 페이지가 접힌 소설은 읽히지 않은 채 그대로 있을 것이고, 또한 약도 갑자기 그 어떤 것보다도 불필요한 물건이 되어 이내 버려질 수 있으며, 특별한 베개와 매트리스도 더 이상 그것을 벨 머리가 없고 누울 몸도 없게 될 것이다. 또한 그는 물컵에서 더 이상 한 모금의 물도 마시지 못할 것이며, 담배 세 개비만 남은 담뱃갑에서 더 이상 담배를 꺼내 피우지 못할 것이고, 누군가 선물해준 사탕들도 먹지 못할 것이다. 게다가 그것들을 훔친 것이나 신성모독적인 것처럼 여겨 누구도 감히 먹으려 하지 못할 것이다. 또한 그의 안경은 누구에게도 소용이 없을 것이고, 누군가 용기를 내서 꺼낼 때까지 옷은 며칠이나 몇 년 동안 옷장에 걸려 있을 것이다. 또한 죽은 사람이 보살피고 정성스럽게 물을 주던 화분은 누구도 책임지지 않으려 할 것이고, 밤마다 바르던 스킨 크림에는 그 사람의 부드러운 손가락 지문이 아직도 남아 있을 것이다. 의심의 여지 없이 누군가는 망원경을 물려받아 가져가려고 할 것이다. 그것은 죽은 사람이 멀리 있는 탑 위에 둥지를 만든 황새를 지켜보면서 즐거워하던 것이었다. 하지만 물려받은 사람이 어떤 용도로 사용할지는 아무도 모른다. 그가 일을 멈추고 쳐다보던 창문은 있으나 마나 한 것, 그러니까 쳐다보는 사람이 아무도 없는 창문이 될 것이다. 그리고 그가 약속 혹은 해야 할 일을 적어놓던 다이어리는 더 이상 한 장도 적히지 않을 것이고, 다음 페이지로 나아가지도 못할 것이다. 또한 다이어리의 마지막 날에는 〈오늘 나는 해야 할 일을 모두 했다〉라는 의미의 마지막 메모가 적혀 있지 않을 것이다. 과거에는 모든 물건들이 말했지만, 이제 그것들은 모든 의미를 상실한 채 벙어리처럼 남게 될 것이다. 그것은 마치 담요 하나가 위에서 떨어져 그것들을 덮어 말 못 하게 만들면서 밤이 왔다고 믿게 만드는 것과 같다. 혹은 그것들 역시 주인을 잃어버린 것을 슬퍼하면서, 순간적으로 자기들이 해고되었거나 쓸모없어졌다는 이상한 의식을 가지고 뒤로 물러서서 〈이제 여기서 우리는 뭘하지? 우리는 물러서 있어야 해. 이제 우리에게는 주인이 없어. 우리를 기다리는 것은 추방이거나 쓰레기장이야. 우리의 임무는 이제 끝났어〉라고 이구동성으로 묻는 것과 같다. 아마도 데스베른의 모든 물건은 몇 달 전에 이렇게 느꼈을 것이다. 하지만 루이사는 물건이 아니었다. 따라서 루이사는 그렇게 생각하지 않았을 것이다.

두 사람이 왔지만, 그녀는 "당신인가요? 열어줄게요"라고 단수로 말했다. 나는 그녀가 인사한 사람의 목소리를 들었고, 그 목소리는 두번째 사람, 즉 또 다른 사람과 함께 왔음을 알렸는데, 그건 전혀 예기치 않은 것임을 의미했다. "안녕, 리코 교수와 함께 왔어요. 거리에 버려져 혼자서 시간을 보내야 해서 데려왔어요. 저녁 식사 때까지는 시간이 있을 거예요. 이 동네 가까운 곳에 있게 되었는데, 호텔로 갔다가 다시 돌아올 정도의 시간이 안 되었거든요. 괜찮죠?" 그러고서 그는 두 사람을 소개시켰다. "여기는 프란시스코 리코 교수이고, 저쪽은 루이사 알다이예요." "물론이죠, 함께 있게 되어 너무 기뻐요." 나는 이렇게 말하는 루이사의 목소리를 들었다. "손님이 와 있어요, 어서 들어와요. 들어와요. 뭐 마실래요?"

나는 리코 교수의 얼굴을 잘 알고 있었다. 텔레비전과 신문이나 잡지에 자주 나왔기 때문이다. 입은 크고 표정은 풍부했으며, 대머리는 깨끗하고 단정했고, 안경은 약간 컸으며, 캐주얼을 우아하게 —— 약간 영국식이자 약간 이탈리아식으로 —— 입었고, 말투는 오만했으며, 태도는 께느른하면서도 매정했다. 이것은 아마도 그의 눈에서 분명하게 드러나는 내면의 우울함을 숨기는 방법 중 하나인 것 같았다. 자신을 과거의 사람처럼 느끼면서 대부분 무식하고 경박한 동시대인들을 상대해야 한다는 사실을 증오하는 사람 같았다. 동시에 언젠가, 그러니까 마침내 자기가 과거의 사람이라는 느낌이 현실이 되면, 그들을 그만 상대해야만 할 것이라고—그는 그들을 상대하면서 안도감을 느낄 것이다—여기면서 미리 유감스러워하는 사람인 것 같았다. 그가 가장 먼저 한 일은 그와 함께 온 사람이 말한 것을 반박하는 것이었다.

"이보게, 디아스 바렐라. 나는 결코 거리에 버려진 적이 없네. 물론 나는 실제로 무엇을 할지 몰라 거리에 있었지만, 그건 내게 자주 일어나는 일이라네. 때때로 나는 내가 사는 상트 쿠가트 동네에서 기분 좋게 나오지." 그는 이렇게 설명하면서, 루이사와 아직도 소개를 받지 못한 나를 슬쩍 쳐다보았다. "그런데 갑자기 내가 왜 나왔는지 모른다는 사실을 깨닫게 돼. 혹은 바르셀로나 도심까지 가는데, 거기서 내가 왜 왔는지 기억하지 못하는 경우가 있어. 그러면 나는 잠시 가만히 있지. 어슬렁거리지도 않고 그 장소에서 왔다 갔다 하지도 않아. 그러면 내가 그곳에 온 목적이 떠오른다네. 그건 그렇고, 그럴 때조차도 거리에 버려졌다고 말할 수는 없네. 사실 나는 거리에서 움직이지 않으면서 가만히 있을 줄 아는 몇 안 되는 사람 중 하나지. 당황해하면서도 절대로 그런 인상을 주지 않는 사람이지. 반대로 나는 내가 사람들에게 무언가에 매우 집중하고 있다는 인상을 준다는 사실을 잘 알고 있어. 말하자면, 아주 중요한 발견을 하기 일보 직전이거나, 높은 수준의 복잡한 소네트를 마음속으로 완성하기 직전에 있는 것 같은 인상을 주지. 아는 사람이 그런 상황에 있는 나를 본다면, 내가 보도 한가운데에 혼자 있더라도 인사도 건네지 못해. (나는 결코 벽에 기대는 적이 없어. 그건 바람맞은 것 같은 느낌을 주거든.) 아마도 아주 복잡한 생각이나 깊은 명상을 방해하게 될까 봐 그럴 거야. 나는 또한 결코 강도의 표적이 된 적도 없네. 내가 근엄하고 뭔가에 열중하는 분위기를 풍기기 때문에 모든 범죄자들이 단념하고 말지. 그들은 내가 한시도 방심하지 않는 지적 능력을 지니고 있으며, 그 능력을 완전히 발휘하는(좀더 구어체의 표현을 사용하자면 '머리가 잘 돌아가는') 사람이라는 것을 감지하고는 나와 싸울 생각을 이내 접어버리네. 그들은 나와 싸우면 자기들이 위험해지리라는 사실을, 내가 보기 드물 정도로 빠르고 과격하게 반응하리라는 사실을 아는 거지."

루이사는 피식 웃었고, 나는 나도 마찬가지로 그랬다고 생각한다. 그녀는 내게 자기가 고통과 번민에 빠져 있다고 이야기했었다. 그런데 방금 전에 만난 사람 때문에 그토록 빨리 쾌활하고 명랑해졌다는 것을 알자, 나는 그녀가 아주 유쾌하게 살거나 혹은—어떤 말을 사용해야 할지 잘 모르겠지만—일상적 혹은 순간적으로 행복하게 사는 데 엄청난 능력이 있는 여자라고 다시 생각하게 되었다. 그런 부류의 사람이 많지는 않지만,

그래도 존재하는 게 사실이다. 그런 사람들은 초조해하고 불안해하지만, 불행을 따분해하고, 그래서 그들에게 불행은 그리 오래가지 않는다. 물론 일정 기간 동안 그들은 큰 충격을 받고 고통스러워한다. 내가 보았던 바로는, 데스베른 역시 그와 똑같은 사람이었을 것이다. 그래서 루이사가 죽고 그가 계속 목숨을 부지하고 살았더라면, 아마도 지금의 자기 아내와 비슷하게 반응했을 것이다. (〈그가 홀아비로 살아가고 있다면, 나는 여기에 있지 않겠지〉라고 나는 생각했다.) 그렇다. 불행을 참고 견디지 못하는 사람이 있다. 그것은 그들이 경박하거나 돌대가리라서가 아니다. 그들은 슬픔을 느끼지 못하는 사람이 아니며, 불행이 닥치면 모든 사람처럼 슬픔과 고통을 경험한다. 그러나 그들은 큰 어려움이나 집념이 없이도 곧 그런 불행을 털어내도록 만들어진 사람들이다. 마치 그런 마음 상태로는 살 수 없는 사람들 같다. 그들은 천성적으로 낙천적이고 쾌활하며 명랑하고, 고통 속에서 그 어떤 특권도 보지 않는다. 이렇게 그들은 따분하고 지겨운 대부분의 사람들과는 다르다. 사실 우리는 거의 대부분 우리의 천성대로 살아가는데, 천성을 일그러뜨리거나 부술 수 있는 것은 거의 없기 때문이다. 루이사의 심리는 아마도 단순했을 것이다. 그녀는 누군가 울게 만들면 울었고, 웃게 만들면 웃었다. 이렇게 연속성 없이 그녀는 울음에서 웃음으로 나아갈 수 있는 사람이었고, 그때그때의 자극에 단순히 반응했다. 게다가 이런 단순함 혹은 소박함은 지성과 전혀 관련이 없었다. 나는 그녀가 똑똑하다는 것을 전혀 의심하지 않았다. 악의가 없이 언제든 웃는다고 그 사실이 부정되는 것은 전혀 아니며, 악의 없는 웃음은 그녀가 아니라 그녀의 성격에 좌우되는 것이다. 그녀와 그녀의 성격은 전혀 다른 범주이자 다른 영역이다.

리코 교수는 나치처럼 멋진 초록색 재킷을 입었고, 그 안에 아이보리 색 셔츠를 입었다. 그리고 아무 걱정 없이 느슨하게 넥타이를 맸는데, 넥타이 색깔은 재킷보다 더 밝고 화려한 초록색이었다. 아마도 수박 색깔이라고 말하는 편이 나을 것 같았다. 재킷 가슴 주머니에서 또 다른 초록색, 즉 클로버의 초록색을 지닌 손수건이 튀어나와 있었지만, 색깔이 아주 훌륭하게 조화를 이루고 있었다. 하지만 그가 그것을 많이 생각하지는 않은 것 같았다.

"교수님, 하지만 이곳 마드리드에서 한 번 강도를 당하시지 않았나요?" 디아스 바렐라라는 사람이 이의를 제기했다. "아주 오래전 일이지만 전 아주 잘 기억하고 있어요. 그란 비아 한복판이었죠. 현금 자동 지급기에서 돈을 찾자마자였어요, 그렇죠?"

교수는 이 기억을 떠올리고 싶어 하지 않았다. 그는 담배를 꺼내 불을 붙였다. 마치 40년 전처럼 오늘날에도 담배를 피우는 게 정상적인 듯이 허락을 구하지도 않았다. 루이사는 즉시 그에게 재떨이를 갖다주었고, 그는 다른 손으로 그것을 받았다. 그는 한 손에는 담배를, 다른 손에는 재떨이를 들고서, 양팔을 거의 십자 형태로 벌리고는 거짓말이나 멍청한 소리에 화가 치민 연설자처럼 말했다.

"그건 완전히 다른 사건이었네. 아무 관련이 없는 일이었어."

"왜 그런가요? 교수님은 거리에 있었고, 그 강도는 교수님을 고려하지 않았어요."

교수는 담배를 들고 있는 손으로 정중하게 손짓을 하다가 그만 담배를 떨어뜨리고 말았다. 그는 불쾌감과 호기심이 뒤섞인 표정으로 자기와는 아무런 관련도 없는 바퀴벌레를 보듯 떨어진 담배를 내려다보았다. 누군가 그 바퀴벌레를 주워서 짓눌러버리거나 아니면 발길로 멀리 차버리기를 기다리는 것 같았다. 아무도 몸을 숙이지 않자, 그는 담뱃갑에 손을 뻗어 다른 담배를 꺼냈다. 떨어진 담배가 나무 바닥을 태울 수도 있다는 사실에는 전혀 개의치 않는 것 같았다. 분명히 아무것도 심각하게 생각하지 않으며, 다른 사람들이 자기 대신 문제점을 해결해줄 것이라고 여기는 사람 중 하나임에 분명했다. 그런 사람들은 생각이 없거나 아니면 자기 자신을 너무 고귀하게 여겨서 그렇게 하는 것이 아니라, 단지 그들의 뇌가 그들이 실천해야 할 일이나 그들 주변에 있는 것들을 기록하지 못하기 때문이다. 루이사의 아이들은 초인종 소리를 듣자 거실을 내다보았었고, 이제는 이미 거실로 나와 손님들을 지켜보고 있었다. 바닥에서 담배를 주우러 달려간 사람은 아이였지만, 아이가 건드리기 전에 엄마가 먼저 담배를 주워, 이전에 역시 타지 않은 자기 담배들을 끄는 데 사용했던 재떨이에 그 담배를 껐다. 리코 교수는 두번째 담배에 불을 붙이고서 대답했다. 리코 교수뿐만 아니라 디아스 바렐라도 그들의 토론을 중지할 마음의 자세가 되어 있는 것 같지 않았다. 두 사람을 앞에 두고 있자니 마치 극장에서 연극을 보는 것 같았다. 두 배우가 말을 하면서 무대로 나와 관중석의 관객을 무시하는 것 같았는데, 물론 이런 경우라면 그것은 배우로서 당연히 해야 할 일이었을 것이다.

"첫째, 나는 거리를 등지고 있었네. 다시 말하면, 현금 자동지급기에서 돈을 찾으려면 어쩔 수 없이 취해야 하는 품위 없는 자세로 서 있었지. 그러니까 내 얼굴은 벽을 보고 있었네. 내 눈을 봤더라면 그 도둑놈이 마음을 고쳤을 텐데, 내 얼굴이 그에게 보이지 않았던 것이네. 둘째, 기계가 묻는 너무 많은 지겨운 질문에 답하느라고 자판에 집중했기 때문이네. 셋째, 내가 기계와 어떤 언어로 소통하고 싶으냐고 묻는 질문에 이탈리아어라고(내가 평생의 반을 보낸 이탈리아를 너무 많이 방문한 탓에 생긴 습관이지) 대답했고, 화면에 나타난 황당한 문법적 실수와 오자를 기억하느라고 정신을 팔고 있었기 때문이네. 이탈리아어를 대충 구사하는 사기꾼이 프로그래밍한 것이 분명했어. 넷째, 하루 종일 쉴 새 없이 사람들을 만나야 했고, 여기저기 여러 곳에서 술을 몇 잔 마실 수밖에 없었다네. 피곤하고 약간 술에 취해 있었기 때문에 평상시와는 달리 빈틈이 있었네. 이건 사람이라면 누구에게나 당연한 일이지. 다섯째, 이미 약속 자체를 늦게 잡아놨는데, 그 약속에 늦은 나머지 나는 갈팡질팡하면서 허둥댔고, 나를 초조하게 기다리고 있던 사람이 실망하면서 우리가 만나기로 한 장소에서 떠날지도 몰라 걱정하고 있었네. 사실 밤늦게 단둘이 만나자고 그녀를 설득하는 게 아주 힘들었었지. 단지 서로 대화하기 위해서이지 다른 목적은 없었네. 여섯째, 이런 모든 이유가 있었지만, 내가 강도를 당할 것이라는 첫 번째 징후는 내가 지폐를 아직 주머니에 넣지 못하고 손에 들고 있는데, 허리 부분에서 칼끝을 느꼈을 때라네. 그 작자는 그 칼을 내 허리에 갖다 댔고, 실제로 약간 찌르기도 했다네. 실제로 밤이 끝날 무렵 나는 호텔에서 옷을 벗었는데, 그곳에 핏자국에 있었지. 여기라네." 그는 재킷 끄트머리를 들면서 허리띠 위의 한 부분을 빠르게 건드렸다. 너무나 빨라서 그곳에 있던 그 누구도 그 부위가 어디인지 정확히 알 수가 없었다. "여기가 됐든 다른 치명적인 부위가 됐든 약간 칼에 찔리는 느낌은 모두가 경험했을 것이네. 강도가 조금만 세게 눌러도 칼끝이 아무런 저항 없이 살 속으로 들어간다는 것은 모두가 알고 있을 것이야. 그럴 경우에는 강도가 요구하는 것이 무엇이든 그걸 건네주는 수밖에 다른 도리가 없지. 그러자 그 작자는 〈빨리 돈 줘〉라고만 말했지. 아주 묘하게도 그럴 경우에 우리는 사타구니에서 참을 수 없는 가려움을 느끼고, 가려움은 거기에서 온몸으로 번지지. 하지만 그런 느낌의 진원지는 강도의 위협을 받는 곳이 아니라,

여기야, 여기." 그는 두 개의 가운뎃손가락으로 두 개의 사타구
니를 가리켰다. 다행히 그것들을 건드리지는 않았다. "잘 보게.
불알에 있는 게 아니라 사타구니에 있어. 전혀 다른 부위인데
사람들은 종종 똑같다고 혼동하지. 그래서 무서운 사건을 보면
'불알이 오그라들 것 같다'라고 하기도 하고, 목을 가리키면서
'심장이 목으로 튀어나올 것 같다'라는 표현을 사용해." 그는
둘째손가락과 첫째손가락으로 목을 만졌다. "근질근질한 느낌
은 사타구니에서 위로 퍼지거든. 그건 그렇고, 세상이라는 허약
한 수레바퀴가 돌기 시작했을 때부터 모든 사람들이 다 알고 있
는 것처럼, 매복 후 급습이나 배신적인 공격의 성질 때문에, 그
런 것에 맞서 자신을 방어하거나 예방하는 것은 불가능하지. 난
여기까지 말하겠네. 내가 계속 열거하기를 바라는가? 최소한
열번째 이유까지는 그다지 힘들이지 않고 계속 말할 수 있네."
디아스 바렐라가 대답하지 않는 것을 보자, 그는 자신의 예리
한 논리 덕분에 논쟁에서 승리했다고 생각하고서 처음으로 주
변을 살폈고, 나와 아이들이 있다는 것을 깨달았다. 그리고 루
이사와는 이미 인사를 나눈 상태였지만, 그는 그녀도 주의 깊게
쳐다보았다. 나는 그가 실제로 우리가 있다는 사실을 제대로 깨
닫지 못했다고 생각한다. 그렇지 않았다면 아마도 그는 미성년
인 아이들 때문에 '불알' 같은 단어 사용을 삼갔을 것이다. "자,
이제 여기서 누구에게 인사를 해야 하죠?" 그는 전혀 당황한 기
색을 보이지 않고 덧붙였다.

나는 디아스 바렐라가 갑자기 입을 다물고 심각한 표정을 지었다는 것을 알았다. 똑같은 이유로 루이사는 소파를 향해 세 발짝을 내딛고서, 두 남자에게 앉으라고 권하지도 않은 채 소파에 주저앉아야만 했다. 마치 다리에 힘이 빠져 정말로 더 이상 서 있을 수 없는 것 같았다. 얼마 전에는 무의식적으로 웃었지만, 이제 그녀의 시선은 우울했고 피부는 창백했다. 한마디로 슬픔에 잠긴 표정이었다. 그랬다. 그녀의 심리는 아주 단순한 게 분명했다. 루이사는 손을 이마로 가져갔고, 눈은 아래를 내려다보았다. 나는 그녀가 울지도 몰라 두려웠다. 리코 교수는 몇 달 전에 그녀에게 무슨 일이 있었는지 알 이유도 없었고, 찌르고 또 찌르는 칼 때문에 그녀의 인생이 어떻게 파괴되었는지 알 필요도 없었다. 아마도 그를 데려온 디아스 바렐라가 그 사실을 이야기하지 않은 것 같았다——하지만 그건 이상한 일이었다. 남의 불행은 거의 아무 생각 없이 자동적으로 이야기되기 때문이다——아니면 이야기를 했는데, 그가 잊어버린 것인지도 몰랐다. 사람들 말에 따르면, 그는 과거사의 세계적인 권위자로, 오랜 옛날의 정보만 기억하는 것으로 명성이 자자했다. 반면 최근에 관한 것에는 그다지 관심을 기울이지 않았으며, 인내하며 들을 뿐이었다. 중세나 황금 세기*의 사건이라면 그는 그것이 어떤 범죄건 그저께 일어난 사건보다 훨씬 더 중요하게 여

* Siglo de Oro: 스페인의 문예부흥기로 16~17세기를 가리킨다.

졌다.

디아스 바렐라는 염려하는 눈길로 루이사를 바라보고서 그녀에게 다가가, 그녀의 양손을 잡고 속삭였다.

"이제 됐어요, 이제 됐어요. 아무 일도 없어요. 괜찮을 거예요. 정말이지 유감이에요. 이런 허튼소리가 어디로 방향을 트는지 미처 깨닫지 못했어요." 내가 보기에 그는 그녀의 얼굴을 어루만지고 싶은 충동을 느꼈던 것 같다. 우리가 우리 목숨을 바쳐도 아깝지 않을 아이를 위로할 때처럼 말이다. 그러나 그는 그 충동을 억눌렀다.

그의 속삭이는 소리를 내가 들은 것처럼, 교수도 마찬가지로 그 소리를 들었다.

"무슨 일인가요? 내 말 때문인가요? '불알'이란 말 때문인가요? 음, 당신들은 괜히 난리를 치는군요. 난 그것보다 더 심한 단어를 쓸 수도 있었어요. 어쨌건 '불알'이란 완곡어법이죠. 저속하고 생생하며 지나치게 남용되죠. 나도 그건 인정해요. 하지만 그래도 완곡어법이에요."

"난리 친다는 게 무슨 뜻이에요? 불알은 뭐예요?" 남자아이가 물었다. 이 아이는 교수가 사타구니를 가리키는 손동작도 그냥 넘어가지 않았었다. 다행히 아무도 아이의 말을 귀담아듣지 않았고 대답도 하지 않았다.

루이사는 즉시 회복했고, 아직도 나를 소개하지 않았다는 사실을 깨달았다. 그런데 내 성(姓)을 잘 기억하지 못했다. 두 남자의 성명(프란시스코 리코 교수, 하비에르 디아스 바렐라)은 완전하게 말했지만, 나에 대해서는 아이들을 소개할 때처럼 이름만 말했고, 그런 다음 보충하려는 듯이 내 별명을 덧붙였다("내 새 친구 마리아예요. 미겔과 나는 그녀를 거의 매일 아침 식사 시간에 만났는데, '얌전한 아가씨'라고 불렀어요. 하지만 오늘에서야 처음으로 대화를 나누는 거예요"). 나는 그녀의 망각을 바로잡아주는 게 좋을 것이라고 생각했다. (나는 "마리아 돌스예요"라고 덧붙였다.) 하비에르는 그녀가 '미겔의 가장 친한 친구 중 한 명'이라고 얼마 전에 언급했던 사람이 분명했다. 어쨌거나 그는 그날 아침 데베르네의 옛날 차 운전석에서 보았던 사람이었고, 카페에서 아이들을 태워서 평소보다 조금 늦게 학교로 데려다주었을 사람이었다. 따라서 그는 내가 생각했던 것과 달리 그집의 운전사가 아니었다. 아니면 루이사가 운전사 없이 지내야 한다고 여겼을지도 모르는 일이었다. 우리는 홀몸이 되면, 엄청난 재산을 물려받았더라도 은둔과 무력함의 반사적인 행동처럼 가장 먼저 비용을 줄이려고 하기 때문이다. 물론 나는 그녀의 경제 사정이 어떤 상태인지 알지 못했다. 그저 상당히 괜찮을 것이라고 상상했지만, 실제로는 그렇지 않았더라도 아주 불안한 상태라고 여겼을 수도 있다. 우리에게 중요한 사람이 죽은 다음에는 세상 전체가 비틀거리는 것처럼 보이고, 그 어떤 것도 견고하고 확고한 것처럼 보이지 않으며, 가장 피해를 입은 사람은 이렇게 생각하는 경향이 있다. 〈이런 게 무슨 소용이 있지?

내가 왜 저걸 걱정해야 하지? 돈이나 사업, 그리고 그것들과 관련된 문제들이 무슨 소용이 있어? 집과 서재가 무슨 도움이 돼? 왜 나가서 일하고 계획을 세워야 하는 거지? 왜 아이를 가져야 하지? 이런 건 모두 소용이 없어. 아무것도 충분히 오랫동안 유지되지 않아. 결국 모든 게 끝나버리게 되니까. 그리고 일단 끝나면 그게 백 년이 지속되었더라도 결코 충분해 보이지 않아. 나는 단지 몇 년 동안만 미겔과 함께 지냈어. 그런데 그가 남긴 것, 그러니까 그에게서 살아남은 것 중에서 그 어느 것도 오래 지속될 수 없는 것일까? 돈과 집, 그리고 나와 아이들까지도 왜 오래가지 않는 거지? 우리의 모든 것은 멈추었고 위협받고 있어.〉 또한 거기에는 죽음을 향한 충동이 있다. 〈난 그가 있는 곳에 있고 싶어. 우리가 함께 있을 것이라고 내가 확신하는 유일한 장소는 과거, 즉 지금은 존재하지 않지만 예전에는 존재했던 곳이야. 그는 이미 과거야. 반면에 나는 아직 현재야. 내가 과거라면, 적어도 그 점에서는 그와 똑같을 것이고, 난 그것으로도 괜찮아. 난 그를 그리워하거나 기억하는 위치에 있지 않을 테니까. 그 점에서 나는 그와 동일한 수준, 혹은 동일한 차원, 또는 동일한 시간에 있어. 우리는 모든 친숙한 것이 점점 우리를 떠나는 불확실하고 불안한 이 세상에 홀로 남지 않게 될 거야. 우리가 여기 한가운데에 있지 않는다면, 그 어떤 것도 더 이상 우리에게서 제거되지 않을 거야. 우리가 이미 죽은 몸이라면 우리의 그 어떤 것도 더 이상 죽지 않으니까.〉

하비에르 디아스 바렐라라는 사람은 조용하고 차분하며 근사하게 생긴 남자였다. 정성들여 깨끗하게 면도했지만, 아직도 수염이 조금 덜 깎인 탓에 약간 푸른색으로 그늘진 부분이 있었다. 특히 강인해 보이는 사각형의 턱 부분이 푸르스름했고, 그래서 마치 만화책의 주인공처럼 보였다. (각도와 빛의 방향에 따라 오목하게 보이기도 했고 그렇지 않기도 했다.) 셔츠 위쪽의 풀어헤친 단추 사이로 가슴 털이 약간 드러났다. 데스베른이 항상 넥타이를 맨 것과는 달리, 넥타이를 매지 않고 있었기 때문이다. 그래서인지 그의 친구는 조금 더 젊어 보였다. 얼굴 생김새는 곱고 섬세했으며, 눈은 아몬드 모양이었고 어딘지 모르게 근시 같고 몽환적인 표정이었으며, 속눈썹은 상당히 길었고, 입은 두툼하고 멋있었으며, 입술 역시 남자의 얼굴에 이식한 여자의 입술처럼 보여서, 뚫어지게 쳐다보지 않을 수 없었다. 그러니까 좀처럼 눈을 뗄 수가 없었다. 그건 말할 때나 입을 다물고 있을 때에도 시선을 끌어당기는 자석 같았다. 키스를 하거나 만지고 싶은 욕망을 느끼게 하는 입술이었다. 정말이지 가는 붓으로 아주 잘 그린 것처럼, 입술 라인을 손가락으로 만지고 나서 탱탱하고 부드러운 붉은 부분을 손가락 끝으로 누르고 싶게 만드는 입술이었다. 또한 그는 신중해 보였고, 리코 교수가 경쟁하거나 뛰어나게 보이려고 애쓰지 않게 만들면서 마음대로 말하게 놔두었다. (물론 결코 그보다 뛰어날 수는 없을 것 같았다.) 의심의 여지 없이, 유머 감각이 있는 사람이었다. 리코 교수의 말에 장단을 맞출 줄 알았고, 어느 정도 조연으로 행동했으며, 모르는 사람들, 아니 모르는 여자들 앞에서 돋보였기 때문이다. 리코 교수가 바람둥이이며, 어떤 상황에 있든 이론적으로 여자를 쓰러뜨리는 부류라는 사실은 즉시 분명해졌다. 여기서 '이론적'이라는 말은 바람둥이 기질이 진정한 의도 없이 이루어지며, 누군가를 유혹하거나 정복하기 위한 것이 아니라(어쨌든 나나 루이사에게 관심이 있어서 그랬던 것은 아니다), 단순히 상대방의 호기심이나 궁금증을 일깨우기 위해서나 혹은 현혹하기 위해서라는 의미이다. 그가 현혹된 일행을 다시는 보지 않게 될 경우라도 마찬가지였다. 디아스 바렐라는 그의 유치한 자기 과시를 즐겼으며, 그가 더욱 많이 말하게 했고, 심지어 그렇게 하도록 부추기기도 했다. 그래서 경쟁이 두렵지 않거나 아니면 너무나 갈망하던 특정한 목표를 가지고 있으며, 무슨 일이 있어도, 무슨 협박이 있어도, 조만간 그 목표를 이루고야 말 사람처럼 보였다.

나는 그곳에 오랫동안 머무르지 않았다. 그 모임과 나는 아무런 관련이 없었기 때문이다. 리코 교수는 즉흥적으로 조직되었다고 생각할 것이고, 아마도 디아스 바렐라는 여느 때와 다름

없다고 생각할 모임이었다. 실제로 디아스 바렐라는 그것이 일상적이며, 그 집이나 그 삶, 그러니까 남편을 잃은 루이사의 삶에서 거의 계속 일어나는 모임이라는 인상을 주었다. 내가 아는한에서, 그는 그날 하루에 두 번이나 이 집에 들렀는데, 거의 매일 일어나는 일이 분명했다. 리코가 도착하자 아이들이 거의 무관심에 가까울 정도로 자연스럽게 인사를 한 것에서 알 수 있었다. 그의 저녁 방문(잠깐 들르는 것)이 당연한 일인 것처럼 행동했던 것이다. 물론 아이들은 이미 그날 아침 그를 만났고, 세 사람은 자동차를 타고 함께 잠깐 드라이브를 했다. 루이사의 삶을그 누구보다도, 그러니까 그녀의 가족보다도 더 잘 알고 있는것 같았다. 나는 그녀에게 적어도 오빠가 한 명 있다는 것을 알고 있었다. 그녀가 하비에르와 변호사와 더불어 그를 언급했었기 때문이다. 나는 그것이 루이사가 디아스 바렐라를 어떻게 생각하는지 보여준다고 여겼다. 그러니까 배다른 오빠이거나 입양된 오빠로, 다시 말하면 왔다가 가고, 들어왔다가 나가는 사람, 즉 아이들을 도와주거나 뜻밖의 문제가 생기면 일을 도와주고, 도와달라고 요청하지 않아도 거의 언제든지 의지할 수 있는 사람인 것 같았다. 또한 마치 반사 행동처럼 주저하게 될 때면 조언을 구하고, 그나 그의 회사, 혹은 그녀의 눈에 거의 띄지않으면서도 그녀와 함께 있어주며, 항상 자발적이고 무료로 도와주고, 와달라고 전화하지 않아도 스스로 알아서 와주며, 알아차릴 수 없게 차츰차츰 모든 영역을 공유하며 반드시 필요한 존재가 되어주는 사람이었다. 그곳에 있다는 사실을 거의 드러내지 않지만, 떠나거나 사라지면 말할 수 없이 그리워지는 사람이었다. 이 마지막 현상은 언제든지 디아스 바렐라에게 일어날 수 있는 일이었다. 그것은 그가 결코 영원히 떠나지 않을 무조건적이고 헌신적인 오빠가 아니라, 죽은 남편의 친구이며, 우정이란 이동 불가능한 것이기 때문이다. 물론 때때로 우정은 침해될 수 있다. 하지만 아마도 그는 약해지거나 불길한 전조의 순간에 뭔가를 부탁하거나 약속을 요구할 수 있는 그런 영혼의 친구일 수도 있었다.

아마도 언젠가 데베르네는 그에게 이렇게 말했을지도 모른다. "내게 좋지 않은 일이 일어나 내가 더 이상 여기에 있지 못하게 되면 루이사와 아이들을 맡아줘."

디아스 바렐라는 "그게 무슨 소리야? 무슨 말을 하는 거야? 무슨 일이 있는 거지? 왜 그런 생각을 하는 거지? 아무 일도 없는 거지?"라고 깜짝 놀라서 불안해하며 대답했을 것이다.

"아니야, 아무 문제도 일어나지 않을 거야. 지금 당장 일어날 일도 없고 얼마 후에 일어날 일도 없어. 구체적인 것은 아무것도 없어. 내 건강도 아무 문제 없어. 죽음을 생각하고 사는 사람들, 그리고 죽음이 어떤 결과를 가져오는지 깨닫는 사람들은 우리가 죽은 다음에 어떤 일이 생길지 가끔씩 묻지 않을 수가 없어. 우리를 중요하게 여기는 사람들이 어떤 상황에 처할지, 어느 정도까지나 그들에게 영향을 끼칠지 말이야. 난 지금 경제

적 상황을 말하는 게 아니야. 그건 어느 정도 이미 해결되었으
니까. 난 나머지 것을 말하는 거야. 난 아이들이 잠시 힘든 시간
을 보낼 것이고, 카롤리나는 평생 나를 잊지 못하고 떠올리겠
지만, 갈수록 내 모습은 희미해지고 흐려질 것이고, 그래서 나
를 이상화하기 시작할 것이라고 상상해. 우리는 희미하고 모호
한 것을 가지고 자기 마음대로 할 수 있고, 자기 뜻대로 조작하
면서 잃어버린 천국으로 만들 수도 있고, 모든 게 제자리에 있
고 그 누구나 그 무엇도 부족하지 않았던 행복한 시간으로 만
들 수도 있거든. 카롤리나는 너무나 어려서 앞으로도 그런 이상
화에서 벗어날 수 없을 테지만, 자기 인생을 잘 개척해나갈 거
야. 다른 종류의 희망, 그러니까 그녀가 맞이하게 될 각각의 나
이에 걸맞은 희망을 갖게 될 거야. 때때로 우울의 흔적을 보여
주긴 하겠지만, 아마도 완벽히 정상적인 아이가 될 거야. 혼란
스럽거나 일이 잘못될 때마다 나를 기억하면서 위안을 삼겠지.
그러나 그건, 그러니까 과거에 존재했지만 이제는 더 이상 존재
하지 않는 것에서 위안을 구하는 건 우리 모두가 어느 정도는
하는 일이지. 어쨌든 실제로 살아 있는 누군가가, 그 아이와 말
할 수 있는 누군가가 가능한 한 내 자리를 차지하면 그 아이에
게 도움이 될 거야. 아버지를 대신할 사람을, 그 아이가 자주 만
날 수 있고 그런 것에 익숙해질 수 있는 사람을 가까이 둘 필요
가 있어. 그 대체 역할을 너만큼 잘할 사람은 없을 것 같아. 니
콜라스는 크게 걱정이 되지 않아. 아주 어리니까 틀림없이 나

를 잊어버릴 거야. 하지만 또한 네가 그 아이의 문제를 해결해 줄 수만 있다면 그 아이에게도 무척 좋을 거야. 그 아이의 성격을 보건대, 너한테 여러 문제를 상의할 거야. 하지만 가장 어찌할 바 모르고 혼자라고 느낄 사람은 루이사일 거야. 물론 재혼할 수도 있어. 그러나 그럴 것이라고 나는 생각하지 않아. 그러니까 금방은 재혼하지 않을 거야. 젊을수록 재혼하기는 더 힘들거든. 초기의 절망과 슬픔이 합쳐지면 오랫동안 지속되는데, 그녀가 그것을 이겨내면 모든 과정이 무한하게 지겨워질 거야. 그러니까 너도 알다시피 새로운 사람을 만나고, 대략적으로 자신의 삶을 이야기하고, 구애를 받고 데이트를 하며, 관심을 보이면서 자극하고, 최고의 얼굴을 보여주며, 자기가 어떤 사람인지 설명하고 상대방이 어떤 사람인지 듣고, 의심과 우려를 떨쳐버리며, 누군가에게 익숙해지고 그 사람도 그녀에게 익숙해지게 만들고, 마음에 안 드는 사소한 것들을 눈감아주는 것 등등, 이 모든 게 정말로 지겹다는 것을 알게 될 거야. 하기야 안 그런 사람이 어디 있겠어? 한 발짝 내밀고, 그런 다음 다시 한 발짝을, 그리고 또다시 한 발짝을 내딛는 거야. 그건 정말로 피곤한 일이고, 그런 과정에는 불가피하게 반복적이고 이미 확인된 것이 있어. 나라면, 그러니까 내 나이 때라면 절대로 그런 것을 하려고 하지 않을 거라고 생각해. 그렇지 않게 보이지만, 누군가와 다시 정착하려면 여러 힘든 단계를 거쳐야 해. 그녀가 조금이라도 관심을 보이거나 환상을 갖는 모습을 나는 상상할 수 없어. 그녀는 천성적으로 궁금해하거나 불만스러워하는 사람이 아니거든. 그러니까 내 말은 내가 죽고 어느 정도 시간이 흐른 다음에도 그렇다면, 아마도 나를 잃은 장점이나 보상이 어떤 것인지 알게 될 거라는 소리야. 물론 그걸 인정하지는 않겠지만 알게 될 거야. 하나의 이야기에 종지부를 찍고 처음으로 돌아가는 것은, 누가 되든 그렇게 해야만 할 상황이 된다면, 길게 볼 때 그리 나쁜 것은 아니야. 이미 끝난 것, 그러니까 죽은 사람과 행복해하더라도 말이야. 나는 슬픔에 잠긴 많은 과부와 홀아비들을 보았는데, 그들은 오랫동안 결코 고개를 들지 못할 것이라고 믿었어. 그런데 마침내 그런 고통과 슬픔에서 회복되어 다른 배우자를 만나게 되면, 이 배우자가 진짜 배필이며 최고의 배필이라는 느낌을 받게 돼. 그러면서 과거의 배우자는 사라지고 이제 두 사람이 만든 새로운 관계가 발전될 수 있다는 사실을 마음속으로 기뻐하지. 이것이 현재의 끔찍한 힘이야. 과거가 멀리 떨어져 있을수록 더 심하게 짓밟아버리고, 심지어 과거를 날조하기도 하지. 그래도 과거는 입을 벌려서 따질 수도 없고, 부인할 수도 없으며 반박할 수도 없어. 이제는 배우자를 버릴 엄두를 내지 못하는 남편이나 아내들, 혹은 어떻게 버려야 하는지를 모르는 사람들, 또는 배우자에게 너무 큰 상처를 줄지도 모른다고 걱정하는 사람들에 관해서는 언급하지 말기로 해. 이들은 비밀리에 배우자가 죽기를 바라고, 문제에 직면해서 합당한 해결책을 찾기보다는 그들의 죽음을 더 선호해. 황당한 말이지만,

사실이 그래. 마음속으로 그들은 배우자가 병에 걸리기를 바라며, 자신을 희생하고 억지로 침묵을 지키면서 그들을 그런 모든 병에서 지키고 싶어 하지 않아. (실제로 그들은 배우자가 눈앞에서 사라지기를 희망하기 때문에 가장 심각한 불치병에 걸리기를 바라지.) 단지 그런 병을 야기할 준비가 되지 않았고, 그 누구의 불행에도 책임이 있다고 느끼지 않으려고 할 뿐이야. 심지어 근처에 있다는 사실만으로, 그리고 용감하다면 언제든지 끊어버릴 수 있는 관계를 유지하는 것만으로도 충분히 희생한다고 여기면서, 자기에게 고통을 주는 사람의 불행에 책임을 지려고 하지 않아. 하지만 그들은 용감하지 않기 때문에 상대방의 죽음처럼 충격적인 것을 꿈꾸거나 상상하는 거야. 그러면서 그들은 이렇게 생각해. '쉬운 해결책이고 커다란 위안이 될 거야. 난 이것과 전혀 관련이 없을 거야. 그에게 그 어떤 슬픔이나 고통도 주지 않을 것이고, 그는 내 잘못 때문에 괴로워하지 않을 거야. 그건 사고가 될 수도 있고, 급속하게 진행된 질병일 수도 있으며, 내가 아무 역할도 하지 않은 불행일 수 있어. 반대로 나는 세상 사람들과 내 관점으로 보면 희생자이지만, 동시에 수혜자야. 난 이제 자유의 몸이거든.' 그러나 루이사는 이런 유형의 사람이 아니야. 그녀는 우리의 결혼에 깊이 뿌리내리고 살고 있어. 그녀는 자기가 선택했지만 이제는 사라져버린 삶과 다른 방식의 삶은 받아들일 수 없어. 그 어떤 변화도 없는 동일한 것만을 더 갈구할 뿐이야. 매일매일이 똑같을 거야. 무언가가 더 있지도 않고 없지도 않은 날이 될 거야. 그래서 내게 일어나는 것, 다시 말하면 내가 죽을지도 모르거나 그녀가 죽을지도 모른다는 사실을 전혀 생각할 수 없어. 이런 생각은 그녀의 영역에 존재하지 않아. 거기로 들어갈 여지가 없어. 그녀의 죽음에 대해 나도 똑같이 느껴. 그런 생각을 한다는 게 내게는 더 힘들고, 난 그런 가능성을 거의 고려하지 않아. 그런데 내 죽음에 대해서는 때때로 생각해. 갑자기 그런 생각이 밀려와. 우리 각자는 아무리 우리가 사랑하는 사람들이더라도 다른 사람들의 약점이 아니라 우리의 약점과 싸워야 해. 잘 모르겠어, 네게 어떻게 말해야 할지 모르겠어. 하지만 나는 가끔 나 없는 세상을 쉽게 상상할 수 있어. 하비에르, 그러니까 언젠가 내게 안 좋은 일이 생기면, 내게 결정적인 일이 일어나면, 그녀는 너를 대체품처럼 데리고 있을 수도 있어. 그래, 그 단어는 너무 실용적이고 점잖지 못하지만, 아주 적절한 말이야. 너무 놀라지 마. 내 말을 오해하지 마. 물론 난 네게 그녀와 결혼하라고, 혹은 그와 비슷한 일을 해달라고 부탁하려는 게 아니야. 네겐 독신으로서의 네 삶이 있고, 게다가 너는 세상을 모두 준다고 해도 네 여자들을 포기하지 않을 거야. 더구나 더 이상 네게 해명을 요구할 수도 없고 비난할 수도 없으며, 어떤 항의도 하지 않은 채 과거에 조용히 묻혀 있을 친구를 위해, 그가 죽은 뒤에 뭔가를 해달라는 부탁을 들어줄 수 있겠어? 하지만 제발 부탁인데, 언젠가 내가 이 세상에 없게 되면 그녀 가까이에 있어줘. 내가 없다고 도망가면 안 돼. 그녀와 함께 있어주고, 그녀를 지지해주고 대화하고 위로해 줘. 매일 잠시나마 그녀를 만나러 가고, 용건이 없더라도 시간 날 때마다 전화를 걸어줘. 그래서 자연스러운 일인 것처럼, 네 전화를 받는 게 그녀의 일상인 것처럼 만들어줘. 남편은 아니지 만 남편처럼, 나의 연장선인 것처럼 해줘. 나는 루이사가 매일 누군가와 접촉하지 않으면, 그녀의 생각을 함께 공유하고 자신 의 삶에 대해 이야기할 사람이 없다면, 그녀가 지금의 나와 갖 고 있는 모든 것 혹은 몇 가지 면에서 나를 대체할 사람이 없다 면, 이 세상을 살아나갈 수 없으리라고 생각해. 너는 그녀와 오 래전부터 아는 사이야. 그래서 그녀는 모르는 사람을 상대할 때 와는 달리 자신의 내성적인 성격을 이겨내야 할 필요도 없어. 심지어 너는 네가 여자들과 어떻게 즐겼는지 이야기하면서 그 녀를 즐겁게 해줄 수도 있어. 그러면서 그녀가 스스로는 절대로 다시 경험하지 못할 것들에 대해 대리만족을 줄 수도 있을 거 야. 네게 너무 많은 것을 부탁하고 있다는 걸 알고 있어. 그리고 내 부탁을 들어주는 건 너에게 짐만 될 뿐, 큰 실익이 없다는 것 도 알고 있어. 그러나 그녀도 역시 나를 부분적으로 대체할 수 있을 거야. 너와 관련해서는 그녀 역시 나의 연장선이 되어줄 수 있어. 우리와 가장 가까운 사람들은 항상 우리의 연장선이 야. 그리고 그들은 서로를 알고 인정하며, 죽은 사람을 통해 함 께 있게 돼. 죽은 사람과 알고 지낸 것이 그들을 형제단 혹은 특 권 계급에 속하게 만드는 것처럼 말이야. 그러니까 내가 죽더라도 나의 모든 게 네게서 사라지는 건 아니야. 그녀에게 약간은 보존되어 있을 테니까. 넌 항상 여러 여자들에게 둘러싸여 지내지만, 남자 친구는 많지 않아. 넌 아마도 나를 많이 그리워할 거야. 그리고 예를 들어보면, 그녀와 나는 비슷한 유머 감각을 갖고 있어. 오랜 세월에 걸쳐 우리는 매일 서로 농담을 주고받았거든."

디아스 바렐라는 친구의 불길한 말투를 가라앉히기 위해 아마도 웃음을 터뜨렸을 것이다. 또한 그의 요구가 너무나 엉뚱하고 뜻밖의 것이라서 본의 아니게 웃었을지도 모른다.

"네가 죽으면 나한테 너를 대체해달라고 부탁하는 거야?" 그는 단정하는 것도 아니고 묻는 것도 아닌 어중간한 말투로 대답했을 것이다. "나한테 루이사의 가짜 남편이자 '통근하는 아버지'가 되라는 말이야? 난 네가 어떻게 그런 생각을 했는지 이해할 수가 없어. 그러니까 도대체 네가 언제라도 그들의 삶에서 떠날 수 있다고 생각하는 이유가 뭐지? 네가 말한 것처럼, 넌 건강에도 문제가 없어. 그러니 네게 나쁜 일이 일어날지도 모른다고 두려워할 현실적인 이유가 하나도 없어. 그런데 정말 너한테 아무 문제 없는 거지? 아무 병에도 걸리지 않은 거지? 내가 모르는 문제에 연루된 건 아니지? 넌 지불할 수 없을 정도로 엄청난 빚을 진 것도 아니야. 아무도 너를 협박하지 않았어. 넌 스스로 도망치려고, 그러니까 도망자가 될 생각을 하는 것도 아니야."

"아니야. 정말이야. 난 네게 하나도 숨기지 않아. 내가 말한 그대로야. 가끔씩 나는 내가 없는 세상은 어떨까 상상하는데, 그럴 때면 두려움이 엄습해. 아이들과 루이사 때문이지, 다른 사람들 때문이 아니야. 난 나 자신이 중요하다고 생각하지 않아. 난 네가 그들을 책임질 거라고, 적어도 처음에는 그렇게 해줄 거라고 확신하고 싶어. 가능한 한 나와 가장 비슷한 사람이 그들을 지지하고 도와줄 거라고 확신하고 싶어. 네가 좋아하든 아니든, 네가 알든 모르든, 너는 나와 가장 비슷한 사람이야. 우리가 오랫동안 서로 알고 지낸 사이라서 그럴 수도 있지만 말이야."

디아스 바렐라는 잠시 생각에 잠겼을 것이다. 그리고 아마도 완전히 솔직하게는 아니고 솔직한 척하면서 이렇게 대답했을 것이다.

"지금 네가 나를 어떤 입장으로 밀어 넣고 있는지 알아? 실제 남편은 되지 못한 채 가짜 남편으로 사는 게 얼마나 어려운지 알아? 네가 설명한 그런 상황이라면 남편을 잃은 부인과 미혼 남자는 실제보다 더 서로를 믿게 되는 게 당연하고 또 그건 누구도 비난할 수 없는 정상적인 현상일 거야. 누군가의 일상 속에 한 사람을 놓고, 그 사람을 그 누군가의 보호자이자 책임자라고 느끼게 만들고, 그 누군가에게 없어서는 안 될 사람으로 만드는 걸 상상해봐. 그럼 일이 어떻게 끝나는지 알게 될 거야. 그 두 사람이 어느 정도 매력적인 데다 나이 차이도 심하지 않다고 가정해야겠지. 루이사는 매우 매력적인 여자야. 그리고 나도 여자들과의 관계에서 불평할 수 없을 만큼 성공적이었어. 나는 내가 결코 결혼하지 않을 거라고 믿지는 않아. 그건 아니야. 하지만 언젠가 네가 죽고 내가 매일 네 집에 가게 된다면, 네가 살아 있다면 결코 일어나지 않아야 할 일이 일어나지 않기는 매우 힘들 거야. 그런 걸 알면서도 죽고 싶어? 아니 그 정도가 아니야. 넌 지금 그렇게 하라고 내게 권하고 있고, 그렇게 되도록 조장하면서 추진하고 있는 거야."

데스베른은 잠시 입을 다물고 조용히 있으면서, 마치 자신의 요청을 밝히기 전에 그런 관점을 염두에 두지 않았던 것처럼 생각에 잠겼을 것이다. 그러고는 아버지와 같은 미소를 지으면서 이렇게 말했을 것이다.

"넌 구제 불가능한 뺑쟁이에 떠버리이고 낙천주의자야. 그래서 넌 훌륭한 지원자이자 버팀목이 되어줄 거야. 난 그런 일이 일어나리라고 생각하지 않아. 네가 그녀와 너무 잘 알고 있는 친한 사이이기 때문에 그래. 넌 그녀의 사촌 같아서 그녀가 너를 다른 눈으로는 쳐다볼 수 없거든." 여기서 그는 잠시 머뭇거렸거나 혹은 그렇게 하려고 했을 것이다. "나와 다른 눈으로는 볼 수 없어. 그녀가 너를 보는 눈은 나에게서 오는 거야. 내게서 전해진 시선이자 내가 오염시킨 시선이야. 넌 그녀 남편의 오래된 친구야. 너도 상상할 수 있겠지만, 그녀는 내가 너에 대해 호의적으로, 하지만 때로는 비웃으면서 하는 말을 많이 들었어. 루이사가 너를 만나기 전에, 나는 이미 네가 어떤 사람인지 이야기했고, 네 상황을 설명해주었어. 그녀는 너를 항상 그런 관점으로 바라보았고, 그런 특징을 가진 사람으로 이해했어. 이제는 그녀의 생각을 바꿀 수 없어. 내가 너를 소개하기 전에 루이사는 이미 너에 대해 완벽한 그림을 그리고 있었어. 그래, 솔직히 말하면, 얽히고설킨 네 남녀 관계, 그러니까 뭐라고 말해야 할까…… 네 새침한 태도를 보고 우리는 웃었어. 너는 그녀가 진지하게 받아들일 수 있는 그런 사람이 아닌 것 같아. 내가 이렇게 말해도 괜찮지? 그게 네 장점 중 하나야. 너무 심각한 사람으로 여겨지지 않는 것, 그건 바로 네가 추구했던 거잖아. 지금 그렇지 않다고 부정하지 못하겠지?"

디아스 바렐라는 아마도 조금 난처해하고 당황했을 테지만, 그렇지 않은 척했을 것이다. 어떤 사람과 사귈 수 있는 기회가 없을 거라는 말을 들으면, 비록 그 사람에게 관심이 없거나 그 사람을 정복할 생각조차 하지 않았더라도, 기분 좋아할 사람은 아무도 없다. 적지 않은 유혹이 상한 감정이나 도전이나 반항 때문에 이루어졌거나, 적어도 그런 이유로 시작된다. 진정한 관심은 그 이후에 온다. 관심은 그런 경우에 오게 되는 법이며, 여러 책략과 집요한 노력 때문에 생긴다. 그러나 처음에는 관심이 없다. 마음을 돌리게 만드는 논지나 도전이 이루어지기 전에는 분명히 그런 관심이 존재하지 않는다. 아마도 디아스 바렐라는 그 순간 데베르네가 죽기를 바랐을지 모른다. 그렇게 매개자가 사라진다면 루이사가 그를 진지하게 받아들일 수 있음을 보여주고 싶었을 것이다. 그렇지만 어떻게 죽은 사람에게 무언가를 증명할 수 있을까? 어떻게 해야 그가 잘못 생각했다는 것을 인정받을 수 있을까? 죽은 사람들은 우리가 필요로 하는 이유를 결코 알려주지 않는다. 그래서 우리는 〈저 죽은 사람이 고개를 들 수 있다면, 오늘 다시 돌아올 수만 있다면……〉이라는 생각밖에 할 수가 없다. 그러나 죽은 사람은 누가 되었든 목숨을 되찾을 수 없다. 하지만 그는 루이사에게 증명해줄 수 있을지도 몰랐다. 즉 그녀 남편인 데스베른의 말에 따르면, 어느 정도의 기간 동안 데스베른은 그녀 안에서 자신의 삶을 연장시키거나 계속 살아갈 수 있었다. 아마 그럴지도 모른다. 그리고 그의 말이 맞을지도 모른다. 적어도 남편의 존재가 완전히 일소되기 전까지는. 남편의 기억과 흔적이 지워지고 다른 사람으로 대체되기 전까지는 그럴 수 있었다.

"아니야, 부정하지 않겠어. 물론 난 괜찮아. 하지만 보는 방식, 그러니까 사람을 보는 시선은 많이 바뀌지. 특히 그 사람에 대한 그림을 그린 사람이 더 이상 그 그림을 손질할 수 없고, 게다가 그 그림이 모델의 손에 있다면 말이야. 그러면 모델은 일일이 모든 선을 수정하거나 다시 그을 수 있고, 처음 그림을 그린 사람을 거짓말쟁이로 만들 수 있어. 혹은 완전히 잘못 그린 화가, 혹은 피상적이고 통찰력이 부족한 엉터리 화가로 보이게 할 수 있지. 그러면 그 그림을 보는 사람은 이렇게 생각할 수 있지. 〈내게 완전히 잘못된 생각이나 인상을 심어주었어. 이 사람은 내게 설명했던 것과는 전혀 달라. 그는 속이 알차고 정열적이며 정직하고 청렴하며 믿을 수 있는 사람이야.〉 미겔, 이런 건 매일 시시각각 일어나. 사람들은 한 가지를 보면서 시작하지만 그와 정반대의 것을 보면서 끝나게 돼. 사랑하면서 시작하지만 증오하면서 끝나거나, 아니면 무관심하게 느끼다가 결국 예찬하게 되지. 우리는 우리에게 무엇이 중요해질지, 우리가 누구를 중요하게 여길지 결코 확신할 수 없어. 우리의 믿음과 확신은 언제든지 변하는 허약한 거야. 심지어 우리가 가장 강하다고 생각하는 것조차 그래. 우리의 감정 또한 마찬가지야. 우리는 결코 스스로를 과신해서는 안 돼."

데베르네는 자기 자존심이 약간 상처 입었다는 것을 깨달았지만 끝내 무시했을 것이다. 그는 이렇게 말했으리라.

"설사 그렇더라도 나는 그런 일이 일어날 거라고 믿지 않아. 비록 내가 죽은 다음에 그런 일이 일어난다고 하더라도, 그건 내게 하나도 중요하지 않아. 난 그 사실을 전혀 모를 테니까. 너와 그녀 사이에서 그런 관계는 불가능하다는 걸 확신하고 죽었을 거야. 사람은 자기가 예견한 것을 말하지. 그리고 자기가 마지막 순간에 보고 경험하는 것이 바로 이야기의 끝, 다시 말하면 개인적인 이야기의 끝이야. 우리는 우리 없이도 모든 것이 계속될 것이며, 우리가 죽거나 사라진다고 해도 아무것도 멈추지 않을 것을 알고 있어. 그러나 '나중'이라는 것은 우리와 상관이 없어. 중요한 것은 우리가 멈추면 모든 것이 멈추며, 우리의 삶이 끝나는 순간에 세상이 동결된다는 거야. 하지만 현실적으로 그렇게 진행되지 않지. 여기서 '현실적'이라는 말도 중요하지 않아. 그건 미래가 없는 유일한 순간이거든. 현재가 마치 불변이며 영원한 것처럼 우리에게 나타나는 순간이야. 우리가 이제는 더 이상 어떤 사실, 혹은 어떤 변화도 지켜볼 수 없을 것이기 때문이지. 어느 작가의 아버지가 자기 아들이 인쇄된 책을 보고 스스로를 괜찮은 작가라고 믿고 이 세상과 작별하게 하려는 의도로 책의 출간을 앞당기려고 한 적이 있어. 하지만 나중에 더 이상 한 줄의 글도 못 쓰게 된다면, 그게 뭐가 중요하지? 서로 으르렁거리는 두 사람을 죽어가는 사람 앞에서 잠시나마 화해시키려고 필사적인 노력을 한 경우도 있었어. 죽어가는 사람이 그들이 화해를 했으며, 모든 게 해결되었다고 믿도록 하려는 것이었지. 하지만 그가 죽은 지 이틀 만에 두 사람의 적개심이 다시 불타서 죽도록 싸운다 해도, 그게 뭐가 중요해? 중요한 것은 그들에게 남아 있는 것, 그러니까 그 죽음 전에 존재했던 것이거든. 죽어가는 사람이 마음 편하게 떠나도록, 혹은 보다 마음을 놓고 떠나도록 그를 용서한 것처럼 시늉한 사람도 있었어. 하지만 다음 날 아침 용서한 사람이 죽은 사람을 지옥에서 썩게 해달라고 마음속으로 소망한다고 해도, 그게 뭐가 중요해? 아내나 남편의 임종 앞에서 미친 사람처럼 거짓말을 한 경우도 있어. 그들은 자기가 절대로 바람을 피우지 않았으며, 전혀 흔들림 없이 변치 않게 배우자를 사랑했다고 자신 있게 말해주었어. 하지만 한 달 후에 오래전부터 사귄 연인과 함께 산다고 해도, 그게 뭐가 중요하겠어? 유일하며 결정적인 진실이라고 말할 수 있는 건 죽음을 앞둔 사람은 자기가 떠나기 직전의 것을 보고 믿는다는 거야. 그에게는 그것 말고 다른 이야기가 있을 수 없거든. 무솔리니가 믿은 것과 프랑코가 임종 침대에서 믿은 것은 많이 달라. 무솔리니는 적군에게 처형되었지만, 프랑코는 그를 사랑하는 사람들에게 둘러싸였고, 스페인 사람들의 찬미를 받았어. 누가 뭐라 해도 아주 위선적인 인간들이었어. 나는 아버지에게서 프랑코가 자기 집무실에 무솔리니가 밀라노의 한 주유소에서 돼지처럼 거꾸로 매달려 있는 사진을 걸어놓았다는 말을 들었어. 그 주유소는 무솔리니와 그의 연인 클라라 페타치의 시체를 전시하고 공개적으로 조롱하기 위한 곳이었어. 몇몇 방문객들은 충격을 받아 놀라거나 몹시 당황했어. 그러자 프랑코는 이렇게 말했지. '자, 잘 보게. 나한테는 절대로 저런 일이 일어나지 않을 거야.' 그의 생각은 옳았고, 그런 일이 벌어지지 않도록 애를 썼어. 그는 의심의 여지 없이, 아니 자기나름대로 행복하게 죽으면서, 모든 게 자신이 정해놓은 대로 계속될 것이라고 믿었어. 많은 사람들이 이런 엄청난 부정과 불의에 대해 분노하면서 이렇게 생각해. 〈그가 오늘 다시 돌아올 수 있다면……〉혹은 〈일이 이렇게 되었으니 그는 틀림없이 무덤 안에서 편안히 있지 못할 거야.〉 그런 말을 하는 사람은 일단 죽고 나면 그 누구도 다시 돌아올 수 없고, 무덤 안에서 뒤척일 수도 없으며, 무슨 일이 벌어지는지 알지도 못한다는 사실을 망각하고 있어. 그건 아직 태어나지도 않은 아이가 세상에서 일어나는 일에 관심을 가질 수 있다고 생각하는 것과 대략 비슷해. 아직 존재하지 않는 사람에게는 불가피하게 모든 것이 완전히 무관심의 대상이야. 그건 이미 죽은 사람도 마찬가지지. 두 사람 모두 존재하지 않으며, 어떤 의식도 갖고 있지 않아. 아직 태어나지 않은 사람은 자신의 삶이 어떻게 될지 예상할 수조차 없고, 죽은 사람은 마치 자신의 삶이 존재하지 않았던 것처럼 아무것도 떠올릴 수 없어. 그래서 그들은 같은 차원에 있어. 다시 말하면, 우리가 인정하기는 힘들지만, 그들은 존재하지도 않고 알지도 못해. 내가 이 세상을 떠난 다음에 무슨 일이 일어나든 나와 무슨 상관이 있겠어? 지금 내가 믿고 예상할 수 있는 것만 내겐 중요해. 내가 이 세상에 없을 때 네가 아이들과 가까이 있다면, 난 아이들에게 더 좋을 거라고 생각해. 네가 친구로서 루이사와 가까이 있어준다면, 그녀가 보다 빨리 회복하고 보다 덜 고통받을 거라고 난 생각해. 난 다른 사람들이 어떤 추측을 하는지 헤아릴 수 없어. 네 생각이나 루이사의 생각도 마찬가지야. 난 단지 내 생각만 알 수 있고, 너와 루이사를 내 생각과 다르게 상상할 수 없어. 그래서 나는 계속 네게 부탁하는 거야. 혹시 내게 나쁜 일이 일어나면, 그들을 책임져주겠다고 약속해 줘."

디아스 바렐라는 아마도 그와 몇 가지 문제점을 논의했을 것이다.

"그래, 네 말이 부분적으로는 맞아. 하지만 그렇지 않은 게 한 가지 있어. 아직 태어나지 않은 것과 죽은 것은 동일하지 않아. 죽은 사람은 흔적을 남기고 그걸 알고 있어. 그는 아무것도 알지 못하리라는 걸 알고 있지만, 자기가 흔적과 기억을 남길 거라는 사실을 알아. 네가 말한 것처럼, 그는 사람들이 자기를 그리워할 거고, 자기를 알았던 사람들은 그가 존재하지 않았던 것처럼 행동하지는 않으리라는 걸 알고 있어. 그에게 죄책감을 느끼는 사람도 있을 거야. 그리고 그가 살았을 때 좀더 잘해주지 못한 것을 후회하는 사람도 있을 것이고, 그를 위해 우는 사람도 있을 것이고, 왜 그가 대답하지 않는지 이해하지 못하는 사람도 있을 것이고, 그가 없다는 사실에 절망에 빠질 사람도 있을 거야. 하지만 아직 태어나지 않은 사람을 잃었다고 해서, 그 상처에서 쉽게 회복하지 못하는 사람은 없어. 예외가 있다면 아마도 유산한 산모 정도일 거야. 그녀는 때때로 희망을 버리지 못하고, 태어날 수 있었던 아이를 생각할 거야. 하지만 실제로 거기에는 그 어떤 종류의 상실도 없고, 공허함도 없을뿐더러, 지나간 사건도 없어. 반면에 이 세상에서 살다가 죽은 사람은 완전히 사라지지 않아. 최소한 두 세대 동안은 지속돼. 그의 행위에 대한 증거나 증명이 남아 있거든. 그리고 그는 그런 사실을 잘 알면서 죽게 되고. 그는 자기가 더 이상 어떤 것도 보지 못하고 확인할 수도 없으리라는 걸 알고, 죽는 순간부터 아무것도 모를 것이고, 자기 이야기의 끝이 바로 그 순간이라는 사실도 알아. 그러나 너는 네 아내와 아이들에게 닥칠 일들을 걱정하고 있어. 너는 가족의 재정적인 문제를 깨끗하게 정리하는 데 전념했어. 너는 네가 어떤 공백을 남길 것인지 알고 있고, 그래서 나에게 그 공백을 메워달라고 부탁하는 거야. 네가 이 세상에 없으면 어느 정도 너를 대체해달라고 부탁하는 거야. 아직 태어나지 않은 사람은 그런 것에 전혀 관심을 보이지 않을 거야."

데스베른은 아마도 이렇게 대답했을 것이다.

"물론 그렇지. 하지만 난 살아 있기 때문에 이 모든 것을 하고 있어. 이건 살아 있는 사람이 하는 거야. 그 사람은 죽은 사람과 같지 않아. 물론 일상적으로 우리는 산 사람과 죽은 사람이 똑같다고 믿어. 내가 죽으면, 나는 사람조차 아닐 거야. 그리고 아무것도 해결할 수 없고 아무것도 부탁할 수 없으며, 아무것도 알 수 없고, 아무것도 걱정할 수 없어. 죽은 사람은 이런 걸 전혀 할 수가 없고, 그 점에서 태어나지 않은 사람과 비슷해. 나는 다른 사람들, 그러니까 우리보다 더 오래 살면서 우리를 떠올리고 아직도 시간 속에 존재하는 사람들에 대해 이야기하는 것도 아니고, 아직 세상을 떠나지 않은 지금의 나에 대해 말하는 것도 아니야. 물론 그 사람은 무언가를 하고, 말할 필요도 없지만 그런 것들을 생각해. 무언가를 계획하고, 조치를 취하고 결정을 하며, 다른 사람들에게 영향을 끼치고, 욕망을 느끼며,

허약한 존재지만 남에게 해를 끼칠 수 있는 사람이야. 나는 지금 죽은 나 자신에 대해 말하는 거야. 나는 네가 나보다 그런 나를 상상하는 게 훨씬 어려울 거라는 사실을 알고 있어. 살아 있는 나와 죽은 나를 혼동하지 말아줘. 살아 있는 나는 네게 부탁을 하고 있지만, 죽은 나는 내 부탁을 들어달라고 요구할 수도 없고 떠올려줄 수도 없으며, 네가 내 부탁을 들어주는지 알 수도 없어. 그런데 내게 약속해주는 게 뭐 그리 힘들어? 약속하지 못할 이유는 하나도 없어. 별로 힘들이지 않고 말할 수 있는 거야."

디아스 바렐라는 한 손을 이마로 가져갔을 것이고, 꿈에서 깨어났거나 마약에 취한 상태에서 깨어난 것처럼, 이상한 눈빛으로, 그리고 약간 짜증나는 눈으로 그를 쳐다보았을 것이다. 어쨌거나 부적절하고 불길한 징조를 띤 그 뜻밖의 대화에서 벗어나려고 하면서 이렇게 말했을 것이다.

"내 이름을 걸고 약속할게. 내 말을 믿어. 하지만 이제 나머지 일생 동안 이런 이야기로 다시는 나를 못살게 굴지 마. 네 말을 들으니까 속이 뒤집어져. 자, 어서 가서 술 한잔 마시면서 보다 즐겁고 행복한 이야기를 하자."

"이건 쓰레기 같은 판본이야!" 나는 리코 교수가 책장에서 책 한 권을 꺼내면서 투덜대는 소리를 들었다. 그 전에 그는 서재에 아무도 없는 것처럼 자기 마음대로 책들을 들춰보았다. 나는 그가 불쾌해서 소름이 끼치는 것처럼 손가락 끝으로 들고 있는 책이 『돈키호테』인 것을 알았다. "내가 출간한 판본도 있는데, 어떻게 이런 판본을 소장할 수가 있지? 이건 정말로 멍청한 짓이야. 방법도 모르고 지식도 없이 고른 거야. 심지어 독창적이지도 않아. 그저 다른 사람 것을 베낀 판본이야. 내가 아는 바로는 여기는 대학교수의 집인데, 이런 판본이 있다니 정말 어처구니없는 일이야. 하지만 마드리드의 대학이 그런 걸 어떻게 하겠나." 그는 루이사를 꾸짖듯이 쳐다보면서 덧붙였다.

그녀는 갑자기 깔깔거리며 웃었다. 리코 교수의 비난이 그녀를 향하고 있었지만, 그녀는 그의 무례한 말투가 너무나 재미있다고 여겼다. 디아스 바렐라도 웃었지만, 그것은 아마도 그녀를 따라 웃은 것이거나, 혹은 아부하기 위해서인 것 같았다. 사실 그에게 리코 교수의 무례함과 제멋대로인 행동은 그리 놀라운 것이 아니었다. 그는 리코 교수가 말하게 유도하면서 루이사를 더 웃게 만들어 힘들고 암울한 시간에서 잠시 벗어나게 하려고 했다. 그리고 너무도 자연스럽게 그렇게 되었다. 그는 아주 매력적이었고, 실제로 그런 의도를 지녔는지는 모르지만, 그랬다면 너무나 훌륭하게 그 임무를 완수했다.

"좋아요. 당신은 이 판본의 책임자가 존경받는 권위자가 아니라고 말하지는 못하겠지요." 그가 리코에게 말했다. "사실 그는 몇몇 그룹에서는 당신보다 훨씬 더 존경을 받으니까요."

"맙소사! 무식한 사람들과 내시 같은 사람들한테나 존경을 받겠지. 이 나라는 이런 사람들로 터져버릴 지경이니까. 그리고 우리나라의 가장 게으르고 천한 마을에도 이런 문인이나 철학자 모임이 가득하지." 리코 교수가 반박했다. 그는 아무 페이지나 펼치고서 경멸하는 눈으로 빠르게 훑어보더니 큰 충격을 받은 것처럼 둘째손가락을 한 줄에 갖다 대고서 종이가 찢어질 정도로 세게 눌렀다. "여기 벌써 엄청난 실수가 눈에 띄네." 계속해서 그는 더 읽을 가치도 없다는 듯이 책을 덮었다. "이것에 관해 글을 써야겠군." 그는 승리의 표정으로 의기양양하게 눈을 들고서 입이 찢어질 듯이 웃었다. (엄청나게 큰 미소였는데, 아마도 시시각각 마음대로 바뀌는 그의 입 때문에 가능한 것 같았다.) 그러고는 덧붙였다. "게다가 이 작자는 나를 질투하고 있어."

II

나는 한참이 지나서야 루이사 알다이를 다시 보았다. 그리고 그 긴 시간 동안 대충 내 마음에 드는 남자와 짬짬이 데이트를 시작했고, 멍청하게도 비밀리에, 그러니까 그 누구에게도 말하지 못한 채 다른 사람을 사랑하게 되었다. 그는 바로 그녀가 좋아하는 디아스 바렐라였다. 그를 만난 지 얼마 뒤에 나는 사람을 만나기에 결코 적당하지 않은 곳에서 그를 다시 만났다. 데베르네가 죽은 곳에서 아주 가까운 장소인 자연사박물관의 붉은색 건물이었다. 산업공학고등기술학교 바로 옆에 있는 곳이었다. 아니 그 건물의 일부였다. 유리와 함석으로 만든 반짝이는 둥근 지붕이 있는 건물로 1881년에 세워졌으며, 높이는 대략 27미터에, 둥근 지붕의 직경은 약 20미터 정도였다. 그러니까 그 건물은 학교도 아니고 박물관도 아니라 새로 만든 예술산업국립궁전이었으며, 그곳에서 그해 중요한 전시회가 열렸다. 그 장소는 예전에 경마장 고소(高所)라고 불렸는데, 그것은 여러 개의 작은 언덕이 있는 데다 말들이 있는 곳과 가까웠기 때문이었다. 그 말들의 활약상은 과장되어 유령처럼 모호하거나 아니면 결정적인 것으로 인식되었다. 이제 그것을 지켜보거나 기억하는 사람 중에서 살아 있는 사람은 아무도 없기 때문이다. 자연사박물관은 보잘것없었다. 특히 영국에 있는 박물관들과 비교하면 더욱 그렇지만, 나는 내 어린 조카들을 데리고 가끔씩 그곳으로 가서 진열장 안에 있는 동물들의 전시물을 보고 그것들과 친숙해지게 만들었다. 그리고 때때로 나 혼자서도 그곳에 가는 취미를 얻게 되었다. 그럴 때면 성마르거나 아니면 인내심이 강한 선생님과 함께 방문한 초등학생이나 중고등학생들과 뒤섞이거나—사실 나는 그들에게는 눈에 띄지 않는 존재였다—또는 너무나 꼼꼼하고 철저한 시내 관광 안내자 덕분에 그 박물관의 존재를 알게 된 시간 많은 몇몇 어리둥절한 관광객들과 뒤섞였다. 오늘날 박물관을 찾아오는 수많은 사람들의 거의 대부분은 라틴아메리카 사람들이다. 그들은 자연사박물관처럼 비현실이고 몽상적이며 불필요한 바로 그 장소에서 유일하게 살아 있는 존재들이다.

　나는 엄청나게 크게 벌어진 커다란 악어의 턱을 축소한 모형을 보고 있었다. 그걸 볼 때마다 나는 내가 그 턱 안으로 들어갈 수도 있다는 상상을 하거나, 그런 파충류가 살 만한 장소에 살지 않는 것이 얼마나 다행인지 생각했다. 그때 누군가 내 이름을 불렀고, 나는 뜻밖의 상황에 약간 놀라서 뒤를 돌아보았다. 우리는 거의 텅 빈 박물관에 있을 때, 우리가 어디에 있는지 아무도 알 수 없을 거라고 거의 절대적으로, 기분 좋게 확신한다.

　나는 즉시 그를 알아보았다. 그의 여성적인 입술과 갈라진 것처럼 보이는 턱, 조용하고 차분한 미소와 동시에 친절하고 신중한 표정 때문이었다. 그는 내게 여기서 뭘 하느냐고 물었고, 나는 이렇게 대답했다. "저는 이곳에 종종 와요. 유순한 맹수들, 그러니까 우리가 다가갈 수 있는 맹수들이 가득한 장소거든요." 이 말을 하자마자 나는 그곳에는 맹수들이 그다지 많지 않으며, 내가 멍청한 소리를 했다고 생각했다. 게다가 내가 그 말을 덧붙이면서 그에게 관심이 있는 여자인 척했으며, 의심할 여지 없이 비참한 결과가 초래될 것이라고 추측했다. "조용한 장소예요"라고 나는 더 이상의 수식 없이 건조하게 말을 맺었다. 나는 똑같은 질문을, 그러니까 여기서 뭘 하느냐는 질문을 던졌고, 그는 내게 이렇게 대답했다. "저 역시 이곳이 마음에 들어서 가끔씩 와요." 나는 그가 멍청한 소리를 하길 기다렸지만, 불행하게도 소용없는 일이었다. 디아스 바렐라는 내게 깊은 인상을 주고자 하지 않았다. "전 아주 가까운 곳에 살아요. 산책을 나올 때면 때때로 내 다리가 이곳으로 나를 데려오죠." 발걸음이 그를 데려온다는 말은 다소 문학적이면서도 귀엽고 유치하게 들렸으며, 내게 약간의 희망을 주었다. "그러고는 잠시 이곳 테라스에 앉아 있다가 집으로 돌아가요. 자, 마실 것 한잔 사드릴게요. 계속해서 저 악어의 송곳니를 쳐다보거나 다른 전시실로 가고 싶다면 어쩔 수 없지만 말이에요." 밖의 나무 그늘 아래, 그리고 학교 맞은편 작은 언덕 위에는 아직도 음료수를 파는 가판대가 있고, 야외에 테이블과 의자가 놓여 있었다.

"아니에요." 나는 대답했다. "이곳은 뭘 정도로 잘 알아요.

단지 잠깐 내려가서 아담과 이브의 그 황당한 모습을 보려고 생각했어요." 그는 아무 반응도 보이지 않았고, "아, 그렇군요"나 그 비슷한 말도 하지 않았다. 그러니까 그 박물관을 자주 찾는 사람이라면 누구라도 당연히 했을 말을 하지 않았다. 박물관 지하에는 그리 크지 않은 규모의 세로로 놓인 진열 상자가 있었는데, 그것은 로자먼드 아무개라는 미국 여자인지 영국 여자가 제작한 것으로, 터무니없는 방식으로 에덴 동산을 재현한 것이었다. 인류 최초의 커플을 에워싼 동물들은 모두 살아 움직이며 경계를 늦추지 않는 것처럼 보인다. 원숭이, 토끼, 칠면조, 두루미, 오소리, 그리고 큰부리새뿐만 아니라 심지어 뱀도 사과나무의 아주 싱싱한 초록색 잎사귀 사이로 너무나 인간적인 표정을 지으며 쳐다본다. 반면에 서로 나란히 서 있는 두 사람, 즉 아담과 이브는 순전히 뼈다귀에 불과하다. 세속적인 눈으로 보면, 두 사람 중 하나가 오른손에 사과 하나를 들고 있다는 것에서 그들이 아담과 이브라는 것을 알 수 있을 뿐이다. 나는 언젠가 분명히 설명문을 읽었지만, 만족스럽지는 않았다고 기억한다. 만일 한 여자와 한 남자의 뼈를 보여주고 그들의 차이를 지적하고자 했다면, 어떤 필요성 때문에 그들을 우리 최초의 부모—가톨릭 신앙이 부르는 것처럼—로 만들었고, 그들을 그 장면에 위치시켰는지 이해가 되지 않는다. 만일 빈약한 동물군으로 천국을 표현하고자 했다면, 다른 동물들은 살과 털 혹은 깃털을 간직하고 있는데, 왜 그들을 뼈다귀로 그렸는지 이해가 되지 않는다. 그것은 자연사박물관에서 가장 논리가 맞지 않는 전시품 중 하나이며, 그곳을 찾는 사람이라면 누구라도 그 전시품을 그냥 지나칠 수가 없다. 그것은 그 전시품이 멋지기 때문이 아니라 이해가 되지 않기 때문이다.

"마리아 돌스, 맞죠? 돌스죠, 그렇지 않아요?" 디아스 바렐라는 우리가 테라스에 앉자 이렇게 말했다. 자신의 훌륭한 기억력을 자랑하려는 것 같았다. 어쨌든 그날 나 혼자만 내 성을 말했고, 모든 참석자들이 아무런 관심을 보이지 않는 삽입 문구처럼 허둥지둥 말꼬리를 흐렸었다. 나는 그의 자상한 태도에 기분이 좋았지만, 그의 환심을 샀다고는 느끼지 않았다.

"기억력도 좋고, 주의력도 좋아서 잘 들으시는군요." 나는 무례를 범하지 않기 위해 이렇게 말했다. "그래요, 돌스예요. '스'는 z를 써요. s도 아니고 c도 아니에요." 그러면서 나는 공중에 c 자를 그렸다. "루이사는 어떻게 지내요?"

"아, 만나지 못했나 보군요. 난 당신들이 우정을 나누는 사이라고 생각했어요."

"그래요, 단 하루만 지속된 우정 어린 친구라고 말할 수 있을 거예요. 그녀의 집에서 당신을 본 뒤로 만나지 못했어요. 사실 우리 관계는 아주 좋았어요. 그리고 그녀는 정말로 내가 친한 여자 친구인 것처럼 말했어요. 나는 무엇보다도 그녀에게 친구가 필요했기 때문이라고 생각해요. 하지만 그 이후에는 그녀를 만나지 못했어요. 어떻게 지내죠?" 나는 다시 물었다. "당신은 거의 매일 그녀를 만나죠, 그렇죠?"

이 말을 듣자 그는 약간 당황하더니 난처한 표정을 짓고서 잠시 입을 다물었다. 그가 그녀와 내가 만난다고 믿고서 내게서 정보를 캐내려고 접근한 것이라는 생각이 머리를 스쳤다. 그렇다면 그가 나에게 접근한 의도를 실현시키기도 전에 목표가 사라져버린 셈이었다. 더 비아냥대며 말하자면, 오히려 그가 그녀에 관해 소식과 정보를 내게 주어야만 했다.

"좋지는 않아요." 마침내 그가 대답했다. "점점 걱정이 되네요. 물론 아주 오랜 시간이 지난 것은 아니에요. 하지만 기운을 차리려고 하지 않아요. 1밀리미터도 앞으로 나아가지 않네요. 순간적으로나마 고개를 들고 주변을 둘러보면서 아직도 자신에게 얼마나 많은 것이 남았는지 알아보려고 하지 않아요. 남편이 죽은 뒤에도 아직 그녀에게는 많은 것들이 남아 있어요. 사실 그녀의 나이를 생각한다면, 또 다른 삶을 살 수도 있어요. 남편을 잃은 부인들은 대부분 아주 빠르게 슬픔을 이겨내고 앞으로 나아가죠. 특히 어느 정도 젊다면, 게다가 돌봐야 할 아이들이 있다면 더욱 그렇죠. 하지만 단지 아이들 때문만은 아니에요. 아이들은 금방 자라서 아이라고 말할 수 없게 되니까요. 그녀가 몇 년 안에, 심지어 일 년 안에 자신의 모습이 어떻게 될지 볼 수만 있다면, 지금은 끝없이 나타나 그녀 주위를 맴도는 미겔의 이미지가 하루하루 지나면서 희미해질 것이고, 그 빈도도 얼마나 줄게 될지 확인할 수 있을 거예요. 그리고 새로운 사랑

때문에 어쩌다 한 번씩만, 그리고 놀랄 정도로 평온하게 그를 기억하게 될 거예요. 아마 그를 기억할 때면 항상 슬픔에 젖어 있겠지만, 불안하거나 걱정스러운 느낌은 없을 거예요. 그녀가 새로운 사랑을 찾게 되면, 첫번째 결혼은 거의 꿈을 꾼 것, 그러니까 깜빡거리는 희미한 기억과 비슷하게 되어버릴 거예요. 오늘 이례적인 비극으로 보일지라도, 시간이 흐르면 그것은 일어나야만 할 일이었고, 그래서 정상적인 불가피성, 심지어는 정상적이고 바람직한 것으로 느껴질 거예요. 오늘은 미켈이 더 이상 존재하지 않는다는 사실이 믿을 수 없는 일처럼 보이지만, 앞으로는 그가 다시 생명을 되찾을 수 있다는 것, 그가 존재할 수 있다는 것이 이해되지 않을 순간이 올 거예요. 그가 기적적으로 다시 모습을 드러내거나 혹은 부활하거나 또는 되돌아오는 순수한 환상은 아마 참고 견딜 수 없을 거예요. 그가 속할 결정적인 장소가 이미 부여되었고, 그의 희미한 얼굴은 시간 속에 할당되었기 때문이에요. 그리고 그녀는 이미 죽어서 고정되어버린 그의 얼굴이 다시 살아나 변화를 겪게 되고, 그래서 예측 불가능해지는 것을 허락하지 않을 거예요. 우리는 우리와 함께 있는 사람 중에서 아무도 죽지 않고, 우리가 사랑하는 습관 중에서 아무것도 끝나지 않기를 바라는 경향이 있어요. 그런 습관을 온전하게 유지하는 유일한 방법은 갑작스럽게, 그러니까 그런 습관이 우리를 버리거나 우리가 그것을 버리기 전에, 또는 그런 습관이 바뀌거나 발전하지 않고서, 우리에게서 사라져버리는 것인데, 우리는 그걸 모르고 있어요. 오래 지속되는 것은 상처를 입고 엉망이 되며 결국은 썩게 되죠. 그것은 우리와 맞서며, 우리를 따분하고 피곤하게 만들죠. 우리가 중요하다고 여겼던 사람들 중에서 얼마나 많은 사람들이 중도에서 낙오하나요? 얼마나 많은 사람들이 우리에게서 사라지나요? 얼마나 많은 관계가 분명한 동기도 없고 중요한 이유도 없이 가늘어지고 희미해지나요? 우리의 기대를 어기지 않고 속이지 않는 유일한 사람은 우리를 강탈하는 사람이며, 우리가 관계를 끊지 않는 유일한 사람은 우리의 뜻에 반해 갑작스럽게 사라져서, 더 이상 우리에게 고통이나 불쾌감 혹은 실망을 주지 않는 사람이죠. 이런 일이 일어나면, 우리는 순간적으로 절망하죠. 우리가 그 사람들과 훨씬 오래, 그러니까 마감일을 제시하지 않은 채 계속 함께할 거라고 믿었기 때문이에요. 그건 이해할 만한 일이긴 하지만 착각이에요. 연장되거나 연속되는 것은 모든 걸 변화시켜요. 어제 멋지다고 생각했던 게 내일 골칫거리가 될 수 있어요. 가까운 사람의 죽음 앞에서 우리는 맥베스가 자기 아내인 왕비가 죽었다는 소식 앞에서 보이는 반응과 흡사하게 반응하죠. 그는 수수께끼처럼 대답해요. 'She should have died hereafter'라고. 이 말은 '지금 이후로 혹은 이다음에 죽었어야 했어'라는 뜻이죠. 또한 보다 분명하고 평이하게 이해될 수도 있어요. 그러니까 간단하게 '나중에' 혹은 '조금 더 기다려야만 했어, 조금 더 견뎌야 했어'라는 말로요. 어쨌거나 그가 말하는 의미는 '지금

이 순간이 아니라, 선택한 순간에'라는 뜻이에요. 그렇다면 선택한 순간이란 무엇일까요? 그건 결코 적당한 시간으로 보이지 않아요. 우리는 항상 우리가 좋아하거나 기뻐하는 것, 우리에게 위안이 되거나 우리를 도와주는 것을 생각하죠. 또한 며칠 동안 우리를 다그치는 것을 생각하죠. 그것은 조금 더 오래 지속될 수도 있는데, 일 년이나 몇 달, 혹은 몇 주 또한 몇 시간이 될 수도 있어요. 우리는 사물이나 사람에게 종지부를 찍을 때마다 너무 이르다고 생각하죠. 우리는 결코 적당한 시간이 있다고 느끼지 못해요. 그 시간이 오면 아마 우리 자신은 이렇게 말할 거예요. '좋아요, 이제 됐어요. 이제 충분하고, 더 좋아요. 지금 이후에 일어나는 것은 지금보다 못할 거예요. 그것은 악화된 것이고 축소된 것이며 얼룩이자 오점이에요.' 이런 말 앞에서 우리는 결코 '이 시간은 우리의 시간이지만 이미 지나갔어'라고 말하지 못해요. 그래서 그 어떤 것의 끝도 우리의 손에 있지 않아요. 만일 우리의 손에 좌우된다면, 모든 게 무한히 계속되면서 더러워지고 오염되고, 그 어떤 살아 있는 사람도 결코 죽은 사람이 되지 못하기 때문이에요."

그는 잠시 말을 멈추고 맥주를 마셨다. 말을 하면 즉시 목이 말랐지만, 그는 처음의 머뭇거림을 이겨내고서 자신의 감정을 토해낼 기회를 잡은 것처럼, 거의 맹렬하다고 말할 수 있을 정도로 이야기를 했다. 언변도 좋았고 어휘력도 훌륭했다. 영어 발음은 젠체하지 않으면서 뛰어났고, 그가 말한 것은 알맹이 없는 쓸데없는 소리가 아니라 흥미로웠고 생각도 논리적이었다. 나는 그의 직업이 무엇일까 생각했지만, 차마 물어볼 수가 없었다. 그의 말을 끊지 않고는 물어볼 수가 없었는데, 그럴 마음이 없었기 때문이다. 나는 그가 말하는 동안 그의 입술을 뚫어지게 쳐다보았다. 나는 지금 내가 뻔뻔스럽게 행동하지는 않았는지 걱정된다. 그의 말에 감동하면서 그 말이 나오는 곳에서 눈을 뗄 수가 없었던 것이다. 마치 키스하고 싶은 그의 입이 그의 전부이며, 그 입이 모든 풍요로움의 원천이고, 거기서 거의 모든 것이 흘러나온다고, 즉 우리를 설득하고 우리를 유혹하고 우리를 바꾸고 황홀하게 만드는 것, 우리를 흡수하고 우리를 설득하는 것이 나오는 것 같았다. 성경에는 "마음에서 넘치는 것을 입으로 말하는 법이다"라는 대목이 나온다. 나는 내가 거의 알지도 못하는 그 남자를 얼마나 좋아하는지, 심지어 황홀해하고 있다는 사실을 확인하자 어쩔 줄 모르며 당황했다. 특히 루이사는 그를 너무나 많이 보고 그와 너무나 많은 말을 나눈 까닭에, 그녀에게 그는 거의 보이지도 않고 들리지도 않는 사람이라는 것을 떠올리자 당혹스러웠다. 어떻게 그럴 수가 있을까? 우리는 무언가와 사랑에 빠지면, 그게 무엇이든 모두가 소망해야 한다고 믿는다. 나는 이 마법을 깨지 않으려고 아무것도 말하고 싶지 않았다. 그러나 나는 말 없이 그의 말을 한 마디도 흘려듣지 않았고, 그 입술에서 흘러나오는 모든 것에 관심을 보였지만, 그는 내가 자기 말에 관심을 보이지 않는다고 상상할 수도 있다는 생각이 머리를 스쳤다. 간단하게 말해야 해,라고 나는 생각했다. 그래야 그의 말이 빗가지 않기 때문이었다.

"그래요, 하지만 우리의 손이 자살 충동에 사로잡혀 있다면 사물의 끝은 우리 손에 있게 되죠. 그 손이 살인적이라는 말은 할 필요도 없을 거예요." 나는 말했다. 그리고 이렇게 덧붙이려고 했다. 〈바로 여기서, 바로 이 옆에서 당신 친구 데스베른이 잔인하게 살해되었어요. 그런데 지금 우리가 여기 앉아 있고, 마치 아무 일도 없었던 것처럼 모든 게 평화롭고 깨끗한 게 너무 이상해요. 그날 여기에 있었다면, 아마도 우리는 그를 구할 수 있었을 거예요. 물론 그가 죽지 않았더라면, 우리는 어디서도 함께 있을 수 없었을 테지만요. 심지어 우리는 만나지 못했을 수도 있어요.〉

나는 이런 말을 덧붙이려고 했지만, 그렇게 하지 않았다. 여러 이유가 있었지만, 그가 근처 거리를 재빠르게 쳐다보았기 때문이었다. 거리는 그의 뒤에 있었고, 나는 거리를 마주보고 있었다. 그리고 그곳은 그의 친구가 난자당한 장소였다. 적어도 나는 내 생각의 전반부와 관련해서, 그가 나와 똑같은 생각을 혹은 비슷한 생각을 하고 있는 것은 아닐까 생각했다. 그는 손가락으로 가볍게 머리를 뒤로 빗어 넘겼다. 그의 머리카락은 음악가의 머리카락처럼 뒤로 넘겨져 있었다. 그러고는 바로 네 개의 손가락으로, 그러니까 손톱으로 술잔을 톡톡 쳤다. 짧게 자른 단단한 손톱이었다.

　"그건 예외예요. 이례적인 것이죠. 물론 자기 목숨을 끊으려는 사람들이 있고, 그렇게 하죠. 하지만 그들은 예외적이라고 할 정도로 적으며, 그래서 충격을 주는 거예요. 우리 대부분이 공유하는 지속성의 열망과 반대되기 때문이죠. 이 지속성의 열망은 우리에게 항상 시간이 있다고 믿게 만들며, 시간이 끝날 때에도 우리에게 무언가를 조금 더, 정말 조금 더 요구하게 만들어요. 당신이 말하는 살인자의 손과 관련해서 말하자면, 그것을 우리의 손이라고는 결코 볼 수 없어요. 그들은 생명에 종지부를 찍어요. 질병이나 사고처럼 말이에요. 여기서 나는 외부적인 원인을 말하는 거예요. 심지어 죽은 사람이 스스로 죽음을 찾은 경우에도 그래요. 가령 남우세스러운 인생을 선택했거나 또는 위험을 감수했거나, 아니면 누군가를 죽여서 복수의 위험에 노출된 경우죠. 항상 살해당할 위험에 처해 있는 두 사람을 예를 들어볼까요. 가장 잔인무도한 마피아나 미국 대통령은 그게 실제의 가능성이라는 것을 알고 있으며, 매일 그런 가능성과 함께 살아가죠. 하지만 그들은 결코 그 위협이, 즉 잠재적인 고통이자 참을 수 없는 고민이 끝나기를 바라지 않아요. 아무리 증오스럽고 혐오스러우며 고통스럽더라도, 존재하는 것이나 그들이 갖고 있는 것 중에서 그 어느 것도 끝나기를 바라지 않아요. 그들은 다음 날도 거기에 있을 거라는 희망을 가지고, 다른 날과 똑같은 날 혹은 아주 흡사한 날이 올 거라는 희망을 가지고 매일매일 살아가요. 오늘 내가 존재했다면, 내일도 존재하지 않을 이유가 없으며, 내일은 모레로 이끌고, 모레는 그다음 날로 이끈다는 생각을 갖고 있죠. 그렇게 우리 모두는 살아가는 거예요. 자기 삶에 만족하는 사람과 불만인 사람, 행복한 사람과 불행한 사람 모두 마찬가지예요. 그리고 우리를 위해서라면 우리는 시간이 끝날 때까지 계속 나아갈 거예요." 나는 그가 약간 혼란스럽거나 아니면 나를 혼란스럽게 만들고자 한다고 생각했다. 〈살인자의 손은, 실제로 우리의 손일 경우를 제외하면, 우리의 손이 아니야. 어쨌든 그것들은 누군가, 즉 '내 손'에 관해 말할 사람의 손이야. 그게 누구의 손이든지, 그 손들이 그 어떤 산 사람도 결코 죽은 사람이 되기를 바라지 않는다는 것은 사실이 아니야. 오히려 반대로 그게 바로 그 손들이 원하는 거야. 그것들은 누군가 우연한 사고로 죽기를 기다릴 수도 없고, 시간이 해야 할 일을 하도록 기다릴 수도 없어. 그 손들은 삶을 죽음으로 만드는 일을 담당해. 그것들은 모든 게 부단히 계속되기를 원치 않으며, 반대로 누군가를 제거하고 누군가의 여러 습관을 파괴할 필요를 느껴. 그것들은 결코 자기 희생자에 대해서 'She should have died hereafter'라고 말하지 않아. 오히려 'He should have died yesterday'라고, 즉 '그는 어제 죽었어야만 했어'라거나, 어제가 아니라 수세기 전에 혹은 아주 오래전에 그래야만 했다고 말할 거야. 그가 태어나지 않았거나, 이 세상에 그 어떤 흔적도 남기지 않았다면, 우리는 그를 죽여야 할 필요도 없었을 거야. 주차 요원은 자기 자신의 습관을 깨뜨렸고, 데베르네의 습관도 싹둑 잘라버렸으며, 루이사와 아이들의 습관, 아마도 혼동한 탓에 간신히 목숨을 구한 운전사의 습관도 파괴했어. 디아스 바렐라의 습관과 심지어 내 습관도 일부 깨뜨렸어. 그리고 내가 모르는 다른 사람들의 습관도 마찬가지야.〉 그러나 나는 이런 말을 전혀 하지 않았다. 발언권을 갖고 싶지 않았고, 말하고 싶지도 않았다. 그저 그가 계속 말하기만을 원했다. 나는 그의 목소리를 들으며 그의 생각을 탐지하고 싶었고, 그의 입술이 움직이는 것을 계속 보고 싶었다. 내가 넋을 잃고 입술을 바라보는 바람에, 그가 말하는 것을 이해하지 못할 위험이 다분했다. 그는 다시 맥주 한 모금을 마시고서, 정신을 집중하려는 것처럼 헛기침을 하고는 계속 말했다. "정말 놀라운 사실은 이런 일들이 벌어질 때, 이런 중단, 즉 죽음이 일어나면, 대개 사람들은 결국 일어난 일을 받아들이게 돼요. 내 말을 오해하지 말아요. 이건 모두가 죽음을 기꺼이 받아들인다는 말이 아니에요. 살인의 경우는 더욱 그렇죠. 그게 언제 일어났든지, 평생 동안 슬퍼할 사건들이죠. 그러나 삶이 가져오는 슬픔이란 항상 인생의 끝에 있고, 그래서 어쩔 수 없이 길게 보면 그 슬픔 없이는 우리 자신을 거의 상상할 수가 없어요. 뭐라고 설명해야 할지 모르겠는데, 이미 일어난 것이 일어나지 않았으면 하고 상상하지 못한다는 말이에요. '우리 아버지는 내전 기간에 살해되었어요'라고 누군가는 아주 슬프게 혹은 분노하면서 쓰라리게 말할 수 있어요. '어느 날 밤 집으로 아버지를 찾으러 와서 끌고 가더니 차 안에 집어넣었어요. 나는 아버지가 어떻게 몸부림치는지, 그들이 아버지를 어떻게 난폭하게 다루었는지 보았어요. 아버지의 다리가 마비된 것처럼 그들은 팔을 잡고서 질질 끌고 갔어요. 아버지를 들 수가 없었거든요. 아버지를 마을 변두리로 데려갔고, 거기서 아버지의 목덜미에 총 한 발을 쏘고는 아버지의 시체를 도랑에 던져버렸어요. 그렇게 아버지의 시체를 보는 사람들에게 경고를 한 거였어요.' 이 이야기를 하는 사람은 의심의 여지 없이 슬퍼하고, 심지어 살인자들에게 증오를 불사르면서 평생을 보낼 수도 있어요. 그 살인자들이 누구였는지 그들의 이름을 모른다면, 그것은 일반적이고 추상적인 증오가 되죠. 내전 동안에는 이런 일이 비일비재했어요. 수많은 경우에 그들 모두는 '반대파'가 그렇게 했다는 것을 알고 있었어요. 그러나 그 가증스럽고 끔찍한 사건이 상당 부분 그 증오하는 사람의 본질을 구성하죠. 그 사람은 결코 그 증오를 버릴 수 없어요. 증오를 버리면 자기 자신을 부정하거나 현재의 자신을 지우면서도 대체할 것이 없어지기 때문이죠. 그는 내전에서 잔인하게 살해된 남자의 아들이에요. 스페인 비극의 희생자이고 비극적인 고아예요. 그것이 그를 규정하고 결정하며 조건 짓죠. 그것이 그의 이야기이거나 그의 이야기의 시작이에요. 어느 의미에서 그는 그런 일이 벌어지지 않았기를 바랄 수 없어요. 그런 일이 일어나지 않았다면 그는 다른 사람이 되었을 것이고, 그 다른 사람이 누구일지 전혀 알지 못할 테니까요. 그는 자기 자신을 볼 수도 없고 상상할 수도 없어요. 그는 자기가 어떻게 되었을지 모르며, 아버지가 살아 있다면 그 아버지와 함께 어떻게 살았을지도 몰라요. 그를 싫어했을지, 아니면 사랑했을지, 혹은 그에게 무관심했을지 전혀 알지 못하죠. 특히 평생을 함께했던 그 슬픔과 원한 없이는 자기 자신을 상상할 수 없어요. 사건의 힘은 너무나 가공스러워서 결국 모든 사람은 어느 정도 자신의 이야기를 받아들이게 되죠. 그에게 일어난 일과 그가 했던 것, 그리고 그가 하다가 그만두었던 것을 아니라고 생각하거나 인정하지 않을지라도 결국은 받아들이죠. 사실대로 말하자면, 거의 모두가 어느 순간 자기 운명을 저주하지만, 아무도 그걸 인정하지는 않거든요."

여기서 나는 개입하는 수밖에 다른 방법이 없었다.

"루이사는 아마도 자신에게 일어난 일을 받아들일 수 없을 거예요. 자기 남편이 실수로, 아무런 이유도 없이, 죽을 짓을 전혀 하지 않았음에도 황당하고 불필요하게 칼에 찔려 죽었는데, 어떻게 아내가 그런 사실을 받아들일 수 있겠어요? 아무도 남편의 삶이 영원히 파괴되었다는 것을 받아들일 수 없어요."

디아스 바렐라는 테이블 위에 팔을 괴고서 뺨을 주먹에 갖다 댔다. 그리고 아주 열심히 나를 쳐다보았다. 나는 뚫어지게 쳐다보는 그의 눈이 불편해서 다른 곳을 쳐다보았다. 그의 눈은 투명하지도 않았고 예리하지도 않았다. 흐리멍덩하고 몽롱하거나, 어쨌든 근시 때문에(아마도 렌즈를 꼈을 것이다) 부드러워져 판독할 수 없는 눈이었다. 아몬드 모양의 눈이 내게 '왜 내 말을 이해하지 못하죠?'라고 초조하지는 않지만 유감이라고 말하는 것 같았다.

"그게 사람들이 저지르는 실수예요." 잠시 후 그가 말했다. 하지만 고정된 시선을 내게서 떼지도 않았고 자세를 바꾸지도 않았다. 말하기보다는 기다리는 것 같았다. "어린애 같은 실수죠. 많은 어른들이 평생을 살아오면서 세상이 어떻게 작동하고 기능하는지 깨닫지 못한 데다 전혀 경험이 없는 사람처럼 죽는 날까지도 그런 실수를 저지르죠. 바로 현재는 영원하며, 각각의 순간에 일어나는 것이 결정적이라고 믿는 실수죠. 하지만 우리 모두는 우리에게 약간의 시간이라도 남아 있는 동안은 아무것도 결정적이지 않다는 것을 알아야 해요. 우리는 인생의 부침을 충분히 경험했어요. 행운만 그런 게 아니라 우리의 마음도 그렇죠. 우리는 정말로 중요하다고 여겼던 것이 어느 날 단순한 사실이자 중립적인 자료가 된다는 것을 조금씩 배우고 있어요. 또한 우리는 한때 너무나 사랑한 나머지 그 사람 없이는 살 수 없다고, 그 사람 때문에 밤에 잠을 이룰 수 없다고, 그 사람이 없다면 우리가 존재할 수 없다고, 우리의 나날은 그의 말을 듣고 그를 보는 것에 달려 있다고 생각한 적이 있을 거예요. 하지만 어느 순간 우리는 그 사람을 전혀 생각하지 않게 되고, 가끔씩 그 사람을 떠올린다고 해도 어깨를 으쓱하면서 기껏해야 잠시 〈그 여자는 어떻게 되었을까?〉라고 생각하는 게 고작이죠. 그것도 그 사람이 걱정되어서도 아니고, 심지어는 궁금해서도 아니에요. 우리가 그토록 열렬하게 전화를 기다리거나 만나기를 학수고대했던 첫 여자친구가 오늘날 어떻게 되었는지 관심이나 갖나요? 심지어 만난 지 이미 1년이나 되는 끝에서 두 번째 여자친구를 걱정이나 하나요? 중고등학교 친구들, 대학 친구들, 그리고 그 이후의 친구들, 그들과 우리 인생의 긴 시간을 함께했으며 그들과의 우정은 결코 끝나지 않을 것처럼 보였지만, 이제 우리가 그들에게 관심을 갖나요? 우리를 버리는 사람들, 우리를 떠나는 사람들, 우리에게 등을 돌리고 거리를 두는 사람들, 우리가 잊은 사람들, 우리에게 불필요한 사람들, 우연히 우리의 귀에 들릴 때에만 떠올리는 이름들, 죽어서 우리에게서 사라지는 사람들, 이런 사람들에게 우리가 관심이나 갖나요? 난 잘 모르겠어요. 우리 어머니는 25년 전에 돌아가셨어요. 어머니를 생각하면 슬퍼해야 한다고 느끼고, 심지어 그렇게 할 때마다 슬픔을 느끼지만, 난 당시 내가 느꼈던 것을 재생할 수 없어요. 당시 내가 울었던 걸 말하는 게 아니에요. 이제 그건 단지 하나의 사실이 되어버렸어요. 우리 어머니는 25년 천에 돌아가셨고, 그 순간부터 나는 어머니가 없다는 게 사실이 된 거죠. 그건 단지 내 인생의 일부이고, 지금의 나를 만든 수많은 사실 중 하나예요. 나는 젊었을 때부터 어머니가 없었어요. 그게 전부, 아니 거의 전부예요. 그건 내가 미혼이거나 혹은 다른 사람들이 어렸을 때부터 고아라는 것, 혹은 외아들이거나 일곱 형제 중에서 막내라는 사실, 또는 군인 가족의 아들이거나 의사 가족의 아들 혹은 범죄자의 아들이라는 사실과 마찬가지예요. 그게 전부예요. 길게 보면 결국 단순한 자료일 뿐이고, 그 어떤 것도 아주 중요한 건 아니에요. 우리에게 일어나는 각각의 사건, 혹은 우리보다 앞서 일어나는 사건은 우리 인생 이야기에서 두어 줄 정도 차지해요. 루이사가 갖고 있던 삶은 파괴되었지만, 미래의 삶은 그렇지 않아요. 그녀가 앞으로 살아갈 날이 얼마나 많이 남았는지 생각해보세요. 그녀는 이 순간에 빠져 있지 않을 겁니다. 아무도 현재에 머물지 않아요. 특히 최악의 순간에는 더욱 그렇죠. 최악의 순간에 있을 때면, 우리는 항상 거기서 빠져나와요. 머리가 정상이 아니라서 그것이 정당하다고 느끼거나, 심지어 우리의 고통 없는 불행이 자신을 보호해준다고 여기는 사람이 아니라면 말이에요. 아주 끔찍한 불행, 즉 우리를 둘로 쪼개고 더 이상 참고 견딜 수 없도록 만드는 불행은 그 불행을 겪는 사람이 바로 세상이 그 불행에서 끝나야 한다고 믿거나 그렇게 강제하는 사람이라는 데 문제가 있어요. 그러나 세상은 그에게 귀 기울이지 않고 계속 앞으로 나아가죠. 게다가 불행을 겪는 사람의 옷소매를 잡아당겨요. 이건 불만스러운 관객은 극장을 떠날 수 있지만, 그는 세상을 떠날 수 없다는 말이에요. 그 사람이 스스로 목숨을 끊지 않는 한 말이에요. 그런 일은 일어나요. 난 그렇지 않다고 부정하지 않겠어요. 하지만 아주 드물죠. 우리 시대에는 그 어느 때보다 드물게 일어나요. 루이사는 틀어박혀 있을 수 있어요. 잠시 물러나 있을 수 있어요. 그리고 가족이나 나를 제외하고는, 물론 나를 지겨워하지 않고 나 없이 무언가를 하겠다고 마음먹지 않는다면, 그 누구에게도 모습을 보이지 않을 수도 있어요. 그러나 자살하지는 않을 거예요. 보살펴야 할 아이가 둘이나 있고, 그녀의 성격과 자살은 맞지 않기 때문이에요. 어느 정도 시간은 걸릴 거예요. 하지만 결국 고통과 절망은 갈수록 강도가 약해질 것이고, 충격도 점점 줄어들 것이며, 무엇보다도 '나는 과부야'라고 생각하거나, '난 과부가 되었어'라는 생각을 갖게 될 거예요. 그건 사실과 자료, 즉 정보가 될 것이며, 그녀가 소개받은 사람들이나 그녀의 상태를 묻는 사람들에게 그렇게 말할 거예요. 틀림없이 사건이 어떻게 일어났는지도 설명하려고 하지 않을 거예요. 자신과 다소 거리가 있는 지인에게 그런 이야기를 들려준다는 건 너무나 소름 끼치게 불쾌한 일이라서, 즉시 그 어떤 대화든 어둡게 만들 것이라고 생각할 테니까요. 또한 다른 사람들이 그녀에 관해 말할 때에도 그렇게 말할 거예요. 다른 사람들이 우리에 관해 말하는 것은 우리를 규정하는 데 도움이 되죠. 그게 피상적이고 부정확할지도 모르지만, 어쨌든 우리는 거의 모든 사람들에게 피상적인 존재, 또는 밑그림, 혹은 휘갈긴 몇 개의 선일 수밖에 없으니까요. 그들은 이렇게 말할 거예요. '과부야. 끔찍한 상황에서 남편을 잃었어. 어떤 상황이었는지 완전히 분명하게 밝혀지지는 않았지. 나도 의문을 갖고 있어. 난 그가 거리의 어떤 남자에게 공격을 받았다고 생각해. 그게 미친놈인지 청부업자인지는 알지 못해. 아니면 납치를 시도했는데 그가 있는 힘을 다해서 저항했고, 그러자 그놈들이 그 자리에서 칼로 찌른 것일 수도 있어. 그녀의 남편이 돈 많은 사람이었고, 그래서 잃어버릴 것이 많았거나, 아니면 본능적으로 생각보다 더 거칠게 반항했을 거야. 솔직히 말해서 잘 모르겠어.' 루이사가 다시 결혼한다면, 앞으로 2년 정도만 지나면 그렇게 되겠지만, 그 사실과 자료는 예전과 똑같겠지만, 그녀는 더 이상 '난 과부가 되었어'나 '난 과부야'라고 생각하지 않을 거예요. 더 이상 과부로 남지 않을 것이기 때문이에요. 대신 이렇게 말하겠죠. '첫번째 남편과 사별했는데, 갈수록 그는 내게서 멀리 떨어져요. 그를 보지 못한 지 오래되었고, 이제는 다른 사람이 내 곁에 있어요. 게다가 항상 내 옆에 있죠. 좀 이상하지만, 나는 그 사람도 남편이라고 불러요. 그는 내 침대에서 남편의 자리를 차지하고, 그 자리에 있으면서 점차로 첫번째 남편의 모습을 흐리게 만들고 지워버려요. 갈수록 조금씩 더 흐려지고, 밤마다 더 많이 지워져요.'"

이 대화는 여러 번의 만남에서 계속되었다. 우리가 만난 횟수는 그리 많지 않았지만, 그때마다 이런 주제가 자연스럽게 이어지거나, 아니면 디아스 바렐라가 이런 주제의 대화를 주도했다. 사람들은 그를 '하비에르'라고 부르지만, 나는 아직도 그를 하비에르라고 부르고 싶지 않다. 물론 몇몇 밤에 그와 잠시 침대에 함께 머문 뒤 늦게 집에 돌아와서 그를 생각할 때면, 그렇게 불러야겠다는 마음도 생겼다. (남의 침대에는 단지 잠깐 머무는 것이고, 거기서 잠자도록 초대받지 않은 이상 그 침대는 빌린 것이다. 그런데 그에게 초대받은 경우는 한 번도 없었다. 또한 그는 불필요하고 황당한 핑계를 대서 내가 그곳에서 떠나도록 만들었다. 나는 그 어떤 장소에도 요청을 받지 않는 한 필요 이상으로 머문 적이 없었다.) 나는 눈을 감기 전에 침실의 열린 창문을 바라보았고, 맞은편에 있는 나무들을 쳐다보았다. 거리를 밝히는 가로등이 없어서 그 나무들은 거의 눈에 띄지 않았다. 하지만 어둠 속에서 그것들이 움직이는 소리가 아주 가깝게 들렸다. 마드리드에 어쩌다 한 번씩 몰아닥치는 폭풍의 서곡 같았다. 나는 생각했다. 〈이게 무슨 의미일까? 적어도 내게 무슨 의미를 갖는 것일까? 그는 감추지도 않고 속이지도 않아. 자신의 희망이 무엇인지, 어떤 동기로 움직이는지 숨기지 않아. 너무 눈에 드러나. 그러나 그는 잘 몰라. 그는 그녀가 깊은 우울증 혹은 무기력증에서 빠져나와, 자기를 남편의 충실한 친구로서가 아니라, 그러니까 남편이 그녀에게 유산으로 남긴 친구가 아니라, 다른 눈으로 보기 시작하기를 기다리고 있어. 그는 발걸음을 조금씩 아주 조심해서 내딛어야만 해. 그건 어쩔 수 없이 아주 자그마할 수밖에 없어. 그래야 그녀의 자연스러운 슬픔이나 심지어 죽은 사람의 기억을 존중하는 것처럼 보일 테니까. 그리고 그는 동시에 그동안 그 누구도 들어오지 못하도록 정신을 바짝 차려야 해. 가장 못생긴 사람이나 멍청한 인간, 혹은 가장 가볍거나 가장 따분하고 지겹거나 혹은 가장 께느른한 사람도 경쟁자라는 사실을 간과하면 안 돼. 그 누구건 예기치 못한 위험이 될 수 있거든. 그녀를 지켜보며 기다리는 동안, 그는 나를 가끔씩 만날 것이고, 아마도 다른 여자들도(우리는 서로 상대방의 이성 문제에 관한 질문을 피했다) 만날 거야. 내가 어느 정도 그와 똑같이 하고 있는 건 아닌지 모르겠어. 그러니까 그가 눈치채지 못하게 나 자신이 없어서는 안 될 존재로 만들고, 아주 산발적이긴 하지만 그의 습관의 일부를 이루어서, 그가 나를 버리겠다고 작정할 때 나를 누군가로 대체하기 힘들게 해야 해. 아무도 요구하지 않는데, 처음부터 모든 걸 분명하게 해두는 남자들이 있어. '미리 알려주는데, 당신과 나 사이에는 지금 이 관계 이상의 관계는 결코 없을 거야. 당신이 다른 것을 더 원한다면, 지금 당장 이 관계를 끝내는 편이 좋을 것 같아.' 아니면 이렇게 말할 수도 있어. '당신은 나의 유일한 여자가 아니야. 그렇게 되려고도 하지 마. 독점권을 찾는다면, 번지수를 잘못 찾은 거야.' 아니면 디아스 바렐라의 경우처럼 될 수도 있어. '나는 다른 여자를 사랑하고 있는데, 아직 그녀가 나와 사랑에 빠질 수 있다는 사실을 깨닫지 못하고 있어. 하지만 그 시간은 곧 올 거야. 나는 꿋꿋하게 인내심을 갖고 기다릴 거야. 당신이 원한다면 기다리는 동안 나를 즐겁게 해주는 건 전혀 나쁘지 않아. 하지만 명심할 것이 있어. 우리는 서로에게 임시 동반자이며 일시적인 기쁨이자 섹스 상대라는 사실이야. 기껏해야 동지애이고 약간의 애정을 지닌 것뿐이야.' 디아스 바렐라는 내게 이런 말을 결코 하지 않았고, 실제로 그럴 필요도 없어. 우리의 만남에서 이미 그런 의미가 분명하고 솔직하게 드러나니까. 그러나 미리 경고하는 남자들은 때때로 시간이 흐르면서 자기가 한 말을 취소하고 잘못을 인정해. 게다가 적지 않은 여자들이 대개 낙관적인 경향이 있고, 마음속으로는 남자들보다 훨씬 더 잘난 척해. 그래서 사랑의 영역에서 남자들에게 단지 단기간의 연인일 뿐인데, 자신들이 그런 위치라는 것을 잊어버리지. 본의 아니게 남자들과 반복해서 만나면서 그들을 더욱 사랑하게 되고, 남자들이 마음이나 신념을 바꿀 것이며, 점차 우리 없이는 시간을 보낼 수 없다는 것을 깨달을 것이고, 남자들의 삶에서 예외 상태였거나 방문객으로 왔던 우리가 결국은 영원히 머무르게 될 것이며, 눈에 보이지 않는 다른 여자들은 결국 남자들이 피곤해할 것이라고 생각하지. 또한 우리는 그런 여자들이 있는지 의문을 품거나 그런 여자들이 없다고 생각하려고 해. 그리고 우리는 불평도 거의 하지 않고 고집도 거의 부리지 않으면서 곁에 남아 있으면, 결국 자신이 선택되리라고 믿어. 충동을 자극하지 않으면, 우리가 충실하게 꾸준히 곁에 있다는 사실이 결국은 보답을 받을 것이고, 그 어떤 순간적인 기쁨이나 변덕보다 더 강하고 지속적이라는 사실이 판명되리라고 생각하지. 그런 경우 우리가 바라는 최고의 희망 사항이 이루어지더라도, 우리는 치렛말을 들었다고 느끼지는 못하리라는 걸 알고 있어. 하지만 희망이 이루어진다면, 우리는 마음속으로 승리자처럼 느끼게 될 거야. 그러나 싸움이 계속되는 한 승리는 결코 확신할 수 없지. 심지어 아주 자신만만한 여자들도, 그때까지 일방적으로 치근덕거림을 받던 여자들도, 항복하지 않고 거만하게 경고하는 남자들에게는 크게 낙담할 수 있어. 나는 그런 부류, 그러니까 자신만만한 여자들에 속하지는 않아. 사실대로 말하면, 나는 승리의 희망을 품고 있지 않아. 아니 오히려 내가 바라는 유일한 희망은 디아스 바렐라가 루이사와의 관계에서 실패하는 거야. 행운이 따른다면, 아마도 그는 이 여자 저 여자 찾지 않으려고 내 옆에 있게 될 수도 있어. 가장 활동적이고 부지런한 남자들, 혹은 교활한 남자들조차 어떤 시기에는 게을러질 수 있으니까. 실패하거나 패배하거나 또는 아주 긴 기다림이 허사로 돌아간 다음에는 특히 그래. 나는 내가 대체물이 되어도 기분 나빠하지 않으리라는 걸 알고 있어. 그것은 사실 우리 모두가, 특히 처음에는 누군가의 대체물이기 때문이야. 디아스 바렐라는 루이사의 죽은 남편을 대체하는 사람이야. 나에게는 레오폴도가 디아스 바렐라의 대체물이 될 수 있어. 별로 내 마음에 들지 않지만 버리지 않았고—내 생각에는 만약을 위해서—얼마 전부터 데이트하기 시작한 사람이야. 정말이지 시기가 적절했어. 자연사박물관에서 디아스 바렐라를 만나기 바로 직전이었으니까. 나는 디아스 바렐라가 말하고 또 말하는 소리를 들었고, 그동안 나는 끊임없이 그의 입술을 쳐다보았어. 아직도 우리가 함께 있을 때면 나는 그렇게 해. 그의 입술에서 눈을 뗄 때는 그의 흐릿한 시선을 쳐다보기 위해서야. 아마 루이사도 데베르네를 만났을 때 누군가의 대체물이었을 거야. 누가 알아? 그도 첫번째 아내에겐 누군가의 대체물이었는지. 하지만 그토록 상냥하고 명랑한 남자에게 상처를 입히고 떠난 사람이 있다는 사실 자체가 이해가 되지 않아. 어쨌든 그는 아무런 이유 없이 칼로 난자당했고, 이제는 잊혀가고 있어. 그래, 우리 모두는 우리가 대부분 알지 못했던 사람들의 허접한 모조품이야. 그들은 바로 지금 우리가 사랑하는 사람들의 삶에 결코 다가가지도 않았거나 지나쳐버린 사람들이야. 또는 발걸음을 멈췄지만 시간이 지나자 피곤해져서 아무 흔적도 남기지 않고 사라졌거나, 혹은 도망치면서 흙먼지만 일으켰거나, 우리가 사랑하는 사람들에게 대부분은 결국 아물고 말 심각한 상처를 입히면서 죽어버린 사람들이지. 우리는 첫번째 사람 혹은 가장 마음에 드는 사람인 척할 수가 없어. 단지 우리는 이용당할 사람들, 잉여 인간들, 찌꺼기 인간들, 생존자, 남아 있게 된 존재들, 나머지들이야. 그렇게 그다지 고상하지 못한 것을 가지고 가장 위대한 사랑을 건설하며, 최고의 가족을 이루고, 거기서 우리 모두가 비롯되는 거야. 그래서 우리는 우연과 체제 순응의 산물이며, 다른 사람들의 거부와 소심함과 실패의 산물이야. 그래도 우리는 어느 날 다락방이나 재고 정리에서 우리를 구해냈거나, 아니면 카드놀이에서 이겼거나, 또는 쓰레기에서 우리를 주운 사람들과 함께 있기 위해, 때때로 무엇이든 줄 수 있어. 이상하게 보일지라도 우리는 이렇게 우연히 사랑에 빠지는 것을 이해하게 되는데, 많은 사람들은 자기들이 운명의 손을 볼 수 있다고 생각하지. 하지만 사실 그것은 여름이 끝날 무렵에 행해지는 마을의 복권 놀이와 다름없어……〉 나는 나이트 테이블의 불을 껐다. 잠시 후 바람에 흔들리던 나무들은 약간 더 잘 보였고, 나는 나뭇잎들이 흔들리는 모습을 지켜보면서, 아니 단지 그걸 느끼면서 잠을 잘 수 있었다. 나는 생각했다. 〈젠장, 이게 무슨 의미가 있을까? 유일한 의미는 이런 바보 같고 극복할 수 없는 상황에서는 가장 사소한 것이라도, 우리가 잡을 수 있는 가장 작은 것도 도움이 된다는 거야. 그의 곁에서 한 시간을 더 있는 것, 하루를 더 있는 것이 필요한 거야. 그런 시간이 도래하는 데 수백 년이 걸릴지라도 말이야.

그를 다시 만날 것이라는 막연한 약속도 붙잡아야 해. 그런 일이 일어나는 데 수많은 나날, 수많은 헛된 날이 지나가야 할지라도 말이야. 우리는 다이어리에 그가 우리에게 전화를 걸었던 날짜, 우리가 그를 만났던 날짜를 적어놓고, 아무런 소식도 없이 지나가는 날들을 세면서, 늦은 밤까지 기다렸다가 그날들도 헛되이 기다렸다고, 헛되이 지나갔다고 결론을 내려. 그러면서도 만일의 경우 마지막 순간에 전화벨이 울리고, 그가 우리에게 허튼소리를 늘어놓으면서 우리를 아무런 이유도 없는 행복으로 가득 채워줄지도 모른다고, 인생은 자비롭고 친절하다는 것을 보여줄지도 모른다고 기대하지. 우리는 그의 억양이 변할 때마다, 그리고 그가 아무 의미도 없는 말을 할 때마다 그것들의 의미를 해석하면서, 어리석고 희망적인 의미를 부여하고 그 의미를 자꾸 되뇌지. 우리는 모든 만남을 높이 평가해. 그것이 아무리 짧더라도, 비록 천박한 핑계나 폭언, 전혀 세련되지 않거나 거의 다듬지 않은 거짓말을 듣는 데 필요한 시간만 만났을지라도 말이야. '적어도 어느 순간에 나를 생각했어'라고 우리는 감사하는 마음으로 중얼거려. 혹은 '따분할 때나 자기가 중요하게 생각하는 사람인 루이사와 문제가 생기면 나를 기억해. 아마도 나는 두번째로 중요한 사람이고, 그것만 해도 어디야'라고 생각해. 때때로, 정말 어쩌다가, 첫번째를 차지하는 사람은 언젠가 떨어지거나 죽게 될 것이며, 그것으로 충분하다고 생각할 때가 있어. 국왕의 모든 동생들과 왕자들도 그렇게 느꼈지. 심지어 별로 가깝지 않은 친척들과 멀리 동떨어진 곳에 살고 있는 사생아들도 그와 비슷하게 느꼈을 거야. 그들은 그렇게 생각해야 열번째에서 아홉번째로, 여섯번째에서 다섯번째로, 네번째에서 세번째로 이동할 수 있다는 것을 알고 있어. 그리고 어느 순간 마음속으로 그들 모두는 말할 수 없는 소망, 그러니까 'He should have died yesterday'라는 말, 즉 그는 어제 혹은 오래전에 죽었어야 했다는 소망을 품었을 거야. 혹은 가장 대담한 왕위 요구자들의 머리에는 이런 생각이 나타났을 거야. '아직 내일 죽을 시간이 있어. 내가 그때 계속 살아 있다면, 내일은 모레의 어제가 될 것이야.' 이렇게 우리는 개의치 않고 우리 자신을 평가절하하고 욕보여. 어쨌건 그 누구도 우리를 심판하지 않을 것이고 증인도 없어. 우리가 거미줄에 사로잡히면, 우리는 끝없이 공상하고, 동시에 조그만 빵 부스러기에도 만족해. 그러니까 그의 목소리를 듣고, 그의 냄새를 맡으며, 그를 얼핏 보고, 그의 모습을 예견하며, 그가 아직 완전히 사라진 게 아니라 여전히 우리 지평선 속에 있다는 것으로, 그의 발이 도망치면서 만드는 흙먼지가 아직 멀리서 보이지 않는다는 것으로도 흡족해해.〉

우리가 그가 좋아하는 대화 주제로 돌아갈 때마다, 디아스 바렐라는 초조함을 숨기지 않았다. 하지만 루이사 앞에서는 초조한 마음을 숨겨야만 했고, 그녀와는 그런 대화를 나눌 수 없었다. 내가 보기에 그가 정말로 관심을 보이는 유일한 것은 바로 그 대화 주제였다. 그 문제가 해결되지 않는다면, 나머지 모든 것은 뒤로 미뤄도 상관없고 일시적이라고 여기는 것 같았다. 그것에 바친 노력이 너무나 커서 나머지 결정은 중지된 채 이렇든 저렇든 해결이 되기를 기다려야만 했으며, 그의 미래의 삶은 모두 그가 집착하는 그 희망, 언제 이루어질지 혹은 언제 이루어지지 않을지 기약 없는 그 꿈의 실패나 성공에 좌우되는 것 같았다. 만일 루이사가 그의 애원과 유혹에도 아랑곳하지 않고 아무 반응도 보이지 않는다면, 혹은 그가 자신의 열정을 토로했는데도 그녀가 혼자 있는 편을 택한다면 어떻게 될까? 그는 언제가 되어야 그토록 긴 기다림을 단념해야 할 시간이라고 여길까? 나는 나도 모르는 사이에 똑같은 상황으로 빠져드는 걸 원치 않았고, 그래서 계속해서 레오폴도와 교제했지만, 그에게 디아스 바렐라의 존재를 알려주고 싶지는 않았다. 내 발걸음 또한 슬픔에 잠긴 과부가 내딛거나 내딛지 않는 걸음에 간접적으로 좌우된다는 것은 정말 우스운 일일 것이다. 또한 그녀를 알지도 못하는 가련하고 불쌍한 남자의 발걸음까지 더해서 이 연쇄 사슬을 더 늘인다는 것은 더욱 황당한 일일 것이다. 약간의 불행과 함께 자신을 사랑하게 만들고는 상대를 거부하지도 않고 그 사랑에 보답하지도 않는 약간의 사람들만 있으면, 그 사슬은 무한하게 길어질 수 있었다. 도미노 놀이의 패처럼 일련의 사람들이 줄지어 선 채, 그 누구에게도 관심을 보이지 않는 어느 여자의 항복을 기다린다. 그녀가 누구에게 떨어져 함께 머물게 되는지, 혹은 그 누구와도 머물지 않는지 알기 위해서 말이다.

어느 순간에도 디아스 바렐라는 자신의 의도를 언급하면 내가 불쾌해할 수 있다는 생각을 전혀 하지 않았다. 그러나 그는 자신을 루이사의 구원자이자 운명이라고 소개하지도 않았다. 그는 결코 '그녀가 나락에서 헤어나와 내 옆에서 다시 숨을 쉬고 미소 지을 때'라고 말하지 않았으며, '그녀가 재혼을 한다면 그 상대는 내가 될 것'이라고는 더더욱 말하지 않았다. 그는 결코 후보자로 나서지 않았으며, 그런 후보자에 자신을 포함시키지도 않았다. 하지만 그가 그녀를 기다리는 확고한 남자라는 것은 너무나 분명했다. 다른 시대에 살았다면 그는 거상(居喪) 기간이 얼마나 남았는지 세고 있었을 것이며, 그런 다음 반(半)상복을 입는 상태, 즉 옛날 사람들이 말했듯이 안도의 상태로 나아갔을 것이다. 그리고 나이 많은 여자들 — 이런 문제를 가장 많이 알고 있는 사람들 — 에게 자신이 가면을 벗고 유혹을 시작하는 데 언제가 가장 좋은 때인지 물어봤을 것이다. 이럴 경우 우리가 모든 행동 규약을 잊는 것은 문제이다. 그러니까 행동하는 데 언제가 좋은 순간이며, 어떤 규칙을 따라야 하는지, 언제가 너무 이르고 언제가 너무 늦은지, 우리의 순서를 놓친 것은 아닌지 모르는 것은 큰 문제가 될 수 있다. 우리는 스스로를 이끌어야 한다. 그러나 그럴 경우 큰 실수를 범하기 십상이다.

나는 그가 모든 것을 자기가 보고 싶은 대로만 보았는지, 아니면 자기주장을 뒷받침하고 자기를 도와줄 수 있는 문학 작품과 역사서를 일부러 찾았는지 잘 모른다. (아마도 엄청난 지식을 지닌 리코 교수의 지도를 받았을 수도 있다. 그러나 내가 알고 있는 바로는 그 거드럭거리는 오만한 학자를 르네상스와 중세에서 꺼낸다는 것은 헛된 일이다. 그에게는 1650년 이후에 일어난 일은 그 어떤 것도 관심의 대상이 아니었기 때문이다.)

"최근에 아주 유명한 책을 읽었어요. 그런데 그게 유명한지는 몰랐어요." 디아스 바렐라는 내게 이렇게 말하면서 책장 선반에서 프랑스 책 한 권을 집어 내 눈앞에서 흔들었다. 그 책을 손에 들고 있으면 보다 권위 있게, 즉 많은 지식을 가지고 내게 말할 수 있으며, 실제로 그 책을 읽었다는 걸 증명할 수 있다는 것 같았다. "발자크의 짧은 소설인데, 루이사와 관련해서, 그러니까 때가 되면 일어날 일에 대해 내 생각이 옳다는 것을 보여주죠. 이 소설은 나폴레옹 휘하에 있던 어느 대령의 이야기인데,

그는 아일라우 전투에서 전사했어요. 전투는 1807년 2월 7일과 8일에 동프러시아에 있는 동명의 마을 근처에서 일어났죠. 러시아 군대와 프랑스 군대가 엄청난 추위 속에서 맞붙었어요. 사람들 말에 따르면, 그 전투는 아마도 인류 역사상 가장 혹독한 날씨 속에서 벌어졌던 것 같아요. 물론 나는 사람들이 그걸 어떻게 알았는지 잘 모르고, 그게 정말 사실인지는 더욱 몰라요. 대령의 이름은 샤베르였고, 기갑연대를 이끌었어요. 그런데 전투가 벌어지는 동안 머리에 무자비하게 칼을 맞아요. 소설의 어느 장면에서 그는 변호사 앞에서 모자를 벗으면서, 의도치 않게 쓰고 있던 가발도 함께 벗게 되죠. 그러자 목덜미부터 시작해서 오른쪽 눈 바로 위까지 가로지르는 엄청나게 크고 끔찍한 상처가 드러나요. 상상이 되나요?" 그는 둘째손가락으로 얼굴 위를 천천히 사선으로 그으며 흉터 자국을 가리켰다. "발자크의 말에 따르면, '툭 튀어나온 엄청나게 큰 솔기'를 이루었다는 거예요. 그런 상처를 보자, 변호사는 가장 먼저 이런 생각을 떠올려요. '바로 그 틈으로 그의 지성이 새어 나간 거야!' 조아킴 뮈라 사령관, 그러니까 마드리드에서 5월 2일의 봉기를 진압했던 바로 그 사람은 샤베르를 구하기 위해 당시 1,500명의 기병을 신속하게 돌격시켜요. 하지만 뮈라를 필두로 그들 모두는 방금 쓰러진 그의 몸 위로 지나가죠. 뮈라는 샤베르가 죽었다고 여기죠. 하지만 샤베르를 높이 평가하던 황제는 두 명의 의사를 전쟁터로 파견해서 그가 죽었는지 확인시켜요. 그런데 이 태만하고 무

책임한 의사들은 그의 머리가 칼에 깊게 베어졌으며, 이후 두 개의 기갑연대가 짓밟았다는 사실을 알고서 맥박도 재어보지 않은 채, 그가 죽었다고 공식적으로 확인하죠. 너무 급하게 처리했던 거죠. 또한 그가 죽었다는 사실은 프랑스 군대의 관보에 게재되는데, 그의 죽음이 아주 자세하게 기록되어 역사적 사실이 되어버려요. 그는 나머지 벌거벗은 시체들과 함께 어느 흙구덩이에 쌓여 있게 돼요. 그게 당시 관습이었거든요. 그는 살아 있을 때 훌륭하고 유명한 사람이었지만, 이제는 단지 죽어서 추위 속에 버려진 사람이에요. 시체는 모두 똑같은 장소로 옮겨지죠. 대령은 파리의 변호사에게 이처럼 있을 수 없는 일을 아주 설득력 있게 들려줘요. 변호사 이름은 데르빌인데, 대령은 그에게 자기 사건을 맡기려고 하죠. 대령은 매장되기 직전에 의식을 되찾고, 처음에는 자기가 죽었다고 믿었지만, 이내 자기가 살아 있다는 것을 깨달아요. 그리고 아주 힘들게, 아주 운 좋게 자기가 누워 있던 유령들의 피라미드에서 빠져나올 수 있었어요. 얼마나 오랜 시간 동안 그곳에 있으면서 얼마나 많은 소리를 들었는지 누가 알겠어요. 그가 말하는 것처럼 그는 자기가 들었다고 생각했을지도 몰라요." 여기서 디아스 바렐라는 그 책을 펼치고 인용문을 찾아 그가 들은 소리가 무엇인지 알려주었다. 표시해놓았음이 분명했다. '나는 시체들 속에 쓰러져 있었고 그 시체들의 세계가 지르는 비명 소리'라고 읽고서, 그는 이렇게 덧붙였다. "때때로 밤이 되면 숨 막힌 신음 소리를 듣는다고 생각하죠. 그의 아내는 홀몸이 되었고, 어느 정도의 시간이 지나자 페로라는 이름의 백작과 다시 결혼해서 두 아이를 낳아요. 첫번째 결혼에서는 아이가 없었어요. 그녀는 전사한 용감한 영웅에게서 상당한 재산을 물려받고, 충격에서 회복해 자신의 삶을 살게 되죠. 아직 젊어서 살아야 할 날이 상당히 많이 남아 있으니까요. 그게 결정적인 요인이에요. 예측할 수 있듯이, 그 길은 우리 앞에 놓여 있어요. 그리고 귀신들을 쫓아가지 않고 세상에 남겠다고 마음먹는다면, 우리는 어떻게 그 길을 가야 할까요? 죽은 지 얼마 안 된 귀신들은 아주 힘이 세요. 우리를 끌고 가려는 것 같아요. 전쟁에서처럼 우리 주변에서 많은 사람들이 죽거나 혹은 우리가 무척 사랑했던 한 사람이 죽으면, 우리는 가장 먼저 그들과 함께 가겠다는 유혹을 느껴요. 적어도 그들의 무게를 짊어지고서 그들을 놓아주려고 하지 않죠. 그러나 대부분의 사람들은 시간이 지나면 그들이 떠나게 해주죠. 그때가 바로 자신이 살아남는 것이 위험에 처했다는 사실을, 그리고 죽은 사람들은 커다란 짐이며 우리가 앞으로 나아가는 데 장애라는 것을, 그리고 그들에게 너무 관심을 갖거나 지나치게 그들의 어두운 면에 살고 있다면 숨조차 쉴 수 없다는 것을 깨닫는 순간이에요. 유감스럽게도 죽은 사람들은 그림처럼 고정되어 있어요. 그들은 움직이지도 못하고, 아무것도 덧붙이지 못하며, 아무 말도 못 하고, 아무 대답도 하지 못해요. 그저 우리를 막다른 골목으로 데려가죠. 다른 말로 하자면, 완전히 마감되어서 더 이상 다시 손대지 못하는 그림의 한쪽 구석에 처박아놓죠. 소설은 그 과부의 슬픔을 이야기하지 않아요. 루이사가 겪는 슬픔처럼 그 녀도 분명히 겪었을 거예요. 하지만 그녀의 고통이나 슬픔을 언 급하지 않아요. 여자가 남편의 사망 소식을 듣는 모습과 상중에 있는 그녀의 모습을 묘사하지 않아요. 그로부터 약 10년 후인 1817년에 그녀는 다시 모습을 드러내죠. 내 추측에는 그녀는 남편이 죽으면 겪게 되는 모든 일상적 단계(충격, 인사불성, 외 로움, 슬픔, 울적함, 냉담함, 걱정과 불안, 시간이 지나가고 있다는 것을 확인하는 두려움과 그로 인한 회복)를 경험했어요. 사실 그 녀는 완전히 무정하고 냉혹한 여자로 다시 나타나죠. 물론 처음 에는 안 그랬지만요. 사실 정말 그런 성격인지는 우리로서는 알 수가 없죠."

디아스 바렐라는 말을 끊고서 얼음을 넣은 위스키 한 모금 을 마셨다. 책을 집으러 일어난 뒤로 그는 다시 앉지 않았다. 나 는 그의 소파에 기대어 앉아 있었다. 우리는 아직 그의 침대로 가지 않은 상태였다. 항상 그랬다. 처음에 우리는 의자에 앉아 서 적어도 한 시간 동안 이야기했다. 나는 항상 2막이 있을 것 인지 궁금해했다. 우리의 행동 양식은 그것을 어떤 식으로든 예 고하지 않고 시작했다. 서로 이야기할 것이 있는 두 사람, 혹은 이야기할 것이 있지만 반드시 섹스로 끝나는 것은 아닌 사람들 의 모습이었다. 나는 섹스를 할 것인지 아닌지를 느낌으로 알 수 있었다. 그리고 이런 두 가지 가능성은 다 자연스러운 것이며, 어느 쪽도 의심의 여지가 없다고 여겨져서는 안 된다는 생각을 갖고 있었다. 마치 만날 때마다 처음이며, 그런 감정의 영역에서는 앞선 경험이 축적되지 않은 것 같았다. 심지어 서로에 대한 신뢰도 없었고, 얼굴을 쓰다듬는 행위조차 없었다. 우리는 영원히 처음부터 다시 시작하면서 길을 가는 것 같았다. 또한 나는 우리가 그가 원하는 것이거나 제안하는 것을 하리라는 확신을 갖고 있었다. 분명한 것은 그가 예외 없이 말이나 손짓으로 제안하면서 결국 침대로 가자고 했다는 사실이다. 대화를 나눈 후에, 나의 극복할 수 없는 수줍음 앞에서 그렇게 하곤 했다. 언젠가 나는 그가 손짓이나 말로 내게 침실로 오라고 하거나 혹은 치마를 들어 올리라고 하지 않고, 마치 우리가 더 이상 할 말이 없는 두 친구여서 또는 해야 할 일이 있어 키스를 하며 나를 거리로 내쫓아야 해서, 갑자기—또는 얼마 후에—우리의 대화와 만남에 종지부를 찍지 않을까 두려웠다. 나는 그의 집을 방문할 때면 우리 육체가 얽히면서 끝날 것이라는 확신을 한 번도 갖지 못했다. 그런데 이런 이상한 불확실성이 마음에 들기도 했고 싫기도 했다. 한편으로는 그가 어쨌든 나와 함께 있는 것과 그 상황을 즐겼으며, 나는 그가 나를 단순히 자신의 위생적인 성적 도구나 위안을 위한 도구로만 보지 않는다고 생각했다. 그리고 다른 한편으로는 그가 한참 동안 나와 가까이 있는데도 그걸 참을 수 있다는 사실, 다시 말하면 정말 급해서 내게 문을 열어주자마자 다짜고짜 나를 덮쳐 자신의 욕망을 충족하지 않

198

는 것에 화가 치밀었다. 그가 섹스의 순간을 미룰 수 있거나, 아니면 내가 그를 쳐다보면서 그의 말을 듣는 동안 자신의 욕망을 자제할 수 있다는 사실에 분노가 치밀었다. 그러나 이런 못마땅한 감정은 우리를 지배하는 불만의 탓으로 봐야 한다. 아니면 그런 감정 없이는 우리가 살 수 없기 때문이라고 탓해야 할 것이다. 그것은 결국 내가 일어나지 않을지도 모른다고 자위하면서 두려워했던 상황에 이르곤 했으며, 따라서 나는 불평할 이유가 하나도 없었다.

"계속 말해줘요. 그다음은 어떻게 됐죠? 왜 그 책이 좋다고 생각한 거죠?" 내가 물었다. 어쨌든 그는 달변이었고, 나는 그의 말을 듣는 걸 너무나 좋아했다. 그는 무슨 말이든 했다. 내가 알아서 읽을 수도 있는 발자크의 오래된 이야기도 다시 들려주었다. 그가 만들어낸 이야기는 아니었지만, 어느 정도는 그의 해석이 들어갔거나 아니면 다소 왜곡한 게 분명했다. 그는 어떤 주제를 선택하든지 내가 관심을 갖게 했다. 그런데 더 큰 문제는 내가 그의 이야기를 즐겼다는 것이다. (더 큰 문제는 내가 언젠가 그와 떨어져 있어야만 한다는 걸 알고 있는 것이다.) 이제 나는 절대로 그의 아파트로 가지 않는다. 그리고 그를 방문한 것은 비밀의 영역이자 작은 모험이라고 기억한다. 아마도 우리 만남의 1막, 그러니까 불확실한 2막보다 1막 때문일 것이다. 그러나 당시에는 2막의 불확실함 때문에 우리의 만남을 더욱 갈망했던 것 같다.

"대령은 자신의 이름과 경력, 그리고 계급과 기품과 재산, 혹은 그것의 일부를 되찾고 싶어 하죠. (그는 극단적인 가난 속에서 몇 년을 살았어요.) 그런데 무엇보다 가장 큰 문제는 아내예요. 샤베르가 사기꾼이나 미친놈이 아니라 진짜 샤베르라는 것을 보여주면, 그의 아내는 중혼(重婚)한 여자가 되기 때문이죠. 아마도 페로 부인은 그를 정말로 사랑했고, 그가 죽었다는 소식을 듣자 그의 죽음을 애도하며 울었고, 세상이 무너졌다고 느꼈을 거예요. 하지만 그가 다시 모습을 드러내는 건 전혀 필요하지 않았어요. 그의 부활은 그녀를 난처하게만 만들 뿐이며, 커다란 문제를 야기하고, 무서운 재앙과 파멸을 의미해요. 그리고 역설적으로 또다시 그녀의 세상을 무너뜨리게 되죠. 죽으면서 그녀에게 세상이 무너졌다는 느낌을 준 사람이 어떻게 다시 돌아와 똑같은 느낌을 줄 수 있을까요? 여기서 시간이 흐르면서 과거의 것은 계속되어야 한다는 것, 즉 이미 지나간 것으로 계속되어야 한다는 것, 다시 말하면 과거에만 존재해야 한다는 것이 분명해져요. 그건 항상 혹은 거의 항상 일어나는 거죠. 그래서 만들어진 것은 해체되어도 원래 상태로 돌아갈 수 없고, 일어난 일은 안 일어난 일이 될 수 없는 거예요. 죽은 사람들은 있어야 할 자리에 있어야 하고 그 어떤 것도 고쳐져서는 안 되죠. 우리는 죽은 사람들을 그리워하는데, 그것은 그들이 확실하게 이곳을 떠났다는 것을 알기 때문이죠. 우리가 어떤 사람이 사라졌다고 할 때는 그가 다시는 모습을 보이지 않을 것이고,

자기가 비워둔 장소를 다른 사람이 재빨리 차지했다면서 되돌려달라고 요구하지 않으리란 걸 알고 있기 때문이에요. 우리는 있는 힘을 다해서 그 사람이 돌아오길 갈망할 자유가 있어요. 우리는 아무 걱정 없이 그를 그리워하는데, 그것은 우리의 소망이 절대로 이루어지지 않을 것이며, 그가 돌아올 가능성은 절대로 없고, 그가 우리의 삶에 더 이상 개입하지도 않을 것이며, 세상일에도 참견하지 않을 것이고, 더 이상 우리를 위협하거나 방해하지도 않을 것이며, 심지어는 우리를 짓누를 수도 없고, 이제는 결코 우리보다 낫지도 않을 것을 알기 때문이죠. 우리는 솔직하게 그의 떠남을 애석해하고, 그런 일이 벌어지면 그가 계속 살았으면 좋겠다고 바라죠. 끔찍한 구멍이, 심지어는 끝없이 깊은 구렁이 만들어지고, 순간적으로 그 구렁으로 그를 뒤쫓아서 굴러 떨어지고 싶은 유혹을 느껴요. 그래요, 그건 순간적인 감정이에요. 그런 유혹을 이겨내지 못하는 건 보기 드문 일이죠. 그러고는 며칠이, 몇 달이, 아니 몇 년이 흐르고, 우리는 새 생활에 적응하죠. 우리는 그 텅 빈 구멍에 익숙해지고 심지어 죽은 사람이 그 구멍을 메울 가능성조차 상정하지 않아요. 죽은 사람들은 그런 일을 하지 않으며, 우리는 그들로부터 안전하게 있기 때문이죠. 또한 그 구멍은 이미 메워졌고, 따라서 과거와 똑같은 구멍이 아니거나, 완전히 허구적인 구멍이 된 거죠. 우리는 가장 가까운 사람들을 매일 떠올리고, 심지어 그들을 다시 볼 수 없거나 그들의 목소리를 다시 들을 수 없다고, 혹은 우리가 키스했던 사람들과 다시는 키스할 수 없다고 생각할 때마다 슬픔을 느껴요. 그러나 어떤 면에서는 위안을 주지 않는, 무언가 위로하지 않는, 혹은 하나도 장점이 없는 죽음은 하나도 없어요. 누군가 죽는 일이 일어났다고 생각해보죠. 물론 사전에 누군가의 죽음을 원하는 경우는 없어요. 아마 적의 죽음조차도 그럴 거예요. 예를 들어 우리는 아버지의 죽음을 슬퍼하죠. 하지만 우리는 그의 유산, 즉 그의 집과 돈과 재산을 물려받아요. 만일 아버지가 돌아온다면 우리는 그 모든 걸 돌려주어야만 할 거예요. 그렇게 되면 우리는 곤란한 입장에 처하면서, 찢어질 것 같은 고통을 받겠죠. 아내 혹은 남편의 죽음을 슬퍼할 수도 있어요. 그러나 때때로 시간이 걸리더라도 우리는 그들 없이 더 행복하고 편안하게 살고 있다고, 또는 인생을 새로 시작하기에 너무 늦은 나이만 아니라면 그렇게 할 수 있다는 것을 깨닫죠. 우리가 젊었을 때 그랬던 것처럼, 우리 마음대로 할 수 있는 사람들이 있다는 것을, 과거의 실수를 저지르지 않고 선택할 수 있다는 사실을, 우리를 짜증나고 불쾌하게 만드는 그나 그녀의 얼굴을 참아내지 않고도 편히 쉴 수 있다는 것을 알게 되죠. 그래요, 우리 옆이나 맞은편, 혹은 뒤나 앞에 있는 사람에게는 항상 우리를 화나고 불쾌하게 하는 무언가가 있어요. 결혼은 그런 것을 에워싸고 있어요. 위대한 작가나 위대한 예술가가 죽으면 우리는 슬퍼하죠. 하지만 그들이 죽음으로써 세상은 조금 더 저속해지고 조금 더 빈약해졌으며, 그래서 우리의 저속함과 빈

약함은 조금 더 숨겨지거나 위장되었을 거라는 사실을 알면서 어느 정도 기뻐하죠. 또한 그 작자는 더 이상 그곳에 없고, 따라서 우리의 상대적 평범함을 강조하지도 않을 것이며, 그의 재능은 이제 땅에서 사라지기 위해 또 다른 걸음을 내디뎠거나 과거를 향해 뒤로 움직이고 있다고, 그는 과거에서 절대 나오지 못할 것이며, 더 이상 우리를 모욕하지 못한다고, 아마 과거로 거슬러 올라갈 수는 있겠지만 그건 그다지 상처를 주지 않고 참을 만하다는 것을 알면서 즐거워할 수도 있죠. 물론 나는 모두가 그렇다는 것이 아니라, 대다수가 그렇다고 말하는 거예요. 이런 기쁨은 기자들의 행동에서도 눈에 띄죠. 그들은 '피아노의 마지막 천재가 세상을 떠나다' 혹은 '영화의 마지막 전설이 지다'와 같은 제목을 달죠. 마치 이제는 천재를 찾아볼 수 없으리라는 사실을, 마지막 권위자의 사망으로 우리보다 잘난 사람이 존재한다는, 특히 우리가 무척 유감스럽게도 인정할 수밖에 없었던 재능을 가진 사람이 존재한다는 영원한 악몽에서 해방될 수 있다는 사실을 즐겁고 기쁘게 축하하는 것 같아요. 그런 저주를 조금 더 떨쳐버리거나 아니면 그런 저주를 조금 더 납작하게 만들면서 즐거워하는 것 같아요. 물론 내가 미켈을 위해 울었듯이, 나는 친구의 죽음을 슬퍼했어요. 그러나 거기에는 자신은 살아남았으며, 자신의 미래가 더 밝고, 자신의 죽음이 아니라 친구의 죽음을 지켜보고 그의 완성된 초상화를 보면서 그의 이야기를 들려줄 수 있고, 친구가 돌보지 않고 내버려둔 사람들

을 보호하고 위로해줄 수 있다는 흐뭇한 느낌이 감지되죠. 친구
들이 하나둘 세상을 떠나면서 우리는 갈수록 위축되고 갈수록
외롭다고 느끼지만 동시에 점점 빼게 되죠. 〈하나 빼고, 또 하
나 빼고, 나는 그들이 어땠는지 마지막 순간까지 알고 있어. 나
는 그 이야기를 들려주려고 남아 있는 거야. 하지만 정말로 나
를 염려해주고 걱정해준 사람은 그 누구도 내가 죽는 것을 보지
못할 것이고, 내 이야기를 모두 들려줄 수도 없을 거야. 그렇다
면 어떤 의미에서 나는 영원히 미완성이 될 거야. 내가 죽은 것
을 보지 못했기 때문에 그들은 내가 영원히 살지 않으리라고 확
신할 수가 없으니까.〉"

그는 말하고 설명하다가 옆길로 새는 경향이 강했다. 나는 출판사에서 만난 적지 않은 작가들에게서 그런 경우를 보았다. 그들은 자신들의 생각과 황당한 이야기로 페이지를 채우고 또 채우는 것으로도 충분하지 않은 것 같았다. 그 이야기들은 거의 예외 없이 과장되었고 섬뜩하거나 애처로웠다. 그러나 디아스 바렐라는 작가가 아니어서 그가 옆길로 새더라도 나는 개의치 않았다. 사실 나는 자연사박물관 근처의 테라스 카페에서 그를 두번째로 보았을 때 했던 것과 똑같은 생각을 항상 했다. 그때 그가 열심히 말하는 동안 나는 그에게서 눈을 뗄 수 없었고, 마치 마음에서 우러나오는 것 같은 그의 묵직하고 낮은 목소리를 즐겼으며, 때때로 멋대로 만든 연결 구문을 즐기면서 음미했다. 전체적인 효과는 사람에게서 나오는 것이 아니라 의미를 전달하지 않는 악기에서, 아마도 아주 빠르게 친 피아노에서 나오는 것 같았다. 그러나 이번에는 샤베르 대령과 페로 부인에 관해 알고 싶은 호기심을 느꼈다. 특히 그 짧은 소설을 읽고 왜 루이사와 관련한 상황을 정확하게 설명해준다는 느낌을 받았는지 궁금했다. 사실대로 말하자면 나는 왜 그랬는지 제대로 상상할 수가 없었다.

"알았어요. 그런데 대령에게 무슨 일이 있었죠?" 나는 그가 옆길로 새자, 그의 말을 끊고 물었다. 그리고 그가 내 행동을 기분 나쁘게 받아들이지 않는다는 것을 알았다. 그는 자신의 성향을 잘 알고 있었고, 그래서 아마도 누군가 자신의 말에 제동을 걸면 감사해하는 것 같았다. "그가 돌아오고자 했던 살아 있는 사람들의 세계가 그를 받아들였나요? 그의 아내가 그를 받아들였어요? 그래서 다시 이 세상에서 존재할 수 있었나요?"

"그에게 무슨 일이 일어났는지는 전혀 중요하지 않아요. 그건 소설이고, 일단 작품을 읽으면 거기서 일어나는 것은 별로 중요하지 않고, 우리는 곧 잊어버려요. 흥미로운 것은 소설이 보여주는 가능성과 생각들이에요. 소설은 상상의 줄거리를 통해 그걸 우리에게 전달하고 불어넣죠. 우리는 실제 사건보다 상상의 사건들을 훨씬 더 선명하게 기억하고, 관심도 훨씬 더 기울여요. 대령에게 무슨 일이 있었는지도 당신 스스로 알아낼 수 있어요. 가끔씩 현대 작가가 아닌 사람들의 작품을 읽는 것도 그리 나쁘지 않을 거예요. 당신이 원한다면 그 책을 빌려줄게요. 프랑스어 못 읽어요? 스페인어 번역본도 있지만, 번역이 형편없어요. 그런데 요즘은 프랑스어를 아는 사람이 별로 없어요." 그는 사립 고등학교에서 공부했다. 우리는 각자의 개인사에 대해 거의 이야기하지 않았지만, 그건 그가 내게 이야기해주었다. "여기서 중요한 것은 샤베르가 다시 나타난 것이 절대적인 불행이라는 거예요. 물론 그의 아내에게 그렇다는 것이죠. 그녀는 충격에서 이미 회복되어 다른 삶을 살고 있어서, 그는 그 삶에 들어갈 수가 없어요. 단지 과거의 존재로서만 가능한 거죠. 즉 그가 과거에 살아 있을 때의 존재로, 갈수록 희미해지는 기억으로, 그러니까 정말로 죽은 몸으로, 아일라우 전투에서 전사한 다른 사람들과 함께 멀리 떨어진 익명의 묘 구덩이에 파묻힌 사람으로만 여지가 있는 거죠. 그런데 10년이 지나자 아무도 그 전투를 기억하지 못하고 기억하려고 하지도 않아요. 여러 이유가 있지만, 그중에서도 그 전투를 벌인 사람이 추방당해 세인트헬레나에서 외롭게 기운을 잃어가고 있으며, 이제는 루이 18세가 통치하고 있기 때문이에요. 새로운 체제가 들어서면 가장 먼저 하는 일이 지난 체제를 잊어버리고 무시하며 지워버리는 것이죠. 그리고 과거 체제의 봉사자들을 썩어가면서 과거만 동경하는 사람들로 만들어버리죠. 즉 천천히 꺼져가거나 죽는 것을 제외하면, 아무 할 일도 없는 사람들이 되는 거죠. 대령은 처음부터 그걸 잘 알고 있어요. 그러니까 불가해하게 목숨을 구했지만, 그것이 백작 부인에게는 저주라는 사실을 알고 있어요. 실제로 백작 부인은 그가 처음에 보낸 편지들에 답장도 하지 않고, 그를 만나려고 하지도 않아요. 그를 알아볼 경우에 생길지도 모르는 위험을 감수하려고 하지 않고, 그가 미친 사람이거나 협잡꾼일 것이라고 확신하죠. 아니면 그가 결국 기운을 잃고 슬픔과 괴로움과 고독을 견디지 못해 체념하고 말 것이라고 믿어요. 또는 그가 더 이상 떠나지 않겠다는 생각을 주장할 수 없게 되면, 눈 덮인 들판으로 돌아가서 그곳에서 다시 죽을 것이라고, 이제는 영원히 죽을 것이라고 확신해요. 마침내 두 사람이 만나서 이야기를 하죠. 대령은 오랫동안 추방당해 떠도는 몸이 되었고, 그 기간에 죽은 사람이 겪어야 할 무한한 고초와 고난을 겪지만, 그녀를 그만 사랑해야 할 그 어떤 이유도 찾지 못했어요. 그래서 이렇게 묻죠." 여기서 디아스 바렐라는 다시 조그만 책에서 인용문을 찾았다. 그러나 그건 너무나 짧아서 충분히 외울 수도 있는 말이었다. "'죽은 사람들이 돌아오는 게 아주 잘못된 것이오?'라는 말인데, 아마도 '돌아오는 게 죽은 사람의 실수 때문이오?'라고 이해될 수도 있을 거예요. 프랑스어로는 이렇게 적혀 있어요. 〈Les morts ont donc bien tort de revenir?〉" 내가 듣기에 그의 프랑스어 억양은 영어처럼 아주 훌륭했다. "백작 부인은 가식적으로 이렇게 대답하죠. '아, 아 이럴 수가! 나를 배은망덕한 여자라고 생각하지 말아요.' 그러고서 이렇게 덧붙여요. '난 이제 당신을 사랑할 수 없는 몸이에요. 그렇지만 당신에게 얼마나 빚을 지고 있는지 잘 알고 있어요. 그리고 아직도 딸의 애정과 같은 것은 줄 수 있어요.' 이 말에 대해 이해심 많고 인자한 대령의 대답을 들은 후 발자크는 말하죠." 디아스 바렐라는(두툼한 입술, 키스하고 싶은 입술로) 다시 책을 읽었다. "'백작 부인은 그에게 너무나 감사하다는 눈빛을 보였고, 그러자 가련한 샤베르는 기꺼이 아일라우의 무덤으로 되돌아가고 싶었을 것이다.' 그러니까 대령은 아내에게 더 이상의 문제나 고통을 야기하고 싶지 않았을 것이라는 말로 이해해야 해요. 자신의 것이 아닌 세상에 들어가려고 하지 않았을 거예요. 그녀에게 더 이상 악몽이나 귀신 혹은 고통이 되지 않도록 목숨을 끊어 사라지고 싶었을 거예요."

"그가 그렇게 했나요? 그곳을 버리고서 패배를 인정했나요? 그곳에서 물러나 자기 무덤으로 갔나요?" 나는 그가 잠시 쉬는 틈을 이용해 물었다.

"읽으면 알게 될 거예요. 하지만 죽은 다음에, 심지어 군대의 관보에서까지 전사한 것으로 발표한 후('역사적 사실')에 살아 있게 되는 불행은 그의 아내뿐만 아니라 자기 자신에게도 영향을 끼치죠. 우리는 죽은 상태에서 살아 있는 상태로 갈 수 없어요. 다시 말하면, 살아 있는 상태에서 죽은 상태로만 갈 수 있어요. 그는 자신이 시체, 즉 공식적으로 시체라는 것을 잘 알고 있었고, 실제로 상당 부분 시체였죠. 그는 자기가 완전히 죽었다고, 그래서 살아 있는 사람이라면 절대 들을 수 없는 동료 시체들의 신음 소리를 듣는다고 생각했거든요. 소설이 시작되면서 그는 변호사 사무실에 모습을 드러내는데, 직원 혹은 심부름꾼 중 한 명이 그에게 이름을 물어요. 그는 '샤베르'라고 대답하고, 그 사람은 '아일라우에서 전사한 대령이신가요?'라고 묻죠. 그러자 유령은 이의를 제기하거나 성내지도 않고 즉시 그의 말에 반박도 하지 않은 채, 그냥 고개를 끄덕이면서 순순히 말하죠. '바로 그 사람이에요.' 잠시 후 그 정의를 그는 수용해요. 마침내 데르빌이라는 변호사와 만나게 되었을 때, 변호사가 물어요. '선생님, 지금 내가 누구와 말하는 영광을 누리고 있는 것입니까?' 그러자 그는 '샤베르 대령입니다'라고 대답하죠. 변호사는 '누구라고요?'라고 재차 물어요. 그러자 그는 '아일라우 전투에서 죽은 사람입니다'라는 말을 듣는데, 이 말은 황당하지만 완전한 사실이죠. 다른 장면에서 발자크는 비아냥거리는 말투로 '선생님,이라고 죽은 사람이 말했다'라고 샤베르를 언급하죠. 대령은 자신의 지긋지긋한 인간 조건, 그러니까 죽어야 했지만 죽지 않은 사람, 혹은 죽은 후에도 죽지 않은 사람의 조건에서 빠져나올 수가 없어요. 나폴레옹은 그의 죽음을 깊이 슬퍼하면서 확인해보라고 지시했었죠. 자신의 경우를 데르빌에게 설명하면서 샤베르는 다음과 같이 고백해요." 디아스 바렐라는 페이지를 뒤지더니 인용문을 찾아냈다. "'솔직하게 말해서 그 당시에는, 그리고 오늘날에도 가끔씩 내 이름이 나도 혐오스럽습니다. 나도 내가 되고 싶지 않습니다. 나의 당연한 권리가 무엇인지 알고서, 나는 죽고 싶을 따름입니다. 내가 병에 걸려 과거에 존재했던 기억을 모두 잃어버렸다면, 아마도 행복했을 겁니다.' 자, 그는 바로 이렇게 말해요. '내 이름이 나도 혐오스럽습니다.'" 디아스 바렐라는 그 말을 내게 반복하고서 강조했다. "우리에게 일어날 수 있는 최악의 일이죠. 죽음 그 자체보다 더 심한 거예요. 또한 다른 사람에게 할 수 있는 최악의 일이에요. 그건 돌아오지 못하는 곳에서 돌아오는 것이고, 때에 맞지 않게, 그러니까 아무도 기다리지 않을 때, 너무 늦어서 적절하지 않을 때, 다시 살아나는 것이에요. 혹은 살아 있는 사람들이 죽었다고 여길 때거나, 그를 더 이상 고려하지 않고 자신들의 삶을 살아가거나 다시 시작했을 때죠. 자신이 쓸데없고 소용없는 사람이며, 자신이 살아 있기를 바라는 사람이 아무도 없고, 자신은 그저 세상을 휘저어놓을 뿐이며, 자신이 사랑하는 사람들에게 장애물이고, 사랑하는 사람들조차 자신을 어떻게 해야 할지 모르는 상황. 돌아오는 사람에게 이보다 더 커다란 불행은 없어요."

"'우리에게 일어날 수 있는 최악의 일'이라고요? 당신은 정말 그런 일이 일어난 것처럼 말하고 있어요. 하지만 그런 일은 절대 일어나지 않아요. 그건 단지 소설에서만 가능해요."

"소설은 우리가 모르는 것과 일어나지 않는 것을 가르쳐줄 힘이 있어요." 그는 내게 황급히 대꾸했다. "이 경우는 할 수 없이 돌아와야만 했던 죽은 사람의 감정을 우리가 상상하게 해줘요. 그리고 왜 죽은 사람들이 돌아오면 안 되는지 보여주죠. 머리가 돌았거나 아니면 늙은 사람들을 제외하면, 조금 이르거나 늦는 차이는 있을지라도, 모두가 그들을 잊으려고 노력해요. 그들을 생각하지 않으려고 하고, 이런저런 이유로 피할 수 없을 때는 부루퉁해지고 슬퍼지며, 하던 일을 멈추게 되고 눈물을 흘리게 되며, 어두운 생각을 떨쳐버리거나 기억을 억제해야 비로소 제대로 살아갈 수 있어요. 장기적 관점에서 보면, 아니 중기적 관점에서 봐도 내 말이 맞는다는 걸 알 수 있을 거예요. 사람들은 죽은 사람들에 대한 생각을 머릿속에서 떼어내요. 그게 그들의 최종 운명이죠. 그들도 분명히 이런 의견에 거의 동의할 거예요. 자신들의 새로운 조건을 알고 확인하게 되면, 그들 역시 되돌아가려고 하지 않을 거예요. 이처럼 삶에서 떠난 사람, 삶과 관계를 끊은 사람은 자신의 죽음이 자기 의지에 따른 것이 아니라 살인 때문일지라도, 너무나 유감스럽게도 본래의 자리로 되돌아가서 다시 존재함으로써 야기되는 끔찍하게 피로한 일을 감수하려고 하지 않아요. 생각해봐요. 샤베르 대령은 이루 말할 수 없는 고통을 겪었고, 우리 모두가 최대의 공포라고 여기는 전쟁의 공포를 맛보았어요. 어떤 사람은 아일라우에서 일어난 것처럼, 무자비한 추위 속에서 벌어진 무자비한 전쟁에서 싸운 사람에게는 끔찍스러운 교훈이 아무 소용도 없다고 말할 거예요. 그건 그가 처음 참가한 전투가 아니라 마지막 전투였죠. 거기서 각각 7만 5천 명의 병사로 이루어진 두 부대가 맞서서 싸웠죠. 얼마나 많은 군인들이 죽었는지는 정확하게 모르지만, 최소한 4만 명 이상이 죽었다고, 14시간 넘게 치열하게 싸웠지만 얻은 것은 거의 없다고 전해지죠. 프랑스 군인들이 그 땅을 차지했지만 그것은 시체들이 수북하게 쌓인 눈 덮인 광활한 황무지에 불과했어요. 그리고 러시아 군대는 심각한 타격을 입고 후퇴했지만 궤멸되지는 않았죠. 프랑스 군인들도 너무나 지치고 쇠약해져 있었고, 추위로 얼어붙어 있었어요. 그래서 깊은 밤이 되자 네 시간 동안 그들의 적이 조용히 전쟁터를 떠나고 있다는 사실도 깨닫지 못했죠. 알았다 하더라도 그들을 추격할 상황은 아니었을 거예요. 전해지는 말에 따르면, 다음 날 아침 미셸 네 육군 원수는 말을 타고 전쟁터를 돌아다녔어요. 그의 입에서 나온 유일한 말은 '이토록 많은 사람이 죽었는데, 결과가 이거란 말인가!'였어요. 공포와 불쾌감과 불만이 뒤섞여 있었죠. 이런 일들이 일어났지만, 평생 기갑 부대의 돌격이나 총검으로 인한 상처, 혹은 대포의 포탄으로 인한 파괴를 보지 못한 사람은 병사도 아니고 샤베르도 아니라 변호사였어요. 그는 평생을 사무실이나 법정에 틀어박혀 보낸 사람이었어요. 물리적인 폭력에서 벗어나 있었고, 파리를 벗어난 적도 거의 없었으며, 소설 마지막에 자기가 민간인으로 일하는 동안, 그러니까 전쟁 때가 아니라 평화의 시기에, 전선이 아니라 후방에서 지켜보았던 끔찍한 일에 대해 우리에게 알려주죠. 그는 옛 직원이자 이제 변호사로서 첫번째 사건을 수임하려는 고데샬에게 이렇게 말해요. '사랑하는 친구, 사제와 의사와 법조인은 세상이 어떤지 잘 알 수 없는 세 부류라는 걸 아나? 그들은 검은 옷을 입고 있어. 아마도 잃어버린 모든 미덕이나 희망을 애도하는 것 같아. 그 셋 중에서도 가장 빌어먹을 인간은 변호사야.' 그러면서 그는 사람들이 사제에게 갈 때면, 양심의 가책과 믿음 때문에, 그리고 그 믿음이 자기를 고상하고 흥미로운 사람으로 만들 것이며, 동시에 중개자의 영혼을 위로할 것이라고 여기기 때문에 그렇게 하는 것이라고 설명하죠. '하지만 우리 변호사들은 말이야……'" 여기서 디아스 바렐라는 내게 스페인어로 소설의 마지막 페이지를 읽어주었다. 번역본을 준비해놓지 않은 것을 볼 때, 읽어가면서 번역하고 있는 게 분명했다. "'우리는 사악한 감정이 자꾸만 반복되는 것을 보게 되지. 그 어떤 것도 그 감정을 고칠 수가 없어. 우리 사무실은 결코 깨끗해질 수 없는 시궁창이야. 이 일을 하면서 내가 얼마나 많은 것들을 알게 되었는지 자네는 모를 거야. 나는 돈 한 푼 없이 두 딸들에게 버려져 다락방에서 죽어가는 아버지를 보았어. 그는 두 딸들에게 매년 4만 파운드씩 주었단 말이네! 나는 유언장들이 불타는 것을 보았어. 나는 어머니가 아이들 것을 빼앗는 걸, 남편이 아내 것을 훔치는 걸, 아내가 남편을 죽이는 걸, 남편의 사랑을 이용해 그들을 미친 사람이나 바보로 만들어 정부와 마음 편하게 살려는 아내들을 보았어. 나는 정실의 몸에서 태어난 아기를 죽게 하려고 약물을 먹이는 여자들을 보았어. 서자로 태어난 자기 아이가 상속자가 되게 하려는 짓이었어. 나는 내가 본 것을 모두 이야기할 수는 없어. 그건 내가 무능한 사법 당국과 맞선 범죄들을 보았기 때문이야. 어쨌든 소설가들이 만들어냈다고 믿는 모든 공포와 두려움들은 진실과 비교하면 아무것도 아니야. 자넨 이렇게 예쁘고 멋있는 모든 것들을 알게 될 거야. 난 그것들을 자네에게 남겨두고 싶어. 그리고 나는 아내와 함께 시골에서 살 거야. 파리는 너무 끔찍하고 지겹거든.'"

디아스 바렐라는 얇은 소설책을 덮고 잠시 침묵을 지켰다. 그건 어떤 것이든 끝날 때에 적절한 침묵이었다. 그는 나를 쳐다보지 않았고, 책 표지에서 눈을 떼지도 않았다. 다시 펼쳐야 할지, 다시 읽기 시작해야 할지 결정하지 못한 것 같았다. 나는 다시 대령에 대해 묻지 않을 수가 없었다.

"샤베르는 어떻게 됐죠? 작품이 아주 비관적으로 끝나는 걸로 봐서는 좋지 않았을 거라고 예상되네요. 하지만 그것 역시 아주 편파적인 관점을 보여주죠. 작중 인물 자신도 그걸 인정하는데, 바로 세상을 제대로 평가할 수 없는 세 사람 중의 한 사람의 관점, 그러니까 그 작중 인물에 따르면 가장 불행한 사람의 관점이죠. 다행히 다른 수많은 관점이 있고, 대부분은 사제나 의사 혹은 변호사의 관점과는 아주 다르죠."

그러나 그는 내게 대답하지 않았다. 사실 나는 처음에 그가 내 말을 듣지도 않고 있다는 인상을 받았다.

"작품은 바로 그렇게 끝나요." 그가 말했다. "그래요, 거의 그렇게 끝나죠. 발자크는 고데살에게 전혀 적절하지 않은 대답을 하게 만들고, 그렇게 방금 내가 읽어준 그 관점의 힘을 거의 무효화시키죠. 그게 바로 이 작품의 단점이에요. 이 소설은 지금부터 180년 전인 1832년에 쓰였어요. 그런데 발자크는 두 변호사의 대화, 노병과 신참내기 변호사의 대화를 1840년으로 설정하죠. 그러니까 그 당시에는 미래였죠. 자기가 살아 있을지 확신도 할 수 없던 날짜였어요. 이후 8년 동안뿐만 아니라 그 뒤로도 절대 아무것도 바뀌지 않으리라는 걸 분명하게 아는 것처럼 작품을 썼던 거예요. 그게 그의 의도였다면, 그는 전적으로 옳았어요. 발자크가 묘사했던 것처럼 오늘날에도 그대로예요. 아니, 오히려 더 악화되었죠. 아무 변호사에게나 물어보면 알 거예요. 항상 그래왔어요. 갈수록 처벌받지 않은 범죄가 처벌받은 범죄의 숫자를 능가하고 있어요. 우리가 알지 못하는 범죄들이나 숨겨져 있는 범죄들을 이야기하는 게 아니에요. 당연히 그것들은 기록되었거나 알려진 범죄들보다 무한히 더 많을 테니까요. 사실 세상의 공포와 참사에 대해 말하는 사람이 샤베르가 아니라 데르빌이라는 건 너무나 당연해요. 어쨌든 군인은 상대적으로 깨끗하고 공평하거든요. 그가 무엇을 할 것인지 분명히 알 수 있죠. 그는 배신하거나 속이지 않으며, 명령에 복종할 뿐만 아니라 필요에 따라 행동해요. 그 필요란 그의 목숨이거나 적의 목숨이죠. 그의 적도 상대방의 목숨을 빼앗으려고 해요. 아니, 오히려 그와 동일한 딜레마에 빠져 있죠. 군인은 솔선해서 행동하지 않고, 증오나 원한이나 질투를 품지도 않으며, 오래 지속된 탐욕이나 개인적 욕심에 따라 움직이지 않아요. 그가 움직이고 행동하는 데는 구체적인 동기가 없어요. 모호하고 수사적이며 무의미한 애국심이 전부예요. 이게 그들이 느끼는 것이고 설득되는 것이죠. 나폴레옹 시대에는 그랬어요. 하지만 지금은 아주 드물어요. 이제 그런 유형의 사람은 거의 존재하지 않아요. 적어도 용병 부대로 이루어진 우리 나라와 같은 곳에서는 말이에요. 그래요, 전쟁의 살육은 끔찍하고 무서워요. 하지만 전쟁에 참가하는 사람들은 명령을 따를 뿐이에요. 그들은 전쟁을 계획하지 않아요. 심지어 전쟁은 장군이나 정치인들에 의해 전적으로 계획되는 것도 아니에요. 그들은 갈수록 그런 학살에 추상적이고 비현실적인 관점을 지니고 있으며, 그래서 말할 필요도 없이 전쟁에 참가하지 않고, 오늘날에는 그 어느 때보다 더욱 참가하지 않죠. 사실 그들은 한 번도 얼굴을 보지 못한 장난감 병정들을 전선으로 보내거나 폭탄 투하 임무를 하달하는 것 같죠. 더군다나 오늘날은 마치 컴퓨터 게임에 빠져서 병사들을 작동시키는 것 같아요. 반면에 민간인들의 목숨을 위협하는 범죄들은 몸서리칠 정도로 오싹하고 무섭죠. 아마도 범죄 자체가 그렇지는 않을 거예요. 그것들은 그다지 인상적이지 않으며 규모도 작고 산발적으로 일어나죠. 여기에서 하나, 저기에서 하나 일어나는 식이에요. 그것들은 물방울이 떨어지는 것처럼 조금씩 우리의 의식으로 들어오기 때문에, 그다지 분노를 야기하지 않으며, 끊임없이 일어나지만 항의의 물결을 유발하지도 않아요. 우리 사회가 그 범죄들과 함께 살고 있고, 태곳적부터 그런 범죄로 가득하기 때문에 그럴 수도 있어요. 하지만 바로 그런 이유로 범죄는 무섭다는 것을 의미하죠. 거기에는 항상 개인의 의지와 개인적 동기가 관련되어 있고, 각각의 범죄는 한 사람의 정신에 의해 고안되고 계획되죠. 일종의 음모일 경우에도 많아야 몇 명 되지 않아요. 여전히 수많은 범죄가 저질러

지고 있는데, 그것들은 서로 아주 다르고, 거리상 서로 멀리 떨어져 있거나, 시간상으로 수 년 혹은 수 세기가 떨어져 있어요. 원칙적으로 상호 전염에 노출되어 있지 않아서 그것들은 과거에도 그랬고 오늘날에도 수없이 벌어지죠. 이것은 어느 의미에서 단 한 사람이 지시한 대량 학살보다 더 비관적이고 더 실망을 주죠. 그 사람은 우리가 비인간적이고 한심한 예외라고 여길 수 있는 정신의 소유자인데, 불법적인 전쟁을 선포하거나 혹은 비정규전이나 잔혹한 탄압을 감행하거나, 또는 몰살 계획을 실시하거나 '지하드(聖戰)'를 벌이는 사람이에요. 그런데 잔학한 것은 양적인 관점에서만 규정되죠. 그래서 더 큰 문제는 시대와 나라를 막론하고 전혀 다른 수많은 개인들이 스스로 책임을 지고 위험을 감수하면서, 그리고 스스로의 생각과 개인적이며 양도 불가능한 목표를 지니고는 모두 동일한 방법을 선택한다는 거예요. 친구, 동료, 형제, 부모, 아이, 남편, 아내 혹은 정부 들을 처리하기 위해 강도나 약탈, 사기, 살인 혹은 배신이라는 방법을 쓰거든요. 의심의 여지 없이 그들이 아마도 한때 가장 사랑했던 사람들이었을 것이고, 다른 때였다면 자신의 목숨까지 바치거나 아니면 그들을 위협하는 인간이라면 누구든 죽여버렸을 사람들이죠. 아마도 양심의 가책을 느끼지도 않고 주저하지도 않으면서 과거에 사랑했던 사람들에게 결정타를 내리칠 준비가 되어 있는 자신들의 모습을 미래에서 보았고, 그런 자기 자신과 맞섰을 수도 있을 거예요. 데르빌이 말하는 것이 바로 그거였어요. '우리는 사악한 감정이 자꾸만 반복되는 것을 보게 되지. 그 어떤 것도 그 감정을 고칠 수가 없어. 우리 사무실은 결코 깨끗해질 수 없는 시궁창이야. [……] 내가 얼마나 많은 것들을 알게 되었는지 자네는 모를 거야. [……]'" 이번에 디아스 바렐라는 외워서 인용하고는 말을 멈추었다. 아마도 더 이상 기억이 나지 않았거나, 또는 더 이상 말하는 게 의미가 없었기 때문인 것 같았다. 그는 다시 책 표지에 시선을 고정했다. 내가 보기에 표지는 어느 경기병의 얼굴을 그린 그림이었다. 코는 매부리였고, 시선은 멍했으며, 콧수염은 길고 곱실거렸고, 머리에는 철모를 쓰고 있었다. 아마도 제리코*의 그림 같았다. 그러고서 마침내 그 멍한 시선을 버리고 꿈의 세계에서 나오듯이 그는 덧붙였다. "이건 아주 유명한 소설이었지만, 난 모르고 있었어요. 심지어 이 작품을 바탕으로 영화가 세 편이나 만들어졌다고 하더군요. 상상이 되나요?"

---

* Theodore Gericault(1791~1824): 프랑스의 화가로 낭만주의 회화의 창시자이다. 주요 작품으로 「메두사의 뗏목」「돌격하는 샤쇠르」 등이 있다.

누군가 사랑에 빠지면, 아니 보다 정확하게 말해서 여자가 사랑에 빠지고, 게다가 시작 단계에 있다면, 여전히 새롭고 놀라운 것을 드러낼 수 있는 매력을 지니는 셈이다. 일반적으로 우리 여자들은 우리가 사랑하는 사람이 관심을 보일 것이라면, 혹은 우리가 사랑하는 사람이 말하는 것이라면 무엇이든 관심을 보일 수 있다. 우리는 관심을 보이는 척하는데, 그것은 사랑하는 사람을 기쁘게 하거나, 그를 정복하거나 혹은 우리의 나약한 성격을 확고하게 하기 위한 것이다. 그러나 거기에서 그치는 것이 아니라 진정한 관심을 보이고 그가 느끼고 전하는 것이라면 무엇이든지, 가령 열정, 혐오감, 호감, 두려움, 걱정 심지어 강박관념에도 전염되고자 하기 때문이다. 말할 필요도 없이 우리는 그의 즉흥적인 생각에도 함께하고자 한다. 그것은 우리와 사랑하는 사람을 연결하는 가장 강한 끈이다. 우리는 그의 생각들이 어떻게 탄생되는지, 그리고 어떻게 추진되는지 목격하고, 그것이 어떻게 기지개를 켜고 머뭇거리다가 넘어지는지 지켜보기 때문이다. 그러면서 갑자기 우리는 결코 한 순간도 생각하지 않았던 것에 열정을 보이고, 뜻하지 않은 것들을 혐오하게 되며, 예전에는 스쳐 지나갔고 우리가 죽을 때까지 우리의 감각이 계속해서 무시했을 사소한 것에 관심을 집중한다. 그리고 일종의 마법에 걸렸거나 혹은 전염되어서, 아니면 사랑하는 사람을 대신하는 것에 불과해서 우리에게 거의 영향을 주지 않는 중요하지 않은 문제에 집중한다. 마치 우리가 화면 속이나 무대에서 혹은 소설 안에, 그러니까 우리의 실제 세계보다 우리를 더 잘 흡수하고 즐겁게 해주는 이질적인 허구의 세계에 머물겠다고 결정하는 것 같다. 그러면서 우리는 실제 세계를 잠시 중지시키거나 혹은 부차적인 장소로 격하시키고서, 그 세계에서 벗어나 잠시 휴식을 취한다. (비록 상상 속에서라도 다른 사람에게 몸과 마음을 바쳐 헌신하고, 그 사람의 문제를 우리의 것으로 여기고 우리 자신을 그의 존재 속으로 잠기게 하는 것처럼 솔깃한 것은 없다. 물론 그는 우리의 존재 이유가 아니기 때문에 더 가볍고 덜 부담스럽다.) 아마도 이렇게 설명하는 건 좀 심하게 보일 수 있지만, 우리 여자들은 처음에 우리가 사랑하기로 한 사람을 위해 봉사하며, 적어도 그의 뜻대로 해준다. 우리 대부분의 여자들은 전혀 나쁜 의도 없이 그렇게 한다. 다시 말하면, 우리가 충분히 자신이 생기고 안정적으로 느낄 때면, 그가 우리를 실망스럽고 당혹스러운 눈으로 보게 될 날이 올 것임을 알지 못한다. 그의 행동은 우리가 과거에 감동했던 것에 더 이상 개의치 않으며, 그가 대화 주제를 바꾸지 않았는데도 이제는 우리가 과거보다 덜 재미있어 하거나 우리가 그의 말을 따분해하는 것을 확인하면서 시작된다. 그건 우리가 초기의 뜨거운 열의와 열정을 유지하려고 애쓰지 않는다는 것을 의미하지, 우리가 처음부터 거짓으로 시늉했다는 것을 뜻하지는 않는다. 나는 레오폴도와 이런 노력을 조금도 하지 않았다. 그것은 자발적이고 순진하고 무조건적인 사랑이 없었기 때문이다. 그렇지만 디아스 바렐라에게는 그런 사랑을 느꼈고, 그에게 내 몸과 영혼을 모두 주었다. 그러나 신중하고 분별 있게 행동했기에 그는 그걸 거의 눈치채지 못했다. 나는 그가 내 사랑에 보답할 수 없을 것이라고, 그가 루이사의 손에 있으며, 기회가 오기를 불가피하게 오랫동안 기다리고 있다는 것을 이미 알고 있었다.

　나는 발자크의 소설책을 가져갔다. (그렇다. 나는 프랑스어를 읽고 말할 수 있다.) 그가 그 작품을 이미 읽었고, 내게 그 소설에 관해 말했기 때문이다. 그러니 사랑에 빠지는 단계에 있었고, 그에 관한 모든 게 중요한 마당에, 어떻게 그가 관심을 보였던 것에 내가 관심을 갖지 않을 수 있단 말인가! 또한 궁금하기도 했다. 나는 대령에게 무슨 일이 있었는지 확인해보고 싶었다. 그러나 나는 그의 삶이 좋지 않게 끝났을 것이라고, 그가 자기 아내를 다시 정복하지 못했을 것이라고, 또한 그의 재산과 명예도 되찾지 못했을 것이며, 차라리 시체가 되기를 바랐을 것이라고 이미 추측하고 있었다. 나는 발자크의 작품을 한 권도 읽은 적이 없었다. 그는 내가 읽지 않은 수많은 다른 작가들처럼 아주 유명한 작가였다. 역설적으로 들리지만, 실제로 출판사에서 일하면서 나는 정말로 위대한 문학 작품을 거의 읽을 수 없었다. 문학 작품의 생명력이 갈수록 짧아지는 현재에도, 위대한 문학 작품은 기적적으로 시간을 이겨내고 인정받아서 오랫동안 생명력을 유지한다. 그러나 그것 말고도 나는 왜 디아스 바렐라가 그토록 그 작품에서 눈을 떼지 못하고 많은 시간을 보냈는지, 왜 그 작품을 읽으며 그런 생각을 하게 되었는지, 왜 죽은 사람들은 죽은 상태로 있는 것이 좋고 절대로 산 사람들의 세상으로 돌아와서는 안 된다는 증거로 그 소설을 사용했는지 알고 싶었다. 데스베른의 죽음은 그 위험, 즉 다시 살아서 돌아올 위험은 없었지만, 어쨌든 데스베른처럼 샤베르의 죽음은 부적절한 시간에 이루어졌고 부당했으며 어리석었고 이유가 없었으며 잘못된 것이었다. 그는 마치 그의 친구의 경우 그런 부활이 가능할 수도 있다고 두려워하는 것 같았다. 그래서 그 어떤 부활도 부적절하고 실수이며, 발자크가 풍자적으로 '살아남은 유령 같은 샤베르'라고 불렀던 것처럼, 살아 있는 사람들이나 죽은 사람에게도 좋지 않으며, 마치 진짜로 죽은 사람들이 아직도 고통을 겪을 수 있다는 것처럼, 그는 모두에게 괜한 고통을 야기할 뿐이라고 나를 설득하거나 스스로 납득하려는 것 같았다. 또한 나는 디아스 바렐라가 데르빌 변호사의 비관적 관점을 찬성하고 수용하려고 애쓴다는 인상을 받았다. 그리고 정상적인 개인들(당신과 나처럼)이 탐욕과 범죄를 저지를 무한한 능력을 가지고 있다는 암울한 생각도 받아들이면서, 그들이 자비와 애정 심지어 공포를 생각하기보다 자신들의 추잡한 이익을 우선시한다는 데도 동의하는 것 같았다. 신문 기사나 연감 혹은 역사책도 아닌 소설 작품에서 이런 사실을 확인하고, 소설을 통해 인류가 본질적으로 그랬으며 항상 그래왔다는 것을, 이것을 피할 도리는 없다는 사실을 확인하고자 하는 것 같았다. 가장 천한 행동, 즉 배신과 잔인성, 약속을 저버리는 것과 속임수, 이런 것들은 시대와 장소를 막론하고 싹트고 행해지고, 따라서 구태여 예를 들거나 모방해야 할 모델을 제시할 필요도 없다. 그러나 그런 대부분의 범죄는 비밀리에 남아 있고 은폐되어 있으며, 심지어 백 년이 지나도 내밀하게 숨겨진 채로 결코 드러나지 않는다. 그 누구도 그때 무슨 일이 일어났는지 알려고 걱정하지 않는데도 말이다. 그는 말하지 못했지만, 많은 예외가 있다는 사실을 믿지도 않았다고 쉽게 추측할 수 있었다. 물론 아마도 솔직한 사람들이 약간 있을 것이다. 그러나 그런 사람들이 있는 것처럼 보이는 이유는 사실상 상상력이나 과감성이 부족했거나, 혹은 강도짓을 하거나 범죄를 실행에 옮길 수 있는 육체적 능력이 없기 때문이다. 혹은 우리 자신의 무지의 산물, 즉 사람들이 무엇을 했는지 혹은 무엇을 계획했는지 또는 실행을 지시했는지, 그리고 성공적으로 그것을 어떻게 비밀로 숨기게 되었는지에 대한 지식이 부족했기 때문이기도 하다.

소설의 끝부분에, 그러니까 디아스 바렐라가 스페인어로 임시로 번역해 읊어준 데르빌의 말에 이르면서, 나는 그가 번역하면서 실수를 했다고, 혹은 프랑스어를 자신도 모르게, 혹은 의도적으로 잘못 이해해서 자신의 목적을 증명하려고 했다는 사실을 알았다. 아마도 작품에 없는 말을 원했거나 아니면 그런 말을 읽는 쪽을 선택했으며, 그래서 그의 잘못된 해석은 의도적이건 아니건 그가 동의하고 강조하고자 하는 것, 다시 말하면 인간들이, 이 경우에는 여자들이 얼마나 무자비하고 매정한지를 한층 더 역설하고 있었다. 그는 이렇게 인용했었다. '나는 정실의 몸에서 태어난 아기를 죽게 하려고 약물을 먹이는 여자들을 보았어. 서자로 태어난 자기 아이가 상속자가 되게 하려는 짓이었어.' 이 말을 듣자 나는 피가 얼어붙었다. 그것은 어머니가 아이들을 차별한다는 것, 더군다나 어머니가 누구인가에 따라, 혹은 아주 사랑한 아들인지 아니면 혐오하거나 참고 견딘 아들인지에 따라 그렇게 한다는 것은 좀처럼 상상도 할 수 없는 일이기 때문이다. 더군다나 자기가 총애하는 아이를 위해 첫째 아들에게, 그러니까 그 아이가 자기를 세상에 태어나게 해주었고 자기가 살아오는 동안 먹을 것을 주고 보살폈으며 치료해주었던 아버지를 무조건 믿는 것을 이용해, 그녀가 아마도 감기약이라고 말하고서 독약을 미끼로 주어 죽일 수 있다는 것은 더욱 상상할 수 없는 일이다. 그러나 원본에서는 그렇게 말하고 있지 않았다. 소설에는 그런 말이 없었다. 〈J'ai vu des femmes donnant a l'enfant d'un premier lit des gouts qui devaient amener sa mort……〉, 원문에는 〈des gouttes〉(물약)가 아니라 〈des gouts〉(취미)로 되어 있었다. 그러니까 물약이 아니라 '취미'였다. 그러나 여기서는 그렇게 번역할 수 없다. 그렇게 되면 모호해지는 것은 너무나 당연하고, 혼란스럽게 만들수도 있기 때문이다. 의심의 여지없이 디아스 바렐라는 사립 고등학교에서 공부했기 때문에 나보다 프랑스어를 더 잘했다. 그러나 발자크가 쓴 것을 보다 적절히 번역하면 '나는 정실의 몸에서 태어난 아이에게 취미를 가르치는 여자들을 보았다'(혹은 아마도 '성향')였으며, '그 여자들은 아이에게 죽음을 야기할 수 있었고, 그렇게 자신의 혼외 아들이 혜택을 받게 할 수 있었다'라고 말할 수 있다. 잘 살펴보면, 이 번역에서도 의미가 아주 분명하게 전달되지는 않는다. 또한 데르빌이 정확하게 무엇을 언급하려 했는지 쉽게 상상할 수가 없다. 죽음으로 이끄는 취미를 가르치는 것일까? 아니면 음료나 마약 혹은 노름이나 범죄적 행동 성향을 의미하는 것일까? 사치스러운 생활에 대한 취향일까? 그런 생활을 하지 않고는 더 이상 지낼 수 없고, 그런 취향을 만족시키기 위해 범죄를 저지르도록 한다는 말일까? 병적인 육욕 때문에 병에 노출되거나 강간 충동을 느낀다는 말일까? 아니면 겁 많고 소심하고 약한 성격 때문에 약간의 좌절만해도 자살을 감행한다는 말일까? 그렇다, 그건 모호하고 수수께끼 같은 말이었다. 그게 어떤 의미든, 어쨌거나 그토록 갈망하고 조심스럽게 계획한 죽음은 정말로 오랜 기간에 걸쳐 일어날 것이고, 그 계획은 너무나 천천히 진행될 것이며, 따라서 엄청난 시간을 투자해야 할 것이다. 그렇다면 그런 어머니는 정실에게서 태어난 아이에게 목숨을 앗아갈 수 있는 약물을 몰래 준 것보다 훨씬 더 사악하다. 완고하고 호기심 많은 의사라면 쉽게 독살당했음을 간파할 수 있을 것이기 때문이다. 타락해서 죽도록 누군가를 가르치는 것과 그냥 그를 죽이는 것 사이에는 큰 차이가 있고, 일반적으로 우리는 후자가 더욱 중대하고 비난할 만하다고 믿는다. 우리는 폭력에 대해 공포를 느끼고, 직접적인 행위는 우리에게 더 큰 충격을 주는데, 아마도 거기에는 의심이나 변명의 여지가 없기 때문일지도 모른다. 그런 행위를 실행에 옮기거나 범하는 사람은 그 어떤 것에도 숨을 수 없다. 그걸 실수라고 말할 수도 없고, 잘못 짚었기 때문이라고 할 수도 없으며, 사고라고 할 수도 없다. 아들의 삶을 망가뜨린 어머니, 고의로 아들을 버릇없이 키웠거나 나쁜 길로 이끈 어머니는 항상 불행한 결과 앞에서 이렇게 말할 것이다. '아, 아니에요. 그건 내가 원한 게 아니었어요. 맙소사, 내가 어리석었어요. 이런 결과가 나올 거라고 누가 상상이나 했겠어요? 나는 모든 걸 과도한 사랑으로, 그리고 최고의 의도를 가지고 했어요. 내가 과잉보호를 하는 바람에 겁쟁이로 만들었어요. 내가 아이의 변덕에 맞추는 바람에, 아이의 마음이 뒤틀려졌고 폭군이 되고 말았어요. 하지만 난 아이의 행복을 찾아준 잘못밖에 없어요. 내가 눈이 멀었었고, 내 행동이 생각할 수 없을 정도로 유해하다는 것을 몰랐어요.' 심지어 그녀는 스스로 그걸 믿게 될 수도 있다. 하지만 자식이 그녀의 손에 죽었다면, 즉 그녀가 결정한 시간에 그녀의 행동으로 인해 죽었다면, 그런 말은 생각할 수도 없고 이야기할 수도 없을 것이다. 실제로 죽음을 야기하는 것과 죽이는 건 아주 다른 문제다. 무기를 들고 있지 않은 사람도(우리는 부지불식간에 그의 추론을 따르고 있다) 죽을 수 있는 토대를 준비하고서 죽음이 일어나기를 혹은 저절로 자연스럽게 일어나기를 기다릴 수 있다. 또한 죽음을 소망할 수도 있고, 명령할 수도 있다. 때때로 욕망과 명령이 뒤섞여서 혼동되고 자신의 욕망을 표현하거나 암시하는 것만으로도 만족스러워하는 사람들, 혹은 욕망을 품자마자 실현시켜야 직성이 풀리는 사람들에게는 구별이 불가능할 때도 있다. 그래서 가장 힘이 센 사람들과 가장 교활한 사람들은 자신들의 손을 더럽히지 않으며, 심지어 그들의 혀도 거의 더럽히지 않는다. 그래서 그들은 스스로 만족해하면서, 혹은 가장 난처하고 힘들 때와 양심적으로 피곤할 때, 이렇게 말할 수 있기 때문이다. "어쨌든 난 아니었어. 내가 현장에 있었어? 내가 그의 목숨을 앗아갈 수 있는 권총이나 숟가락 혹은 칼을 집었어? 그가 죽었을 때 나는 그곳에 있지도 않았어."

어느 날 밤 즐겁고 기분 좋게 디아스 바렐라의 집에서 돌아온 후, 나는 의심하지 않기 시작했지만, 그래도 생각은 멈출 수 없었다. 흔들리는 어두운 나무 맞은편에 누워서 나는 루이사가 죽게 해달라고, 그녀는 디아스 바렐라를 차지하기 위해 아무것도 하지 않으니 내가 경쟁자 없이 그와 함께 있도록 해달라고 바라는, 아니 그럴 가능성을 꿈에 그리는 나 자신을 보고 소스라치게 놀랐다. 그와 나는 잘 지내고 있었고, 그가 내게 이야기를 할 때면 나는 관심을 보이거나, 아니면 적어도 그럴 자세가 되어 있었다. 사실 그렇게 하는 건 전혀 힘든 일이 아니었다. 내가 보기에 그는 나와 함께 있는 게, 즉 침대 안에서뿐만 아니라 침대 밖에서도 마음에 들고 행복해하는 게 분명했다. 이럴 때는 두번째 것이 결정적이다. 혹은 첫번째 것이 필요하다고 하더라도 두번째 것 없이는 충분하지 않다. 나는 이런 두 가지의 이점을 모두 즐겼다. 나는 잘난 척하면서, 그의 낡은 집착이 없다면, 그 오래된 사색적 열정이 없다면—나는 그것을 감히 '오래된 계획'이라고 부를 수가 없었는데, 그것은 내가 의심한다는 것을 암시했고, 이런 의심이 아직 나를 엄습하지 않았기 때문이다—나와 함께 만족해할 수 없을 뿐만 아니라, 나는 점점 불가피한 존재가 될 것이라고 생각했다. 때때로 나는 그가 내게 푹 빠질 수는 없을 것이라고, 즉 나에게 그의 몸과 영혼을 모두 바칠 수는 없을 것이라는 느낌을 받았다. 그가 오래전에 이미 머릿속에서 루이사가 선택된 여자라고 결정했으며, 그렇다고 확신했기 때문이다. 그러나 이것은 희망이 전혀 없는 확신이었다. 그녀는 두 사람이 너무도 사랑했던 그의 가장 친한 친구의 여자였고, 그래서 그의 꿈이 이루어질 가능성은 전혀 없었기 때문이다. 그는 그녀를 이상적인 핑곗거리로 만들어서 다른 여자와는 미래를 약속하지 않았다. 그는 한 여자에서 다른 여자로 옮겨갔으며, 그 누구와도 오래 관계를 지속하지 않았고 그것을 중요하게 여기지도 않는 듯했는데, 그것은 그가 잠에서 깨어나 여자들을 품고 있는 동안에도 항상 곁눈질로, 혹은 그녀의 어깨 너머로 다른 쪽을 바라보았기 때문이다. ('우리의 어깨 너머로'라고 말하면서, 나는 그가 품에 안은 여자들 속에 나도 포함시켜야만 할 것이다.) 누군가 무언가를 오랫동안 욕망하면, 그것을 욕망하지 않기란 매우 힘들다. 그러니까 이제는 그것을 욕망하지 않거나 다른 것을 더 욕망한다는 것을 인정하거나 깨닫는 것이 힘들다는 의미다. 기다림은 그런 욕망에 자양분을 제공하면서 조장한다. 기다림은 기다린 것과 관련해서 누적적이다. 그것은 욕망을 단단하게 만들고 그것을 돌로 변화시킨다. 그래서 우리는 하나의 신호를 기대하면서 오랜 세월을 낭비했다는 사실을 좀처럼 인정하려고 하지 않는다. 그리고 마침내 그런 신호가 생기더라도 이제는 더 이상 우리를 유혹하지 못하거나, 아니면 이제는 우리가 믿지 않는 그 늦은 부름에 좀처럼 달려가려고 하지 않는다. 아마도 움직이는 게 우리에게 좋지 않기 때문일 것이다. 우리는 오지 않는 기회를 기다리며 사는 데 익숙해진다. 마음속으로는 차분하게 아무 일 없이, 그리고 수동적으로 느끼면서, 그런 기회가 왜 결코 나타나지 않는지 믿지 못한다.

아아, 그러나 동시에 그 누구도 완전히 희망을 포기하지는 않는다. 그 참을 수 없는 욕망은 우리를 잠에게 깨우거나 우리가 깊은 잠에 빠지지 않게 한다. 도저히 일어날 것 같지 않은 일들이 우리가 사는 세상에선 일어나고, 우리 모두는 그걸 직관적으로 느낀다. 심지어 역사도 모르고 지난 세상에서 일어난 일을 전혀 모르는 사람들까지도, 지금 세상에서 무슨 일이 일어나는지 모르고, 그것이 자기들처럼 머뭇거리는 발걸음으로 나아간다는 것도 모르는 사람까지도 그걸 알고 있다. 그런 일을 목격하지 않은 사람이 있을까? 때때로 우리는 그런 일이 일어났다는 사실을 주의해 보지 않고, 누군가 우리에게 손가락으로 가리키면서 알려주고, 그걸 말로 설명할 때에만 눈치를 챈다. 그래서 학교에서 가장 멍청한 학생이 장관이 되고, 가장 게으른 학생은 은행가가 되며, 가장 못생기고 추잡한 학생은 가장 근사하게 생긴 여자들과 열정적으로 사랑에 빠져 그녀들을 얻고, 가장 단순한 학생은 존경받는 작가가 되어 마침내 노벨문학상 후보에 오른다. 가라이 폰타나의 경우에도 스톡홀름에서 전화를 받을 날이 올지 누가 알겠는가! 가장 지겹고 저속한 여자 팬은 자기 우상에게 접근해 그와 결혼하는 데 성공하고, 부패하고 도둑질을 일삼는 기자는 도덕가이자 정직한 용사 행세를 하고, 왕가의 상속자들 중에서 승계 순위가 가장 멀고 소심한 사람, 즉 왕가 목록에서 마지막에 있으며 가장 비참하고 불행한 사람이 왕위를 계승한다. 가장 골치 아프고 거만하며 경멸적인 여자는 지도자 자리에 앉아서 대중 계급을 짓밟고 멸시해 그들의 증오를 받아야 마땅하지만, 실제로는 그들의 존경을 한몸에 받는다. 가장 위대한 바보와 가장 위대한 불량배는 야비함에 홀리거나 아니면 속고자 하는 자멸적인 욕망에 사로잡힌 대중들에게 압도적인 지지를 받으며 선출된다. 흉악한 정치인은 정권이 바뀌면 석방되어 그때까지 범죄적 성향을 숨기고 있던 대중들에게 영웅이자 애국자로 인정받는다. 또한 가장 널리 알려진 무뢰한은 대사나 공화국 대통령으로 임명되고, 사랑, 즉 거의 늘 사람을 바보로 만드는 경솔하고 지각없는 사랑이라는 것이 포함되면 여왕의 배우자가 된다. 모두가 황금 같은 기회가 오기를 기다리거나 그런 기회를 찾는다. 그리고 그 기회는 때때로 우리가 갈망하는 것을 얻기 위해 얼마나 많은 노력을 투자하는지, 제아무리 과대망상에 사로잡힌 자의 터무니없는 목표라 할지라도 그것에 얼마나 많은 열의와 인내를 쏟는지에 달려 있다. 그러니 디아스 바렐라가 결국은 나와 함께 있으리라는 생각을 어떻게 갖지 않을 수 있겠는가! 그것은 그가 마침내 눈을 떠서 빛을 보거나, 아니면 지금 기회가 왔고, 설령 죽은 친구 데베르네가 그녀를 맡아달라고 허락하거나 심지어 부탁까지 했다 할지라도, 루이사와 실패할 수도 있기 때문이다. 내게 그런 기회가 오리라는 생각을 어찌 안 할 수 있겠는가! 심지어 샤베르의 늙은 유령도 순간적으로 자기가 살아 있는 사람들의 좁은 세상에 다시 합류할 수 있고, 자기 재산은 물론 자신의 출현으로 공포에 사로잡힌 아내의 사랑까지, 비록 그것이 자식의 사랑 같은 것이 될지라도, 모두 되찾을 수 있으리라고 믿지 않았는가! 환상에 사로잡힌 밤이거나 감상에 젖는 느낌을 받을 때면, 어떻게 내가 그런 생각을 하지 않을 수 있겠는가! 우리 주변에 재능이라고는 눈곱만큼도 없는 사람도 동시대인들에게 자신이 엄청난 재능을 소유하고 있다고 믿게 만들고, 멍청이들과 아첨꾼들도 반평생 이상 자신들이 엄청나게 똑똑한 것처럼 행세하면서 다른 사람들이 자신들의 말을 신탁처럼 듣게 만들지 않는가! 하는 일을 보면 재능이라고는 눈을 씻고 찾아봐도 없지만, 적어도 그들이 이 세상을 떠나고 망각의 순간으로 빠져들 때까지는 만인의 박수를 받으며 눈부시게 출세 가도를 달리는 경우가 적지 않잖은가! 거칠고 촌스럽기 짝이 없는 사람이 교양인이 입어야할 옷과 유행을 지시하고, 배운 사람들이 알 수 없는 이유로 그들의 말을 절대적으로 따르지 않는가! 그리고 가는 곳마다 열정을 일깨우는 불쾌하게 뒤틀린 데다 악의적인 남자와 여자들도 있지 않은가! 또한 몇몇 연인들의 기괴한 요구는 실패와 비웃음의 운명을 지닌 것처럼 보이지만, 결국 모든 예상과 판단을 깨고 승리하면서 실현되지 않는가! 이 세상에서는 모든 게 일어날 수 있고, 모든 게 가능하다는 사실을 우리들 대부분은 알고 있다. 이것이 왜 커다란 과업을 포기하는 사람이 거의 없는지를 보여준다. 물론 그런 커다란 과업을 갖고 있는 사람들은 쉴 수도 있고 잠시 그 업무를 놓을 수도 있지만, 포기하지는 않는다. 하지만 이렇게 끝없는 활력과 결정력을 가진 사람이 세상을 압도할 정도로 많지는 않다.

그러나 때때로 자신의 모든 기운을 무언가가 되는 데 쏟거나 아니면 특별한 목표를 달성하는 데 퍼부으면서, 결국 그것이 되거나 그런 목표를 달성하는 사람이 있다는 것만으로 충분하다. 또는 객관적인 요인들이 모두 불리하고, 심지어 그런 것을 하기 위해 태어난 사람이 아니거나, 또는 과거에 말했던 방식대로 말하자면 그 길을 따르도록 하느님으로부터 부름을 받지 않았는데도, 결국 그 일을 이루어내는 사람도 있다. 이런 현상이 가장 눈에 띄게 나타날 때는 무언가를 정복할 때와 전투를 벌일 때다. 어떤 사람은 적과의 대결이나 상대방을 증오하면서 일으키는 싸움에서 전혀 승산이 없어 보인다. 그는 적이나 증오하는 상대방을 제거할 힘이나 수단이 없으며, 그래서 사자를 공격하려는 토끼처럼 보인다. 하지만 그 사람은 끈기를 갖고 주저하지 않은 덕분에, 그리고 전략과 사무치는 원한과 집중력 덕분에 결국은 승리한다. 그의 인생 목표는 자신의 적에게 해를 끼치고, 적의 피를 흘리게 하며, 적을 해치고 결국에는 적의 목숨을 끝장내버리는 것이 전부이다. 아무리 약하고 궁색해 보이더라도 이런 특징을 지닌 적을 만나면 신상에 좋지 않다. 만일 그를 마찬가지로 끔찍하게 증오하거나, 그에게 동일한 강도로 응답할 시간이나 의지가 없다면, 결국 그에게 굴복하게 된다. 전쟁에서는 한눈을 팔며 싸울 수가 없기 때문이다. 그게 공식적으로 선포된 전쟁이건 아니면 눈에 띄지 않는 전쟁이건 비밀스러운 전쟁이건 상관없다. 또한 완고한 적이라면 아무리 악의가 없고 우리를 해칠 능력이 없으며 심지어는 할퀼 수도 없다고 여겨져도, 절대 과소평가하면 안 된다. 실제로 그 누구라도 우리를 죽일 수 있는 게 현실이다. 마찬가지로 그 누구도 우리를 정복할 수 있으며, 그게 우리의 본질적인 허약함이다. 만일 누군가 우리를 죽이겠다고 마음먹으면, 우리가 모든 걸 포기하고 단지 그 싸움에만 집중하지 않는 한, 죽음을 피하는 일은 매우 힘들다. 그러나 첫번째 필요조건은 그런 싸움이 존재한다는 사실을 아는 것이다. 우리는 그런 걸 항상 깨닫지는 못한다. 승리를 가장 많이 보장하는 싸움은 교활하고 조용하며 배신적인 전투이다. 이런 것은 선포되지 않은 전쟁, 즉 더러운 전쟁이나 공격자가 눈에 띄지 않거나 혹은 같은 편이거나 중립적이라고 위장하는 전쟁과 같다. 예를 들어 나는 루이사의 등 뒤에서 공격을 감행할 수 있었다. 너무나 눈에 띄지 않아서 그녀는 전혀 눈치도 채지 못할 것이었다. 심지어 적이 접근하는지도 모를 것이 분명했다. 우리는 전혀 생각하지도 않았고 의도하지도 않았는데 누군가에게 장애가 될 수 있다. 우리는 무심코 중간에 서서 우리의 뜻과는 달리, 혹은 전혀 깨닫지 못한 채 누군가가 가는 길을 막을 수 있다. 그래서 그 누구도 안전하지 않으며, 우리 모두는 증오의 대상이 될 수 있으며, 아무리 무력하고 불행한 사람들이라도 우리는 그들의 살해 대상이 될 수도 있다. 불쌍한 루이사는 무력하고 불행한 사람이었다. 하지만 그 누구도 완전히 희망을 포기하지는 않으며, 나는 그 점에서 다른 사람들과 전혀 다르지 않다. 나는 디아스 바렐라에게 무엇을 기대할 수 있는지 알고 있었고, 결코 나 자신을 속이지 않았다. 그렇더라도 나는 행운의 일격 혹은 그의 이상한 변신, 그러니까 어느 날 그가 나 없이 살 수 없다는 것 혹은 두 여자와 함께 있어야만 한다는 것을 깨닫게 되길 기대하지 않을 수 없었다. 그날 밤 나는 유일하고 진정한 행운의 일격은 루이사가 죽는 것임을 알았다. 그녀가 이 세상에서 사라지면, 더 이상 그의 목표나 그의 최종 목적지 혹은 오랫동안 갈망하던 전승 기념품이 될 수 없었다. 그러면 디아스 바렐라는 내게서 은신처를 찾는 수밖에 다른 도리가 없을 것이었다. 우리는 누군가가 더 나은 동반자가 없어서 우리를 동반자로 삼더라도 기분 나빠해서는 안 된다.

밤에 내 침실에 잠시 혼자 있을 때, 나는 루이사의 죽음을 소망하고 공상했다. 하지만 그녀는 내게 아무 해도 끼치지 않았고 나도 전혀 반감을 갖고 있지 않았으며, 내게 동정심과 연민의 정을 불러일으켰을 뿐만 아니라, 심지어 어느 정도 좋은 감정을 갖게 했었다. 그러나 나는 내가 그런 걸 꿈꾼다면, 디아스바렐라도 똑같은 생각을 하지 않았을까, 데스베른과 관련해서 나보다도 더 그럴 만한 충분한 동기가 있지 않았을까 생각했다. 우리는 처음에 우리와 아주 가까워서 우리의 삶을 이루는 사람들의 죽음을 원치 않지만, 때때로 그들 중 누군가가 사라지면 무슨 일이 일어날까 상상하면서 놀라곤 한다. 이따금씩 그런 생각은 두려움 속에서, 혹은 그들을 지나치게 사랑해 그들을 잃을지 모른다는 당혹감 속에서 유발된다. 그러면서 이렇게 생각하게 된다. 〈그가 혹은 그녀가 없으면 나는 어떻게 하지? 나는 어떻게 될까? 나는 계속 살아나갈 수 없어. 난 그의 뒤를 따라가고 싶어.〉 이렇게 미리 생각하는 것만으로 우리는 현기증을 느끼고, 온몸을 부들부들 떨며 비현실에서 구제된 느낌을 받으면서 즉시 그 생각을 떨쳐버린다. 우리가 잠에서 깨어나는 순간에도 완전히 멈추지 않은 끈질긴 악몽을 쫓아버릴 때처럼 말이다.

그러나 다른 때에 백일몽은 애매하고 불순하다. 우리는 그 누구의 죽음도 감히 소망하지 않는다. 특히 우리와 가까운 사람은 더욱 그렇다. 하지만 어느 특정 인물이 사고를 당하거나 아니면 병을 앓다가 죽음을 맞는다면, 어느 정도 세상이나 우리의 개인적 상황이 나아질 것임을 직관적으로 알게 되는데, 여기서 세상이나 개인적 상황은 전혀 다른 게 아니다. 그래서 우리는 이렇게 생각할 수 있다. 〈그 혹은 그녀가 존재하지 않았더라면, 모든 게 얼마나 달랐을까! 내가 무거운 짐을 덜어낼 수 있었을 것이고, 나의 궁핍이 끝나거나 참을 수 없는 불편한 감정도 종말을 고했을 거야. 그리고 나도 그의 어둠 속에서 더 이상 살지 않았을 거야.〉 나는 때때로 이런 생각도 했다. 〈루이사가 유일한 방해물이야. 디아스 바렐라가 그녀에 대해 강박관념을 갖고 있어서 우리 사이를 가로막는 거야. 만일 그가 루이사를 잃는다면, 만일 그가 자신의 사명을 박탈당하면, 자신의 목표를 상실한다면……〉 그럴 때면 나는 마음속으로 힘들게 그를 성으로 부를 필요가 없었다. 그는 그때까지 '하비에르'였고, 그 이름은 항상 내가 붙잡을 수 없는 어떤 것처럼 사랑스러웠다. 그렇다. 내가 이런 생각에 빠져드는데, 데스베른이 방해물이었을 때 그가 어떻게 나와 똑같은 생각을 하지 않을 수 있었을까? 디아스 바렐라의 일부는 매일 자기 영혼의 친구가 죽기를, 그가 자취를 감추기를 갈망했을 것이다. 그리고 바로 그 일부 혹은 그보다 더 큰 디아스 바렐라의 일부는 그가 뜻하지 않게 난자당했으며 그것은 그와 전혀 상관없는 죽음이었다는 소식에 뛸 듯이 기뻐했을 것이다. 아마도 그 소식을 들으면서 이렇게 생각했을 것이다. 〈정말 불행한 일이지만, 정말 다행스러운 일이야. 정말 유감이지만, 정말 축하해야 할 일이야. 바로 그 순간에, 그자가 그를 죽이려고 공격했을 때, 미겔이 거기 있었다는 건 너무나 엄청난 비극이야. 그건 그 누구에게도, 심지어 나에게도 일어날 수 있는 일이었어. 미겔은 다른 곳에 있을 수도 있었어. 어떻게 그에게 그런 일이 일어날 수 있지? 그가 사라져서 내가 마음껏 행동할 수 있게 된 건 너무나 큰 행운이야. 나는 그런 행운이 오리라고 전혀 기대하지 않았어. 또한 나는 그런 일이 일어나도록 사주하지도 않았어. 태만하거나 소홀하지도 않았고, 나중에 돌이켜보았을 때 욕을 퍼부을 만한 행위를 나도 모르게 한 것도 아니야. 그를 내 옆에 더 오랫동안 잡아뒀어야 했어. 그곳으로 가지 못하게 막았어야 했어. 하지만 그건 내가 그날 그를 만났어야만 가능했던 일인데, 난 그를 보지도 못했고 그와 대화를 나누지도 못했어. 나중에 전화를 걸어서 생일을 축하할 생각이었어. 정말 불행한 일이야. 그리고 정말 축복이야. 뜻밖의 행운의 일격이고 너무나 무시무시한 일이야. 너무나 큰 손실이고 너무나 큰 이익이야. 난 비난받을 이유가 하나도 없어.〉

나는 그의 집에서 아침을 맞은 적이 없었다. 한 번도 그의 곁에서 밤을 보내지 않았고, 아침에 눈을 뜨자마자 가장 먼저 그의 얼굴을 보는 기쁨을 알지 못했다. 그러나 늦은 저녁이나 어두워지고 있을 무렵에 그의 침대에서 나도 모르게 잠든 적은 한 번, 아니 한 번 이상 있었다. 그 침대에서 경험했던 극도의 행복한 피로 이후에 가졌던 짧지만 깊은 잠이었다. 두 사람 모두에게 만족스러웠는지는 나는 모른다. 우리는 다른 사람이 우리에게 말하는 것이 사실인지 결코 알지 못하기 때문이다. 우리 자신에게서 나오지 않은 한 아무것도 확실한 것은 없다. 그 당시 — 마지막이었다 — 나는 초인종 소리를 희미하게 들었다고 생각했다. 그래서 순간적으로 약간 눈을 떴고, 내 옆에 있는 그를 보았다. 그는 옷을 다 입고 있었다. (그는 늘 즉시 옷을 입었다. 내 옆에 있으면서 사랑의 만남 이후에 오는 피곤하고 만족스러운 나태함을 일 분도 허락하지 않으려는 것 같았다.) 마치 사진 속 인물처럼 꼼짝도 하지 않은 채 나이트 테이블 불빛 아래에서 책을 읽고 있었다. 어깨는 베개에 기대고 있었고, 나를 쳐다보지도 않고 나를 신경 쓰지도 않았다. 그래서 나는 깨지 않고 잠들었다. 다시 초인종 소리가 났다. 두 번 혹은 세 번 울렸다. 갈수록 길고 집요했다. 하지만 나는 몸을 뒤척이지도 않았고, 잠에서 깨어나 앉지도 않았다. 나와 아무런 관련이 없을 것이라고 확신했던 것이다. 나는 움직이지 않았고, 다시 눈을 뜨지 않았다. 그러나 초인종 소리가 세번째 혹은 네번째로 울리자 디아스 바렐라가 빠르고 조용하게 침대 옆으로 빠져나가는 것을 느꼈다. 내가 거기(이 세상의 모든 장소 중에서도 바로 그 침대에) 있다는 사실을 아는 사람은 아무도 없었다. 나는 잠에서 완전히 깨지 못한 채 그대로 있었지만, 의식은 꿈틀거리기 시작했다. 나는 옷을 반쯤 벗은 채 혹은 그가 결정한 곳까지만 벗은 채 침대 커버 위에서 잠들었었고, 이제는 내가 감기에 걸리지 않도록, 혹은 아마도 그가 내 몸을 계속 보지 않도록 내 몸 위에 담요 하나를 덮어주었다는 것을 알았다. 그러면서 그가 방금 전에 나와 했던 일이 너무나 분명해 보이지 않도록 했다. 그는 우리가 뜨거운 사랑을 나눈 뒤에도 아무것도 바뀌지 않았고, 격렬하고 뜨겁게 사랑을 나눈 뒤에도 전혀 그런 일이 없었던 것처럼 행동했다. 그는 사랑을 하기 전이나 하고 난 다음이나 항상 똑같았다. 나는 반사적으로 담요로 몸을 가렸는데, 그러느라 잠에서 깼다. 이제는 그가 내 곁을 떠나 방에서 나갔기 때문에, 나는 눈을 감은 채 비몽사몽간에 어렴풋한 그의 말에 귀를 기울였다.

초인종을 누른 사람은 건물 현관에, 그러니까 아래에 있는 게 분명했다. 문 여는 소리는 들리지 않고, 단지 디아스 바렐라의 숨죽인 목소리만 들렸기 때문이었다. 그는 현관 인터폰으로 대답했지만, 나는 무슨 소리인지 알아듣지 못했다. 단지 놀라면서도 짜증나는 말투로 시작했다가 이내 체념하고서 마지못해 묵묵히 따르는 말투로 변하는 것만 느꼈다. 전혀 자기 마음에 들지 않거나 혹은 일절 개입하고 싶지 않은 일을 억지로 받아들이는 사람 같았다. 몇 초 후에—아니면 2, 3분 후에—문 앞까지 올라온 방문객의 목소리가 보다 선명하고 크게 들려왔다. 화난 남자의 목소리였다. 디아스 바렐라는 방문객이 초인종을 누르지 않도록 현관문을 연 채로 기다렸거나, 아니면 아마도 집 안으로 들어오라고 권하지도 않은 채 문 앞에서 내쫓을 작정이 었을 것이다.

"이봐, 왜 휴대전화를 꺼놨어? 도대체 어떻게 된 거야?" 그 남자가 나무랐다. "바보처럼 돌아다니다 여기까지 와야 했잖아."

"목소리 낮춰. 나 혼자 있는 게 아니라고 말했잖아. 어떤 아 가씨랑 있는데, 지금 자고 있어. 그 여자를 깨워서 우리 대화를 듣게 하고 싶지는 않겠지? 게다가 그 아가씨는 그의 여자를 알 고 있어. 도대체 뭘 바라는 거야? 네가 전화할 때를 대비해서 항 상 전화를 켜놓고 있어야 한다는 거야? 원칙적으로 넌 내게 전 화하지 말아야 해. 너와 내가 통화한 게 얼마나 되었는지 알아? 그러니 이번에 내게 할 말은 아주 중요한 것이겠지."

그 말을 듣자 갑자기 잠이 확 깼다. 어떤 사람은 우리가 듣 지 않도록, 우리가 알지 못하도록 있는 힘을 다한다는 사실을 알 필요가 있다. 그러면서 우리는 그 사람이 때때로 우리를 위 해, 가령 우리를 실망시키지 않기 위해서나 혹은 우리를 연루 시키지 않으려고 어떤 것을 숨긴다는 사실을 깨닫지 못할 경우 도 있다. 그런 사람들은 삶이 항상 나쁘긴 하지만 그렇게 보이 지 않게 하려고 한다. 디아스 바렐라는 자기가 목소리를 낮춰서 대답했다고 믿었지만, 짜증이 났던 탓인지, 아니면 걱정스러웠 던 탓인지, 그렇게 하지 못했다. 그래서 나는 아주 분명하게 그 의 말을 들을 수 있었다. 그의 마지막 단어 '기다려'를 듣자, 나는 그가 내가 계속 잠을 자고 있는지 확인하기 위해 방 안을 들여다볼 것이라고 추측했다. 그래서 나는 이미 잠에서 완전히 깼지만 눈을 꽉 감고서 꼼짝하지 않았다. 내 예상대로였다. 나는 그가 방 안으로 들어와 네댓 걸음을 내디뎌 베개를 벤 내 머리가 있는 곳으로 다가오는 소리를 들었다. 그는 뭔가를 시험하는 사람처럼 잠시 나를 쳐다보았다. 그의 발걸음은 그리 조심스럽지 않았고 평소에 방 안에 혼자 있을 때와 다르지 않았다. 반면에 나갈 때의 발걸음은 훨씬 더 조심스러웠다. 내가 깊은 잠에 빠져 있다는 것을 확신하고는 나를 깨우는 위험을 감수하고 싶지 않은 것 같았다. 나는 그가 얼마나 조심스럽게 문을 닫는지 들었다. 그는 문밖으로 나가자 손잡이를 잡아당겨 자신의 목소리가 스며들 틈이 하나도 없음을 확인했다. 거실은 침실 옆에 있었다. 그러나 딸깍하는 소리가 나지 않았다. 문이 끝까지 닫히지 않았음을 의미했다. 나는 호기심을 느꼈고, 다른 한편으로는 약간의 상처를 받으면서 생각했다. 〈어떤 아가씨라고 했어. 여자친구나 데이트 상대 혹은 애인이라고 하지 않았어.〉 나는 아직도 첫번째나 두번째도 아니고 결코 세번째도 될 수 없을 것 같았다. 다목적 가치를 지닌 그 단어들을 아무리 넓고 모호한 의미로 사용한다 하더라도 그럴 수는 없었다. 그는 '어떤 여자'라고 말할 수도 있었다. 그래, 아니면 그의 대화 상대자가 길거리에 넘치는 그런 사람들, 그러니까 우리가 일상적으로 사용하는 단어가 아니라 그들만의 특별한 어휘를 사용해야만 하는 사람들 가운데 하나일 수도 있었다. 다시 말하면, 그들이 불안해 하거나 불편하게 느끼거나 부적절하다고 느끼지 않도록 항상 우리의 언어를 그들에게 맞게 적용해야 하는 사람인 것 같았다. 나는 그 단어가 마음에 들지 않았다. 이 세상 대부분의 '놈'들에 게 나는 단지 '년'일 뿐이기 때문이었다.

　나는 옷을 반쯤 벗은 상태에서 즉시 침대에서 뛰어내렸다. (하지만 어떤 순간에라도 나는 치마를 벗지는 않았다.) 그리고 조심스럽게 문으로 살금살금 걸어가서 귀를 갖다 댔다. 그렇게 나는 속삭이는 소리와 간헐적으로 들리는 단어 몇 개를 들을 수 있었다. 두 남자는 매우 초조해하며 목소리를 낮추려고 애썼지만 계속 그렇게 작게 말할 수는 없었다. 나는 용기를 내어, 디아스 바렐라가 밖에서 부드럽게 닫았지만 완전히 닫히지 않은 문을 조금 열었다. 다행히 나의 존재를 일러바칠 수도 있는 문소리는 나지 않았다. 만일 그들이 나의 경솔한 행동을 눈치챈다면, 나는 목소리를 듣고서 누가 왔는지 확인하려 했다고 핑계를 댈 작정이었다. 그럴 경우 나는 방문객이 있는 동안 모습을 드러내지 않으면서, 디아스 바렐라가 방문객에게 나를 소개하거나 내가 왜 그곳에 있는지 설명할 필요 없게 할 생각이었다. 우리의 산발적인 만남이 비밀이 되어야 하기 때문은 아니었고, 적어도 그렇게 되어야 한다고 우리가 합의하지도 않았지만, 그가 이런 만남에 대해 아무에게도 털어놓지 않았다는 사실은 내 이름을 더럽힐 수도 있었다. 그러나 아마도 그가 그렇게 한 것은 나 역시 아무에게도 말하지 않았기 때문일지도 몰랐다. 아니면 두 사람 모두 동일한 사람, 즉 루이사에게 우리의 만남을 숨겼기 때문일 것 같았다. 내 경우는 그 이유가 무엇인지 몰랐다. 그저 그가 아무 말 없이 꾀하고 있던 계획을 성공적으로 추진하면 그와 루이사는 어느 날 남편과 아내가 될 것이라는 부조리한 생각을 아무런 이유 없이 존중했기 때문인 것 같았다. 틈이라고 할 수도 없는 최소한의 문틈(나무가 약간 부풀었고, 그래서 문은 완전히 닫히지 않았다) 덕분에 나는 언제 누가 말하는지 구별할 수 있었으며, 때때로 완전한 문장을 들을 수 있었다. 물론 단편적으로만 들을 때도 있었고, 거의 아무것도 듣지 못할 때도 있었다. 그들의 의도대로 계속 작은 소리로 속삭일 수 있느냐에 따라 달라졌던 것이다. 그러나 그들의 의도와는 달리 그들의 목소리는 즉시 올라갔고, 놀라거나 불안해한다고 말할 수는 없어도 흥분하고 있는 것은 분명했다. 만일 디아스 바렐라가 그때쯤 내가 엿듣는 것을 발견했다면(그는 예방책으로 다시 와서 나를 살펴볼 수도 있었다), 이미 더 많은 시간이 지나갔기 때문에 나는 더 곤란한 상황에 처했을 것이다. 그렇지만 항상 핑곗거리는 있었다. 그가 나를 깨우지 않으려고 문을 닫았다고 믿은 데다, 방문객과 나누는 이야기가 비밀이라고는 생각하지 않았다고 말할 수 있었다. 물론 그는 내 말을 믿지 않겠지만, 어쨌든 그가 나를 매섭게 다그치거나 화를 내지 않는다면, 그리고 거짓말하고 있다고 나를 몰아붙이지 않는다면, 나는 적어도 겉으로는 차분함을 잃지 않을 것이었다. 그의 말은 분명 일리가 있을 것이다. 그게 사실이니까 말이다. 그리고 분명한 것은 내가 처음부터 그들의 대화를 엿들어서는 안 된다는 것을 알고 있었다는 사실이다. 그건 삼가야 할 일이기도 했지만, 또한 그가 말했던 것처럼 내가 '여자'를 알고 있었기 때문이다. 그 단어를 그는 '아내'라는 의미로, 즉 누군가의 여자라는 뜻으로 사용했는데, 이 경우 지금 그 누군가는 데스베른이 될 수밖에 없었다.

"그래, 무슨 일이야? 뭐가 그렇게 급한 거야?" 나는 디아스 바렐라가 묻는 소리를 들었고, 방문객의 대답도 들었다. 방문객의 목소리는 낭랑했고, 발음은 정확했으며 아주 분명했다. 그리고 농담할 때의 마드리드 억양을—일반적으로 우리 마드리드 사람들은 각각의 음절을 또박또박 발음하면서 강조한다고 알려져 있지만, 나는 내가 사는 도시의 그 누구도 그렇게 말하는 것을 들어보지 못했으며, 오래된 영화나 연극에서, 혹은 농담에서만 그런 말투를 들어봤을 뿐이다—구사하지 않았다. 그는 단어들을 붙여 말하는 경향이 있긴 했지만, 그가 원하는 것처럼 속삭이듯 말하지 않는 한, 그리고 그의 말하는 방식이나 말투가 부적절하다고 여기지 않는 한, 쉽게 알아들을 수 있었다.

　　"분명히 그놈이 지껄이기 시작했어. 이제는 침묵을 깨고 있는 거야."

　　"누군데? 카네야야?" 나는 디아스 바렐라의 말을 아주 분명하게 들었다. 나는 그 이름을 들었다. 그리고 그 이름을 기억했는데, 인터넷에서 읽은 적이 있을 뿐만 아니라, 그의 이름 전체, 즉 루이스 펠리페 바스케스 카네야를 외우기 쉬운 제목이나 시구처럼 똑똑히 기억하고 있었다. 마치 몸서리치는 저주의 말을 듣는 사람처럼, 혹은 자기 자신이나 자기가 가장 사랑하는 남자의 선고문을 듣는 사람처럼 믿을 수 없었고, 그런 말을 들으면서 동시에 부정하고 있는 느낌이었다. 그 느낌은 이건 있을 수 없는 일이야, 이건 일어날 수 없는 일이야,라고 머릿속으로 되뇌면서, 자기가 듣고 있는 것을 듣고 있지 않으며, 일어난 일인데 일어나지 않았다고 생각하는 것과 같았다. 마치 우리가 사랑하는 사람이 세상의 모든 언어가 공통적으로 사용하는 불길한 말로 우리를 부르고──가령 '마리아, 할 말이 있어'라고 말하면서, 다른 때에는 거의 사용하지 않는, 심지어 그의 입이 알랑거리면서 우리의 목 아주 가까이에서, 아니 옆에서 헉헉댈 때조차 사용하지 않는 우리 이름을 사용해 부르고──이어서 '지금 뭐가 잘못되고 있는 건지 모르겠어. 나 자신도 그걸 이해할 수가 없어'라고 밝히는 것 같았다. 또는 '다른 사람을 사귀게 되었어'나 '최근에 내가 좀 이상한데다 당신을 멀리한다는 걸 눈치챘지?'라고 말할 수도 있는데, 이건 모두 불행의 서막이다. 또는 우리와 아무런 관련도 없는 질병, 즉 다른 사람은 앓고 있지만 우리가 앓는 것이 아닌 질병의 이름을 언급하는 의사의 말을 듣는 사람과 같았다. 혹은 정말 황당하게도 의사는 내가 그 병을 앓고 있다고 말하지만, 나는 그럴 리가 없다고, 오진일 거라고 혹은 나는 그가 말했다고 생각했지만 그는 말하지 않았다고, 그건 나와 관련이 없고 나에게 일어나지도 않은 일이라고, 나는 그렇게 불행해진 적이 없다고, 나는 그렇게 불행한 사람도 아니고 앞으로도 그럴 거라고 생각하는 것과 같았다.

또한 나도 소스라치게 놀랐고, 나 역시 순간적으로 당황했으며, 문에서 물러서려고 했다. 그렇게 더 이상 그들의 대화를 듣지 않으면, 나중에 내가 잘못 들었거나 아니면 실제로 아무것도 듣지 못했다고 나 스스로를 설득할 수 있기 때문이었다. 그러나 일단 시작하면 우리는 계속 듣게 된다. 말은 떨어지거나 아니면 공중을 떠다니게 마련인데, 그걸 멈출 수 있는 사람은 아무도 없다. 나는 그들이 목소리를 낮출 수 있기를, 그래서 알고 모르고의 문제가 내 의지에 좌우되지 않기를 내심 바랐다. 그리고 그들의 대화가 잘 들리지 않거나 완전히 희미해지기를, 그래서 내가 내 귀를 믿지 않고 궁금해하기를 바랐다.

"물론이지, 그게 누구겠어?" 방문객이 약간 비아냥거리면서 성급하게 대답했다. 이제는 놀라게 만든 사람이 자신이며, 자신이 주도권을 잡고 있다고 여기는 것 같았다. 소식을 가져오는 사람은 항상 주도권을 잡는다. 그것은 말해야 할 것을 모두 불쑥 말해버리거나, 그것을 양도해서 더 이상 아무것도 가진 것이 없을 때까지, 듣는 사람이 더 이상 그를 필요로 하지 않을 때까지 유지된다. 그래서 소식을 가진 사람의 지배적 위치는 얼마 지속되지 않는다. 자기가 알고 있다는 사실을 알리고서 동시에 침묵을 지키는 동안에만 유지된다.

"그가 무슨 말을 하고 다니는 거지? 그자가 할 수 있는 말은 그리 많지 않아. 도대체 그놈이 무슨 말을 할 수 있다는 거야? 아무것도 없지 않아? 그 염병할 놈이 무슨 말을 할 수 있겠어? 미친놈이 말하는 게 뭐가 중요해?" 무엇보다도 디아스 바렐라는 자기 자신에게 그 말을 반복하고 있었다. 저주를 떨쳐버리려는 사람처럼 그는 초조해했다.

그의 방문객은 더 이상 참을 수 없었던지 말을 내뱉고 말았고, 그러면서 여러 번 그의 목소리는 무의식적으로 올라갔다가 내려가기를 반복했다. 그의 대답은 단편적으로만 들을 수 있었지만, 그것만으로 충분했다.

"······받은 전화, 그러니까 전화로 이야기한 목소리에 대해 말하면서"라고 그는 말했다. "······가죽옷을 입은 남자, 그러니까 바로 나에 대해서" 그가 말했다. "농담하는 게 아니야······ 그리 심각하지는 않아······ 그렇지만 퇴직시켜야 할 것 같아. 정말 유감스러운 일이야. 난 그들이 정말 좋거든. 몇 년 전부터 함께 지내왔어······ 그놈에게서 휴대전화는 발견되지 않았어. 내가 갖고 있었거든······ 그래서 이 모든 게 그놈의 상상이라고 생각할 거야······ 그놈의 말을 믿을지 몰라서 위험하다는 게 아니야. 그놈은 미친놈이니까······ 혹시나 누군가 그런 생각을 할지 모른다는 게 위험한 거야······ 자발적이 아니라 누군가의 사주를 받아서······ 물론 그러지 않을 가능성이 아주 높아. 이 세상을 가득 채우고 있는 인간들이 있다면 그건 게으른 놈들이거든······ 이제 시간이 충분히 지났어······ 우리가 익히 예상했던 것이었어. 그가 진술을 거부한 것은 하나의 선물이었고, 이제 상황은 우리가 처음에 기대했던 것처럼 되었어…… 나쁜 버릇이 배면 안 돼…… 시간이 되면, 그 순간적인 열기 속에서…… 더 나쁘지만 더 믿을 만해…… 그러나 당장 네가 알아두면 좋겠어. 그건 하나의 변화인데, 결코 작은 변화가 아니거든. 물론 지금 당장은 우리에게 영향을 주지도 않고, 앞으로도 영향을 주리라고 생각되지는 않지만…… 네가 알고 있는 게 좋을 것 같아서 그래."

"그래, 맞아. 작은 변화가 아니야, 루이베리스." 나는 디아스 바렐라가 말하는 소리를 들었고, 흔하지 않은 그 성을 분명하게 들었다. 그는 너무 흥분한 나머지 목소리를 절제하지 못했고, 통제하지도 못했다. "비록 미친놈이라고 할지라도, 그놈은 누군가 직접 자신을 만나서, 그리고 전화로 설득했다고, 아니 그런 생각을 자기 머리에 집어넣었다고 말하고 있어. 그놈은 지금 자기 잘못을 남 탓으로 돌리고 있어. 아니 지금 자기 잘못을 더 크게 만들고 있어. 그다음 사슬은 너야. 그리고 너 다음에는 바로 나야, 빌어먹을. 그들이 그놈에게 네 사진을 보여주고 그놈이 네 존재를 확인해준다고 생각해봐. 넌 전력이 있어, 그렇지? 전과 기록이 있어, 그렇지? 그리고 네가 말한 것처럼, 넌 평생 그 가죽 외투를 입고 다니고, 그래서 모든 사람이 그것 때문에 너를 알아봐. 그리고 여름에는 항상 티셔츠를 입고 다니는데, 이제 넌 그런 옷을 입을 나이가 아니야. 너는 처음에 절대 가지 않겠다고, 절대 네 모습을 보이지 않겠다고, 그놈에게 약간 압력을 가할 필요가 있으면 제삼자를 보내서 조금 더 주의를 주고서 그놈이 믿을 만한 얼굴을 보여주겠다고 말했어. 너는 그놈과 나 사이에는 한 걸음이 아니라 적어도 두 걸음 정도의 거리가 있다고, 더 멀리 떨어져 있는 제삼자는 내 존재를 알 수 없을 것이라고 말했어. 그런데 이제는 나와 그놈 사이에 너 혼자 있고, 놈이 너를 쉽게 확인할 수 있게 되었어. 넌 전과가 있어, 그렇지? 사실대로 말해줘. 지금은 사정을 봐주고 말로 할 때가 아니야. 난 내가 어떤 수를 써야 하는지 알고 싶어."

침묵이 흘렀다. 아마도 그 루이베리스라는 사람은 디아스 바렐라가 요구한 것처럼 사실대로 말해야 할지 말아야 할지 생각하는 것 같았다. 그리고 그걸 생각한다면, 그는 전과가 있고, 사진도 기록에 올라 있다는 것을 의미했다. 나는 그 침묵이 혹시 내가 의식하지 못한 채 소리를 냈기 때문은 아닌지 두려웠다. 가령 내 발이 나무 바닥을 디디면서 삐걱 소리가 났을지도 모르는 일이었다. 그러나 나는 내가 그랬을 거라고 생각하지 않았다. 하지만 두려움과 공포를 갖게 되면 그 어느 것도, 심지어 존재하지 않는 것조차 배제할 수가 없다. 나는 꼼짝 않고 서서 잠시 숨을 참고는, 의심을 품고 귀를 쫑긋 세우며 침실 쪽을 슬쩍 쳐다보는 두 사람을 상상했다. 그들은 아마도 손으로 '기다려, 아가씨가 깼어'라는 의미의 동작을 취했을 것이다. 그러자 나는 갑자기 그들이 무서워졌다. 함께 있는 두 남자가 무서웠다. 나는 하비에르가 나와 단둘이 있을 때는 겁을 주지 않았음을 생각하려고 했다. 나는 방금 전에 그와 함께 누웠고, 그를 껴안았으며, 용기를 내서 표현한 나의 모든 사랑으로, 그러니까 억누르고 위장한 많은 사랑으로 그에게 키스를 했다. 나는 그것을 작고 세세한 것을 통해 드러나게 했지만, 아마도 그는 그런 것을 눈치도 채지 못했을 것이다. 하지만 나는 그에게 겁을 주고, 시간이 되기도 전에 —— 그 시간이 곧 올 것이라고 나는 확신했다 —— 을러대서 쫓아버리고 싶지는 않았다. 그리고 마음에 담고 있는 그 사랑이 없어지고 있다는 것을 깨달았다. 그게 어떤 형태이건 사랑은 두려움과는 양립할 수 없기 때문이다. 아니면 그런 감정이 최고의 순간까지, 즉 부정과 망각의 순간까지 늦추어진다는 것을 눈치챘지만, 두 가지 중에서 어느 것도 가능하지 않다는 생각을 머릿속에서 지울 수가 없었다. 그가 침실로 들어와 내가 계속 자고 있는지, 자기들의 대화를 엿들은 증인이 아무도 없는지 확인할지도 모르기 때문에, 나는 문에서 멀어졌다. 그리고 침대로 돌아가 의심을 사지 않을 만한 자세를 취하고서 기다렸다. 이제 아무 소리도 들리지 않았다. 나는 루이베리스가 어떻게 대답했는지 듣지 못했다. 아마도 1분, 아니 2분이나 3분 정도 기다렸던 것 같다. 하지만 아무도 들어오지 않았고, 아무 일도 일어나지 않았다. 나는 용기를 내어 다시 침대에서 일어나, 그가 나를 침대에 두고 일어났을 때처럼 치마만 입고 나머지 옷은 반쯤 벗은 채로 틈이라고 볼 수도 없는 문틈으로 다가갔다. 남의 말을 엿듣는 건 좋지 않다는 걸 알면서도 우리는 유혹을 이길 수 없다. 이미 무언가를 알기 시작했을 때는 더욱 그렇다.

목소리들은 이제 잘 들리지 않았다. 속삭이는 소리만 들렸다. 처음의 충격이 진정된 것 같았다. 아마도 두 사람 모두 서 있다가, 지금은 잠시 앉아 있는 것 같았다. 사람들은 앉아 있으면 더 조용하게 말한다.

"어떻게 했으면 좋겠어?" 마침내 나는 디아스 바렐라의 말을 들었다. 그는 이 문제를 해결하고자 했다.

"아무것도 하면 안 돼." 루이베리스가 목소리를 높이면서 대답했다. 아마도 그가 지시를 내리고 있는 모양이었다. 잠시 다시 지휘권을 갖고 있다고 느낀 것 같았다. 마치 요약하는 것처럼 들렸다. 나는 그가 도착해서 외투를 벗었으며, 그의 방문은 시간상 부적절했고 예기치 않은 것이었으며 따라서 아주 잠깐 동안만 이루어진 것이라고 가정하면서, 그가 곧 집에서 나갈 것이라고, 아마도 이미 외투를 집어 팔에 걸쳐놓았을 것이라고 생각했다. 그리고 틀림없이 디아스 바렐라는 그에게 물 한 컵도 주지 않았을 것이다. "이 정보는 누군가를 겨냥하는 게 아니야. 우리와는 전혀 상관없어. 너나 나나 이것과는 아무 관련이 없어. 내가 뭐라고 주장하든 그건 역효과만 날 뿐이야. 이제 알았으니 잊어버려. 아무것도 바뀌지 않고, 아무것도 바뀐 게 없어. 새로운 소식이 있으면, 내가 알게 될 거야. 하지만 그런 소식이 있어야 할 이유가 하나도 없어. 아마도 그놈의 주장을 적어서 보관하고는 아무 행동도 취하지 않을 가능성이 가장 높아.

휴대전화의 흔적이 없고, 아예 존재한 적이 없는데 어떻게 수사를 하겠어? 카네야는 휴대전화 번호도 몰라. 분명히 놈은 네댓 개의 다른 번호를 주었을 거야. 그놈은 어떤 번호인지 확신하지 못해. 그리고 그건 너무나 정상적인 행동이지. 그 번호는 모두 놈이 만들어냈거나 꿈을 꾼 거니까. 놈은 전화를 받았지만, 전화번호가 뭔지는 듣지 못했어. 그게 우리가 합의한 사항이고 실제로 그렇게 되었어. 그러니 무슨 새로운 소식이 있겠어? 그 작자는 사람들이 자기 딸들에 대해 말하고, 누가 죄 지은 장본인인지 지적하는 소리를 들었다고 주장하고 있어. 다른 수많은 미친놈들처럼 말이야. 자기 머릿속이나 하늘에서가 아니라, 휴대전화에서 그 말들을 들었다고 말하는데, 그건 전혀 특별한 게 아니야. 아마도 자기 자신을 주요 인물처럼 부각시키려는 미친놈으로 여길 거야. 심지어 멍청이들도, 심지어 미친놈들도 최근에 얼마나 기술이 발전했는지 알고 있어. 휴대전화가 없는 사람은 가장 멍청한 놈 취급을 받아. 그러니 그냥 놔둬. 그 문제에 대해 더 이상 놀라지도 말고 신경 쓰지도 마. 그렇게 한다고 우리가 얻을 건 하나도 없거든."

"좋아. 그런데 가죽옷을 입은 사람 문제는? 너도 사실 놀란 거잖아, 루이베리스. 그래서 나한테 달려와 이야기를 털어놓는 거고 말이야. 그러니 걱정하지 않아도 된다는 말을 하지 마. 난 여기까지 말할게."

"그래, 맞아. 솔직히 말해서 그걸 알게 되자 약간 화가 치밀었어. 우리는 놈이 진술을 거부하고 아무것도 말하지 않을 거라고 확신하면서 아무런 걱정도 하지 않았어. 그런데 전혀 예상하지 못했던 지금, 불시에 습격을 당한 거야. 하지만 네게 이야기하면서 이제는 아무 일도 없으리라는 걸 깨달았어. 놈에게 가죽옷을 입은 남자가 두 번 정도 나타났어. 그런데 그게 어쨌다는 거야? 사실상 그건 파티마의 성모가 놈에게 나타났다고 말하는 것과 다르지 않아. 네게 말했다시피, 나는 단지 멕시코에서만 수배되었어. 아직 공소 시효가 만료되지 않았는지는 모르겠지만, 아마도 끝났을 거야. 그렇다고 멕시코로 가서 그걸 알아볼 생각은 없어. 그건 젊었을 때의 비행이었어. 오래전의 일이었지. 당시에는 이런 가죽 외투를 입지 않았어." 루이베리스는 자기가 잘못한 것을 알고 있었고, 절대로 '고리야'에게 모습을 보이면 안 된다는 것도 알고 있었다. 그래서 그는 자신이 가져온 정보의 위험성을 무시하려는 것 같았다.

"어쨌든 네가 입은 외투를 벗어버리도록 해. 그것부터 시작하자고. 태워버리거나 찢어버려. 이 사건을 너와 연결시킬 똑똑한 놈이 없도록 해야 해. 넌 이곳에서 전과가 있는 건 아니지만, 경찰 몇 명이 널 알고 있어. 강력반 형사들이 다른 범죄 부서의 경찰과 자료를 교환하지 않았으면 좋겠어. 그래, 그런 일은 일어나지 않을 거야. 여기 스페인에서는 아무도 정보를 교환하지 않거든. 각 부서는 자기들 일만 처리하니까. 그러니 그런 일이 일어난다는 게 오히려 이상한 일이지." 이제 디아스 바렐라도 낙관적이 되려고 애쓰면서 마음을 가라앉혔다. 그들의 대화는 지극히 정상적인 사람들의 대화처럼 들렸다. 아마도 나처럼 실수만 하는 무능한 아마추어 같았다. 즉 내가 수집한 것에 따르면, 그들은 범죄에 익숙하지 않은 사람들, 혹은 자기가 누군가를 사주했다는, 아니 거의 그렇게 하라고 위탁했다는 것도 잘 모르는 사람들이었다.

　나는 루이베리스라는 사람이 보고 싶었다. 그는 이제 곧 일어설 모양이었다. 그의 얼굴과 함께 그의 유명한 외투도 파기되기 전에 보고 싶었다. 나는 나가기로 했다. 급히 옷을 입으려고 했다. 하지만 그러면 디아스 바렐라는 내가 집에 누군가 더 있다는 사실을 어느 정도 알고 있었다고, 그리고 아마 적어도 내가 나머지 옷을 입은 시간 동안은 그들의 대화를 엿듣거나 들었다고 의심할지도 몰랐다. 반면에 지금 상태로 거실로 나가면, 내가 방금 일어났으며, 다른 사람이 있다는 사실을 모르고 있다는 인상을 줄 수 있었다. 그는 내가 아무것도 듣지 않았다고 믿을 것이었다. 또한 내가 평소처럼 그와 단둘이 있으며, 가끔씩 저녁때 갖던 우리의 만남을 누군가 지켜봤을 리 없다고 믿으리라 생각할 것이었다. 나는 잠을 자는 동안 그가 내 옆에, 그러니까 침대에 없다는 것을 깨달은 척하면서 자연스럽게 그를 찾으러 나갔다. 조심성 없이 소리를 내면서, 마치 아무것도 모르는 순진한 사람처럼 옷을 반만 걸친 상태로 그를 소개받는 편이 훨씬 더 낫겠다고 생각했다.

———

　그러나 사실 나는 옷을 반쯤 입은 상태가 아니라, 반쯤 벗거나 거의 벗은 상태였다. '나머지 옷'은 치마를 제외한 모든 것을 의미했는데, 그것은 내가 걸치고 있던 유일한 옷가지가 치마 하나뿐이었기 때문이다. 디아스 바렐라는 우리가 열심히 '일하는' 동안 내가 치마를 올리거나 자기가 치마를 올리는 모습을 좋아했다. 그러나 쾌락 혹은 편의상의 이유로 그는 항상 나의 다른 옷들을 벗겼다. 그리고 가끔씩은 내 스타킹을 벗기고서 신발을 신으라고 권했다. 물론 그건 내가 하이힐을 신었을 때였다. 많은 남자들은 몇몇 고전적인 이미지에 충실하게 집착하는데, 나는 그들을 이해하고——나도 좋아하는 이미지가 있다——거부하지 않는다. 남자들을 그렇게 기쁘게 해주는 건 전혀 힘들지 않으며, 나는 내가 어느 정도 그런 특권을 지녔다는 환상을 가지면서 즐거움을 느낀다. 그 특권이란 여러 세대에 걸쳐 지속되어온 것으로, 그것만으로도 상당히 훌륭한 것이다. 그래서 걸친 옷이 지나칠 정도로 없다는 사실——치마가 제 위치에 있었을 때는 치마 끝이 무릎 바로 위에 있었고 주름이 없었지만, 지금은 구겨진 데다 제 위치에 있지도 않았으며, 훨씬 더 짧아 보였다——때문에 즉시 발걸음을 멈추고서 머뭇거렸다. 그리고 만일 내가 디아스 바렐라와 실제로 단둘이 있다고 믿는 경우라면 내가 가슴을 드러내고 침실에서 나갔을까, 아니면 가슴을 가렸을까 생각했다. 누군가의 앞을 걸어가려면, 우리는 우리 가슴이 축 처지지는 않았는지, 흔들림이 드러나지 않는지, 혹은 과도하게 흔들리지는 않는지 확신이 있어야 한다. (나는 나체주의자들이 어떻게 그렇게 편안해하고 즐거워하는지 이해할 수 없었다.) 한 남자가 가까이에서 가만히 있는 여성의 가슴을 보는 것과 전쟁의 혼란스러운 굉음 속에서 보는 것, 그리고 다소 먼 곳에서 제어할 수 없이 마구 움직이는 가슴을 정면으로 보는 것은 아주 다른 문제이다. 하지만 나는 그런 의심을 해결하지 못했다. 갑자기 수줍음이 끼어들어 즉시 퍼졌기 때문이다. 전혀 모르는 사람에게 그렇게 나 자신을 드러내겠다는 생각은 도저히 참을 수 없었고 수용할 수 없는 것이었다. 게다가 어딘지 수상하고 파렴치한 사람에게는 더욱 그랬다. 또한 방금 전에 깨달은 바에 따르면, 디아스 바렐라도 파렴치했다. 아마 더 심했을 것이다. 하지만 그는 눈에 보이는 내 육체의 많은 부분들을 알고 있었다. 그것뿐만 아니라, 아직도 내가 사랑하는 남자였다. 그래서 나는 불신과 무분별한 역겨움이 뒤섞여 있다는 느낌을 받았다. 나는 지금 알고 있다고 생각했던 것—그걸 분석할 능력이 없다는 것은 아니다—을 받아들일 수가 없었다. 여기서 내가 '생각했던'이라고 말하는 것은 잘못 들었거나 혹은 잘못 알아들었다고 확신하기 때문이다. 내가 그 대화를 완전히 잘못 해석했다면 나중에 〈어떻게 그걸 그렇게 생각할 수가 있지? 참으로 내가 어리석었고 부당했어〉라고 생각할 수가 있기 때문이다. 동시에 나는 그 대화에서 파생된 사실들을 이미 불가피하게 내 것으로 수용하고 통합했으며, 그 사실들은 내 머리에 기록되었고, 솔직하게 거짓을 밝히라는 것은 나를 매우 위험한 상황에 처하게 하지 않고는 요구할 수 없음을 깨달았다. 나는 아무것도 모르는 척해야만 했다. 그것은 그의 눈에 첩자나 경솔한 여자로 보이지 않기 위해서였을 뿐만 아니라——그가 나를 어떻게 볼 것인지는 중요했고 아직도 중요한데, 그것은 그 어떤 변화도 즉각적이고 순간적이지 않으며, 심지어 끔찍한 발견으로 야기된 것도 마찬가지이기 때문이다——내게는 그게 현명한 처신이었고, 심지어 글자 그대로의 의미대로 절대적으로 필요한 것이었다. 또한 나는 두려움도 느꼈다. 그러니까 나 자신에 대해 약간의 두려움을 느꼈다. 벌어진 일과 마음에 새길 일의 규모를 측정한다면 많이 두려워할 만한 것은 아니었다. 섹스 후의 평안함 혹은 마비 상태에서 빠져나와 그런 상태에 함께 이르렀던 사람에게 두려움을 갖는 것은 쉬운 일이 아니었다. 그런 모든 상황에는 우리 영혼을 짓누르고 우리가 참고 견딜 수 없을 만큼 불길하고 고통스러운 꿈처럼 비현실적이고 상상할 수 없는 측면이 있었다. 나는 갑작스럽게 디아스 바렐라를, 일단 선을 넘으면 얼마든지 다시 범죄를 저지를 살인자로 볼 수는 없었다. 그는 사실 살인자가 아니었다. 훗날 나는 이렇게 생각하려고 애썼다. 그러니까, 그는 칼을 잡지도 않았고 그 누구도 찌르지 않았다고, 심지어 살인자, 즉 '고리야'인 바스케스 카네야라는 사람과 말을 한 적도 없고, 그에게 그 어떤 일도 맡기지 않았으며, 내가 추측하는 바에 따르면 그와는 만난 적도 없고, 한 마디도 주고받은 적이 없다고. 아마도 그런 음모를 획책하지도 않았고, 자신의 골칫거리를 루이베리스에게 이야기했으며 그래서 그가—디아스 바렐라의 마음에 들려고 안달한 바보이자 미친놈—스스로 모든 것을 계획했을 가능성도 있다. 그리고 마치 뜻밖의 선물을 가지고 나타나는 사람처럼, 모든 게 다 끝난 뒤에 그에게 달려와서 이렇게 말했을지도 모른다. "내가 당신이 갈 길을 얼마나 평평하게 닦아놨는지 봐. 내가 들판을 얼마나 시원하게 깎아놨는지봐. 이제는 모든 게 당신 손에 있어." 이 루이베리스조차 실제 실행자가 아니었다. 그는 무기를 손에 쥐지도 않았고 그 누구에게 정확하게 지시를 내리지도 않았다. 내가 이해한 바로는 처음에 그는 제삼자, 즉 심부름꾼이었고, 단지 비렁뱅이의 두서없는 상상력에 독을 넣고 비렁뱅이가 폭력적인 반응 혹은 발작을 할 것이라고 굳게 믿기만 했다. 물론 이런 일은 일어날 수도 있고 절대 그렇지 않을 수도 있다. 하지만 계획적인 범죄였다면, 이상하게도 우연이 지나치게 과도하게 개입되었다. 그들은 그가 어느 정도까지 행동할 것이라고 확신했으며, 어느 정도나 책임이 있을까? 또한 그들이 지시나 명령을 내리지 않았고 강요하지 않았으며, 그에게 7센티미터의 칼날이 쉽게 살로 파고드는 버터플라이 나이프를 제공하지 않았다면, 그 미친놈이 어떻게 그 칼을 손에 넣었을까? 그건 아무 데서나 살 수 있는 것이 아니다. 이론적으로 그 칼은 판매가 금지되어 있으며, 기껏해야 팁이 수입의 전부이며 낡아빠진 차 안에서 자는 사람에게는 그리 싼 것이 아니기 때문이다. 그들은 틀림없이 그에게 휴대전화를 주었다. 그건 그들이 그에게 전화를 걸기 위해서였지 그가 전화를 하라고 준 것이 아니었고—아마도 그는 전화를 걸 사람이 없었을 텐데, 딸들은 자신들의 행방을 알려주지 않았거나 고의로 그와 거리를 두면서, 늘 성을 내고 엄격하며 제정신이 아닌, 하늘의 재앙과도 같은 아버지를 피했을 것이기 때문이다—그의 귀에다 대고 속삭이는 사람처럼 그를 설득하기 위해서였다. 실제로 우리는 전화로 우리에게 말하는 소리가 멀리서가 아니라 아주 가까운 곳에서 들려온다는 사실을 잊어버린다. 그래서 똑같은 말을 해도 전화로 말하는 것이 얼굴을 마주보고 말하는 것보다 훨씬 더 설득력이 있다. 후자는 아주 드문 경우를 제외하고는 입술로 우리의 귀를 닦을 수 없다. 즉 우리를 제대로 설득하지 못한다. 일반적으로 하는 생각, 그러니까 실제로 얼굴을 보고 이야기해야 설득하는 데 유리하다는 생각은 잘못되었다. 반대로 그것은 악화시키는 요인이다. 하지만 내게는 잠시 마음을 가라앉히는 데 다소 도움이 되었고, 처음이나 그때나, 디아스 바렐라의 집에서나 그의 침실에서, 혹은 그의 침대에서 위협받고 있다고 느끼지 않게 해주었다. 분명한 것은 그가 자기 손을 피로 더럽히지 않았다는 사실, 즉 몇 년 동안 내가 아침을 먹으면서 지켜보았던, 내 마음에 쏙 들었던 그 남자, 그러니까 그의 가장 친한 친구의 피로 더럽히지 않았다는 사실이었다.

이제는 다른 사람이 있었다. 내가 얼굴을 확인하고 싶어 하고, 그래서 침실에서 옷을 반쯤 벗은 채 나가게 만든 사람이었다. 나는 그가 그곳을 떠나기 전에, 그리고 내가 영원히 그의 모습을 보지 못하기 전에 그렇게 하려고 했다. 아마도 두 사람 중에서 그가 훨씬 더 위험한 사람이고, 나를 보는 것이나 내가 자신의 모습을 기억하는 것을 전혀 반기지 않을 것 같았다. 그에게 나를 드러내는 것은 정말로 위험에 노출시키는 것이어서, 그의 눈에서 이런 문장을 읽을 수 있을 것 같았다. 〈난 당신의 얼굴을 기억하고 있어. 당신의 이름이 무엇인지, 당신이 어디에 사는지 확인하는 건 전혀 어렵지 않아.〉 그는 나를 제거하고 싶어 할지도 몰랐다.

그러나 나는 서둘러야 했다. 더 이상 머뭇거릴 수가 없었다. 그래서 브래지어를 하고 신발을 신었다——나는 다시 신발을 벗어서 내가 잠들기 전에 침대 아랫부분 모서리에 구두 굽을 문질러 바닥에 떨어뜨렸던 그 상태로 놔두었었다——브래지어를 하는 걸로 충분했다. 침입자가 있든지 없든지, 어쨌든 나는 브래지어를 했을 것이다. 그것은 내가 서서 움직일 때 나를 더 돋보이게 하기 때문이다. 심지어 방금 전에 아무것도 걸치지 않은 내 모습을 보았던 디아스 바렐라 앞에서도 그랬다. 그건 내가 보통 때 착용하는 것보다 작은 사이즈였다. 오래된 속임수로, 낭만적인 데이트를 할 때면 항상 좋은 결과를 낳는다. 가슴을 조금 더 들어 올리고, 조금 더 충만하게 만들기 때문이다. 물론 지금까지 내 가슴 때문에 문제가 생긴 적은 없었다. 그건 작은 미끼이지만, 데이트에 어떤 상황들이 포함될지 예측하고 나갈 때면, 결코 실패하지 않는다. 물론 어떤 상황들이란 그것보다 덜 중요한 다른 상황들과 함께 고려해야 한다. 그 브래지어는 모르는 사람이 나를 보다 멋있고 인상적으로——아니 보다 매력적으로——보게 만들어줄 것이었다. 하지만 또한 내가 보다 더 보호받는다고 느끼고 창피함을 줄여주는 데에도 도움이 될 것이었다.

나는 문을 열려고 했다. 이미 신발을 신고 있었다. 구두굽이 나무 바닥에 소리를 낼지도 모른다는 걱정은 하지 않았다. 그들이 충분히 귀 기울여 들으면서 자신들의 문제에 몰두하느라 여념이 없다면, 그건 그들에게 일종의 통보 기능을 하기 때문이다. 나는 표정 관리를 해야만 했다. 루이베리스라는 사람을 보면 완전히 놀란 표정을 지어야만 했다. 그러나 내가 아직 결정하지 못한 것은 그와 대면하는 순간 어떻게 그럴듯한 첫 반응을 하느냐는 것이었다. 분명히 나는 너무나 놀라고 당황한 나머지, 뒤로 돌아 전속력으로 침실로 달려가서 그날 입었던 가슴이 약간 아니 충분히 파인 브이넥 스웨터를 입고 다시 모습을 드러

낼 것이었다. 그리고 가슴을 손으로 가릴 것이었다. 아니면 그
건 너무 얌전한 척하는 걸까? 한 번도 겪어보지 않은 상황에 나
서는 것은 쉬운 일이 아니다. 나는 어떻게 그토록 많은 사람들
이 꾸미고 속이면서 평생을 보내는지 이해할 수 없다. 실제로
구체적인 것도 하나도 없고 모든 걸 만들어야 하는 상황에서,
가장 부적절하고 비현실적인 세세한 사항까지 모든 요인을 염
두에 둔다는 것은 완전히 불가능하기 때문이다.

나는 숨을 깊이 들이마셨고, 내가 맡은 연기를 할 만반의
준비를 하고서 손잡이를 돌렸다. 그 순간 나는 루이베리스가 내
시야에 들어오기 전에 이미 내 얼굴이 붉어져 있다는 사실을 알
았다. 그가 브래지어를 하고 꼭 붙는 치마를 입은 내 모습을 볼
것이라는 사실을 이미 알고 있었기 때문이다. 나에 대해 이미
최악의 인상을 갖고 있을, 잘 알지도 못하는 사람 앞에 그런 모
습을 보인다는 사실이 너무 창피했던 것이다. 아마도 얼굴이 달
아오른 것은 부분적으로 내가 방금 들은 내용 때문이었던 것 같
다. 그러니까 분노와 혐오가 뒤섞였다는 말인데, 그것은 나를
감싸고 있던 불신의 감정을 전혀 줄여주지 못했다. 어쨌든 나는
혼란스러운 느낌을 받으며 이런저런 생각을 했고, 어쩔 줄 모르
는 상태였다.

두 남자는 선 채로 즉시 주변을 훑어보았다. 내가 신발 신
는 소리나 다른 소리를 듣지 못한 게 분명했다. 그 순간 나는 디
아스 바렐라의 눈에서 냉정함 혹은 우려와 비난과 심지어 고통
까지도 보았다. 루이베리스의 눈에서는 오로지 놀라움만 볼 수
있었다. 그건 남자들이 무언가를 감지할 때 보여주는 눈빛이었
다. 나는 그걸 쉽게 간파할 수 있으며, 그가 그런 눈빛을 숨길

수 없으리라는 사실도 알고 있다. 세상에는 그런 종류의 평가에 눈동자가 아주 빠르게 반응하는 남자들이 있다. 그들은 그런 행동을 억제할 수 없으며, 사고를 당해 거리에 피를 흘리며 누워 있는 여자가 허벅지를 드러내더라도 추파를 던지는 것 같은 눈으로 바라볼 수 있는 인간들이다. 혹은 부상을 당해서 도움을 기다리며 웅크리고 있는 여자가 무의식중에 드러낸 음부를 빤히 쳐다볼 수 있는 인간들이다. 그것은 그들의 의지를 뛰어넘는 행동이며, 의지와는 아무런 관련이 없는 행위이다. 그것은 그들이 죽는 날까지 지속될 세상에서 존재하는 방식이어서, 그들은 영원히 눈을 감기 전까지는 언제라도 흐뭇한 마음으로 여자 간호사의 무릎을 쳐다볼 것이다. 비록 그녀가 올이 나간 하얀 스타킹을 신고 있더라도 말이다.

나는 본능적으로, 그리고 정말로 당황해서 손으로 가슴을 가렸다. 하지만 뒤로 돌아 즉시 그곳을 벗어나지는 않았다. 그 순간 뭐라고 말해야 한다고, 내가 충격을 받아 당황했음을 알려주는 말을 해야 한다고 생각했기 때문이다. 물론 무의식적이고 자연스러운 행동은 아니었다.

"아, 미안해요." 나는 디아스 바렐라에게 말했다. "손님이 온 것을 몰랐어요. 미안해요. 가서 옷 입고 올게요."

"아닙니다. 지금 가려던 참입니다." 루이베리스는 이렇게 말하면서 내게 악수를 청했다.

"내 친구 루이베리스예요." 디아스 바렐라는 마지못해 아무 수식어도 없이 소개했다. "여기는 마리아야." 그는 내 성을 말하지 않았다. 마치 집에 있는 루이사를 소개하는 것 같았다. 하지만 그가 의식적으로, 나를 최소한이나마 보호하기 위해 그랬을 가능성도 있다.

"루이베리스 데 토레스입니다. 만나게 되어 반갑습니다." 소개받은 사람이 자세하게 말하면서, 자신의 성에 귀족 계급 출신임을 의미하는 '데de'가 들어 있음을 강조했다. 그는 계속 손을 내밀고 있었다.

"반가워요."

나는 급히 그와 악수했다. 그러느라 순간적으로 한 손을 가슴에서 뗐는데, 그 순간 그의 시선이 내 가슴을 향해 급히 날아왔다. 나는 침실로 들어갔지만 문을 닫지는 않았다. 내가 다시 돌아오겠다는 의도를 분명히 한 것이다. 방문객은 아직 자신이 쳐다보고 있는 사람에게 작별을 하지 않고서는 그곳을 떠나지 않을 것이었다. 나는 스웨터를 들고, 그의 눈앞에서 그것을 입고서―나는 그가 내게서 눈을 떼지 않는다는 것을 알았다. 나는 서 있었고, 따라서 옷을 입을 때 그는 내 옆모습을 보았다―다시 나왔다. 루이베리스 데 토레스는 목에 풀라르 스카프를 두르고 있었고―그냥 장식에 불과했으며, 방문 내내 벗지 않았을 것이다―문제의 가죽 외투를 어깨 위에 걸치고 있었다. 그래서 그 외투는 마치 연극할 때나 카니발 때의 망토처럼 내려와 있었다. 길고 검은 가죽옷이었다. 마치 나치 영화에 나오는 나치 친위대 혹은 게슈타포 요원들이 입고 다니는 것 같았다. 그는 극도의 불쾌감을 야기할 수 있는 위험 상황에서도 빠르고 쉽게 관심을 끄는 것을 좋아하는 부류의 남자였다. 이제 그가 디아스 바렐라의 말에 복종한다면, 그 옷을 포기해야만 할 것이었다. 가장 먼저 내 머리를 스친 생각은 그가 파렴치한이자 불량배라는 게 너무나 분명한데, 어떻게 디아스 바렐라가 그를 믿었는지 이해가 되지 않는다는 것이었다. 그의 얼굴과 행동에, 그의 언행과 태도에 그게 쓰여 있었다. 슬쩍 쳐다만 봐도 그의 본질과 본색을 간파할 수 있었다. 그는 이미 쉰 살이 넘었지만, 모든 면에서 젊어지려고 했다. 그의 매력적인 머리카락은 뒤로 빗어 넘겨져 있었고, 그래서 이마 위로 웨이브가 졌다. 약간 길고 숱이 많았지만, 완전히 전통적인 헤어스타일이었다. 흰머리가 줄무늬로, 아니 덩어리로 나 있었지만, 점잖게 보이지는 않았다. 너무 인위적인 색깔, 즉 수은 색으로 그 부분을 강조하려고 염색한 것 같았기 때문이다. 운동선수 같은 몸통은 이미 약간 볼록해져 있었다. 있는 힘을 다해 복부가 살찌는 것을 막고, 대신 가슴 근육을 키우는 사람들에게서 일반적으로 볼 수 있는 현상이다. 게다가 환한 미소를 지으면서 반짝이는 치열을 드러냈는데, 위로 접어 포개어진 윗입술이 입안의 축축한 내부를 드러내면서 몸 전체가 그가 호색한이라는 것을 강조했다. 코는 곧고 날카로웠으며, 가운데 코뼈가 심하게 돌출되어 있어 마드리드 사람이라기보다는 로마 사람처럼 보였는데, 나는 배우 비토리오 가스만*을, 그러니까 고귀한 분위기를 풍기던 노년의 그가 아니라 악역을 맡았을 때의 그를 떠올렸다. 그랬다. 그가 상냥하지만 사기꾼이라는 것은 누가 봐도 분명했다. 그는 팔짱을 끼고 있어서 각각의 손이 반대 팔의 이두근 위에 놓여 있었다. 그는 반사적인 행동처럼 순간적으로 근육에 힘을 주었다. 마치 이두근을 쓰다듬거나 강도를 재려는 것 같기도 했고 아니면 지금은 외투로 가린 그것들에 관심을 유도하려는 것 같았다. 하지만 그건 모두 쓸모없는 동작이었다. 나는 그가 티셔츠를 입은 모습을 쉽게 상상할 수 있었다. 심지어 한 번도 말을 타보지 못한, 좌절한 폴로 선수를 저속하게 모방하면서 롱부츠를 신은 모습도 상상할 수 있었다. 그랬다. 디아스 바렐라가 그를 그토록 비밀스럽고 어려운 과업에, 너무나 더러운 그런 과업에 공범으로 삼은 것은 정말 이상했다. 그 과업은 '이다음에', 즉 '나중에' 혹은 '지금 이 순간 이후'에 죽었어야 하는 사람에게 죽음을 가져다주는 것이었다. 그 시간은 내일이 될 수도 있고, 모레가 될 수도 있지만, 결코 지금은 아니다. 바로 거기에 문제가 있다. 우리 모두가 죽기 때문이다. 그리고 결국 그 어떤 것도 과도하게 바뀌지는 않는다. 그 어떤 것도 본질은 바뀌지 않기 때문이다. 그리고 순서가 앞당겨져서 누군가 살해되면, 문제는 언제

---

* Vittorio Gassman(1922~2000): 이탈리아의 영화배우로 1975년 칸 영화제에서 남우 주연상을 받았다.

인가이지만, 어떤 것이 적절하고 올바른 시간인지는 아무도 모른다. '지금'이라는 것은 속성상 계속 바뀌는 것인데, '지금부터'나 '지금 이후로'라는 게 무슨 의미일까? 시간은 연속적이고 불가분이며, 하나의 시간과 다른 시간은 영원히 바싹 붙어 있을 뿐인데, 지금과 다른 시간이라는 것은 무엇을 의미할까? 그런 시간은 마치 멈출 힘이 없이, 목표가 무엇인지도 모르는 것처럼 성급하게 나아가다가 고꾸라진다. 그런데 왜 사건들은 일어날 때가 되면 일어나는 것일까? 왜 전날도 아니고 다음 날도 아닌 바로 그 날짜에 일어나고, 왜 그 순간이 그토록 특별하고 결정적일까? 무엇이 그 순간을 가리키고, 누가 그것을 선택하며, 왜 맥베스가 말한 것을 다른 누군가가 말할 수 있을까? 나는 디아스 바렐라가 그의 말을 인용한 걸 들은 뒤에 그 작품을 읽었다. 맥베스는 즉시 이렇게 덧붙인다. "There would have a time for such a word"(그런 단어를 말할 시간이 있었을 것이다). 다시 말하면 '그런 정보' 혹은 '그런 구절'인데, 다름 아니라 위안이 되는 소식이나 불행한 소식을 알려주는 그의 수행 장교 시튼의 입에서 방금 들은 "폐하, 왕비께서 돌아가셨습니다"라는 말이다. 셰익스피어의 작품에 너무나 자주 나타나는 그토록 유명한 말의 모호함과 미스터리의 의미에 대해, 셰익스피어 연구자들은 의견의 일치를 보지 못한다. '이다음'이란 무슨 의미일까? '보다 적절한 시간에 죽을 수 있었다'라는 소리일까? 아니면 '이런 일에는 보다 좋은 기회를 골랐어야 하지 않을까? 이건 내게 전혀 적절하지 않아'라는 의미일까? 아니면 아마도 '보다 알맞고 평화로운 시간, 그녀가 적절하게 영광을 받을 수 있었던 시간이 자 내가 멈출 수 있었고 나와 함께 야심과 범죄와 희망과 권력 과 두려움을 함께 나눠 가졌던 여인의 죽음을 애도할 수 있었던 시간'이란 의미일까? 맥베스는 잠시 말을 멈추었다가 곧 그 유 명한 열 줄의 대사를 말한다. 그의 이 혼잣말은 너무나 유명해 세상의 많은 사람들이 외우는 대사이다. 그 대사는 이렇게 시작 한다. "내일, 또 내일, 그리고 또 내일이⋯⋯" 그가 그 말을 마 쳤을 때 — 하지만 그가 말을 끝냈는지 아니면 자신의 말이 중 단되지 않았다면 다른 말을 더 덧붙이려고 생각했는지 누가 알 겠는가! — 전령이 도착해서 주의를 기울여 들어달라고 부탁한 다. 그것은 끔찍하고 초자연적인 소식이었기 때문이다. 전령은 바로 버넘 숲이 움직이고 있으며, 그들이 주둔하고 있는 던시네 인 언덕으로 전진하고 있다고 알려준다. 이것은 그가 패배할 것 임을 의미한다. 그리고 패배하면 죽을 것이고, 죽으면 그의 목 은 잘려서, 그러니까 아직도 그것이 달려 있는 몸에서 떨어져 나갈 것이고, 마치 전승 기념품처럼 전시될 것임을 뜻한다. 그 때 그는 전령을 보지 않은 채 이렇게 말한다. "그녀는 나중에 죽 었어야 했어. 내가 여기에 없어서 그 소식을 듣지 못할 때, 그리 고 내가 그 어떤 것도 보거나 꿈꾸지 못할 때. 내가 더 이상 시 간 속에 있지 않을 때, 그래서 이해할 수도 없을 때."

두 사람을 보지 못하고 그들의 말을 들었을 때, 그러니까 루이베리스 데 토레스의 얼굴을 아직 모르고 있었을 때 내가 느꼈던 것과는 정반대로, 나는 두 사람과 잠시 함께 있었지만 전혀 두렵지 않았다. 그러나 새롭게 등장한 남자의 용모와 태도는 사람을 안심시킬 정도가 아니었다. 사실 그의 모든 게 파렴치한 악당이라는 것을 보여주었지만, 재수 없는 인간은 아니었다. 그는 사소하지만 야비한 행위를 수없이 자행한 것이 분명했다. 그리고 그런 행위는 때때로 그가 더 큰 범죄를 저지르도록 만들었을 것이고, 자연히 그는 국경을 넘어 인근 국가에 가서 살게 되었을 것이며, 이 땅을 밟더라도 아주 짧은 시간만 방문하고 떠나는 사람 같았다. 만일 그가 매일 그런 일을 반복했다면 그는 끔찍해했을 것이다. 나는 두 사람이 그다지 친하지 않으며, 어울려 보이지도 않는다는 것을 알았다. 내가 보기에 그들은 잠재적인 한 쌍의 살인자라기보다는, 상대방의 위험성을 중화시킬 뿐, 둘 다 자신의 의심을 드러내지도 못하고, 자신들이 획책한 살인 계획의 공범자가 증인일지라도, 그 증인이 쳐다보는 앞에서 내게 따지지도 못할 뿐 아니라, 아무것도 할 수 없을 것 같았다. 마치 우연히, 그리고 잠깐 동안만 단 하나의 행위를 위해 뭉친 것 같았으며, 결코 영속적인 제휴나 협력을 이룰 것 같지 않았고, 장기적인 계획을 갖고 있는 것 같지도 않았다. 이미 행해진 그 모험과 결과에 맞서기 위해서만 힘을 합친 것 같았다. 다시 말하면, 상황에 따른 협력이었을 뿐, 두 사람 모두 원하지 않았을 제휴였으리라. 루이베리스는 아마도 돈 때문에 혹은 빚을 갚기 위해 그 일에 가담했을 테고, 디아스 바렐라는 보다 나은 놈을──보다 더러운 작자──알지 못한 데다, 부정하게 돈 버는 놈을 믿는 것 말고는 다른 방법이 없었기 때문이었으리라. '원칙적으로 넌 내게 전화하지 말아야 해. 너와 내가 통화한 게 얼마나 되었는지 알아? 그러니 이번에 내게 할 말은 아주 중요한 것이겠지.' 루이베리스가 디아스 바렐라에게 왜 휴대전화를 꺼놨느냐며 투덜대자, 디아스 바렐라는 이렇게 그를 나무랐다. 두 사람은 평소에 만나는 사이가 아니었고, 비록 서로 나무라거나 질책할 정도로 친한 것 같았지만, 그 친밀함은 두 사람이 공유하는 비밀, 혹은 그들이 죄책감을 느꼈다면 그 죄책감에서 비롯된 것이었다. 하지만 나는 그들이 죄책감을 느꼈다는 인상을 전혀 받지 못했다. 오히려 뻔뻔스럽게 느껴졌다. 사람들은 함께 범죄를 저지르면, 혹은 무언가를 함께 공모하거나 획책하면, 게다가 그걸 실행에 옮기면 하나가 되었다는 끈끈한 감정을 느끼게 된다. 갑자기 서로 지나치게 친한 감정을 갖게 되는 것이다. 서로 가면을 벗은 상태가 되어, 자기 동료에게 실제의 모습이 실제가 아니라고, 실제로 자신들이 행했던 것을 앞으로는 결코 하지 않겠노라고 거짓말할 수 없기 때문이다. 그들은 서로를 알기 때문에 하나가 된다. 그것은 은밀한 연인들 혹은 은밀하지 않거나 그럴 필요도 없지만 입을 다물기로 결정하는 연인들과 흡사하다. 그런 사람들은 사생활이 세상의 나머지 사람들과는 관련이 없다고 여기고, 키스를 할 때마다 혹은 서로 포옹할 때마다 세상 사람들에게 말해야 할 이유는 없다고 믿는다. 디아스 바렐라와 나의 경우가 바로 그랬다. 우리는 우리 관계에 대해 입을 다물었고, 그런 사실을 알게 된 최초의 사람은 루이베리스였다. 각각의 범죄자는 자기 협력자가 어떤 능력을 갖고 있으며, 그 협력자도 그에 관해 정확하게 알고 있다는 사실을 잘 알고 있다. 모든 남자 연인은 상대방이 자신의 약점을 잘 알고 있으며, 자신이 그녀를 육체적으로 매료시키지 못할 뿐만 아니라, 그녀가 역겹거나 그녀에게 전혀 무관심한 것처럼 위장할 수 없다는 것을 잘 알고 있다. 그리고 상대방을 경멸하거나 거부하면서, 그렇지 않은 것처럼 행동할 수 없다. 적어도 육체관계의 영역에서는 그럴 수 없다. 사실 우리 여자들에게는 유감스러운 일이지만, 대부분의 남자는 상당히 오랜 시간 동안, 그러니까 조금씩 우리에게 익숙해지고 점차 감정적이 될 때까지 아주 지루하고 단조로운 경향이 있다. 그래서 심지어 우리는 남자들과의 만남이 어느 정도 유머로 물들어 있다면 그나마 다행이라고 여긴다. 사실 그건 때때로 통명스럽고 험악한 수많은 남자들을 부드럽게 만드는 첫걸음이다.

잘 알지도 못하는 남자거나 잘 아는 남자라도 그가 우리 침대에서 잠시 머문 다음——아니면 우리가 남자의 침대에 머문 다음이라도 아무 차이는 없다——지나치게 친한 척을 하면 우리는 짜증이 난다. 그러니 범죄를 저지르고서 한패가 된 사람들 사이에서는 그게 얼마나 괴롭고 짜증날 일일지는 보지 않아도 잘 알 수 있다. 그런 것 중 하나가 상호 존중이 하나도 없는 관계이다. 특히 문제의 범인이 순전히 아마추어라면, 혹은 야비한 행위를 기획하기 며칠 전에, 그리고 아마도 그런 생각을 실행에 옮긴 이후, 다른 사람이 저지른 비슷한 행위를 들으면 공포에 사로잡힐 일반적인 사람이라면 더욱 그렇다. 그런 사람들은 살인을 제안한 후, 혹은 살인을 부탁하거나 지시한 후에도, 여전히 거드름을 피우면서 자기 자신에 대해 이렇게 생각할 것이다. 〈나는 살인범이 아니며, 나는 나 자신을 결코 살인자라고 여기지 않아. 그런 일들은 일어나기 마련이고, 때때로 우리는 어느 지점에서 그런 일에 개입해야만 하는 경우가 있어. 그게 중간이건 끝날 때건 혹은 시작할 때건 아무 상관이 없어. 모든 건 다른 것과의 관계 속에서 일어나는 거야. 그래서 살인에는 수많은 요인들이 연루되고, 단 하나의 요인이 원인인 경우는 결코 없어. 루이베리스는 거부할 수도 있었고, 또한 ‘고리야’가 잘못된 생각을 갖도록 루이베리스가 보낸 작자도 거부할 수 있었어. 고리야는 실제로 그가 잠시 갖고 있던 휴대전화를 받지 않을 수도 있었어. 우리가 그에게 그 전화를 주었고, 그에게 전화를 걸어서 미겔이 그의 딸들을 망가뜨린 장본인이며 책임자라는 사실을 깨우쳐주었어. 그는 이런 악의적인 거짓말을 무시할 수도 있었고, 아니면 끝까지 사람을 착각하는 바람에 운전사를 열여섯 번이나 찌를 수도 있었어. 심지어 그중의 다섯 번은 치명적인 상처를 남겼지. 그 사건이 일어나기 며칠 전에 그 작자가 운전사에게 주먹질을 한 것은 괜한 짓이 아니었거든. 미겔은 생일날 그 자동차를 골라 운전하지 않을 수도 있었어. 그랬다면 아무 일도 일어나지 않았을 거야. 그날도 그렇고, 다른 날도 그랬을 거야. 아마도 필요한 모든 요소들이 결코 모두 합쳐지지는 않았을 거야…… 그 비렁뱅이는 버터플라이 나이프를 가지고 있지 않을 수도 있었어. 그건 아주 **빠르게** 펼쳐지는 칼이어서 내가 그에게 주려고 주문한 거야…… 이런 여러 우연들의 일치에 내가 책임을 질 것은 하나도 없어. 우리가 구상하는 계획은 그저 시도이자 실험일 뿐이며, 한 장씩 뒤집어져서 드러나는 카드 패에 불과해. 하지만 우리가 원하는 카드는 대부분 나타나지 않고, 적당한 카드가 되지도 않아. 우리가 죄를 범할 수 있는 유일한 경우는 무기를 들고 그것을 스스로의 손으로 사용하는 거야. 나머지 모든 건 우발적이며 우리가 상상하는 것들이고—체스에서 대각선으로 가로지르는 비숍, 다른 말을 뛰어넘는 나이트—, 우리가 욕망하고 두려워하며 부추기는 것들이야. 그런 생각을 가지고 우리는 장난치고 공상하는데, 때때로 실제로 그런 일이 일어나는 거야. 우리가 원하지 않더라도 일어날 때가 되면 일어나는 것이고, 우리가 아무리 원하더라도 때가 되지 않으면 일어나지 않아. 어쨌거나 그런 모든 상황에서 우리가 할 수 있는 일은 거의 없어. 우리가 아무리 치밀하게 계획을 짜더라도 실 하나가 느슨해지는 것을 막을 수는 없어. 그건 들판 한가운데에서 하늘로 화살을 쏘는 것과 같아. 화살이 하강을 시작할 때면 보통은 화살촉이 아래를 향해 똑바로 내려와. 화살이 누군가를 때리거나 상처를 입히는 경우는 없어. 혹시 그런 경우가 있다면, 그건 활을 쏜 사수뿐이야.〉

나는 디아스 바렐라가 루이베리스에게 말하는 태도에서 상호 존중이 완전히 결여되었음을 눈치챘다. 심지어 그에게 떠나라고 지시하기도 했다. ('알았어. 네 말을 듣느라고 많은 시간을 썼어. 더 이상 내 방문객을 소홀히 대할 수 없어. 그러니 어서 가, 제발 부탁이니 어서 여기서 떠나줘. 루이베리스, 어서 가!' 그는 내가 루이베리스와 아주 간단한 대화를 끝내자 이렇게 말했다. 그가 루이베리스에게 이미 돈을 지불했거나 혹은 중개자나 범죄 조직책으로 일한 대가, 또는 그 결과를 주시하는 대가로 아직도 돈을 지불하고 있다는 사실은 너무나 분명했다.) 또한 루이베리스가 나를 처음 본 순간부터 문으로 나갈 때까지 나를 훑어본 태도에서도 그걸 눈치챌 수 있었다. 그는 나를 평가하는 것 같은 처음의 눈길을 그대로 유지했다. 내가 갑작스럽게 나타났다는 걸 감안하면 그런 시선은 참을 수 있었지만, 내가 그곳에, 그 침실에 있는 게 처음이 아니라는 것을 확인하고도 그런 눈길을 거

두지 않았다. 사실 그런 건 우리가 즉시 감지한다. 그는 내가 그
곳에 있는 것이 우연한 만남의 결과이거나 넌지시 떠보는 행동
이 아니고, 나는 단 하룻저녁만—아니면 '처음으로'라고도 말
할 수 있지만, 그것은 때때로 '한번만'과 동일한 의미가 되기
도 한다—남자의 집으로 올라가는 여자, 그러니까 자기 마음
에 드는 남자의 집으로 올라갈 수 있는 여자가 아니라는 사실을
알면서도 그랬다. 말하자면 나는 적어도 그 기간에는 그의 친구
가 '차지'하고 '점유'한 여자였고, 실제로 거의 그런 의미에 부
합했다. 그러나 그런 사실도 그에게는 특별한 의미를 갖지 않았
다. 그는 상황을 파악하려는 듯한 남성적 시선이나 잇몸을 훤히
드러내는 추잡하고 경박한 미소를 단 한 순간도 누그러뜨리지
않았다. 마치 브래지어와 치마만 입은 여자를 뜻하지 않게 쳐다
보고 그런 여자를 알게 되는 것은 가까운 미래를 위한 투자라고
여기고, 나와 단둘이 혹은 다른 장소에서 곧 만날 수 있기를 기
대하거나, 어쩔 수 없이 자신의 의사와는 달리 우리를 소개했던
사람에게 나중에 내 전화번호를 달라고 요구할 수도 있다고 생
각하는 것 같았다.

"이렇게 갑자기 나타나서 정말 미안해요." 이제는 스웨터
를 입고 다시 거실을 지나가면서 내가 말했다. "우리 두 사람만
있는 게 아닌 걸 알았다면 이렇게 나오지는 않았을 거예요." 나
는 그 어떤 의심도 떨쳐버리기 위해 이 점을 강조할 필요가 있
다는 사실을 깨달았다. 디아스 바렐라는 심각한 눈으로 나를 계

속 쳐다보았다. 거의 나를 나무라거나 아니면 못마땅하다는 듯
이 쳐다보는 가혹한 시선이었다. 루이베리스는 그러지 않았다.

"미안해할 필요는 없어요." 그는 시대에 뒤떨어진 구식 말
투로 정중하게 말했다. "당신의 의상은 그 어떤 것보다도 눈부
셨습니다. 그게 너무 짧게 지속된 것이 유감일 따름입니다."

디아스 바렐라는 얼굴을 찌푸렸다. 그때까지 일어난 일을
전혀 달가워하지 않는 눈치였다. 자신의 공모자가 도착한 것과
그가 가져온 소식, 내가 그들의 무대에 끼어든 것도 그랬고, 자
신의 공모자와 내가 인사를 나눈 것도 못마땅했으며, 내가 편안
하게 깊은 잠을 잘 거라고 생각했는데, 문틈으로 자신들의 대화
를 엿들었을 가능성이 있다는 것도 그랬다. 틀림없이 루이베리
스가 내 브래지어와 치마를 탐욕스럽게 쳐다보는 것도, 혹은 스
스로를 상당히 교양 있는 사람으로 여기면서, 몸을 거의 다 들
어낼 정도로 옷을 입은 내게 의례적인 인사와 치하를 하는 것도
못마땅했으리라. 반면 나는 그 순간 엉뚱한 기쁨을 발견하고는
어린애처럼 유치한 꿈을 꾸었다. 오로지 한 순간만 지속되었던
그 꿈은 디아스 바렐라가 나에게 질투 비슷한 감정을 느낄 것이
라는, 아니 질투를 떠올리게 하는 감정을 느낄 것이라는 상상이
었다. 그의 기분이 몹시 상했음은 분명했는데, 루이베리스가 떠
나고 우리 단둘이 있게 되자 더욱 그랬다. 루이베리스는 어깨에
외투를 걸치고 천천히 엘리베이터를 향해 걸어갔다. 마치 자신
의 그런 모습에 흡족해하며, 내가 그의 뒷모습을 감상할 수 있

도록 시간을 주려는 것 같았다. 의심의 여지 없이 그는 나이 먹는 것을 깨닫지 못하는 일종의 낙관주의자임에 분명했다. 엘리베이터 안으로 들어가기 전에 그는 우리를 향해 다시 눈을 돌렸다. 우리는 현관 입구에서 마치 결혼한 부부처럼 그를 지켜보고 있었고, 그는 한 손을 잠시 한쪽 눈썹에 갖다 대고서 마치 모자를 벗는 것처럼 그 손을 살짝 위로 올리는 제스처를 취했다. 그가 가져와서 알려주었던 걱정과 문제는 사라져버린 것 같았다. 그는 즐거운 일만 있으면, 그러니까 기분을 즐겁게 해줄 수 있는 현재의 순간만 있다면 걱정과 근심에서 얼마든지 벗어날 수 있는 가볍고 경박한 사람임이 분명했다. 그러자 그가 친구의 충고를 듣지 않을 것이고, 가죽 외투 입는 것을 너무나 좋아한 나머지 그것을 찢어버리지 않을 것이라는 생각이 퍼뜩 떠올랐다.

"누구죠?" 나는 디아스 바렐라에게 물으면서 무관심한 말투, 그러니까 전혀 의도적이지 않은 말투를 사용하려고 애썼다. "무슨 일을 하는 사람인가요? 내가 만난 당신 친구는 처음인데, 당신은 그를 탐탁지 않게 생각하는 것 같아요. 그렇죠? 약간 별난 사람 같아요."

"루이베리스라는 사람이에요." 그는 마치 그게 새로운 자료이거나 결정적인 정보인 것처럼 짧고 분명하게 대답했다. 그러자 그는 자기가 너무 무뚝뚝하게 대답했으며, 아무것도 말해주지 않았다는 사실을 깨달았다. 그는 잠시 침묵을 지켰다. 체면을 지키면서 내게 해줄 수 있는 말이 무엇인지 생각하는 것 같았다. "리코도 만났죠." 그가 지적했다. "여러 가지 일을 하는데, 특별히 하는 건 없어요. 친구라고 말할 수는 없고, 오래전부터 아는 사이지만 피상적으로만 알고 있어요. 여러 모호한 사업을 하는데, 잘되는 건 하나도 없어요. 그래서 자기가 할 수 있는 온갖 잡일에 관여하는 거예요. 돈 많은 여자의 마음을 정복해서 그 여자가 지겨워하지 않고 자신을 도와줄 때까지 빈둥빈둥 놀며 지내죠. 그러지 않으면 텔레비전 프로그램의 원고를 쓰고, 장관이나 재단 이사장, 회사 사장, 혹은 은행가 들에게 연설문을 써주죠. 때때로 유령 작가로도 활동해요. 꼼꼼하고 세심한 역사 소설가들에게 자료도 조사해주죠. 가령 19세기에 혹은 1930년대에 사람들은 어떤 옷을 입었는지, 교통망은 어땠는지, 어떤 무기를 사용했는지, 면도용 솔이나 헤어핀은 어떤 재료로 만들어졌는지, 언제 이런저런 건물이 세워졌는지, 혹은 어느 영화가 언제 처음으로 상영되었는지를 조사하죠. 그러니까 독자들은 지겨워하지만 작가들은 감동을 준다고 여기는 온갖 쓸모없는 잡동사니 지식들이에요. 정기간행물 열람실을 샅샅이 뒤지면서 사람들이 그에게 요구하는 자료라면 무엇이든지 제공하죠. 그런 일을 하면서 전혀 의도치 않게 많은 지식을 얻어요. 젊었을 때는 두어 편의 소설을 출간했어요. 많이 팔리지는 않은 것 같은데, 나도 잘 알지는 못해요. 여기저기서 부탁을 받고 그 부탁을 들어주는데, 무엇보다도 그런 일로, 그러니까 많은 사람들과 안면이 있는 걸로 생계를 유지하는 것 같아요. 전혀 불필요하면서도 필요한 사람이죠." 그는 말을 멈추었다. 그리고 잠시 머뭇거렸다. 자기가 하려는 말을 덧붙이는 게 좋을지 아닐지 생각하는 것 같았다. 그러더니 그런 말을 하지 말아야 할 이유가 아무것도 없다고 결정했거나, 아니면 전혀 해로울 것 없는 인물 묘사를 완결하지 않으려는 인상을 주는 것은 더욱 문제가 될 수 있다고 생각한 것 같았다. "이제 그는 식당 하나 아니 두 개를 공동으로 소유하고 있는데, 두 개 모두 잘되지는 않아요. 장사가 오래 지속되지 않아요. 가게를 열면 얼마 되지 않아 닫죠. 그런데 흥미로운 사실은 어느 정도 시간이 흘러서 돈이 다시 생기면 그는 항상 새 식당을 연다는 거예요."

"그가 뭘 원했던 거죠? 온다고 말하지도 않고 온 거죠?"

나는 두 가지 질문을 한꺼번에 던지면서 즉시 후회했다.

"왜 그걸 알고 싶어 하죠? 그게 당신과 무슨 상관이 있죠?"

그는 퉁명스럽게, 거의 화를 내면서 말했다. 나는 그가 곧 나를 믿지 않을 것이라고, 나를 성가신 존재로, 아니 위협적인 존재로 여길 것이고, 내가 불편한 증인이 될지도 모른다고 생각할 것이라고, 이미 나를 경계하고 있다고 확신했다. 사실 조금 이상한 일이었다. 불과 얼마 전까지만 해도 나는 즐겁고 유쾌하며 전혀 해가 되지 않는, 무엇보다도 그가 걱정할 필요가 없는 사람이었다. 아니 분명히 그 반대였다. 나는 가장 상냥하고 싹싹한 재밋거리였다. 그러면서 그는 시간이 지나고 치료가 되기를, 그의 기대가 이루어지기를 기다리거나, 아니면 그가 할 수 없는 일, 가령 권유하거나 끈질기게 설득하거나 혹은 유혹하거나 심지어 루이사를 사랑에 빠지게 하는 일을 시간이 대신 해주기를 기다릴 수 있는 사람이었다. 그는 그녀가 가지고 있는 것 이상을 원하지 않는 사람이었으며, 그녀가 줄 생각도 없는 것을 달라고 하지도 않는 사람이었다. 그런데 이제 그는 걱정과 두려움, 그리고 의심에 사로잡혀 있었다. 그렇지만 내게 그들의 대화를 들었느냐고 물어볼 수도 없었다. 내가 듣지 않았다면, 내가 잠자는 동안 루이베리스와 그가 말했던 것이 무엇인지 내 관심을 일깨울 수도 있었기 때문이다. 물론 그건 내 의무도 아니었고 내 관심사도 아니었다. 나는 그저 그곳에 잠시 있었을 뿐이기 때문이다. 물론 내가 그들의 대화를 들었다면, 나는 듣지 못했다고 대답할 것이 뻔했고, 어쨌든 그는 진실을 알 수 없을 것이었다. 그때부터 내가 문제가 될 수 있는 인물, 아니 거추장스럽고 방해가 되는 인물일 수 있다는 것은 너무나 자명한 사실이었다.

그러자 나는 다시 약간의 두려움과 공포를 느꼈다. 그 사람, 단지 그 사람만이 두려웠다. 그 누구도 그를 제어할 수 없었다. 아마도 중간에 있는 나를 제거하는 것이 그의 비밀을 안전하게 보존하는 유일한 방법일 것이었다. 일단 범죄를 저지르면 그걸 다시 저지르는 건 그리 어렵지 않다고, 일단 선을 넘으면 돌아갈 수 있는 방법이 없다고, 양적인 면은 도약의 정도에 따라 부차적인 것이 된다고, 즉 질적인 도약을 해야 우리의 목숨이 붙어 있는 마지막 날까지 우리는 영원한 살인자가 된다고, 그러니까 우리보다 오래 살아남는 사람들의 기억 속에서 존재하게 된다고 사람들은 말한다. 물론 그들은 무슨 일이 일어났는지 알거나 아니면 나중에 그런 사실을 알 수도 있지만, 그때는 이미 우리가 더 이상 그런 사실을 복잡하게 만들거나 부정할 수 없다. 도둑은 자기가 훔친 것을 되돌려놓을 수 있고, 남을 헐뜯는 사람은 자신의 중상모략을 인정하고 바로잡아서 자신이 비난한 사람의 훌륭한 명성을 깨끗하게 되돌릴 수도 있으며, 심지어 배신자도 너무 늦지만 않다면 때때로 자신의 배신 행위를 지울 수 있다. 하지만 살인과 관련된 문제는 항상 때가 너무 늦으며, 그래서 우리가 죽인 사람을 세상에 복구시킬 수 없다. 살인은 뒤집을 수 없으며, 바로잡거나 고칠 방법도 없다. 미래에 다른 목숨을 아무리 많이 구한다고 할지라도, 우리가 빼앗은 목숨을 결코 지워버릴 수는 없다. 용서를 받을 방법이 없다면, 필요할 때마다 우리가 택한 길을 계속 가는 수밖에 없다고 사람들은 말한다. 중요한 것은 이제 우리를 더럽히는 게 아니다. 이미 우리의 가슴속에 결코 제거할 수 없는 오점을 가지고 다니기 때문이다. 따라서 그런 오점이 드러나지 않도록, 그런 오점이 전해지지 않도록, 그리고 우리가 한 일이 그 어떤 결과도 낳지 않고 우리를 파괴하지 않도록 하는 것이 중요하다. 다른 얼룩이나 오점을 덧붙이는 것은 그리 중대하거나 심각한 일이 아니다. 그것은 첫번째 오점과 뒤섞이거나 혹은 첫번째 오점에 흡수되기 때문이다. 또는 두 개가 합쳐지거나 혹은 동일한 하나가 되고, 그러면 우리는 살해하는 것이 우리 인생의 일부를 이루고, 역사를 통해 수많은 다른 사람들이 그랬던 것처럼 그런 운명을 겪어야만 했다는 생각에 익숙해진다. 우리는 우리가 처한 상황에 새로운 것은 아무것도 없으며, 그런 경험을 겪은 사람은 수없이 많다고 생각한다. 그러면서 그들은 너무 괴로워하지 않거나 힘들지 않게, 그리고 당혹해하지 않고서 그런 경험을 하며 살아왔으며, 심지어는 간헐적으로, 그러니까 매일 조금씩 우리를 지탱하면서 끌고 가는 일상 속에서 그런 경험을 잊기도 했다고 여긴다. 그 누구도 구체적인 행동을 후회하면서, 혹은 한 번, 아니 두 번이나 일곱 번이라도 오래전에 했던 행동을 하나도 잊지 않으면서, 평생 모든 시간을 보낼 수는 없다. 항상 근심 걱정이 없는 시간, 슬프지 않은 시간은 모습을 드러내기 마련이며, 최악의 살인자는 그 순간들을, 아마도 죄 없는 그 어떤 사람들보다 적지 않게 그 순간들을 즐긴다. 그리고 그는 계속 살아가면서 살인을 가공할 만한 예외라거나 비극적인 실수라고 여기지 않으며, 인생이 가장 대담하고 강인한 사람들에게, 그리고 가장 단호하고 참을성 있는 사람들에게만 주는 또 다른 원천이라고 간주한다. 그들은 결코 고립되지 않았다고 느끼며, 크고 많으며 오래된 무리의 사람들, 즉 그들을 불쾌하거나 비정상적으로 여기지 않고 스스로를 이해하고 합리화하는 가문의 일원을 형성한다고 느낀다. 마치 그가 그런 행동을 물려받았거나, 혹은 그 누구도 예외 없이 참가하는 장터의 복권 추첨에서 당첨된 것처럼, 다시 말하면, 그가 전적으로 그런 행동을 저지른 것도 아니고 혼자 저지른 것도 아니라고 느끼게 해준다.

"아니에요, 아무 이유도 없어요. 미안해요." 나는 내 목구
멍에서 나올 수 있는 최대한 순진한 말투로, 그리고 그의 방어
적 행동에 너무나 놀랐다는 말투로 서둘러 대답했다. 이미 내
목은 공포와 두려움에 사로잡혀 있었고, 그의 손은 언제든지 내
목을 감싸 쥘 수 있었으며, 너무나 쉽게 내 목을 조르고 또 조
를 수 있었다. 그러면 가는 내 목은 최소한의 저항도 할 수 없을
것이며, 내 손은 그의 손을 떼어내거나 그의 손가락을 벌릴 정
도로 힘이 있지 않으니, 내 다리는 비틀거리고 나는 무릎을 꿇
을 것이며, 바닥으로 쓰러질 것이다. 여러 번 그랬듯이, 그는 내
위로 몸을 던질 것이고, 나는 짓누르는 그의 몸과 열기 —— 혹은
한기 —— 를 느낄 것이며, 그를 설득하거나 애원할 목소리도 내
지 못할 것이다. 그러나 그건 거짓 두려움이었다. 나는 그 두려
움에 굴복하는 순간 그걸 깨달았다. 디아스 바렐라는 자신의 친
구 데베르네를 직접 처리하지 않은 것처럼, 지구상에서 누군가
를 자기 손으로 제거할 사람이 결코 아니었다. 물론 절망에 빠
지거나 위협이나 협박을 받을 것이라고 여긴다면, 혹은 내가 우
연히, 그리고 나의 경솔함 때문에 확인한 사실을 루이사에게 말
하려고 곧장 달려갈 거라 생각한다면, 그럴 수도 있을 것이다.

문제는 누가 무엇을 할 것인지 결코 알 수 없으며 그 가능성을 결코 배제할 수 없다는 것이다. 그 순간 나를 엄습했던 두려움과 공포가 사라졌다. 말하자면 인위적으로 지워버린 것이었다. "그냥 아무 의도 없이 물어본 거예요." 그리고 심지어 용기를 내어, 아니 경솔하게도 이렇게 덧붙였다. "그 루이베리스라는 사람이 당신의 부탁을 들어준다면, 나도 당신을 도와줄 수 있을지 모르겠네요…… 음, 잘 모르겠어요, 하지만 당신에게 도움이 된다면, 기꺼이 돕겠어요."

그는 나를 뚫어지게 쳐다보았다. 아주 짧은 시간이었지만 내게는 한없이 길게 느껴졌다. 그는 마치 나를 꼼꼼하게 살펴보면서 내 마음을 해독하려는 것 같았다. 누군가 자신을 쳐다본다는 걸 전혀 모르는 사람을 쳐다보는 것 같았다. 나는 그곳에 있는 게 아니라 텔레비전 화면에 있는 것 같았고, 그는 내가 그의 집요하고 날카로운 시선에 어떻게 반응하는지 관심을 보이지 않은 채 천천히 마음대로 나를 실컷 주시하는 것 같았다. 그의 표정은 평상시와는 달리 몽환적이거나 근시 같지 않고 날카롭고 예리했다. 나는 눈을 똑바로 떴다. (어쨌든 우리는 연인 사이였고, 이미 침묵 속에서 수치심 없이 서로를 응시했었다.) 나는 그의 시선을 겨누듯이 쳐다보았고, 심지어 그처럼 엄중하게 응시하면서, 도대체 왜 그러느냐는 표정 혹은 도저히 이해할 수 없다는 표정을 지었다. 아니 그렇게 생각했다. 더 이상 눈을 뜨고 있을 수 없게 되자, 나는 시선을 내려 그의 입술을 쳐다보았다.

내가 그를 처음 만난 날부터 너무나 익숙하게 쳐다보았던 부위였다. 그가 말할 때나 말하지 않을 때나 나는 그 입술에 싫증내지 않았고, 두려움을 느낀 적도 결코 없었다. 오히려 내게 매력만을 선사했다. 그의 입술은 나의 일시적인 피신처이자 안식처였다. 내가 그곳에 눈길을 멈춘 것은 전혀 이상한 일이 아니었다. 나는 너무나 자주 그랬기 때문에 그건 지극히 정상적이었고, 그것 때문에 그의 의심이 가중될 이유는 없었다. 나는 손가락 하나를 들어서 그의 입술을 만졌고, 손가락 끝으로 부드럽게 입가를 따라가면서, 긴 애무를 했다. 나는 이것이 그를 진정시키고 그에게 믿음을 주고 안심하게 만들 방법이며, 말하지 않고도 다음과 같이 말할 수 있는 방법이라고 생각했다. 〈아무것도 바뀐 건 없어요. 나는 계속 여기에 있고, 계속 당신을 사랑하고 있어요. 맹세컨대 나는 앞으로도 당신을 사랑할 거예요. 당신은 이미 오래전부터 그걸 알고 있고, 내가 사랑하도록 해주었어요. 당신에게 아무것도 요구하지 않을 사람에게 사랑받는 느낌은 아주 기분 좋은 법이죠. 언제든 당신이 이제 충분하다고 결정하면, 내가 더 이상 돌아오지 않을 것을 알면서 당신이 내게 현관문을 열어주고 내가 엘리베이터로 가는 모습을 보고자 하면, 나는 기꺼이 물러설 거예요. 마침내 루이사의 슬픔이 끝나고 그녀가 당신의 사랑에 화답할 때면, 나는 군말 없이 한쪽으로 비켜설 거예요. 당신 인생으로 내디딘 내 발길은 잠깐 동안에 불과하다는 사실, 그러니까 하루살이와 같다는 걸 난 잘 알

고 있어요. 그러나 지금은 슬퍼하거나 걱정하지 말아요. 괜찮아
요. 나는 아무것도 듣지 않았거든요. 당신이 숨기고자 하는 것
혹은 당신만을 위해 간직하고자 하는 것이 무엇인지 난 전혀 알
지 못했어요. 내가 알았다 하더라도 그건 중요하지 않아요. 나
와 함께 있으면 당신은 안전해요. 난 당신을 배신하거나 그 어
떤 것도 발설하지 않을 거예요. 심지어 나는 내가 들었던 것도
정말로 들었는지조차 확신하지 못해요. 아니 내가 들은 것을 믿
지 못해요. 나는 실수가 분명하다고, 아니면 그럴 만한 이유가
있을 거라고 확신해요. 심지어 누가 알겠어요? 그런 행위가 정
당한 것인지…… 아마도 데스베른은 당신에게 큰 해를 끼쳤을
거예요. 아마도 당신보다 먼저 그가 당신을 죽이려고 했을 거예
요. 당신과 마찬가지로 제삼자를 통했을 것이고, 마찬가지로 의
뭉스럽고 교활한 사람이었겠죠. 아니면 이 세상에 두 사람이 들
어갈 자리가 없었기에, 아마도 당신은 다른 대안이 없어서 어쩔
수 없이 그랬을 거예요. 그래서 거의 자기 방어처럼 보여요. 나
를 두려워할 필요는 없어요. 나는 당신을 사랑해요. 나는 항상
당신 편이에요. 난 당신을 평가하거나 판단하지 않을 거예요.
또한 이것은 모두 당신의 상상에 불과하다는 것을, 그리고 사실
나는 아무것도 모른다는 것을 잊지 마세요.〉

나는 정말로 이 모든 것을 분명하게 생각하지는 않았지만,
내 손가락을 그의 입술에 한참 대고서 이런 생각을 그에게 전
달하려고 했다. 그는 내가 자기 입술을 매만지도록 놔두면서 계

속해서 나를 주의 깊게 쳐다보았고, 내가 자발적으로 보내는 신호와 반대의 것을 찾으려고 애썼으며, 아직도 나를 얼마나 의심하고 있는지 여실히 보여주었다. 나에 대한 믿음의 부족은 잘못된 해결책을 찾는 것, 아니 해결 자체를 하지 않으려는 것과 같았다. 결국 그는 그런 의심을 완전히 버릴 수 없을 것이다. 그건 줄어들 수도 있고 확장될 수도 있으며, 오그라들 수도 있고 늘어날 수도 있지만, 항상 그에게 남아 있을 것이기 때문이다.

"그는 나를 도와주러 온 게 아니에요." 그가 대답했다. "이번에 그는 내게 부탁을 하러 온 거예요. 그래서 급히 나를 만나고자 했던 거예요. 어쨌든 당신이 도와주겠다는 말은 고마워요."

나는 그게 사실이 아니라는 것을 알고 있었다. 그들 두 사람은 진퇴유곡의 궁지에 빠져 있었고, 서로 상대방을 제거하기는 힘든 상황이었으며, 그들이 할 수 있는 최선의 방법은 서로를 안심시키고 사건의 경과를 기다리면서 아무 일도 일어나지 않을 것이라고 마음 편히 생각하는 것이었다. 그리고 그 비렁뱅이의 말이 철저히 무시되고 그 누구도 더 이상 수사를 진행하지 않기를 바라는 수밖에 없었다. 그것, 그러니까 진정한 공포감을 떨쳐내는 것이 바로 그들이 했던 일이었다.

"그렇게 고마워할 필요는 없어요."

그러자 그는 한 손을 내 어깨에 올려놓았고, 나는 묵직한 느낌, 마치 커다란 고깃덩어리가 떨어지는 것 같은 느낌을 받왔다. 디아스 바렐라는 상당히 키가 크긴 했지만, 특별히 거대하거나 힘이 센 사람이 아니었다. 하지만 남자들은 거의 모두가, 아니 대부분이 어디서 나오는지 모를 힘을 낼 때가 있다. 적어도 그들은 우리 여자들과 비교한다면 훨씬 더 힘이 센 것처럼 보인다. 그래서 단 한 번의 위협적이거나 혹은 짜증이 동반된 무절제한 행동으로도 우리에게 겁주는 것쯤은 그리 어려운 일이 아니다. 가령 우리 손목을 강하게 잡거나 혹은 너무 심하게 우리를 껴안거나 또는 매트리스 위에서 과격하게 우리를 덮치면, 우리는 겁에 질린다. 나는 내 어깨가 스웨터로 덮여 있다는 사실에 안심했고, 그렇지 않았다면 내 맨살 위로 그 무게를 느껴 몸이 떨렸을 것이라고 생각했다. 사실 그건 그의 일상적인 행동이 아니었다. 그는 내 어깨를 약간 가볍게 껴안았다. 마치 내게 충고를 하거나 무언가를 확인하고자 하는 것 같았고, 나는 그 손, 즉 양손이 아니라 한 손이 내 목을 감싸고 있다고 상상했다. 나는 그가 빠르게 움직여 그 손으로 내 목을 조를지도 몰라 두려웠고, 그는 내가 불안해한다는 것을, 즉 내가 긴장했음을 느꼈던 것 같다. 그래서 내 어깨 위에서 동일한 압력을 유지했지만, 나는 그가 더욱 세게 누른다는 느낌을 받았다. 나는 그의 손에서 도망쳐 벗어나고 싶었다. 하지만 그의 오른손은 내 왼쪽 어깨를 붙잡고 있었다. 그가 아버지나 선생님이고, 나는 어린아이나 학생인 것처럼 나는 나 자신이 작게 느껴졌다. 솔직하게 대답하도록 만들거나, 그러지 않는다면 나를 불안하게 만들려는 것이 그의 의도임에 분명했다.

"당신은 그와 내가 한 이야기를 하나도 듣지 못했어요, 그렇죠? 당신은 그가 도착했을 때 잠들어 있었어요, 그렇죠? 나는 그와 말하기 전에 당신이 자고 있는지 확인하러 방에 들어갔었고, 당신이 깊이 잠들어 있는 모습을 보았어요. 당신은 잠들어 있었어요, 그렇죠? 그가 내게 말한 것은 아주 사적인 비밀이에요. 그는 누구도 자신의 비밀을 알기를 바라지 않아요. 당신은 그가 전혀 모르는 사람이지만 말이에요. 우리에게는 그 누구도 들어서는 안 될 창피한 비밀이 있어요. 그래서 아주 힘들게 내게 말했던 거예요. 그 말을 하려고 온 건데, 내게 부탁을 하려면 그 말을 하는 수밖에 도리가 없었어요. 당신은 아무 말도 듣지 않았죠? 정말이죠? 그런데 무엇 때문에 잠에서 깬 거죠?"

그렇게 그는 내게 직설적으로 물었지만, 소용없는 일이었다. 아니 그 정도는 아닐지도 몰랐다. 내가 어떻게 대답하느냐에 따라서 그는 알아낼 수 있었다. 그러니까 내가 거짓말을 하는지 아닌지 유추할 수 있다고 생각했을 것이다. 그게 전부였다. 즉 추측이자 상상, 혹은 가정이자 확신밖에 될 수 없었다. 사람들끼리 오랜 세월 동안 끊임없이 잡담을 나누면서도, 언제 사람들이 우리에게 진실을 말하는지 알지 못한다는 것은 정말로 믿을 수 없는 일이다. '그래요'라고 말하지만, 그것은 항상 '아니에요'를 뜻할 수 있다. '아니에요'라고 말하지만, 그것은 항상 '그래요'라는 뜻이 될 수 있다. 심지어 과학이나 모든 무한한 기술의 발전도 그것을 확실하게 확인하는 데 도움을 줄 수 없다. 그렇다 하더라도 그는 참지 못하고 내게 직접 물어보았다. 하지만 내가 '그래요'나 '아니요'라고 대답한들 무슨 소용이 있을까? 데베르네의 최고의 친구는 아닐지라도, 그런 친구들 가운데 하나가 오랜 세월 동안 애정 어린 고백이나 말을 한 것이 무슨 소용이 있을까? 우리가 결코 상상하지 못할 것은 바로 그 친구가 우리를 죽일 것이라는 사실이다. 그 친구는 살인 현장에 나타나지 않고, 살인을 목격하지 않고도 손가락 하나 개입하지 않거나 더럽히지 않고도, 멀리에서 우리를 죽일 수 있다. 그러면 그는 나중에 때때로 행복했던 나날 혹은 즐거웠던 나날들을 생각하면서 이렇게 말할 것이다. '나는 실제로 그런 일을 저지르지 않았어. 나는 그 사건과 아무런 관련이 없어.'

"아무 말도 듣지 못했으니까 걱정하지 말아요. 나는 깊이 잠들었어요. 물론 그 시간은 얼마 안 되지만 말이에요. 게다가 나는 당신이 문을 닫은 걸 봤어요. 그러니 당신들의 대화를 들을 수는 없었어요."

내 어깨 위에 올린 손은 계속해서 나를 짓눌렀다. 내가 보기에는 거의 감지할 수 없을 정도로 조금 더 세게 누르는 것 같았다. 내가 눈치채지 못하게 나를 아주 천천히 바닥으로 파묻으려는 것 같았다. 아니면 누르지도 않았지만, 계속해서 그 손의 무게와 압력이 똑같이 지속되었기 때문에 압박감이 더 세졌다고 느꼈을지도 모른다. 나는 거칠지 않게 어깨를 올렸다. 거칠지 않은 정도가 아니라 아주 부드럽고 섬세하고 수줍게 올리면서, 내 어깨가 자유로워지기를 바란다고, 내 어깨 위에 올린 그 고깃덩어리를 원치 않는다는 것을 지적하고 싶었다. 그 익숙지 않은 접촉에는 어딘지 모르게 굴욕적인 것이 있었다. 아마도 '내 힘을 느껴봐'라고 말하는 것 같았다. 아니면 '내가 뭘 할 수 있는지 생각해봐'라고 말하는 것 같기도 했다. 그는 나의 미약한 움직임을 무시했다. 아마도 너무나 미약하게 움직였던 것 같다. 그러더니 그는 마지막 질문, 그러니까 내가 대답하지 않았던 질문으로 돌아가서 다시 물었다.

"무엇 때문에 잠에서 깬 거죠? 집에 나밖에 없다고 생각했을 텐데 왜 브래지어를 하고 방에서 나온 거죠? 당신은 우리 목소리를 들었던 거예요. 그렇죠? 그러니까 우리가 말하는 것을 들었을 거예요."

나는 마음을 가라앉히고 부정해야만 했다. 그가 의심할수록, 더욱 확실하게 부정해야만 했다. 그러나 그 어떤 것도 강조하거나 격하게 말하지 않고서 부정해야만 했다. 그가 한 번도 언급하지 않았던 그 작자와 무슨 협상을 하든, 그건 나와 하나도 상관없었다. 그것이 바로 그를 설득하고 적어도 그가 확신하지 못하도록 만들기 위한 나의 주요 무기였다. 실제로 내가 그를 몰래 살펴보는 것으로 얻을 수 있는 건 하나도 없었다. 그 침실 밖에서 일어나는 모든 일, 심지어 내가 그곳에 없을 때에 일어나는 일도 나와 아무 상관이 없었다. 이것은 분명하게 그에게

각인되어 있을 것이었다. 우리 관계는 일시적이지 않으며, 그것
은 그의 아파트에서, 한두 개의 침실에서 이따금씩 이루어지는
만남으로 제한되며 국한된 것이었다. 그러니 나머지는 전혀 내
관심사가 아니었다. 가령 그가 오거나 가는 것, 그의 과거, 그의
우정, 그의 계획, 그의 주변 사람들, 그의 삶 전체 등등. 나는 그
의 삶 속에 있는 것이 아니었고, 'hereafter', 즉 이제부터 혹은
나중에도 그의 삶의 일부가 되지 않을 것이었다. 우리가 함께
지낸 날들은 셀 수 있을 정도였고, 그 마지막 날은 결코 멀리 있
지 않았다. 그러나 본질적으로 이것은 사실이며 진실이었지만,
완전히 그렇다고도 볼 수 없었다. 나는 궁금해했고 핵심 단어
들──아마도 '아가씨' 혹은 '알고' 또는 '여자' 혹은 이 세 단어
의 조합──을 포착하면서 잠에서 깨어났다. 나는 침대에서 일
어났고, 내 귀를 문에 갖다 댔으며, 보다 잘 들으려고 억지로 아
주 작은 틈을 냈고, 그와 루이베리스가 목소리를 조절할 수 없
다는 것, 즉 속삭이듯이 말하지 못하고 흥분 때문에 목소리를
낮추지 못한다는 사실을 확인하고서 몹시 기뻐했었다. 나는 왜
내가 그런 짓을 했는지 나 자신에게 묻기 시작했고, 즉시 후회
하기 시작했다. 내가 알고 있는 것을 왜 알아야만 했는지, 왜 그
렇게 했는지, 왜 이제는 내 팔을 그에게 뻗어 그의 허리를 감싸
고는 그를 내게 끌어당길 수 없는지, 몇 분 전에 너무나 자연스
럽고 단순하게 단 한 번의 움직임으로 그의 손을 내 어깨에서
너무나 쉽게 치울 수 있었는데 왜 그렇게 하지 못하는지 생각했

다. 또한 왜 내가 더 이상 주저하지 않고, 혹은 머뭇거리지 않고 그가 나를 껴안도록 하지 못하는지, 평소에 그토록 키스하고 싶었던 그의 사랑스러운 입술을 왜 그냥 놔두고서 이제는 그럴 용기를 내지 못하는지, 혹은 그 입술에서 나를 유혹하면서도 내가 혐오하는 것이 무엇인지, 아니면 내가 혐오하는 게 그 입술—아무 죄도 없는 불쌍한 입술—안에 있는 게 아니라 그의 몸 전체에 있는 게 아닌지 궁금해했다. 나는 아직도 그를 사랑하고 있었고, 그를 두려워하고 있었다. 나는 아직 그를 사랑하고 있지만, 그가 한 일을 알자 역겨워졌다. 그가 아니라 내가 그것을 안다는 것 자체가 역겨웠다.

"그런데 왜 그런 걸 물어봐요?" 나는 화를 내면서 대답했다. "내가 무엇 때문에 잠에서 깼는지 그걸 내가 어떻게 알아요? 악몽 때문일 수도 있고, 내가 이상한 자세로 잠들었기 때문일 수도 있고, 내가 당신과 함께 잠시만 시간을 보낸다는 사실을 알았기 때문일 수도 있겠죠. 나도 몰라요. 하지만 그게 무슨 상관이 있죠? 그 사람이 당신에게 말한 것에 내가 관심을 가져야 하나요? 난 그 사람이 거기에 있는지조차 몰랐어요. 내가 브래지어를 한 것은 당신이 가까이에서, 혹은 느닷없이 문을 열고 들어와 내가 누운 모습을 보는 것과 빅토리아 시크릿 모델처럼 서서 집 안을 걸어 다니는 것을 보는 건 다르기 때문이죠. 어쨌건 그 모델들은 항상 란제리를 착용하고 다니거든요. 그런데 이 모든 것을 왜 당신에게 설명해야 하는 거죠?"

"그게 무슨 말이죠?"

실제로 그는 상당히 당황했고, 내 말을 알아듣지 못하는 것 같았다. 이것 때문에 ─ 그의 관심을 이동시키고 정신을 흐트러뜨리는 것 ─ 나는 잠시나마 약간 우세한 위치를 차지할 수 있었다. 나는 그가 곧 교활하고 음흉한 질문을 그만할 것이고, 나는 거기에서 빠져나올 수 있으리라 생각했다. 나는 그 손을 떼어내고서 거기서 모습을 감출 필요가 있었다. 그러나 이전의 나의 자아는 아직 그곳에서 꾸물거렸다. 그 자아는 아직 대체되지도 않았고 바뀌지도 않았으며, 취소되지도 않았고 추방되지도 않았는데, 그렇게 빨리 그런 일이 일어난다는 것은 거의 불가능하기 때문이다. 하지만 나는 급히 그곳에서 나갈 필요는 없었다. 내가 그곳을 떠날 때마다 나는 언제 그곳으로 돌아올지, 아니면 이제는 더 이상 돌아오지 않을지 알 수 없었다.

"남자들은 가끔씩 너무 멍청해요." 나는 고의로 이렇게 말했다. 가끔씩 상투적인 말은 대화의 주제를 바꾸고, 보다 저속하고 통속적인 영역으로 이끌어가는 데 현명한 수단이 되기 때문이다. 또한 그것은 보다 안전하며, 보다 쉽게 믿게 하면서 경계심을 늦추는 데 효과적이기도 하다. "우리 여자들은 스물다섯 혹은 서른 살만 되어도 이미 늙었다고 여기는 몇몇 부위가 있어요. 그러니 그 나이보다 열 살 정도 더 되면 말할 것도 없죠. 우리는 현재의 모습과 과거의 모습을 비교하고, 지나간 각각의 해를 기억해요. 그래서 부적절한 시간에 혹은 노골적으로 우리의 그런 부위를 보여주려고 하지 않아요. 그래요, 그건 나도 마찬가지예요. 하지만 사실 그런 걸 개의치 않는 여자들도 많아요. 그래서 해변은 개의치 않는 정도가 아니라 가차 없이 파멸적으로 자신의 살덩이를 노출하고 과시하려는 사람들로 가득해요. 심지어 아주 단단한 보철물 한 쌍을 삽입하고는 모든 문제를 해결했다고 생각하는 사람들도 있어요. 대부분은 불쾌감을 주죠." 나는 내가 아주 적절하게 단어를 선택했다고 여기면서 짧게 웃었고, 또 비슷한 말을 덧붙였다. "그런 여자들을 보면 토할 것 같아요."

"아, 알겠어요." 그는 이렇게 말하고서 마찬가지로 짧게 웃었다. 그것은 좋은 신호였다. "난 당신의 그 어떤 부위도 늙었다고 생각하지 않아요. 내가 보기에는 모두 예쁘고 좋아요."

〈이제 조금 더 차분해졌어〉라고 나는 생각했다. 〈적어도 덜 걱정하고 있고 덜 의심하고 있어. 깜짝 놀란 다음에는 그렇게 될 필요가 있어. 하지만 나중에, 그러니까 혼자 있게 되면, 그는 내가 알지 말아야 할 것을, 루이베리스를 제외한 그 누구도 알지 말아야 할 것을 알고 있다고 확신하게 될 거야. 그러면 내 행동과 태도를 검토할 것이고, 침실에서 나올 때 이미 내 얼굴이 빨개져 있었고 내가 내내 모르는 척하고 있었다는 것을 떠올릴 거야. 그리고 그 정열적인 섹스가 끝난 다음에는 내가 어떻게 보이는지에 관심을 기울이지 않는 게 정상이라고 생각할 거야. 그러니까 브래지어를 하든 안 하든 상관없이, 섹스를 하면 몸이 노곤해지고 긴장이 풀어지며, 어느 정도 시간이 흘러도 여자는 자기 몸을 가릴 생각을 하지 않는 법이야. 따라서 그는 지금 놀랍다고 여기면서 수용하는 설명을 더 이상 믿지 않게 될 거야. 그가 놀란 것은 일부 여자들은 무슨 일이 있어도 자신의 외모를 늘 의식한다는 생각을 전혀 해보지 않았기 때문이야. 심지어는 크게 헉헉대거나 신음할 때조차도 몸을 덮거나 드러내는 것을 의식한다는 생각을, 혹은 가장 흥분했을 때조차 결코 정숙함과 조신함을 잃지 않는다는 생각을 전혀 해보지 않았던 거야. 그는 다시 머릿속으로 이것저것을 생각할 것이고, 어떻게 해야 좋을지, 그러니까 천천히, 그리고 자연스럽게 나를 멀리하거나, 아니면 나와의 모든 관계를 갑자기 끊어버리거나, 또는 아무 일도 없던 것처럼 나와 관계를 지속하면서 나를 가까이에서 감시하고 통제하며 내가 발설할 위험을 가늠하는 것이 좋을지도 제대로 알지 못할 거야. 사실 그건 아주 고통스럽고 힘든 상황이야. 그것은 누군가를, 그러니까 우리를 자신의 손 안에 쥐고 파멸시키려고 하거나 혹은 공갈을 놓을 수 있는 사람을 끊임없이 살펴야 한다는 것을 의미해. 하지만 그 누구도 그런 괴로움과 불안을 오랜 시간 참고 견디며 살 수는 없어. 어떤 식으로든, 거짓말을 하든 협박을 하든, 아니면 속이든 매수를 하든, 도중에 합의를 하든, 그 문제를 수습하려고 하지. 이런 방법 중에서 합의가 장기적으로 볼 때 가장 확실하고 안전하고 가장 결정적인 방법이지만, 동시에 지금 이 순간에는 가장 위험한 방법이야. 비록 지금이나 나중이나 가장 어려운 방법이 될 수도 있지만, 어떤 의미에서는 가장 지속적이기도 해. 그것은 우리가 결코 죽은 사람과 영원히 관련되지는 않기 때문이야. 우리는 그가 꿈속에 살아서 나타나기를 바랄 수 있고, 그러면 그가 죽지 않았다고 생각하면서, 그를 죽이지 않았다는 사실에 안도하거나, 혹은 소스라치게 놀라고 두려워서 다시 끝내버리기로 계획을 세우게 돼. 또한 그 죽은 사람이 매일 밤 과거의 웃는 얼굴 혹은 찡그린 얼굴로, 또는 오래전에 혹은 그저께 감았던 눈을 아주 크게 뜨고는 우리 베개 주변을 맴돌면서 이제는 그 누구도 더 이상 듣지 못하는 혼동할 수 없는 목소리로 우리에게 욕이나 저주를 퍼붓거나 애원할 가능성도 있어. 그렇게 되면 그 임무 혹은 일은 항상 미완성이며 소모적인 것이, 즉 끝나지 않는 일, 다시 말하면 매일 아침 눈뜨기 전에 무슨 일이 있을지 알지 못하는 것이 되어버려. 그러나 그런 모든 것은 디아스 바렐라가 이미 일어난 일들을 다시 곰곰이 생각할 때, 혹은 일어날 수도 있었던 일을 두려워하게 될 때 비로소 생기게 될 거야. 그러면 아마도 이런저런 핑계로 루이베리스를 내게 보내서 나를 캐보고 정보를 알아내기로 마음먹겠지. 그러면 나는 심각하고 걱정스러운 행동을 취하는 대신, 중개자가 연결 관계를 흐리게 만들거나 약화시키기를 바랄 거야. 그것은 나 역시 오늘 이 순간부터 마음 편히 살 수 없을 것이기 때문이지. 그러나 지금은 적당한 순간이 아니야. 이제 왜 그런지 곧 판명날 거야. 나는 걱정하

고 의심을 품는 그의 정신을 혼란스럽게 했으며 그를 약간 미소
짓게 했다는 사실을 최대한 이용할 필요가 있어. 즉 가능한 한
빨리 여기서 나가야 해.〉

"칭찬해줘서 고마워요. 당신은 웬만하면 칭찬을 늘어놓지
않는 사람이잖아요"라고 나는 말했다. 그리고 그 어떤 육체적
인 노력 없이, 하지만 정신적으로는 상당히 노력하면서, 내 얼
굴을 그의 얼굴에 가까이 갖다 대고서 나의 메마르고—나는
몹시 목이 마른 상태였다—닫힌 입술로 그의 입술에 부드럽게
키스했다. 내 손가락 끝으로 입술을 따라가며 만졌던 것과 비슷
하게 내 입은 그의 입술을 애무했다. 내가 생각하기에는 그랬
다. 그게 전부였다.

그러자 그는 손을 들어 내 어깨를 해방시켰고, 불쾌한 무게
를 치웠다. 그리고 내게 거의 통증—아니면 내가 느낀다고 생
각하기 시작한 것—을 야기했던 바로 그 손으로 내 뺨을 어루
만졌다. 또다시 내가 어린 소녀인 것처럼 대했으며, 그는 한 번
의 손짓으로도 나를 벌주거나 상을 줄 수 있는 힘이 있으며, 따
라서 모든 건 그의 의지에 좌우되는 것처럼 행동했다. 나는 그
애무를 거부하려고 했다. 이제, 내가 그를 만지는 것과 그가 나
를 만지는 것 사이에는 차이가 있었기 때문이다. 다행히 나는
그 순간 내 행동을 억제했고, 그가 나를 어루만지게 놔두었다.
그리고 몇 분 후 그의 집에서 나오자, 나는 평소처럼 내가 다시
그 아파트로 들어갈 것인지 나 스스로에게 물었다. 그런데 이번

에는 단지 희망과 욕망이 뒤섞여 그렇게 생각한 것이 아니라, 여러 감정이 혼합되어 있었다. 그게 혐오감 혹은 두려움인지, 아니면 오히려 쓸쓸함이 혼합된 것인지 알 수 없었다.

III

모든 불평등한 관계, 그러니까 이름도 없고 명백하게 인정 받지도 못하는 관계에서는 보통 주도권을 쥐고 이끄는 사람, 즉 전화를 걸고 만남을 제안하는 사람이 있기 마련이다. 그럴 때 면 상대에게서 소멸되거나 사라지지 않겠다는 목표를 이룰 가 능성 혹은 길은 두 가지이다. 무슨 일이 일어나든지 그것이 자 신의 마지막 운명이라고 여길 경우도 마찬가지다. 하나는 그냥 기다리는 것이다. 한 발짝도 내딛지 않으면서 결국 다른 사람 이 당신을 그리워할 것이라고, 그는 당신의 침묵과 부재를 의심 의 여지 없이 참을 수 없거나 심지어 걱정할 것이라고 마음 편 하게 생각하는 것이다. 그것은 우리 모두가 우리에게 주어진 것 혹은 가지고 있는 것에 익숙해지기 때문이다. 두번째 방법은 그 사람의 일상에 교묘하게 잠입하려고 시도하는 것이다. 그것은 요구하지 않고 존재하는 방식이며, 여러 구실로 당신의 공간을 만들고, 전화를 걸어 만나자고 제안하는 것이 아니라——이것은 아직 해서는 안 되는 일이다——질문을 하거나 혹은 조언을 구 하거나 부탁을 하거나, 또는 우리에게 일어나는 일을 들려주거 나——누군가를 우리의 삶에 연루시키고자 한다면 가장 효과적 이고 과감한 방법이다——또는 정보를 알려주는 것이다. 그렇게 그에게 당신의 존재를 일깨워주는 사람으로 행동하고, 먼 거리에서 콧노래를 부르며 소곤소곤 말하고, 하나의 습관을 만들어 그것을 그가 전혀 알아차리지 못하게 아주 살그머니 그의 삶 속에 고착시킨다. 그러다 보면 어느 날 상대는 당신이 습관적으로 걸었던 전화를 그리워하는 자신을 발견하면서, 모욕을 당했거나 혹은 버려진 것과 비슷한 느낌을 받는다. 그러면 그는 초조함과 불안을 이기지 못해 황당한 핑계를 꾸며대면서, 어색하게 전화기를 들고, 이내 당신에게 전화하는 자신을 보고 놀라게 된다.

나는 이 무모하고 모험적인 부류에 속하지 않는다. 오히려 조용하고 보다 거만하고 보다 명석하고 교활한 쪽에 속한다. 그런 사람들은 또한 금방 지워지거나 잊힐 위험에 노출되어 있기도 하다. 그날 저녁 이후 나는 그런 위험을 감수하면서 즐거움을 느꼈다. 다시 말하면, 평소와 마찬가지로 나는 남자의 요구와 제안을 따르는 종속된 존재였고, 그 남자는 아직도 하비에르였다. 사실 하비에르는 이미 두 개의 성(姓)으로만 남는 과정을 시작한 상태였고, 그래서 이제는 그의 두 성도 기억이 잘 나지 않는다. 나는 그에게 전화를 걸 필요도 없고 그를 찾을 필요도 없었기에 매우 즐거웠다. 그리고 그렇게 하지 않으려고 애쓰지 말아야 내가 용의자나 밀고자처럼 보이지 않는다는 것을 알고 있었다. 내가 그와 만나지 않는다는 것이 그를 피하고 싶어 한다는 의미는 아니었고, 내가 그에게 실망—너무 부드러운 말이다──했다는 것은 더더욱 아닐뿐더러, 내가 그를 두려워한다는 것도 아니며, 그가 가장 친한 친구의 살해를 도모했다는 사실을 알고서 그와의 모든 관계를 끊고자 한다는 것도 아니었다. 사실 그는 자신의 계획이 목적을 달성했는지도 확신하지 못했다. 그것은 아직도 그에게 가장 쉬운 과제 혹은 가장 지난한 일이,──그것이 어떤 것인지는 아무도 알 수 없다──즉 루이사가 그와 사랑에 빠지게 하는 일이 남아 있었기 때문이다. (이것은 그 과업의 가장 하찮은 부분일 수도 있지만, 가장 본질적이고 중요한 부분일 수도 있었다.) 내가 살아 있다는 신호도 보내지 않는다고 해서 그것이 그 음모에 관해 아무것도 모르며, 그에 관해 새로운 소식도 전혀 모르고, 내가 알고 있는 비밀을 드러내지 않을 침묵을 의미하지는 않는다. 사실 모든 것이 우리가 관계를 가졌던 짧은 기간의 상황과 다름없었다. 모든 게 그가 막연하게 나를 그리워하는지, 혹은 나를 기억하는지, 또는 나를 그의 침실로 부르는지에 달려 있었다. 그럴 때에야 비로소 나는 내가 어떻게 행동해야 할지, 그리고 무엇을 해야 할지 생각할 것이었다. 누군가를 사랑에 빠지게 하는 것은 무의미하고 하찮은 일이었지만, 그런 것을 기다리는 것은 중요했다.

디아스 바렐라가 샤베르 대령에 대해 말했을 때, 나는 즉시 그 대령을 데스베른과 동일시했었다. 죽은 사람은 계속해서 죽어 있어야만 하기 때문이다. 그것은 그의 죽음이 관보에 기록되어 확인되었고, 역사적 사실이 되어 이야기되었고 자세히 적했기 때문이다. 그리고 그의 이해할 수 없는 새로운 삶은 불편하고 지겨운 모조품이며, 다른 사람들의 삶에 침입한 것이었다. 다시 살아서 돌아온 사람은 자기 없이 지속된 세상을 혼란스럽게 만들지만, 실제로 무슨 일이 벌어졌는지 전혀 모르고 그것을 고칠 능력도 없다. 루이사는 데베르네를 즉시 떨쳐버릴 수 없었고, 무기력하게 일상적으로 그에게 종속되었거나 아니면 여전히 그의 최근 기억 — 남편을 잃은 그녀에게는 최근이지만 그의 죽음을 오래전부터 기다리던 사람에게는 머나먼 기억 — 에 매달려 있었다. 그래서 디아스 바렐라는 그를 귀신이라고, 즉 샤베르처럼 너무나 지겹고 성가신 유령이 출몰해 그녀를 괴롭히고 있다고 여겼을 것이다. 물론 샤베르는 그가 이미 잊혔을 때 상처 자국을 갖고 살아서 돌아왔고, 그의 귀환은 시간의 흐름조차 거스르는 귀찮고 성가신 것이 되었으며, 그는 시간의 속성에 맞서 과거로 돌아가서 과거를 수정해야만 했다. 반면에 데스베른은 영혼까지 완전히 세상을 떠난 것은 아니었다. 그는 아직 이곳에서 지체하고 있는데, 그것은 바로 포기와 버림이라는 더딘 과정에 그의 아내가 함몰되어 그를 도와주고 있기 때문이다. 심지어 그녀는 아직도 그를 떠나지 못하도록 억류하려고, 즉 조금 더 잡고 있으려고 노력했다. 그러나 믿을 수 없는 일이지만, 언젠가는 남편의 얼굴이 흐려지거나 그녀가 집요하게 보고 또 보던 수많은 사진 가운데 하나에 고정되는 날이 올 것임을 알고 있었다. 다시 말하면, 그녀가 혼자 있을 때면 아무도 모르게 그의 사진을 보면서, 때때로 멍청한 미소를 짓거나 때로는 흐느낄 것을 알고 있었다.

그러나 지금 나는 디아스 바렐라가 샤베르와 더 흡사하다고 생각했다. 샤베르는 수많은 슬픔과 고난을 겪었고, 디아스 바렐라는 그런 슬픔과 고난을 선사한 장본인이었다. 샤베르는 전쟁과 부주의, 그리고 관료주의와 몰이해의 희생자였지만, 디아스 바렐라는 스스로 살인자가 되었고 자신의 잔학함과 아마도 쓸모없었을 이기심, 그리고 터무니없는 천박함으로 세상을 심각하게 교란시켰다. 그러나 두 사람은 계속해서 하나의 몸짓, 즉 일종의 기적이자 격려와 초대의 말을 기다렸다. 샤베르는 자기 아내가 다시 자신을 사랑하기를, 즉 거의 불가능한 것을 기다렸고, 디아스 바렐라는 루이사가 사랑에 빠지는, 아니면 적어도 자기 옆에서 위안을 찾는 도저히 있을 법하지 않은 일이 일어나기를 기다렸다. 두 사람은 희망과 인내라는 면에서 공통점이 있었다. 그러나 늙은 군인에게 그런 감정은 회의와 의심으로 가득한 반면, 나의 지나가는 연인의 감정은 낙관주의와 환상에 지배되었는데, 아마도 그것은 필요성 때문인 것 같았다. 두 사람은 얼굴을 찌푸리고 몸짓을 하는 유령 같았다. 심지어 천진난만하게 호들갑을 떨고, 상대방이 자신의 모습을 보고 알아보며 아마도 부르기를 기다리면서, 마침내 이런 말을 듣고 싶어 안달하는 것 같았다. '그래요, 물론이죠, 난 이제 당신을 알아봐요. 바로 당신이에요.' 샤베르의 경우에는 그에게 거부된 것, 즉 살아 있다는 사실을 확인해주는 편지만을 의미했지만, 디아스 바렐라의 경우에는 훨씬 더 많은 것, 다시 말하면 이런 말을 뜻했다. '난 당신 곁에 있고 싶어요. 그러니 가까이 와서 여기 나와 함께 있도록 해요. 빈자리를 채워주도록 해요. 자, 나에게 와서 나를 안아줘요.' 그리고 두 사람은 분명히 비슷한 것을 생각했을 것이다. 그러니까 그들에게 힘을 주고, 기다림 속에서 그들을 지탱해줄 수 있으며 포기하지 않게 하는 것을 생각했음이 틀림없다. 〈내가 겪었던 것을 정말로 겪지는 않았을 거야. 나는 머리에 칼을 맞고 수많은 질주하는 말의 말발굽에 짓밟혀 죽었을 수도 있었어. 하지만 오래 지속되었으면서도 하등의 쓸모가 없는 전투 때문에 시체가 산처럼 수북이 쌓였고, 난 그 시체 더미에서 살아서 나왔어. 그 전투에서 4만 명의 병사들이 나 같은 시체가 되었고, 나는 그들 가운데 하나, 그저 또 다른 하나의 시체에 불과했어. 내가 힘들게 부상에서 회복되었다고 하는데, 그렇지는 않았을 거야. 나는 서서 걸어 다닐 정도로 충분히 나았어. 나는 이 두 발로 가장 가난한 거지처럼 유럽을 돌아다녔어. 내 말을 믿는 사람은 한 명도 없었어. 나는 만나는 멍청이들마다 내가 아직 살아 있다고, 내가 사망자로 기록되어 있지만 나는 절대로 죽지 않았다고 설득해야만 했어. 그리고 마침내 나는 여기에, 즉 한때 아내와 집과 내 계급과 재산이 있었던 곳에 도착했어. 여기는 내가 살았던 곳이야. 내가 가장 사랑했고 내 재산을 물려받은 아내가 있는 곳이야. 하지만 그녀는 내가 살아 있다는 사실조차 인정하지 않고, 나를 모르는 사람처럼 대하며, 나를 사기꾼이라고 불러. 되풀이된 죽음에서 살아남았다는 것이 무슨 의미가 있을까? 내가 벌거벗은 채 그 어떤 계급장도 없이 살아야만 했으며, 장교건 졸병이건, 동포건 아마도 적이건 나와 함께 숨진 모든 사람들과 평등하게 거주해야만 했던 무덤에서 모습을 드러낸다는 것이 무슨 의미가 있을까? 이런 내 여정의 끝에서 나를 기다리는 것이 내가 살아 있다는 사실을 부정하는 것이라면, 내 주체성과 신분이 박탈되는 것이라면, 내 기억과 내가 죽은 이후에 일어나고 있는 모든 것이 부정된다면 무슨 의미가 있을까? 완전히 없어도 좋을 내 모험, 내 시련, 내 커다란 노력, 너무나 운명과 흡사해 보이는 것……〉 샤베르 대령은 파리로 오가면서 변호사 데르빌과 마담 페로에게 만나달라고 애원하는 동안 이렇게 생각했을 게 분명했다. 그가 부활했다는 견지에서 생각해본다면, 그녀는 과부가 아니라 그의 아내였다. 그래서 그녀에게는 불행이지만, 다시 마찬가지로 묻히고 잊힌 역겨운 마담 샤베르가 되어야만 했다.

한편 디아스 바렐라는 이렇게 생각했을 것이다. 〈내가 했던 것, 아니 내가 계획했고 내가 실행에 옮겼던 것, 내가 오랫동안 깊이 생각하고 수없이 의심하며 주저했던 것을 내가 했을 리 없어. 내가 죽음을, 그것도 나와 가장 친한 친구의 죽음을 획책할 수는 없어. 나는 그 죽음이 우연에 의해 일어나게 놔두는 것처럼 행동했고, 그래서 일어날 수도, 일어나지 않을 수도, 실현

될 수도, 그렇지 않을 수도 있었어. 아니 그런 척한 게 아니라 실제로 그렇게 했어. 불완전하며 마무리되지 못한 자디잔 것들이 가득한 계획을 구상했던 거야. 그래야 내 체면을 차릴 수 있었고, 어쨌거나 나는 수많은 허점과 탈출구가 있게 했다고, 그리고 철두철미한 계획을 세우지 않았다고, 청부업자를 보내거나 다른 누군가를 보내 '죽여'라고 지시를 내리지 않았다고 나 자신에게 말할 수 있어. 나는 두 명, 아니 아마도 세 명, 즉 루이 베리스와 전화를 걸었던 그의 부하, 그리고 통화 내용을 들었던 비렁뱅이를 연루시켰어. 그 목적은 가능한 한 계획의 실행에서 멀리 떨어져 있고자 하는 것이었어. 사건이 일어난다면, 일어나는 순간 그 사건에서 떨어져 있고자 했어. 나는 '고리야'가 어떻게 반응할지 확신이 없었어. 그는 전화 내용을 무시할 수도 있었고, 아니면 미겔에게 욕만 하거나, 혹은 두 사람을 혼동했을 때 그의 운전사에게 했던 것처럼 그냥 주먹으로 한 대 때릴 수도 있었어. 마찬가지로 불화의 씨를 뿌리려는 내 의도는 처음부터 황무지에 떨어져서 아무런 효과를 내지 못했을 수도 있어. 하지만 효과를 발휘했어. 그러니 이건 뭐지? 아니야, 아니야, 나는 가능성이 거의 없기를 바랐는데, 그런 것들이 이루어졌을 리는 만무해. 그렇게 하면서 놀이나 노름이 될 수 있는 성격을 상실했을 것이고, 대신 비극이 되어버렸을 거야. 틀림없이 사주에 의한 살인이 되었을 것이고, 따라서 나를 간접 살인자, 즉 선동 교사자로 만들었을 거야. 내가 한 것은 그 계획을 구상하고 시작하기로 결정한 것, 그리고 협잡 주사위를 던지고 가만히 있는 바퀴에 힘을 가해 돌아가게 하는 거였어. 이렇게 말한 장본인은 나였어. '휴대전화를 얻어주어서 그의 청각을 망쳐놔. 그러면 그 이관(耳管)을 통해 그 해로운 말이 그의 정신, 그러니까 정신의 멀쩡한 부분과 이상해진 부분에 이르게 되니까. 그에게 칼을 한 자루 사주어서 그를 부추기도록 해. 그가 그 칼을 어루만지고, 펼치거나 닫아보게 해. 무기를 가진 사람만이 그것을 쓸 생각을 하게 되는 거지.' 아니야, 절대 아니야. 내가 이런 일에 개입했다는 것은 말도 안 돼. 내가 도저히 지울 수 없는 더러운 것에 몸을 던졌다는 것은 있을 수 없는 일이야. 그랬다면 나중에 아무 도움도 되지 않았을 것이고 내 의도도 실현되지 않았을 거야. 내가 범죄와 음모와 공포로 물든다는 게 무슨 의미가 있을까? 영원히 내 가슴에 사기와 배신을 갖고 다니고, 결코 그것들을 떨쳐버릴 수 없거나 잊을 수 없는 것이 왜 중요할까? 내가 때때로 정신이 나간 순간이나 내가 아직껏 경험해보지 못한 이상한 절정의 순간에는 그렇지 않을 수도 있겠지. 아니, 잘 모르겠어. 내 꿈에 자꾸 다시 나타나고 내가 절대로 자를 수 없는 연결 고리가 설정되었다는 것이 대수로운 일일까? 내가 나의 유일한 목적을 달성하지 못한다면, 이 여정의 끝에서 나를 기다리는 것이 부정적인 대답이거나 무관심 혹은 유감이라면, 이 모든 수치스러운 일이 왜 중요할까? 아니, 그것은 그녀가 항상 내게 느꼈던 유일하고 오래된 애정이고, 내가 그녀 마음속의 내 자리를 간직하게 하는 것일 수도 있는데, 왜 이런 수치스러운 음모를 꾸며야 하는 거지? 게다가 종국에는 그녀가 나를 비난하고 나의 더러운 면을 발견하며, 나를 경멸하고, 내게 등을 돌리며, 마치 헬멧 속에서 말하듯이 차가운 목소리로 이렇게 말할 수도 있어. '내 눈앞에서 꺼져요! 더 이상 내 앞에 나타나지 말아요!' 마치 가장 총애하고 아끼는 신하에게 영원한 망명을 선고하는 여왕처럼 말이야. 그런데 그런 일이 지금 벌어질 수도 있어. 그건 이 여자, 그러니까 마리아가 듣지 말아야 할 말을 듣고서 그녀에게 달려가 그 이야기를 털어놓겠다고 마음먹으면 얼마든지 가능한 일이야. 내가 아무리 부정한다고 해도, 작은 의심만으로도 내 희망이나 가능성을 사라지게 하기에, 그리고 완전히 존재하지 않게 만들기에 충분해. 나는 루이베리스를 무서워할 필요는 하나도 없다는 것을 알고 있고, 그래서 그에게 이 작전을 맡겼어. 난 그를 오래전부터 알고 있는데, 그는 결코 비밀을 누설할 인물이 아니야. 심지어 그를 체포해서 심문하더라도, 그 비렁뱅이가 그를 알아봐서 경찰이 뒤쫓는 경우가 생기더라도, 그리고 아무리 커다란 압력을 받더라도, 결코 누설할 사람이 아니야. 자신에게 일어날 결과를 믿고 모든 게 합법적이라고 여기기 때문이지. 다른 사람들, 그러니까 카네야와 그자에게 전화를 했던 사람, 즉 하루에도 몇 번씩이나 창녀가 된 그의 딸들을 상기시키고 그자에게 굴욕적인 묘사를 통해 힘든 일을 하는 딸들을 상상하게 만들었던 사람, 또한 카네야의 강박관념을 키우고 미겔을 비난했던 사람, 이들은 평생 나를 한 번도 본 적이 없고 내 이름이나 목소리를 들어본 적도 없어. 그들에게 나는 존재하지 않는 사람이야. 단지 티셔츠와 가죽 외투를 입고 외설적이고 추잡한 미소를 짓는 루이베리스만 존재할 뿐이야. 그러나 사실 나는 마리아에 대해 아는 게 하나도 없어. 그녀가 나를 사랑하고 있다는 사실, 혹은 이미 사랑에 빠져 있다는 것은 알 수 있어. 그건 너무나 빨리 이루어져서 관대한 충동이라고밖에 말할 수 없어. 그래서 그녀는 자기가 원할 때면, 그러니까 내가 짜증을 내고 경멸스럽게 굴거나, 또는 그녀가 제정신을 되찾거나 실망하면 언제든지 그런 관대한 충동에서 벗어나 나를 떠날 수 있어. 그래, 실망을 느끼는 것 같지는 않고, 느끼게 되지도 않을 거야. 그녀는 지금 이미 존재하는 것 이외에 그 어떤 것도 없다는 사실에 동의했고, 언젠가 내가 자기를 그만 만날 것이며, 마침내 루이사가 나를 부르면, 내가 자기를 지워버릴 거라는 사실을 알고 있어. 루이사가 나를 찾게 될지는 확실하지 않아. 하지만 그런 일은 일어날 수 있고, 틀림없이 조만간 일어나고 말 거야. 물론 마리아가 바보같이 강력한 정의감을 가지고 있다면, 그리고 내가 범죄자라는 사실을 알았을 때 느끼게 될 실망 때문에 그 어떤 고려도 할 수 없다면, 그런 일은 일어나지 않을 수도 있겠지. 그렇다면 나와의 관계를 끊고 나와 헤어지는 것으로 충분하지 않고, 내 사랑으로부터도 나를 떼어놓으려고 할 거야. 그래서 루이사가 알게 되거나 그런 생각을 하게 되면 그걸로 끝장일 거야. 내가 가장 더러운 길로 들어섰는데도 아무런 희망도 없게 된다면, 심지어 우리가 이 세상을 살아가도록 도와줄 희망이 조금도 없거나 전혀 없게 된다면, 이런 모든 일이 무슨 의미가 있을까? 아마도 그녀를 기다리는 것조차 금지될지도 몰라. 희망을 갖는 게 아니라 단순한 기다림조차 금지될 거야. 기다림은 가장 불행하고 불쌍한 가엾은 사람의 마지막 피난처, 병자들과 노쇠한 사람들, 그리고 저주받은 사람들과 죽어가는 사람들의 마지막 피난처야. 그런 사람들은 밤이 오기를 기다리고, 그런 다음 낮이 되고 다시 밤이 되기를, 단지 빛만 바뀌기를, 그렇게 적어도 그들이 있는 곳이 어딘지 말해주기를, 그들이 깨어 있는지 아니면 잠자고 있는지 말해주기를 기다려. 심지어 동물들도 기다리는 법이야. 이 세상의 모든 존재에겐 피난처가 있는데, 내겐⋯⋯〉

디아스 바렐라에게서 아무 소식도 듣지 못한 채 시간이 흘렀다. 하루, 이틀, 사흘, 그리고 나흘, 이건 매우 정상적이었다. 닷새, 엿새, 이레, 여드레, 이 기간 역시 지극히 정상적이었다. 아흐레, 열흘, 열하루, 열이틀, 이건 그다지 정상적이지 않았다. 그렇다고 아주 이상한 일은 아니었다. 때때로 그는 출장을 떠났고, 어떤 때는 내가 출장을 떠났기 때문이다. 우리는 미리 알려주는 습관이 없었고, 작별할 때는 더욱 그랬다. 우리는 결코 그 정도로 친해지지 않았고, 서로가 우리 관계를 반드시 필요하다고 느낄 정도도 아니었으며, 우리가 출장을 가거나 마드리드를 비울 때에도 상대방에게 알려주는 데 신중을 기했다. 그 당시 그가 전화를 걸거나 만나자는 신호를 보내는 데 며칠이 걸리거나 그것보다 더 오래 걸릴 때마다, 나는 유감이라고 생각하면서 — 하지만 항상 참을성 있게 혹은 체념하듯이 받아들였다 — 내가 무대에서 퇴장할 때라고, 내가 그의 인생에서 취득했던 짧은 시간은 결국 정말로 짧았다고 여겼었다. 그리고 지금 내가 보고 있는 것처럼, 그가 아득하게 기다리는 동안, 혹은 숨어서 기다리는 동안, 나를 피곤해했거나 혹은 그의 평소 행동 방식대로 또다시 놀이 친구를 새로 바꾸었다고(나는 내가 그것 이상이라고 느끼고 싶었지만 그 이상이라고는 결코 생각하지 않았다) 상상했다. 혹은 루이사가 예상보다 빨리 그를 받아들이고 있으며, 그래서 이제는 내가 차지할 공간이 없고, 틀림없이 그녀를 제외한 그 누구의 자리도 없을 것이라고 생각했다. 또는 그가 그녀를 방문해 보살피는 데 모든 시간을 쓰고 있다고, 즉 아이들을 학교에 데려다주고 최대한 그녀를 돕고, 그녀와 함께 있어주고 그녀가 필요할 때 그곳에 있도록 온몸과 시간을 바치고 있다고 추측했다. 〈이제 됐어, 그는 이미 떠났어. 나를 버린 거야. 이제는 모두 끝났어〉라고 나는 생각했다. 〈너무나 짧은 시간이라서 난 다른 모든 여자들과 뒤섞일 것이고, 그는 내가 누구인지 제대로 기억도 하지 못할 거야. 나는 분간되지 않을 거야. 나는 하나의 과거이자 백지가 될 것이며, '이제부터' 와 반대가 될 것이고, 더 이상 중요하지 않은 범주에 속하게 될 거야. 괜찮아, 상관없어. 난 처음부터 그럴 것이라고 알고 있었어. 그러니 괜찮아.〉 만일 열이틀째나 열닷새째에 전화벨이 울려 그의 목소리를 듣게 되면, 나는 마음속으로 기뻐 펄쩍 뛰면서 이렇게 생각할 수밖에 없었을 것이다. 〈좋아, 아직은 아니야. 적어도 한 번의 기회는 더 있을 거야.〉 내가 내 의사에 반해 기다렸고 그는 절대적인 침묵을 지킨 그 기간에, 초인종이 울리거나 내 휴대전화가 꺼져 있는 동안 음성 녹음 메시지를 받았다고 알려줄 때마다, 혹은 아직 읽지 않은 메시지가 기다리고 있다고 알려줄 때마다, 나는 그에게 온 것일지도 모른다는 희망에 젖어 생각하곤 했다.

이제 내게 똑같은 일이 일어나고 있었지만, 이번에는 다소 걱정스러웠다. 나는 다소 놀란 마음으로 휴대전화 화면을 쳐다보면서, 그의 이름과 전화번호가 나타나지 않기를 바랐는데, 참으로 희한하고 걱정되는 것이 동시에 그러기를 바랐기 때문이다. 나는 더 이상 그와 연관되지 않기를 원했으며, 평소에 우리가 만난 것과 같은 새로운 만남을 감행하고 싶지 않았다. 사실나는 우리가 만나면 어떻게 반응해야 할지, 혹은 어떻게 행동해야 할지 몰랐다. 우리가 얼굴을 맞대고 만나면, 우리가 전화로말할 때보다 내가 더 회피적이거나 우유부단하다는 것을 쉽게눈치챘을 것이다. 물론 전화로도 말하지 않을 때보다는 전화 통화라도 할 때 더 잘 눈치챌 것이고. 그러나 그의 전화를 받지 않거나 그에게 응답 전화를 해주지 않아도 그 결과는 똑같았을 것이다. 그것은 내가 그전에 한 번도 그렇게 한 적이 없었기 때문이다. 만일 내가 그의 아파트에 가기로 하고 거기서 그가 내게함께 잠을 자자고 하는데, ──그는 일반적으로 암암리에 그렇게 하면서, 마치 일어나고 있는 일이 일어나지 않는 것처럼, 혹은 그런 일을 인정할 가치가 없다는 것처럼 행동했다── 내가핑계를 대서 거부한다면, 그것은 의심을 사기에 충분했다. 만일그가 전화를 해서 데이트를 하자고 했는데 내가 거부한다면, 그것 역시 그렇게 생각하게 만들 수 있었다. 그것은 늘 내가 가능한 한 그의 제안을 따랐었기 때문이다. 나는 그가 그날 저녁 이후 입 다물고 있고, 내게 부탁하지 않으며, 내가 그의 감언이설과 속임수에서 자유롭게 되었다는 사실을 축복이자 행운이라고 여겼다. 또한 그와, 진실을 캐내려는 그의 노력과 다시 만나야 한다는 생각에서도 해방되었고, 내가 어떻게 해야 할지 그리고 어떻게 그를 대해야 할지 몰라도 되었으며, 공포와 혐오가 뒤섞인 감정에서도 자유로웠다. 틀림없이 이 마지막 감정은 그에게 매료되어 사랑에 빠졌기 때문이었는데, 이 두 가지는 우리 뜻대로 갑자기 제거될 수 있는 것이 아니라, 회복기나 질병 자체처럼, 사라지려면 시간이 걸리는 경향이 있기 때문이다. 분노는 거의 도움이 되지 않으며, 그것의 충동적 성격은 즉시 사라지고, 적의나 악의처럼 오래 유지될 수 없다. 아니 적의나 악의는 왔다가 사라지며, 갈 때는 흔적을 남기지 않고 누적되지 않으며, 실제로 그 어떤 해도 끼치지 않고, 사라지는 즉시 거의 잊힌다. 그것은 왔다가 누그러지는 추위나 열병, 혹은 고통과 같다. 그러나 감정 교정, 즉 감정을 바꾸는 것은 시간을 필요로 하며, 절망적일 정도로 느리게 진행된다. 우리는 그런 감정 안에 자리를 잡고 그 감정에서 좀처럼 헤어나지 못하며, 단호하고 고정된 생각을 갖고—또한 그런 생각을 소망하는 습관도 얻게 된다—누군가를 생각하는 습관에 빠지게 되는데, 하룻밤 사이에 그런 생각을 포기하기는 힘들다. 혹은 몇 달이나 몇 년이 지나도 그런 생각을 버리지 못하는데, 그것은 그 감정이 그토록 오래 지속되기 때문이다. 만일 우리가 느끼는 감정이 실망이라면, 아무리 어리석고 꼴불견처럼 보일지라도 처음에는 그것과 맞서 싸우고, 그 감정을 최소화하려고 애쓰며, 부정하려고 노력하면서 쫓아내려고 한다. 때때로 나는 내가 들은 것을 듣지 않았다고, 혹은 그건 모두 실수였음이 분명하다고 생각했거나, 오해인 게 틀림없다는 연약하고 나약한 생각으로 다시 돌아갔다. 심지어 디아스 바렐라가 데스베른의 죽음을 획책할 만한 이유가 — 하지만 그게 어떻게 받아들여질 수 있겠는가! — 있을 것이라고 생각했는데, 그런 생각을 하며 기다리는 동안에는 내 마음속에서 '살인'이라는 단어조차 떠올리려 하지 않았다는 것을 깨달았다. 그래서 디아스 바렐라가 내게 전화를 걸어 따지거나 요구하지도 않고, 내가 마음을 가라앉히고 제대로 숨을 쉬게 만들어주는 게 다행이라고 여기면서, 동시에 그와 연락이 되지 않는 것을 걱정하기도 했고 괴로워하기도 했다. 아마도 나는 그의 비밀을 알았으며 그가 그런 사실을 악의적으로 의심했고, 그가 내게 잠시 캐물으며 질문했지만 아무 대답도 듣지 못했는데, 모든 게 그렇게 끝나버릴 수는 — 그러니까 싱겁고 졸렬하며 서투른 종말 — 없다고 생각했던 것 같다. 그것은 마치 공연이 끝나기 전에 중단되는 것, 혹은 모든 게 공중에 우물쭈물 떠다니면서 분해되지 않으려고 애쓰는 것, 즉 엘리베이터 안의 역겨운 냄새 같았다. 나는 혼란스러웠다. 나는 그에 관해 알고 싶기도 했지만 그걸 원치 않기도 했다. 내 꿈도 너무나 모순적이었다. 밤새 잠을 못 이룰 때면, 내 머리는 생각으로 가득 찼으며, 그것들을 머리에서 비울 수 없을 정도로 나는 무능력하다는 것만 알았을 뿐, 사실상 무엇이 모순적인지 거의 구별하지 못했다.

　잠을 이루지 못할 때면 나는 루이사와 이야기를 하는 것이 좋을지 생각했다. 나는 더 이상 식당에서 아침 식사를 할 때 루이사와 한 번도 마주치지 못했다. 더는 슬픔을 느끼지 않도록, 혹은 보다 쉽게 그를 잊어버리도록 그곳에 오지 않았거나, 아니면 더 늦은 시간에 그러니까 내가 직장으로 일하러 갔을 때 그곳으로 왔을지도 몰랐다. (아마도 그녀의 남편이 더 일찍 일어나야만 했고, 그녀는 그와 더 늦게 헤어지고자 그곳에 함께 왔던 것 같다.) 나는 그녀에게 알려주는 게, 그러니까 그 친구, 즉 그녀가 전혀 알아채지 못한 연인이자 그녀의 변치 않는 보호자가 어떤 사람인지 알게 해주는 것이 내 의무는 아닐까 생각했다. 그러나 증거가 부족했고, 그녀는 아마도 나를 미친년이거나 원한 맺힌 년이라고, 복수심에 불타는 돌아버린 년이라고 여길 수도 있었다. 그렇게 악의적이고 애매한 이야기를 갖고서 누군가를 찾아간다는 것은 정말로 곤란한 일이다. 이야기가 더 과장되고 더 복잡할수록 사람들은 더욱 믿지 않으려고 한다. 잔인한 행동을 범하는 사람들은 어느 정도 이 말을 신뢰하는데, 바로 그 잔인함의 정도 때문에 사람들이 좀처럼 믿지 못하게 되기 때문이다. 하지만 이것은 좀처럼 볼 수 없는 일이었기에 이상하긴 했어도, 잔인함의 정도가 엄청나다고 말할 수는 없었다. 그럴 때면 대부분의 사람들은 기꺼이 그런 사실을 말하려고 한다. 대부분은 비밀리에 손가락으로 지적하면서 고발하고 비난하는 것, 친구들과 이웃들, 그리고 상관들이나 우두머리에게, 경찰이나 관계 당국에게 밀고하는 것에서 기쁨을 느낀다. 또한 그들의 상상 속에서만 일어날지라도, 어떤 것이든 죄가 있는 사람들을 밝혀서 드러내는 것에 매료된다. 능력만 있으면 그런 사람들의 삶을 파괴하거나 적어도 어렵고 곤란하고 진절머리 나게 만들고, 그들의 삶을 경멸하고 무시하며, 그들 주변에 죽은 사람들을 남겨두고 그들을 사회에서 추방하면서 즐거워한다. 그러면서 마치 각각의 희생자를 만들거나 무언가를 징수한 다음, 위안을 추구하면서 이렇게 말하는 것 같다. '그는 떨어져 나간 사람이었어. 그는 고립된 사람이었어. 그가 추락한 것이지 내가 그렇게 만든 것은 아니야.' 반대로 그런 사람들 중에는 우리 같은 소수의 사람들도 ─ 갈수록 우리의 숫자는 점점 줄어든다 ─ 있는데, 이들은 그 역할, 즉 밀고자 역할을 맡으면서 말할 수 없는 혐오감을 느낀다. 우리는 그런 반감을 너무나 극단적으로 가져가는 나머지, 우리에게 좋게 작용할 때에도, 즉 우리와 다른 나머지 사람의 이익과 행복을 위해 작용할 때에도, 그것을 극복하기란 쉽지 않다. 뭔가 역겨운 것을 느껴서 전화번호를 돌려도 우리의 이름을 밝히지 않고 말한다. '여보세요, 나는 지금 경찰이 쫓고 있는 테러범을 보았어요. 그의 사진을 신문에서 보았는데, 지금 저 문으로 들어갔어요.' 아마도 우리는 이 경우 그렇게 행동할 테지만, 이미 지나간 범죄에 대한 처벌보다는 그 행동으로 피할 수 있을 범죄를 더 생각할 것이다. 그것은 그 누구도 지나간 범죄를 올바르게 되돌려서 원래 상태로 복구할 수 없으며, 이 세상에는 처벌받지 않은 범죄가 너무나 많기 때문이다. 그것은 너무나 오래되고 너무나 광범위하고 너무나 넓고 길기 때문에 우리는 1밀리미터가 더 덧붙여져도 똑같다고 여기게 된다. 이것은 이상하고 심지어는 잘못된 것 같지만, 얼마든지 일어날 수 있는 일이다. 그런 반감을 느끼는 우리는 때때로 부당하고 불법적으로 행동하는 편을 택하며, 우리가 밀고자로 보이기보다는 누군가 처벌받지 않고 다니는 편을 택하지만, 그래도 그걸 참을 수는 없다──어쨌든 정의와 법은 우리의 것이 아니고, 우리의 직업도 아니다. 그리고 그 역할은 우리가 사랑했던 사람의 가면을 벗기는 문제일 경우 더욱 싫고 혐오스럽다. 아니 그 정도가 아니다. 설명할 수 없이 보일지라도, 우리가 사랑하는 것을 완전히 멈추지 않은 사람일 경우는 더하다. 우리가 알고 있는 것이 무섭고 역겹지만 시간이 흐를수록 그것은 덜 괴롭고 걱정스럽다. 그러면 우리는 완전히 말로 표현할 수 없는 무언가를 생각한다. 그것은 앞뒤가 안 맞고 반복적이며, 거의 열병을 앓을 때와 같은 중얼거림인데, 다음의 말과 유사하다. '그래, 아주 심각해. 아주 심각한 거야. 하지만 그는 아직 그야. 아직 그야.' 그 기다림 혹은 입 밖에 내지 않은 무언의 작별의 시기에, 나는 디아스 바렐라를 미래의 그 누구라도 위험에 빠뜨릴 사람이라고 여길 수 없었다. 심지어 순간적으로 공포를 느꼈고 아직도 그가 없는 동안 간헐적으로 공포를 느꼈으며, 내 기억 속에서 혹은 앞으로 만날 때를 생각하면서 공포를 느낀 그를 위험인물로 간주할 수 없었던 것이다. 아마도 나는 과도하게 낙관적이었던 것 같지만, 그가 또다시 똑같은 일을 저지를 사람이라고는 생각하지 않았다. 그는 내게 계속해서 아마추어적이며 우발적인 범죄자였다. 즉 단 한 번 예외적으로 비정상적인 행동을 했지만, 본질적으로는 정상적인 사람이었다.

열나흘째에 그는 내 휴대전화에 전화를 걸었다. 나는 출판사에서 에우헤니와 다소 젊어 보이는 어느 작가와 회의를 하고 있었다. 그 작가는 자신의 블로그와 자기가 편집자로 있는 어느 '전문' 문학 잡지를 통해 가라이 폰티나에게 아부한 대가로 폰티나가 에우헤니에게 추천한 작가였다. 여기서 '전문' 잡지라는 것은 우쭐대고 뽐내지만 변변치 않은 잡지라는 뜻이다. 나는 잠시 사무실에서 나와 그에게 나중에 전화하겠다고 말했다. 그는 내 말을 믿지 않는 듯 전화를 끊지 않았다.

"잠깐이면 돼요." 그가 말했다. "오늘 저녁에 만나면 어때요? 난 며칠간 다른 곳으로 출장을 갔다 왔어요. 오늘 당신을 보고 싶어요. 괜찮다면 퇴근하고서 우리 집으로 와요."

"오늘 저녁에 늦게 퇴근할지도 몰라요. 아주 골치 아픈 일이 많거든요." 나는 몹시 급한 척하면서 핑계를 댔다. 나는 그의 제안을 생각하고 싶었다. 아니 적어도 다시 그를 만나러 갈 것인지 생각하기 위해 시간을 갖고 싶었다. 나는 내가 무엇을 더 원하는지 아직도 몰랐다. 내가 학수고대하던, 그리고 동시에 듣고 싶지 않던 목소리를 듣자 불안했고 동시에 안심이 되었다. 그러나 아직 나를 처박아둔 것이 아니라는 사실을 확인하면서,

즉시 나를 필요로 한다는 자만심에 우쭐해졌다. 또한 그가 나를 모르는 척하지 않았으며, 아직 내가 무대 뒤편으로 사라질 시간이 아니고, 내가 조용히 사라지게 놔두지도 않았다는 것도 알게 되었다. "나중에 알려줄게요. 일이 어떻게 되어가느냐에 따라, 당신 집에 들를 수도 있고, 갈 수 없다고 당신에게 전화를 걸 수도 있어요."

그러자 그는 내 이름으로 나를 불렀다. 그렇게 하는 경우는 정말 드물었다.

"안 돼요, 마리아. 꼭 들러줘요." 그리고 그는 잠시 말을 쉬었다. 정말로 자기 말이 명령조로 들리게 하려는 것 같았는데, 실제로 그렇게 들렸다. 내가 즉시 대답하지 않자, 그는 그런 인상을 누그러뜨리기 위해 이렇게 덧붙였다. "당신을 보고 싶어서 그런 것만은 아니에요, 마리아." 그는 내 이름을 두 번이나 불렀는데, 그건 이미 너무나 이상한 일이었으며, 불길한 징조였다. "당신의 의견을 구할 급한 일이 있어요. 늦어도 상관없어요. 난 여기서 움직이지 않고 그대로 있을 거예요. 어쨌든 난 당신을 기다리겠어요. 아니면 당신을 데리러 가겠어요." 그는 단호하게 말을 맺었다.

나 역시 그의 이름을 입에 올린 적이 그리 많지 않았지만, 이번에는 그렇게 했다. 그가 내 이름을 부른 것을 그대로 따라 했을 수도 있고, 아니면 밀리지 않기 위해서 그랬을 수도 있다. 사실 우리는 이름을 들을 때면 종종 놀라거나 불안해한다. 마치 경고를 받거나 아니면 불행의 서론, 또는 작별의 서문을 받은 것 같다.

"하비에르, 우리는 오랫동안 만나지도 않았고 대화도 나누지 않았어요. 그런데 그렇게 급한 일이 있을 수 있나요? 하루나 이틀도 기다리지 못할 정도인가요? 그러니까 내 말은 오늘 밤 갈 수 없을지도 모른다는 뜻이에요."

나는 그의 애원에 관심이 없는 척했지만, 그가 포기하지 않기를, '곧 만나요'나 '아마도'라는 말에 안심하지 않기를 내심 바랐다. 그는 초조한 나머지 내게 입발림 소리를 했지만, 나는 그날 그것이 순전히 육체적인 초조감 때문이 아니라는 사실을 눈치챘다. 심지어 그의 초조함 속에는 육욕은 눈곱만큼도 없고, 무언가를 말로 끝맺어야 한다는 성급함만 있을 수도 있었다. 용건이 공중으로 떠다니지 않게 하겠다고 결정하면, 그것들은 저절로 희석되지도 않으며, 조용히 죽지도 않을뿐더러 그 결론도 빛을 잃지 않게 된다. 그렇게 되면 일반적으로 기다리기가 몹시 힘들어진다. 아니 거의 불가능해진다. 우리는 그 말을 해야만 하고, 그 말을 즉시 내뱉어야 하며, 다른 사람에게 전해야 한다. 그래야 우리는 그 말에서 벗어날 수 있고, 상대방은 자기가 해야 할 일이 무엇인지 알게 되며, 속은 줄도 모르고 잘난 체하면서 다니지 않게 된다. 자신이 우리의 삶에 중요하지 않은 존재라는 걸 알게 될 때 비로소 상대는 자기가 중요한 사람이라고 생각하지 않게 된다. 즉 우리의 머리와 가슴 속에 한 자리를 차지하지만, 바로 그것들이 지체 없이 우리의 존재에서 상대방을 지워버렸음을 알게 된다. 그러나 나는 그런 것에 개의치 않았다. 디아스 바렐라가 오로지 내게서 벗어나기 위해, 내게 작별 인사를 하기 위해 나를 부르고 있다고 해도, 나는 상관없었다. 열나흘 전부터 나는 그를 만나지 못했고, 그를 다시는 만나지 못할까 봐 두려웠다. 그것만이 나의 유일한 관심사였다. 만일 그가 나와 다시 만난다면, 아마도 그의 결심을 유지하기는 어려울 것이었다. 나는 그렇게 만들도록 시도할 수 있을 것이다. 그가 앞으로 나를 그리워하게 될 것임을 어렴풋이 암시할 수 있을 것이다. 내 모습을 드러내면서 그가 결정을 번복하거나 뒤집도록 설득할 수 있을 것이다. 나는 그렇게 생각했고, 내가 얼마나 멍청하고 바보 같았는지 깨달았다. 그런 순간은 불쾌하다. 특히 우리가 얼마나 멍청한지 알면서도 창피해하지 않고 좌우간 그런 멍청함에 우리 자신을 맡기는 순간이 그렇다. 그럴 때면 우리는 우리가 무엇을 하고 있는지 잘 알면서도 아주 금방 이렇게 되뇔 것임을 알고 있다. 〈하지만 난 그걸 알고 있었고 그럴 거라고 확신하고 있었어. 그런데 난 정말 바보야, 맙소사!〉 쇠가 자석으로 향하는 것처럼 나는 확실하게 이렇게 반응했다. 그가 다시 만나자고 부탁하거나 요구하면 그와의 모든 관계를 끊어버리겠다고 어느 정도 결심한 상태임을 감안하면, 그런 반응은 심지어 더 모순되고 더 멍청한 행동이었다. 그는 이미 자신의 가장 친한 친구를 죽이는 계획을 짰는데, 나의 깨어 있는 의식의 관점에서 보건대 그건 지나치게 과도한 것이었다. 이제 나는 그렇지 않다고, 혹은 아직은 그 정도는 아니라는 것을 확인했다. 그리고 내 의식은 내가 조금이라도 방심하면 갈수록 흐려지거나 잠든다는 것을 알았고, 그러자 정확하게 이렇게 생각하게 되었다. 〈그런데 난 정말 바보야. 맙소사!〉

어쨌든 디아스 바렐라는 악습에 물들어 있었다. 내가 해야 할 일이 있을 때를 제외하고는, 그가 만나자고 했을 때 나는 거부하지 않았는데, 적어도 출판계에서는 다음 날로 미룰 수 없는 업무는 거의 없기 때문이었다. 레오폴도는 관계가 지속되는 동안 결코 방해물이 아니었다. 나와 디아스 바렐라의 관계처럼, 그와 나와의 관계도 비슷했다. 아니 더 나빴을지도 모른다. 나는 그와 은밀하게 단둘이 있을 때면 그와 즐기기 위해 정말로 모든 노력을 다해야만 했다. 하지만 디아스 바렐라가 나와 함께 있을 때는 그런 노력을 해야만 했다고 결코 느끼지 않았다. 물론 그건 나만의 환상일 수도 있었다. 하지만 그 누가 상대방의 느낌을 확실하고 분명하게 알겠는가! 레오폴도와의 관계에서는 우리가 언제 만날 수 있고 만날 수 없는지, 그리고 만남의 시간은 어느 정도나 될지 결정한 사람은 바로 나였다. 그에게 나는 지칠 줄 모르는 일 중독자였는데, 심지어 나는 내 일에 대해서 그에게 말하지도 않았다. 그는 나의 좁고 급할 것 없는 세상을 분명 참기 힘든 소용돌이로 상상했을 것이다. 나는 그에게 내 시간을 할애해서 데이트한 경우가 거의 없었고, 항상 너무나 일이 많은 여자처럼 행동했었다. 디아스 바렐라가 내 인생에서 지속된 만큼 그와의 관계도 지속되었다. 두 사람과의 관계가 동시에 이루어지는 경우 종종 일어나는 것처럼, 두 관계가 아무리 다르거나 반대가 되더라도 하나의 관계는 다른 것 없이 지속될 수 없다. 결혼한 사람이 헤어지거나 혹은 홀아비가 되면, 두 사람이 마주보는 것이 두려운 것처럼, 혹은 장애물 없이 어떻게 지속할지 모르는 것처럼, 또는 당시까지 제한된 사랑이었던 것, 즉 마음 놓고 공개적으로 밝히지 않도록 선고된 것, 혹은 아마도 침실에서 결코 나오지 않도록 선고된 것을 어떻게 실현하고 발전시켜야 할지 모르는 것처럼 두 연인은 불륜 관계를 끝낸다. 또 우리는 아주 우연히 시작한 것이 항상 그런 방식으로 진행되어야 하고, 그런 방식을 바꾸려는 어떤 시도도 두 사람이 사기 혹은 날조로 느끼고 거부한다는 것을 자주 깨닫는다. 레오폴도는 결코 디아스 바렐라에 관해 알지 못했고, 나는 그의 존재에 관해 한 마디도 하지 않았다. 그건 그와 상관없는 것이었고, 따라서 나는 말해야 할 하등의 이유가 없었다. 우리는 친하게 지내기로 하면서 좋게 헤어졌고, 나는 그에게 많은 상처를 주지 않았다. 아직도 그는 가끔씩 내게 전화를 걸지만, 조금만 지나면 우리는 서로 따분해한다. 서너 마디를 하고 나면 할 말이 없다. 그는 불완전한 짧은 환상에 불과했다. 그것은 미약하고 다소 회의적인 희망이었다. 의욕 부족은 쉽게 숨길 수 있는 게 아니었고, 가장 낙관적인 연인들조차도 쉽게 감지할 수 있는 것이기 때문이다. 적어도 나는 그렇게 생각한다. 나는 그에게 거의 상처를 주지 않았으며, 그는 자기에게 상처가 있는지도 깨닫지 못했다. 하지만 그것은 지금 확인해야 할 문제가 아니다. 확인하든 안 하든 그건 중요하지 않다. 게다가 나와는 아무 상관도 없다. 디아스 바렐라는 자신이 내게 얼마나 큰 해를 입혔는지, 혹은 내게 얼마나 큰 상처를 주었는지 알아도 전혀 개의치 않을 것이다. 어쨌거나 나는 항상 우리의 관계에 대해 회의적이었으며, 심지어 내가 그에게 진정으로 희망을 갖고 있었다고 말할 수조차 없었다. 다른 남자들과는 그럴 수 있었지만, 그에게는 아니었다. 나는 이 연인에게서 한 가지를 배웠는데, 그것은 이런 것을 너무 심각하게 여기지 말고 너무 뒤를 돌아보지 말라는 교훈이었다.

그의 다음 말은 거의 조잡하게 애원을 위장한 강요처럼 들렸다.

"부탁이니 제발 들러줘요, 마리아. 그게 불가능한 일은 아닐 거예요. 내가 당신에게 자문을 구하고자 하는 일은 하루나 이틀 정도는 기다릴 수 있어요. 하지만 나는 기다릴 수 없어요. 당신도 개인적인 응급 상황이 어떤 건지 알고 있잖아요. 그걸 잠재울 수 있는 방법은 없어요. 또한 당신도 이곳에 들르는 게 이로워요. 부탁이에요. 제발 들러줘요."

나는 대답하기 전에 잠시 머뭇거렸다. 예전엔 모든 게 쉬웠을지 모르지만, 지금은 그렇지 않다고 생각하게 만들기 위해서였다. 내가 마지막으로 그곳에 있을 때 아주 끔찍한 일이 일어났다. 물론 그는 그것을 알 수도 있고 모를 수도 있다. 사실 나는 그를 만나고 싶어 안달하고 있었다. 우리 관계를 시험해보고 싶었고, 그의 얼굴과 입술을 다시 보면서 즐기고, 심지어 그와 잠자리도 하고 싶었다. 적어도 이전의 그와는 그렇게 하고 싶었다. 이전의 그는 새로운 그 안에 계속 존재하고 있었으니까. 하긴 그곳 말고 어디에 있을 수 있겠는가? 마침내 나는 말했다.

"그렇게 강력하게 요구한다면, 좋아요. 몇 시라고는 정확하게 말할 수 없어요. 하지만 그곳으로 가겠어요. 그래요, 기다리는 데 지치면 전화해줘요. 그러면 가지 않을 테니까요. 지금은 더 이상 당신과 통화할 수 없어요."

나는 전화를 끊고 전원을 꺼버렸다. 그러고는 조금도 쓸데없는 회의로 돌아갔다. 그 순간부터 나는 추천받은 젊어 보이는 작가의 말에 전혀 귀를 기울일 수 없었다. 그 작가는 못마땅한 눈으로 나를 쳐다보았다. 그가 원하는 것은 바로 그것, 즉 독자와 많은 관심이었기 때문이다. 어쨌건 나는 우리 출판사에서 그의 책을 출판하지는 않을 것이라고 확신했다. 적어도 내가 그의 작품을 검토하게 된다면 그럴 가능성은 확실히 없었다.

마침내 시간이 났고, 내가 디아스 바렐라의 아파트로 발걸음을 옮기기 시작했을 때는 전혀 늦지 않은 시각이었다. 시간이 남아서 나는 가던 길을 멈추고 추측도 하고 머뭇거리기도 했으며, 근처를 몇 바퀴 돌면서 들어가는 순간을 지체했다. 심지어 나는 '엠버시'라는 곳으로 들어가기도 했다. 고풍스러운 그곳은 귀부인과 외교관들이 오후에 차를 마시거나 간식을 먹는 곳이었다. 나는 테이블에 앉아 차를 주문하고서 기다렸다. 특정한 시간이 되기를 기다린 것이 아니라—내가 지체할수록 그는 더욱 초조해할 것이라는 사실만 알고 있었다—, 잠시 시간을 보내면서 충분히 마음을 먹을 수 있도록 기다렸다. 아니, 내 초조함이 충분히 쌓여서 나를 일어나게 만들어 발걸음을 하나 둘 셋 내딛게 만들기를 기다렸는지도 몰랐다. 그렇다면 나는 그의 집 앞으로 가서 흥분한 상태로 초인종을 눌렀을 것이다. 그러나 그와 만나기로 작정했고, 그날 그를 다시 만나거나 그렇지 않거나 그 결정은 내 손에 달려 있었으니 반드시 결단을 내려야 한다는 조급함이나 초조함도 느끼지 않았다. 나는 생각했다. 〈서두르지 않고 조금 더 기다릴 거야. 그는 집에 있을 테고, 내게서 달아나지 않을뿐더러, 집에서 나가지도 않을 거야. 일 초 일 초가 그에게는 한없이 길게 느껴질 거야. 아마도 그는 일 초 일 초를 셀지도 몰라. 그리고 책을 읽어도 무슨 말인지 이해하지 못할 테고, 이렇다 할 목표 없이 텔레비전을 켰다가 끌 테고, 점점 화가 치밀 테며, 내게 말할 내용을 준비하거나 외울 테고, 엘리베이터 소리가 날 때마다 층계참을 내다볼 테고, 자신의 아파트가 있는 층에 도착하기도 전에 멈추거나 아니면 그 층을 지나쳐서 올라가는 것을 확인하면서 실망할 거야. 도대체 내게 물어볼 것이 무엇일까? 그는 자문을 구하고 싶다고 말했어. '자문'이란 공허하고 의미 없는 표현이야. 그것은 일종의 진부하고 상투적인 말이며, 보통 다른 목적을 숨기는 표현이고, 자기 자신이 중요하다고 여기는 사람에게 놓는 덫인데다 그런 사람의 호기심을 일깨우는 말이야.〉 그리고 몇 분이 지나자 나는 생각했다. 〈왜 내가 그의 말대로 하는 거지? 왜 싫다고 말하지 않은 거지? 왜 그에게서 도망치지 않고 숨는 거지? 아니 왜 지체 없이 그를 고발하지 않는 거지? 왜 내가 알고 있는 것을 알면서도 그를 만나기로 한 거지? 왜 그가 설명하고자 하는 것을 듣겠다고 한 거지? 만일 그가 손짓이나 몸짓으로, 혹은 애무로 함께 자자고 하면, 왜 나는 틀림없이 그의 말대로 할 생각인 거지? 아니, 많은 남자들이 그렇듯이 혀를 움직이기 귀찮아서 단 한 마디도 입발림 소리를 하지 않은 채, 무미건조하고 남성답게 머릿짓으로 막연히 침실을 가리키기만 해도, 왜 난 그와 함께 잘 작정인 거지?〉 나는 『삼총사』의 한 대목을 떠올렸다. 우리 아버지는 프랑스어로 달달 외워서 아무 때나 그 대목을 종종 읊었고, 그 대목을 너무나 사랑하고 아꼈으며, 침묵이 길어지지 않도록 자랑스럽게 말하곤 했다. 아마도 그 구절의 리듬과 소리, 그리고 정확성을 좋아했던 것 같다. 아니면 아마도 어렸을 때, 그러니까 그가 처음으로 그 구절을 읽었을 때 깊은 감명을 받았기 때문일 수도 있었다. (내 기억이 잘못되지 않았다면, 디아스 바렐라와 마찬가지로 우리 아버지는 산루이스 프랑스 학교에서 공부했다.) 아토스는 3인칭으로 자기 자신에 대해 말한다. 즉 다르타냥에게 마치 오래된 귀족 친구의 이야기인 것처럼 자기 이야기를 들려준다. 그 친구는 스물다섯 살 때 정신을 잃을 정도로 매력적이고 순진한 열여섯 살의 여자아이와 결혼했다. '사랑스럽고 아름다운' 혹은 '사랑에 빠지지 않을 수 없는' 또는 '연모하지 않을 수 없는' 여자라고 아토스는 말한다. 아토스는 아직 총사, 즉 왕실 호위병이 아니라 페르 백작이었다. 젊고 천사 같은 그의 아내는 사냥을 하다가 사고를 당해 말에서 떨어서 기절한다. 그는 그녀에 대해 많이 알지도 못한 채, 그녀가 어떤 삶을 살았는지 확인해보지도 않고 숨길 과거가 없을 것이라고 상상하면서 결혼했었다. 달려가서 그녀를 도와주려는 순간, 아토스는 옷 때문에 그녀가 제대로 숨을 쉬지 못하고 있다는 것을, 옷 때문에 거의 죽을 지경에 처했다는 것을 알게 된다. 그러자 그는 칼을 꺼내 아내의 옷을 찢어 편하게 숨을 쉬게 만들었는데, 그 순간 그녀의 어깨가 훤히 드러난다. 바로 그때 그는 그녀의 어깨에서 백합 모양의 낙인이 찍힌 것을 본다. 그것은 사형 집행인들이 창녀와 여자 도둑에게 찍는 표시였다. 일반 범죄자까지 낙인을 찍었는지는 잘 모르겠다. '이 천사는 악마였어'라고 아토스는 말한다. '이 가련한 여자는 도둑이었다'라고 잠시 후 다소 모순적인 말을 덧붙인다. 다르타냥은 백작이 어떻게 했느냐고 친구에게 묻는다. 그러자 그의 친구는 간결하고 차갑게 대답한다. (그리고 이것이 우리 아버지가 거듭해서 외던 인용문이며, 내가 떠올린 구절이다.) '백작은 훌륭한 영주였어. 그는 자기 영지에서 법을 적용해 처벌할 권리를 갖고 있어. 그는 영주 부인의 옷을 찢어서 그녀의 손을 뒤로 묶고는 나무에 매달았어.' 젊었을 때 아토스는 전혀 주저하지 않고, 그 어떤 변명도 듣지 않은 채, 그리고 정상을 참작할 만한 것이 있으리라는 고려도 하지 않고서, 눈 하나 깜짝하지 않고, 그녀의 젊은 나이를 유감스럽게 여기지도 않은 채 무자비하게 그렇게 했던 것이다. 그런데 그 여자는 바로 그가 너무나 깊이 사랑한 나머지 순수한 소망을 가지고 아내로 삼았던 사람이었다. 여기서 '순수한'이라는 의미는 그도 인정하듯이 그가 그녀를 유혹하거나, 아니면 그가 원한다면 힘으로 차지할 수 있었다는 뜻이다. 어쨌건 그는 그곳의 주인이었다. 그런데 그가 아니라면 그 누가 이방인 여자, 그러니까 안느 드 브루이라는 진짜인지 가짜인지도 알 수 없는 이름으로만 알려진 미지의 여자를 도우러 달려갔겠는가? 하지만 그는 그러지 않았다. '그 멍청하고 어리석은 바보'가 그녀와 결혼하게 되었다면서, 아토스는 과거의 자기 자신, 그러니까 강직하고 사나운 페르 백작을 꾸짖고 비난한다. 그는 기만과 비행, 지울 수 없는 오점을 발견하면서 모든 의문과 상반되는 감정들을 버렸고, 머뭇거리지 않았으며 미루지도 않았고 불쌍히 여기지도 않았다──그러나 사랑만은 멈출 수 없었다. 그가 아직도 그녀를 사랑하고 있었거나, 적어도 결코 배신의 상처에서 회복되지 못했기 때문이다. 그리고 백작 부인에게 설명하거나 변호할 기회를 주지 않았고, 부정하거나 설득할 기회도, 자비를 베풀어달라고 애원하거나 다시 그를 매료시킬 기회도, 심지어 이 세상의 가장 빌어먹을 존재도 자격이 있는 '이제부터', 즉 나중에 죽을 수 있는 기회도 주지 않았다. 그는 주저하지 않고 그녀의 손을 뒤로 묶어서 나무에 매달았던 것이다. 다르타냥은 기겁을 하며 소리쳤다. '맙소사, 아토스! 그건 살인 사건이야!' 그러나 아토스는 애매하게, 아니 수수께끼처럼 대답한다. '그래, 살인 사건이야. 그 이상도 이하도 아니야.' 그리고 계속해서 포도주와 햄을 더 달라고 부탁하면서, 이야기를 마친다. 애매하거나 혹은 심지어 수수께끼 같은 말은 바로 '그 이상도 이하도 아니야', 프랑스어로는 '파다방타주pas davantage'이다. 아토스는 다르타냥이 내뱉은 분노의 외침을 반박하지 않는다. 그는 자신의 행위를 변명하지도 않고 그의 말에 반대하지도 않으면서 '아니야. 그것은 처형일 뿐이었어.' 혹은 '그건 정의로운 행위였어'라고 말한다. 그는 자기가 왜 그토록 성급하고 매몰차게, 그토록 사랑하던 아내를 나무에 목매달았는지에 대해 친구를 이해시키려고 노력하지도 않는다. 숲 한가운데에는 틀림없이 그와 그녀 두 사람만 있었고, 따라서 처형은 증인도 없이 즉석에서 이루어진 것이었으며, 그 누구의 도움이나 조언도 구하지 않고 실행된 것이었다. 그 친구는 '그는 분노로 눈이 멀었고, 따라서 참을 수가 없었어. 그는 복수를 해야 했어. 그리고 평생을 후회했지'와 같은 대답도 하지 않는다. 그는 그것이 살인이었다고, 그래, 그것 이상도 이하도 아니라고 인정한다. 살인이 생각할 수 있는 최악의 것이 아닌 것처럼, 혹은 그것이 너무나 일반적인 것이라 그 어떤 놀라움이나 물의도 일으킬 만한 것이 아닌 것처럼 말한다. 그건 근본적으로 늙은 샤베르 대령, 그러니까 계속 죽은 채로 있어야만 했던 살아 있는 죽은 사람의 사건을 수임한 변호사 데르빌의 생각과 동일하다. 모든 변호사들처럼 그 변호사는 '사악한 감정이 자꾸만 반복되는 것'을 보았다. 그것은 그 어떤 것도 고칠 수 없고 그의 사무실을 '결코 깨끗해질 수 없는 시궁창'으로 만든 감정이다. 그는 살인이란 일어날 수 있는 것이고, 그 누구도 범할 수 있는 행위이며, 시간이 시작된 첫날밤부터 일어났고, 마지막 날이 끝난 뒤 이제 밤이 없어져 시간이 존재하지 않아 더 이상의 살인을 수용할 수 없을 때까지 계속될 것이라는 입장을 견지한다. 그리고 살인은 매일 일어나는 진부하고 평범하며 별 것 아닌 사건이고, 순전히 시간적인 것이라고 생각한다. 전 세계의 신문과 텔레비전은 살인 사건으로 가득한데, 왜 그토록 흥분해서 소리치고, 왜 그토록 질색하며, 왜 그토록 분노하는 것일까? 그렇다, 그건 살인이다. 그 이상도 이하도 아니다.

〈왜 나는 아토스나 페르 백작처럼, 그러니까 처음에는 백작이었다가 나중에는 그런 사람이 아닌 사람처럼 될 수 없는 것일까?〉 나는 엠버시에 앉아 엄청나게 빠른 속도로 말하는 부인들과 어느 한가한 외교관의 끊임없는 수다를 들으면서 생각했다. 〈왜 나는 아토스처럼 문제를 정확하게 파악하고 그 판단에 따라 행동하지 못할까? 왜 경찰이나 루이사에게 가서 내가 알고 있는 것을 이야기하지 못할까? 그들이 사건을 다시 면밀하게 조사해서 루이베리스 데 토레스의 뒤를 쫓게 하기에 충분한 정보인데. 적어도 시작하기에는 충분한 정보잖아. 왜 나는 내가 사랑하는 남자의 손을 뒤로 묶고 가차 없이 그를 나무에 목매달 수 없는 것일까? 나는 그가 가증스러운 범죄를 저질렀고, 물론 범죄는 성경처럼 오래된 것이지만, 극히 야비한 동기로 그 범죄를 저지른 데다, 비겁한 방식으로 행했으며, 중개자들을 이용해 자신을 보호하고 자신의 얼굴을 숨겼을 뿐만 아니라, 그것도 자기 자신을 방어할 수도 없어서 얼마든지 쥐락펴락할 수 있는 가련하고 제정신이 아닌 비렁뱅이, 분별력이 없는 어리석은 거지를 이용했다는 것을 너무나 잘 알고 있어. 아니야, 내가 그렇게 인정머리 없이 행동할 필요는 없어. 나는 누군가를 법으로 처벌할 권한을 갖고 있지 않아. 게다가 죽은 사람은 말할 수 없지만 산 사람은 말할 수 있기 때문이야. 산 사람은 자신의 행위를 해

342

명할 수 있고 설득할 수 있으며 논할 수도 있어. 심지어 내게 키스를 하고 나와 사랑을 할 수도 있어. 하지만 죽은 사람은 보지도 듣지도 못하고, 무덤에서 썩어가고 있고 아무 대답도 할 수 없으며, 아무 영향도 끼치지 못하고 위협도 하지 못하며, 최소한의 쾌락도 내게 줄 수 없어. 또한 내게 해명을 요구할 수도 없고, 실망스러운 표정을 보여줄 수도 없으며, 끝없이 슬퍼하면서 엄청난 고통을 느끼며 나를 비난하듯이 쳐다볼 수도 없고, 내 피부를 스칠 수도 없고 내게 입김을 내뿜을 수도 없어. 그가 할 수 있는 것은 하나도 없어.〉

마침내 나는 마음을 먹었다. 어쩌면 그저 지루했거나 아니면 가끔씩 나를 엄습하던 두려움에서 해방되고 싶었기 때문일지도 모른다. 혹은 아직도 계속 사랑하고 있는 과거의 나를 보려는 초조함 탓이었을 수도 있다. 사실 그 과거의 나는 아직 완전히 사라지지 않았고, 지금의 더럽혀지고 어두운 모습보다 더 강력했다. 마치 오래전에 죽은 사람의 생생한 모습 같았다. 나는 계산서를 요구해서 찻값을 지불했고, 다시 거리로 나가서 너무나 잘 알고 있는 방향으로 걸음을 옮기기 시작했다. 내가 아주 많이 갔다고는 말할 수 없는 집이 있는 방향이었다. 이제는 존재하지 않지만—그러니까 디아스 바렐라는 그곳에 살지 않고, 따라서 내게는 존재하지 않는 것과 다름없다—내가 영원히 잊지 못할 집이다. 나는 계속 천천히 걸었다. 급히 도착할 마음은 없었다. 그래서 어슬렁어슬렁 걸으며 산책하듯이 앞으로 나아갔다. 한참 전부터 나와 이야기하기 위해, 다시 말하면 내게 다시 질문하거나 혹은 무언가를 말하거나, 아니면 내게 무언가를 부탁하거나 내 입을 다물게 하려고 누군가가 기다리는 구체적인 장소로 가는 것처럼 보이지 않았다. 나는 『삼총사』의 또 다른 대목이 떠올랐다. 그건 우리 아버지가 암송하던 것이 아니

라, 내가 스페인어로 알고 있던 것이다. 어렸을 때 깊은 인상을
준 것은 우리의 상상 속에 각인된 백합 꽃잎처럼 오래 지속된
다. 원래 이름이 안느 드 브루이였으며 낙인 때문에 나무에 목
매달린 여자, 잠시 수녀원에서 살다가 그곳에서 도망쳤으며, 그
런 다음 아주 짧은 기간 동안 페르 백작의 부인이 되고, 나중에
는 샤를로트, 클라리크 부인, 윈테르 부인, 셰필드 남작 부인(어
렸을 때 나는 단 한 번의 생애에 그토록 자주 이름을 바꿀 수 있다
는 사실에 관심을 보였다), 그리고 소설에서 간단하게 밀라디라
는 이름으로 불리기도 한 그녀는 샤베르 대령과 마찬가지로 죽
지 않았다. 발자크는 샤베르가 목숨을 구한 기적과 그가 전투
이후에 버려져 있던 귀신들의 피라미드에서 몸을 질질 끌며 빠
져나온 과정을 아주 자세하게 설명한다. 그러나 뒤마는 연재소
설 마감 시간에 쫓긴 탓인지 화자로서 편안하고 느긋하게 계속
이야기를 이어가느라 비록 엉성하게라도 그 과정을 서술하지
않았다. 적어도 나는 기억할 수 없다. 죽음 직전까지 몰린 젊은
여자가 어떻게 살아 나왔는지에 대해 아무런 설명이 없는 것이
다. 위대한 영주는 분노하지만, 그 분노는 처벌을 선고할 권리
가 있다는 것으로 위장된다. 이런 분노와 더불어 자신의 명예가
상처를 입자, 영주는 그녀를 교수형에 처하는데, 그녀가 어떻게
목숨을 구했는지에 대해선 전혀 이야기를 들려주지 않는다. (또
한 남편이 침대에서 그 비극적인 백합꽃을 왜 볼 수 없었는지도 설
명하지 않는다.) 그녀는 자신의 아름다움과 교활함, 그리고 뻔

뻔함을 이용해서──그리고 그녀의 씁쓸한 분노도 가세했을 것이라고 추정할 수 있다──권력을 쥔 인물이 되고, 리슐리외 추기경의 총애를 받으며, 전혀 죄책감을 느끼지 않고 여러 범죄를 저지른다. 소설이 진행되는 동안, 그녀는 몇 개의 범죄를 더 저지르고, 문학사에서 가장 사악하고 표독스러우며 무자비한 여성이 되어, 이후 지겹도록 모방된다. 그러고는 '부부의 장면'이라는 아이러니한 제목이 붙은 부분에서 아토스와 그녀의 만남이 이루어진다. 그녀는 새파랗게 질려 벌벌 떨면서, 자신의 옛 남편이자 사형 집행인을 금방 알아본다. 그녀는 옛 남편이 죽었다고 여겼고, 마찬가지로 그도 너무나 사랑했던 아내가 죽었다고 여겼는데 거기에는 상당한 이유가 있었다. '당신은 이미 내 길을 방해했소.' 아토스는 이렇게, 아니 이와 비슷하게 말했다. '난 당신을 처치했다고 생각했소, 마담. 하지만 내가 착각한 것인지, 아니면 지옥의 비법이 당신을 소생시켰는지 모르겠소.' 그러고서 그는 다음과 같이 덧붙이면서 자기가 갖고 있던 의문에 대답한다. '그렇소. 지옥이 당신을 부자로 만들어주었고, 지옥이 당신에게 다른 이름을 주었으며, 지옥이 당신에게 거의 다른 얼굴을 만들어주었소. 하지만 당신 영혼의 오점은 지우지 못했고, 당신 육체의 낙인도 지우지 못했소.' 그리고 조금 뒤에 내가 떠올린, 그러니까 내가 마지막으로, 아니 마지막에서 두번째로 디아스 바렐라의 집을 향해 걸어가던 중에 기억한 대목이 나온다. '당신은 내가 죽었다고 믿었소, 그렇지 않소? 내가 당신을 죽었다고 믿었던 것처럼 말이오. 우리의 처지는 참으로 기묘하오. 우리 두 사람이 지금까지 살아온 것은 바로 우리가 죽었다고 여겼기 때문이오. 우리는 때때로 기억 때문에 몹시 괴롭지만, 그래도 살아 있는 사람의 존재보다는 덜 괴롭다오.'

　이 대목이 내 기억에 남아 있다면, 혹은 내가 마음속에서 이 대목을 되찾았다면, 그것은 내가 살면서 아토스의 이 말을 점점 사실처럼 느끼기 때문이다. 우리에게 엄청난 피해를 입혔거나 슬픔을 안겼던 사람이 죽어서 이 땅에 없다고 믿는다면, 그가 단지 기억이며 더 이상 살아 있는 피조물이 아니라면, 그가 숨을 쉬고 아직도 해로운 걸음으로 세상을 돌아다니는 살아 있는 존재가 아니라면, 그리고 우리가 다시 만나고 서로 다시 볼 수 있는 사람이 아니라면, 우리는 평화롭게 편안한 느낌을 가지고 계속 살아갈 수 있다. 그 사람이 숨어 있다는 것을 안다면—심지어 그가 이곳에 있다는 것을 안다면—우리는 무슨 수를 쓰더라도 도망치려고 할 것이다. 그리고 더욱 분하고 억울하다면 그에게 스스로가 저지른 악에 대한 대가를 치르게 만들고자 한다. 우리에게 상처를 입혔거나 우리의 삶을 살아 있는 죽은 사람—이 과장된 표현은 이제 일반적으로 사용되는 상투적인 문구가 되었다—으로 만든 사람이 죽더라도, 그것은 우리의 상처를 완전히 치료하지 못하며, 완전히 잊게 만들 수도 없다. 아토스는 총사로 위장해서 새로운 인물인 것처럼 행동하지만, 그는 자신의 오래된 슬픔을 지니고 살아가고 있었다. 우리를 끊임없이 맴도는 기억과 이 단 하나의 세상과 결산한다는 느낌이 들게 될 때야, 비록 그 기억이 떠오르거나 혹은 부르지도 않았는데 모습을 드러낼 때마다 우리를 아프게 할지라도, 우리는 마음을 진정하고 삶을 살아가면서 보다 편안하게 숨을 쉴 수 있다. 반면에 우리의 마음을 산산이 부쉈거나 혹은 우리를 속였거나, 아니면 우리를 배신한 사람, 또는 우리의 삶을 망가뜨렸거나 너무나 잔인하게 우리를 공포에 사로잡히게 만든 사람과 같은 시간과 공기를 공유한다는 것을 알면 참을 수 없을지도 모른다. 그리고 그런 피조물이 아직 존재한다는 사실, 혹은 죽지 않았으며 나무에 목 매달리지도 않았고, 그래서 다시 모습을 드러낼 수 있다는 사실을 알면, 우리는 마비되어 무력해질 수 있다. 그것은 왜 죽은 사람들이 돌아오지 말아야 하는지를 보여주는 또 다른 이유이다. 적어도 이 사람들은 세상을 떠나면서 우리에게 안도감을 주고, 우리가 과거의 나를 묻어버리고 유령처럼 계속 삶을 살아가게 해준다. 아토스가 그랬고 밀라디도 그랬으며, 페르 백작뿐만 아니라 안느 드 브루이도 그랬다. 이들은 각자 상대방이 단지 죽은 시체에 불과하며, 이제는 나뭇잎 하나도 떨게 만들 수 없고 숨을 쉴 수도 없다는 것을 믿었기 때문에, 그동안 목숨을 부지하며 살아갈 수 있었다. 또한 아무런 장애도 없이 새로운 삶을 시작한 마담 페로도 그랬다. 그녀에게 남편 샤베르 대령은 단지 기억일 뿐이었고, 그녀를 괴롭히는 존재조차도 아니었다.

〈하비에르가 죽었다면 얼마나 좋을까!〉 나는 그날 저녁을 떠올리면서 소스라치게 놀랐다. 그러면서도 나는 한 발씩 앞으로 내딛고 있었다. 〈지금 당장 죽는다면 얼마나 좋을까! 바닥에 쓰러진 채 영원히 꼼짝 못 해서 내가 초인종을 눌러도 열어주지 않는다면 좋을 텐데. 그러면 내게 자문을 구할 게 하나도 없을 것이고, 나도 그와 말할 수 없을 테니까. 그가 죽은 몸이라면, 나의 모든 의심과 두려움은 사라질 것이고, 나는 그의 말을 들을 필요도 없고 내가 무엇을 해야 할지 계획을 세울 필요도 없을 것이야. 또한 그에게 키스하거나 아니면 그와 함께 잠자리를 하고 싶다는 유혹에 빠지면서, 그게 마지막이라고 나 자신을 속이는 일도 없을 거야. 나는 루이사를, 특히 사법 당국을 전혀 걱정하지 않고 영원히 입을 다물 수 있을 것이고, 데베르네를 잊을 수 있을 거야. 어쨌건 나는 그를 알 기회가 없었고, 수년 동안 아침을 먹으면서 눈으로만 보아서 알고 있었어. 그의 목숨을 앗아간 사람 또한 목숨을 잃고 그저 단순한 기억이 되어버려 더 이상 고발할 사람이 없어지게 되면, 그 결과는 전혀 중요하지 않고, 무슨 일이 일어났는지도 상관없게 돼. 무엇 때문에 그런 걸 말해야 하지? 심지어 무엇 때문에 그 결과를 확인해야 하지? 침묵을 지키는 것이 가장 쉬운 방법이야. 이미 시체가 되어버렸으니 동정받아야 할 사람들의 이야기로 굳이 세상을 어지럽힐 필요는 없으니까. 그것은 그 사람들이 발걸음을 멈추었고 죽었으며 더 이상 존재하지 않기 때문이야. 이미 우리는 모든 것이 평가되어야 하거나 적어도 알려져야만 하는 시기에 있지 않아. 오늘날에는 해결되지 않고 처벌받지도 않는 범죄가 수없이 많아. 아무도 누가 범죄를 저질렀는지 모르고—너무나 많아서 주변을 둘러보며 그들을 살펴볼 눈이 충분하지 않아서—그럴듯한 용의자가 피고석에 앉아 있는 걸 발견하는 건 오히려 정말로 드문 일이야. 테러 공격, 과테말라나 후아레스 시에서의 여성 살인, 마약범들끼리의 보복 살해, 아프리카에서 일어나는 무차별적인 학살, 무인 비행기—그래서 조종사의 얼굴이 없는—에 의한 무고한 시민을 향한 폭탄 투하 등등. 아무도 관심을 갖지 않고 심지어 수사조차 진행되지 않는 범죄는 더더욱 셀 수 없이 많아. 그것들은 가망 없는 일로 간주되고, 그래서 그 사건들은 일어나자마자 서류철에 보관되어버려. 그리고 흔적을 남기지 않는 사건들, 기록되지 않은 사건들, 결코 드러나지 않은 사건들, 알려지지 않은 사건들은 더욱 많아. 의심의 여지 없이 이런 모든 종류의 범죄들은 항상 존재했으며, 오랫동안 처벌 대상이 된 범죄들은 아마도 신하들이나 가난한 사람들, 그리고 상속권이 박탈된 사람들이 저지른 범죄들이었을 거야. 피상적이고 막연하게 말하자면, 몇 가지 예외를 제외하고는 권력자들이나 부자들이 저지른 범죄들은 처벌 대상이 되지 않았을 거야. 사법 당국이 위장 전술을 썼지. 과거에는 적어도 공개적으로는, 그리고 원칙적으로 사법 당국은 모든 범죄 사건을 추적하는 척했으며, 때때로 그렇게 하려고 시도했고, 해결되지 않은 사건들은 '미결'로 간주되었어. 그러나 이제는 그렇지 않아. 해결될 수 없는 사건들이 너무나 많으며, 또한 해결하기를 원치 않는 범죄도 너무나 많고, 굳이 시간과 노력을 들여 해결하거나 위험을 감수할 만한 가치가 없다고 여겨지는 것도 너무나 많아. 극단적으로 엄숙하게 고소장을 낭독하고, 목소리를 거의 떨지도 않고 선고를 내리던 시절은 이미 한참 전에 지나갔어. 아토스가 두 번이나, 처음에는 그가 젊었을 때, 두번째는 그다지 젊지 않았을 때, 자기 아내 안느 드 브루이에게 선고를 내렸을 때와는 달라. 두번째로 그녀를 심판했을 때 그는 혼자 있지 않고, 다른 세 명의 총사, 그러니까 다르타냥, 포르토스와 아라미스와 함께 있었어. 또한 그가 권한을 위임했던 윈테르 경과 붉은 망토를 걸친 가면 쓴 남자도 있었는데, 그는 나중에 릴의 사형 집행인, 즉 오래전에——또 다른 삶에서는 다른 사람에게——밀라디의 어깨에 치욕스러운 백합꽃을 낙인찍었던 사람으로 판명돼. 그들은 각자 고소장을 읽는데, 모두가 오늘날에는 도저히 상상할 수 없는 말투로 시작해. '하느님과 사람들 앞에서 나는 이 여자가 독살을 했으며, 내게 살인을 하라고 부추기고 강요했을 뿐만 아니라, 이상한 질환에 걸리게 해서 죽음으로 몰고 갔으며, 신성모독을 범했고, 도둑질을 하고 매수를 했으며 범죄를 선동했고……' 그들은 항상 '하느님과 사람들 앞에서'라고 말했어. 하지만 지금은 그렇게 엄숙한 시대가 아니야. 아토스는 더 이상 속지 않으려고, 그리고 이번에는 자기가 그녀를 심판하고 벌을 선고하는 사람이 아니라는 것을 헛되이 믿으려 하면서 그 여자에게 어떤 선고를 내리겠느냐고 네 사람에게 일일이 물어. 그러자 그들은 차례로 이렇게 대답해. '사형, 사형, 사형, 사형.' 네 사람의 선고를 듣고 나서, 아토스는 그녀를 돌아보면서 사회자의 자격으로 말하지. '안느 드 브루이, 페르 백작 부인, 윈테르의 밀라디, 당신의 죄는 지상에 있는 사람들과 하늘에 있는 하느님의 인내를 벗어나 모두를 지치게 했다. 이제 기도문을 아는 게 있다면 지금 기도하도록 하라. 당신은 이미 판결을 받았고, 곧 죽을 것이기 때문이다.' 어렸을 때, 혹은 10대 초기에 이 장면을 읽은 사람은 평생 기억할 거야. 누가 됐든 이 장면은 결코 잊을 수 없으며, 이후 진행되는 장면도 잊을 수 없지. 사형 집행인은 아직도 '사랑스럽고 아름다운' 여자의 손과 발을 묶어. 그리고 그녀를 팔로 안아 배로 데려가서는 강을 가로질러 반대편 강가로 가지. 강을 건너는 도중에 밀라디는 용케도 발을 묶은 밧줄을 푸는 데 성공해. 그리고 반대편 강가에 도착하자 마구 뛰기 시작하지. 하지만 즉시 미끄러져 무릎을 꿇어. 그녀는 자기가 졌다는 것을 알았을 거야. 그녀가 일어나려고 하지도 않은 채 그 자세로, 그러니까 양손이 묶인 채 머리를 떨구고 있었기 때문이야. 오래전에 그녀가 처음 죽었을 때처럼 우리는 그녀의 손이 앞으로 묶였는지, 아니면 뒤로 묶였는지는 알 수가 없어. 어쨌든 릴의 사형 집행인은 칼을 들어 올리더니 내리쳤어. 그렇게 그 피조물에게 종지부를 찍었고, 영원

한 기억으로 만들었지. 그 기억이 괴로운 것인지 아닌지는 하나
도 중요하지 않아. 그러고는 붉은 망토를 벗어 바닥에 펼치더
니, 거기에 목 잘린 시체를 눕히고 머리를 넣은 뒤, 네 귀퉁이로
망토를 묶었어. 그러고는 어깨에 둘러메고 다시 배로 데려갔지.
돌아가는 길에 강 한복판에서, 그러니까 가장 깊은 곳에 시체를
떨어뜨렸어. 그녀를 심판했던 사람들은 강가에서 그 시체가 가
라앉는 것을 보았고, 강물이 어떻게 순간적으로 열렸다가 다시
닫히는지 쳐다보았어. 그러나 이것은 소설이야. 마찬가지로 하
비에르는 내가 샤베르에게 무슨 일이 있었느냐고 묻자 이렇게
대답했어. '무슨 일이 있었는지는 전혀 중요하지 않아요. 그건
소설이 끝나면 금방 잊히고 말거든요. 중요한 것은 상상으로 쓴
소설이 우리와 소통하고 우리에게 무언가를 주입할 수 있다는
생각과 그 가능성이에요. 그게 실제 사건보다 더 생생하고 선명
하게 우리에게 남아 있고, 우리는 그것을 그 어떤 것보다 더 마
음에 새기고 염두에 둔다는 것이죠.' 그건 사실이 아니야. 아니,
대부분 사실일지도 몰라. 그러나 일어난 일을 항상 잊는 것은
아니야. 거의 모두가 알았거나 알고 있는 소설에서도 그렇지 않
으며, 심지어 그 소설을 결코 읽지 않은 사람들도 잊지 않아. 그
리고 현실에서도, 즉 소설에서 일어나는 것이 우리에게 일어나
서 우리의 이야기가 될 때에도 잊지 않아. 우리의 이런 이야기
는 어떤 소설가가 결정하지 않아도, 그리고 어떤 사람에게 좌우
되지도 않은 채 이런저런 방식으로 끝날 수 있고…… 그래. 하

비에르가 죽어서 마찬가지로 기억이 되어버렸으면 좋겠어!〉 나는 다시 생각했다. 〈그렇게 된다면 나는 양심과 두려움의 문제를 생각할 필요가 없을 거야. 나의 의심과 유혹에 빠지고 싶은 나의 욕망, 그리고 결정해야만 하는 의무감, 나의 사랑에 빠지기, 내가 말해야 할 필요성 등의 문제를 생각할 필요가 없을 거야. 지금 나를 기다리는 것, 그러니까 내가 그에게 가고 있는 이 장면은 아마도 '부부의 장면'과 흡사한 것이 될지도 몰라.〉

"그런데 뭐가 그리 급한 거죠?" 나는 디아스 바렐라가 문을 열어주자마자 말했다. 그의 뺨에 키스를 하지도 않았고, 들어가면서 아주 간단한 인사말만 했다. 그러면서 나는 그의 눈을 정면으로 바라보려고 하지 않았고, 그와 스치는 것조차도 피했다. 만일 그에게 설명을 요구하는 것으로 시작한다면, 내가 대화의 주도권을 쥘 수 있었다. 그러니까 어떤 상황이 전개되든지, 내가 그 상황을 유리하게 조종할 수 있을 것이었다. 하지만 그는 이미 그 상황을 마련해놓았다. 아니 그 상황은 거의 강요되었다고 말할 수 있었다. 나는 그게 어떤 것인지 알 수 없었다. "오늘은 오래 만날 수 없어요. 정말로 힘든 날이었거든요. 자, 어서 말해줘요. 도대체 내게 자문을 구하고 싶은 게 뭐죠?"

그는 아주 깨끗하게 면도를 하고 단정하게 옷을 입고 있었다. 집에서 오랫동안 기다린 것 같지 않았고, 공연히 기다리는 것은 아닌지 확신도 없이 기다린 모습이 아니라,─그렇게 기다리면 자신도 모르는 사이에 항상 외모를 망가뜨리는 해로운 결과를 낳는다─마치 막 나가려는 사람 같았다. 그는 불확실성 그리고 행동하고 싶지 않은 마음과 싸우면서 여러 번 면도를 했고, 여러 번 머리카락을 빗고 헝클었으며, 여러 번 셔츠와 바지를 갈아입었고, 여러 번 재킷을 입고 벗었으며, 재킷을 입을 때와 입지 않을 때 내게 어떻게 보일지 곰곰이 생각하다가 결국 그냥 놔두었음이 분명했다. 그런 방법으로 그날의 만남은 다른 날처럼 되지 않을 것이며, 우리가 무심코 침실로 가서 반드시 그곳에서 끝나지는 않을 것임을 내게 알려주려고 했을 것이다. 어쨌든 그는 평상시보다 옷을 하나 더 입었다. 하지만 쉽게 벗을 수 있는 옷이었다. 아니, 불필요한 것이었다. 나는 눈을 들어 그의 눈을 쳐다보았다. 그의 눈은 평소처럼 근시에 몽환적이었고, 지난 방문 때보다는, 아니 그때의 마지막 순간보다는 상대적으로 더 차분해 보였다. 그때는 상황이 이상하게 돌아가서, 그가 내 어깨에 손을 올려놓았으며, 천천히 움켜쥐면서 압력을 가하기만 해도 나를 죽일 수 있다는 느낌을 주었었다. 그 모든 일이 있은 후에도 그는 여전히 매력적이었다. 그것은 나의 가장 원초적인 부분이 그를 그리워했기 때문이었다——우리는 우리가 살면서 가졌던 모든 것을 그리워하며, 심지어 우리에게 머물 시간조차 없었던 것도, 또는 해로운 것조차 그리워한다. 내 눈은 즉시 항상 바라보던 곳으로 향했는데, 그렇게 하지 않을 수가 없었다. 누구에게든 그런 일은 저주와 다를 바 없다. 상대에게서 눈을 뗄 수 없게 되면 우리는 통제되고 순종적이라고 느끼게 되는데, 그것은 거의 굴욕이고 수치이기 때문이다.

"너무 서두르지 말아요. 잠시 편하게 숨을 돌리고 술 한잔하도록 해요. 자, 앉아요. 당신과 말하고 싶은 것은 세 문장도 되지 않아요. 서서 이야기해도 되는 거예요. 자, 조금 참고 기다려요. 자, 앉아요."

나는 그렇게 했다. 나는 우리가 거실에 있을 때면 앉던 소파에 앉았다. 하지만 재킷을 벗지 않고서 소파 모서리에 앉았다. 마치 나는 그곳에 잠시 동안만 머물 생각이며, 그것도 그의 부탁을 들어주기 위해서라는 듯이. 내가 보기에 그는 차분하게 정신을 집중하고 있었다. 많은 배우들이 무대에 나가기 전에 그렇게 한다. 다시 말하면, 억지로 마음을 진정하는 것인데, 그것은 그들이 곧장 집으로 달려가서 텔레비전을 보고자 하지 않는다면 반드시 필요한 것이다. 그는 아침에 사무실로 전화를 걸어서 내게 거의 명령하다시피 자기 집으로 오라고 했는데, 그날 아침의 절박함과 긴급함은 전혀 눈에 띄지 않았다. 내가 이미 그의 손이 미치는 곳에 있기 때문에, 이미 내가 그곳에 있기 때문에, 즉 그가 나를 다시 자기 손에 넣었기 때문에 만족하거나 안심한 게 분명했다. 비유적인 의미가 아니라 실제로 그랬다. 그러나 이제 나는 그런 종류의 두려움에서 해방되었고, 그가 누군가의 도움 없이 나를 해치지는 못할 것을 알고 있었다. 다른 사람을 이용해서, 그것도 그가 없을 때, 언제 그런 일이 일어났는지 전혀 알지 못하는 상황에서나 가능한 일이었다. 그리고 나중에, 즉 이미 행위가 이루어지고 더 이상 선택의 여지가 없을 때, 그는 새롭고 놀라운 소식을 처음 듣는 사람처럼 이렇게 말할 것이다. '그런 말을 할 시간이 있었을 거야. 그녀는 나중에 죽었어야 했어.' 그렇다. 그렇게 말할 수 있을 것이다.

그는 부엌으로 가서 술잔을 하나 가져와 그 잔에 직접 술을 따랐다. 다른 술잔을 쓴 흔적은 없었다. 아마도 기다리는 동안 멀쩡한 정신을 유지하기 위해 술 한 잔도 스스로에게 허락하지 않은 것 같았다. 아마도 그는 그 시간에 내게 말할 내용을 생각하고 정리한 것 같았다. 심지어 몇몇 부분은 외웠을지도 모른다.

"이제 앉았어요. 그러니 할 말을 해보세요."

그는 내 옆에 앉았다. 너무 가까웠다. 다른 날 같았으면 그런 생각을 하지 않았을 것이다. 그렇게 앉는 것이 지극히 정상적이라고 생각했을 것이고, 심지어 우리 두 사람이 얼마나 떨어져 있는지 그 거리를 눈치채지도 못했을 것이다. 나는 약간, 아주 약간만 떨어져 앉았다. 내가 그를 거부한다는 인상을 주고 싶지 않았던 것이다. 게다가 나는 그의 육체적인 면을 거부하지 않고 있었다. 나는 아직도 내가 그와 가까이에 있는 것을 좋아한다는 사실을 깨달았다. 그는 술을 홀짝홀짝 마셨다. 그러고는 담배를 꺼냈고, 라이터의 불을 여러 번 켰다가 껐다. 마치 다른 생각을 하거나, 무언가를 하기 위한 기운을 얻으려는 것 같았다. 그러다가 마침내 담배에 불을 붙였다. 그는 손으로 수염을 만지작거렸는데, 그 수염은 평소와 달리 푸르스름해 보이지 않았다. 너무 깨끗하게 면도를 했기 때문이었다. 그건 모두 서곡에 불과했다. 그때 그는 심각한 말투로 말했지만, 가끔씩 억지로 미소를 지었다. 몇 분마다 자기가 해야 할 일을 말하는 것 같기도 했고, 아니면 이미 미소를 짓기로 프로그램을 짜고서 뒤늦게 그것을 작동시키려는 것 같기도 했다.

　"난 당신이 우리의 대화, 그러니까 나와 루이베리스의 대화를 들었다는 걸 알고 있어요. 우리가 마지막으로 만났을 때처럼, 그걸 부정하거나 아니면 그러지 않았다고 나를 설득하려고 애쓰는 것은 아무 의미도 없어요. 당신이 여기 아파트에 있을 때 당신과 그렇게 말한 건 내 실수였어요. 한 남자에게 관심을 보이는 여자는 그와 관련된 것이라면 무엇이든지 궁금해하는 법이죠. 그의 친구들, 그의 사업, 그의 취향, 모두가 관심의 대상이니까요. 여자는 그를 보다 잘 알고자 하기 때문에 이 모든 것에 궁금증을 느끼는 것이죠." 나는 생각했다. 〈속으로 부글부글 끓어올랐어. 아마도 모든 세세한 사항들과 주고받았던 말들을 낱낱이 검토한 끝에 이런 결론에 도달한 게 분명해. '한 남자에게 사랑에 빠진 어느 여자'라고 말하지 않은 건 그나마 다행스러운 일이야. 물론 그가 말한 건 그런 뜻일 수도 있어. 게다가 그건 사실이야. 아니, 사실이었어. 그래, 나도 잘 모르겠지만, 그건 지금 사실이 아닐 수도 있어. 하지만 2주 전까지만 해도 그랬어. 그러니 그의 말이 잘못된 것은 절대 아니야.〉 "그건 이미 일어난 일이고 지금은 되돌릴 수 없어요. 난 그걸 받아들여요. 나 자신을 속이고 싶지는 않아요. 당신은 듣지 말아야 할 말을 들었어요. 당신뿐만 아니라 그 누구도 듣지 말아야 할 말이었죠. 하지만 특히 당신은 그랬어요. 그런 일이 없었다면, 우리는 아마도 깨끗하게 헤어졌을 거예요. 그 어떤 자국도 남기지 않고 말이에요." 그러자 나는 생각했다. 〈이제 그는 백합꽃 낙인을 지니고 있어.〉 "당신이 들은 것으로 출발해서, 당신은 아마도 하나의 생각, 아니 하나의 모습을 그렸을 거예요. 그 생각을 살펴보죠. 하지만 그 생각을 떨쳐버리거나 아니면 그게 당신 마음속에 없는 것처럼, 그러니까 존재하지 않는다고 생각하는 게 좋아요. 당신은 지금 나를 최악의 인간으로 여길 것이고, 난 그런 생각을 비난하고 싶지 않아요. 아주 무시무시하고 불쾌하게 들렸을 거예요. 역겨웠을 거예요, 그렇죠? 그런데도 이렇게 와주었다는 점에 대해서는 고맙게 생각해요. 당신에게는 나를 다시 만난다는 것이 정말로 언짢고 거북했을 거예요."

나는 그렇지 않다고 말하려고 했지만, 꼭 그래야겠다고 고집을 피운 건 아니었다. 나는 그가 이 문제에 접근하겠다고, 이주제에서 내가 빠져나오지 못하게 하겠다고, 청부에 의한 살인에 대해 분명하게 말하기로 결심했다는 것을 알았다. 그는 내가 알고 있다는 사실을 전적으로 확신할 수 없었지만, 그래도 그는 내게 고백을 하거나 그와 유사한 행위를 할 작정이었다. 아니면 아마도 내게 정보를 알려주려고, 그러니까 상황을 설명하고, 어떻게 할지는 모르겠지만 이런저런 방식으로 자기 행동을 합리화하고, 아마도 내가 알고 싶지 않은 것을 이야기하려는 것일 수도 있었다. 내가 세세한 내용을 알게 되면, 더는 모르는 척하거나 아니면 아무 행동도 하지 않을 수는 없을 터였다. 의도적

인 것은 아니었지만, 그게 그날 저녁까지 내가 어느 정도 성공
적으로 했던 것이었다. 그렇다고 해도 이것이 미래에 내가 다른
행동을 할 가능성까지 배제하는 것은 아니었다. 나는 내일 바
뀔 수 있고, 그 '나'는 알아보지 못할 정도가 될 수도 있다. 그래
서 나는 잠자코 있었고, 시간이 흘러가게 놔두었던 것이다. 그
게 실제 세계에서 사물들이 해체되거나 분해되는 데 가장 좋은
방법이다. 물론 그렇더라도 그것들은 항상 우리의 생각과 우리
의 지식 속에 남아 있을 것이다. 거기서 썩고 단단해지고 코를
찌를 정도로 악취를 풍기더라도 말이다. 그러나 그 정도는 참을
수 있고, 그것과 함께 살아갈 수도 있다. 그 정도의 것도 갖지
않고서 살아가는 사람이 있을까?

"하비에르, 그 문제에 대해서는 말하지 말아요. 이미 나는
당신에게 아무것도 듣지 않았다고 말했어요. 당신이 생각하듯
이, 난 당신에게 그 정도로 관심이 있지는 않아요……"

그는 어중간한 높이로 손을 흔들면서 내 말을 막았다. (그
손은 이렇게 말하고 있었다. '그런 말은 하지 말아요. 말도 안 되
는 소리는 하지 말아요.') 나는 계속 말할 수가 없었다. 그는 이제
약간 정중하게 미소를 지었다. 아니, 얼마든지 피할 수 있는 문
제였는데도 너무나 경솔해서 피하지 못했던 자기 자신을 비웃
는 미소인 것 같았다.

"자꾸만 못 들었다고 말하지 말아요. 나를 바보로 여기지
말아요. 물론 아주 바보 같은 짓을 했죠. 루이베리스가 도착했

을 때, 그를 밖으로 데리고 나갔어야 했어요. 당연히 당신은 우리의 대화를 들었어요. 거실로 들어오면서 당신은 여기 다른 사람이 있었는지 알지 못했다고 말했지만, 당신은 브래지어를 착용해 몸을 최소한으로 가리고 나와서 모르는 사람 앞에 섰어요. 추워서 그런 것도 아니었고, 당신이 애써 찾아낸 이유 때문도 아니었어요. 그리고 방문을 여는 순간 당신의 얼굴은 이미 빨개져 있었어요. 당신이 알게 된 상황 때문에 창피해한 것이 아니라, 당신이 하려고 했던 것 때문에 미리 스스로 창피해한 거예요. 그러니까 당신이 한 번도 보지 못한 달갑지 않은 작자 앞에 거의 벗은 상태로 나타나야 한다는 것 때문에 그랬던 거예요. 하지만 당신은 그가 말하는 소리를 들었어요. 날씨나 축구에 관한 것처럼 아무 소리나 들은 게 아니에요. 그렇죠?" 나는 쏜살같이 생각했다. 〈그러니까 그가 눈치챘을지도 모른다고 내가 두려워한 것을 알았다는 소리네. 미리 세운 계획도, 나의 조그만 계략도, 아무것도 모르게 보여야 한다는 나의 예방책도 모두 소용이 없었어.〉 "당신은 놀란 표정을 지었는데, 그건 그리나쁘지 않았어요. 하지만 완벽하지도 않았죠. 가장 결정적이었던 것은 갑자기 당신이 나를 두려워한 거였어요. 나는 당신을 침대에 편안하게 놔두었어요. 심지어 내가 보기에는 사랑스럽고 만족스러운 표정이었어요. 당신은 평화롭고 온화하게 잠들었죠. 그런데 잠에서 깨어나 다시 나와 단둘이 있게 되자, 갑자기 나를 무서워했어요. 내가 그걸 눈치채지 못할 거라고 생각했나요? 우리가 누군가에게 두려움을 불러일으키면, 우리는 항상 그걸 눈치채죠. 아마 여자들은 안 그럴지도 모르죠. 아니면 남에게 두려움을 느끼게 하는 경우가 너무 없어서 그런 느낌을 잘 모를 수도 있고요. 물론 아이들은 예외예요. 여자들도 아이들을 충분히 공포에 떨게 할 수 있으니까요. 나는 그걸 전혀 좋아하지 않아요. 하지만 남자들 중에는 그런 것에 매력을 느끼는 사람이 아주 많고, 그래서 그런 느낌을 주려고 애써요. 그건 일종의 권력과 힘으로 지배한다는 느낌, 그리고 불사신과 같아진다는 순간적이고 거짓된 느낌이에요. 나는 누군가가 나를 위협적인 존재로 보면 정말로 불편해요. 물론 내가 말하는 것은 육체적 공포, 물리적 두려움이에요. 여자들은 다른 방식으로 우리를 두려움에 떨게 하죠. 지나친 요구로 두려움을 줘요. 그리고 집착, 그건 때때로 착각일 뿐인데, 그런 걸로 두렵게 하죠. 그리고 때때로 최소한의 이유도 없이 갑자기 당신들을 사로잡는 도덕적 분노로 두려움을 주죠. 2주 전부터 당신은 내게 그런 것을 느꼈을 거예요. 나는 당신을 나무라고 싶지 않아요. 당신의 경우는 충분히 이해할 수 있는 것이고, 당신이 그렇게 느끼는 것은 당연한 일이에요. 완전히 오해했다고는 말할 수 없어요. 그냥 어느 정도, 약 반 정도만 잘못 생각한 거예요." 그는 잠시 말을 멈추고 손을 턱으로 가져가서 멍한 시선을 지으며 턱을 어루만졌다. (처음으로 내 눈에서 눈을 뗐다.) 정말로 깊은 생각에 잠기는 것 같았다. 아니 무슨 말을 해야 할지 진심으로 생각하는 것 같았다. "내가 이해할 수 없는 것은 왜 당신이 나타났느냐는 거예요. 왜 방에서 나왔는지, 왜 지금 같은 일이 일어나도록 모습을 드러냈느냐는 거예요. 당신이 가만히 있었다면, 침대에서 나를 기다렸다면, 아마도 우리의 대화를 듣지 못했을 것이고, 당신은 아무것도 알지 못했을 것이며, 모든 게, 그러니까 일반적으로 말해서 모든 상황과 나와 당신의 관계는 그때까지와 마찬가지로 지속되었을 거예요. 물론 아마도 나는 당신이 두려워하고 있다는 사실을 조만간, 그러니까 그날이건 오늘이건 눈치챘을 거예요. 두려움은 일단 생기면 항상 존재하고, 그걸 숨길 방법은 없으니까요."

그는 말을 멈추고서 다시 술 한 모금을 마셨고, 새 담배에 불을 붙였다. 그는 일어나서 거실을 두어 바퀴 돌더니 내 뒤에서 멈추었다. 처음에 그가 자리에서 일어났을 때, 나는 깜짝 놀라서 몸을 움찔했다. 그는 물론 그걸 놓치지 않았다. 그는 잠시 손을 내 머리 높이로 가져가더니 꼼짝하지 않았다. 나는 그의 모습을 놓치고 싶지 않거나 혹은 그가 내 뒤에 있기를 바라지 않는 것처럼, 즉시 고개를 돌렸다. 그러자 그는 하나의 증거를 지적하는 것처럼 손바닥을 펼쳐서 제스처를 취했다. ('이제 알겠어요?' 손이 말했다. '당신은 내가 시야에서 사라지는 걸 좋아하지 않아요. 몇 주 전만 하더라도 당신 주위에서 내가 움직여도 당신은 전혀 걱정하지 않았어요. 아마 그런 것에 관심도 기울이지 않았을 거예요. 하지만 지금은 조금만 움직였는데도 두려워하고 있어요.') 사실 내가 놀라거나 불안해할 이유는 없었다. 그건 정말이었다. 디아스 바렐라는 차분하고 교양 있게 말했다. 화를 내지도 않았고 흥분하지도 않았으며, 심지어 나를 나무라거나 혹은 나의 경솔한 행동에 대한 설명을 요구하지도 않았다. 아마도 그것이, 즉 그가 중대한 범죄에 대해 내게 그렇게 말하고 있다는 것이 가장 눈에 띄었던 것 같다. 그것은 그가 획책했거나 사주해서 간접적으로 범한 살인이었다. 게다가 머나먼 과거가 아니라 거의 최근에 이루어졌으며, 살인은 차분하고 자연스럽게 말할 수 있거나 적어도 입에 올릴 수 있는 것은 아니기 때문이다. 그런 사실이 발각되거나 고백을 통해 알려지면, 냉정한 말투의 설명이나 보고, 혹은 차분한 대화나 분석적인 말이 이루어지는 것이 아니라, 공포와 분노, 모욕과 고함과 격렬한 비난만이 있을 뿐이다. 아니면 밧줄로 자백한 살인자의 목을 나무에 매달려고 하는 한편, 범인은 도망가려고 시도하거나, 필요한 경우에는 다시 살인을 범하게 된다. 나는 생각했다. 〈우리는 정말 이상한 시대에 살고 있어. 그들이 무슨 짓을 했든지, 사람들은 그들에게 말할 기회를 주고 그들의 말을 들어줘. 그건 그들의 변론을 위한 것이 아니라, 그냥 그들의 잔학한 이야기가 그 자체만으로도 흥미롭기 때문이야.〉 그러자 또 다른 생각이 덧붙여졌는데, 내가 생각해도 정말 이상했다. 〈그건 우리가 본질적으로 무르고 허약하다는 것을 보여줘. 내 마음대로 그런 것을 거스를 수는 없어. 그건 나도 이 시대를 살고 있기 때문이야. 나

는 단순히 체스의 폰일 뿐이야.〉

———————

　디아스 바렐라가 처음에 말한 것처럼, 계속해서 부정한다는 것은 하등의 의미가 없었다. 그는 이미 충분히 여러 가지를 인정했다. ('내 실수였어요.' '루이베리스를 밖으로 데리고 나갔어야 했어요.' '완전히 오해했다고는 말할 수 없어요. 그냥 어느 정도, 약 반 정도만 잘못 생각한 거예요.') 그것은 만일 내가 아무것도 모르는 입장이라면, 그에게 도대체 무슨 말을 하고 있는 거냐고 물을 수밖에 없게 만들기 위해서였다. 내가 계속해서 이모든 것이 처음 듣는 이야기이며 그가 무슨 소리를 하는지 정말로 모르겠다고 고집을 부렸다고 해도, 그의 올가미에서 벗어날 수는 없었다. 그러자 내가 그에게 이야기를 해달라고 요구하고 그것을 처음부터 끝까지 들어야 한다는 생각이 퍼뜩 떠올랐다. 내가 알고 있다는 것을 인정하는 게 최선이었다. 그러면 자꾸 되풀이해서 말할 필요도 없었고, 아마도 과도한 거짓말을 하지 않아도 될 것이었다. 모든 게 가장 불쾌한 방향으로 나아갈 것 같았다. 모든 게 그랬다. 그의 이야기는 짧으면 짧을수록 좋았다. 아니면 아마도 이야기가 아니라 일장 연설이 될 수도 있었다. 나는 떠나고 싶었지만, 그럴 용기도 없었고 그렇게 하려고도 하지 않았다. 심지어 움직이지도 않았다.

"그래요, 들었어요. 하지만 당신들이 말한 걸 다 들은 건 아니에요. 대화 전부를 들은 게 아니거든요. 하지만 내가 당신을 충분히 두려워할 정도는 들었어요. 그것 말고 당신이 바라는 게 있나요? 그래요, 이제 당신은 확실하게 알게 되었어요. 지금까지 당신은 완전히 확신할 수 없었지만, 지금은 그럴 수 있어요. 이제 어떻게 할 거죠? 왜 나한테 여기로 오라고 한 거죠? 당신의 의심을 확인하기 위해서인가요? 당신은 이미 확신하고 있었잖아요. 우리는 그 일이 그냥 알아서 나아가도록 놔두어야 했어요. 그리고 당신의 말을 사용하자면, 우리에게 더 이상의 자국도 남기지 말도록 해야 했어요. 당신이 보는 것처럼, 나는 아직 아무것도 하지 않았어요. 난 그 이야기를 그 누구에게도, 심지어 루이사에게도 하지 않았어요. 아마도 그녀는 나한테 그 이야기를 듣게 될 마지막 사람일 거예요. 가장 충격받은 사람들, 혹은 가장 가까이 있는 사람들이 오히려 무슨 일이 있었는지 가장 알고 싶어 하지 않는 경우가 많죠. 아이들은 부모들이 무엇을 했는지 알려고 하지 않고, 부모들은 아이들이 무엇을 했는지 알려고 하지 않고…… 그들에게 무언가가 밝혀지는 것은……" 나는 머뭇거렸다. 그 말을 어떻게 끝마쳐야 할지 알지 못했다. 그래서 나는 말을 자르고 단순화했다. "그건 너무나 큰 책임감이에요. 나 같은 사람에게는 더욱 그래요." 그러면서 나는 생각했다. 〈결국 나는 그래서 '얌전한 아가씨'야. 그게 바로 데스베른이 나에 대해 생각했던 거야.〉 "틀림없이 당신은 나를 두려워하지 않아요. 당신은 내가 한쪽 곁에 비켜서 있도록, 그리고 조용히, 남모르게 당신의 삶에서 떠나도록 해야만 했어요. 내가 당신 속에 머물러 있었는지는 모르겠지만, 어쨌든 내가 들어와 머무른 것처럼 나가게 해야 했어요. 나는 우리가 만날 때마다 마지막이라고 여겼어요. 한 번도 다음에 또 만나리라고 기대할 수 없었어요. 당신의 추후 통지가 있을 때까지, 당신이 다시 전화를 걸 때까지 그런 상태로 있어야만 했어요. 당신이 항상 주도권을 갖고 결정한 사람이었고, 항상 제안한 사람이었으니까요. 아직 가차 없이 나를 버리고 떠날 시간은 있어요. 나는 정말이지 내가 여기에서 무엇을 하고 있는지 모르겠어요."

그는 몇 발짝 내디디면서 움직였다. 이제는 더 이상 내 뒤에 있지 않았다. 하지만 그렇다고 내 옆에 다시 앉은 것이 아니라, 이제는 내 앞에 있는 일인용 소파 뒤에 자리를 잡았다. 내가 한순간도 그에게서 눈을 돌리지 않았다는 건 사실이다. 나는 그의 손을 쳐다보았고, 그의 입술을 바라보았는데, 그가 입술을 통해 말을 했으며, 그것을 쳐다보는 게 내 습관이었고, 그의 입술은 나를 끌어당기는 자석이었기 때문이다. 그때 그는 재킷을 벗어, 평소처럼 일인용 소파의 등에 걸었다. 그러고는 천천히 셔츠의 소매를 올렸다. 그것 역시 지극히 정상적인 행동이었는데—그는 집에 있을 때면 항상 소매를 올렸다. 소매에 커프스 단추가 채워진 것은 딱 그날만 보았는데, 그 시간도 얼마 지속되지 않았다—그날은 그 행동을 보고 나는 더욱 경계했다. 그것은 종종 싸움의 서곡, 즉 물리적인 힘이 사용될 것임을 미리 알려주는 행위이기 때문이었다. 그럴 경우 고려할 만한 것은 아무것도 없었다. 소매를 돌돌 말아 올리고 나서, 그는 일인용 소파에 팔을 기댔다. 마치 열변을 토할 자세였다. 잠시 그는 내가 그를 쳐다보았던 것처럼 나를 주의 깊게 바라보았다. 전에도 똑같은 일이 일어났었다. 나는 눈을 돌렸고, 나를 뚫어지게 쳐다보는 그의 눈 때문에 난처해졌다. 그의 시선은 솔직하지도 않았고 예리하지도 않았다. 아마도 흐리고 모호하거나 아니면 해독할 수 없는 시선인 것 같았다. 어쨌건 근시 때문에(렌즈를 착용했다) 다소 부드러워진 눈이었고, 그의 가느다란 눈은 마치 초조해서가 아니라 유감스러워서 내게 '왜 알아듣지 못해요?'라고 묻는 것 같았다. 그의 자세는 다른 저녁과 다르지 않았다. 그는 『샤베르 대령』에 대해, 혹은 떠오르는 대로 아무것이나, 또는 그가 관심을 보였던 것을 이야기했고, 나는 그가 어떤 이야기를 하든지 기쁜 마음으로 들었다. 나는 생각했다. 〈다른 날 저녁, 혹은 해 질 무렵이었어. 의심의 여지 없이 루이사뿐만 아니라 대부분의 사람들에게도 최악의 시간이지. 두 개의 빛이 만나는 시간, 그건 하루 중에서 가장 참기 힘든 시간이야. 바로 그런 해 질 녘에 나는 그와 만나곤 했어.〉 나는 즉시 내가 과거를 생각하고 있다는 것을, 마치 우리가 헤어졌고 이미 각자가 상대방의 어제도 아닌 그제가 되어버린 것처럼 생각하고 있음을 깨달았다. 하지만 나는 그런 깨달음과 상관없이 계속 생각했다. 〈그 시간에 하비에르는 그녀의 집으로 가지 않았어. 그녀를 찾아가지도 않았고, 즐겁게 해줄 생각도 없었고, 그녀와 함께 있지도 않았으며, 그녀에게 손을 내밀지도 않았어. 분명히 그는 때때로 자기가 변함없이 사랑하는 그 여자의 끈질긴 슬픔에서 휴식을 취할 필요가 있었어. 열흘에 한 번, 혹은 열이틀에 한 번 정도는 그랬을 거야. 그리고 그는 불굴의 인내심으로 그녀를 기다렸어. 그는 어디에선가, 그러니까 내게서 혹은 다른 여자친구에게서, 또는 또 다른 사람에게서 기운을 흡수해서, 나중에 회복된 기운을 그녀에게 되돌려주려고 했을 거야. 아마도 나는 그런 방식으로, 그러니까 간접적으로 그녀에게 약간의 도움이 되었을 거야. 하지만 난 그런 것에 개의치 않아. 물론 그건 내가 의도한 것도 아니고 상상조차 못 한 거야. 내가 그의 곁을 떠난다면, 이제 그는 그 기운을 누구에게서 받을까? 그는 아무 문제 없이 나를 다른 여자로 대체할 거야. 그건 확실해.〉 이렇게 생각하자, 나는 현재 시제로 돌아왔다.

"나는 당신에게 존재할 이유가 없는, 실제로 당신의 것이 아닌 그 어떤 자국도 남기고 싶지 않아요. 그것은 단지 일어났던 사건에만 해당하지, 범죄의 동기나 의도, 심지어는 최초의 계획, 즉 출발점과는 상관이 없어요. 당신이 일어났으리라고 생각했을 것에 관해 살펴보죠. 당신이 마음속으로 구성했던 일련의 상황과 이야기를 생각해봅시다. 당신이 상상한 바에 따르면, 난 먼 거리에서, 그러니까 나 자신을 보호할 수 있는 충분한 거리에서 미겔을 죽이라고 지시했어요. 그리고 위험이 완전히 배제되지는 않았지만(특히 계획대로 되지 않을 위험), 나를 모든 용의선상에서 벗어나게 만들 계획을 구상했어요. 나는 범죄 현장 근처로 가지 않았고, 그곳에 있지도 않았으며, 그의 죽음은 나와는 전혀 상관이 없었어요. 그리고 나를 정신 나간 '고리야' 와 연결시킨다는 것은 있을 수 없는 일이었어요. 나는 그와 단한 마디도 주고받은 적이 없기 때문이에요. 그의 불행을 야기한 문제가 무엇인지 밝혀내고 그의 허약한 정신 상태를 조작하고 조종하는 일은 다른 사람들이 맡았어요. 그렇게 미겔의 죽음은 끔찍한 사고로, 최악의 불행으로 인한 사고로 남게 되었어요. 그런데 왜 내가 청부 살인을 의뢰하지 않았을까요? 그게 보다 안전하고 훨씬 간단한 방법인데 말이에요. 요즘은 그런 목적으로 이곳 스페인으로 오는 사람들이 많죠. 어디에서건 말이에요. 동유럽이나 남아메리카에서도 오는데, 심지어 비용이 그리 비싸지도 않아요. 왕복 비행기 표와 몇 번의 식사비, 그리고 3천 유로 혹은 경우에 따라 그보다 적거나 아니면 조금 더 많을 수도 있어요. 초심자나 풋내기를 고용하고자 하지 않는다면, 3천 유로 정도면 충분할 거예요. 그들은 의뢰받은 일을 수행하고 바로 떠나죠. 그리고 경찰이 수사를 시작할 즈음이면 이미 공항에 있거나 비행기를 타고 여행하고 있을 거예요. 문제는 그들이 그 행위를 반복하지 않는다거나, 다른 건 때문에 스페인으로 돌아오지 않는다거나, 심지어는 그런 일을 좋아해서 이곳에 주저앉지 않는다는 보장이 없다는 거예요. 청부 살인을 의뢰한 사람들은 매우 경솔한 경우가 많아요. 심지어 친구나 동료에게 (말할 필요도 없이 아주 작은 목소리로) 자신을 위해 그 일을 해준 작자를 추천하며, 혹은 중개자도 추천하는데, 이럴 경우 그 작자는 게으르게도 동일한 살인범을 불러 데려오기도 하죠. 이곳에서 활동했던 살인범은 누구든 완전히 깨끗하지는 않아요. 청부 살인자가 이 땅을 많이 밟을수록, 결국 체포될 확률이 높아지죠. 또한 당신이나 당신의 앞잡이를 더욱 잘 기억할수록, 그래서 쉽게 부서질 수 없는 고리를 설정할수록 깨끗하지 않아요. 조용히 그리고 가만히 있는 것을 참지 못하고, 가끔씩 추가 업무를 하지 않고는 배길 수 없는 사람들이 있어요. 그들은 체포되면 모두 불어버리죠. 심지어 마피아 두목의 월급을 받으면서 이곳에 영주권을 얻어 사는 사람들도 그래요. 지금 스페인에는 그런 사람들이 꽤 많아요. 아마도 이곳에 그들이 할 수 있는 일이 많은 것 같아요. 침묵의 서약은 거의, 아니 전혀 지켜지지 않아요. 동료애는 아무 의미도 없고, 따라서 전혀 기능하지 못하죠. 또한 소속감도 없어요. 만일 그들 중에서 누군가가 체포되면, 사태가 진정될 때까지 비정하게 그냥 놔두죠. 붙잡힌 것은 재수가 없었거나, 아니면 체포된 사람의 실수이자 그의 잘못이라는 거예요. 그는 소모품에 불과하고, 조직은 전혀 책임을 지려고 하지 않으며, 자기들이 곤란해지거나 피해를 입지 않도록 이미 필요한 조치를 취해놓기 때문이에요. 청부 살인범들은 갈수록 더 무턱대고 일을 하는데, 접촉하는 사람이라곤 딱 한 사람인 경우가 대부분이에요. 아니, 그럴 수조차 없을 때도 있어요. 전화를 받고 한 사람의 목소리를 듣고, 휴대전화로 목표물의 사진을 받는 게 전부인 경우도 있거든요. 그래서 체포되더라도 본질적으로 똑같은 대답만 하죠. 요즘은 모두 위험에서 벗어나 무사히 도망치는 것에만, 걸리더라도 형이 줄어들게 하는 것에만 관심을 보여요. 그들은 자백하는 게 필요하다면 얼마든지 자백하고 감형되기를 기다리죠. 중요한 것은 감옥에서 너무 오랜 시간을 보내지 않는 거예요. 쇠창살 뒤에서 위치가 파악된 채 조용히 많은 시간을 보낼수록, 자신이 속한 마피아 두목에 의해 처리될 위험이 더 커지는 거예요. 그들은 이미 쓸모없는 존재들이고, 쓸데없이 무거운 짐일 뿐이며, 부담되는 부채 같은 사람이죠. 자신들이 몸담고 있는 마피아 두목들에 대해 밝힐 수 있는 게 거의 없기 때문에, 관계 당국의 점수를 더 얻으려고 애쓰고, 가령 이렇게 말하죠. '몇 년 전에 나는 아주 중요한 기업가에게 부탁을 받아 일을 해주었어요. 아니 그는 정치인이거나 은행가였던 것 같아요. 그래요, 이제 조금씩 기억이 나요. 내가 기억을 짜내면 무슨 보상이 있죠?' 한 명 이상의 사업가가 바로 그런 이유로 감옥에 갇히게 되었죠. 그리고 발렌시아 출신의 정치인도 그렇게 되었어요. 당신은 그쪽 사람들이 잘난 체한다는 것을 알고 있을 거예요. 그들은 신중함이라는 걸 모르는 사람들이죠."

〈하비에르가 어떻게 이 모든 걸 알고 있을까?〉 나는 그의 말을 들으면서 궁금했다. 나는 실제로 루이사와 대화를 나누었던 유일한 때를 떠올렸다. 그녀 역시 이런 책략을 어느 정도 알고 있었고, 그래서 내게 그것에 관해 말했었다. 심지어 그녀를 사랑하는 남자가 사용한 말과 아주 비슷한 표현을 사용했었다. '그들은 청부 살인 업자를 데려오고, 그는 자기에게 부여된 임무를 수행하고, 그들에게 돈을 받은 후 떠나버려요. 아무리 길어도 하루나 이틀 안에 모든 게 마무리되죠. 그래서 경찰은 이 살인범들을 결코 체포하지 못해요……' 그때 나는 그녀가 신문에서 그런 걸 읽었거나 아니면 데베르네가 그것에 관해 말하는 걸 들었을 것이라고 생각했다. 어쨌든 그는 사업가였다. 아마도 그녀는 디아스 바렐라에게 들었을지도 몰랐다. 그러나 그 방법의 효율성에 관해서는 다소 의견이 달랐다. 그는 그 방법이 아무 도움이 되지 않거나 또는 너무 문제가 많다고 여겼으며, 루이사보다 훨씬 많이 알고 있는 것 같았다. 루이사는 이렇게 덧붙였다. '그런 일이 벌어졌다고 하더라도, 나는 추상적인 살인범을 그렇게 증오할 수 없어요…… 하지만 교사자들을 증오할 수는 있어요. 경쟁자건 원한을 갖고 있던 사람이건, 혹은 피해를 입은 사람이건, 아마도 나는 몇몇 사람을 의심했을 거예요. 모든 사업가들은 원하든 원하지 않든 희생자를 만드니까요. 내가 언젠가 코바루비아스의 글에서 읽은 것처럼 가장 친한 친구들 사이에도 희생자가 생긴다고 하더군요.' 그러고서 그녀는 두꺼운 초록색 책을 집었고, 내게 코바루비아스가 1611년에 펴

낸 사전에서 '질투'에 대해 정의한 부분을 읽어주었다. 셰익스
피어와 세르반테스가 아직 살아 있었을 때, 그러니까 400년 전
에 쓴 것이었지만 아직도 일리가 있었다. 어떤 것들이 본질적으
로 전혀 바뀌지 않는다고 생각하는 건 비참하고 괴로운 일이다.
물론 무언가가 1밀리미터도 움직이지 않고 단 하나의 단어도
바뀌지 않은 채 지속된다는 것은 위안이 되기도 한다. '더욱 큰
문제는 이 독이 종종 우리와 가장 가깝고 따라서 우리가 신뢰하
는 친구들의 가슴속에서 생긴다는 것이다. 그것은 공표된 우리
의 적들보다 더욱 위험하다……' 하비에르는 그 경우를 내게 자
세히 이야기하고 있거나 혹은 고백하고 있었지만, 아마도 나중
에 부정하기 위해서인지 단지 가정으로만 말하고 있었다. 즉 그
는 내가 일어났으리라고 상상했던 것을, 그리고 그와 루이베리
스의 말을 들은 이후 내렸을 결론을 설명했고, 그래서 그는 즉
시 그 결론을 반박할 수 있었다. 〈아마도 그는 사실을 말하면서
나를 속이고 있는 거야〉라고 나는 처음으로 생각했다. 그러나
단 한 번만 생각한 것은 아니었다. 〈아마도 그는 지금 내게 사
실을 말하면서, 거짓말처럼 보이게 하는 거야. 거짓말로 보이도
록, 그리고 거짓말처럼 말하는 거야.〉

  "이 모든 것을 어떻게 다 알고 있어요?"

  "알게 되었어요. 누군가 무언가를 알고자 하면 알게 되는
법이에요. 이점과 단점을 평가하면 알게 되죠." 그는 아주 빠르
게 내 질문에 대답하고서 침묵을 지켰다. 무언가를 더 말하고

싶은 표정이었다. 가령 어떻게 알게 되었는지 따위를. 그러나 그는 덧붙이지 않았다. 나는 내가 말을 끊어서 그가 화났다는, 이야기의 맥을 잃어버리지는 않았지만 순간적으로 추진력을 잃어버렸다는 인상을 받았다. 아마도 그는 겉으로 보이는 것보다 더 초조해하고 불안해하는 것 같았다. 그는 방 주변으로 몇 발짝을 내딛더니, 재킷을 걸고 팔을 기대고 있던 일인용 소파에 앉았다. 그는 계속 내 앞에 있었지만, 지금은 다시 나와 같은 높이에 있었다. 그는 다른 담배를 입으로 가져갔지만, 불을 붙이지는 않았다. 그가 다시 말을 시작하자, 담배는 아래위로 흔들리며 춤을 추었다. 담배는 입을 가린 것이 아니라, 입을 더 강조하고 있었다. "그래서 청부업자를 이용한다는 것이 처음에는 좋은 생각처럼 보였어요. 중간에 있는 사람을 제거하는 데 좋은 방법 같았죠. 그러나 그런 사람들과 접촉하는 것은 항상 위험한 일이에요. 아무리 주의를 기울이고 예방 조치를 취해도, 그리고 제삼자를 통해 접촉해도 마찬가지예요. 아니 제사자 혹은 제오자를 통해도 똑같아요. 사실 그런 사슬이 길면 길수록, 더 많은 사람들이 연결될수록, 그런 연결선이 더 쉽게 끊어지고, 일이 잘못될 가능성은 더 높아지죠. 어느 의미에서 최선의 방법은 중개자 없이 직접 계약하는 거예요. 그러니까 누군가를 죽이겠다는 생각을 하는 사람이 그 일을 수행할 사람과 직접 하는 거죠. 당연한 소리지만, 그 어떤 최종 지불인이나 기업가, 그리고 정치인도 그렇게 모습을 드러내지는 않죠. 그랬다가는 공갈과 협박에 노출되니까요. 사실 안전하고 확실한 방법은 없고, 그런 것을 주문하거나 요청하는 적절한 방법도 없어요. 게다가 그렇게 조정하면, 나중에 불필요한 의심을 받게 되죠. 만일 미켈 같은 사람이 원한 관계에 의한 살인이나 청부 살인의 희생자처럼 보인다면, 경찰은 모든 방향으로 수사를 시작할 거예요. 우선 경쟁자들이나 적을 조사할 것이고, 그런 다음에는 그의 동료들, 즉 그와 사업상 관련이 있거나 거래를 하는 모든 사람들과 해고되거나 조기 퇴직한 사람들을 수사할 거예요. 그리고 마지막으로 그의 아내와 그의 친구들을 살펴볼 겁니다. 살인이 절대로 살인처럼 보이지 않도록 하는 것이 훨씬 현명하고 깨끗한 방법이죠. 비극이 너무나 투명하고 명료하면 그 누구도 조사할 필요가 없거든요. 아니 단지 죽인 사람만 조사하게 되죠."

그가 좋아하지 않을 걸 알면서도 나는 용기를 내서 다시 그
의 말을 끊었다. 아니, 용기를 냈다기보다는 그냥 혀가 움직이
는 바람에 말이 나오는 것을 막을 수 없었다.

"살인을 하고도 정작 아무것도 모르는 사람을 말하는군요.
그 사람은 심지어 자기가 결정하지 않았다는 것도 모르고, 누군
가 자기 머리에 죽이라고 주입하고 사주했다는 것도 모르죠. 사
람을 혼동해서 잘못 죽일 뻔했던 사람을 말하는 거죠? 난 그 즈
음의 신문을 읽어봤어요. 그 사건이 있기 얼마 전에 그는 운전
사를 때렸죠. 아마도 그를 칼로 찔렀을 수도 있었을 거예요. 그
랬다면 당신의 계획은 완전히 틀어졌겠죠. 아마 당신들은 그에
게 이렇게 주의를 줘야만 했을 테죠. '조심해, 그 사람이 아니
야. 가끔씩 차를 타고 다니는 다른 사람이야. 당신이 때린 사람
은 아무 잘못도 없어. 그는 그저 부하일 뿐이야.' 살인을 저질렀
으면서도 자기 행위를 해명하거나 변명할 수 없는 사람, 혹은
너무나 창피해서 경찰에게, 그러니까 언론이나 모든 사람에게
자기 딸들이 창녀라는 사실을 말하지도 못하고 입을 다물어야
하는 사람이었죠. 당신이 선택한 그 불쌍한 미친 사람은 입장
표명을 거부하고, 누군가를 지명해서 비난을 하지도 못하며, 심

지어 2주 전까지만 해도 당신에게 엄청날 정도의 두려움을 주었던 사람이에요."

디아스 바렐라는 입에 가벼운 미소를 짓고서 나를 쳐다보았다. 뭐라고 말해야 할지 모르겠지만, 정중하고 친절하며 다정한 미소였다. 냉소적이거나 온정적이지 않았고, 조롱하는 것 같지도 않았으며, 심지어 그 애매모호한 상황에서도 불쾌한 미소는 아니었다. 그것은 단지 나의 반응이 적절하며, 모든 것이 그가 예측했던 길로 가고 있다는 것을 확인하고 인정하는 것 같았다. 그는 두어 번 라이터로 불을 켰지만, 담배에 불을 붙이지는 않았다. 그때 나는 내 담배에 불을 붙였다. 그는 담배를 입에 물고서 계속 말했는데, 담배는 입술에, 그것도 분명히 윗입술에, 내가 만지기를 좋아했던 그 입술에 붙어버릴 것 같았다. 내가 그의 말을 끊었지만 그리 기분 나쁜 것 같지는 않았다.

"그래요, 그가 진술을 거부한 것은, 죽어도 입을 열지 않겠다고 작정한 것은 뜻하지 않은 행운의 일격이었죠. 나는 그런 것을 전혀 기대하지 않았거든요. 그 정도의 행운이 올 것이라고는 생각도 못 했어요. 나는 그저 그가 헛소리를 하듯이 사건을 헛갈리게 진술하고 앞뒤가 맞지 않는 설명을 할 것이라고 예상했죠. 그러면 그 혼란스러운 이야기에서 경찰은 그가 정신착란을 일으켰으며, 그것을 정신질환에 의한 터무니없는 고착 상태이자 상상 속의 여러 목소리에서 비롯된 산물이라고 여겼을 거예요. 어쨌든 미겔이 매춘 조직, 그리고 여성 인신 매매와 관련이 있다고 상상이나 하겠어요? 그러나 그가 불지 않기로 결정한 것, 즉 한 마디도 하지 않겠다고 결정한 것은 아주 좋은 일이었어요. 그렇게 생각하지 않나요? 그래서 제삼자를 연루시킬 최소한의 위험도 없었죠. 하지만 불었더라도 꿈속의 헛소리와 같았을 거예요. 그가 휴대전화로 이상한 전화가 걸려왔다고 말하더라도, 그의 이름으로 휴대전화가 개설된 적이 없었기 때문에 전화기는 존재하지 않으니 발견될 수 없거든요. 그리고 누군가 그의 귀에 미겔이 딸들의 불행을 야기한 장본인이라고 속삭이며 그를 설득했다고 주장한다 해도, 누가 그걸 곧이든 겠어요? 내가 알기로, 경찰은 그 딸들의 행방을 찾았지만, 그 여자들은 아버지를 만나기를 거부했어요. 언뜻 보기에 그들은 오래전부터 그와 만나거나 대화를 나누지도 않았으며, 그를 감당할 수 없다고 결정했고, 그와의 관계를 완전히 끊어버렸어요. 그래서 '고리야'는 이 세상에서 완전히 혼자가 되어 시간을 보내야만 했죠. 그의 딸들은 실제로 매춘에 종사하는 것 같았지만, 그것은 자유의지에 의한 것이었어요. 물론 그의 딸들은 필요성 앞에서 의지는 순수하며 흠이 없다는 것을 수용했죠. 말하자면 그들이 선택할 수 있는 여러 형태의 천한 일 중에서 매춘을 선택했고, 아무런 불평이 없는 것으로 봐서 그 사업은 괜찮게 유지되고 있는 것 같았어요. 그들은 그다지 비싸게 몸을 파는 여자들이 아니라 평균치를 받고 있다고 나는 생각해요. 그렇다고 아주 싸구려 여자들은 아니고 어느 정도 괜찮은 값을 받고 있는 거죠. 아버지는 자기 딸들에 관해 더 이상 알려고 하지 않았고, 딸들도 아버지에 관해 알고 싶어 하지 않았어요. 그는 아마도 평생 비렁뱅이로 살았고, 성질도 괴팍했을 거예요. 그러고는 고독 속에서, 점점 심해지는 정신불안을 겪으며 젊은 딸들보다는 어렸을 때의 딸들을 떠올렸을 것이고, 실망이나 환멸보다는 약속한 것을 기억했을 테고, 딸들이 어쩔 수 없이 매춘의 세계로 들어갔으리라고 확신했을 거예요. 그는 자료, 즉 사실 자체를 지우지 않았지만, 아마도 그 이유와 상황은 삭제했고, 그것들을 자기가 더 쉽게 수긍할 수 있는 다른 것들로 대체했어요. 물론 그 다른 것들이 그를 더욱 분노하게 만들었지만, 분노는 힘과 생명력을 주죠. 난 잘 모르지만, 그는 그 어린 소녀들을 보다 안전하게 상상 속에 저장해놓을 필요가 있었을 거예요. 어린 두 소녀의 모습은 그에게 남아 있는, 그러니까 과거에서 구해낼 수 있는 모든 것이었어요. 가장 좋았던 시절의 가장 좋은 기억이었죠. 나는 그가 거지가 되기 이전에 누구였는지, 그리고 무엇을 했는지 전혀 몰라요. 내가 구태여 확인해볼 필요는 없지 않겠어요? 그런 이야기는 대개 다 슬프고, 우리는 그런 남자들 중 하나가 누구였는지, 아니 그런 여자들 중 하나가 어떤 삶을 살았는지 생각하게 되죠. 그런 사람들은 자신들의 처참한 미래를 전혀 예측할 수 없어요. 그래서 그런 하찮은 사람들이 기억하지 못하는 과거의 삶을 들여다보는 건 괴롭고 고통스러워요. 내가 아는 것이라고는 그가 오래전에 아내를 잃고 홀몸이 되었다는 것뿐이에요. 아마도 그때부터 그의 삶이 망가진 것 같아요. 그의 배경을 살펴보는 건 전혀 중요하지 않아요. 나는 루이베리스에게 설령 알게 되더라도 내게 말하지 말라고 지시했어요. 나는 카네야를 도구로 사용한다는 사실을 떳떳지 못하게 여겨요. 하지만 그가 어디에 있게 되건, 그곳이 지금 그가 잠자고 있는 낡은 자동차보다는 나을 것이라는 생각으로 나의 양심을 잠재웠어요. 그는 아마 예전보다 보살핌과 돌봄을 더 많이 받고 있을 거예요. 그리고 실제로 그는 사회에 위협이 되는 존재였기 때문에 그렇게 되었어야 해요. 그가 더 이상 거리를 활보하지 않는 게 모든 사람을 위해 더 좋은 일이에요." 그러자 나는 생각했다. 〈떳떳하지 못하게 여긴다고? 농담하고 있네. 내게 이야기를 하는 것으로, 그리고 내가 대략 알고 있는 것으로 판단해볼 때, 그는 자신을 비양심적이고 뻔뻔한 인간이 아니라, 양심적이고 도덕적인 사람으로 보이게 하려고 애쓰고 있어. 아마 그게 지극히 정상일 거야. 아마도 살인을 저지르는 대부분의 사람은 무엇보다도 자신들의 행동이 탄로 나거나 발각되면 똑같이 행동할 거야. 적어도 청부 살인자가 아닌 사람들, 딱 한 번만 죽이고 다시는 절대로 그런 일을 하지 않는 사람들, 혹은 그렇게 되기를 바라는 사람들, 또는 그것을 단 한 번의 예외로 생각하는 사람들, 그러니까 그들이 자신의 뜻과는 달리 어쩔 수 없이 연루되었던 끔찍한 사고로 여기는 사람들은 모두 그렇게 생각할 거야. (어떤 의미에서는 일종의 막간극, 즉 그것 이후에 인생이라는 연극을 계속할 수 있는 것과 같다.)〉"아니에요, 나는 그런 일이 일어나길 바라지 않았어요. 내가 제대로 판단할 수 없었던 순간이었어요. 공포에 사로잡혀 있었던 때였죠. 정말이지 그 죽은 사람 때문에 나는 어쩔 수 없이 그렇게 했던 거예요. 그가 그토록 압력을 가하지만 않았더라도, 그가 그토록 멀리 가지만 않았더라도, 그가 조금 더 이해를 해주었더라면, 나를 억누르거나 무색하게 만들지만 않았더라도, 그가 사라져주었다면…… 정말로 나는 그 일을 애석하게 생각해요. 당신이 믿을지는 모르겠네요."〈그래, 자기가 무슨 일을 했는지 아는 건 정말로 참을 수 없는 일이었을 것이고, 그래서 그는 약간 혼란스러웠을 거야. 그래, 그의 말이 맞아. 하찮은 누군가의 잊어버린 과거를 살펴보는 건 괴롭고 고통스러운 일이야. 예를 들어 불쌍하고 가련한 데스베른의 삶, 생일날 아침에도 행운이 따르지 않았던 불쌍한 사람. 그는 루이사와 아침을 먹고 있었고, 나는 악의도 없고 화낼 일도 없는 평소의 아침처럼 멀리서 그들을 지켜보며 행복해했어. 그래, 그건 농담이야. 장난이야.〉 나는 반복해서 생각했고, 내 얼굴이 빨개지고 있다는 것을 알았다. 하지만 입을 다물고서 아무 말도 하지 않았다. 분노가 솟구쳤지만 애써 참았다. 그 분노는 디아스 바렐라가 여자들에게서 그토록 두려워하던 것이었다. 그리고 그가 말하는 동안 어느 순간(그런데 그게 언제였을까?) 디아스 바렐라가 내게 말하는 것이 아직도 가정이자 추측, 혹은 내가 들었던 것을 바탕으로 추측한 것에 대한 설명, 그러니까 그의 말에 따르면 허구이자 소설임이 분명하다는 사실을 잊어버렸다는 것을 깨달았다. 그의 이야기 혹은 그의 개작된 이야기는 그렇게, 즉 내 추측을 설명하고 내 의심을 장황하게 표현하는 것으로 시작했고, 나도 모르게 진실의 모양 혹은 말투를 띠고 있다고 여기게 되었다. 나는 그의 말을 순전히 고백처럼, 그리고 마치 사실인 것처럼 들었다. 그렇지만 아직도 그렇지 않을 가능성이 남아 있었다. 그에 따르면, 그건 당연한 것이었다. (나는 그가 말해준 것 이상을 알지 못할 것이고, 따라서 그 어떤 것도 절대적으로 확실하게 알 수 없을 것이다. 그렇다. 수백 년 동안 실천해왔으며 믿을 수 없는 발전과 발명품들이 개발되었는데, 아직도 언제 거짓말을 하는지 알 방법이 없다는 것은 말도 안 된다. 그런 것은 물론 우리 모두에게 도움이 되기도 하고 해가 되기도 한다. 아마도 우리에게 남은 유일한 자유의 성채일 것이다.) 나는 왜 그가 동의했는지, 왜 나중에 부인하게 될 것을 진실처럼 꾸미려고 노력했는지 생각했다. 그의 마지막 말 이후에 나는 아마도 그가 미리 예고했던 부인의 말을 기다릴 수가 없었다. (그는 이렇게 시작했다. '당신의 것이 아닌 그 어떤 자국도 남기고 싶지 않아요.') 그렇지만 나는 그렇게 할 수밖에 없었다. 나는 지금 떠날 수가 없었다. 나는 끔찍한 말을 들으면서, 여전히 인내심을 가지고 기다려야 했다. 이런 모든 생각이 전광석화처럼 내 머릿속을 스쳐 지나갔다. 그가 말을 끝내지 않았고, 정말 최소한의 시간만 멈추었기 때문이다. "그래서 그의 예기치 않은 침묵은

축복과 같았어요. 그것은 내 위험천만한 계획이 적중했다는 것을 확인해주는 것과 같았어요. 사실 내 계획이 정말로 위험했다는 것을 아나요? 카네야는 내 음모와 계략과 관련이 없었어요. 그러니까 그는 미겔이 자신의 딸들을 타락시킨 장본인이자 범인이라고 확신했을 뿐이에요. 그게 전부예요. 그건 어떤 결과도 초래할 수 없었어요."

나는 방금 전까지 내 혀를 제어했지만, 이제 내 혀는 내 지배에서 벗어났다. 내게 그다지 도움이 되지 못한 제어였다. 내 말은 고발이나 비난이며 질책이었지만, 나는 그런 느낌을 주기보다는 일종의 조언처럼 들리도록 노력했다. (내가 그렇게 노력한 것은 그를 과도하게 자극하고 싶지 않았기 때문이다.)

"알겠어요. 그런데 당신들은 그에게 칼을 건네주었어요, 그렇죠? 그것도 아무 칼이나 준 게 아니라, 특별히 위험하고 해로운 거예요. 소지가 금지된 칼이죠. 그건 결과를 감수해야 했죠, 그렇죠?"

디아스 바렐라는 잠시 놀란 눈으로 나를 쳐다보았다. 나는 처음으로 그가 당황하는 모습을 보았다. 그는 잠자코 있었다. 아마도 내가 몰래 염탐하는 동안 자신이 루이베리스와 그 칼에 대해 말했는지 급히 기억을 점검하는 것 같았다. 그때부터 2주가 흘렀지만, 그 순간 두 사람이 말한 것을 모두 세세하게 재구성했음이 분명했다. 그는 내가 무엇을, 그리고 얼마나 많이 알게 되었는지 정확하게 검토한 게 분명했다――틀림없이 친구의 도움을 받았을 것이며, 그는 그 친구에게 중대한 사고가 있었다고 알려주었을 것이다. 나는 루이베리스가 나를 어떻게 쳐다보았는지 떠올리면서 그가 나의 경솔함을 알고 있었다고 생각했고, 그러자 매우 불안했으며 기분이 좋지 않았다—하지만 그는 내가 뒤늦게 자신들의 대화를 듣기 시작했으며, 그 대화를 단편적으로만 들었다는 사실을 모르고 있었다. 아마도 그는 혹시 모른다면서 최악의 경우를 상상했을 것이고, 내가 자신들의 대화를 모두 들은 것이 분명하다고 여겼을 것이다. 그래서 내게 전화를 걸기로 마음먹었고, 사실대로 말하면서, 혹은 사실처럼 보이게 말하면서, 또는 사실의 일부를 말하면서 나를 무력화하기로 결심했을 것이다. 그렇게 했더라도 그는 두 사람이 무기를 언급했다는 것을 기억해내지 못했고, 그 무기를 구입해서 주차인, 즉 '고리야'에게 주었다는 사실은 더욱 기억하지 못했을 것이다. 나 자신도 완전히 그 사실을 확신하지는 못한 채, 아마도 그들이 그런 말을 하지 않았다고 생각했던 것 같다. 하지만 그가 당황해하는 것을 보자, 이 사실을 깨달았다. 그러니까 갑자기 그가 자신의 기억과 자기가 말했던 것을 세세히 재구성했던 것에 대해 확신이 없고 믿을 수 없다는 표정을 짓자, 나는 그가 어떤 생각을 했는지 알게 되었던 것이다. 물론 내가 추측을 통해 그걸 사실로 받아들였을 가능성도 아주 많았다. 그는 의심에 사로잡혀 더 이상 자신 있는 태도를 취할 수 없었는데, 아마 내가 알아야 하는 것 이상을 알고 있는 건 아닌지, 그리고 내가 어떻게 알게 되었는지 재빠르게 머릿속으로 물었을 것이다. 그가 이런 생각을 하는 시간에 나는 한 가지를 더 알게 되었다. 그것은 내가 여러 번 '당신들'이라는 이인칭 복수형을 사용하면서 루이베리스와 그가 보낸 익명의 사람(나는 방금 전에 '당신들은 그에게 칼을 건네주었어요, 그렇죠?'라고 말했다)을 포함시켰고, 그는 항상 일인칭 단수형으로(방금 전에 그는 '내 위험천만한 계획이 적중했다'고 말했었다) 말했다. 마치 자기 혼자만 범죄에 대한 책임을 지며, 온전히 자기 혼자만의 문제라는 것 같았다. 하지만 실제 살인을 저지른 자와 그를 조종한 최소한 두 명의 공범이 있었다. 그들은 디아스 바렐라가 직접 개입하거나 연루되지 않도록 작업을 수행한 사람들이었다. 그는 더럽고 피비린내 나는 일에서 멀리 떨어져 있었고, '고리야'와 그의 칼질, 그리고 휴대전화와 아스팔트 도로, 피 웅덩이에 쓰러져 누워 있는 가장 친한 친구의 시체에서도 멀리 떨어져 있었다. 그는 그런 것과 전혀 접촉하지 않았다. 그런데 그것에 관해 이야기를 하면서, 자기가 전혀 관여하지 않은 것을 이용하지 않고 오히려 완전히 정반대의 태도를 취했다는 것은 정말로 이상한 일이었다. 죄와 책임을 다른 참여자들과 함께 나누지 않은 것이다. 누가 배후에서 조종했는지, 누가 계획을 꾸몄는지, 누가 지시를 내렸는지 분명할 경우에라도, 다른 사람과 책임을 나누면, 자기 자신의 죄책감과 책임감은 항상 감소된다. 태곳적부터 음모자들은 이것을 알고 있었고, 또한 자발적으로 이루어진 지도자 없는 오합지졸의 무리들도 알고 있었다. 일반적으로 이런 무리들은 절대로 눈에 띄지 않으며 아무도 그 이름을 모르는 익명의 두목들의 사주를 받는다. 이런 더럽고 구린 상황에서 가장 잘 빠져나가려면, 죄와 책임을 타인과 공유하는 것만큼 좋은 방법은 없다.

———————

    그의 당황과 불안은 그리 오래 지속되지 않았다. 그는 즉시 평정을 되찾았다. 기억을 세밀히 점검하고 거기서 어떤 명확한 증거도 발견하지 못하자, 근본적으로 내가 알고 있는 것이나 내가 추측하는 것과 상관없이, 결국 나는 두 영역에서 완전히 그에게 좌우되고 있다고 생각한 것 같았다. 우리는 항상 우리에게 무언가를 이야기하는 사람에게 종속되는데, 그 이유는 어디에서 이야기를 시작하고 언제 끝낼지, 무엇을 드러내고 무엇을 암시하며 무엇에 대해 입을 다물지, 언제 진실을 말하고 언제 거짓말을 할지, 혹은 두 개를 결합시켜서 그 어떤 것도 알아볼 수 없게 할 것인지를 그 사람이 결정하기 때문이다. 또한 그 사람은 진실을 가지고 속일 것인지 말 것인지도 결정하는데, 나는 그가 내게 바로 이걸 하고 있다고 생각했다. 그건 그리 어렵지 않다. 이야기를 믿을 수 없게 보이도록 제시하거나, 혹은 너무나 믿기 어려워서 결국 듣는 사람이 거부하게 만들면 되는 일이다. 믿을 수 없는 진실은 이럴 때 이용되는데, 인생은 그런 진실로 가득해서 형편없는 소설보다 훨씬 더 많을 지경이다. 사실 그 어떤 소설도 단 한 번의 삶을 살면서 겪게 되는 무한하게 많은 우연들을 수용할 수 없다. 이미 일어났거나 아직도 일어나고 있는 그 모든 우연은 말할 것도 없다. 현실이 스스로에게 한계를 부여하지 않는 것은 괘씸하고 못된 행위다.

"그래요." 그가 대답했다. "중요한 결과를 낳았죠. 하지만 그것 역시 그 어떤 결과도 초래하지 않을 수도 있었어요. 카네야는 자기 의지에 따라 칼을 거절하거나 받을 수 있었고, 그러고 나서도 그것을 버리거나 팔아버릴 수도 있었어요. 혹은 그 칼을 보관하고서 사용하지 않을 수도 있었어요. 물론 그 칼을 잃어버리거나 도둑맞을 가능성도 배제할 수 없어요. 사실 비렁뱅이들 사이에서 칼은 아주 높이 평가되는 소유물인데, 자신들 모두가 위협받지만 무방비라고 느끼기 때문이에요. 요컨대 누군가에게 동기와 무기를 제공한다고 해도, 아무도 그가 그것들을 사용할 것이라고는 결코 보장하지 못해요. 내 계획은 매우 위험했고, 심지어 그것이 수행된 이후에도 그랬어요. 그 남자는 실제로 사람을 혼동해서 잘못 죽일 뻔했어요. 약 한 달 전이었죠. 그래요, 물론 그에게 잔소리를 해야만 했고, 여러 번 말해야 했으며, 무엇을 해야 하는지 분명하게 밝혀주어야 했어요. 우리는 그런 큰 실수만 저지르지 않기를 바랐죠. 사실 청부 살인자였다면 그런 일은 일어나지 않았을 거예요. 하지만 당신에게 말한 것처럼, 청부 살인자를 고용하면 문제가 생길 수 있어요. 단기적으로는 그렇지 않을지라도 장기적으로는 분명히 생기게 되어 있죠. 나는 실패의 위험을 감수하는 편을, 그러니까 계획이 발각되는 것보다는 이루어지지 않는 편을 택했어요." 그는 말을 멈추었다. 마치 마지막 말을 한 것을 후회하는 것 같았다. 아니, 그 순간 그런 말을 했다는 사실을 뉘우치는 것 같았다. 아직 그 말을 할 때가 아닌 것 같았다. 미리 준비해놓은 것, 미리 만들어놓은 것을 이야기하는 사람은 무엇을 먼저 말할 것이고, 무엇을 나중에 말할 것인지 미리 결정해놓으며, 그 순서를 위반하거나 바꾸지 않으려고 노력한다. 그는 술 한 모금을 마셨고 소매를 걷었는데, 그 소매는 이미 걷어져 있었기 때문에 그것은 그저 그가 가끔씩 하는 기계적인 행동에 불과했다. 그는 마침내 담배에 불을 붙이고, 림츠마 담배 회사에서 만든 아주 순한 독일 담배를 피웠다. 림츠마 회사의 대표는 한때 납치되어 독일 역사상 가장 높은 몸값, 정말 가공할 만한 액수를 치른 바 있는데, 그는 나중에 자신의 경험을 책으로 썼다. 나는 출판사에서 영어 번역본을 검토했고, 우리는 스페인에서 출판해도 괜찮다고 여겼다. 그러나 결국 에우헤니는 그 책이 너무 우울하고 어둡다고 평가하고 출판을 거부했다. 나는 디아스 바렐라가 담배를 끊지 않았다면 아직도 그 담배를 피우고 있을 것이라고 생각한다. 물론 그가 담배를 끊었으리라고는 생각하지 않는다. 그는 사회적 압력에 굴복하는 사람이 아니다. 그건 그의 친구 리코도 마찬가지다. 내가 본 것에 따르면, 그는 어디를 가든지 자기가 하고 싶은 대로 행동하고 말하며, 그로 인해 야기되는 결과 따위에는 개의치 않는다. (나는 때때로 그가 디아스 바렐라의 행위를 잘 알고 있을지, 아니면 적어도 냄새를 맡았을지 생각한다. 그럴 가능성은 그리 많지 않다. 나는 그가 가까이에 존재하는 동시대적인 것에는 그다지 관심을 보이지 않으며, 심지어 알지도 못한다는 인상을 받았다.) 디아스 바렐라는 가던 길로 계속 가야 할지 머뭇거리는 것 같았다. 그는 결국 그 길을 가로질러 갔다. 하지만 갑작스럽게 방향을 틀지 않은 것은 자기가 후회한다는 것을 강조하지 않으려고 했기 때문인 것 같다. "살인 사건의 경우에 아주 이상하게 보일지는 모르지만, 미겔을 죽이는 것은 발각되거나 체포되는 것보다 그다지 중요하지 않아요. 내 말은 그때, 그날이거나 혹은 그 무렵의 어느 날에 죽는다는 것을 확신할 필요는 없었어요. 반면에 내가 노출될 최소한의 위험이 있는지, 혹은 언젠가 용의자로 지목될 가능성이 있는지, 지금부터 30년 뒤라도 그런 일이 일어날 수 있는지 확실하게 알아야만 했어요. 무슨 일이 있어도 난 그것만은 허용할 수 없었어요. 그런 일이 일어날 가능성이 조금이라도 있다면, 그를 살려둔 채 계획을 포기하고, 당분간 그의 죽음을 단념하는 편이 나았어요. 말이 나왔으니 말인데, 내가 아니라 '고리야'가 그를 죽일 날을 골랐어요. 일단 내 임무가 끝나자, 모든 건 그의 손에 달려 있었죠. 내가 그의 생일을 그의 기일로 골랐다면, 그건 몹시 천하고 상스러운 행동이었을 거예요. 그건 순전히 우연이었어요. 그 남자가 언제 그를 죽일 날로 결정했는지, 아니면 절대로 그 일을 하지 않겠다고 결정했는지 누가 알겠어요? 이 모든 건 나중에 설명해줄게요. 당신 생각으로 되돌아가죠. 상황과 장소에 대해 당신이 어떻게 생각하는지 알아보죠. 아마도 최근 2주 동안 당신은 그 상황을 충분히 판단하고 검토했을 거예요."

나는 입을 다물고, 그가 지칠 때까지, 또는 완전히 끝날 때까지 말하게 놔두고 싶었다. 그러나 또다시 나는 그럴 수가 없었다. 내 머리는 그가 말한 두세 개의 것을 포착했고, 그것들이 내 머릿속에서 너무 시끄럽게 윙윙거리는 바람에 잠자코 있을 수가 없었던 것이다. 〈이야기가 이 정도 진행되자, 그는 이제 '살해'가 아니라 '살인'에 대해 말하고 있어. 그가 더 이상 속이거나 위장하지 않는다면 어떻게 될까?〉라고 나는 생각했다. 〈고리야의 관점에서 본다면, 살인일 거야. 또한 루이사의 입장에서도 살인이야. 경찰과 증인들의 관점에서, 그리고 어느 날 아침 신문에서 뉴스를 보고서 마드리드에서 가장 안전한 지역 가운데 한 곳에서 그런 범죄가 가능하다는 것을 보고 공포에 사로잡힌 신문 독자들의 관점에서도 그건 살인이야. 신문 독자들은 그 모든 것을 잊었는데, 그것이 연속적이 아니라 한 번으로 끝났고, 게다가 불행은 그들의 상상 속에서 진정되면서 자신들이 위험에서 벗어났다고 느끼게 만들어주기 때문이야. '나한테 일어난 일이 아니야. 이런 건 두 번 다시 일어나지 않을 거야'라고 그들은 생각했을 거야. 그러나 그의 관점에서, 즉 하비에르의 관점에서 본다면 그것은 살해야. 그의 계획에 커다란 결함이 있다거나 우연이라는 요인이 있다는 말, 그리고 그의 신중한 계획이 아마도 실행되지 않았을지도 모른다는 핑계는 전혀 중요하지 않다는 것을 그는 알고 있어. 그는 너무나 똑똑해서 그런 것으로 스스로를 기만할 사람이 아니야. 그런데 왜 '그때'와 '당분간'이라는 말을 했을까? '죽는다는 것을 확신할' 같은 표현이나 '당분간 그의 죽음을'이라는 표현을 쓰면서, 마치 자기가 그의 죽음을 미룰 수 있거나 아니면 나중 일로 남겨놓을 수 있는 것처럼 말했어. 다시 말하면 '이제부터' 혹은 '나중에도'라고 말하면서 그 시간이 올 것이라고 확신하고 있어. 또한 '몹시 천하고 상스러운 행동이었을 것'이라고도 말했는데, 이것은 친구를 죽이라고 지시하는 것이 천하고 상스럽지 않다는 말처럼 들려.〉 나는 평소처럼 이 마지막 생각을 머릿속에서 지우지 못했다. 물론 그것은 가장 급하거나 관심을 끄는 요소가 아니었지만, 아마도 가장 공격적인 말이었을 것이다.

"몹시 천하고 상스러운 행동이라고요?" 나는 그의 말을 반복했다. "그런데 지금 무슨 말을 하는 거예요, 하비에르? 그게 중요한 문제를 바꾼다고 믿는 거예요? 지금 당신은 내게 살해에 대해 말하고 있었어요." 나는 그 순간을 이용해 그의 이름을 말했다. "특정한 날을 정하는 것이 일어난 일의 중대성에서 무언가를 덧붙이거나 뺄 수 있다고 생각하세요? 고상함과 품위를 덧붙이거나 천함과 상스러움을 뺄 수 있다고 여기세요? 난 당신을 이해할 수 없어요. 그래요, 난 아무것도 이해하고 싶지 않아요. 난 지금 내가 왜 당신 말을 듣고 있는지도 모르겠어요." 이번엔 내가 흥분해서 두번째 담배에 불을 붙이고 술을 한 모금

마셨다. 담배 연기는 아직 첫 모금도 내뿜지 않았는데 그렇게 술을 급히 마시다가 목에 걸리고 말았다.

"물론 당신은 내 말을 잘 이해하고 있어요, 마리아." 그는 빠르게 대답했다. "그래서 내 말을 듣고 있는 거예요. 그러면서 당신이 생각한 이야기를 확인하고 대조하고 있죠. 당신은 최근 2주 동안 매일 밤낮으로 끊임없이 당신 자신에게 이 문제를 이야기하고 또 이야기했어요. 당신은 내게 나의 욕망이 그 어떤 것보다 우선하며, 모든 속박과 도덕관념보다도 더 중요하다는 것을 깨달았어요. 친구와의 우정을 지키는 것보다도 우선이죠. 얼마 전부터 나는 내 소망이 루이사와 여생을 함께 보내는 것이라는 사실을 아주 분명히 알고 있어요. 내게는 단 한 명의 여자만 있는데, 그 여자가 바로 루이사이며, 행운을 믿을 수는 없다는 사실, 즉 저절로 일이 일어나고 장애물과 장벽은 마술처럼 스르르 떨어져 사라진다는 사실을 믿을 수 없다는 걸 알고 있어요. 우리는 일이 잘되도록 해야만 해요. 세상은 게으름뱅이들과 염세주의자들로 가득하고, 그들은 세상에서 아무것도 성취하지 못하죠. 그들은 열심히 일하지 않고 나중에 불평을 늘어놓으면서 좌절감을 느끼죠. 그리고 자신들의 분노와 원한을 밖으로 폭발시켜요. 대부분의 사람들이 그래요. 사는 방식과 자신을 대하는 태도를 보면 게으른 바보들인 데다, 무엇보다도 패배주의자들이에요. 나는 평생 결혼한 적이 없어요. 그래요, 가끔씩 아주 즐겁고 유쾌한 사랑을 나누면서, 기다리는 동안 즐거운 시간을 보냈어요. 그런데 누구를 기다렸을까요? 우선 내게 약한 면을 보이고, 내가 약한 면을 보일 여자였어요. 그런 다음…… 내게는 이것이 하나의 특정한 용어를 이해하는 유일한 방법이에요. 모든 사람들이 이 단어를 너무나 거리낌 없이 사용하지만, 아마도 절대 그리 쉽거나 단순하지는 않을 거예요. 사실 많은 언어들이 그 단어를 갖고 있지 않아요. 내가 아는 한에서는 스페인어와 이탈리아어가 유일해요. 물론 외국어를 많이 알지는 못하지만…… 아마 독일어에도 있을지 몰라요. 하지만 사실 내가 그 언어를 모르기 때문에 확신할 수는 없어요. 그 단어는 바로 '사랑에 빠지기(enamoramiento)'예요. 그러니까 완전히 반해 있거나 사랑하는 상태를 의미하죠. 나는 명사, 즉 개념을 말하고 있어요. 형용사, 그러니까 상태가 더 많이 알려져 있고 친숙하죠. 적어도 프랑스어에는 그런 단어가 있지만, 영어에는 없어요. 하지만 그 의미에 근접하는 단어는 있어요…… 많은 사람이 우리를 즐겁고 행복하게 해줘요. 그 사람들은 우리를 웃게 만들고 우리에게 매력을 선사하죠. 그들은 애정이나 호의를 불러일으키고 심지어 우리를 감동시켜요. 혹은 우리를 기쁘게 하고 우리를 매혹시켜 애타게 만들며, 심지어 순간적으로 우리를 미치게 만들기도 하죠. 우리는 그들의 육체를 탐닉하고 그들과 함께 있는 것을 즐기죠. 또는 두 가지를 모두 향유하기도 해요. 내가 당신과 있을 때처럼, 혹은 그리 많지는 않더라도 내가 다른 여자들과 있었을 때처럼 말이에요. 심지어 몇몇 여자는 우리에게 없어서는 안 될 존재가 되죠. 습관의 힘은 너무나 강하지만, 결국 거의 대부분의 것은 제자리로 되돌아가거나 심지어는 대체되죠. 가령 사랑은 대체될 수 있어요. 하지만 사랑에 빠진 상태, 즉 반한 상태는 그렇지 않아요. 사랑과 사랑에 빠지는 것은 구별될 필요가 있어요. 두 개는 혼동되어 사용되지만, 동일한 것이 아니에요…… 그런데 정말로 이상한 것은 약함을 느끼는 거예요. 누군가에게는 정말로 약해지는 느낌을 받는데, 그 사람이 바로 우리에게 약한 느낌을 갖게 해서 우리를 약하게 만들죠. 이 결정적인 요인이 바로 우리를 객관적으로 사고하지 못하게 만들고, 영원히 무장 해제시키면서, 모든 논쟁과 싸움에서 굴복하게 만들죠. 샤베르 대령이 단둘이 아내와 다시 만났을 때 항복한 것처럼 말이에요. 난 당신에게 이 이야기를 들려주었고, 당신은 그 이야기를 읽었어요. 사람들 말에 따르면, 아이들에게도 동일한 일이 일어나는데, 나도 그 말을 믿지 않을 이유는 없어요. 하지만 매우 다른 감정일 거예요. 아이들은 세상에 모습을 드러내는 순간부터, 그러니까 첫 순간부터 너무나 약한 존재들이고, 우리가 그들에게 약한 것은 그들이 절대적으로 무방비라는 점에 뿌리를 두고 있기 때문이죠. 그리고 그런 감정은 계속되는 것처럼 보이고…… 일반적으로 사람들은 어른들에게서는 이런 감정을 경험하지도 않으며, 실제로 이런 감정을 찾으려고 하지도 않아요. 그들은 기다리지 않고, 참을성이 없으며, 따분하죠. 아마도 그들은 그런 감정을 느끼지도 않기 때문에 경험하려고 하지도 않을 거예요. 그래서 그들은 가장 먼저 만나는 사람과 동거하거나 결혼하죠. 그건 전혀 이상한 일이 아니에요. 사실 그건 시대를 초월한 법칙이었어요. 사랑에 빠지거나 반하는 것은 소설에서만 나타나는 근대적인 발명품이라고 여기는 사람들도 있어요. 하지만 어쨌든 우리는 이미 그런 감정을 갖고 있어요. 그게 발명되었을 수도 있고, 단어로만 존재할 수도 있으며, 아니면 그런 감정을 느끼는 우리의 능력 때문일 수도 있지만 말이에요." 디아스 바렐라는 뜻밖에도 한 구절을 끝마치지 못한 채, 공중에 그냥 떠다니게 놔두었다. 그는 말을 머뭇거렸으며, 주제에서 벗어난 자신의 말에서 또다시 벗어나려고 했다가 간신히 멈추었다. 그는 장광설을 늘어놓는 경향이 있었지만, 그때는 그렇게 하지 않고서 무언가를 내게 이야기하고자 했다. 그는 몸을 앞으로 구부렸고, 일인용 소파 모서리에 앉아 팔꿈치는 무릎 위에 올리고, 손은 모은 채였다. 그는 이런 이야기를 할 때 구사하는 거의 교훈적이고 설명적이며 적당히 차갑고 냉정한 말투였지만, 그래도 그 안에는 다소 간절함과 격렬함이 배어 있었다. 그리고 그가 길게 말할 때면 항상 그랬던 것처럼, 나는 빠르게 움직이던 그의 입술과 얼굴에서 눈을 뗄 수가 없었다. 그가 말하는 것에 관심이 없는 게 아니었다. 나는 그가 무슨 말을 하든 관심을 보였었고, 그가 무엇을 했으며, 그런 행동을 한 이유는 무엇이고 어떻게 했는지, 아니 내가 믿고 있다고 그가 생각한 것 혹은 그가 정확하게 예측한 것을 고백하는 지금은 더욱 관심이 있었다. 그러나 관심이 없었더라도, 나는 하염없이 그의 말을 계속 들었을 것이다. 들으면서 그를 쳐다보았을 것이다. 그는 다른 불을 켰다. 옆에 있는(그는 때때로 그 일인용 소파에 앉아서 책을 읽곤 했다) 램프였다. 이미 밖이 완전히 깜깜해져서 램프 한 개로는 충분하지 않았던 것이다. 그러자 그의 얼굴이 더 잘 보였다. 또한 상당히 긴 그의 속눈썹과 다소 몽환적인 그의 표정도 보였는데, 그 순간에도 여전히 몽상적이었다. 그의 얼굴은 그가 이야기하는 것을 걱정하거나 난처해하는 기색을 전혀 드러내지 않았다. 그 순간에 그런 말을 하는 게 그리 힘들지 않았던 것이다. 나는 그런 상황에서 그를 지배하는 차분함과 냉정함이 얼마나 가증스러운지 억지로 떠올려야만 했는데, 그것은 사실 그런 상황에서도 그가 밉다고 여기지 않았기 때문이다. "우리는 그 사람에게는 무조건적으로 모든 것을 해줄 수 있다는 것을 알고 있죠." 그는 말을 이었다. "그 사람을 도와줄 것이고, 무슨 일이든 그 사람을 지지할 것이라는 사실을 알고 있죠. 비록 그게 끔찍할 정도로 힘든 일일지라도(예를 들어 누군가를 처리하는 일일 수도 있어요. 그러면 사람들은 그녀가 그럴 이유가 있거나 다른 방법이 없었기 때문일 것이라고 생각할 거예요) 그 일에 관여할 것이고, 그녀가 요구하는 것이라면 그녀를 위해 무엇이든 할 거예요. 그런 사람은 단지 매력적이거나 당신을 즐겁게 해주는 사람이 아니라, 당신의 마음에 들고 당신이 강하게 끌리는 사람이에요. 두 가지는 달라요. 후자의 감

400

정이 훨씬 강하고 오래 지속되죠. 우리 모두가 알고 있는 것처럼, 그런 무조건적인 감정은 이성과 거의 관계가 없어요. 심지어 이유나 원인도 없어요. 사실 정말로 이상해요. 그 결과는 엄청난데, 원인이 없거든요. 보통 원인이 없거나 말로 표현할 수 없죠. 내가 보기에 그것은 각 개인의 결심과 상당히 관련이 있어요. 완전히 자의적인 결심이…… 하지만 이건 또 다른 이야기예요." 그는 다시 장광설을 늘어놓으려는 유혹을 받았지만, 그 유혹에 굴복하지 않으려고 애썼다. 어쨌거나 그는 본론으로 들어가려고 애썼고, 나는 자꾸 시간을 끌며 이야기하는 것이 그의 의도에 반하는 게 아니라는 인상을 받았다. 옆으로 새는 걸 피할 수 없었던 것이 아니라, 그런 이야기로 무언가를 찾고 있거나, 나를 사건에 더 깊이 연루시키고 그것에 익숙하게 만들고자 하는 것 같았다. 때때로 나는 생각하곤 했다. 〈우리는 살해에 관해 말하고 있고, 이것은 전혀 평범하지 않은 이상한 상황이야. 나는 그를 나무에 매다는 대신 여기서 그의 말을 듣고 있어.〉 그러고서 즉시 아토스가 소름 끼쳐 하는 다르타냥의 반응을 보고 대담한 말을 떠올렸다. 〈그래, 살인 사건이야. 그 이상도 이하도 아니야.〉 하지만 나는 갈수록 이 말을 생각하지 않고 있었다. "사람들은 이런 질문을 던지죠. '왜 그녀를 사랑하게 되었던 것일까? 그는 그녀에게서 무엇을 보았을까?' 그러나 이 질문에 대답할 수 있는 사람은 거의 없어요. 특히 그 사람이 자기 자신을 참을 수 없는 존재라고 평가한다면 말이죠. 그러나 이건 루이사와는 전혀 관계없다고 나는 생각해요. 그래요, 말하자면 방금 전에 설명한 이유 때문에, 나는 그런 사람이 아니에요. 그리고 당신도 그렇지 않아요, 마리아. 멀리 갈 것도 없이 당신은 왜 이 기간에 나를 좋아하고 매력을 느끼게 되었는지 설명할 수 있을 거예요. 당신은 내가 결점도 많고, 처음부터 내 진짜 관심은 다른 곳에 있다는 사실을 알고 있었어요. 또한 오래전부터 나는 포기할 수 없는 목표를 가지고 있으며, 당신과 나는 우리가 가졌던 관계 이상으로 발전할 수 없다는 것을 알고 있었어요. 그러니까 몇 개의 막연하고 모호하고 근거 없는 매우 주관적인 말을 중얼거리는 것을 제외하고 어떤 설명을 할 수 있을까요? 당신의 말은 논의의 여지가 있으며 동시에 논의의 여지가 없을 거예요. 그러니까 당신에게는 논의의 여지가 없을 테지만(누가 감히 당신의 말을 반박하겠어요?), 다른 사람들에게는 상당히 논의의 대상이 될 수 있죠." 그러자 나는 생각했다. 〈그래, 사실이야. 난 설명할 수 없을 거야. 바보 멍청이처럼 말이야. 내가 무슨 말을 하겠어? 그를 쳐다보고 그에게 키스하고, 그와 잠자리를 하는 게 좋았다고, 우리가 침대에서 끝날 것인지 아닌지 고민하는 것이 좋았다고, 그의 말을 듣는 게 좋았다고 말하겠어? 그래, 그의 말이 옳아. 이것은 순전히 멍청한 설명이라서 그 누구도 설득시키지 못해. 혹은 이와 똑같은 감정을 느끼지 못하는 사람이나 평생 이와 비슷한 것을 경험하지 못했던 사람들에게는 멍청한 소리처럼 들릴 거야. 하비에르가 말했듯이, 그것들은 이유가 되지도 못해. 그것들은 아마도 그 어떤 것보다도 신앙의 표현과 유사할 거야. 그렇다면 아마도 이유가 될 수도 있어. 그리고 그 결과는 엄청나, 그건 분명해. 그건 그 어떤 것도 억누를 수 없어.〉 내 얼굴이 약간 붉어진 것이 분명했다. 아니면 내가 당황하고 불편한 마음으로 소파에서 움직였기 때문일 수도 있었다. 나는 그가 내 이름을 드러내놓고 말하고, 자신에 대한 내 감정을 언급한 것이 불쾌했다. 나는 항상 말을 되도록 적게 신중하게 했으며, 결코 애원이나 선언으로 그를 괴롭히지도 않았고, 그가 내게 애정을 표현하게 만들도록 간접적이고 교활한 말로 그에게 고통을 주지도 않았다. 나는 그에게 최소한의 책임이나 의무조차 느끼지 않도록, 혹은 대답이나 그와 비슷한 것의 필요성도 느끼지 않도록 말을 삼갔다. 또한 상황이 바뀔 것이라는 그 어떤 희망도 품지 않았으며, 단지 그에게서 멀리 떨어진 내 고독한 침실에서, 졸음이 오기 시작하면 공상에 빠지는 사람처럼 나무들을 바라보았다. 모든 사람은 그럴 권리, 그러니까 불면 현상이 마침내 퇴각하기 시작해 하루가 끝날 때면 불가능한 것을 상상할 권리가 있고, 그건 너무나 당연한 일이다. 그가 그런 모든 것에 나를 포함시켰을 것이며, 그런 목표를 자기만을 위해 간직했을 수 있다고 생각하니 불쾌했다. 그는 그 말을 순진하게 하지는 않았을 것이며, 거기에는 모종의 의도가 숨겨져 있지만, 그것을 입 밖에 내지 않았을 것이다. 또다시 나는 일어나 나가고 싶은 충동을 느꼈다. 사랑하면서도 두려워하는 그 집에서 당장 나가서 영원히 돌아오지 않고 싶었다. 하지만 지금 나는 그의 이야기가 끝날 때까지, 그가 진실이든 거짓이든 완전히 털어놓을 때까지, 혹은 그의 진실과 거짓 모두를 밝힐 때까지 내가 그곳을 떠나지 않을 것임을 알고 있었다. 아직 그럴 시간은 아니었다. 디아스 바렐라는 내 뺨이 빨개졌다는 것, 혹은 내가 불안해하거나 불편해하고 있다는 것을 눈치챘다. 격한 분위기를 가라앉히려는 사람처럼 급히 다음과 같이 덧붙였기 때문이다. "잘 들어요. 나는 당신이 나를 사랑하고 있다거나, 아니면 당신이 나를 위해서 무슨 일이든 할 것이라고, 또는 당신이 나를 마음에 들어 했다는 것 따위를 암시하고 있지 않아요. 전혀 그렇지 않아요. 나는 그렇게 뻔뻔하고 건방진 사람이 아니에요. 나는 당신이 그 정도는 아니라는 것을, 그런 감정과는 아주 멀리 떨어져 있다는 것을 잘 알고 있어요. 또한 얼마 전부터 당신이 내게 느끼는 것과 몇 년 전부터 내가 루이사에게 느끼는 감정은 비교할 수 없다는 것도 알고 있어요. 나는 내가 단지 기분 전환용이라는 사실을, 그저 오락용이라는 것을 알고 있어요. 당신도 내게 그런 용도예요. 내 말이 틀렸나요? 내가 이 말을 하는 이유는 가장 덧없고 무상하며 가볍고 사소한 것도 그 어떤 진짜 이유가 없다는 것을 보여주는 증거이기 때문이에요. 그러니 그것보다 훨씬 더 깊은 감정, 무한하게 더 깊은 감정이 더욱 그렇다는 것은 말할 필요도 없겠죠."

나는 내가 원했던 것보다 더 오래 잠자코 있었다. 나는 뭐라고 대답해야 할지 확신이 없었다. 이번에 그가 말을 잠시 멈춘 것은 내게 무언가를 말하게끔 자극하려는 것 같았다. 디아스 바렐라는 단지 몇 문장으로 내 감정의 품위를 떨어뜨렸고, 자기감정을 드러내면서 작고 전혀 불필요한 가시를 내게 박았다. 그것이 불필요했던 까닭은 내가 그 점에 대해 그토록 분명한 말을 듣지 않았더라도, 그가 방금 전에 한 말처럼 그토록 상처를 주는 말을 듣지 않았더라도, 나는 그가 어떻게 느끼고 있는지 이미 잘 알고 있었기 때문이다. 물론 모든 감정은 그것들이 묘사되거나 설명되거나 그저 언급될 때라도 모두 멍청한 소리처럼 들린다. 아무리 그렇더라도 그는 내 감정을 자기가 다른 사람에게 느끼는 감정과 어떻게 비교하겠느냐면서 그것보다 훨씬 아래에 위치시켰다. 늘 입을 다물고 조용히, 그리고 신중하게 있었는데, 그가 나에 대해 무엇을 안단 말인가? 내가 그저 순해빠지고 순종적이며, 야심이라고는 찾아볼 수 없고, 경쟁하면서 싸우려는 기질이 거의 없거나 아니면 전혀 없다고 여기는 것인가? 물론 나는 살인을 계획하고 위탁할 수 있는 사람은 아니었지만, 나중에 무슨 일이 생기게 될지 누가 알겠는가? 지금의 우리 관계, 아니 2주 전까지 유지됐던 우리의 관계가 몇 년 더 지속되다가 어떻게 될지는 아무도 모른다. 하지만 2주 전에 내가 엿들은 루이베리스와의 대화가 모든 것을 바꿔놓았다. 내가 몰래 듣지 않았다면, 디아스 바렐라는 아마도 루이사가 천천히 회복되고, 그가 예측한 것처럼 그를 사랑하게 될 때까지 무한히 기다렸을 것이며, 그 기간에 나를 대체하지도 않았을 것이고, 나를 버리지도 않았을 것이며, 나 역시 그에게서 멀어지지 않고 그 기간에 계속 그를 만났을 것이다. 그런 상황이라면, 모두가 더 사랑하기 시작하고, 초조하고 불안해하면서 현재 상태에 불만을 품기 시작하지 않을까? 똑같은 몇 달과 몇 년을 보내면서 자기가 권리를 얻었다고 느끼지 않을까? 그건 단순히 시간의 축적일 뿐이며, 연속되는 날들처럼 무의미하고 중요하지 않은 것인데, 그래도 그런 세월을 살아가는 사람이, 혹은 포기하지 않고 항복하지 않은 채 그 시간을 기다리는 사람이 더 유리하다는 사실을 상정하는 것이 아닐까? 아무것도 기대하지 않는 사람은 결국 무언가를 요구하게 되며, 겸손하게 헌신적으로 다가가는 사람은 마침내 폭군이자 우상 파괴자가 된다. 사랑하는 사람의 미소나 관심 혹은 키스를 구걸하는 사람은 사랑하는 사람이 애원하게 만들면서 교만해지며, 이제 시간의 낙숫물을 이겨낸 사람은 사랑하는 여자에게 호의를 베풀려고 하지 않는다. 처음에는 수평선에 작은 구름 하나도 없지만, 어떤 폭풍우건 그것은 시간이 흐르면서 더 심해지고 강해진다. 우리는 시간이 우리를 어떻게 할지, 우리가 구별할 수 없을 정도로 여러 겹으로 겹쳐진 얇은 층들로 우리를 어떻게 할지, 그리고 언제 우리를 변화시킬지 알지 못한다. 시간은 눈에 띄지 않게 앞으로 나아간다. 하루하루, 한 시간 한 시간, 그리고 해로운 걸음을 한 발짝 한 발짝 내디딘다. 시간의 내밀하고 간교한 작업은 결코 눈에 띄지 않는다. 그것은 너무나 공손하고 너무나 사려 깊어서 결코 우리를 갑자기 떠밀거나 깜짝 놀라게 하지 않는다. 매일 아침 차분하고 변함없는 얼굴로 모습을 드러낸다. 하지만 지금 일어나고 있는 것과 정확하게 정반대의 것을 말한다. 모든 게 잘 되고 있으며 그 어떤 것도 바뀌지 않는다고, 모든 것은 어제와 그대로라고, 즉 힘의 균형이 이루어지고 있다고, 아무것도 얻은 것이 없고 잃은 것도 없다고, 우리의 얼굴은 그대로이며, 우리의 머리카락과 우리의 생김새도 그대로라고, 우리를 미워하는 사람은 계속 우리를 미워하며, 우리를 사랑하는 사람은 계속 우리를 사랑하고 있다고 말한다. 그러나 사실은 정반대이다. 시간은 단지 믿을 수 없는 분(分)과 교활한 초(秒)로 이런 것을 우리가 깨닫지 못하게 한다. 그래서 생각할 수 없는 어느 이상한 날이 되어야 우리는 항상 그랬던 것과 똑같은 것은 아무것도 없다는 사실을 알게 된다. 그런 날이 되면 아버지에게 유산을 물려받은 두 딸은 아버지가 다락방에서 돈 한 푼 없이 죽게 버려두고, 그의 유언장이 산 사람에게 거슬리거나 바람직하지 못하면 불태워버린다. 그런 날이 되면 어머니들은 자식들의 재산을 약탈하고, 남편들은 아내의 돈을 훔친다. 또는 여자들이 남편을 죽이거나 남편의 사랑을 이용해 그들을 미치게 만들거나 바보로 만들어서, 내연의 정부와 마음 편하게 살고자 한다. 혹은 어떤 여자들은 죽음을 야기할 수 있는 물약을 남편의 첫번째 아내가 낳은 아들에게 주어서, 자신이 지금 사랑하고 있는 남자와의 사랑이 얼마나 지속될지도 모르면서 그와 낳은 다른 서자에게 혜택을 베풀고자 한다. 추운 겨울 중에서도 가장 추웠던 아일라우 전쟁터에서 전사한 군인 남편에게 모든 재산과 사회적 지위를 물려받은 어느 과부는 오랜 세월이 지난 후 수많은 역경과 고난을 겪은 남편이 죽은 사람들 속에서 돌아오자, 그를 안다는 사실을 거부하고 남편을 사기꾼으로 고발한다. 루이사는 너무나 오랜 시간이 걸려 다시 만나게 된 디아스 바렐라에게 자기를 버리지 말고 자기 곁에 있어달라고 애원할 것이며, 데베르네를 향한 사랑을 맹세코 버릴 것이고, 그러면 데베르네의 품격은 떨어져 아무것도 아닌 존재로 전락할 것이다. 그녀가 지금 사랑한다고 밝히는 두번째 남자와 첫번째 남편은 비교할 수 없을 것이다. 두번째 남편은 그녀를 버리겠다고 위협하는 변덕을 부릴 수도 있기 때문이다. 디아스 바렐라는 내게 떠나지 말라고, 자기 곁에 있어달라고, 영원히 자기와 함께 베개를 공유하자고 애원할 수도 있고, 자기가 오랫동안 루이사에게 느꼈으며 자기 친구를 죽이게 만들었던 고집스럽고 완고하며 순진했던 사랑을 비웃으면서, 혼잣말로 혹은 내게 이렇게 말할 수도 있다. 그땐 '내가 눈이 멀었어요! 아직 시간이 있었을 때 왜 당신을 제대로 보지 못했는지 모르겠어요.' 생각하지도 못한 어느 이상한 날, 나는 우리 사이에 끼어든 루이사를 죽일 계획을 세울 수도 있다. 물론 그녀는 '우리'가 있는지도 모를 것이고, 나도 그녀에 대해 전혀 반감이 없지만, 아마도 그 계획은 실행에 옮겨질 것이다. 그런 날이 되면 모든 게 가능하기 때문이다. 그렇다. 모든 건 절망적인 시간의 문제이지만, 우리의 시간은 멈추었다. 우리의 관계를 공고히 하고 연장하면서, 동시에 우리가 눈치채지 못하게 우리를 썩게 하고 파멸시키고는 다시 국면을 역전시키는 시간은 이제 우리에게 끝났다. 나는 그날을 보지 못할 것이다. 맥베스 부인과는 달리 내게는 '이제부터' 혹은 '나중에'가 존재하지 않는다. 나는 이롭거나 해로운 그 시간이 뒤로 미뤄지는 것과 상관없다. 그것이 나의 불행이자 행운이다.

"내가 당신을 사랑하지 않는다고 누가 말했어요? 당신이 그걸 어떻게 알아요? 난 그것에 관해 한 번도 당신에게 말한 적이 없어요. 그리고 당신도 내게 한 번도 묻지 않았어요."

"자, 진정해요. 너무 과장해서 생각하지 말아요." 그는 전혀 놀라는 기색 없이 대답했다. 그의 마지막 말은 순전히 꾸민 연극이었다. 그는 내가 느끼는 것, 혹은 2주 전까지 내가 느꼈던 감정을 너무나 정확하게 알고 있었다. 아마 나는 지금도 똑같이 느낄지도 모르지만, 이제 내 감정은 더러워졌고 망가져 있었다. 더 이상 더러워질 것도 망가질 것도 없는 상태였다. 적어

도 사랑에 빠졌다고는 전혀 말할 수 없는 상태였다. 그는 내 감
정을 정확하게 알았다. 사랑받는 사람이 제정신이고, 사랑에 빠
져 있지 않다면 항상 그 감정을 느낀다. 사랑에 빠진 사람은 그
감정을 제대로 구별하지 못하고, 그 징후를 잘못 해석하기 때문
이다. 그러나 그는 사랑에 빠져 있지 않았다. 그는 내가 그를 사
랑하기를 원치 않았으며, 내가 그를 사랑하도록 조장하는 행동
도 거의 하지 않았다. 그건 인정해야만 한다. 그는 이렇게 덧붙
였다. "당신이 나를 사랑하고 있었다면, 당신이 알게 된 것에 대
해 그다지 놀라지 않았을 것이고, 그토록 신속하게 결론을 내리
지도 않았을 거예요. 아마 당신은 어정쩡하게 있으면서, 수긍할
만한 설명을 기다리고 있을 거예요. 당신은 아마도 당신이 모르
는 이유 때문에 내가 어쩔 수 없었을 것이라고 생각할 거예요.
당신은 그런 것을 받아들일 준비가 되어 있어요. 당신은 스스로
를 기만하려고 하고 있어요."

나는 이 교활한 말을 무시해버렸다. 그것은 그가 나를 사
전에 선택한 길로 데려가기 위한 것이었기 때문이다. 나는 단지
첫번째 말에만 대답했다.

"난 과장하지 않아요. 아마도 절대로 과장이 아닐 거예요.
당신은 그걸 알고 있어요. 그런데 문제는 당신이 그런 책임을
원치 않는다는 것이죠. 그래요, 나는 그게 사용하기에 적절한
단어가 아니라는 것을 알아요. 그 누구도 다른 사람이 사랑에
빠지는 것에 책임을 질 수는 없어요. 걱정 말아요. 나는 내 멍청

한 감정을 당신 책임으로 돌리고 싶지는 않아요. 그건 오로지 전적으로 내가 책임져야 하는 거예요. 하지만 당신은 불가피하게 그것을 작은 짐으로 여길 거예요. 루이사가 당신이 그녀를 얼마나 사랑하는지 알게 된다면(그녀는 자아도취적인 상태에 있으면서 피상적인 것만 알게 되었을 거예요. 당신이 가장 친한 친구의 홀로 남겨진 부인에 대해 애정을 느끼고 친절하게 대한다는 것만 알게 되었을 거예요) 자기가 그런 감정의 원인이었던 것을 알게 된다면, 말할 것도 없이 일종의 참을 수 없는 부담으로 여기게 되겠죠. 심지어 그런 부담을 견딜 수 없어서 자살할 수도 있을 거예요. 여러 이유가 있지만, 바로 그 이유 때문에 나는 루이사에게 아무 말도 하지 않을 거예요. 그러니 그 점에 대해 걱정할 필요 없어요. 난 무정하고 냉혹한 사람이 아니거든요." 아직 나는 그 문제에 관해 확실한 결정을 내리지 않았고, 내 의도는 그의 말을 들으면서 흔들렸다. 그러자 화가 치밀었다. 아니 그 정도는 아니었다. (〈그건 나중에 생각해야겠어. 혼자 있으면서 차분하고 차갑게〉라고 나는 생각했다.) 그러나 어쨌든 그를 안심시키는 게 유리했다. 그래야 현재건 미래건 협박받는 느낌에서 빠져나올 수 있었기 때문이다. 하지만 미래에도 협박을 받으리라는 느낌은 평생 절대로 사라지지 않을 것이라고 나는 상상했다. 나는 용기를 내서 과감하게 약간 빈정대는 말을 덧붙였다. 빈정거림도 내게 도움이 되었기 때문이다. "물론 그게, 그러니까 내가 당신이 데스베른에게 했던 것을 그녀에게 그대로 하는 게,

그녀를 우리 사이에서 제거하는 가장 좋은 방법일 거예요. 그러면 내 손도 훨씬 덜 더러워지겠죠."

유머라는 것을 전혀 눈치채지 못하고서——빈정대는 씁쓸한 유머였다는 건 사실이다——이 말을 듣자, 그는 심각한 표정을 지었고 수세적인 태도를 취했다. 이제는 정말로 소매를 더 걷어붙였다. 마치 전투하러 나가려고 준비하거나 또는 내게 물리적인 공격으로 본때를 보여주려는 것처럼 아주 힘차게 알통이 있는 곳까지 소매를 걷어붙였다. 그 모습은 1950년대의 이국적이고 낭만적인 배우인 리카르도 몬탈반*이나 길버트 롤랜드** 중 하나, 그러니까 상냥하고 매력적이지만 이미 거의 모든 사람들에게 잊혀버린 남자 같았다. 물론 그는 싸울 태세가 아니었으며, 나를 때리려고 하지도 않았다. 그런 건 그의 성격과 맞지 않았다. 나는 내가 말한 것이 그에게 깊은 상처를 주었으며, 그래서 그가 그 말을 반박하려는 것임을 깨달았다.

"난 내 손을 더럽히지 않았어요. 이건 잊지 말도록 해요. 나는 더럽히지 않으려고 아주 조심했어요. 당신은 정말로 손을 더럽힌다는 것이 무슨 의미인지 모르고 있어요. 당신은 누군가를 대리로 내세우는 게 어느 정도나 사건에서 멀어지게 하는지 모르며, 중개자가 있다는 것이 얼마나 유용한지 전혀 알지 못해

* Ricardo Montalban(1920~2009): 멕시코 출신의 영화배우.
** Gilbert Roland(1905~1994): 멕시코 출신의 영화배우.

요. 당신은 사람들이 전혀 불편하거나 약간이라도 불쾌한 상황이 아닌데도, 왜 가능하면 누군가를 대리로 내세우려는지 알아요? 당신은 소송이나 이혼 문제에 왜 변호사들이 개입한다고 생각하죠? 그것은 그들이 많이 알고 능수능란하기 때문만은 아니에요. 왜 남자든 여자든 배우들이 연예 기획사에 소속되고, 작가들이 대리인을 갖고 있으며, 투우사들이 위임받은 대리인을, 그리고 권투선수들이 매니저를 데리고 있다고 생각하나요? 물론 권투선수들의 경우는 권투라는 경기가 존재할 때의 이야기죠. 지금의 이런 청교도인들, 그러니까 엄숙하고 근엄한 사람들은 이런 모든 것을 없애버리고 말 거예요. 당신은 왜 기업가들이 앞잡이를 이용하는지, 혹은 왜 돈 많은 범죄자들이라면 하나같이 중량급 강도나 악당을 보내거나 청부 살인자를 고용한다고 생각하죠? 글자 그대로 손을 더럽히지 않기 위해서만도 아니고, 그 결과를 감수하지 않거나 상처 입지 않으려는 겁쟁이라서 그런 것도 아니에요. 당연히 그런 사람들을 도와주는 유형은 대부분(나처럼 그런 것을 아주 드물게 하는 사람들은 그렇지 않아요) 자신들에게 부여된 업무의 대가들이었을 거예요. 그들은 누군가를 두들겨 패거나 심지어 총알을 박아 넣는 것에 익숙해져 있어, 그들이 상대해야 할 사람들과 만나면서 혼쭐이 나는 경우는 극히 드물어요. 당신은 왜 정치인들이 전쟁 선포를 성가시게 여기면서도 자신들이 선포한 전쟁에 군대를 파견한다고 생각하죠? 범죄자들과 달리 그들은 군인이 하는 일을 할 수 없을 테지만, 그 이상의 이유가 있어요. 어쨌거나 아주 상당한 자기 암시가 있죠. 그들은 자신들이 개입해서 일어나는 사건과 거리를 두고, 그것을 목격하지 않는 특권을 갖게 되거든요. 믿을 수 없는 일처럼 보이지만, 그렇게 작동하는 거예요. 나는 직접 그것을 확인했어요. 우리는 현장에서 또는 정면 대결에서 일어나는 일과 아무런 관련이 없다고 확신하게 되죠. 우리가 그런 일을 야기했거나 전개시켰고, 그런 일이 생기도록 돈을 지불했다고 하더라도 말이에요. 이혼 소송을 하는 남자는 자기가 야비하고 악의적인 요구를 하는 것이 아니라, 변호사가 그렇게 하는 것이라고 확신하게 되죠. 유명 배우나 작가, 투우사와 권투선수들은 소속사의 경제적 야심 혹은 소속사 관계자가 일으킨 문제라고 사과하면서, 마치 그들이 자신들의 지시를 어겼거나 혹은 지시받은 대로 하지 않은 것처럼 행동하죠. 정치인은 텔레비전이나 신문에서 자신들이 시작한 폭격의 결과를 보거나, 아니면 자신들의 군대가 그 지역에서 범하고 있는 잔인무도한 행위를 알게 되고, 도저히 인정할 수 없으며 역겹다는 것처럼 머리를 흔들며 부정하죠. 그리고 그 부대의 장군들이 어쩌면 그토록 바보 같거나 야만적인지, 도대체 왜 싸움이 시작되고서 병사들이 시야에서 사라지면 그들을 통제할 수 없는 것인지 의아해하죠. 하지만 수천 킬로미터 떨어진 곳에서 일어나는 일에 대해 결코 죄책감을 느끼지 않으며, 그런 전쟁에 자기가 일조했거나 증인이라고 생각하지도 않아요. 즉시 그들은 자기들이 전쟁을 결정했다는 사실을, 자기들이 진격하라는 명령을 내렸다는 사실을 잊어버려요. 마피아 두목이 자기 부하들을 풀어놓을 때도 같은 일이 일어나죠. 그는 부하들이 선을 넘었으며, 자신의 바람대로 몇 명만 죽이는 데 그치지 않고, 그들의 머리와 불알을 잘라내서 그 불알을 희생자의 입 속에 처넣었다는 사실을 읽거나 보고 받죠. 그러면 그는 그 장면을 상상하면서 순간적으로 몸을 떨지만, 자기 부하들이 정말로 잔인무도한 사디스트들이라고 생각하고, 자신이 그들에게 마음껏 상상력을 발휘해도 좋으며, 손을 자유롭게 쓰라고 지시하면서 '모든 사람들이 경악하도록 만들어라. 그들에게 교훈이 되게 하고, 공포가 퍼지도록 하라'라고 말했던 것을 새까맣게 잊어버리죠."

디아스 바렐라는 잠시 말을 멈추었다. 마치 일장 연설을 끝내고 순간적으로 기운이 모두 빠진 것 같았다. 그는 다시 술잔에 술을 따르고서 갈증이 나는 것처럼 쭉 들이켰다. 그는 또 다른 담배에 불을 붙였다. 그리고 생각에 잠겨 바닥을 내려다보았다. 잠시 나는 기운 빠지고 피로에 지친 남자의 모습을 보았다. 아마도 양심의 가책으로, 혹은 후회로 가득한 것 같았다. 그러나 지금까지 그의 이야기에서나 그의 여담에서도 그런 적은 한 번도 없었다. 오히려 정반대였다. 나는 생각했다. 〈왜 자신을 그런 사람들과 연결시키는 것일까? 왜 그 사건을 내 머리에서 떨쳐버리지 않고 또다시 떠올리게 만드는 것일까? 이렇게 역겹게 자기 행동을 보여주면서 무엇을 얻으려는 것일까? 우리는 항상 가장 추악한 범죄도 아름답게 만들 수 있거나, 그것을 최소한이나마 합리화할 만한 걸 찾아낼 수 있어. 그러니까 완전히 사악하지는 않은 이유를 찾아내 듣는 사람이 역겨워하지 않게 자신의 행동을 이해시킬 수 있어. '그렇게 작동하는 거예요. 나는 직접 그것을 확인했어요'라고 말하면서 그는 자신을 그 목록에 포함시켰어. 이혼하려는 남자나 투우사와의 관계는 이해되지만, 냉소적인 정치인과 전문 범죄자의 경우는 연결을 시킬 수가 없어. 변명이나 참작할 만한 사정을 찾으려는 것 같지도 않았고, 아직도 내게 공포를 주입하고자 하는 것 같았어. 아마도 그것은 내가 그 어떤 핑계도 받아들일 수 있도록 준비시키기 위한 걸 거야. 그는 언제라도 내게 핑계를 대기 시작할 것이고, 난 틀림없이 그것들을 조만간 듣게 될 거야. 결코 내게 자신의 이기적인 생각이나 야비함을 솔직하게 드러내지는 않을 거야. 심지어 루이사를 사랑하고 있다는 사실조차 과도하게, 그러니까 그녀를 열렬히 필요로 하고 있다고 주장하지 않았고, 자신을 낮추어 우스꽝스럽고 유치하지만 때로는 듣는 사람을 감동시키고 마음을 녹이는 말도 하지 않았어. 예를 들어 이런 말을 하지 않았어. '나는 그녀 없이는 살 수 없어요, 알겠어요? 난 더 이상 참고 견딜 수가 없어요. 그녀는 내게 공기와 같은 존재예요. 그녀를 내 여자로 만들 희망이 없다면 나는 숨 막혀 죽을 거예요. 하지만 지금은 한 가지 희망이 있어요. 난 미겔이 잘못되기를 바라지 않았어요. 아니 정반대로 그는 내 최고의 친구예요. 하지

416

만 불행하게도 내 유일한 삶에 끼어들었어요. 우리의 삶에 방해가 되었기에 나는 그를 제거해야만 했어요.' 사람들은 일반적으로 사랑에 빠진 사람들의 과도한 행위를 받아들여. 물론 모든 과도한 행위를 이해해주는 건 아니야. 하지만 때때로 누군가 아주 심하게 사랑에 빠져 있다고, 혹은 빠졌다고 말하는 것만으로도 다른 이유를 댈 필요는 없어. 가령 누군가는 이렇게 말하지. '나는 그녀를 너무 사랑한 나머지 내가 무엇을 하고 있는지조차 몰랐어요.' 그러면 사람들은 고개를 끄덕이면서, 마치 그 또는 그녀가 모든 사람이 알고 있는 것을 말하는 것처럼 납득해. '그녀는 전적으로 그를 위해, 그 남자 때문에 살았어요. 그녀가 보기에 이 세상에는 그 외에 아무도 없었죠. 그래서 무엇이든 그를 위해 희생했을 거예요. 그를 제외한 나머지는 하나도 중요하지 않았죠.' 이런 말만 해도 온갖 종류의 천하고 지긋지긋하며 비열한 행위가 합리화되고, 심지어 용서받을 수 있는 핑계가 될 수 있어. 그런데 하비에르는 왜 자신의 병적인 집착을 강조하면서, 그건 모든 사람에게 일어날 수 있는 일이라고 말하지 않을까? 왜 이런 핑계를 대지 않을까? 물론 그는 그걸 인정하지만, 그다지 강조하지도 않고, 무엇보다도 그걸 먼저 제시하지도 않아. 그리고 자신에게 유리한 이런 방식과는 반대로, 야비하고 비열하며 차가운 인물이 되고자 해. 그래. 아마도 그걸 거야. 그러니까 나를 더욱 놀라게 할수록, 그리고 내가 더욱 공포에 질릴수록, 또한 내가 어지러워하며 현기증을 느낄수록, 나는 정상을 참작해야겠다는 생각을 더욱 고수할 것이기 때문이야. 그의 목적이 이것이라면, 그의 생각은 전혀 틀리지 않을 거야. 나는 이렇게 죄를 덜어줄 수 있는 요인, 그러니까 괴로움을 약간이나마 덜어줄 설명이나 참작할 상황이 나타나기를 기다리고 있으니까. 나는 더 이상 이런 사실들, 즉 있는 그대로의 사실들을 참을 수가 없어. 나는 문 뒤에서 엿들었던 그 염병할 날부터 그것들을 상상했어. 나는 그날 문 반대편에 있었고, 다시는 그곳에 있지 않게 될 거야. 그건 지금 분명한 사실이야. 하비에르가 내게 다가와 뒤에서 나를 포옹하고 손가락과 입술로 애무를 한다고 해도, 난 침실로 가지 않을 것이고, 내 귓가에 그가 결코 말하지 않았던 말을 하더라도, 그곳으로는 가지 않을 거야. 내게 '난 눈이 멀어 있었어! 내가 왜 당신을 제대로 보지 못했지? 하지만 아직 시간은 있어'라고 말하더라도, 그가 나를 그 문 쪽으로 이끌고 가서 애원하더라도, 나는 결코 그 침실 문 뒤로는 가지 않을 거야.〉

어떤 경우에도 그런 일은 일어나지 않을 것이었다. 내가 그에게 공갈을 치거나 누군가에게 그런 사실을 말하겠다고 협박해도, 혹은 내가 그에게 애원하더라도 결코 일어나지 않을 것이었다. 그는 계속 생각에 잠겨 있었고, 이상할 정도로 멍하니 바닥을 뚫어지게 응시했다. 나는 그 틈을 이용해 그곳에서 빠져나가는 대신 그를 생각에서 깨웠다. 어쨌든 도망치기에는 늦은 시간이었기 때문이다. 나는 그의 말을 듣고 나서 내 우울한 추측과 함께 있고 싶었을 뿐이지, 그 어떤 분명한 것도 알고 싶지 않았다. 그러나 지금은 그가 이야기를 끝내도록 해서 그의 이야기가 생각보다 덜 불쾌하고 덜 슬픈지 확인하고 싶었다.

"그런데 당신은 무슨 생각을 했죠? 어떻게 당신 자신을 설득할 수 있었죠? 당신은 가장 친한 친구의 살인에 술책을 부리지도 않았고 참여하지도 않았다고요? 정말 믿기 힘든 일이지 않나요? 당신이 아무리 자기 암시를 걸었다고 해도 말이에요."

그는 눈을 들었고 마치 갑자기 추위를 느낀 것처럼 다시 소매를 팔뚝까지 내렸다. 하지만 그를 갑자기 엄습한 것 같은 피로 혹은 우울함에서 완전히 빠져나오지는 못했다. 그는 전보다 자신이 없고 더 기운 없는 말투로 더 천천히 말했고, 그의 눈은 내 얼굴을 뚫어져라 쳐다보면서도 동시에 어딘지 모르게 멍해 보였다. 마치 내가 멀리 떨어져 있는 사람 같았다.

"모르겠어요." 그가 말했다. "그래요, 우리는 알아요, 마음 속의 진실을 알아요, 그걸 모를 수는 없죠. 어떻게 그걸 모를 수가 있겠어요? 우리는 기계를 움직이고, 그것을 멈출 수 있는 힘이 있다는 것을 알고 있어요. 그렇다면 일이 생기기 전에, 그리고 우리 모두가 인정하는 '이제부터' 혹은 '나중에도'가 우리에게 존재할 때까지는 그 어떤 것도 불가피하지 않아요. 하지만 내가 말했던 것처럼, 그 일을 위임하는 문제에는 다소 설명할 수 없는 부분이 있어요. 나는 루이베리스에게 살인을 실행하도록 의뢰했고, 그 순간부터 모든 음모와 책략은 내 것이 아니라고, 적어도 그것은 공유되고 있다고 느껴요. 루이베리스는 다른 사람에게 지시를 내려서 '고리야'에게 휴대전화를 구입해주었고 그에게 전화를 했어요. 아니, 사실상 두 사람이 전화를 했죠. 하나의 목소리보다는 두 개의 목소리가 더욱 설득력이 있기 때문이죠. 그리고 두 사람은 함께 그의 머리를 멍하니, 어리석게 만들었어요. 심지어 나는 제삼자가 어떻게 그에게 휴대폰을 제공하게 되었는지도 잘 몰라요. 나는 그저 그가 살고 있던 차 안에 놔두었을 것이라고 생각해요. 그렇게 그것은 마치 마술처럼 그곳에 모습을 나타내게 되죠. 그 누구에게도 모습을 보이지 않도록, 나중에 칼도 그렇게 건넸을 거예요. 그 모든 것이 어떤 결과를 낳을지는 예측이 불가능했어요. 어쨌든 간에, 그 다른 사람, 즉 제삼자는 내 이름을 모르고, 내 얼굴도 모르며, 나 역시 그의 얼굴과 이름을 몰라요. 성명 불명인 사람의 개입으로 나는 그 모든 것에서 조금 더 멀어지고, 내가 말한 것처럼 그건 나와 더 상관없는 일이 되죠. 내가 관여한 사실은 갈수록 점점 희미해지고, 이제 그것은 전적으로 내 손에 있는 게 아니라, 갈수록 책임감은 분산되고 공유되죠. 누군가 무언가를 활성화해서 다른 사람에게 건네주면, 그것은 마치 손에서 풀어놓은 뒤에 그것에서 벗어나는 것과 같아요. 나는 당신이 이런 걸 이해할 수 있는지 모르겠어요. 아니 아마도 아닐 거예요. 당신은 결코 누군가의 죽음을 준비하고 조직할 필요가 없었을 테니까요." 나는 그가 사용한 '필요가 없었을'이라는 표현에 관심을 기울였다. 그건 황당한 생각이었다. 그는 그 어떤 것도 할 '필요가' 없었다. 그에게 그것을 강요한 사람은 아무도 없었다. 그는 '살인'이나 '살해' 혹은 '범죄'라는 말이 아니라 '죽음'이라는 최대한 중립적인 용어를 사용했다. "우리는 일이 어떻게 진행되어가는지 짤막한 보고를 받고 그것을 감독하고 지휘하죠. 하지만 그 어떤 것에도 직접 관여하지는 않아요. 그래요, 그럴 경우 실수가 발생하죠. 카네야는 사람을 혼동하고, 그 소식은 내게 도착해요. 심지어 미겔도 불쌍한 파블로가 어떤 불행을 겪었는지 내게 말하죠. 하지만 그게 자신이 요청한 것과 관련이 있으리라고는 의심하지 못했고, 두 개를 서로 연결시키지도 못했으며, 내가 배후에 있을 것이라고 상상하지도 못했어요. 아니 상상하면서 아주 멋지게 숨기고 위장했을 수도 있겠지만, 그것에 대해서는 내가 알 도리가 없죠." 나는 내가 점점 이야기를 놓치고 있다는 것을(무슨 요청? 무슨 연결? 무엇을 위장했다는 것이지?) 알았지만, 그는 두번째 스텝을 밟은 것처럼 계속 이야기하면서, 내게 중간에 끊을 틈을 주지 않았다. "그 멍청이 루이베리스는 그 일 이후에 제삼자를 믿지 않죠. 나는 그에게 후하게 사례하고, 그는 내게 신세를 갚게 되죠. 그는 내 요구를 접수하고 주차원을 만나러 가죠. 조심하면서 모습을 드러내지 않으려고 하죠. 사실 밤에 그 거리에는 아무도 없지만, '고리야'는 가죽 외투를 입은 그를 보죠. 나는 그가 모든 걸 망쳐버렸기를 바라죠. 그러면 카네야가 다시는 똑같은 실수를 범하지 않을 것이며, 결국 불쌍한 운전사 파블로를 죽이는 것으로 끝내면서 우리의 계획을 모두 엉망으로 만들지 않을 테니까요. 그래요, 예를 들면, 나는 그 사고 소식을 듣지만, 내게는 안전한 우리 집에서 듣는 이야기에 불과해요. 나는 이곳에서 움직이지 않으며, 결코 거리의 땅을 밟지 않고, 나 자신을 더럽히지도 않아요. 그래서 나는 그 어떤 일이 일어나도 전적으로 책임이 없으며, 내 작품도 아니라고 느끼죠. 그것들은 나와는 멀리 떨어진 사건들일 뿐이에요. 너무 놀라지 말아요. 아직 이것보다 더 심한 것이 있으니까요. 누군가를 제거하라고 지시하고서도 그 과정, 그러니까 어떤 단계를 밟는지, 어떻게 진행되는지조차 알려고 하지 않는 사람들이 있어요. 그들은 결국 부하가 와서 그 사람이 죽었다고 말할 것을 굳게 믿어요. 사람들은 그가 사고의 희생자, 혹은 심각한 의료 과실의 희생자라고, 혹은 그가 발코니에서 스스로 떨어졌다거나 차에 치였다고, 혹은 밤에 습격을 당했다거나 불행하게도 반격하다가 강도들에게 살해되었다고 말하죠. 그런데 이상하게 보일지 모르지만, 시간과 방법을 구체적으로 언급하지 않고 그 죽음을 지시한 사람은 상대적으로 솔직하게, 혹은 어느 정도 놀란 얼굴로 '맙소사, 어떻게 이런 비극이!'라고 외칠 수 있어요. 마치 그가 그 사건과 전혀 관련이 없으며, 운명이 의뢰를 받아 그의 소망을 실현한 것처럼 말이에요. 나는 그렇게, 즉 가능한 한 관계가 없는 것처럼 보이려고 노력했어요. 물론 나는 부분적으로 그 방법을 계획했지만 말이에요. 루이베리스는 어떤 것이 그 거지의 삶에서 가장 극적인 사건이었는지, 실제로 무엇이 그를 분노하게 만들고 모욕을 느끼게 했는지 알아보았어요. 우연하게 알아냈는지 아닌지는 모르겠지만, 그는 내게 그의 딸들이 강제로 혹은 속아서 매춘을 하고 있다는 이야기를 가져왔어요. 루이베리스는 모든 노력을 다하죠. 그는 온갖 영역에 줄이 닿아 있거든요. 계획은 내가 세웠어요. 아니, 우리 두 사람의 것이었어요. 그렇더라도 나는 멀리 떨어져 거리를 유지했어요. 루이베리스가 중간에 있었고, 그의 친구, 즉 제삼자, 무엇보다 카네야가 사건 현장에 있었죠. 사실 그는 언제 실행할 것인지 결정할 뿐만 아니라, 실행에 옮기지 않겠다고 결정할 수도 있었어요. 그러니까 내가 할 수 있는 것은 아무것도 없었죠. 그렇게 많은 것들이 위임돼요. 아주 많은 것들이 다른 사람들의 손에 맡겨지죠. 많은 것들이 우연하게 일어나는 것처럼 위장되고, 행위자와 교사자 사이에 길게 거리를 벌리게 되죠. 그래서 일단 사건이 일어나면 이렇게 말할 수 있게 되죠. '내가 이것과 무슨 관련이 있지? 정신병자가 거리에서, 안전한 지역에서 그 시간에 한 행동과 무슨 관련이 있어? 그는 공공의 위험이자 위협이라는 게 너무나 자명해. 그런 사람은 거리를 활보해서는 안 돼. 특히 파블로를 공격한 다음에도 마음대로 돌아다니게 놔둔 것은 있을 수 없는 일이야. 그건 적절한 조치를 취하지 않은 사법 당국의 잘못이야. 또한 최악의 불행이 겹쳤기 때문이기도 해. 그런 불행은 이 세상에 아직도 계속되고 있어.'"

디아스 바렐라는 일어났고 거실을 한 바퀴 빙 돌더니 다시 내 앞에서 걸음을 멈추었다. 그리고 내 어깨에 손을 올려놓고서 부드럽게 잡았다. 2주 전에 내가 집을 나서기 전에 내 앞에 서서 내 어깨를 꽉 쥔 것과는 전혀 달랐다. 당시 그와 나는 서 있었고, 그는 내가 가지 못하도록 막았다. 커다란 석판처럼 내 앞을 막고 있었다. 그러나 이제 나는 두렵지 않았다. 나는 그의 손을 다정한 동작으로 느꼈다. 게다가 그의 말투는 그때와는 달라져 있었다. 돌이킬 수 없는 것 앞에서 그는 일종의 슬픔 혹은 가벼운 ─이미 과거를 생각하는 것이기에 가벼운─ 절망으로 물들어 있었고, 모든 냉소적 행위가 교묘한 책략인 것처럼 그것을 모두 버린 상태였다. 또한 동사의 시제를 혼합하기 ─현재형과 과거형, 그리고 불완료 과거형 ─ 시작했다. 그건 나쁜 경험을 되새기거나 혹은 자기가 벗어났다고 믿지만 확실하지는 않은 사건의 과정을 자세히 이야기할 때 때때로 나타나는 현상이다. 그는 갑자기는 아니고 차츰차츰 정직하고 진실한 말투로 말했는데 그 때문인지 나는 그의 말에 더욱 믿음이 갔다. 그러나 아마도 그것 역시 속임수일지도 몰랐다. 이렇게 생각하니 정말 끔찍했다. 이전에 그가 했던 모든 말이 내게는 진실처럼 들렸는데, 그가 예전과 똑같은 말투로 말했던 것이다. 아니 똑같지는 않았을 것이다. 하지만 어쨌건 모두 정직하고 진실한 말처럼 들렸다. 이제 그는 입을 다물고 있고, 나는 내가 이해할 수 없었던 것, 즉 그의 입에서 얼결에 새어나온 말에 대해 물어볼 수 있었다. 아니, 아마도 그는 얼결에 말한 것이 아니었을지도 모른다. 즉 의식적으로 그 말을 하고는 그에 대한 내 반응을 기다리면서 내가 그 말을 틀림없이 포착할 것이라고 확신했는지도 모르는 일이었다.

"당신은 데베르네가 뭔가를 요청했고 그가 뭔가를 속이려 했을지 모른다고 말했어요. 무슨 요청이었지요? 그가 뭘 속이려고 했던 거죠? 난 이해할 수가 없어요." 이렇게 말하면서 나는 생각했다. 〈젠장, 내가 도대체 뭘 하고 있는 거야? 어떻게 이 모든 것을 이토록 점잖게 말할 수 있는 거지? 어떻게 살인의 세세한 것에 관해 그에게 질문할 수 있는 거지? 왜 우리가 이런 이야기를 하는 거지? 이건 우리가 나눌 대화의 주제가 아니야.

이건 그저 오랜 세월이 흘렀을 때, 가령 아토스가 아토스조차 아니었을 때 아토스에 의해 살해된 안느 드 브루이의 이야기에서나 가능한 대화야. 반면에 하비에르는 아직 하비에르이고, 그에게는 다른 사람이 될 시간이 주어지지 않았어.〉

　그는 다시 내 어깨를 가볍게 쥐었다. 거의 애무와 같았다. 나는 빙빙 돌리지 않고 할 말을 했으니, 이제는 그를 똑바로 바라볼 필요가 없었다. 그 촉각은 내게 낯선 것도 아니었고 귀찮거나 걱정되는 것도 아니었다. 갑자기 비현실적인 느낌이 나를 엄습했다. 우리가 다른 날에, 그러니까 내가 엿들었던 날 하루 전에 와 있는 것 같았다. 그때만 하더라도 나는 아무것도 몰랐고, 어떤 위협이나 공포도 느끼지 못했다. 단지 일시적인 쾌락을 누리며 일방적으로 사랑하는 연인처럼 체념한 채 기다리는 것밖에는 알지 못했다. 즉 루이사가 그를 사랑하게 되거나, 아니면 적어도 그에게 매일 밤 그녀의 침대에서 잠들고 매일 아침 그곳에서 깨어나도록 허락한다면, 나는 그의 곁을 떠나거나 쫓겨날 신세라는 사실만 알고 있었다. 이제 나는 그런 상황이 머지않아 오게 되리라고 생각했다. 그녀를 본 지 꽤 오랜 시간이 흘렀고, 그 기간에 심지어 나는 멀리서도 그녀를 보지 못했다. 그녀가 절망에서 조금씩 벗어났는지 아니면 한순간에 회복했는지, 그녀가 방 안에 틀어박혀 울면서 아무것도 하고 싶어 하지 않을 때, 디아스 바렐라가 자신이 곁에 있다는 생각을 그녀에게 어느 정도나 불어넣었는지, 가끔씩 그녀에게 짐이 되던 아이들과 함께 그가 그녀의 외로운 과부의 삶에 어느 정도나 필수불가결한 존재가 되었는지는 그 누구도 알 수 없었다. 마찬가지로 나는 미혼남의 고독한 삶 속에서 그에게 필수불가결한 존재가 되려고 노력했다. 단지 처음부터 소심하게 확신이나 결단력 없이 그렇게 했다는 것만 다를 뿐이었다.

과거의 다른 날이었다면 아마도 디아스 바렐라의 손이 내 어깨에서 가슴으로 미끄러져 내려왔을 것이고, 나는 그걸 허락했을 뿐만 아니라 그의 행동을 부추기면서 이렇게 생각했을 것이다. 〈단추 두 개를 풀고 두 손을 내 속옷이나 블라우스 아래로 집어넣어요.〉 그리고 마음속으로 〈자, 어서 하세요, 뭘 기다려요?〉라고 지시하거나 애원했을 것이다. 나는 그에게 조용히 그렇게 해달라고 요구해야겠다는 충동을 느꼈다. 그것은 가능성의 힘이자 욕망의 비이성적 집요함인데, 때때로 우리가 어떤 상황에 처했는지, 누가 누구인지 잊게 만들며, 우리의 욕망을 부추기는 사람에 대한 판단과 평가를 잊게 한다. 그 순간에 나를 지배한 것은 경멸과 모욕감이었다. 그러나 그는 오늘 나의 소원을 들어주지 않을 것이며, 우리가 과거의 다른 날에 있는 것이 아니라는 사실을 나보다 훨씬 더 의식하고 있을 것이다. 그날은 자신이 꾸민 음모와 그 행위를 이야기하기 위해, 그러고서 나에게 영원히 작별을 고하기 위해 그가 선택한 날이었다. 다시 말하면, 그 대화 이후에 우리는 계속해서 만날 수 없을 것이었다. 그건 있을 수 없는 일이라는 사실을 우리 두 사람은 너무나 잘 알고 있었다. 그래서 그는 손을 아래로 천천히 내리지 않았고,

마치 무례한 짓을 하거나 한계를 넘어 야단맞은 사람처럼 오히려 손을 얼른 올렸다. 그러나 나는 아무 말도 하지 않았고, 의미 있는 행동도 하지 않았다. 그는 자기가 앉았던 일인용 소파로 돌아갔고, 다시 내 앞에 앉아서 몽롱하거나 도저히 해독할 수 없는 눈으로 나를 뚫어지게 쳐다보았다. 그의 눈은 결코 어떤 것에도 초점을 고정시키지 못하면서, 약간의 슬픔 혹은 과거의 절망을 보여주었는데, 그 슬픔과 절망은 조금 전에 그의 목소리에서 이미 나타났던 것으로, 이제는 결코 그를, 그러니까 그의 말투와 시선에서 떠나지 않을 것이었다. 그 슬픔과 절망은 그가 마치 내게 초조해서가 아니라 유감스럽다는 듯이 다시 '왜 내 말을 못 알아들어요?'라고 말하는 것 같았다.

"사건과 관련해서 내가 당신에게 말한 것은 모두 사실이에요." 그가 대답했다. "하지만 아직 가장 중요한 것을 당신에게 말하지 않았어요. 그건 아무도 몰라요. 단지 루이베리스만이 약간 알고 있을 뿐이에요. 다행히 그는 지나치게 많은 질문을 하지는 않아요. 그저 듣기만 하면서 동의하고, 지시 사항을 따르고 돈을 받을 뿐이죠. 그는 경험을 통해 알고 있어요. 많은 어려움을 겪으면서 그는 돈을 받는 대가로 온갖 일을 할 수 있는 사람이 되었어요. 특히 그에게 돈을 지불하는 사람이 오래된 친구이며, 그 친구가 그를 살해할 사람도 아니고 배신하거나 희생시킬 사람이 아니라면, 입이 무겁고 신중해야 한다는 것까지도 배웠어요. 우리는 정말로 그렇게 했지만, 우리 계획이 잘될 것이라는 확신은 없었어요. 어느 면에서 그건 거의 동전을 던지는 것과 같았어요. 하지만 이미 설명한 것처럼 나는 전문 청부 살인자를 이용할 생각은 없었어요. 당신은 나름대로 결론을 내렸고, 나는 그걸 비난하고 싶지 않아요. 아니 어떤 것은 비난해야겠지만, 난 당신을 부분적으로 이해해요. 원인이나 이유를 모른다면, 우리는 액면 그대로 믿는 수밖에 없으니까요. 난 내가 루이사를 사랑한다는 것을, 그리고 내가 그녀 곁에 머물고자 한다는 것을 부정하지 않겠어요. 그리고 그녀가 나를 필요로 한다면, 혹시 언젠가 미겔을 잊고 나를 향해 몇 발짝을 내딛는다면 나는 그녀 곁에 있을 거예요. 나는 가까이에, 아주 가까이에 있으면서 그녀가 다시 생각할 시간을 주거나, 그렇게 발을 내딛는 동안 후회하지 않게 할 거예요. 아마도 이런 일은 조만간, 아마도 생각보다 일찍 일어날 거예요. 모든 사람이 그렇듯이 그녀는 남편을 잃은 슬픔에서 회복될 거예요. 내가 언젠가 당신에게 말한 것처럼, 사람들은 결국 죽은 사람들을 떠나보내죠. 아무리 죽은 사람들을 좋아한다고 해도, 자신들의 생존이 위험에 처해 있고 죽은 사람들이 커다란 짐이라는 사실을 깨닫게 되죠. 죽은 사람들이 할 수 있는 최악의 것은 떠나기를 거부하고서 살아 있는 사람들에게 매달리고 그들을 쫓아다니면서 그들이 앞으로 나아가지 못하게 하는 거예요. 소설에서 샤베르 대령이 그랬던 것처럼, 설사 돌아온다고 해도 말이에요. 그는 아내의 삶에 고통을 주었어요. 그 머나먼 전쟁터에서 죽은 것보다 더 큰 상처와 아픔을 주었어요."

"그녀가 그에게 더 큰 상처와 고통을 주었어요." 나는 이렇게 대답했다. "남편을 부정했고 계략을 부려서 그가 죽은 상태로 있게 했고, 그의 합법적인 존재를 박탈했어요. 두번째는 그를 산 채로 매장하려고 했지만, 그때는 실수로 그랬던 것이 아니었죠. 그는 많은 고통을 받았어요. 그래요, 그의 고통은 그의 운명이었고, 그는 자신이 이 세상에 계속 살아 있는 것에 대해 아무런 잘못도 없었어요. 심지어 자신이 누구인지 기억되는 것에는 더욱 잘못이 없었어요. 당신이 읽어준 대목에서 그 불쌍하고 가련한 사람은 이런 말을 했어요. '내가 병들어 나의 지난 존재에 대한 기억을 모두 잃어버렸다면, 나는 아마도 행복했을 것이오.'"

하지만 디아스 바렐라는 발자크의 작품을 논할 상태가 아니었다. 그는 자기 이야기를 끝까지 들려주고자 했다. 그는 『샤베르 대령』에 관해 말하면서 내게 이렇게 말했었다. '그에게 일어난 일은 전혀 중요하지 않아요. 그건 소설이고, 일단 작품을 읽으면 거기서 일어나는 것은 별로 중요하지 않고, 우리는 곧 잊어버려요.' 아마도 그는 실제 사건에서는, 즉 우리의 삶에서 일어나는 사건에서는 그렇지 않다고 생각하는 것 같았다. 아마도 그런 사건들을 실제로 경험하는 사람에게는 그 말이 사실일 수 있지만, 그렇지 않은 사람에게는 사실이 아닐 수도 있었다. 모든 건 이야기가 되고, 결국 동일한 범위를 떠돌아다니게 되며, 그러면 만들어낸 것과 일어난 것을 거의 구별할 수 없게 된다. 모든 건 서사물이 되고, 따라서 똑같게 여겨진다. 즉 사실이라도 허구처럼 생각된다. 그래서 그는 내가 아무것도 말하지 않은 것처럼 계속 말했다.

"그래요, 루이사는 나락에서 벗어날 거예요. 그건 의심의 여지가 없어요. 사실 이미 벗어나기 시작했어요. 매일 조금씩 그 나락에서 헤어나고 있어요. 나는 그걸 느낄 수 있고, 일단 작별의 과정, 그러니까 두번째 작별이자 마지막 작별을 하는 과정이 시작되면 그건 되돌릴 수 없어요. 그 작별은 순전히 정신적인 것이고, 우리는 양심의 가책을 느끼죠. 그것은 우리가 죽은 사람을 잊어버리는 것처럼 보이고, 실제로 그렇기 때문이죠. 살아 있는 사람의 일이 어떻게 되어가느냐에 따라, 혹은 우연한 불행 때문에, 그건 뒷걸음질 칠 수도 있지만, 그게 전부예요. 죽은 사람들은 단지 산 사람들이 기운을 줄 때에만 그런 기운을 갖게 되고, 그 기운이 철회되면…… 루이사는 지금 그녀가 상상하는 것보다 훨씬 더 많이 미겔에서 벗어나 자유로워질 거예요. 그는 그걸 아주 잘 알고 있었죠. 그것뿐만 아니라, 그는 자신의 힘이 닿는 한에서 그렇게 되도록 도와주겠다고 결심했고, 그래서 내게 부탁했던 거예요. 단지 부분적으로만 부탁했어요. 물론 보다 더 중요한 이유가 있었죠."

"지금 또다시 부탁에 관해 말하고 있는데, 그게 어떤 부탁이었죠? 어떤 요청이었죠?" 나는 안달이 나서 참고 있을 수가 없었다. 그가 호기심을 불러일으키면서 나를 끌어들이려고 한다는 인상을 받았다.

"그 이야기를 하려던 참이었어요. 그게 이 모든 것의 이유거든요." 그가 말했다. "잘 들어요. 죽기 몇 달 전에 미겔은 만성 피로를 느꼈어요. 하지만 아주 심한 것도 아니었고, 의사에게 갈 정도는 아니었어요. 그는 전혀 걱정하지 않았고, 건강도 좋은 상태였어요. 얼마 후 또 다른 증상이 나타났는데, 그것 역시 걱정할 만한 정도는 아니었죠. 한쪽 눈이 약간 흐리게 보이는 거였어요. 그는 일시적인 현상이라고 여겼고, 그래서 안과에 가는 것을 미루었죠. 그런데 시간이 흘러도 시력이 회복되지 않자 마침내 안과 의사를 찾아갔고, 의사는 그의 눈을 정밀 검사하고서 아주 비관적인 진단을 내렸어요. 눈 안에 커다란 흑색종양이 생겼다는 거였어요. 그를 내과 의사에게 보내 전반적인 검사를 하도록 했죠. 내과 의사는 그를 검사했고, 컴퓨터 단층촬영과 전신 자기공명영상법(MRI)을 시행했어요. 일종의 종합 검사였죠. 그런데 더 좋지 않은 진단이 나왔어요. 종양이 온몸에 전이되었다는 거였어요. 미겔은 의사가 자신에게 냉정하고 객관적인 용어로 '매우 진전된 전이 흑색종'이라고 말했다고 내게 이야기했죠. 하지만 당시 미겔은 아무런 자각 증상도 없었고 다른 질병도 없었어요."

그러자 나는 생각했다. 〈내가 언젠가 추측했던 것처럼, 그래서 데스베른은 하비에르에게 이렇게 말할 수 없었던 거야.

'아니야, 나는 그 어떤 문제도 예측할 수 없어. 아주 급하거나 곧 다가올 문제도, 그 어떤 구체적인 것도 예측하지 못해. 내 건강은 전혀 문제없어.' 하지만 정반대였을 거야. 적어도 이제는 하비에르가 그렇게 말하고 있어.〉 그날 저녁만 해도 나는 아직 그를 하비에르라고 불렀다. 당시 나는 과거에 가깝게 지냈던 것처럼 다시 가까워질 수 있다는 환상을 갖지 않도록, 그를 기억하지 않기로 결심하지도 않았고, 그의 성만 부르겠다고 마음먹지도 않은 상태였다.

"그래요. 그 모든 게 정확히 무엇을 의미했죠? 그게 아주 나쁜 소식이라는 것을 제외하고 말이에요." 나는 그에게 물었고, 그가 내 말투에서 회의적이거나 의심하고 있다는 느낌을 받지 않도록 조심하면서 생각했다. 〈자, 어서 말해요. 계속 말해요. 나는 당신이 마지막에 한 이야기를 그리 쉽게 그대로 받아들이지는 않을 거예요. 자, 당신이 그 말을 하면서 어디로 나를 이끌어가려는지 냄새가 나네요.〉 그러나 동시에 나는 그가 들려주기 시작한 이야기가 사실이건 거짓이건, 그것에 이미 관심을 보이고 있었다. 디아스 바렐라는 때때로 나를 즐겁게 해주고 나로 하여금 항상 관심을 갖도록 만들었다. 그래서인지 나도 모르게 나는 진심으로 걱정하면서 믿는 것 같은 말투로 말했다. "그런데 그런 일이 일어날 수 있어요? 거의 아무 증상도 보이지 않은 채 그토록 심각한 병을 앓고 있을 수 있어요? 물론 난 그럴 수도 있다고 생각해요. 하지만 그 정도로 심각하다면 얘기는 달라져요. 그건 청천벽력과 같지 않나요? 그리고 그토록 진행되어 있었다고요? 생각만 해도 너무 뜻밖이라서 몸이 부들부들 떨려요. 그렇지 않아요?"

"그래요, 그런 일은 일어날 수 있고, 실제로 미겔에게 일어났어요. 하지만 너무 놀라거나 걱정하지 말아요. 다행히 그 흑색종은 아주 희소하고 드문 거예요. 당신에게는 그런 일이 일어날 가능성이 거의 없어요. 루이사에게도, 내게도, 리코 박사에게도 마찬가지예요. 그들이 이 병에 걸린다는 것은 정말 엄청난 우연이죠." 그는 내가 순간적으로 그 병을 두려워하는 것을 눈치챘다. 그러면서 자신의 근거 없는 예측이 효과를 발휘해서 내가 어린 소녀처럼 안심할 때까지 기다렸다. 그는 그렇게 잠시 기다렸다가 이야기를 이어나갔다. "미겔은 모든 자료가 나와서야 비로소 내게 말했어요. 루이사에게는 초기에, 그러니까 그가 아무것도 두려워하지 않을 때는 알리지도 않았어요. 자기가 안과 의사와 약속이 있다는 말도 하지 않았고, 눈이 약간 흐리게 보인다는 말도 하지 않았어요. 그는 루이사를 불필요하게 걱정시키고 싶어 하지 않았어요. 그녀는 사소한 것으로도 쉽게 걱정하는 사람이거든요. 그리고 나중에도 무슨 일이 있었는지 분명히 이야기하지 않았어요. 사실 그는 단 한 명을 제외하고는 그 누구에게도 그런 사실을 말하지 않았어요. 내과 의사의 진단 이후, 그는 자신의 병이 치명적이라는 사실을 알았지만, 이 의사는 그에게 모든 정보를 주지 않았거나 자세하게 설명하지 않았어요. 아니 아마도 완곡하게 말해주었을 거예요. 또는 그가 물어보지 않았을 수도 있어요. 어쨌건 나는 잘 몰라요. 그는 친구인 의사에게 묻는 편을 택했는데, 그것은 그가 아무것도 숨기지 않을 것이라는 사실을 알고 있었기 때문이죠. 그 의사는 미겔의 고등학교 친구였으며, 미겔을 정기적으로 검사하던 심장 전문의였어요. 미겔이 이 세상의 그 누구보다도 신임하는 친구였지요. 미겔은 최종 진단서를 가지고 그를 만나러 가서 단호하게 말했어요. '내가 어떻게 될지 말해줘. 솔직하게 말해줘. 내가 어떤 단계를 거칠지 말해주고, 내가 어떻게 될지 설명해줘.' 미겔의 친구는 자신이 예상하는 바를 설명했지만, 미겔은 참으면서 그 설명을 들을 수가 없었어요."

"됐어요." 나는 의심하는 사람처럼, 믿지 않으려는 사람처럼 다시 말했다. 그러나 그 말투는 그때만 나왔을 뿐 이어지지 않았다. 나는 그 말투를 사용하려고 최선을 다했고, 마침내 정말로 완전히 중립적으로 말할 수 있었다. "그런데 그 끔찍한 단계가 어떤 것이죠?" 비록 그런 중립성이 거짓일지라도, 나는 그 병이 발견된 것에서 시작해 모든 진행 단계가 설명될 수 있다고 생각하자 두려웠다.

"그 병이 그의 몸 안에 너무 많이 퍼져서 치료 방법이 없었어요. 기껏 할 수 있는 것이라고는 통증을 완화하는 치료뿐이었어요. 아니, 오히려 이용 가능한 치료법은 병을 악화시킬 뿐이었어요. 그의 친구는 미겔에게 남은 수명이 4개월에서 길어야 6개월이며, 치료 받을 경우에 그가 해줄 수 있는 게 많이 없다고 알려주었어요. 아주 적극적인 화학 요법을 시행하면 약간 시간을 벌 수는 있지만, 지독한 부작용이 생길 수 있었어요. 하지만 그것보다 더 큰 문제가 있었어요. 눈에 생기는 흑색종은 눈을 변형시키고 상상할 수 없을 정도의 통증을 유발해요. 그 통증은 참으려야 참을 수 없는 게 분명했어요. 그의 친구인 심장병 전문의는 바로 그렇게 알려주었어요. 그 친구는 미겔이 원하는 대로, 그가 알고자 하는 것을 전혀 감추지 않았어요. 이런 통증을 피할 수 있는 유일한 방법은 눈을 제거하는 것, 그러니까 뿌리째 뽑아내는 것밖에 없었어요. 미겔이 말한 바에 따르면, 의사들은 종양이 너무 커서 적출, 그러니까 '안구 적출'을 해야 한다고 했다는 거예요. 무슨 말인지 알겠어요, 마리아? 눈 안쪽에 커다란 종양이 있는데, 그것을 밖으로 밀어내는 거예요. 눈은 불룩 튀어나오고 이마와 광대뼈는 갈수록 부풀어 오르죠. 그리고 안와(眼窩)는 우묵하니 텅 비게 되죠. 그런데 그게 마지막 변신이 아니에요. 그것으로 끝나기만 한다면 정말 최고의 경우죠. 하지만 그런 변화는 큰 도움이 되지 못해요." 그 간략하고 사실적인 묘사를 듣자 나는 더욱 그를 믿을 수가 없었다. 그가 상상을 통해 섬뜩하고 자세하게 묘사한 건 그때가 처음이었다. 그때까지만 해도 그는 전혀 과장하지 않고 사실대로 이야기했다. "환자의 겉모습은 점점 끔찍해지고, 점점 악화되는데, 정말 보기에도 안쓰러울 정도예요. 얼굴만 그런 게 아니라, 모든 게 갈수록 빠르게 망가지는 게 보여요. 안구를 적출하고 그 모질고 아픈 화학 요법을 할 경우 얻을 수 있는 것이라고는 몇 달 정도 생명을 연장하는 것이 고작이에요. 그걸 삶이라고 부를 수 있을지는 모르겠어요. 그건 죽은 삶 혹은 먼저 죽은 삶이라고 부를 수 있을 거예요. 고통으로 점철되고 얼굴은 기형이 되죠. 본래의 모습은 사라지고 괴로워하는 유령이 되죠. 그가 할 수 있는 것이라고는 입원과 퇴원을 반복하는 것뿐이죠. 외모의 변형은 즉시 일어나는 게 아니라는 사실이 그나마 다행이라고 볼 수 있어요. 얼굴에 그 증상이 나타나서 눈에 띌 정도가 되려면, 한 달 반 혹은 두 달 정도가 걸리고, 그 정도 시간이 지나야 다른 사람들이 눈치를 채죠. 환자는 그 정도의 시간 동안 모든 사람들에게 그 병을 숨기고서 괜찮은 척할 수 있죠." 디아스 바렐라의 목소리는 정말로 슬픔에 잠긴 것 같았지만, 아마도 단순히 그렇게 가장하려는 것일 수도 있었다. 솔직하게 인정할 것이 있는데, 나는 그가 씁쓰레하고 숙명적인 목소리로 다음과 같이 덧붙였을 때, 그건 거짓이 아니라고 생각했다. "한 달 반 혹은 두 달, 그게 그가 내게 준 기간이었어요."

나는 대략 그가 어떤 대답을 할지 알고 있었지만, 그렇더라도 나는 그에게 질문을 했다. 몇몇 이야기는 도중에 설득력 있는 질문을 던지지 않으면 계속하는 게 힘들기 때문이다. 이야기는 어쨌든 계속 이어졌을 테지만, 나는 단지 조금 신속하게 만들었을 뿐이다. 사실 나는 이 이야기에 관심은 있었지만, 가능한 한 빨리 끝나기를 바라고 있었다. 빠른 시간 안에 모든 이야기를 듣고 집으로 가고 싶었다. 그러면 그만 들을 수 있었기 때문이다.

"당신에게요? 왜 기한을 준 거죠?" 그러나 나는 그가 내게 어떤 말을 할지 충분히 예상할 수 있다는 말을 참을 수 없었다. "이제 당신은 그가 당신에게 부탁을 했고, 당신은 호의를 베풀듯이 그의 부탁을 들어줬다고 말하겠죠. 그러니까 어느 미치광이에게 길 한복판에서 그를 칼로 난자해 죽여달라고 부탁했죠, 그렇죠? 알약도 있고 다른 방법도 수없이 많이 있는데, 그건 전혀 내키지 않는 번거로운 자살 방법이에요. 그래서 당신과 당신 친구는 아주 골치 아프지 않았나요?"

디아스 바렐라는 불쾌하고 못마땅하다는 시선을 던졌다. 내 말을 부적절하다고 여긴 게 분명했다.

"한 가지만 분명하게 해둘게요, 마리아. 그러니 잘 들어요. 무슨 일이 있었는지 내가 당신에게 이야기해주는 것은 내 말을 믿게 하려는 게 아니에요. 당신이 믿든 안 믿든 난 개의치 않아요. 물론 루이사라면 그건 달라지겠죠. 나는 그녀와 결코 이런 대화를 나누고 싶지는 않아요. 그리고 그것은 부분적으로 당신에게 달려 있어요. 내가 이 말을 하는 이유는 바로 2주 전의 상황 때문이에요. 당신도 상상하겠지만, 난 그렇게 하고 싶지 않아요. 루이베리스와 내가 했던 것은 우리가 좋아하는 일이 아니었어요. 어쨌든 그건 살인에 해당하는 죄예요. 그래요, 기술적으로 말하면 그건 살인죄죠. 판사나 배심원들은 우리로 하여금 그 범죄를 저지르게 만든 진짜 이유가 무엇인지에 대해 최소한의 관심도 갖지 않을 것이고, 우리 역시 그걸 증명할 수는 없을 거예요. 그들은 사실에 바탕을 두고서 판결을 내리죠. 사실은 사실 그대로예요. 그래서 카네야가 휴대전화 통화와 나머지 것들에 관해 말하기 시작하자 우리는 몹시 놀랐던 거예요. 그날 당신은 우리의 대화를 엿들었는데, 그건 우리에게 불행이었어요. 아니, 조금 더 정확하게 말하자면, 내가 신중하지 못해서 일어난 일이죠. 당신은 들은 것을 바탕으로 무슨 일이 일어났는지 거짓되고 잘못된 생각을 하게 되었어요. 당연한 소리지만, 내가 당신에게 결정적인 자료를 제공하는 것도 싫고, 당신이 그런 생각을 하는 것도 싫어요. 어떻게 그런 걸 좋아하겠어요? 그래서 개인 자격으로 당신에게 이야기해주는 거예요. 당신은 재판

관도 아니고, 따라서 우리가 왜 그래야만 했는지 보다 잘 이해할 수 있기 때문이에요. 이제 당신이 알아서 판단하도록 해요. 당신은 이 정보를 가지고 어떻게 해야 할지 잘 알고 있을 거예요. 그러나 당신이 원치 않으면, 난 그만 말하겠어요. 당신에게 강요할 마음은 없거든요. 내 말을 믿거나 믿지 않는 것은 내 권한 밖이에요. 그러니 지금 우리가 이 대화를 멈추는 게 좋을지 아닐지는 당신이 결정하도록 해요. 만일 당신이 이미 모두 알고 있고 내 말을 더 이상 듣고 싶지 않다면, 이곳에서 나가도 좋아요."

하지만 나는 더 듣고 싶었다. 이미 말한 것처럼 끝까지, 그가 이야기를 마칠 때까지 나는 듣고 싶었다.

"아니에요, 아니에요, 계속해요. 미안해요." 나는 대답했다. "부탁이니 계속하세요. 당연한 소리지만, 모든 사람은 이야기할 권리가 있어요." 나는 '당연한 소리지만'이란 표현에 약간의 빈정거림을 부여하려고 애썼다. "왜 당신에게 그 기한을 준 거죠?"

나는 디아스 바렐라의 불쾌하고 못마땅한 말투를 듣자, 내 마음에 약간의 의심이 스며드는 것을 깨달았다. 물론 그 말투는 꾸며대거나 모방하기에 가장 쉬운 것일 수도 있다. 무언가 죄를 지은 사람들은 대부분 그런 말투에 의지한다. 물론 죄 없는 사람들도 마찬가지다. 나는 그가 내게 더 많이 이야기할수록, 더 많은 의심을 하게 될 것이고, 결코 아무 의심도 없이 그곳에서 나올 수는 없으리라는 걸 깨달았다. 사실 사람들이 말하고 설명하게 놔두는 것은 좋지 않으며, 그래서 우리는 수없이 그들의 말을 중지하려고 애쓰는데, 그것은 우리의 확신을 지키고 의심, 즉 거짓말이 들어갈 여지를 남겨두지 않기 위함이다. 또는 말할 필요도 없이, 진실이 들어가지 않기 위해서일 수도 있다. 그가 약간 시간을 지체하고서 대답 혹은 말을 다시 시작했다. 그러면서 그는 다시 예전의 말투, 그러니까 슬픔 혹은 회고하면서 절망에 빠진 것 같은 목소리로 돌아갔다. 실제로 그는 그런 말투를 완전히 버린 것이 아니라, 잠시 그런 말투에 상처 입은 사람의 말투를 덧붙인 것이었다.

"미겔은 죽는 것을 걱정하지 않았어요. 곧 쉰 살이 되려는 사람에게, 나이 어린 아이들이 있고 사랑하는 여자, 아니 그가 사랑에 빠져 있던 여자가 있고, 편안하고 행복한 삶을 산 남자에게 이런 말을 할 수 있을지는 모르겠네요. 물론 그건 비극이었어요. 누구에게나 마찬가지였을 거예요. 만일 우리가 여기에 있다면, 그것은 도저히 믿기 어려운 여러 우연이 합쳐졌기 때문이며, 그런 합침이 끝나더라도 우리는 투덜대거나 불평할 수가 없어요. 그는 이런 것을 너무나 잘 알고 있었죠. 사람들은 자신들이 살 권리가 있다고 믿어요. 그 정도가 아니라, 종교와 거의 대부분 국가의 법체계, 심지어 그 나라들의 헌법도 동일하게 말하죠. 그러나 그는 그렇게 여기지 않았어요. 우리가 만들지도 않았고 얻은 것도 아닌 것에 무슨 권리가 있다는 말이지?라고 그는 말하곤 했어요. 그 누구도 자기가 태어나지 않았다고, 혹은 예전에 이 세상에 있어본 적이 없다거나, 영원히 그 안에 있어본 적이 없다면서 불평을 늘어놓을 수 없어요. 그런데 왜 죽는 것에 대해 불평을 하거나, 혹은 나중에 이 세상에 없을 것이라고, 또는 영원히 그 안에 머무를 수 없다고 불평하나요? 그는 이런 두 가지 관점이 똑같이 황당하다고 생각했어요. 그 누구도 자기가 태어난 날짜에 이의를 제기하지 않아요. 그러니 자기가 죽는 날짜에 대해서도 불평을 하지 말아야 할 거예요. 마찬가지로 우연에 의해 죽는 날짜도 그렇죠. 심지어 폭력적인 죽음, 그리고 자살도 우연의 작품이에요. 만일 우리가 이미 무(無) 속에, 혹은 부존재(不存在) 속에 있어본 적이 있다면, 그런 부존재를 무언가와 비교할 수 있고 과거의 것을 그리워할 능력이 있음을 알고 있더라도, 그런 상태로 돌아가는 것은 그리 이상하지도 않으며 터무니없는 것도 아니에요. 무언가 잘못되고 있다는 것을 알게 되었을 때, 즉 생명이 끝날 것임을 알게 되었을 때, 그는 모든 사람들처럼 자기 운명을 저주하며 쓸쓸함을 느꼈지만, 또한 자기보다 훨씬 젊은 나이에 세상을 떠난 다른 수많은 사람들을 생각했어요. 그리고 인생을 살면서 겪는 두번째 우연적인 사건 때문에 그 우연이 어떤 것인지 알 시간도 없이, 그리고 아무것도 경험할 기회도 갖지 못한 채 죽어버린 사람들도 생각했어요. 젊은이들, 아이들, 이름도 받아보지 못하고 죽은 갓난아기들…… 그 점에서 그는 본래의 모습 그대로였고, 무너지지 않았어요. 그래요, 그가 참고 견딜 수 없었던 것은, 그의 기운을 빼고 미치게 만든 것은 죽음의 형태였어요. 그 지독하고 불쾌한 과정, 그리고 그의 친구인 의사가 예고했던 것처럼, 병에 걸리고 건강이 악화되고 고통을 느끼고 몸이 기형이 되는 잠식 과정이 빠르지만, 상대적으로 그 속도는 느리다는 거였어요. 그는 이 모든 것을 견뎌낼 준비가 되어 있지 않았고, 그래서 그의 아이들과 루이사가 그 과정을 지켜보게 놔둘 수 없었어요. 아무도 그걸 지켜보지 않기를 바랐어요. 그는 그만 살아야 한다는 생각을 수용했지만, 아무 의미 없이 고통받아야 한다는 생각, 아무런 이유도 없고 보상도 없이 수개월 동안 괴로워해야 한다는 생각, 게다가 자기가 죽은 뒤에 한쪽 눈만 있는 애꾸에다 기형적인 얼굴의 무기력한 모습을 남길 거라는 생각은 수용할 수 없었어요. 구태여 그런 모습을 남겨야 할 필요성을 느끼지 못했고, 그래서 반항하며 맞섰죠. 그는 자기 운명에 저항하면서 욕을 퍼부었어요. 이 세상에 남아 있는 것은 그의 능력에 좌우되지 않았지만, 거기서 나가는 것, 즉 운명이 지정한 것보다 더 우아하게 세상을 떠나는 것은 가능했어요. 그가 예정보다 조금 더 일찍 이 세상에서 나가면 해결되는 문제였죠." 이 말을 들으면서 나는 생각했다. 〈이건 '이제부터 그는 죽었어야 했어'라고 말하기에 부적절한 경우야. '이제부터'라는 말은 훨씬 더 좋지 않은 것을 의미하기 때문이야. 그건 더 많은 고통을 겪고 수모를 당할 것을, 그리고 위엄과 기품은 예전만 못할 것이고, 그와 가장 가까운 사람들과 사랑하는 사람들을 기겁하게 만들 것이기 때문이야. 따라서 조금 더, 일 년이나 몇 달 혹은 몇 주나 몇 시간 더 지속된다는 것이 모두에게 항상 바람직한 것은 아니야. 우리는 무언가나 누군가에게 너무 일찍 마침표를 찍는다고 생각하는데, 그게 항상 사실은 아니며, 결코 적당한 순간은 없다는 말도 사실이 아니야. 적당한 순간이 온다면 우리가 이렇게 말할 수도 있어. '이제 됐어. 이제 됐어. 이제 충분하고 이 정도면 됐어. 지금부터는 실추나 굴욕, 모욕 혹은 오점같이 더 나쁜 게 오게 될 거야.' 그리고 그때가 되면 우리는 용기를 내서 '이 시간은 우리의 시간일지라도 이제는 끝났어'라고 인정해. 모든 것의 끝이나 결말이 우리 손에 있더라도, 오염되고 더러워지면서 항상 무한하게 지속되지는 않아. 살아 있는 사람은 언젠가는 죽어야 해. 그래서 우리는 죽은 사람들이 시간을 지체하거나 혹은 우리가 그들을 붙잡고 있을 때에는 그들이 떠나도록 해야 해. 또한 때로는 살아 있는 사람들도 죽은 사람들에게서 풀어주어야 해.〉 나는 이런 것을 생각하면서, 내 의지와는 달리 지금 디아스 바렐라가 내게 들려주고 있는 이야기를 순간적으로 믿고 있다는 것을 깨달았다. 우리가 무언가를 듣거나 읽는 동안에는 그것을 믿게 되는 경향이 있다. 그 이후, 즉 책을 모두 읽고 덮거나 목소리가 더 이상 말하지 않을 때는 그렇지 않을 수도 있다.

"왜 자살하지 않았죠?"

디아스 바렐라는 마치 나를 어린 소녀처럼, 그러니까 철부지 여자아이처럼 쳐다보았다.

"기가 막힌 질문이네요." 그가 지적했다. "대부분의 사람들처럼 그는 자살할 용기가 없었어요. 감히 그렇게 하지 못했어요. 그는 언제 그렇게 해야 할지 결정할 수 없었어요. 오늘은 내 몸에서 큰 변화가 보이지 않고 그리 아프지도 않은데, 왜 내일이 아니라 오늘 목숨을 끊어야 하는지 몰랐던 거죠. 그 순간이 언제인지 결정해야 하더라도, 적당한 순간이 언제인지 아는 사람은 거의 없어요. 그는 병 때문에 온몸이 망가지기 전에 죽기를 바랐지만, 그 '전'이 언제인지 날짜를 정할 수 없었어요. 이미 당신에게 말한 것처럼, 한 달 반 혹은 두 달이라는 기한이 있었어요. 아니 그것보다 더 긴 시간이 있을지는 그 누구도 알 수 없었어요. 또한 대부분의 사람들처럼 미리 확실하게 그 일이 언제 일어날지 알려고 하지 않았으며, 어느 날 잠에서 깨어나 확신을 가지고 '오늘이 마지막 날이야. 오늘 나는 석양을 보지 못할 거야'라고 말하기를 원하지 않았어요. 다른 사람들에게 죽여달라고 부탁하려고 했지만, 소용이 없었어요. 그는 앞으로 무슨 일이 생길지, 그리고 그것을 감당할 수 있을지 알고 있었고, 심지어 죽을 날짜를 대략 미리 알고 있었어요. 그래서 그의 친구는 스위스에 있는 진지하고 신중한 기관을 언급했어요. 디그니타스라는 곳이었는데, 의사들이 운영하는 완전히 합법적인 (그래요, 그곳에서는 합법적인) 기관이었어요. 세계 어느 곳의 사람들이건 자살할 충분한 동기가 있다면 의사들에게 자살을 도와 달라고 부탁할 수 있는 곳이에요. 물론 결정은 그 기관의 의사들이 내리는 것이지, 당사자가 하는 건 아니에요. 당사자는 현재까지의 진료 기록을 제출하고, 의료진은 진료의 정확성과 서류가 진본인지 확인해요. 급한 경우를 제외하고는 아주 세심하고 엄밀한 준비 과정을 거치는 게 분명해요. 처음에 의료진은 환자에게 진통을 완화하는 방법이 있다면, 그러니까 이용할 수 있지만 무슨 이유에서인지 그때까지 제공되지 않았다면, 그 방법을 이용해 목숨을 부지하는 게 좋다고 설득하려고 노력해요. 그러고서 환자의 정신 능력이 정상인지, 일시적인 우울증이 아닌지 확인하는 작업이 진행되죠. 미겔은 아주 훌륭한 기관이라고 내게 말해주었어요. 많은 조건을 필요로 하지만, 그의 친구는 미겔의 경우 그 어떤 이견도 없을 것이라고 믿었어요. 그래서 그에게 가능한 해결책, 즉 좋은 방법은 아니지만 그나마 가장 낫다고 생각해서 그 장소를 추천했죠. 하지만 미겔은 자기가 그 방법을 심사숙고할 능력이 없다고 느끼면서, 감히 용기를 내지 못했어요. 죽고 싶었지만 알려고 하지 않았던 거죠. 그는 어떻게, 언제 죽어야 하는지 알려고 하지 않았어요."

"그 친구 의사가 누구죠?" 갑자기 나는 그가 누구인지 묻고 싶은 생각이 들었다. 그렇게 누군가의 이야기를 들을 때면, 점차 그의 이야기를 믿고자 하는 마음이 엄습한다. 나는 그런 마음을 억지로 억제해야만 했다.

디아스 바렐라는 아마 조금은 놀랐을지 모르지만, 아주 많이 놀라지는 않은 것 같았다. 그러나 주저하지 않고 대답했다.

"그 의사의 이름을 알고 싶다는 말인가요? 비달 박사예요."

"비달 박사라고요? 무슨 비달이죠? 그것만으로는 아무것도 말해주지 않는 것과 같아요. 비달이라는 성을 가진 사람은 넘쳐흐르니까요."

"왜 알려고 하는 거죠? 확인해보려는 건가요? 그를 찾아가서 내 이야기가 맞는지 알아보려는 건가요? 원한다면 그렇게 하도록 해요. 그는 정말이지 아주 친절하고 상냥하며 예의 바른 사람이에요. 나는 그와 두어 번 만났어요. 비달 세카넬 박사예요. 호세 마누엘 비달 세카넬이에요. 아마 찾는 건 어렵지 않을 거예요. 의사협회나 그 비슷한 협회의 명단을 보는 것만으로도 충분할 거예요. 아니면 인터넷에도 분명히 나올 거예요."

"그럼 안과 의사와 내과 의사 이름은 뭐죠?"

"그건 나도 몰라요. 미겔이 그들의 이름을 한 번도 언급하지 않았거든요. 아니, 언급했는데 내가 잊어버렸을 수도 있어요. 난 비달은 알고 있어요. 이미 말한 것처럼 그는 어렸을 때부터 미겔의 친구였거든요. 하지만 다른 두 의사의 이름은 모르겠어요. 당신이 알고자 하는 게 안과 의사의 이름이라면, 그 의사가 누구인지 확인해보는 건 그리 어렵지 않을 거예요. 조사해보려는 건가요? 그래요, 루이사에게는 직접 물어보지 않는 편이 더 나아요. 당신이 모든 걸, 그러니까 나머지를 모두 그녀에게 이야기할 작정이 아니라면 말이에요. 루이사는 이런 걸, 즉 흑색종이나 다른 것들을 전혀 몰라요. 그게 바로 미겔이 원했던 거죠."

"정말 이상하지 않아요? 남편이 칼에 난자되어 피를 흘리는 모습을 보는 것보다는 그의 병에 대해 아는 게 마음의 상처가 덜하지 않을까요? 그토록 폭력적이고 야만적인 죽음에서 회복되는 게 더 힘들지 않을까요? 아니면 지금 사람들이 말하듯이, 그 죽음과 화해하는 게 더 힘들지 않겠어요?"

"아마도 그럴 거예요." 디아스 바렐라가 대답했다. "그런 것이 중요한 참고 사항이 될 수 있지만, 그래도 그건 부차적인 것에 불과해요. 미겔은 비달이 그에게 설명했던 단계들을 거쳐야 한다는 것에 소름이 끼쳤던 거예요. 또한 루이사가 그런 상태의 그를 지켜봐야 한다는 것도 참기 힘들었어요. 하지만 그건 그의 마음에서 최우선적이지는 않았어요. 상대적으로 앞의 것이 더 큰 걱정거리였죠. 우리는 우리가 떠나야만 할 시간이 됐다는 사실을 알게 되면, 절망에 빠져 다른 사람들을 거의 생각하지 않죠. 심지어 가장 가까운 사람들도, 가장 사랑하는 사람들도 생각하지 않죠. 물론 고난과 시련 속에서도 그들을 잊지 않으려고, 그리고 시야에서 놓치지 않으려고 애를 쓰죠. 우리는 혼자 와서 혼자 떠나지만, 다른 사람들은 그곳에 머물러 있을 것을 알고 있고, 그들이 타인이라고, 우리와 동떨어진 사람들이라고 느끼게 되고, 그러면 어느 정도의 괴로움, 아니 거의 분노가 치밀어 오르죠. 그래요. 그래서 그는 루이사에게 자기가 죽는 모습을 보여주고 싶지 않았지만, 무엇보다도 자기가 그녀의 고통스러운 모습을 보고 싶지 않았어요. 게다가 그는 어떻게 갑작스러운 방식으로 죽을 것인지도 모르고 있었다는 사실을 염두에 두어야 해요. 그는 그 방식을 내게 맡겼어요. 심지어 그는 자기가 갑작스럽게 죽을 것인지, 아니면 끝까지 자신의 병이 진행되는 것을 참고 견딜 것인지, 아니면 병이 악화되어 자신의 얼굴이 기형적으로 변하는 것을 보고 끔찍한 고통을 겪기 시작할 때 용기를 내어 창문으로 몸을 던질 것인지, 어느 쪽을 바라는지도 몰랐어요. 나는 그에게 아무것도 보증하지 않았어요. 난 결코 알았다고 말하지 않았어요."

"뭘 알았다고 말하지 않았다는 거죠? 무엇을 결코 말하지 않았다는 거죠?"

디아스 바렐라는 또다시 나를 뚫어지게 쳐다보았지만, 그것은 그가 결코 못마땅하게 느끼지 않았다는 것을 보여주었다. 그건 그냥 찡그린 얼굴이었다. 나는 그의 눈에서 희미한 분노의 빛을 흘끗 보았다고 생각했다. 그러나 모든 희미한 빛처럼 그 눈빛도 오래 지속되지 않았다. 그가 즉시 내 질문에 대답했는데, 그러는 중에 그 표정이 사라진 것이다.

"그게 뭐겠어요? 그의 요청이죠. 내게 '나를 제거해줘'라고 부탁했어요. '어떻게, 언제, 어디서 따위의 질문은 내게 하지 마. 갑작스러운 죽음이 되게 해줘. 우리에게는 한 달 반 혹은 두 달이라는 시간이 있으니, 그 방법을 찾아서 실행에 옮겨줘. 그게 뭐가 되든지 난 상관없어. 빠를수록 좋아. 덜 고통스럽고 덜 괴로울수록 좋아. 내가 전혀 예상하지 못할수록 더 좋아. 네 마음대로 해. 누군가를 고용해서 내게 총을 쏘게 해도 좋고, 내가 길을 건널 때 차로 나를 깔아뭉개도 괜찮아. 벽을 무너뜨려 나를 덮치게 해도 좋고, 내 자동차의 제동장치나 헤드라이트가 작동하지 않게 해도 좋아. 뭐가 좋은지는 나도 몰라. 난 그걸 알고 싶지도 않고 생각하고 싶지도 않아. 그러니 네가 생각해. 네 마음대로 해. 네가 할 수 있는 것으로, 네가 생각나는 것으로 해. 넌 이 부탁을 들어줘야 해. 나를 기다리고 있는 운명에서 나를 구해줘야 해. 이게 무척 어려운 부탁이라는 걸 알고 있지만, 나는 내 손으로 목숨을 끊거나 스위스의 그 병원으로 날아갈 용기가 없는 사람이야. 스위스의 그곳으로 간다는 것은 오로지 내가 모르는 사람들 속에서 죽기 위해서야. 누가 그렇게 소름끼치고 냉혹한 여행을, 자기 스스로를 처형하기 위한 여행을 감행하겠어? 그건 비행기로 여행하는 도중에, 그리고 그 병원에 머무는 동안 끊임없이 죽고 또 죽는 것과 다름없을 거야. 나는 최소한 정상적인 얼굴로 매일 이곳에서 아침에 눈을 뜨고 싶고, 그날이 마지막이 될지도 모른다는 두려움과 희망을 갖는 한이 있더라도 계속 여기서 살고 싶어. 그러나 무엇보다도 불확실성을 갖고 살아가겠지. 하지만 그 불확실성은 나를 도와줄 수 있는 유일한 것이고, 나는 그걸 참고 견딜 수 있다는 사실을 알고 있어. 내가 견딜 수 없는 것은 죽음이 내게 좌우된다는 것을 아는 거야. 내 죽음은 네가 좌지우지해야 해. 너무 늦기 전에 나를 제거해줘. 넌 이 부탁을 반드시 들어줘야 해.' 이게 대략 그가 내게 말했던 내용이에요. 그는 절망적이었고 자포자기 상태였지만, 또한 죽을 정도로 두려움에 사로잡혀 있었어요. 하지만 정신 나간 상태는 아니었어요. 그는 자신의 죽음에 대해 오랫동안 깊게 생각했어요. 이렇게 말해도 될지 모르겠지만, 아주 냉정하게 생각했죠. 그리고 다른 결론을 내릴 수 없었어요. 정말이지 다른 결론이 보이지 않았어요."

"그래서 당신은 뭐라고 대답했죠?" 나는 그에게 물었다. 그리고 그에게 물으면서 다시 내가 그의 이야기를 어느 정도 믿고 있다는 것을 깨달았다. 물론 그것은 가설적이고 일시적인 신빙성이었다. 그리고 실제로 나는 다음과 같이 물었어야 했다고 생각했다. 〈당신이 말한 게 사실이라고 치고, 잠시 당신이 뭐라고 대답했는지 생각해보죠.〉 물론 나는 이런 식으로 묻지 않았다.

"처음에 나는 단도직입적으로 거부했어요. 그가 더 이상 그런 요구를 하게 만들고 싶지 않았거든요. 나는 그에게 그건 불가능하다고, 실제로 그건 너무나 지나친 부탁이라고, 그건 그 자신만 할 수 있는 것이니, 다른 사람에게 부탁해서는 안 된다고 말했어요. 그리고 그에게 필요한 용기를 내거나, 아니면 그가 직접 청부 살인 업자를 고용하라고, 누군가 자기를 죽여달라고 의뢰하고서 돈을 지불하는 게 처음은 아닐 거라고 말했어요. 그는 자기에게 그런 용기가 없음을 익히 잘 알고 있으며, 또한 자기를 죽여달라고 누군가를 고용할 용기도 없다고 말했어요. 그러면서 그렇게 하면 언제, 어떻게 죽을지 불가피하게 미리 알게 된다고 덧붙였어요. 일단 청부 살인 업자와 접촉하면, 청부 살인 업자는 작업하기 시작할 거예요. 그들은 효율적으로 일하는 사람들이라서 일을 질질 끌지 않아요. 자기들이 해야 할 것을 하고서 다른 일거리가 있는 곳으로 옮기거든요. 그건 스위스로 여행하는 것과 아주 달라,라고 미겔은 말했어요. 그때까지만 해도 그건 그가 스스로 결정할 수 있는 일이었는데, 구체적인 날짜를 정하고 불확실성이라는 조그만 위안을 포기하면 되는 일이었어요. 그가 결정할 수 없다고 느낀 것이 있는데, 그건 바로 결정할 날이 오늘이냐 아니면 내일이냐 혹은 모레냐는 것이었어요. 그는 그걸 하루하루 미룰 수도 있었고, 필요한 용기를 내지 못한 채 시간을 보낼 수도 있었고, 그러면 적절한 순간은 결코 오지 않을 수도 있었고, 심각한 질병이 그를 완전히 덮쳐버리는 상태에 이를 수도 있었어요. 그거야말로 그가 무슨 대가를 치러서라도 피하고자 했던 것인데…… 그래요, 나는 그의 말이 무슨 뜻인지 알아들었어요. 사실 그런 상황에서는 이렇게 말하는 건 아주 쉬운 일이에요. '그래, 아직은 아니야. 아직 아니야. 아마 내일 정도가 좋을 거야. 그래, 내일을 넘기지 말아야 해. 하지만 오늘 밤은 아직 집에서, 내 침대에서 잘 거야. 루이사와 함께 잘 거야. 단지 하루만 더 미루는 거야.'" 그때 나는 생각했다. 〈나중에 죽어야 해. 약간 더 시간을 끌어야 해. 어쨌든 나중에 난 돌아올 수 없을 테니까. 그럴 수 있더라도, 죽은 사람들은 결코 돌아오지 말아야 해. 돌아와봤자 살아 있는 사람들에게 전혀 좋지 않아.〉 디아스 바렐라는 계속 말했다. "미겔은 여러 좋은 점이 있었지만, 약하고 우유부단했어요. 아마 거의 모든 사람이 그런 상황에서는 그럴 거예요. 나 역시 그럴 거라고 생각해요."

디아스 바렐라는 입을 다물더니 눈길을 돌렸다. 자기 자신이 그의 친구라고 생각하거나 그가 그렇게 생각했던 시간을 떠올리는 것 같았다. 나는 그가 일부러 그러는 것인지 아닌지 개의치 않고, 망연자실해 있는 그를 흔들어 깨웠다.

"당신은 그게 당신이 처음에 보인 반응이라고 했어요. 그다음에는 어떻게 했죠? 무슨 이유 때문에 마음을 바꾼 거죠?"

그는 잠시 더 생각에 잠겼다. 그러더니 한 손으로 얼굴을 여러 번 어루만졌다. 아직도 깨끗하게 면도가 되어 있는지, 아니면 이미 수염이 자라기 시작했는지 확인해보는 것 같았다. 다시 입을 열어 말하기 시작했지만, 아주 피곤해 보였다. 아마도 너무나 자세히 설명하다 보니 기운이 빠졌고, 대화라고는 하지만 실제로 그가 거의 대부분 말했기 때문에 녹초가 된 것 같았다. 멍한 시선으로 그는 혼잣말을 하듯이 중얼거렸다.

"마음을 바꾼 게 아니에요. 난 결코 마음을 바꾸지 않았어요. 처음부터 나는 대안이 없다는 것을 알았어요. 아무리 어려운 일이라도 나는 그의 요구를 들어주어야만 한다는 걸 알았죠. 내가 말한 것과 내가 해야만 했던 것은 달랐어요. 그가 말한 대로 나는 그를 제거해야 했어요. 그는 능동적이건 수동적이건 결코 그런 일을 할 수 있는 사람이 아니었어요. 그리고 그를 기다리고 있던 것은 정말로 끔찍하고 잔인한 거였어요. 그는 내게 우겼고 간청했으며, 자신이 전적인 책임을 진다는 서류에 자진해서 서명했고, 심지어 공증까지 받겠다고 제안했어요. 그러나 나는 거부했어요. 내가 그렇게 하라고 동의했다면, 그는 일종의 계약서 혹은 협정서에 서명했다는 느낌을 받았을 것이고, 내가 승낙했다는 것으로 여겼을 거예요. 나는 그걸 피하고 싶었고, 그래서 나는 싫다고, 즉 거부했다고 그가 믿게 하는 편을 택했어요. 그러나 결국 그의 요구를 완전히, 그리고 단호하게 그 자리에서 거부하지는 못했어요. 나는 그에게 조금 더 생각해보겠지만 생각을 바꾸지 않을 것을 확신한다고 말했어요. 그러니 나한테 의지하지 말라고, 그 문제를 다시 꺼내지도 말고 내가 어떻게 결정했는지도 묻지 말라고, 또한 지금 당장은 우리가 만나지 않고 전화도 하지 않는 편이 나을 것 같다고 말했어요. 그가 그 주제를 다시 입에 올리지 않기란 불가능했을 거예요. 그래요, 말은 안 했지만, 눈과 말씨, 그리고 뭔가를 기다리는 것 같은 표정으로 자기 마음을 드러냈어요. 난 그걸 참을 수가 없었어요. 난 섬뜩한 부탁을 다시 듣고 싶지 않았고 그 병적인 대화를 다시 하고 싶지도 않았어요. 난 그에게 때때로 만나서 그의 상태가 어떤지 알아보겠다고, 그를 혼자 놔두지는 않겠다고 말했고, 그러는 동안 잘살 수 있는 방법을 찾아야 한다고, 그러니까 나한테 기대지 않고 죽을 방법을 잘 찾아야 한다고 충고했어요. 그가 친구를 그런 계획에 연루시키는 것은 있을 수 없는 일이었어요. 그가 혼자서 문제를 해결해야 했어요. 하지만 나는 그에게 약간의 불확실성을 주었어요. 희망을 주지는 않았지만, 동시에 불확실성을 주었던 거죠. 그것은 그가 불확실이라는 구원의 은총을 즐길 수 있고, 내가 도와줄 가능성을 전적으로 배제하지 않게 하기에 충분했어요. 그런 이유로 그는 실제의 위협이 금방 실현되지는 않지만, 자신을 제거하려는 계획은 작동 중이라고 느끼게 되었어요. 이미 말했던 것처럼, 그것만이 그가 계속 살아갈 수 있는, 그러니까 정상적인 외관을 갖고 남아 있는 '건강한' 삶을 살아갈 수 있는 방법이었어요. 그는 그렇게 원했고, 헛되이 시도했죠. 그러나 누가 알겠어요? 가능한 한도 내에서 어느 정도는 그렇게 했을 거예요. 아니, 그런 시도는 상당히 성공했고, 그래서 그는 심지어 '고리야'가 파블로를 공격한 것, 혹은 그에게 욕설과 비난을 퍼부은 것과 그가 나한테 부탁한 것을 연결시키지 못했어요. 난 아마도 그가 몰랐는지 알 수 없을 것이고, 실제로 알지 못해요. 나는 가끔씩 전화를 걸었고, 어떻게 지내느냐고, 통증과 증상이 벌써 나타났느냐고, 아니면 아직 안 나타났느냐고 물었어요. 그 정도가 아니라 우리는 두 번 정도 만났고, 그는 약속을 철저히 지켰어요. 절대로 그 주제를 꺼내지도 않았고, 그 주제로 나를 괴롭히지도 않았어요. 우리는 그 대화가 없었던 것처럼 행동했어요. 그러나 그건 그가 나를 굳게 믿는다는 것과 같았어요. 나는 그렇게 느꼈고, 그걸 알고 있었어요. 아직도 내가 그를 그 구멍에서 구해주기를, 그가 전혀 기대하지 않은 순간에, 너무 늦기 전에 내가 최후의 일격을 가하기를 기다리는 것 같았어요. 아직도 내 안에서 자신의 구원을 보는 것 같았어요. 물론 폭력에 의한 죽음을 '구원'이라고 말할 수 있을지는 모르겠어요. 나는 그에게 알았다고는 말하지 않았지만, 본질적으로 그의 생각은 옳았어요. 첫 순간부터, 즉 그가 자기 상황을 내게 이야기했을 때부터, 내 머리가 작동하기 시작했거든요. 나는 루이베리스와 말하면서 그에게 도움을 청했고, 미겔이 부탁한 것을 맡아달라고 했어요. 나머지는 당신도 알고 있으니 말하지 않겠어요. 내 머리는 작동하기 시작했고, 범죄자의 머리처럼 비밀 계획을 짰어요. 나는 어떻게 친구를 신속하게 제때에 죽일 수 있는지, 어떻게 살인처럼 보이지도 않고 내가 용의자로 의심받지도 않게 명시된 기한 안에 죽일 수 있는지 생각해야만 했어요. 그래요, 그래서 나는 중개자들을 이용해 내 손을 더럽히지 않았고, 다른 사람들의 의지를 개입시켰어요. 나는 내 임무를 위임했고, 소소한 것들을 우연처럼 보이게 만들었으며, 살해 행위를 나와 분리시켰고, 나와 전혀 관련이 없게 했어요. 그래서 심지어 나는 그와 관련이 없으며, 단지 교사자일 뿐이라고 나 스스로 상상하게 되었어요. 하지만 또한 나는 교사로서 살인자처럼 생각하고 행동해야 했다는 사실을 알고 있었어요. 그래서 당신이 나를 살인자라고 생각하는 게 사실상 전혀 이상한 일은 아니에요. 솔직하게 말하는데, 마리아, 당신이 믿을지 안 믿을지 모르는 건 그다지 중요하지 않아요. 그건 아마도 당신이 상상할 수 있는 것과 같을 거예요."

그러고서 그는 이미 끝난 것처럼, 혹은 계속 이야기할 마음이 없는 것처럼, 대화 시간이 끝났다고 생각한 것처럼, 자리에서 일어났다. 그의 입술을 수없이 쳐다보았지만, 그토록 창백한 것은 한 번도 보지 못했다. 얼마 전에 나타난 피로와 낙담, 그리고 과거를 돌이키면서 느끼는 절망감이 갑자기 입술에 창백하게 표시된 것이었다. 사실 지금 그는 완전히 지쳐 있었다. 말하느라고 힘이 빠졌을 뿐만 아니라, 엄청나게 육체적인 힘을 쓴 것 같았다. 사실 처음부터 그가 소매를 걷어 올렸을 때부터 이미 육체적으로 힘든 일이라는 것을 예고했었다. 아마도 한 남자를 아홉 번, 아니 열 번이나 열여섯 번 칼로 찌른 사람도 마찬가지로 녹초가 된 얼굴이었을 것이다.

〈그래, 이건 살인이야. 더도 덜도 아니야〉라고 나는 생각했다.

458

IV

내가 상상했던 것처럼, 그것이 내가 디아스 바렐라와 단둘이 본 마지막 만남이었고, 한참이 지난 다음에야 나는 다른 사람과 함께 있는 그와 우연히 다시 만났다. 그러나 그 기간에 그는 늘 내 낮과 밤에 나타나 나를 괴롭혔다. 처음에는 강도가 아주 셌지만, 이후에는 키츠의 시 「잔인한 미녀」에 나오는 시구처럼 창백한 모습으로 쉬엄쉬엄 헤맸다. 나는 그가 우리는 더 이상 말할 게 없다고 생각하고서, 내게 자초지종을 설명해야 하는 뜻하지 않은 과업을 충분히 완수하고도 남았다는 느낌을 받았으리라고 추측한다. 그 과업은 의심할 여지도 없이 그가 그 누구에게도 밝히지 말아야 한다고 예상했던 것이었다. 그는 '얌전한 아가씨'(나는 아가씨라고 불릴 정도로 그때도 젊지 않았고 지금도 마찬가지다)에게 경솔하게 행동했고, 따라서 어떤 판본을 주었는지에 따라서 사악하거나 우울해 보일 수 있는 자신의 이야기를 들려주는 수밖에 다른 도리가 없었다. 그 일이 끝나자 그는 나와 더 이상 만날 필요가 없었으며, 자신을 드러내어 내 의심을 사고, 내 시선의 목표가 되고, 나의 포착하기 어려운 말을 애써 이해하고, 나의 조용한 판단을 받을 필요도 없었다. 나 또한 그에게 그런 것을 감수하도록 요구하기 싫었다. 만일 그랬다면, 우리는 아마도 냉혹하고 불편하며 할 말이 없는 분위기에 처했을 것이다. 그는 나를 찾지 않았고, 나도 그를 찾지 않았다. 우리는 암묵적으로 작별했으며, 서로의 육체적 매력이나 감정적 측면도 우리의 이별을 지연시킬 만하지 않다는 결론에 도달했던 것이다.

다음 날 그는 피로했지만 짐을 하나 덜었거나, 아니면 그 짐을 훨씬 가벼운 다른 것으로 대체했다고 느꼈을 터인데— 나는 그의 고백을 직접 들었기 때문에 더 많은 것을 알고 있었다—, 그것은 내가 입증할 수 없는 정보를 가지고 누군가를 찾아갈 가능성이 그 어느 때보다도 더 적었기 때문이다. 어쨌든 그는 내게 짐 하나를 넘겼다. 내가 짐이라고 말하는 이유는 나의 심각한 의심이나 아마도 너무 섣부르고 부당한 추측보다 내게 훨씬 더 부담이 되는 것이었기 때문이다. 즉 그 사건에 대한 두 개의 판본을 알게 되었지만, 어떤 것을 믿어야 할지 몰랐기 때문이다. 아니, 내가 두 가지 판본을 모두 믿어야 하고, 그 두 가지가 내 기억 속에 공존할지도 모르지만, 나는 이런 상태가 내 기억이 복제하고 반복하는 것에 지쳐서 두 판본을 모두 내쫓아버릴 때까지 계속되리라는 것을 알고 있었다. 누군가에게 무언가를 이야기하면, 그것은 그에게 흡수되어 그의 의식의 일부가 된다. 심지어 그걸 믿지 않더라도, 혹은 결코 그런 일은 일어나지 않았고, 소설과 영화처럼, 혹은 샤베르 대령의 머나먼 이야기처럼, 순전히 꾸며낸 이야기에 불과하다는 것을 알더라도 마찬가지다. 디아스 바렐라는 '진짜'로 나타날 이야기는 마지막에 하고 '가짜'라고 이해될 이야기는 처음에 하라는 옛날의 가르침을 그대로 따랐지만, 분명한 것은 이 법칙이 처음 혹은 이전 판본을 지우는 데 충분하지 않다는 사실이다. 우리 또한 그 이야기를 들었으며, 순간적으로 다음에 오는 이야기가 이전 이야기와 모순되어 이것이 거짓말이라는 사실을 드러낸다고 반박할 수 있지만, 이전 이야기의 기억은 계속 지속된다. 특히 우리 자신의 경솔한 믿음에서 비롯된 기억은 보존되는데, 이런 현상은 우리가 이야기를 듣는 동안, 혹은 거짓말이라고 폭로해야 할지 아직 잘 몰라서 사실로 오인할 때 잘 드러난다. 우리가 들은 모든 것은 회복되어 머릿속에 울려 퍼지고 우리를 쉽게 떠나지 않는다. 깨어 있을 때는 그렇지 않지만, 비몽사몽일 때나 잠을 잘 때는 그렇다. 여기에서는 순서가 중요하지 않으며, 우리가 들은 것은 이리저리 요동하며 고동친다. 그것은 마치 산 채로 매장된 사람이나 다시 모습을 드러내는 죽은 사람과 같다. 그 이유는 아일라우 전쟁터에서는 물론 돌아오는 길에서도 실제로 죽지 않았으며, 나무나 그 어떤 곳에도 매달리지 않았기 때문이다. 말해진 것은 숨어서 우리를 기다리고, 때때로 유령처럼 우리를 찾아오며, 그럴 때면 우리는 늘 불충분하다고 생각한다. 즉 아무리 긴 대화를 나누었어도 너무 짧았으며, 아무리 자세하게 설명했어도 빠진 게 많다고 생각한다. 또한 우리가 더 많은 것을 물어봤어야 하며, 보다 귀를 기울여 들었어야만 했다고, 그리고 말보다 기만적이지 않은 비언어적인 몸짓에 관심을 기울였어야만 했다고 생각한다.

말할 필요도 없이 비달 박사를 찾아가 만나봐야겠다는 생각도 내 머리를 스쳐 지나갔다. 그의 이름은 비달 세카넬이었고, 두번째 성이 흔하지 않기에 그를 찾는 데는 문제가 없을 것이었다. 심지어 나는 인터넷에서 그가 영미의학센터라고 불리는 곳에서 근무하고 있다는 것을 알아냈다. 흥미로운 이름의 그 기관은 살라망카 동네에 있는 콘데 데 아란다 거리에 자리 잡고 있었다. 그와 약속을 하고서 진료를 한 다음, 심전도 검사를 해달라고 요구하는 건 어렵지 않은 일이었다. 자기 심장을 걱정하지 않는 사람은 없으니까 전혀 의심받을 만한 행동이 아니었다. 그러나 나는 탐정 정신을 가진 사람이 아니었다. 아니, 내 행동은 전혀 그렇지 않다. 게다가 나는 그런 것이 너무나 위험할 뿐만 아니라 쓸모도 없는 조처라고 생각했다. 디아스 바렐라가 그에 관한 자료를 서슴지 않고 내게 제공했을 정도면, 그 의사는 사실이건 거짓이건 간에 자기가 한 이야기를 확인해줄 것이 분명했다. 아마 비달 박사라는 사람은 디아스 바렐라의 옛 학교 친구이지 데스베른의 친구가 아닐지도 몰랐다. 또한 그는 만일 내가 나타나서 질문을 하면 무엇이라고 대답해야 하는지 이미 통보를 받았을지도 모른다. 또한 그는 내가 데스베른의 의료 기록에 접근하는 것을 결코 허락하지 않을 것이고, 무엇보다 그런 기록이 아예 존재하지 않을지도 모른다. 그런 기록은 일급 기밀로 분류된다. 어쨌든 나는 그 기록을 요구할 그 어떤 권리도 갖고 있지 않았다. 그걸 요구하려면 루이사와 함께 가야만 할 테지만, 그녀는 자기 남편의 질병에 대해 아무것도 모르고 있었고, 최소한의 의심도 해본 적이 없었다. 그러니 내가 어떻게 갑자기 그녀의 눈을 뜨게 할 수 있을까? 그건 내가 여러 결정을 해야 하고, 엄청난 책임을 감수해야 한다는 것을 의미했다. 즉누군가에게 아마도 알고 싶어 하지 않았을 정보를 드러내야만했다. 누군가 알고 싶어 하지 않는다는 것은 그것이 드러날 때에만 알 수 있기 때문인데, 그렇게 되면 폐해는 이미 엎질러진 물이 되어 다시 담을 수 없으며, 과거의 상태로 되돌아갈 수 없다. 또한 그 비달이라는 사람은 또 다른 협력자일지도 모르고, 디아스 바렐라에게 엄청난 은혜를 지고 있어서, 그들과 한 패가 되었을지도 모른다. 혹은 그럴 필요조차 없었을지도 모른다. 내가 루이베리스와의 대화를 엿들은 지 이미 2주가 지났고, 따라서 디아스 바렐라는 이미 내 추측을 무력화하거나 혹은 내가 노여워하거나 분노했다면 그것을 가라앉힐 이야기를 생각하고 준비할 시간이 충분했다. 그는 이런저런 핑계를 대면서(우리가 출간하는 많은 소설의 작가들은, 우쭐대면서 잘난 체하는 가라이 폰티나를 필두로, 항상 갖가지 질문으로 온갖 전문가들을 괴롭힌다), 그 심장 전문의를 찾아가 어느 정도나 통증이 심하고 아프며 치명적인 질병이 되어야 사람이 스스로 목숨을 끊거나, 혹은 자살할 엄두를 내지 못해 친구에게 자신을 제거해달라고 부탁하는 게 그럴듯하게 합리화될 수 있느냐고 물어보았을지도 모른다. 그 비달이라는 의사는 아마도 정직하고 순진한 사람이라서 그에게 선의로 정보를 주었을 테고, 디아스 바렐라는 내가 그를 찾아가려는 유혹을 느끼더라도 절대로 가지 않을 거라고 확신했을지도 모른다. 그리고 실제로 그러했다. 그러니까 나는 유혹을 느꼈지만 찾아가지는 않았다. 나는 내가 생각한 것보다 그가 나를 더 잘 알고 있으며, 우리가 함께 있는 동안 겉으로 드러난 것보다 더 나에게 관심을 기울였으며, 나를 아주 꼼꼼하고 자세하게 연구했다고 생각했다. 그러자 바보 멍청이처럼 기분이 약간 좋아졌다. 아니, 그건 내가 사랑에 빠졌던 흔적이었다. 이런 흔적은 절대로 갑자기 끝나지 않으며, 즉각적으로 증오나 경멸, 수치나 황홀감으로 변하지도 않는다. 이렇게 대체할 수 있는 감정에 이르려면, 아주 기나긴 길을 거쳐야 한다. 거기에는 침투와 혼합, 교배와 전염이라는 난처하고 골치 아픈 단계가 있다. 그래서 사랑에 빠지는 행위는 결코 완전히 끝나지 않는다. 그것은 무관심 또는 권태로 나아가야만, 즉 다음과 같이 생각해야만 끝날 수 있는 감정이다. 〈과거로 돌아가는 것은 정말로 쓸데없는 짓이야. 하비에르를 다시 만난다는 생각만 해도 지겹고 따분해. 그를 떠올리는 것조차 귀찮아. 그 시간이, 그 불가해한 시간 전부가 악몽 같아. 내 마음에서 얼른 나가버렸으면 좋겠어. 그건 그리 어려운 일이 아니야. 이미 나는 과거의 내가 아니니까. 유일한 걸림돌은 이제는 내가 그런 사람이 아니더라도, 때때로 과거의 나를 못 잊을 때가 있고, 그러면 너무나 단순하게도 나는 내 이름이 지긋지긋해지고, 내가 되고 싶어지지 않아. 기억은 가끔씩 우리를 몹시 괴롭히지만, 그래도 어쨌든 살아 있는 피조물보다 덜 성가신 존재야. 하지만 이런 기억은 이제 더 이상 존재하지 않아, 더 이상 없어.〉

익히 기대할 수 있고 너무나 자연스러운 일처럼, 그런 생각을 하는 데 나는 다소 시간을 지체했다. 디아스 바렐라의 이야기가 두 가지 판본이라면, 그 판본들을 이리저리 수없이 생각하지 않을 수 없었고, 두 판본 모두에서 분명하지 않게 남아 있던 세세한 것들을 신중하게 고려해야만 했다. 그것이 실제건 만들어낸 것이건, 맹점이나 모순, 그리고 애매하거나 잘못 생각한 것이 없는 이야기는 없기 때문이다. 그 점에서―모든 이야기를 에워싼 모호함이란 측면에서―무엇이 무엇인지는 사실상 그리 중요하지 않다.

나는 데베르네의 죽음에 대해 인터넷에서 읽었던 뉴스를 다시 찾아보았고, 어떤 기사에서 내 머릿속을 빙빙 돌던 문장을 발견했다. '기업가의 시체를 검시한 결과 희생자는 살인자에게 열여섯 번 칼로 난자되었음이 드러났다. 열여섯 번 모두 중요 기관에 상처를 입혔다. 그리고 법의학자에 따르면 그중 다섯 개는 치명적이었다.' 나는 치명적인 상처와 중요 기관에 입힌 상처가 어떻게 다른지 이해할 수 없었다. 문외한에게는 똑같은 것처럼 보였다. 그러나 그건 나를 불안하고 곤혹스럽게 만든 부차적인 것에 불과했다. 만일 법의학자가 개입해 그 보고서를 작성했다면, 만일 폭력적인 죽음이나 살인 사건의 경우 불가피하게 부검을 실시해야 한다면, 암이 그의 몸 전체로 전이된 걸 어떻게 아무도 발견 못 할 수 있단 말인가? 디아스 바렐라가 말한 바에 따르면, 내과 의사가 데스베른에게 그런 진단을 내리지 않았던가? 그날 오후 나는 디아스 바렐라에게 물어볼 생각을 하지 못했다. 정말 전혀 생각하지 못했었다. 그러나 지금은 그에게 전화를 걸 수도 없고, 걸고 싶지도 않았으며, 그 문제에 관해서는 더욱 그랬다. 그는 아마도 내가 그 사실을 물어볼지도 모른다고 의심했을 수도 있고, 경계했을 수도 있다. 혹은 단순히 진저리를 냈을 수도 있다. 아마도 내가 그의 설명이나 행동을 보고도 내 마음이 가라앉지 않은 것을 보고는 내 생각을 무력화할 다른 방법을 생각했을 수도 있다. 나는 신문들이 왜 그 사실을 중시하지 않았는지, 혹은 왜 신문들에 그 정보가 제공되지 않았는지 이해할 수 있었다. 그건 일어난 사건과 전혀 어울리지 않았기 때문이다. 그러나 아무도 그런 상황을 루이사에게 알려주지 않았다는 사실은 내가 보기에 아주 이상했다. 내가 그녀와 대화를 나누었을 때, 그녀가 데베르네의 질병에 관해 아무것도 모르고 있다는 것은 너무나 분명했고, 그것이 바로 데베르네가 자신의 친구이자 간접 사형 집행인이며 자신의 죽음의 '교사자'에게 원했던 바였다. 나는 디아스 바렐라에게 다음과 같이 물어볼 기회가 있었다 하더라도 그가 뭐라고 대답했을지 또한 상상할 수 있었다. '법의학자가 열여섯 번이나 칼에 찔린 사람을 검시하는데, 희생자를 아주 세밀하게 살펴보고, 그의 건강 상태가 어땠는지 조사하지 않을 거라고 생각하나요? 법의학자는 부검을 하려고 몸을 열지도 않았고, 그래서 아무것도 몰랐을 수는 있어요. 또한 그 법의학자가 부검을 하지도 않은 채, 눈을 감고서 서류를 작성했을 수도 있어요. 미겔의 사인은 너무나 분명하니까요.' 그리고 아마도 그의 말이 옳았을 수도 있다. 어쨌든 2세기 전에 두 명의 어느 부주의한 외과 의사도 똑같은 행동을 했기 때문이다. 나폴레옹이 손수 부탁을 하고 지시를 내렸다는 사실을 알면서도 두 의사는 쓰러져 밟혀 뭉개진 샤베르의 맥박조차 짚어보지 않았다. 게다가 스페인에서는 거의 모든 사람이 서류를 채우는 데 필요한 것만 할 뿐, 무언가 더 깊이 파보려는 생각은 거의 하지 않으면서 불필요한 일에만 시간을 허비한다.

디아스 바렐라가 사용한 과도하게 전문적인 용어들도 있다. 그가 데스베른에게 그 용어들을 들은 후에 기억한 것 같지는 않았다. 그리고 아무리 안과 의사와 내과 의사, 심장 전문의가 그 용어들을 사용했다고 하더라도, 데스베른이 자신의 불행을 이야기하면서 그 용어들을 사용했을 가능성은 높지 않았다. 절망에 빠져 두려움에 사로잡힌 사람은 그런 무미건조하고 맥없는 어휘를 사용하면서 자신이 사형 선고를 받았다고 알려주지 않는다. 그것이 정상적인 행위이다. '안구 내 흑색종'이나

'매우 진행된 전이 흑색종', 그리고 '자각 증상이 없는'과 같은 수식어와 '안구 적출' 같은 표현을 들으면서, 나는 그가 이 용어들을 들은 지 얼마 되지 않았다는, 즉 비달 박사에게서 들은 지 얼마 안 되었다는 느낌을 받았었다. 그러나 아마도 이런 내 불신은 근거가 없을 가능성이 높았다. 어쨌건 나 역시 그에게서 그 말들을 들었지만, 그것도 그때 단 한 번 들은 후 오랜 시간이 흘렀지만, 잊어버리지 않았기 때문이다. 아마도 그것들은 그 질병을 앓는 사람이 반복해서 말하는 용어일 수도 있다. 그렇다면 오히려 이런 내 의문을 더 잘 설명해주는 이유가 될 수도 있다.

한편 그의 이야기가, 혹은 그의 마지막 판본이 사실이라는 것을 강조하기 위해, 디아스 바렐라는 자신의 희생과 고통, 그리고 가슴 찢어지는 모순적인 상황에 대해 말하는 것을 가능한 한 자제했다. 그리고 가장 친한 친구를, 그가 가장 그리워할 친구를 폭력적이고 갑작스럽게—갑작스러운 죽음이 되는 거의 유일한 방법은 폭력적인 불행뿐이다—제거해야만 하는 자신의 엄청난 슬픔도 참아야만 했다. 그는 시간을 다투어야만 했고, 시간은 마감 기한을 향해 흘러가고 있었다. 게다가 이 경우에는 맥베스가 자기 아내의 뜻하지 않은 죽음을 알고 덧붙였던 "그런 단어를 말할 시간이 있었을 것이다"라는 말이 그 어느 때보다도 정확하게 들어맞는다는 것을 알고 있었다. 즉 '그런 단어를 말할 수 있는 시간, 그러니까 다른 시간'이라는 말에서 단어란 의심의 여지없이 그런 '구절' 혹은 '소식' 또는 '정보'이다. 디아스 바렐라는 아무것도 하지 않으면서, 그 다른 시간으로, 그러니까 그가 야기하지도 않고 가속하지도 않으며 어지럽히지도 않은 그런 시간이 도착하도록 할 수 있었다. 그러기 위해서 그는 부탁을 거절하고 요청을 거부하면서, 나머지 모든 것들처럼 세상의 일들이 자연스럽게, 그리고 불가피하고 냉혹하고 무자비하게 나아가도록 놔두는 것으로 충분했다. 그렇다. 그는 자신의 저주 받은 운명에 대해 장황한 문학 작품을 쓸 수 있었고, 바로 그 구절을 사용해서 자기 임무를 설명할 수도 있었으며, 자신의 충성심을 강조할 수도 있었고, 자신의 희생을 역설할 수도 있었으며, 심지어 내 동정심을 일깨우려고 시도할 수도 있었다. 그가 자기 가슴을 치면서 자신의 고민과 고통을 설명했다면, 어떻게 자신의 감정을 혼자서 간직해야만 했고, 데베르네와 루이사를 더 크고 더 잔인하며 더 느리게 진행되는 고통에서 구하기 위해 아무렇지도 않은 듯이 일을 꾸며야 했는지, 또한 데베르네의 건강 악화와 안면 변형을 드러내지 않으면서 루이사가 이 두 가지를 눈치채지 않도록 어떻게 해야만 했는지 설명했다면, 아마도 나는 그를 더욱 의심했을 것이고, 그의 기만성에 대해 거의 의심하지 않았을 것이다. 그러나 그는 내게 말을 아꼈고, 그런 것을 거의 말하지 않았다. 단지 자기 상황만을 드러냈고 자기가 참여했다는 사실만을 털어놓는 데 그쳤다. 이미 말했던 것처럼, 처음부터 그는 자기가 해야 할 바가 무엇인지 잘 알고 있었다.

결국 모든 것은 묽어지고 가늘어진다. 때때로 그것은 조금씩, 아주 힘들게, 우리의 의지 덕택에 이루어진다. 하지만 종종 그것은 뜻하지 않게 빠르게, 그리고 우리의 의지에 반해 이루어지기도 한다. 그럴 때면 우리는 얼굴들이 아련해지지 않도록, 혹은 희미해지지 않도록 애쓰지만, 모두 헛된 노력일 뿐이다. 그리고 말과 행동들이 흐려지지 않도록, 우리가 소설에서 읽은 대목들과 영화에서 보고 들은 장면들처럼 우리의 기억 속에서 떠돌아다니는 별로 가치 없는 것이 되지 않도록 애쓰지만, 그것 역시 헛된 노력이다. 사실 소설과 영화에서 일어나는 것에 우리는 그다지 관심을 두지 않으며, 그것들이 우리가 모르는 것과 일어나지 않는 일을 보여줄 수 있더라도, 일단 끝나면 우리는 잊어버린다. 디아스 바렐라는 『샤베르 대령』에 대해 말하면서 그렇게 말했었다. 누군가 우리에게 들려주는 것은 항상 소설처럼 보인다. 그것은 우리가 이야기를 직접 알고 있는 것이 아니며, 아무리 그 이야기가 사실이라도, 누군가 만들어낸 것이 아니라 정말 일어난 것이라고 보증하더라도, 우리는 정말로 그런 일이 일어났는지 확신할 수 없기 때문이다. 어쨌든 그것은 모호한 소설 세계를 형성하면서, 맹점과 모순, 그리고 불명확하고 잘못된 것들을 지닌다. 또한 이런 것은 아무리 투명하고 완전해지려고 분투하더라도 어둠이나 희미함으로 둘러싸여 있다. 그 이유는 소설과 같은 것은 본질적으로 투명성이나 완전성에 이를 수 없기 때문이다.

그렇다. 모든 것은 약해지고 희미해지지만, 또한 그 어떤 것도 완전히 사라지거나 결코 떠나지 않는다. 희미한 반향과 쉽게 도망가는 기억은 남아 있으면서, 마치 아무도 찾아가지 않는 박물관 전시실의 묘석 조각처럼 아무 때나 나타난다. 비문은 망가져 있으며, 글은 과거의 것이고, 아무 말도 없다. 그것들은 해독이 거의 불가능하며 거의 아무 의미도 없고, 아무런 목적도 없이 보관된 황당한 팀파눔* 유적처럼 시체와 같다. 그것들은 결코 조립될 수 없는데, 빛보다 어둠이, 기억보다는 망각이 훨씬 더 많기 때문이다. 그러나 그것들은 거기에 있고, 아무도 파괴하지 않으며, 수 세기 전에 흩어졌거나 분실된 잡다한 조각들을 모으지도 않는다. 바로 그곳에 그저 조그만 보물이자 미신의 산물처럼 보존되어 있다. 지금 우리는 그것을 온전하게 볼 수 없고 그것들을 재구성하는 것도 불가능하며 그 누구도 지금은 아무도 아닌 그 사람에 대해 아무런 관심도 갖지 않지만, 그것은 그 사람이 한때 존재했다가 죽었고 이름이 있었다는 사실을

---

* tympanum: 그리스 식 건축에서 지붕 아래쪽의 아치형 혹은 삼각형의 벽으로 교회 건물에선 주로 조각품이 새겨졌다.

밝혀주는 소중한 증인과 같다. 내가 결코 미겔 데스베른을 알지 못했고, 단지 멀리서, 매일 아침 그가 아내와 아침을 먹는 동안, 내가 흐뭇한 표정으로 쳐다보기만 했지만, 그의 이름은 완전히 사라지지 않는다. 그것은 샤베르 대령, 페로 부인, 페르 백작, 밀라디 드 윈테르, 혹은 젊었을 때의 안느 드 브루이, 그러니까 손이 뒤로 묶인 채 나무에 목이 매달렸지만 알 수 없는 이유로 죽지 않고 다시 돌아온 여자, 즉 사랑이나 사랑에 빠지는 것처럼 아름다운 여인 같은 허구적인 이름들도 완전히 사라지지 않는다. 그렇다. 죽은 사람이 돌아오는 것은 잘못 생각했기 때문이다. 그들은 대부분 잘못 생각하고 돌아와 포기하지 않고, 안간힘을 써서 살아 있는 사람들의 짐이 되지만, 살아 있는 사람들은 결국 죽은 사람들을 쫓아내고 자신의 삶을 산다. 우리는 결코 모든 흔적을 제거하지 못하고, 과거의 일을 영원히 침묵하게 만들 수는 없다. 때때로 우리는 거의 감지할 수 없는 숨소리를 듣는다. 그것은 죽은 동료들과 함께 벌거벗겨진 채 구덩이로 던져져 죽어가는 군인의 숨소리와 같거나, 아니면 아마도 죽은 동료들이 내뱉는 듯한 신음 소리 같다. 또는 그 군인이 볼을 맞대고 죽은 동료들과 오랫동안 누워 있었기 때문에, 그리고 그들의 운명을 거의 공유할 찰나에 있었기 때문에, 어느 날 밤엔가 희미하게 들린다고 여기던 한숨 소리 같기도 하다. 아니, 그는 죽은 군인들 가운데 한 명일 수도 있었다. 그래서 이후의 사건들과 파리에서의 방황, 다시 사랑에 빠지기, 그리고 그의 역경과 과거의 상태로 복귀하려는 열망은 어느 박물관의 전시실에 있는 묘석의 파편과 같으며, 이제는 판독할 수 없는 부서진 비문이 있는 팀파눔의 유적과 같을 뿐이고, 어느 흔적의 그림자이며 어느 메아리의 메아리, 혹은 희미한 곡선이거나 한 줌의 재, 지나가거나 잠자코 있는 것을 거부한 과거의 말없는 사건과 같다. 나는 어느 정도 데베르네의 자아가 될 수 있었지만, 그것조차 몰랐다. 아니 아마도 내가, 그의 가장 미약한 신음 소리조차 나를 통해 세상으로 스며드는 것을 원치 않았기 때문일 수도 있다.

희미해지는 과정은 내가 디아스 바렐라를 마지막으로 방문한 다음 날부터 시작된 것이 틀림없었다. 나는 그날 그와 이별했다. 무언가가 끝나면 즉시 모든 것이 희미해지기 시작하는 것처럼, 루이사의 슬픔이 희박해지는 과정은 틀림없이 그녀의 남편이 죽은 다음 날 시작되었다. 물론 그녀는 그날을 영원한 고통과 슬픔의 첫날로 보았을 수도 있다.

내가 거기서 나왔을 때는 이미 캄캄한 밤이었다. 그때 나는 전혀 머뭇거리지 않고 나왔다. 나는 다음번이 있을 것이라고, 내가 되돌아올 것이라고, 내가 그의 입술을 다시 건드릴 것이며 당연히 그와 함께 잠을 잘 것이라고 확신한 적이 한 번도 없었다. 우리 사이의 모든 게 분명치 않았다. 우리가 만날 때마다 처음부터 다시 시작해야만 하는 것 같았다. 아무것도 축적되어 있지 않았고, 그 어떤 앙금도 없는 것 같았다. 마치 이전에 조금의 진도도 나가지 않은 것처럼, 어느 저녁에 일어난 것과 동일한 일이 가깝거나 먼 미래의 다른 저녁에 일어날 수 있다는 것을—심지어 그런 표시나 가능성도 없다는 것처럼—보장하지 않는 것 같았다. 단지 그럴 수 있다는 것을 나는 나중에, 그러니까 실제적 관찰에 입각해서 깨달았다. 그러나 그것은 다음 기회가 왔을 때 아무 짝에도 쓸모가 없었다. 항상 우리가 모르는 것이 있었기 때문이다. 다시 말하면, 당연한 소리지만 다음 기회가 있을 가능성, 또는 방금 전에 일어난 일이 다시 일어날 가능성도 있었지만, 항상 다음 기회는 없을 가능성이 잠복해 있기 때문이었다.

그러나 그때 나는 그의 현관문이 내게 결코 다시 열리지 않으리라고 확신했다. 내가 나간 다음에 닫히고, 내가 엘리베이터를 향해 걸어가면, 그 아파트는 마치 주인이 이사를 했거나 혹은 망명을 떠났거나 죽은 것처럼, 영원히 내게 닫혀 있으리라고 생각했다. 우리가 쫓겨나면 다시는 통과하려고 시도하지 않는 문과 같다고 여겼다. 실수로 그 문을 지나거나 혹은 돌아가는 길이 너무 길어서 그것을 피할 방법이 없기 때문이라면, 우리는 고통스럽게 몸을 떨면서—또는 아마도 그것은 옛 감정의 유령일 수도 있다—흘낏 그 문을 쳐다보면서 발길을 재촉한다. 그건 지금은 더 이상 지속되지 않는 과거의 기억에 빠지지 않기 위해서이다. 내 침실에서 나는 항상 어둠 속에 흔들리는 나무들을 쳐다보면서, 눈을 감고 잠들기 전에, 또는 잠들지 않으려고 눈을 감을 때면 내가 확신하던 것이 너무나 분명하다는 사실을 알았고, 그래서 마음속으로 생각했다. 〈이제 나는 더 이상 하비에르를 만나지 않을 것을 알고 있고, 그건 잘된 일이야. 물론 좋았던 시절을 그리워하고 있고, 내가 그곳으로 갈 때 너무나 좋았던 것이 새록새록 기억나지만, 그건 오늘 이전에 이미 끝난 일이야. 내일 당장 나는 살아 있는 존재가 아니라, 기억이 되는 과정을 시작하게 될 거야. 물론 어느 정도의 기간 동안 그 기억은 나를 괴롭히겠지. 하지만 인내심을 갖고 참아야 해. 언젠가는 그 기억이 멈추는 날이 올 테니까.〉

하지만 일주일 후에, 아니 그 기간이 되기도 전에 사건이 일어나는 바람에, 그 희박해지는 과정은 중지되었다. 나는 그 과정이 시작되도록 애쓰고 있었다. 나는 내 상관인 에우헤니와 내 동료 베아트리스와 함께 약간 늦게 퇴근했다. 불가피하게 생각나는 것을 생각하지 않고 잊어버리려는 그 느린 과정에 전력을 다할 때면 모든 사람이 그렇듯이, 나도 그곳에서 동료들과 함께 나와 상관없는 것들로 머리를 가득 채우면서 최대한 많은 시간을 사무실에서 보내려고 애썼다. 두 사람과 작별을 하려는 찰나, 나는 키가 큰 사람의 모습을 보았다. 그는 두 손을 외투 주머니에 넣고는 맞은편 보도에서, 마치 오랫동안 기다려서 추운 것처럼 천천히 이쪽저쪽으로 왔다 갔다 했다. 내가 아직도 매일 아침 식사를 하던 프린시페 데 베르가라 거리의 위쪽에 있는 그 카페 근처였다. 나는 아침을 먹을 때마다 한 번쯤은 망가져버린 나의 '완벽한 커플'을 떠올렸다. 그는 만나기로 약속하고서 바람맞힌 누군가를 기다리는 것 같았다. 가죽 외투가 아니라 유행 지난 캐멀 색깔의 외투, 아니 캐멀 가죽일 수도 있는 외투를 입고 있었다. 나는 즉시 그를 알아보았다. 그가 그곳에 있는 것은 절대 우연일 수 없었다. 나는 그가 나를 기다리고 있다고 확신하면서 생각했다. 〈여기서 뭐하는 거지? 하비에르가 보냈을 거야.〉 한마디로 비이성적 두려움과 멍청한 환상이 뒤섞인 생각이었다. 나는 또다시 가장 최근의 하비에르 모습, 그러니까 두 얼굴의 위선적인 혹은 가면을 벗은 모습과 연관 지었다. 〈내가 흥분을 가라앉히고 마음의 평정을 찾았는지 알아보려고 그를 보낸 거야. 아니면 단지 나에 대한 관심 때문에, 나에 대해 알아보려고, 그가 밝힌 모든 사실과 이야기를 듣고 내가 어떻게 보내고 있는지 알아보려고 보낸 거야. 이유야 어떻든 간에, 그는 아직 나를 마음에서 지우지 못하고 있어. 아니 아마도 이건 협박, 즉 일종의 경고일지도 몰라. 루이베리스는 내가 어느 정도 시간이 지날 때까지 잠자코 있지 않거나, 혹은 비달 박사가 누구인지 알아보고서 그를 만나러 가면 무슨 일이 생길 수 있는지 경고하려고 온 거야. 하비에르는 일이 생긴 다음에도 그것에 대해 곰곰이 생각하는 유형이야. 내가 그의 대화를 엿들은 후에도 그렇게 했어.〉 이런 생각을 하면서, 나는 그 사람을 피해 베아트리스를 따라가서, 그녀가 가는 곳이 어디든 함께 가는 게 좋을까, 아니면 혼자 있는 게 좋을까 생각했다. 처음에 나는 그렇게 있으면서 그가 내게 접근하도록 할 참이었다. 나는 그 방법을 선택했고, 또다시 내 호기심에 굴복했다. 나는 그들과 작별하고서 그를 쳐다보지 않은 채 버스를 타려고 정류장 쪽으로 일곱, 혹은 여덟 발짝을 옮겼다. 단지 일곱 혹은 여덟 발짝뿐이었다. 그가 즉시 차들을 피하면서 거리를 건너더니 내 앞에 섰고, 내가 놀라지 않도록 나를 가볍게 팔꿈치로 건드렸기 때문이다. 고개를 돌리자 눈앞에 그의 환한 치아가 보였다. 너무나 활짝 웃은 나머지, 처음 보았을 때처럼 그는 윗입술을 위로 젖히면서 입술 안쪽을 드러냈다. 마치 입술이 뒤집힌 것처럼 몹시 눈에 띄는 동작이었다. 그러면서 남성적이고 무언가를 파악하려는 것 같은 시선을 유지했다. 그러나 이번에 나는 옷을 완전히 갖춰 입고 있었다. 브래지어만 한 채 약간 구겨지거나 말려 올라간 치마를 입고 있지 않았다. 그러나 그건 상관없었다. 의심할 여지 없이, 그는 모든 것을 종합적이거나 전체적으로 바라보는 사람이었다. 그러니까 여자가 눈치채기 전에, 그는 그 여자 전체를 점검할 수 있는 남자였다. 그래서 나는 그다지 기분이 좋지 않았다. 내가 보기에 그는 나이를 먹으면서 평가 기준이 점점 내려가는 남자들 가운데 하나, 그다지 유인 동기가 없어도 조금만·우아하고 예쁘게 걷는 여자라면 누구라도 귀찮게 따라다니는 남자처럼 보였다.

"마리아, 살다 보니 이런 우연도 있네요! 정말 기뻐요!" 그는 내게 이렇게 말하더니 한 손으로 눈썹을 만지면서, 지난번 그가 승강기에 들어가려는 찰나 작별 인사를 했을 때와 마찬가지로 모자를 벗으려는 시늉을 했다. "나를 기억했으면 좋겠네요. 우리는 하비에르, 그러니까 하비에르 디아스 바렐라의 집에서 만났어요. 정말 다행스럽게도 당신은 내가 그곳에 있는지 몰랐어요. 기억나죠? 당신은 깜짝 놀랐고, 나는 눈부신 선물을 받

480

왔는데, 불행하게도 그 시간은 얼마 되지 않았죠."

나는 그가 무슨 장난을 하는 것일까 생각했다. 그는 이것이 완전히 우연한 만남인 것처럼 행동했다. 그렇지만 나는 이미 그가 그곳에서 기다리는 것을 보았고, 그는 틀림없이 내가 자신을 본 것을 보았을 것이다. 그는 출판사 건물 입구에서 눈을 떼지 않으면서 이쪽저쪽으로 왔다 갔다 했다. 그가 언제부터 그곳에 있었는지는 아무도 모를 테지만, 아마도 이론적으로 우리 근무 시간이 끝날 무렵부터 기다리고 있었을 것이다. 그는 전화로 그 시간을 알아보았을 수 있었지만, 그 시간은 실제 끝나는 시간과 아무런 상관도 없었다. 나는 그의 방식대로 그에게 농담을 하기로, 적어도 처음에는 그렇게 하기로 마음먹었다.

"아, 그러네요." 나는 대답하고서 예의상 희미한 미소를 지으면서 그의 표정에 화답했다. "약간 당황스럽네요. 루이베리스, 그렇죠? 흔한 성은 아니죠?"

"루이베리스 데 토레스, 이게 완전한 성이죠. 전혀 흔하지 않아요. 군인, 고위 성직자, 의사, 변호사와 공증인의 가문이 사용하는 성이죠. 조금만 이야기를 해드리자면 나는 그 가문의 블랙리스트에 올라 있어요. 집안의 두통거리거든요. 당신은 그걸 잘 모를지 몰라도, 내가 집안의 말썽꾸러기라는 사실은 분명해요." 그는 손등으로 외투의 옷깃을 만졌다. 그건 거드럭거리는 동작으로, 아직도 그 옷에 익숙하지 않은 것 같았다. 게슈타포의 검은 가죽옷을 입지 않아서 불편하다는 듯했다. 그는 아무런 이유도 없이 사소한 농담을 하고서 웃었다. 아니, 스스로 즐거워하거나 또는 대화 상대를 그런 분위기로 전염시키려는 것 같았다. 그는 건달의 모든 것을 갖춘 사람처럼 보였지만, 첫눈에 봐도 예의 바른 건달, 아니 오히려 악의 없고 해를 끼치지 않는 건달이었다. 그가 살인 계획에 연루되었다는 사실을 믿기 힘들 정도였다. 디아스 바렐라와 마찬가지로, 그는 각자의 방식이 있긴 하지만 완전하게 정상적인 사람처럼 보였다. 그 살인에 가담했을지도 모르지만(그리고 매우 적극적인 역할을 수행했다는 것은 틀림없는 사실이다. 그 동기가 어떻든 간에 그는 그다지 충성스럽지 않았고, 의심할 나위 없이 야비한 인간이었다), 거듭해서 범죄를 저지를 사람 같지는 않았다. 그러나 아마도 대부분의 범죄자들은 그럴지도 모른다고, 즉 범죄를 저지르지 않을 때는 상냥하고 다정할지도 모른다고 나는 생각했다. "내가 살 테니, 우리의 만남을 축하하도록 하죠. 시간 있으세요? 여기는 어때요?" 그는 내가 아침을 먹던 카페를 가리켰다. "아니면 다른 곳도 괜찮구요. 나는 저기보다 훨씬 더 재미있고 분위기 좋은 장소들을 수백 곳은 알고 있어요. 당신이 마드리드에 그런 곳이 있으리라고 상상조차 할 수 없는 장소죠. 나중에 가고 싶으면, 그런 곳으로 가도록 해요. 아니면 좋은 식당에서 저녁을 먹는 건 어때요? 배고프지 않아요? 원한다면, 춤추러 가도 괜찮아요."

그의 마지막 제안을 들으니 괜히 기분이 좋아졌다. 춤추러 가자는 것, 그건 다른 시대의 말처럼 들렸다. 퇴근하고 나가는 길인데 춤을 추러 가자고? 이 황당한 시간에, 그것도 알지도 못하는 사람과 함께? 내가 열여섯 살이라고 생각하는 것일까? 하지만 기분이 좋아졌기에 나는 깔깔거리고 웃었다.

"무슨 말을 하는 거예요? 이 시간에 이렇게 입고 어떻게 춤을 추러 가요? 난 오늘 아침 9시부터 사무실에 있었어요." 그러고서 고개로 출판사 건물 입구를 가리켰다.

"알았어요. 나중에, 저녁을 먹은 후에 가자는 말이었어요. 당신이 알아서 결정하세요. 원한다면, 우선 당신 집으로 가서 샤워하고 옷을 갈아입도록 해요. 그러고서 놀러가죠. 당신은 잘 모르겠지만, 아무 시간에나 춤추면서 놀 수 있는 장소들이 있어요. 심지어 점심때 그럴 수 있는 곳도 있어요." 그는 너털웃음을 터뜨렸다. 그의 웃음도 방탕했다. "당신이 얼마나 시간이 필요한지 모르겠지만, 난 기다릴 수 있어요. 아니면 당신이 말하는 곳으로 당신을 데리러 가겠어요."

그는 저돌적이며 짓궂었다. 디아스 바렐라가 보낸 것이 분명했지만, 그의 행동으로 보건대, 그런 것 같은 인상을 주지는 않았다. 그렇지 않았다면, 내가 일하는 곳을 그가 어떻게 알았을까? 그러나 사실 그는 자발적인 것처럼 행동했다. 마치 몇 주 전에 거의 옷을 입지 않았던 내 모습에 집착하면서, 노골적으로 운에 맡기기로, 일종의 일시적인 기분으로 돌진해보기로 마음먹은 것 같았다. 그건 몇몇 남자들이 사용하는 전략이며, 그들이 명랑하고 쾌활하다면 그 결과도 그다지 나쁘지 않다. 그러자 나는 그가 즉시 나의 존재를 훑어보며 기억했을 뿐만 아니라, 우리가 서로 간단하게 소개했다는 사실을 일종의 진일보, 혹은 가까운 미래를 위한 투자로 여긴다는 느낌을 받았던 것을 떠올렸다. 나는 그가 단둘이 다른 장소에서 나를 곧 다시 만나기를 희망하면서, 그의 정신적인 다이어리에 나를 기록해놓았으며, 심지어 깊이 생각하지도 않고서 나중에 디아스 바렐라에게 내 전화번호를 달래야겠다고 생각했다는 인상을 받았다. 아마도 디아스 바렐라는 나를 '여자친구'로 언급했을 것이다. 그것만이 루이베리스 데 토레스가 알아들을 수 있는 유일한 용어였기 때문이다. 그가 보기에 나는 '여자친구'였고, 그게 전부였다. 나는 별로 기분 나쁘지 않았다. 내게도 단순히 '남자친구'에 불과한 사람들도 있기 때문이다. 그들은 무한한 자신감을 가진 뻔뻔스러운 부류의 남자들이었는데, 그런 남자들은 때때로 붙임성 있고 상냥하게 행동한다. 나는 그런 행동을 하는 이유가 두 사람 모두 서로를 존중하지 않아서, 공범인 두 사람이 상대방의 치명적인 약점을 알고 있으며, 범죄의 협력자였기 때문이라고 생각했다. 루이베리스는 나와 디아스 바렐라가 어떤 관계였는지 그다지 관심이 없는 것 같았다. 아니, 아마도 디아스 바렐라가 그에게 이제는 나와 아무 관계도 아니라고 말했을지도 모른다는 생각이 갑자기 머리를 스쳤다. 그런 생각을 하자 짜증이 났다. 그는 최소한의 후회나 고통도 없이, 최소한의 질투나 시샘도 없이, 그리고 아무리 어리숙하더라도 내가 그의 것이었다는 느낌 ─ 그러니까 그가 나를 발견했다는 느낌 ─ 도 없이, 그에게 나를 허락한다는 청신호를 주었을 수도 있다. 이런 생각을 하자, 나는 더 단호하고 진지해졌고, 그 파렴치한의 콧대를 꺾기로 했다. 그러나 부드럽고 다정하게, 그리고 말없이 그렇게 하기로 했는데, 그것은 그가 왜 그곳에 있는지 궁금했기 때문이었다. 나는 간단하게 카페에서 술 한 잔 마시기로 했다. 그리고 나는 그에게 더 이상은 안 된다고 말했다. 우리는 창가 테이블에 앉았다. '완벽한 커플'이 존재했을 때 앉곤 했던 테이블이었다. 나는 〈완전히 망가졌어〉라고 생각했다. 그는 단호한 동작으로, 거의 그네 타기 곡예사처럼 외투를 벗었다. 그러자마자 득의양양하게 가슴을 내밀었는데, 의심의 여지 없이 자신의 가슴 근육에 자부심을 느꼈고, 그것들을 일종의 자산이라고 여기고 있었다. 하지만 실크스카프는 그대로 매고 있었다. 마치 그게 자신에게 잘 어울리며, 꼭 맞는 바지와도 잘 어울린다고 믿는 것 같았다. 두 개 모두 베이지색이었다. 고상했지만, 봄에 더 잘 어울리는 색깔이었다. 그는 계절에 따라 어떤 색이 어울리는지는 그다지 관심을 기울이지 않는 게 분명했다.

그는 계속해서 내게 새롱거리는 말을 퍼부었으며, 평범한 일상에 관해 말했다. 새롱거리는 말은 직접적이었고, 뻔뻔스러울 정도로 아부가 심했지만, 천하고 품위 없지는 않았다. 그는 나와 친해지려고 노력했으며, 재치 있는 남자처럼 보이려고 애썼다. 그게 전부였다. 사실 그는 위트 있는 남자처럼 보이려고 애쓸 때보다, 그렇지 않을 때가 더 위트 있었다. 그의 농담은 익히 예측 가능했고 평범했으며 약간 순진했다. 나는 불안해졌다. 처음에 나는 그를 친절하게 대했지만, 그 친절함은 갈수록 약해지고 있었다. 이제는 웃기도 힘들었고, 직장에서의 기나긴 하루일과로 인한 피로가 엄습했다. 게다가 디아스 바렐라와 헤어진 이후, 악몽에 시달리며 불안하게 잠들었다가 깨기를 반복하면서, 제대로 잠을 자지 못하고 있었다. 나는 루이베리스가 어떤 사람인지 알고 있었다. 그리 싫지는 않았지만,——그는 친구의 호의에 보답하거나 그 친구를 도와주었을 뿐인지도 모른다. 그런데 그 친구는 또 다른 친구를 신속하게 죽이는 끔찍한 임무를 띠고 있었고, 또 다른 친구는 너무나 빨리 혹은 자연적으로 죽거나 지정된 시간(그의 인생에서 두번째 우연한 사건이 일어나는 시간, 그러나 그건 결국 동일하다)보다 앞선 어제 죽었어야 했다—나는 그에게 전혀 관심이 없었다. 그는 너무 사근사근하고 나긋나긋했으며, 자기가 여자에게 어떤 아첨을 하는지도 헤아리지 못하고 있었다. 그는 자신이 다소 나이가 들었다는 것도 의식하지 못했다. 그는 50대라기보다는 60대에 더 가까운 나이가 분명했지만, 마치 30대 남자처럼 행동했다. 아마도 그건 그가 몸을 아주 잘 관리하기 때문인 것 같았다. 그건 부정할 수 없는 사실이었다. 첫눈에 보면, 그는 40세 정도로밖에 보이지 않았다.

"왜 하비에르가 당신을 보낸 거죠?" 나는 대화가 침묵을 지키는 틈을 이용해서, 아니 대화가 기운 빠지자 갑자기 그에게 물었다. 그는 사랑을 갈구하는 자신의 말이 김빠지고 있으며, 성공 가능성이 사라지고 있다는 것을, 혹은 자신이 일단 작업을 시작하면 아무리 집요하게 달려든다고 하더라도 이미 힘을 잃는다는 것을 깨닫지 못하고 있었다.

"하비에르라고요?" 그는 정말로 놀란 것 같았다. "하비에르가 보낸 게 아니라, 내가 스스로 온 거예요. 여기 옆 동네에 볼일이 있었어요. 당신이 생각한 것과 다르더라도, 너무 스스로를 자책할 필요는 없어요. 당신을 찾아와 만나는 일은 그다지 용기가 필요한 일이 아니라는 걸 당신도 알 거예요." 그는 결코 내게 새롱거릴 기회를 헛되이 보내지 않았지만, 그러면서도 본론으로 향했다. 이미 말한 대로, 그는 갑작스러운 기분에 따라 행동했고, 또한 자기가 그 기분이나 변덕을 만족시킬 수 있는지 아닌지를 성급하게 알아보고자 했다. 그래, 그가 그렇게 할 수 있다면 그건 멋진 일일 것이었다. 그렇지 않아도 믿지는 건 하나도 없을 것이었다. 어쨌든 그는 두 번 시도하거나 혹은 정복을 기다리면서 꾸물대는 사람 같지는 않았다. 처음이자 유일한 공격을 하고서 성과가 없으면, 실패나 좌절감을 느끼지 않고 포기하고는 두 번 다시 시도하지 않으면서 다른 날에 시간을 낭비하지 않을 사람이었다. 그는 특별히 까다로운 사람이 아니었으므로 상당히 많은 후보들 중에서 얼마든지 선택할 수 있었기 때문이다.

"정말이에요? 그런데 내가 어디서 일하는지 어떻게 알았어요? 우연히 이곳을 지나고 있었다는 따위의 말은 하지 말아요. 난 당신이 어떻게 기다리고 있는지 봤거든요. 몇 시부터 거기에 있었던 거죠? 거리에서 어슬렁거리며 참고 기다리기에는 날씨도 쌀쌀해요. 당신이 스스로 왔다면 아마 많이 힘들었을 거예요. 게다가 나는 당신이 그럴 정도로 고생할 가치가 있는 여자가 아니에요. 하비에르가 우리를 소개했을 때, 내 성도 말해주지 않았어요. 그가 당신을 보내지 않은 거라면, 내가 일하는 곳을 어떻게 그렇게 정확하게 찾아냈는지 말해봐요. 난 그의 우정과 희생에 관한 이야기를 믿었어요. 그런데 뭘 더 원하는 거죠?"

루이베리스는 얼굴에서 미소를 천천히 거두었다. 아니, 미소를 지웠다고 말할 수 있었다. 하지만 사실대로 말하면, 그는 어떤 순간에도 미소를 멈춘 적이 없었다. 틀림없이 그는 비토리오 가스만의 것과 같은 눈부신 치아를 자신의 중요한 자산이라고 여겼고, 실제로 그 배우와 놀라울 정도로 닮았으며, 그래서 더 다정하고 상냥하게 보였다. 아니, 천천히 멈춘 것이 아니라, 위로 접혀진 윗입술이 잇몸에 걸렸거나 붙은 것 같았다. 사실 그런 일은 침이 부족할 때 종종 일어난다. 그리고 그는 평소보다 그 입술을 해방시키는 데 더 오래 걸렸다. 아마도 이런 일이 일어났기 때문인 것 같았다. 그는 설치류처럼 상당히 이상한 동작을 취했다.

"그래요, 그때 당신 성을 말해주지 않았어요." 그는 나의 반응에 당황한 것 같은 표정을 지으면서 대답했다. "하지만 나중에 우리는 전화로 당신에 관해 말했고, 그가 자신도 모르게 당신에 관한 정보를 충분히 주어서 나는 당신이 누군지 금방 알아낼 수 있었어요. 날 과소평가하지 말아요. 난 꽤 괜찮은 탐정이거든요. 게다가 연결되는 사람도 많아요. 물론 오늘날에는 인터넷이나 페이스북을 비롯해 여러 방법이 있어요. 그래서 신상에 관해 조금만 알려져도 그런 연결망에서 빠져나올 수 없죠. 내가 당신을 처음 보았을 때부터 미친놈처럼 당신에게 끌렸다는 것을 몰라요? 자, 당신은 정말 매력적이에요, 마리아. 이건 당신도 잘 알 거예요. 오늘 내가 처음과 전혀 다른 상황에서 전혀 다른 옷을 입은 당신을 만났지만, 이런 행운이 항상 오는 건 아닐 거예요. 그래요, 그때는 정말로 끝내줬어요. 눈에 확 띄었어요. 진짜 진실인데, 몇 주 전부터 당신의 그 모습이 내 머리에서 떠나지 않았어요." 그러더니 태연하게 아무 일 없다는 듯 다시 미소를 지었다. 그는 전혀 개의치 않고 내가 옷을 반쯤 벗은 장면을 자꾸만 언급했고, 자기 자신이 교양 없고 무례하게 보인다는 것도 걱정하지 않았다. 어쨌든 그는 자신이 그날 찾아온 것이 디아스 바렐라와 나의 사랑을 전혀 방해하지 않았다고, 방해했더라도 작은 부분에 불과했다고 생각하는 게 분명했다. 아니라고는 말할 수 없지만, 그렇다고 많이 방해한 것은 아니고 거의 방해하지 않았다는 것이다. 그는 '끝내줬어요'와 '눈에 확 띄었어요'라고 말했는데 그건 이미 유행이 지난 오래된 표현이었다. 그리고 '빠져나오다'라는 동사도 마찬가지로 요즘은 잘 쓰지 않는 표현이었다. 다시 말하면, 그의 겉모습은 어느 정도 근사했지만, 그의 어휘는 그의 나이를 여지없이 드러내고 있었다.

"나에 대해 말했다고요? 왜 그랬던 거죠? 정확하게 말하면, 우리의 관계는 공개적으로 알려진 것이 아니었어요. 완전히 비밀이었어요. 당신이 나를 본 것을, 그러니까 우리가 만난 것을 그는 그다지 좋아하지 않았어요. 그걸 몰랐어요? 그가 얼마나 놀라고 고민스러워했는지 보지 못했어요? 그 만남을 기억에서 지우고 싶었을 텐데, 그 사건 이후에 나에 대해 말했다는 건 아주 이상하네요……" 나는 갑자기 말을 멈추었다. 그때 내가 생각했던 것이 떠올랐기 때문이다. 그러니까 디아스 바렐라는 내가 문 뒤에서 듣고 있었던 그들의 대화를 루이베리스와 함께 재구성하려고 했을 것이며, 내가 얼마나 많이, 그리고 무슨 내용을 들을 수 있었는지, 내가 얼마나 많이 알고 있는지 추정했을 것이고, 그들이 했던 말을 면밀히 검토한 다음 디아스 바렐라는 나를 직접 만나서 설명을 하고, 이야기를 만들어내거나 혹은 일어났던 일을 솔직하게 고백하는 것, 좌우간 내가 상상했을 것보다 더 나은 이야기를 제공하는 게 최선이라는 결론에 도달했고, 그래서 2주가 지난 다음에 내게 전화를 걸어 만나자고 한 것이라는 생각이었다. 그래서 두 사람이 나에 대해 말했고, 하비에르가 그에게 충분한 정보를 발설해서 루이베리스가 — 이런 식으로 말해도 괜찮은지 모르겠지만 — 그의 허락 없이 스스로 나를 찾게 했을 가능성이 있었다. 의심의 여지 없이 그는 여자에게 접근하기 전에 허락을 받아야 하는 그런 사람은 아니었다. 오히려 친구의 아내나 여자친구들을 존중하거나 금지의 대상으로 여기는 사람이 아닐 것 같았다. 사실 이런 남자들은 상상 이상으로 많으며, 그들은 여자라면 누구라도 개의치 않는다. 아마도 디아스 바렐라는 그날 오후 그가 내게 접근해서 치근덕댄 사실을 몰랐을 것이다. "알았어요, 기다려요." 나는 즉시 이렇게 덧붙였다. "디아스 바렐라가 나에 대해 말했죠? 일종의 문젯거리라고 했겠죠. 걱정하면서 당신에게 말했겠죠. 당신에게 내가 두 사람의 대화를 들었다고, 내가 그 이야기를 누군가에게, 가령 루이사 또는 경찰에게 이야기하기로 마음먹는다면, 두 사람을 심각한 문제에 빠뜨릴 수 있다고 말했을 거예요. 그래서 당신에게 나에 대해 말했던 거예요, 그렇죠? 그래서 어떻게 했죠? 두 사람이 함께 흑색종에 관한 이야기를 만들어냈거나, 아니면 비달이란 사람이 당신들을 도와주었을 거예요. 아니면 당신이 머리가 좋으니 당신 혼자 그 이야기를 만들어낸 건가요? 아니면 그의 작품인가요? 아니에요, 이제 생각해보니, 당신이 아니라 그가 그렇게 했을 것 같아요. 그는 소설을 읽는 사람이고, 그래서 유사시를 대비해 몇 개의 이야기를 갖고 있을 거예요."

루이베리스는 다시 웃음을 멈추었다. 이번에는 마치 손수건으로 얼굴을 닦은 것처럼 갑자기 웃음을 멈추었다. 그는 심각한 표정을 지었고, 나는 그의 눈에서 놀람과 불안의 빛을 보았으며, 그는 즉시 경박하게 치근덕거리는 행위를 그만두었다. 그는 나와 더 가까이 있기 위해 내가 있는 쪽으로 의자를 옮겼었지만, 이제는 그의 의자와 내 의자 사이의 거리를 벌렸다.

"그러니까 당신은 그가 앓던 병에 관해 알고 있군요? 또 뭘 알죠?"

"흑색종에 관한 이야기를 모두 해주었어요. 그리고 당신이 불쌍한 고리야에게 무엇을 했는지, 그리고 휴대전화와 휴대용 접이식 칼에 관해서도 말해주었어요. 아마 당신에게 감사하고 있을 거예요. 그가 집에 남아 있었고, 당신이 가장 더러운 일을 해주었으니까요. 그렇죠? 마치 롬멜 장군처럼 작전을 이끌었어요." 나는 디아스 바렐라에게 불만이 많았고, 따라서 빈정거리지 않을 수 없었다.

"우리가 무엇을 했는지도 알고 있어요?" 그건 질문이라기보다 오히려 대답에 가까웠다. 그는 잠시 머뭇거리고서 말을 이어갔다. 이렇게 새롭게 알게 된 정보를 곱씹어야만 했거나 그렇게 한 것처럼 보였다. 그는 손가락으로 윗입술을 끌어내렸다. 그것은 붙어 있지 않고 약간 위로 향해 있었고, 그래서 그는 아주 빨리 남모르게 내릴 수 있었다. 아마도 자기 얼굴이 더 이상 웃지 않는다는 것을 확실하게 보여주고 싶었던 것 같았다. 그는 방금 전에 알게 된 내용 때문에 초조해했거나, 자신이 꾸민 것이 아니라면 그것이 전혀 마음에 들지 않은 것 같았다. 마침내 그가 덧붙였는데, 실망스럽다는 말투였다. "나는 그가 당신에게 아무 말도 하지 않을 것이라고 믿었어요. 그가 그렇게 말했거든요. 모든 것을 있는 그대로 놔두고, 당신이 너무 많이 듣지 않았거나, 혹은 올바른 결론에 이르지 못하리라고 믿거나, 아니면 단순하게 당신이 입을 다물 것이라고 생각하는 게 신중한 태도였을 거예요. 그리고 당신과 관계를 끊어야 했어요. 그래요, 그건 전혀 중대한 문제가 아니라고, 그냥 놔두면 아무 문제 없이 관계는 끊어지고 말 것이라고 그는 말했어요. 더 이상 당신을 찾지 않고, 당신이 전화를 걸어도 받지 않거나 당신에게 전화를 걸지도 않으면, 그리고 이런저런 핑계로 당신을 피하는 것만으로도 충분하다고 했죠. 그는 당신이 집요하게 매달리지 않을 거라고 생각했어요. 그는 내게 이렇게 말했거든요. '아주 생각이 깊은 여자야. 결코 아무것도 바라지 않아.' 그는 당신에게 무언가를 해줘야 한다는 의무감도 없었어요. 그는 당신이 우리의 대화에서 듣게 된 것을 서서히 잊어버리도록 그냥 놔두었어야 했어요. 그는 당신에게 그 어떤 사실이나 자료도 제공하지 않는 게 더 낫다고, 시간이 흐르면 당신은 자기가 들은 게 사실인지 아닌지 의심하게 될 거라고 말했어요. '결국 그녀는 비현실적이라고 여기면서, 모든 게 자기가 상상한 것이라고 생각하게 될 거야'라고 말했는데, 그건 정말로 그리 잘못된 계획이 아니었어요. 그래서 나는 내게 길이 열렸다고, 그러니까 당신과 관련해서 그렇다고 여겼던 거죠. 하지만 당신은 나에 대해서 아무것도 모를 거예요. 그런 일에 대해서는 아무것도 모를 거예요." 그는 다시 입을 다물었다. 그는 기억을 더듬거나 생각에 잠겨 있었다. 그러고 나서 다시 말했는데, 그건 내게 한 말이 아니라 혼잣말 같았다. "마음에 들지 않아요. 그가 내게 알려주지 않은 것이 못마땅해요. 내게 직접적으로 영향을 끼치는 것을 내게 말해주지 않은 것은 도저히 용서할 수가 없어요. 그는 그 이야기를 아무에게도 하지 말았어야 했어요. 그건 단지 그만의 이야기가 아니고, 사실 내 이야기라고 할 수 있어요. 내가 더 많은 위험을 감수했고, 더 많이 노출되어 있어요. 그를 본 사람은 아무도 없어요. 그가 생각을 바꿔 당신에게 말했다는 사실이 전혀 마음에 들지 않아요. 게다가 나한테 알리지도 않았어요. 틀림없이 당신은 나를 바보 멍청이라고, 그러니까 당신에게 엉뚱한 짓을 한다고 생각했을 거예요."

그는 넌더리가 난 것 같았다. 그의 시선은 잠시 멍해 보였다. 무언가에 집중하는 것 같기도 했다. 나에 대한 열정은 이미 차갑게 식어 있었다. 나는 잠시 기다렸다가 말했다.

"그래요, 사실대로 말하자면, 만일 여러 사람이 함께 범한 살인을 고백하려면……, 다른 사람에게 먼저 물어봐야 해요. 그렇죠? 적어도 그렇게 해야 하는 거죠." 여기서 나는 빈정거리지 않을 수가 없었다.

그는 격분해서 용수철처럼 벌떡 일어났다.

"이봐요, 그게 아니에요, 너무 나가지 말아요. 당신이 지금 무슨 말을 하고 있는지 알아요? 살인이라니, 그건 가당치도 않아요. 그건 친구가 보다 덜 고통스럽고, 보다 잘 죽게 하려는 것이었어요. 그래요, 그래요, 좋은 죽음이라는 건 없어요. 그리고 고리야는 칼로 흉포성을 드러냈지만, 우리는 그걸 예측할 수 없었어요. 우리는 고리야가 칼을 쓰겠다고 결정했는지도 확실하게 모르고 있었거든요. 그러나 그 남자가 기다리고 있던 죽음은 너무나 지독하게 끔찍했어요. 정말 무시무시했어요. 하비에르는 내게 그 모든 과정을 설명해주었어요. 적어도 그 남자는 아주 빠르게 세상을 떠났어요. 여러 단계를 거치지 않고 단번에 죽었죠. 심한 고통의 단계도 없었고, 악화의 단계도 없었고, 그의 아내와 아이들이 그가 괴물로 변하는 걸 보지도 않았어요. 그걸 살인이라고 부를 수는 없어요. 그런 말은 하지도 말아요. 그건 완전히 다른 거예요. 그건 하비에르가 말했듯이 자비의 행위죠. 자비로운 살인이에요."

그는 확신하는 것 같았고, 솔직하게 말하는 것 같았다. 그래서 나는 생각했다. 〈셋 중 하나일 수 있어. 그 멜로드라마가 사실이고 만들어낸 것이 아닌 경우. 아니면 하비에르가 질병에 관해 말하면서 이 작자도 속인 경우. 혹은 이 작자가 자기에게 돈을 주는 사람의 지시대로 연극을 한 경우. 만일 마지막 경우라면 이 사람은 아주 훌륭한 배우야. 그건 인정해야만 해.〉 나는 신문에 실린 데스베른의 사진과 인터넷에 있는 형편없는 사진을 떠올렸다. 그는 재킷도 입지 않고 넥타이도 매지 않았으며, 셔츠도 거의 벗겨졌고—그의 커프스단추들은 어디로 갔을까—온몸에 관이 주렁주렁 달렸으며, 그에게 응급조치를 하는 구급 요원들에게 둘러싸여 있었다. 그리고 상처를 드러낸 채, 피가 웅덩이처럼 괸 길 한복판에 의식을 잃고 누워 엉망진창이 된 몸으로 죽어가면서, 보행자들과 운전자들의 주의를 끌고 있었다. 그런 자신을 본다면, 혹은 자신이 그렇게 노출되어 있었다는 것을 안다면, 그는 끔찍해했을 것이다. 고리야는 실제로 임무를 수행했지만 그건 아무도 예측할 수 없었다. 그것은 자비로운 살인이라고 말할 수 있었다. 아마도 실제로 그랬을 것이며, 모든 게 사실일지도 몰랐다. 그리고 루이베리스와 디아스바렐라는 최선을 다해, 그리고 그들의 계획이 매우 뒤얽혀 복잡하다는 사실을 가슴에 새기고서 선의로 최대한 성실하게 행동했을지도 모른다. 아니면 분별없는 행동이었을 수도 있다. 세

가지 가능성을 인정하고 그 이미지를 떠올리자마자, 일종의 실
망감이 엄습했다. 아니, 그건 지겨움일 수도 있었다. 이제 우리
는 무엇을 믿어야 할지 모르는 데다, 아마추어 탐정 역할을 할
수도 없다. 그러면 우리는 지겹고 피곤해지며, 모든 것을 멀리
하고 포기하면서, 생각도 멈추고 진실에서 손을 뗀다. 혹은 얽
히고설킨 문제와 관계를 끊는데, 그건 진실에서 손을 떼는 것
과 같은 것이다. 사실이란 결코 선명하거나 분명하지 않고, 항
상 얽히고설켜 있다. 심지어 핵심에 다가갈 때도 그렇다. 그러
나 실제 삶에서 진실을 확인할 필요가 있고 어떤 진실이든 찾으
려고 전념하는 사람은 거의 없다. 그건 단지 유치한 소설에서만
일어난다. 나는 마지막 시도를 했다. 정말이지 몹시 하기 싫었
는데, 그것은 이미 대답을 상상할 수 있었기 때문이었다.

"알겠어요. 데베르네의 아내인 루이사는 어떻죠? 하비에
르가 그녀를 달래고 위로하는 것도 일종의 자비로운 행위일까
요?"

루이베리스 데 토레스는 다시 소스라치게 놀랐다. 아니 놀
란 것처럼 정말로 멋지게 위장했다.

"그의 아내 말인가요? 그녀에게 무슨 일이 있나요? 지금
무슨 위로를 말하는 거죠? 물론 그는 루이사를 도와줄 것이고,
최선을 다해 그녀뿐만 아니라 아이들도 위로해줄 거예요. 그녀
는 그의 죽은 친구의 아내예요. 그리고 아이들은 친구의 아비
없는 자식들이고요."

"하비에르는 오래전부터 그녀를 사랑하고 있어요. 아니 그가 사랑에 빠져 있다고 주장했는데, 그건 아무 차이도 없어요. 그에게 남편을 제거하는 건 천우신조였어요. 그 부부는 서로 무척 아끼고 사랑했어요. 그가 살아 있다면 최소한의 가능성도 없었을 거예요. 하지만 지금은 가능성이 있어요. 참고 견디면서 조금씩 앞으로 나아갔죠. 이제 아주 가까이에 와 있어요."

루이베리스는 즉시 아무런 노력도 기울이지 않고 미소를 되찾았다. 그건 거의 동정의 미소였다. 내가 허방을 짚은 게 너무나 불쌍하고 가련하다는 의미로 짓는 미소 같았다. 내가 얼마나 순진한지, 그리고 자신의 애인이었던 사람이 어떤 사람인지 너무나 모른다는 표정이었다.

"무슨 말을 하는 거죠?" 그는 비웃듯이 대답했다. "그는 내게 그것에 관해 한 마디도 하지 않았고, 나도 그런 걸 전혀 눈치채지 못했어요. 착각하지 말아요. 아니, 당신과의 관계가 끝난 것이 그가 다른 여자를 사랑하기 때문이라고 생각하면서 위안을 삼지 말아요. 그건 말도 안 되는 소리예요. 하비에르는 그 어떤 여자도 사랑하지 않으며, 사랑에 빠지지도 않아요. 난 오래전부터 그를 알고 있는데, 한 번도 그런 적이 없었어요. 그가 왜 결혼하지 않았다고 생각해요?" 그는 빈정거리려는 목적으로 억지로 짧게 큰 웃음을 지었다. "당신은 참고 견디면서라고 말했죠? 그는 여자들과의 관계에서 그게 뭔지도 모르는 사람이에요. 여러 이유가 있지만, 무엇보다도 바로 그런 이유 때문에 독신인 거예요." 그는 결코 내 말은 맞지 않는다고 손짓을 했다. "이제 황당하고 부질없는 생각은 그만해요. 당신은 그가 어떤 사람인지 전혀 모르고 있어요." 그러나 그는 잠시 생각에 잠겼다. 아니 기억을 떠올렸다. 누군가의 머리에 의심을 심어주는 건 정말로 쉬운 일이 아닌가!

그렇다. 디아스 바렐라가 그에게 아무 말도 하지 않았을 가능성이 가장 높다. 특히 그에게 자신의 동기를 밝히지 않고 속였다면 말이다. 나는 내가 몰래 엿들은 대화에서 루이사를 언급하면서, 그가 그녀를 이름으로 부르지 않았다는 사실을 떠올렸다. 루이베리스 앞에서 나는 그저 '아가씨'였다. 하지만 그녀는 '여자'일 뿐이었고, 그것은 의심할 여지 없이 '아내'를 뜻했다. 마치 그녀가 그와 아주 가까운 사람이 아니라는 말투였다. 그녀는 그것, 그러니까 단지 친구의 아내라는 운명만 지니고 있다는 것 같았다. 또한 루이베리스는 두 사람이 함께 있는 것을 한 번도 보지 못한 게 분명했고, 그래서 내가 루이사의 집에서 그를 처음 만난 그날 저녁부터 너무나 분명하게 여겼던 사실에 충격을 받지 않을 수 없었을 것이다. 리코 교수는 자기 생각에 너무 깊이 파묻혀서 얼이 빠져 있었고, 그래서 외부 세계의 일을 제대로 고려할 수 없었지만, 그래도 나는 리코 교수도 역시 그걸 눈치챘으리라고 추측했다. 나는 그 문제에 대해 더 이상 말하고 싶지 않았다. 루이베리스의 시선은 다시 생각에 잠긴 듯, 혹은 무언가를 골똘히 생각하는 것 같았다. 더 이상 말할 게 없었다.

그는 나를 유혹하려는 말과 행동을 이미 포기했다. 그건 틀림없는 것 같았다. 그는 몹시 실망한 것 같았다. 나는 아무것도 이해하고 싶은 마음이 없었고, 게다가 관심도 없었다. 나는 이제 그 문제에서 손을 뗐다. 적어도 다른 날이 올 때까지는, 혹은 또 다른 세기가 올 때까지는.

"멕시코에서는 어땠어요?" 나는 갑자기 그에게 물으면서, 그를 망연자실한 상태에서 꺼내 기운을 북돋으려고 했다. 나는 그를 다정하게 대하는 것이 그다지 어렵지 않다는 사실을 깨달았다. 내 평생 그를 다시 만날 기회도 없을 것이고 그럴 마음도 없다. 디아스 바렐라도 마찬가지고, 루이사 알다이도 마찬가지였다. 나는 그들 모두 만나고 싶지 않았다. 그러면서 출판사가 리코 쿄수와 출판 계약을 맺지 않기를 바랐다.

"멕시코에서라고요? 멕시코에서 일어난 일을 어떻게 당신이 알죠?" 이번에 그는 정말로 소스라치게 놀랐다. 그는 이미 자기가 말했다는 사실을 까마득히 잊고 있었다. "하비에르도 그 이야기를 제대로 모르거든요."

"그의 집에서 당신이 말하는 걸 들었어요. 문 뒤에서 엿들었죠. 얼마 전에 그곳에서 문제가 생겼다고, 그곳에서 당신이 경찰에 수배되었다고, 혹은 전과가 있다는 것과 비슷한 말을 했어요."

"맙소사! 그러니까 그 말도 들었군요!" 그는 즉시 덧붙였다. 내가 아직도 모르는 것을 급히 설명할 필요가 있는 것 같았다. "그것 역시 살인이 아니었어요. 절대 아니었어요. 그건 순전히 자기 방어였어요. 그도 그랬고 나도 그랬어요. 게다가 난 당시 스물두 살이었어요……" 그는 말을 멈추면서 자기가 너무 많은 걸 이야기하고 있으며, 사실상 자신은 아직도 기억을 되살리면서, 큰 소리로 어느 증인 앞에서 혼잣말을 하고 있다는 것을 깨달았다. 테스베른의 죽음을 내가 '살인'이라고 언급한 것이 그의 아픈 곳을 건드린 게 분명했다.

나는 깜짝 놀랐다. 나는 첫번째 살해의 상황이 어떻든 간에 그가 과거에 몰래 또 다른 살인을 범했을 것이라고는 결코 생각하지 못했다. 그는 평범하고 정직한 악당 같아서, 결코 유혈 폭력 범죄를 저지를 사람처럼 보이지는 않았다. 데베르네를 살해한 것은 예외적인 일, 그러니까 그가 어쩔 수 없이 해야만 한다고 느낀 일이라고 생각했었다. 어쨌든 그는 무기를 휘두른 사람이 아니었고, 그 일을 다른 사람에게 위임했다. 물론 디아스 바렐라보다는 위임한 내용이 조금 덜했다.

"난 그것에 대해 아무 말도 하지 않았어요." 나는 급히 대답했다. "단지 당신에게 물어봤을 뿐이에요. 난 당신이 무슨 말을 하고 있는지 모르겠어요. 하지만 또 다른 죽음이 연루되어 있는지는 별로 알고 싶지 않아요. 그것에 대해서는 이제 그만 말해요. 결코 질문을 해서는 안 된다는 사실을 이제야 알겠네요." 나는 시계를 보았다. 그런데 내가 테스베른이 앉았던 자리에 앉아서 그를 간접적으로 처형한 사람과 말하고 있다는 사실을 깨달았고, 그러자 갑자기 불편해졌다. "게다가 이제 그만 가야 해요. 너무 늦었어요."

그는 나의 마지막 말을 무시하고 계속 생각에 잠겨 있었다. 나는 그의 마음에 의심을 심어놓았지만, 그가 지금 디아스 바렐라에게 달려가서 루이사에 대해 묻고 설명을 요구하지는 않을 것이라고 확신했다. 잘 모르긴 하지만, 디아스 바렐라가 내게 다시 전화를 걸어 나를 나무라지는 않을 게 분명했다. 혹은 아마도 오래전에 멕시코에서 일어났던 일을 되새기는 사람은 그가 아니라 루이베리스일 수도 있었다. 아직도 그때의 일이 그를 짓누르고 있는 게 분명했다.

"엘비스 프레슬리 때문에 일어난 일이에요." 그는 잠시 후에 말했다. 말투가 완전히 달라져 있었다. 나를 감동시키고, 자기가 완전히 빈손으로 떠나지 않을 마지막 수단이 무엇인지 갑자기 깨달은 것 같았다. 그는 아주 심각하게 말했다.

나는 살며시 웃었다. 그렇게 하지 않을 수가 없었다.

"진짜 엘비스 프레슬리를 말하는 건가요?"

"그래요. 난 그가 멕시코에서 영화를 촬영할 때 열흘 정도 함께 일했어요."

우리 대화는 우울하고 어두웠지만, 나는 깔깔거리는 웃음을 터뜨리지 않을 수 없었다.

"아, 그렇군요." 나는 여전히 미소를 띠며 말했다. "그러면 그가 지금 어느 섬에 살고 있는지도 알겠네요. 그의 신봉자들은 그렇게 믿고 있어요, 그렇죠? 그런데 지금은 누구와 함께 숨어서 살고 있죠? 메릴린 먼로인가요 아니면 마이클 잭슨인가요?"

그러자 그는 못마땅한 표정을 지으면서 나를 째려보았다. 정말로 기분이 상해 있었다. 이렇게 말했기 때문이다.

"이봐요, 바보 멍청이 같은 소리는 그만해요. 내 말을 믿지 못하겠어요? 나는 그와 함께 일했고, 그 사람 때문에 엄청난 문제에 휘말렸어요."

그는 어느 때보다도 심각하고 진지한 표정을 지었다. 불끈 화가 나 있었다. 하지만 그것은 사실이 아닐 수도 있었다. 괜한 과대망상적 발언 같았던 것이다. 그러나 나의 의심이 그의 마음에 깊은 상처를 준 것은 분명했다. 나는 최대한 빨리 물러섰다.

"그래요, 미안해요. 당신 기분을 상하게 하고 싶지는 않았어요. 하지만 전혀 믿을 수 없었거든요. 그렇다고 생각하지 않아요?" 그러고서 나는 다른 주제로 바꾸기 위해 덧붙였다. 하지만 그 주제를 갑자기 버릴 수는 없었다. 그렇게 하면, 그러니까 그 주제에서 갑자기 손을 떼면, 내가 그의 말을 완전한 사기이며 미치광이의 말이라고 여기고 있다는 인상을 줄 수 있었기 때문이다. "이봐요, 당신이 정말로 로큰롤의 왕과 함께 일했다면, 지금 나이가 몇이죠? 그는 한참 전에 죽었어요, 그렇지 않아요? 거의 50년은 되지 않아요?" 나는 웃지 않으려고 애를 썼고, 다행히도 웃음을 참을 수 있었다.

나는 그가 약간의 새롱거림을 되찾았다는 것을 알았다. 하지만 그는 우선 내게 잔소리를 했다.

"너무 부풀리지 말아요. 내 생각에는 8월 16일이면 34년이 돼요. 그 이상은 아닐 거예요." 그는 정확하게 알고 있었다. 정말로 그의 광팬임이 분명했다. "음, 그럼 내가 몇 살이나 되었다고 생각하나요?"

나는 나의 잘못을 바로잡기 위해 다정하게 굴고 싶었다. 그래서 과장하지 않으면서, 그리고 그가 너무 우쭐대지도 못하게 이렇게 말했다.

"잘 모르겠어요. 대략 쉰다섯 살?"

그는 흡족한 미소를 지었다. 이미 내가 기분 상하게 했던 것을 잊어버린 것 같았다. 너무나 환하게 웃는 바람에, 윗입술이 또다시 위로 치솟으면서, 그의 하얗고 건강하며 직사각형 모양의 치아와 잇몸이 드러났다.

"적어도 열 살은 더 더해야 해요." 그는 기분 좋게 웃었다. "어떻게 생각하죠?"

그는 정말로 아주 젊게 보였다. 다소 어린애 같은 점이 있었고, 그래서 우리가 쉽게 호감을 느낄 수 있는 사람이었다. 아마도 그는 디아스 바렐라의 또 다른 희생자일 수도 있었다. 그런데 이제 나는 그토록 많이 말했고 그의 귓가에 속삭였던 그의 이름이 아니라 그의 성으로 부르는 데 점차 익숙해지고 있었다. 이런 행동은 아주 어린애 같은 행동이지만, 우리가 사랑했던 사람과 멀어지려고 할 때면 많은 도움을 준다.

바로 그때부터 희미해지는 과정이 정말로 시작되었다. 즉 그건 내가 모든 것과 관계를 청산하기로 작정하고 처음으로 행동한 이후, 그리고 처음으로 〈젠장, 이게 나와 무슨 관계가 있지? 이 모든 게 나한테 어떻단 말이야?〉라고 생각한 이후 시작되었다——아니 그런 생각을 하지 못했을 수도 있다. 아마도 그건 우리의 정신이 아니라 우리의 기력 혹은 단순히 호흡과만 관련될 수도 있다. 그런 생각은 가까운 사람들 사이의 일이건 아니면 중대한 사건이건, 그 누구라도 항상 생각할 수 있다. 그런 사건이나 상황을 떨쳐버리지 않는 사람들은 마음속으로 그것을 원하지 않기 때문이다. 그들이 바로 그 사건들 때문에 살아가며, 그 사건들이 그들의 삶에 의미를 부여한다는 사실을 깨닫기 때문이다. 그것은 집요하게 달라붙는 죽은 자들의 짐을 기꺼이 짊어지는 사람들도 마찬가지다. 죽은 사람들은 누군가 자기들을 붙잡아두도록 모두가 약간 지체하면서 느릿느릿 움직이려고 한다. 그런 점에서 그들은 모두 샤베르이다. 하지만 그들이 실제로 무모하게 돌아오려고 하면, 살아 있는 사람들은 얼굴을 찡그리면서 그들을 거부하고 부정한다.

물론 그 과정은 서서히 진행된다. 힘들기 때문에 우리는 의

지력을 작동시키고 노력을 하며, 기억에 유혹되지 않으려 한다. 기억은 때때로 돌아오고, 가끔씩 위안물로 위장한다. 그것은 특히 우리가 어떤 거리를 지나가거나, 혹은 향수 냄새를 맡거나 또는 노랫가락을 듣거나, 아니면 함께 즐겼던 영화를 텔레비전에서 상영하는 것을 볼 때 모습을 드러낸다. 그런데 나는 디아스 바렐라와 그 어떤 영화도 보지 않았다.

우리가 약간의 경험을 공유한 문학과 관련해서, 나는 즉시 그에 대한 기억을 수용했고, 동시에 맞서면서 위험을 피했다. 독자들과 나 자신에게는 때때로 불행한 일이지만, 우리 출판사는 보통 현대 작가의 작품만 출판한다. 나는 에우헤니를 설득해서 새롭고 아주 훌륭한 번역으로(사실 가장 최근 번역본의 번역은 아주 형편없었다) 『샤베르 대령』을 가능한 한 빨리 출간하기로 했고, 거기다가 발자크의 단편소설 세 편을 덧붙여서 부피를 부풀리기로 했다. 『샤베르 대령』은 프랑스어로 '누벨', 즉 중편소설 분량이었기 때문이다. 그로부터 몇 달 후에 그 작품은 서점에 배포되었고, 그렇게 나는 내가 쓰는 언어로 훌륭한 판본을 출간하면서 그에 대한 기억의 그림자에서 벗어났다. 우리가 그 책의 출간을 준비하는 동안, 나는 그것이 얼마나 필요한지 떠올렸고, 그런 다음에는 잊어버릴 수 있었다. 아니 적어도 나는 그 기억에 붙잡히지도 않을 것이며, 그것의 급습을 받지도 않을 것이라고 마음속으로 굳게 다짐했다.

나는 그 마지막 책략을 쓴 다음 출판사를 떠나려고 했다.

그래야 그 카페에 계속 가지 않고, 심지어는 내 사무실에서 그 카페를 쳐다보지 않을 수 있었기 때문이다. 물론 일부는 나무에 가려져 있었지만, 나는 그 카페의 어떤 것도 기억하고 싶지 않았다. 또한 살아 있는 작가들과 다투는 것도 지겨웠고—이미 세상을 떠난 작가들을 다루는 것은 정말 큰 기쁨이다. 그들은 우리를 괴롭히지도 않고 자신들의 미래를 조종하려고 하지도 않는다—, '지겨운 인간' 코르테소의 끈덕진 전화도 짜증났으며, 역겹고 인색한 가라이 폰티나의 요구에도 지쳤고, 잘난 척하면서 사이버네틱스를 다루는 가짜 젊은 작가들도 지겨웠다. 사실 이런 작가들이야말로 가장 무식하고 멍청하면서도 항상 아는 체하는 자들이다. 그러나 경쟁사들의 다른 제안들도 월급 인상을 약속하는 걸 제외하고는 그다지 매력적이지 않았다. 어느 출판사를 가든지 나는 계속해서 나와 똑같은 공기를 마시면서도 과도한 야심에 사로잡힌 작가들을 상대해야만 했다. 게다가 조금 게으르고 약간 맛이 간 에우헤니는 갈수록 내게 많은 일을 맡겼고, 나보고 알아서 결정하라고 요구했으며, 나는 그의 말대로 했다. 에우헤니에게 허락을 받을 필요도 없이 괴팍하고 얼빠진 작가에게서 벗어날 수 있는 날이 곧 올 것이라고 확신했기 때문이다. 특히 지칠 줄 모르고 자기 연설문을 엉터리 스웨덴어로 다듬고 또 다듬는 가라이 폰티나가(그가 연설을 연습하는 것을 들었던 사람들은 그의 억양이 엉망진창이라고 확신했다) 언제 휘두를지 모르는 채찍에서 벗어나고 싶었다. 그러나 무엇보다도 나는 그 풍경에서 도망치지 말아야 한다고, 오히려 최선을 다해 그것을 지배해야 한다는 것을 깨달았다. 루이사가 그랬듯이, 갑자기 다른 곳으로 옮기는 게 아니라 계속해서 그곳에 하는 수 없이 살아가면서 주인이 되어야 했다. 그리고 그런 삶이 함축하는 가장 슬프고 가장 감상적인 의미를 벗어나, 새로운 나날의 일상을 부여해야 한다고, 다시 말하면, 그것을 개조해야 한다는 것을 깨달았다. 그렇다, 나는 그 장소가 나를 싸구려 감정으로 물들였고, 그 감정이 다소 상상한 것일지라도 속이거나 피할 수 없다는 사실을 깨달았다. 그럴 경우 단지 그 감정과 사이좋게 지내면서 가라앉히는 수밖에 없다.

거의 2년이 지났다. 나는 매우 관심이 가는 재미있고 흥미로운 다른 남자를 만났다. 하코보라는 남자인데, 다행히 작가는 아니었다. 나는 그의 요구에 못 이겨 약혼을 했으며, 우리는 차분하게 결혼 계획을 세웠다. 하지만 그 계획을 취소하지 않고 계속 뒤로 미룬 사람은 바로 나였다. 나는 결혼에 목매는 성격이 아니었다. 그러나 그렇게 한 것은 내 나이 ─30대 후반─ 때문이었다. 사실 매일 남자와 함께 눈을 뜨고자 하는 욕망은 큰 문제가 아니었고, 지금도 그게 매력적으로 다가오지 않는다. 그리고 추측하건대 우리가 함께 침대로 가서 잘 수 있는 남자를 사랑한다면, 그건 나쁘지 않을 것이다. 말할 필요도 없이 나는 이런 경우이다. 나는 아직도 디아스 바렐라에 관한 것들을 그리워한다. 그러나 이건 또 다른 문제이다. 그렇다고 해서 죄책감을 느끼지는 않는다. 결국 기억의 영역에서는 그 어떤 것도 양립 불가능하지 않기 때문이다.

나는 팰리스 호텔의 중국 식당에서 사람들과 저녁을 먹고 있었다. 그때 나는 그들을 보았다. 약 서너 테이블 떨어진 곳이었다. 나는 두 사람이 잘 보이는 곳에, 그러니까 그들의 옆모습이 잘 보이는 곳에 앉아 있었다. 마치 나는 일등석에 앉아 있고, 그들은 무대에 있는 것 같았다. 차이가 있다면 우리가 같은 높이에 있다는 것이었다. 사실대로 말해서, 나는 마치 자석처럼 딱 붙어 있는 그들에게서 눈을 떼지 않았다. 그들에게서 눈을 돌린 것은 손님들 중 누군가가 내게 말을 걸었을 때였는데, 그런 일은 그리 자주 있지 않았다. 우리는 어느 소설의 출판 기념회가 끝나고 그곳으로 왔고, 대부분의 손님들은 잘난 척하는 작가의 친구였다. 내가 전혀 모르는 사람들이었다. 그들은 자기들끼리 즐겁게 떠들었으며, 나를 거의 귀찮게 하지 않았다. 나는 그곳에 출판사 대표 자격으로 참석했다. 물론 식비를 내기 위해서였다. 대부분의 손님들은 플라멩코 무용수들처럼 이상했고, 나는 그들이 어느 이상한 은닉처에서 기타를 꺼내고서 음식이 나오는 중간중간에 큰 소리로 노래를 부르기 시작할까 몹시 두려웠다. 그러면 내가 난처해질 수도 있지만, 루이사와 디아스 바렐라가 우리 테이블이 있는 쪽으로 고개를 돌릴 것이었기 때문이다. 두 사람은 서로에게 너무나 빠져 있어서, 시커먼 곱슬머리들 사이에 내가 있다는 사실을 눈치채지 못했다. 나는 아마도 그녀가 나를 알아보지도 못할 것이라고 생각했다. 그런데 어느 순간 소설가의 애인이 내가 한 지점만을 줄기차게 바라보고 있다는 것을 알았다. 그녀는 여봐란 듯이 고개를 돌려 그들, 즉 하비에르와 루이사를 뚫어지게 쳐다보았다. 나는 그녀의 노골적인 눈이 그들에게 내 존재를 알려줄지 몰라 걱정되었고, 그래서 하는 수 없이 설명을 해야만 했다.

"미안해요. 내가 알고 있는 커플인데, 너무 오랜만에 봤어요. 당시에는 커플이 아니었어요. 부탁이니 내가 버릇없는 행동을 했다고는 생각하지 말아요. 저런 모습을 보니 아주 궁금해져서 그래요. 아마 당신은 내 말이 무슨 뜻인지 알 거예요."

"괜찮아요, 걱정 말아요." 그녀는 다시 적절하지 않게 두 사람을 흘끗 보고서 넓은 마음으로 다정하게 대답했다. 그녀는 단숨에 어떤 상황인지 이해했다. 그래서 때때로 나는 솔직해질 필요가 있다고 믿는다. "남자가 멋있네요, 그렇죠? 전혀 이상한 일이 아닌 것 같네요. 걱정 말아요. 이건 당신과 관련된 것이지 나와 관련된 게 아니니까요."

그렇다. 나는 이제 그들이 정말로 커플이 되었다고 생각한다. 그건 전혀 모르는 사람들의 눈에도 쉽게 띈다. 그런데 나는 그를 너무나 잘 알고 있었다. 물론 그녀는 잘 몰랐다. 딱 한 번에 걸쳐 오랫동안 말을 했지만—혹은 그녀 혼자 말했다고 말할 수 있을 것이다. 나는 그날 대체 가능한 인물, 그저 그녀의 말을 들어주는 귀에 불과했다—사실상 거의 아는 게 없었다.

하지만 수년에 걸쳐 나는 그것과 유사한 상황에 있던 그녀를 지켜보았다. 즉 그녀의 남편과 함께 있었을 때였다. 그러나 그는 이미 오래전에 죽었고, 그래서 이제 루이사는 결정적으로 자기 자신을 생각할 때, 맨 먼저 '나는 과부가 되었어요'나 '나는 과부예요'라는 생각이 떠오르지는 않을 것이다. 그것은 이제 그녀는 결코 과부가 아닐 것이며, 두 사람은 과거와 똑같을지 몰라도, 그 사실과 자료와 정보는 바뀌었을 것이기 때문이다. 그래서 그녀는 대신 이렇게 말할 것이다. '첫번째 남편을 잃었어요. 그는 갈수록 내게서 멀어져가요. 그를 본 지 너무나 오래되었어요. 하지만 이 다른 남자는 여기 내 곁에 있어요. 그것도 항상 있어요. 조금 이상하게 보일지 모르지만 나는 그도 남편이라고 불러요. 그는 내 침대에서 전남편이 있었던 자리를 차지했고, 그렇게 병치되면서 전남편은 점점 흐려지고 지워져요. 매일 낮마다 조금 더, 매일 밤마다 조금 더 그렇게 돼요.' 나는 그들이 함께 있는 걸 보았었다. 그것도 딱 한 번이었다. 그러나 그가 사랑에 빠져 있고 그녀를 갈망하고 배려하며, 그녀는 그런 것을 전혀 알아채지도 못하고 그를 염두에 두지도 않는다는 것을 알기에 충분했었다. 하지만 이제 모든 것은 완전히 바뀌어 있었다. 그들은 상대방에게 열중하고 있었고, 쾌활하고 행복하게 말하고 있었으며, 가끔씩 말을 주고받지 않으면서 서로의 눈을 쳐다보았고, 테이블 위로 손깍지를 끼고 있었다. 그는 결혼반지를 끼고 있었다. 언제인지는 모르겠지만, 아주 최근에, 아마도 어제나 그저께 두 사람은 세속적 절차에 따라 결혼한 것 같았다. 그녀는 훨씬 더 좋아 보였고, 그의 얼굴도 전혀 나빠지지 않았다. 바로 거기에 디아스 바렐라가 있었다. 입술은 평소와 똑같았고, 나는 그것의 움직임을 멀리서 따라 했다. 우리에게는 결코 잃어버릴 수 없는 혹은 자동적인 것처럼 즉각 회복되는 습관이 있다. 나는 나도 모르게 멀리서 그 입술을 만지려는 듯이 손짓을 했다. 소설가의 애인, 그러니까 나를 때때로 쳐다보던 유일한 손님은 내 손짓을 눈치채고서 다정하고 점잖게 물었다.

"미안해요. 뭘 원하세요?" 아마도 그녀는 내가 자기에게 손짓을 했다고 생각한 것 같았다.

"아니에요, 아니에요. 신경 쓰지 말아요." 나는 마치 '개인적인 일이에요'라고 말하는 듯이 손을 흔들었다.

내가 혼란스럽고 당황한 것처럼 보이지는 않았을지라도, 난처한 상황에 처한 것처럼 보인 게 분명했다. 다행히 다른 손님들은 쉴 새 없이 건배를 하면서 내게 관심을 기울이지 않고서 큰 소리로 떠들어댔다. 내가 보기에는 걱정스럽게도 그들 중 한 사람이 흥얼거리기 시작했다. (나는 '아, 불쌍한 내 여자, 내 여자, 푸에르토의 성모님'이라는 말을 들을 수 있었다.) 왜 그들이 모두 플라멩코 쇼의 공연자들과 판박이처럼 보였는지 나는 모른다. 소설가는 그렇지 않았다. 그는 마름모꼴 무늬의 스웨터를 입었고, 강간범이나 미치광이가 쓰는 안경을 쓰고 있었으며, 신경증 환자와 같은 생김새였다. 그런 사람이 아주 명랑하고 매력적인 애인을 갖고 있으며, 상당히 많은 책을 팔았다는 사실은 이해할 수 없었지만, 그가 출간하는 책은 모두 그렇게 우쭐댈 만한 비결이 있었다. 그래서 우리는 그를 상당히 비싼 식당으로 데려와 대접한 것이다. 나는 푸에르토의 성모가 누구인지 몰랐지만 그 성모에게 제발 노래를 부르지 않게 해달라고, 나는 불안해하고 싶지 않다고 짧게 기도했다. 나는 무대와 같은 그 테이블에서 눈을 뗄 수 없었는데, 이제는 갑자기 오래된 그 신문들의 한 구절이 자꾸만 내 머릿속으로 울려 퍼지기 시작했다. 바로 그 저주스러운 이틀 동안 소식을 전했지만, 이후 영원히 그 사건에 관해 입을 다문 신문 기사였다. '다섯 시간 동안 삶과 죽음 사이를 오가며 몸부림쳤지만, 한 순간도 의식을 되찾지 못했고, 마침내 그날 저녁 늦게 사망했다. 의사들은 그가 목숨을 구하도록 더 이상 손을 쓸 수 없었다.'

그러자 나는 생각했다. 〈수술실에서 다섯 시간이나 있었어. 데스베른이 이야기한 것을 하비에르가 내게 말했던 것처럼, 몸 전체로 전이되어 있었어. 다섯 시간이나 있었는데, 아무도 그걸 발견하지 못했어.〉 그러자 나는 다섯 시간이라는 사실이 거짓이거나 잘못된 것이 아니라면, 그것은 그가 결코 그런 병을 앓지 않았다는 사실을 분명하게—적어도 더 분명하게— 보여준다고 생각했다. 어쨌든 신문 기사들은 빈사 상태의 환자를 어느 병원으로 이송했는지조차 의견의 일치를 보지 못했다. 물론 어떤 것도 확실하고 결정적이지는 않았으며, 루이베리스의 이야기는 실제로 디아스 바렐라의 말과 그다지 다르지 않았다. 그러나 이것 역시 큰 의미가 있는 것은 아니었다. 모든 것은 디아스 바렐라가 루이베리스에게 냉혈한처럼 일을 맡겼을 때 얼마나 많은 진실을 드러냈느냐에 따라 좌우되기 때문이다. 나는 내가 그렇게 순간적으로—아니 순간보다는 조금 더 길었는데, 내가 중국 식당에 있는 동안 적어도 어느 정도는 지속되었다—더 분명하게 볼 수 있다고 믿게 된 것은 분노와 노여움 때문이었다고 생각한다(그러나 우리 집에 도착하자 훨씬 더 모호해졌는데, 내 아파트에는 더 이상 그 커플이 없고 하코보가 나를 기다리고 있었기 때문이다). 그런데 왜 내가 분노했을까? 나는 하비에르가 그가 원하던 것을 손에 넣었으며, 그가 예측했던 것처럼 모든 게 작동되었다는 사실을 깨달았기 때문이라고 생각한다. 어쨌거나 나는 그에게 그 어떤 희망도 간직하지 않았고, 그가 내게 거짓 희망을 주었다고 책망할 수도 없었지만, 그래도 그에게 모욕을 당했다는 느낌을 받았다. 내가 느낀 것은 도덕적 차원의 분노가 아니었고, 정의를 구현하겠다는 소망도 아니라, 훨씬 더 근본적이고 아마도 훨씬 더 야비할 수 있는 열망이었다. 나는 정의와 부정 같은 것에 신경 쓰지 않았다. 분명히 나는 과거 지향적인 질투 혹은 원한을 느꼈다. 나는 우리들 중에서 그 누구도 이런 감정에서 벗어날 수는 없다고 믿는다. 나는 생각했다. 〈저 사람들을 봐. 저들은 참을성 있게 기다리면 그 모든 시간의 끝이 어떤지 잘 보여줘. 여자는 어느 정도 회복되었고 행복해하고 있어. 남자는 몹시 기뻐하고 있어. 두 사람은 결혼했고 이제는 데베르네와 나를 잊었어. 나는 저들에게 거의 흔적도 남기지 못했어. 지금 당장 저 결혼을 파경으로 몰고 가느냐 마느냐는 내 손에 달려 있어. 나는 저 남자가 강탈자로서 공들여 만든 삶을 망가뜨릴 수 있어. 강탈자, 그래, 그게 적당한 말이야. 내가 자리에서 일어나 저들의 테이블로 다가가 이렇게 말하는 것으로 충분할 거야. '잘되었네요. 결국 소원을 이루었네요. 그녀가 아무것도 의심하지 못하게 만들면서 방해물을 치웠네요.' 더 이상 아무 말도 덧붙일 필요도, 더 이상 설명할 필요도, 이야기를 모두 들려줄 필요도 없을 것이고, 내가 획 돌아서서 나오면 모든 게 끝나. 그걸로, 그러니까 그 정도의 암시만 해도 루이사에게 불안감과 혼란을 심어주기에 충분할 것이고, 그러면 그녀는 내 말이 무슨 뜻인지 강력하게 설명을 요구할 거야. 그래. 누군가의 마음에 의심을 들여 넣는 것은 너무나 쉬운 일이야.〉

이런 생각을 하자마자 ─ 그러나 나는 그 생각을 오랫동안 했으며, 내 머리에서 떠나지 않고 맴도는 중독성 있는 노래처럼 계속 반복해서 생각했다. 그러자 그들에게서 눈을 떼지 않은 채 마음속으로 화가 불끈 치밀었는데, 나는 그들이 어떻게 내 눈에서 분노를 눈치채지 못했는지, 어떻게 내 눈이 불타거나 꿰뚫리는 느낌을 받지 못했는지 모른다. 내 눈은 뜨거운 불덩이나 바늘과 같았을 게 분명했다 ─, 나는 아무 생각도 없고 아무것도 의식하지 않은 채 벌떡 일어났다. 내 의지와는 달리 내가 손을 뻗어 그의 입술을 만질 때와 똑같았다. 나는 아직도 냅킨을 움켜쥐고 있었다. 그리고 융숭한 대접을 받는 협잡꾼의 애인, 그러니까 나의 존재를 아직도 의식하고 있고, 그래서 내가 오랫동안 자리를 비우면 섭섭해하면서 그리워할 유일한 여자에게 말했다.

"미안해요. 금방 돌아올게요."

정말이지 나는 내가 무슨 의도로 그렇게 하는지 몰랐다. 아니면 내 테이블에서 그들의 테이블로 몇 발짝—하나, 둘, 셋—내딛는 동안, 내 의도는 여러 번 급속도로 바뀌었을 수도 있다. 나는 이 덧없고 무상한 생각이 갑자기 내 머리를 엄습했다는 것을 알고 있다. 이런 생각을 글로 설명하려면 훨씬 많은 시간이 걸린다. 나는 구겨지고 더러워진 냅킨을 손에 들고 있다는 사실도 모른 채, 걸어가고—넷, 다섯 발짝—있었다. 〈그녀는 나를 거의 몰라. 게다가 나를 반드시 알아봐야 할 이유도 없어. 너무나 오랜 시간이 지났고, 그래서 내가 나 자신을 소개하고 그녀의 이름을 말하면 비로소 알아볼 수 있을 거야. 그녀에게 나는 그들의 테이블로 다가오는 완전한 이방인과 다름없을 거야. 나를 정말로 잘 알고 있는 사람은 바로 그야. 그는 나를 즉시 알아볼 거야. 하지만 그건 이론적으로만 그래. 루이사가 보는 앞에서 그는 나를 기억할 최소한의 이유도 없으니까. 이론적으로 그와 나는 서로 단 한 번만 만났으며, 거의 말을 주고받지 않았어. 2년도 넘은 어느 날 저녁에 우리 두 사람이 그녀의 집을 방문했을 때였지. 그는 내가 누구인지 모르는 척해야만 할 거야. 그렇지 않으면 아주 이상하게 보일 거야. 그 점에서 그의 정체를 폭로하는 것도 내 손에 달려 있어. 우리 여자들은 우리와 함께 있는 남자에게 어떤 여자가 인사를 하러 오면, 과거에 그 여자가 그와 관계를 가졌다는 것을 항상 감지할 수 있어. 두 사람이 완벽하게 숨기면서 아무것도 드러내지 않는 경우만 예외가 되겠지. 그리고 우리가 실수를 할 경우도 제외가 돼. 사실 우리 몇몇 여자들은 우리 파트너가 과거에 수많은 연인들을 거느렸을 거라고 생각하는 경향이 있지만, 항상 적중하는 건 아니니까.〉

앞으로 나아가면서—여섯, 일곱, 여덟 발짝, 테이블 하나를 돌아서 급하게 걷는 중국인 웨이터들을 피해 걸어야 했다. 그쪽으로 가는 길이 직선이 아니었기 때문이다—나는 그들을 더 잘 바라볼 수 있었다. 그들은 조용하고 행복해 보였고, 자신들의 대화에 푹 빠져 있었다. 아니, 다른 사람의 대화는 그들의 안중에 없었다. 발걸음을 내딛는 순간, 나는 루이사에게서 기쁨과 행복과 유사한 무엇, 혹은 순응, 아니 일종의 안심이나 위안을 느꼈다. 그녀를 마지막으로 본 것은 이미 오래전 일이었다. 그때는 그녀에게 정말이지 큰 동정심을 느꼈었다. 그녀는 내게 증오와 미움에 관해 말했고, '고리야'에게는 그런 감정을 가질 수 없다고 했었다. 〈아니에요, 그를 증오하는 건 아무 도움이 되지 않아요. 내게 위안도 되지 않고 기운을 주지도 않아요〉라고 말했었다. 그녀는 아마도 갓 도착한 추상적인 청부 살인자에게도, 그리고 데베르네를 죽이도록 고용된 사람에게도 증오의 감정을 느낄 수 없었을 것이다. 〈하지만 교사자들을 증오할 수는 있어요〉라고 그녀는 덧붙였었다. 그리고 1611년에 출간된 코바루비아스의 사전에서 '질투'에 대한 정의의 일부를 읽어주면서, 자기 남편의 죽음은 그것 때문이라고 비난할 수도 없다는 것은 유감이라고 말했다. 〈더욱 큰 문제는 이 독이 종종 우리와 가장 가깝고 따라서 우리가 신뢰하는 친구들의 가슴속에서 생긴다는 것이다. 그것은 공표된 우리의 적들보다 더욱 위험하다.〉 그러고서 그녀는 내게 이렇게 고백했다. 〈잠자리에서 눈을 뜰 때도, 잠자리에 누울 때도, 꿈을 꿀 때도, 그리고 깨어 있을 때도 항상 그를 그리워해요. 마치 내가 항상 그를 데리고 다니는 것 같아요. 내 몸의 일부인 것 같아요.〉 나는 아홉번째, 열번째 발걸음을 옮겨 그들의 테이블에 거의 다다르면서 생각했다. 〈이제 그녀는 그렇게 느끼지 않을 거야. 아마 남편의 시체에서, 죽은 남편에게서, 그리고 이 세상으로 돌아오지 않는 인정을 베푼 그의 유령에게서 해방되었을 거야. 이제는 앞에 누군가 있고, 두 사람은 서로 자신들의 운명을 숨길 수 있어. 내가 청소년 시절에 읽어서 잘 기억이 나지는 않지만, 그 시에 따르면 연인들은 그렇게 해. 이제 그녀의 침대는 더 이상 슬프지 않을 것이며 안쓰럽지도 않을 거야. 그 안으로 매일 밤 살아 있는 육체가 들어갈 테니까. 난 그 육체의 무게를 잘 알고 있어. 그걸 느끼면서 나는 너무나 즐거워했었어.〉

　나는 내가 마지막 발걸음을 내디디면서 ─ 열하나, 열둘,

열셋—그들이 나를 향해 시선을 돌리는 것을 보았다. 그들은 내 모습 혹은 그림자를 느꼈다. 그는 두려움과 공포에 사로잡혀 이렇게 생각하는 것 같았다. 〈여기서 뭐하는 거지? 도대체 어디서 나온 거야? 그런데 왜 여기로 오는 거야? 내가 어떤 사람인지 폭로하려는 건가?〉 그러나 그녀는 그의 표정을 보지 못했다. 이미 다정한 표정으로, 그리고 환하고 따뜻하고 솔직한 미소를 지으며 나를 바라보았기 때문이다. 나를 즉시 알아본 것 같았다. 그리고 실제로 그랬다. 이렇게 소리쳤기 때문이다.

"얌전한 아가씨!" 그녀는 의심의 여지 없이 내 이름을 기억하지 못했다.

그녀는 즉시 자리에서 일어나 내 뺨에 두 번 키스를 했고, 거의 나를 껴안았다. 너무나 다정하게 대해준 나머지 나의 모든 의도, 즉 디아스 바렐라에게 말하고자 했던 의도를 즉시 멈출 수밖에 없었다. 만약 말을 했더라면, 루이사는 그에게 등을 돌렸을 수도 있고, 아니면 불신하거나 또는 아연실색하거나 혹은 불쾌하게 그를 쳐다보았을 수도 있고, 아니면 그녀가 내게 알려주었듯이 교사자를 증오하게 만들 수도 있었다. 조금 전만 하더라도, 나는 그의 삶을 망쳐버리고, 따라서 그녀의 삶도 다시 망치고, 두 사람의 결혼을 망쳐버려야겠다고 생각했었다. 그러나 다정한 루이사를 보자 그럴 마음이 싹 사라졌다. 그러면서 나는 생각했다. 〈내가 도대체 뭐라고 우주를 휘저어놓는가? 여기 내 앞에 있는 이 남자처럼, 다른 사람들은 그렇게 할 수도 있어. 내가 얼마나 그를 사랑했고 그에게 아무런 해도 끼치지 않았는데, 그는 지금 나를 모르는 척하고 있어. 하지만 다른 사람들이 이 우주를 분열시키고 농락하며 최악의 방식으로 학대할지라도, 내가 그들의 예를 반드시 따라야 하는 건 아니야. 그들과 달리 내가 잘못된 사실을 바로잡고 아마도 죄가 있는 사람을 처벌하고, 정의에 따라 행위한다는 핑계가 있더라도, 그래야 하는 건 아니야.〉 나는 이미 정의와 부정에 전혀 관심이 없다고 말했었다. 내가 그런 일을 해야 할 필요가 있는가? 사실 디아스 바렐라는 일면 타당했고, 변호사 데르빌도 소설 세계에서, 흐르지 않고 가만히 있는 소설의 시간 속에서는 옳았다. 디아스 바렐라는 내게 이렇게 말했었다. 〈처벌받지 않은 범죄가 처벌받은 범죄의 숫자를 갈수록 능가하고 있어요. 우리가 알지 못하는 범죄들이나 숨겨져 있는 범죄들을 이야기하는 게 아니에요. 당연히 그것들은 기록되었거나 알려진 범죄들보다 무한히 더 많을 테니까요.〉 아마도 또한 그는 이렇게도 말했던 것 같다. 〈더 큰 문제는 시대와 나라를 막론하고 전혀 다른 수많은 개인들이 스스로 책임을 지고 위험을 감수하는데, 그것들은 아주 다르고, 거리상 서로 멀리 떨어져 있거나, 시간상으로 수년 혹은 수세기가 떨어져 있죠. 그래서 원칙적으로 상호 전염에 노출되어 있지 않아요. 그리고 스스로의 생각과 개인적이며 양도 불가능한 목표를 지니고는 모두 동일한 방법을 선택한다는 거예요. 친구, 동료, 형제, 부모, 아이, 남편, 아내 혹은 정부 들을 처리하기 위해 강도나 약탈, 사기, 살인 혹은 배신이라는 방법을 쓴다는 거예요. 의심의 여지 없이, 그들이 아마도 한때 가장 사랑했던 사람들이었을 거예요. 민간인들의 목숨을 위협하는 범죄들은 몸서리 칠 정도로 오싹하고 무섭죠. 아마도 범죄 그 자체가 그렇지는 않을 거예요. 그것들은 그다지 인상적이지 않으며, 규모가 작고, 산발적으로 일어나죠. 여기에서 하나, 저기에서 하나 일어나는 식이죠. 그것들은 물방울이 떨어지는 것처럼 조금씩 우리의 의식으로 들어오기 때문에, 그다지 분노를 야기하지 않고, 끊임없이 일어나지만 항의의 물결을 유발하지도 않아요. 우리 사회가 그 범죄들과 함께 살고 태곳적부터 그런 범죄로 가득하기 때문에 그럴 수도 있어요.〉 그런데 내가 공연히 개입해야 할 이유가 있을까? 아니; 내가 그걸 반박해야 할 이유가 있을까? 내가 그렇게 한다고 우주의 질서가 구제될 수 있을까? 왜 내가 범죄라고 확신하지도 못하는데, 그 한 개의 범죄를 고발해야 하지? 그 어떤 것도 확실한 것은 없고, 진실은 항상 뒤엉킨 더미인데. 이미 누군가 차지한 장소를 점령하겠다는 유일한 목표를 갖고 사전에 계획된 정말로 냉혹한 범죄라면, 그 범죄를 자행한 사람은 적어도 과부를, 그러니까 살아 있는 희생자이며, 사업가 미겔 데스베른의 부인을 위로해야 할 책임이 있다. 이제 그녀는 그를 그토록 그리워하지는 않을 것이다. 잠을 깨거나 또는 잠들때, 혹은 꿈을 꿀 때나 아니면 하루 내내 그가 그립지는 않을 것이다. 유감인지 다행인지는 몰라도, 죽은 사람들은 그림처럼 고

522

정되어 있다. 그들은 움직이지 않으며, 아무것도 덧붙이지 않고, 아무 말도 하지 않으며, 결코 대답도 하지 않는다. 돌아올 수 있다고 돌아오는 것은 잘못된 행동이다. 데베르네는 그럴 수 없었고, 그게 바로 그가 가장 잘한 일이었다.

나는 그들의 테이블로 찾아갔지만 오래 있지는 않았다. 우리는 몇 마디만 주고받았고, 루이사는 잠시 자기들과 함께 있자면서 앉으라고 권했지만, 나는 내 손님들이 기다리고 있다는 핑계를 댔다. 내가 계산해야 한다는 것만을 제외하고는, 물론 모든 게 거짓말이었다. 그녀는 자신의 새 남편을 내게 소개했고, 내 생각에 그녀는 나와 그가 그녀의 집에서 이미 만난 적이 있으며, 당시 그녀에게 그는 아직 어둠 속에 존재하고 있었다는 사실을 기억하지 못하는 것 같았다. 우리들 가운데 아무도 그녀의 기억을 새로이 해주지 않았다. 그런다고 해도 얻을 게 하나도 없었고, 그럴 필요도 없었기 때문이다. 디아스 바렐라는 그녀와 거의 동시에 자리에서 일어나서는, 스페인에서 남녀가 처음 소개받을 때 그러듯이 내 뺨에 두 번 키스했다. 내가 신중하게 무언극을 하듯이 행동하자, 그의 얼굴에서는 이미 공포의 표정이 지워져 있었다. 그러자 그도 나를 아무 말 없이, 그리고 몽롱하고 음흉하며, 해독하기 어려운 아몬드 모양의 눈으로 다정하게 쳐다보았다. 그들은 다정하게 나를 바라보았지만, 나를 그리워하지는 않았다. 솔직히 말해서 나는 그곳에서 더 많은 시간을 보내고 싶은 유혹을 받았다는 사실을 부정하고 싶지는 않

다. 나는 아직 그를 내 시야에서 놓치고 싶지 않았고, 그곳에서
힘없는 표정을 지으며 즐기고 싶었다. 그러나 그건 옳지 않았
고 그렇게 해서도 안 되는 일이었다. 내가 그들과 더 많은 시간
을 보낼수록, 루이사는 내 눈에서 어떤 흔적을, 어떤 찌꺼기를,
어떤 잿불을 탐지할 수 있을 것이었다. 내 눈은 평소의 장소, 즉
그의 입술로 향했다. 그건 불가피한 일이었고, 물론 무의식적인
행동이었다. 나는 그나 루이사에게 해를 끼칠 의도는 전혀 없
었다.

"우리 언제 한번 같이 만나도록 해요. 전화 줘요. 난 아직
같은 집에 살고 있어요." 그녀는 진심으로 따뜻하게 말했다. 의
심의 기색은 하나도 없었다. 그건 그냥 사람들이 헤어질 때 말
했다가 헤어지면 잊어버리는 인사말이었다. 나는 그녀의 기억
속에 다시는 모습을 드러내지 않을 것이며, 오로지 그녀가 눈으
로만 알고 있는 '얌전한 아가씨'로만 남아 있을 것이다. 게다가
이제는 더 이상 젊지도 않은 다른 삶을 사는 여자일 뿐이다.

나는 그의 곁으로 두 번 다시 가지 않는 편을 택했다. 그녀
와 헤어질 때 으레 나누는 키스를 한 다음, 즉시 내 테이블을 향
해 두어 걸음을 옮기면서 고개를 돌렸고, 여전히 그녀에게서 눈
을 떼지 않으며 대답했다. ('그래요, 내가 곧 전화할게요. 이렇게
만나게 되어 얼마나 기쁜지 모르겠어요.') 그리고 약간 거리가 멀
어지자 나는 손짓으로 작별 인사를 했다. 루이사는 내가 두 사
람에게 인사한다고 생각했겠지만, 나는 하비에르와 작별하고

있었다. 이번에는 정말로, 결정적으로 작별하는 것이었다. 그가 아내와 함께 있었기 때문이다. 그리고 불과 몇 분 전에 떠났던 ─ 하지만 갑자기 그 시간이 아주 길게 느껴졌다 ─ 바보 같은 출판계로 되돌아가는 동안, 나는 생각하면서 나 자신을 합리화했다. 〈그래, 나는 그의 어깨에 있는 빌어먹을 백합 꽃잎이 되고 싶지는 않아. 가장 오래된 범죄까지도 드러내고 지적하면서 사라지지 못하게 만드는 그런 꽃잎 말이야. 과거의 일들은 말하지 못하게 하고, 그것들을 희석시키거나 아니면 스스로 숨게 만들 거야. 그것들이 입을 다물고 이야기하지 못하게 하고, 어떤 불행도 야기하지 못하게 할 거야. 또한 나는 책 속에서 인생을 보내는데, 그런 빌어먹을 책들처럼 되고 싶지는 않아. 그 책들의 시간은 가만히 멈추어 있고, 항상 닫힌 채 기다리면서, 누군가 펼쳐서 다시 시간이 흘러가기를, 그리고 여러 번 반복된 오래된 이야기를 다시 한번 들려주기를 요구해. 나는 책에 쓰인 그런 목소리가 되고 싶지는 않아. 그런 목소리들은 때때로 숨죽인 한숨 소리, 시체의 세상이 내뱉은 신음 소리 같으며, 우리가 한 순간이라도 방심하면 우리 모두는 그런 세상의 한가운데 누워 있게 돼. 대다수는 아니더라도 민간인들을 위협하는 몇몇 범죄는 기록도 남아 있지 않고 기각되고 말아. 그게 바로 규칙이야. 그러나 사람들은 수없이 실패하면서도 그것과 반대가 되도록 애써. 즉 피부에 백합 꽃잎을 낙인찍어서 영속시키고 고발하며 죄인임을 증명하고, 그렇게 해서 더 많은 범죄를 저지르게 만들어. 아마도 그것이 다른 사람을 만날 때 내 목적이었는지도 몰라. 그와도 마찬가지였어. 그러니까 나는 2년 전에 바보처럼 입을 다물고는 사랑에 빠지지 않았는데, 그런데도 오늘날 여전히 그를 조금은 사랑하고 있다고 믿고 있어. 그건 결코 작은 일이 아니야. 하지만 그것은 지나갈 것이고, 이미 지나가고 있고, 그래서 나는 그걸 기꺼이 인정해. 구태여 변명을 하자면, 나는 내가 전혀 기대하지 않은 순간에 그를 보았고, 그는 행복하게 잘살고 있는 것처럼 보였어.〉 그리고 나는 계속 생각하면서 그에게 등을 돌렸고, 내 발걸음과 내 모습, 그리고 내 그림자는 이미 영원히 그에게서 멀어지고 있었다. 〈그래, 그걸 인정한다고 해도 아무도 나를 심판하지는 않을 거야. 내 생각에 대한 증인은 없으니까. 우리가 거미줄에 빠질 때면──첫번째 우연적인 사건과 두번째 우연적인 사건 사이에──우리는 끝없이 공상하고, 동시에 하찮은 빵조각, 그러니까 그의 목소리를 듣고──마치 그가 두 개의 우연한 사건 사이에 존재하는 시간 그 자체인 것처럼──그의 체취를 맡고, 그를 희미하게 보고, 그의 존재를 느끼는 것으로 버텨나가려고 해. 그러면서 그가 아직 우리의 영역 안에 있으며 완전히 사라진 것은 아니고, 도망치는 그의 발에서 나오는 먼지구름을 멀리서 보지 못하더라도 상관없다고 여기지.〉

옮긴이 해설

'사랑에 빠지기'에 대한 진실 혹은 착각

1. 하비에르 마리아스와 그의 작품들

『사랑에 빠지기』는 스페인의 작가 하비에르 마리아스가 2011년에 출간한 소설이다. 하비에르 마리아스는 현재 스페인 어권에서 가장 높이 평가받으며 매년 노벨문학상의 유력한 후보로 거론되는 작가인데, 이 소설은 그가 작품 활동을 시작한 지 40년이 되는 해에 발표한 작품이다. 이 소설은 출간되자마자 비평가들과 독자들에게 호평을 받으며 스페인에서 베스트셀러가 되고, 작가는 2012년 스페인 국가문학상 소설 분야 수상자로 선정되지만, 그는 "이런저런 정부가 총애하는 작가"가 되거나 "정치놀이에 관여하고 싶지 않다"라는 이유로 수상을 거부한다. 한편 이 소설은 스페인 최대 일간지 『엘파이스 *El País*』로부터 2011년 최고의 작품으로 선정됐으며, 2012년에는 이탈리아의 '주세페 토마시 데 람페두사' 국제문학상을 탔고, 2013년에는 미국에서 출간된 최고의 소설에 수여하는 미국 도서비평가상의 최종 후보작으로 올랐다. 또한 『뉴욕타임스』가 선정한 2013년 최고의 소설 100편에 선정되기도 했다. 이렇게 이 소설로 마리아스는 '단순하고 편안한' 독자부터 가장 '까다로운 입맛'의 독자까지 만족시키는 작가임을 또다시 증명했다.

하비에르 마리아스는 1951년에 스페인의 유명한 철학자 훌리안 마리아스와 작가 돌로레스 프랑코의 아들로 태어났다. 마리아스는 어린 시절을 미국에서 보냈다. 그의 아버지가 프랑코 독재 체제의 대학 규제로 스페인에서 강의할 수 없게 되자 미국의 여러 대학에서 강의를 하게 되었기 때문이다. 이후 스페인으로 돌아온 하비에르 마리아스는 마드리드의 콤플루텐세 대학교에서 철학과 문학을 공부하고, 영국 문학을 전공한다. 그는 파리에서 1년을 보낸 뒤 1971년에 첫번째 소설 『늑대의 영토 Los dominios del lobo』를 출간한다. 그리고 바르셀로나의 알파과라 출판사의 문학 기획위원을 맡으며 동시에 바르셀로나 신문에 단편소설들을 발표한다. 1983년부터 2년 동안은 옥스퍼드 대학교와 보스턴의 웰즐리 대학교에서 스페인 문학 교수로 일한다. 그리고 스페인으로 돌아와 콤플루텐세 대학교에서 번역학 교수로 일하면서 창작 활동과 번역 작업을 병행한다. 1994년부터 그는 『엘파이스』에 정기적으로 글을 쓰며, 2006년부터는 스페인 왕립학술원 회원으로 활동하고 있다.

하비에르 마리아스는 첫 작품부터 당대의 스페인 소설을 신랄하게 비판해왔다. 이것은 그의 모든 작품에서 감지되는데, 그는 불확실한 상황과 심리적으로 복잡한 인물을 등장시켜 작품을 전개하면서, 치밀하고 새로운 문학 형식을 탐구한다. 그의 작품은 일상의 삶에 바탕을 두지만, 문화적 지시물이 많이 등장하는데, 대부분 영어권 문학과 관련된다. 첫번째 소설 『늑대의 영토』는 배경이 미국이다. 이 작품은 1950년대와 1960년대 미국 할리우드 영화를 기릴 뿐만 아니라, 포크너와 멜빌, S. S. 반 다인에 대한 오마주이기도 하다. 이 소설은 당시 스페인 문학 전통, 즉 사실주의와 지역 색채를 단호하게 거부한다. 그러면서 마리아스는 자신의 문화적 혈통을 스페인이 아닌 외국에 두고, 프랑코 정권이 외치던 애국주의에 반대하며, 교훈적이며 투쟁적인 문학도 배척한다.

남극 대륙 탐사를 다룬 『수평선 횡단*Travesía del horizonte*』(1973)에서 마리아스는 영국 에드워드 시대의 정전을 실험하면서 예술적 도발자인 조지프 콘래드와 윌리엄 제임스를 전면에 부각하고, 문학에서는 주제보다 증언의 의무감에서 해방된 창의력이 더 중요하다는 것을 밝힌다. 즉 스페인어를 그저 언어, 다시 말하면 의사소통의 도구로 사용하는 데 그치지 않고, 세련되고 우아한 구문과 훌륭한 어휘는 작가들이 전하려는 것보다 더 많은 것을 표현한다고 인정한다. 이런 관점은 『시간의 군주*El monarca del tiempo*』(1978)에서도 확인된다. 이 작품은 세 편의 단편소설과 한 편의 에세이, 그리고 한 편의 희곡으로 이루어져 있지만, 작가는 이것을 '소설'이라고 정의하면서, 진실과 시간의 의미를 풍부한 창의력으로 통합한다. 『세기 *El siglo*』(1983)는 프랑코 독재 정권 이후의 가장 흥미로운 소설 중 하나로 평가된다. 여기서 마리아스는 실험적 문체를 유지하면서 한 국가의 부침을 이야기하는데, 비록 국가의 이름은 언급되지 않으며, 등장인물의 이름이나 경치 묘사도 확인 불가능하지만, 혼동할 수 없는 내전으로 그곳이 스페인이라는 것을 알수 있다. 이 작품에서 그는 엄숙하면서도 해학적인 바로크 문체를 세련되게 사용하면서 1900년에 태어난 모호한 인물의 운명을 통해 20세기 스페인의 영광과 불행을 비유적으로 서술한다.

『모든 영혼*Todas las almas*』(1989)에서도 부드러운 풍자와 사색적인 문체는 반복된다. 이 소설에서 작가는 옥스퍼드 대학에서 보낸 2년이라는 기간을 탈신비적으로 회고한다. 이 작품도 좋은 평을 받지만, 하비에르 마리아스는 『새하얀 마음 *Corazón tan blanco*』(1992)에 와서야 진정으로 대중적인 작가로 자리 잡게 된다. 이 소설은 누군가의 과거를 조사하는 일은 위험한데, 그것은 반드시 숨겨져 있어야 할 것이 발견될 위험도 있기 때문임을 보여준다. 이 소설로 마리아스는 스페인 문학비평상을 수상한다. 그리고 『내일 전쟁터에서 나를 생각하라 *Mañana en la batalla piensa en mí*』(1995)는 텔레비전 극작가로 일하는 빅토르 프란세스의 삶에서 지울 수 없는 결과를 가져온 끔찍한 사건을 이야기한다. 이 작품은 마리아스의 명성을 다시 한번 확인해주었으며, 그의 작품이 대중적으로 읽힐 수 있음을 보여주었다. 이 소설로 마리아스는 로물로 가예고스 국제문학상을 비롯해 여러 국제문학상을 수상했다.

1998년에 마리아스는 자신을 화자로 등장시키는 『시간의 검은 등Negra espalda del tiempo』을 출간한다. 그는 이 작품이 자전적인 작품이나 회고록이 아니라 소설이라고, 그래서 가짜 소설이라고 규정한다. 이후 그는 '내일 당신 얼굴Tu rostro mañana'이라는 제목의 3부작을 발표하는데, 1부는 2002년에 『열병과 투창Fiebre y lanza』이라는 제목으로, 2부는 2004년에 『춤과 꿈Baile y sueño』으로, 3부는 2007년에 『독, 그림자 그리고 작별Veneno y sombra y adiós』로 출간된다. '내일 당신 얼굴'은 주로 전쟁의 기억을 다루며, 따라서 스페인 내전이 중심을 이룬다. 반면에 2011년에 발표한 『사랑에 빠지기Los enamoramientos』에서는 마드리드를 주요 공간으로 설정하고, 세상 어느 곳에서도 일어날 수 있는 보편적인 사랑과 범죄 이야기를 들려준다. 2014년에 마리아스는 두 개의 불행과 하나의 행복한 결말로 이루어진 『나쁜 것은 이렇게 시작한다Así empieza lo malo』를 출간한다. 이 작품은 한 여자의 불행, 어느 '더러운 나라'(이 나라는 스페인을 가리키며, 동시에 이 작품에 등장하는 인물의 이름이기도 하다), 그리고 화자인 사색적이고 이기적인 관객의 행복을 이야기한다.

2017년에는 『베르타 이슬라Berta Isla』를 발표하는데, 이 소설에서 베르타 이슬라는 토마스 네빈슨이라는 첩자와 사랑에 빠져 결혼한다. 프랑코 독재 시절, 고등학생 때 학교에서 처음 만난 두 사람은, 이후 이상하면서도 감동적일 정도의 확신을 갖고 상대방을 선택한다. 마리아스의 작품은 대부분 운명을 결정할 힘이 우리에게 없다고 보면서 우리의 판단 근거를 의문시한다는 점에서, 이 소설의 인물들이 보여주는 이 같은 확신은 충격적이다. 이 작품은 첩보 활동과 관련된 드라마나 스파이라는 직업의 도덕적 판단을 다루지 않고, 대신 부정적인 상태, 즉 기다림과 불확실성, 무의미와 무지, 환멸과 자기기만에 관심을 보인다.

이 밖에도 마리아스는 단편집 『여자들이 잠잘 때Mientras ellas duermen』(1990), 『내가 죽을 운명이었을 때Cuando fui mortal』(1996)를 비롯해 여러 에세이집도 출간했다.

2. '사랑에 빠지기'에 관한 생각과 해석과 추측의 소설화

『사랑에 빠지기』를 펼치는 순간, 우리는 사랑을 이야기하는 작품이 죽음으로 시작된다는 것을 알 수 있다. 그것도 우리가 쉽게 받아들일 수 있는 죽음이 아니라, 행복한 가정의 가장

인 미겔 데베르네(혹은 데스베른)가 자신의 생일에 어느 부랑자에 의해 칼로 난자되어 살해된 죽음이다. 이 소설의 화자는 마드리드의 어느 출판사에서 일하는 마리아 돌스이다. 그녀는 출판 산업을 냉소적으로 바라보며, 상상력이 없는 자신의 상사들뿐만 아니라, 때로는 노벨문학상을 꿈꾸는 가라이 폰타나 같은 허영기 가득한 작가들도 보여준다. 그러나 이런 기괴한 스페인 작가들에 관한 이야기는 얼마 되지 않으며, 이 작품에서 그리 중요하지도 않아 보인다.

그러나 마리아 돌스가 영화 배급사 경영자이며 칼에 찔려 살해된 데베르네와 눈으로만 아는 사이였고, 마리아가 아침을 먹는 카페에서 그의 아내 루이사 알다이도 같은 시간에 아침을 먹는 것을 보았다는 사실은 중요하다. 데베르네가 죽은 후, 마리아는 그의 부인에게 다가가 조의를 표하는데, 두 여자는 서로 호감을 느끼며, 더욱 가까운 관계를 시작하게 된다. 그러나 이야기는 마리아가 루이사 알다이의 집에서 하비에르 디아스 바렐라라는 데베르네의 친한 친구를 알게 되고, 그와 로맨스를 갖는 것으로 나아간다. 여기서 첫번째 사랑에 빠지기가 등장한다. 바로 마리아가 하비에르에게 느끼는 감정이다. 이 감정에 대해 작가는 이렇게 말한다. "일종의 마법에 걸렸거나 혹은 전염되어서, 아니면 사랑하는 사람을 대신하는 것에 불과해서 우리에게 거의 영향을 주지 않는 중요하지 않은 문제에 집중한다. 마치 우리가 화면 속이나 무대에서 혹은 소설 안에, 그러니까 우리의 실제 세계보다 우리를 더 잘 흡수하고 즐겁게 해주는 이질적인 허구의 세계에 머물겠다고 결정하는 것 같다." 마리아는 디아스 바렐라를 깊이 사랑하지만, 그는 감정적으로 그녀를 그리 사랑하지 않는다.

하비에르 디아스 바렐라 역시 미칠 정도로 사랑에 빠져 있다. 하지만 그 대상은 마리아가 아니라, 데베르네의 부인 루이사인데, 그녀는 남편의 기억에 충실하여 하비에르에게 눈을 돌리지 않는다. 마리아는 고통스럽지만 이런 상황을 받아들인다. 그것 역시 사랑에 빠진 사람의 구성 요소이기 때문이다. 그런데 그녀는 하비에르가 그때까지 말해주었던 것보다, 데베르네의 죽음에 대해 더 많이 알고 깊이 연관되었다는 사실을 우연히 알게 된다. 그러면서 마리아는 여러 주제에 의문을 던진다. 가령 사랑과 죽음, 사랑에 빠지기와 그런 상태에서 야기된 행동의 합리화, 처벌받지 않은 수많은 범죄에 대해 생각한다. 여기서 가장 중요한 핵심은 바로 '불처벌'인 것처럼 보이는데, 이것은 이 개념과 사랑에 빠지기가 깊게 연결되기 때문이다.

2011년 2월 27일 자 『엘파이스』에 실린 「수많은 불처벌」이란 글에서 하비에르 마리아스는 이 소설과 같은 주제에 대해 언급한 바 있다. 그것은 바로 사랑, 사랑에 빠지는 상태, 그리고 불처벌이다. 마리아스는 사랑에 빠지기 개념을 불처벌과 연결하면서, 사랑에 빠진 상태에서 이루어지는 일들은 합리화된다고 말한다. 그러면서 이렇게 합리화되는 것들은 고귀한 행동일 수도 있고, 하찮고 어리석은 일일 수도 있으며, 사소한 거짓말일 수도 있고, 심지어 잔혹한 범죄가 될 수도 있다고 지적한다. 그런데 불처벌은 사랑에 빠져서 야기된 '흥분'이나 '발작'의 결과인 경우가 너무나 많다고 덧붙인다. 이렇게 마리아스는 이 작품에서 한 번도 분명하게 드러나지 않은 디아스 바렐라의 실제 동기를 간접적으로 밝힌다.

『사랑에 빠지기』에서도 마리아스가 이전의 작품들에서 구현한 특징을 확인하는 것이 그리 어렵지 않다. 대표적인 것으로 철학적이거나 명상적인 주제, 작중 인물들이 보여주는 심리적 깊이, 그리고 서사적 일탈, 즉 "말하고 설명하다가 옆길로 새는 경향"을 보여준다. 아마도 이 세 가지 특징이 마리아스 문학의 핵심인 것 같다. 다시 말하면, 그는 뜻하지 않거나 황당한 죽음과 같은 충격적인 사건을 제시하면서 '빈 화면'과 같은 작중 인물들의 심리를 작동시킨다. 그러고서 가능한 결과, 즉 각자의 행동이 초래할 윤리적 반향을 매우 정밀하게 살핀다. 그래서 한 인물의 죽음과 그 결과, 그리고 그의 죽음과 공범 관계를 이루는 사건과 사실뿐만 아니라, 사랑에 빠지는 탓에 우리의 비판력이 상실되어 일어나는 일에도 집중한다.

이 작품에서 마리아스는 처음으로 여성 화자를 사용한다. 그의 단편소설 「하찮은 걱정거리」를 제외하고는 처음이다. 그리고 작품 전개 역시 마리아 돌스의 생각과 감정에 좌우되는 것처럼 보인다. 마리아는 자기가 보는 것뿐만 아니라, 다른 작중 인물들이 생각하고 느끼고 행동하리라고 자신이 상상하는 것까지 서술한다. 그러면서 때때로 자기 생각이나 감정을 서술하기에 그녀의 내면세계가 작품의 많은 부분을 차지할 수밖에 없다. 이 소설의 얼개는 복잡하지 않지만, 작중 인물들의 행위보다는 화자가 서술하는 생각과 해석, 그리고 추측이 더 흥미롭다. 마리아스는 이렇게 말한다. "소설에서 일어나는 행위는 일단 작품이 끝나면 잊힌다는 점에서 모두가 같다. 그런데 흥미로운 것은 상상을 통해 이루어지는 가능성과 생각은 실제 사건보다 더 선명하게 우리에게 남아 있고, 우리는 그것을 더욱 깊이 가슴에 새긴다는 사실이다."

『사랑에 빠지기』에서는 미겔 데베르네의 죽음 이외의 다른 사건들은 그리 많지 않다. 이 소설은 마리아스 작품의 전형적인 특징, 즉 "등장인물이 많지 않으며, 아주 제한된 공간에서 개인적인 문제들을 전개"한다. 또 정신적이고 심리적인 것이 실제 사건보다 더 중요하다. 그러나 행위가 부차적 차원에 머무르지만, 소설이 감정과 추측, 그리고 두려움을 바탕으로 전개되기에 독자를 사로잡는 데 성공한다. 즉 줄거리의 단순함과 서사적 긴장이 충돌하면서, 심리 소설적 측면이 강하면서도 뛰어난 서사성을 갖게 되는 것이다.

그래서 남성이건 여성이건, 사실 화자의 목소리는 앞선 소설 화자들의 목소리와 그리 다르지 않다. 이에 대해 하비에르 마리아스는 이렇게 말한다. "이 목소리는 점차 과거의 목소리와 서로 연결되었고, [⋯⋯] 그것들과 흡사해지더니 마침내 나는 여성 화자인 마리아 돌스의 목소리가 다른 남성 화자를 표현한다고 믿게 되었습니다. [⋯⋯] 여성이지만, 내 이전 소설의 남성 화자와 그리 다르지 않습니다." 이런 이유로 이 작품의 화자 목소리에서 '이전의 목소리'를 확인하는 것은 그리 어렵지 않다. 가령, 그녀 역시 다른 화자들처럼 사색적이고 내성적이며, 사건을 깊이 성찰하는 태도와 논리적 능력을 지니고 있다. 또한, 이전의 화자들과 마찬가지로 수동적이며, 사건을 관찰만 해서 '관음증적' 인물이라고 말할 수도 있다. 이것은 『새하얀 마음』의 후안, 『내일 전쟁터에서 나를 생각하라』의 빅토르에게서도 찾아볼 수 있는 특징이다. 『사랑에 빠지기』에서 마리아는 매일 작중 인물인 부부를 지켜보았으며, "그들(미겔 데베르네와 루이사 알다이)의 눈을 피해서 몰래 그렇게 한 것이 아니라, 아주 조심스럽게" 바라보면서 시간을 보냈다고 말한다.

이 소설은 한 인물의 죽음으로 시작하는데, 이것 역시 『새하얀 마음』과 『내일 전쟁터에서 나를 생각하라』의 비극적 사건을 떠올리게 한다. 특히 '바보 같은 죽음' 혹은 '어처구니없는 죽음'을 연상시키는데, 이것은 비렁뱅이 주차원이자 정신착란자가 사람을 혼동해서 실수로 그를 살해했기 때문이다. 작가는 2004년에 일어난 실제 사건에서 영감을 받아 이러한 죽음을 그렸는데, 현실과 허구를 통합하면서 경계를 모호하게 만들었다. 결과적으로 데베르네의 죽음은 디아스 바렐라가 죽을병에 걸린 친구의 부탁을 들어준 걸로 결론이 난다. 이 사건이 일어나고 2년 뒤, 그녀는 루이사와 디아스 바렐라를 어느 식당에서 만나게 되는데, 그 자리에서 두 사람이 결혼했다는 사실을 알게 된다. 그렇다면 디아스 바렐라는 데베르네의 진정한 살인자가 아닐까? 아니면 정말로 친한 친구일까? 데베르네는 희생자일까? 아니면 용감하게 자기 운명을 결정한 사람일까?

이 소설을 구성하는 모든 사건은 다른 작중 인물들이 화자에게 들려준 것이다. 그래서 어떤 정보도 직접적인 것이 아니라서 항상 의심의 여지를 남긴다. 심지어 신문에 실린 기사도 세세한 설명에서는 차이를 보인다. 그리고 데베르네의 죽음에 관해서도 마찬가지다. 여기서 진실을 안다는 것은 불가능하다. 진실은 절대 선명하지 않으며, 다른 수많은 것과 뒤엉켜 있다. 이렇게 이 소설은 그 어떤 작중 인물에 대해서도 분명한 윤리적 판단을 하기란 불가능하다는 사실을 보여준다.